二 見 文 庫

ふたりの愛をたしかめて

クリスティン・アシュリー／高里ひろ＝訳

WILD MAN
by
Kristen Ashley

わたしの姉と弟、エリカ・アン・マウトウ・ワインとギルバー・〝ギル〟・マウトウに。

わたしたちのすべてが愛と歴史と忠誠に基づいている。神に感謝します。

ふたりの愛をたしかめて

登　場　人　物　紹　介

テス〈テッサ〉・オハラ	元夫と離婚後、ケーキ屋を経営する女性
ブロック・ルーカス	テスの恋人。アメリカ麻薬取締局。 後にデンヴァー警察に異動
マーサ	テスの子供の頃からの親友
デミアン・ヘラー	テスの元夫
オリヴィア	ブロックの元妻
ホーク（ケイブ・デルガド）	特殊警備会社の経営者
グエン	ホークの妻
エルヴァイラ	ホークの秘書
ミッチ・ローソン	デンヴァー市警刑事
ローラ	ブロックの妹
リーヴァイ	ブロックの弟
ファーン	ブロックの母親
コブ	ブロックの父親
ヘクター・チャベス	ブロックの友人
ヴァンス・クロウ	ブロックの友人
デイド・マクマナス	オリヴィアの現夫
ブリー	ブロックの昔の彼女
ジョサイア・バーケット	ブリーの従兄

プロローグ

「ああ！」いった。経験したことのない快感が駆けめぐり、全身が張りつめ、頭のなかが真っ白になる。

われに返ってゆっくり目をあけると、彼がまだわたしの上で、わたしのなかで、動いていた。すてき。美しい獣のよう。それにすごく感じる。

銀色を帯びた灰色の目が、熱く烈しくきらめいて、わたしの目を灼きつくすように見つめる。こんな目で見つめられたのは初めてだった。つきあって四カ月間、こんなまなざしは一度もなかった。

彼の目に灼かれながら、わたしはそれがどういうことかを理解した。この男、このすばらしくすてきな、荒々しい男《ワイルドマン》は、わたしのものなのだと。

わたしの男。

からだの中心で実感した。

「ジェイク」わたしはささやき、彼を抱きしめ、その乱れた豊かな濃い茶色の髪に手を差しいれた。彼はわたしの呼びかけに目を閉じたけど、それはまるで痛みをこらえているような表情だった。

え……どうして？

彼がわたしの首に顔をうずめて、もっと速く、激しく動きはじめ、荒い息がわたしの敏感になった肌を熱する。わたしは彼の腰に回した両脚に力をこめ、突きあげてくる彼のものをぎゅっと締めつけた。

「くそっ、テス」彼がわたしの首に顔を押しつけたまうなり、激しく動きながらいって、声を洩らした。

ぎゅっと彼を抱きしめた。

彼が体重を預けてくる。

もっと力をこめて抱きしめた。

彼がからだを引いて横に転がり、あおむけになった。その瞬間、天井に向けた目に、両手の親指のつけ根を押しつけて目を閉じた。

ふむ。これはよくない。

「ジェイク？」そっと呼んだ。

「なんだ？」うなるように言う。声も優しくないし、目をあけることも、手をどけることもしない。

やっぱり。いったいどうなっているの？

ついさっき、自分はようやく、ついに、夢の男性《ドリームマン》を見つけた、その彼はここ、わたしのベッドに、わたしのなかにいると思ったよろこびは消えてなくなり、ふいに自分の裸を意識して、無防備に感じた。ベッドの足元のほうにあった毛布をつかみ、からだを覆った。

「どうかしたの？」そっと訊いてみた。

「しまくりだ」彼の答えに、からだが硬直する。

ジェイクは手をおろして、わたしのほうを向いたが、その目はもう、熱く、強烈に、わたしを灼きつくした目ではなかった。そこに葛藤と――信じられないことに――後悔が浮かんでいるのを見て、わたしは愕然とした。

嘘でしょ。そんな。嘘。

わたしは毛布を引きあげた。マーサに言われたとおりだ。

なんてこと。彼女は正しかった。

彼の目が、毛布を握りしめているわたしの手と胸に落ち、そしてわたしの顔を見た。

その目が溶けた水銀の色になり、表情が優しくなって、こちらにからだを向けて手を伸ばしてきたとき、彼の電話が鳴った。

彼は手をとめ、不機嫌そうにつぶやいた。「くそっ」

反対側に転がり、長い腕でジーンズをつかむ。わたしは彼の背の輪郭、滑らかな肌、くっきりした筋肉を見つめて、これはわたしのものじゃないんだと考えていた。わたしのものにはならない。なにひとつ。

わかっていた。

ずっと前から。

四カ月前、彼の銀灰色の目がわたしの目をとらえ、ディスプレーケースの上に出ている上半身を眺めてから、ふたたびわたしの目を見つめて、セクシーで気だるげでゆったりしたほほえみを浮かべたときに、もうわかっていた。

この人はわたしのものにはならないって。

自分が夢の男性を手に入れられるはずがないって。

でも彼があまりにもすてきだったから、つっぱしった。

「なんだ?」そう電話に応えた彼の気分が部屋の空気を変え、まるで紙やすりのようにわたしの肌をこする。

つきあうようになって四カ月間、ジェイクは自分の気分を隠すことはなかった。一度も。最初のころでさえ。そしてジェイクは気分屋だった。不機嫌なときはすぐにわかる。上機嫌のときも。陽気なときも、むっとしているときも、いらいらしているときも、おもしろがっているときも、うわの空のときも、満足しているときも、つまりどんなときでも、すぐにわかる。感じるのだ。まるで彼が部屋の空気を支配しているかのように。

そして電話の向こうにいるだれかは、彼を怒らせ、いらだたせている。

「一時間くれ」ジェイクが電話に言い、しばらく黙って、また言った。「だめだ、言ってるだろう、一時間必要なんだ」また間があり、「ふざけるな」そして言った。「いまはだめだ」短い間。「だから言ってるだろう、いまはどうしたってだめだ」彼はたくましいからだを動かし、ベッドの端に坐ると、背を丸め、ひざにひじをつき、電話を耳にあてて、うなった。「いいだろう、ちくしょう、だがもししくじったら、もし彼女になにかあったら、わかってるな、おれがただじゃ置かない」

彼は電話を切ると、かがんでジーンズをつかんだ。

そして部屋の反対側に向かって言った。「ベイビー、もう行かないと」

わたしは目をつぶった。

そう、そうなんだ。

ジェイクが不機嫌になれば、不機嫌だとわかる。ジェイクが行くと言ったら、行ってしまう。

べつにめずらしいことじゃない。

たしかに、わたしたちは四カ月つきあって、きょう初めて愛を交わした。普通に考えれば、こんなときに行ってしまうなんて変だと思うだろう。彼はどこまでも男らしい男で、ワイルドな男だけど、わたしにはいつも優しかった。とても。優しくされるのがわたしには必要だとわかっているように。時間をかけてもらうことも。ほんとうに必要だった。わたしにはどうしても、そういうことが必要だった。だから、あらためて考えたことはなかった。

もちろん、いちゃいちゃはしてた。セックスの手前までのことは何度も。何時間も。すごくよかった。最高だった。彼は手でわたしをいかせてくれたけど、わたしにはさせなかった。自分は見るほうが好きだし、最初に自分がいくときにはわたしのなかにいたいからと言って。そんなことを言われただけで、いってしまいそうになった。でもいままでは、彼の前で裸になったことも、それに近い状態になったこともなかった。きょうのきょうまでは。

つまり、いままで会ったこともないようなワイルドな男とつきあって、その人は自分のなかのワイルドな部分を抑えて優しくしてくれていたのだから、こんなビッグイベントのあとにはいっしょにいてくれるはずだと普通の女なら思ってしまう。

でもジェイクはそうじゃない。

わたしにはわかっていた。

でもこれはそれとはちがう。

それもわかっていた。

「テス」深みのある声で優しく呼ばれて、わたしは目をあけた。

ぼんやりと彼が見えた。わたしが眼鏡をかけていないから。でも彼が信じられないほどすてきなのは見えなくてもわかっている。彼の姿は、わたしが二度と忘れられないようなやり方で脳に焼きつけられてしまったのだから。

「なに?」すでに完全に服を着こんだ彼が、ベッドに片手をついてわたしのほうに身を乗りだした。

わたしがじっとしていると、彼がもっと近づいてきて、ピントが合った。

「眼鏡をかけたほうがいい、ダーリン」彼がそう言ったのはたぶん、わたしが彼をよく見ようと目を細くしていたせいだろう。

ジェイクはなにも見逃さない。

わたしはベッドから身を起こし、毛布をからだに巻いたまま転がって、ナイトテーブルの上から眼鏡をとって、かけた。また転がって彼のほうに戻る。

ジェイクがはっきりと見え、その目にはもう葛藤も後悔も浮かんでなかった。まだ水銀の色だけど、わたしのことをかわいいと思っているみたいに愛情のこもったまなざしだった。というか、そうならいいなと思った。

彼は眼鏡をかけたわたしを好きなのだ。そう言っていた。いままでつきあった女はだれも眼鏡をかけていなかったって。まるで優しくてセクシーな学校の先生とつきあっているみたいだって。

自分がセクシーだなんて、いままで一度も思ったことはなかった。ジェイクにそう言われるまでは。

「あとで話そう、いいな?」彼が静かな声で言った。

「わかった」わたしはそう答えた。彼の表情、声の調子、その言葉で希望が芽生えた。

「テス、あとで話すから、いいな?」彼がくり返し、わたしは目をしばたたかせた。

「わかった」

「約束してくれ、ベイブ」

なぜ約束が必要なのかよくわからなくて、彼を見つめた。だってわたしは彼にたいして駆け引きなんてしたことなかったから。するべきだとマーサには何度も言われたけど。彼の気持ちを探りなさい。じらすのよ。いつでも応じたらだめ。めろめろだと思われないように。

でも、わたしはそんなことをするような年齢じゃないし、ジェイクのような人は初めてだった。駆け引きでだめにしたくなかった。

だから、なぜ彼がいま、約束を必要としているのかわからなかった。

でも彼が求めることは、なんでもしてあげたい。なんでも。最初からそうだった。

「約束するわ」わたしは言った。

彼はうなずいた。

そして訊いた。「いつも裸で眠るのか?」

よくわからない震えが肌を伝った。とくに悪い震えではないけど、よくもない。

「いいえ」わたしは答えた。

「それならきょうもやめておけ」彼は言った。

彼が身を乗りだし、ベッドについているのと反対の手でわたしの頭のうしろをつつんだ。そして抱き寄せ、しっかり濃厚なキスをした。

唇が離れて、わたしはからだを引こうとしたけど、三センチも離れないうちに後頭部をかかえた彼の手に力がこめられ、彼の目がわたしの目をとらえた。

「あとで話そう」彼はささやいた。

次の瞬間、彼の手も、彼自身も、消えた。

いなくなった。

玄関ドアがしまる音がした。

わたしはベッドに倒れこみ、天井を見つめた。

ジェイク・ノックスが複雑な男性なのは間違いない。わたしは彼を知っているけど、さっぱりわからない。

でもさっきのは、ワイルドだった。

もっともジェイクは――バイカー用ブーツ、バイク、傷だらけのピックアップトラック、からだにぴったり張りついている着古したTシャツ、もっとぴったりしている色褪せたジーンズ、濃い茶色でくせっ毛の長めの髪、感情をあらわにしないのに数え切れないほどのストーリーを語る銀灰色の目、ビールの飲みっぷり、お酒の強さ、旺盛な食欲、月に吠えることもあれば、まるで地球上のあらゆる生物が絶滅寸前だと思っているかのように激しくキスすることもあって――もともとワイルドだけど。

ジェイクといっしょにいるのは、前に乗ったことがあるロデオマシンに似ている。次の瞬間どんな方向に揺さぶられるのか、まるで見当がつかない。できるのは力いっぱいしがみついて、できるだけ長く愉しむこと。

だから考えすぎてもしかたがない。

だいじょうぶ。

立ちあがって、下着と寝間着を着け、ベッドに入り、明かりを消した。

すごく、ものすごくすてきなオーガズムのあとでも、寝付くまでしばらくかかった。ずっと、ずーっと待ちのぞんでいたジェイクと愛を交わし、彼はそのあとでまるで地球最後の日のようなキスをして、あとで話そうと、つまりわたしたちはまだ続くのだと言い残して帰っていった。

そうしてわたしは眠りに落ち、玄関ドアが破られる音で飛びおきた。防弾ベストを着けた男の人たちが大勢突入してきて、数分後、わたしは警察署に連行されて尋問を受けることになった。

1

尋問室のドアがあいて、スラックス、シャツ、ネクタイとサイズの合ってないジャケットという服装の男性が、書類フォルダーを手に、わたしを見ながら入ってきた。フォルダーをテーブルの上にどさっとおろし、テーブルをはさんで向かいの席に坐った。

わたしは彼をじっと見つめた。この部屋に入れられてから、何時間にも感じられるあいだずっと（ほんとうの時間はわからない）しているように、鏡のほうは見なかった。テレビで観た警察ドラマで、あの鏡の向こうには録画装置があり、たぶんほかの警察官も見物しているとわかっていたから。

「ミセス・ヘラー」彼に呼びかけられ、その名前に心臓がどきっとした。

「ミス・オハラです」わたしが言うと、彼はまだわたしを見つめていた。

「失礼ですが、それは？」そう言ったけど、失礼なんて思っていない。わたしにはわかった。

「ミス・オハラ、わたしの名前です」わたしは言った。彼はまだわたしから目を離さず、わたしも彼の視線を受けとめつづけた。

「以前はミセス・ヘラーでしたね？」彼は言った。「それは合っていますか？」

「ええ」わたしは言った。「それは合っています」

「十年間」彼は続けた。

わたしは答えず、あごを少しあげて、いったいどうなっているのだろうと考えていた。

「デミアン・ヘラーと結婚していた、それは合っていますか？」

そういうこと。

これがいいことであるはずがない。

「ええ、デミアン・ヘラーと結婚していました」わたしは言った。「これはどういうことですか？」

「おもしろい」彼は静かな声で言った。

わたしには、彼が〝おもしろい〟と言ったこともふくめて、なにもおもしろくなかった。

「あなたが最初にその質問をしなかったことが」彼は言った。「たいていの人は、まず、なぜ自分がこのような部屋に入れられているのかと質問します」

わたしは彼を見つめた。

それから言った。「それは、あなたがわたしの名前も知らない状態で話をはじめたので、これがどういうことであれ、はじめる前にその点をはっきりさせておくべきだと思ったんです」

彼は不愉快そうに目を見開き、口元をこわばらせた。

いやなやつ。

「それなら」わたしはさらに言った。「なぜわたしがここに入れられているのか、説明してくれませんか?」

「われわれが知りたいことがあるからです」

わたしは眉を吊りあげた。「それは?」

「最近、ご主人と連絡をとったかどうか、教えてもらえますか?」彼が訊いた。

ほんとうに勘弁してほしい。デミアン。まったく!

わたしの元夫。ほんとうにうんざり。永遠にあの男につきまとわれないといけないの？

「ええ、最近、元夫と連絡をとりました」

「なにを話したんですか？」

「なにも。わたしが彼に、連絡してこないでほしいと何度も言っただけです」

彼はじっとわたしを見た。

それから質問した。「それは電話でしたか、それとも直接会って？」

「電話でした」わたしは答えた。

「直接は会っていない？」

「ないです」

彼が目の前のフォルダーを開き、わたしはそれを見つめた。彼はぱらぱらと紙をめくって大きめのサイズの白黒写真を何枚かとりだすと、写真の向きを変え、テーブルの上を滑らせてわたしのほうに寄越した。

その写真には、わたしとデミアンがランチをとっているところが写っていた。

うん。これは確実によくない。なぜ、わたしとデミアンがランチをとっている写真を撮るの？

それに、もうひとつよくないのは、もう二度とあのシャツを着ちゃだめだということ。白黒写真でもすごくださく見える。

「さっきの答えを訂正しますか？」彼が言い、わたしは彼の目を見た。

「いいえ」わたしが言うと、彼は眉を吊りあげ、顔を少し横に、鏡のほうに向けた。

やっぱり、見物されている。

もう。

「ミセス・ヘラー――」彼が言いかけ、わたしはさえぎった。

「わたしの名前は、ミス・オハラです。もっとも、ミス・オハラと呼ぶ人はだれもいないので、テスと呼んでくださってかまいません。この写真について説明します」わたしは彼がなにか言う前に続けた。「先ほどあなたは、わたしが最近元夫と連絡をとっているかどうかと訊きました。連絡はとっています。彼がひんぱんに電話をかけてくるので。わたしは電話に出て、もうかけてこないでと言うときもあれば、電話に出ないこともあります。デミアンとは十年間結婚していました。彼は無視されるのが嫌いだし、ほのめかしを理解する能力がないんです。はっきり言ったほうが理解するけど、それには時間がかかります。話の内容が自分の聞きたくないことの場合、彼はうまく受けとめないので。これらの写真は」――わたしはひざの上に置いていた手をいったんあげて、テーブルの上の写真を指さした――「たぶん半年前、わたしがデミアンとランチをとったときに撮られたものです。それは、わたしの定義では、〝最近〟ではありません。もしあなたの定義がそれとは異なるとしたら、期待した答えではなかったことを謝ります。それでも、わたしが正直に答えたのはたしかです」

彼はわたしの説明を聞いて躊躇なく質問した。「では〝最近〟ではなかったこのランチで彼となにを話したのか、教えてくれますか？」

「なぜわたしがここにいるのか、教えてくれますか？」

「わたしが質問しているんです、ミス・オハラ」

わたしは彼をまじまじと見つめて、大きく息を吸い、答えた。「デミアンは復縁について話したがっていました」

「つまり彼はよりを戻したがっていた」

「復縁とはそういう意味です」わたしがそう言うと、彼はふたたび口元をこわばらせた。

そして言った。「あなたが電話で彼に連絡をしてこないように言ったということは、復縁を断ったということですね」

「そういうことです」

「それだけ？　話したのはそのことだけですか？」

「いいえ、彼はわたしたちが飼っていた犬についても訊いてきました。離婚したとき、わたしが犬の親権をとったのですが、死んでしまって。わたしは彼に、犬が死んだことを伝えました。それ以外は、そう、だいたいそれで全部です。彼と話したことは」

「だいたい？」

「いいですか、あれは半年前のことで、わたしは四年以上彼と会っていなかったんです。彼が連絡をしてきたこと自体驚きで、いい種類の驚きではありませんでした。彼が会いたがった理由も驚きで、それは断じていい種類ではありませんでした。なにを話したのかメモをとらなかったのは申し訳ありませんが、彼が会いたがった理由があまりに衝撃的で、ほかのことは忘れてしまいました」

「四年間会っていなかったんですね」彼が言った。

「そうです、さっきも言ったとおり」

「それでは、あなたは復縁する気がなかったのに、なぜランチの誘いに応じたのですか？」

わたしは息を吸いこみ、言った。「忘れました」

彼はわたしをじっと見つめた。

それからわたしの言葉をくり返した。「『忘れました』？」

わたしはうなずいた。

「デミアンがどんな人間か、忘れていたんです。彼が連絡してきて、父親の具合がよくないんだ、ランチをいっしょにどうかと言って。忘れていたんです、デミアンはけっきょく……」わたしは手を突きだした。「デミアンだということを。いいえ、忘れてはいなかったかもしれません。たぶん記憶をブロックしていたんです。何年間も、デミアンにかんすることはすべてブロックしようとしてきたので。でも彼が父親と仲がいいのは知っていました。わたしも彼の父親とは親しくしていたのですが、四年間会っていませんでした。だから具合がよくないと聞いて心配になり、どうなっているのか知りたくなったんです。デミアンが電話では詳しい話をしないと言ったので、会いました。そうしたら彼の父親は元気で、具合がよくないと言ったのはデミアンがわたしをランチに誘う口実だったのだとわかりました」

彼はふたたびこちらをじっと見つめ、たぶんわたしの元夫がそんなろくでなしだというニュースをじゅうぶん理解してから、話題を変えた。「離婚を申し立てたのはあなただった」

わたしのことを調べたんだ。

嘘でしょ。わたしのことを調べるなんて。

いったいどうなっているの？

「そうです」わたしは答えた。どうなっているにしても、正直が最善のはずだから、正直に答えた。

「浮気ですか？」

わたしはうなずき、言葉でも認めた。「そうです」

「それも一度ではない」

「どうやら裁判の記録を読まれたようですから、その答えもおわかりでしょう。でも、そうです。デミアンは浮気をくり返しました」

「そのとおりです、ミス・オハラ。わたしは裁判記録を読みました。そのページ数から察するに、あなたの申し立てに異議が唱えられたということですね。彼は離婚に反対だった。でも最終的には裁判官の判決で離婚が決まった」

「そうです。彼は反対でした」

「彼は婚姻を解消したくないと思っていた」

「そうです」

「しかし解消された」

わたしはため息をついて、言った。「そうです」

「あなたは訴訟費用相当の金銭だけを受けとって、家を出た。合っていますか？」

この時点でわたしはこわくなってきた。それはすでにわかったのにプラスしてこわくなったということだ。そもそも複数の捜査機関による三チーム合同の特別機動隊《SWAT》（なぜなら彼らのベストはいろいろで、ＰＯＬＩＣＥ、ＦＢＩ、ＤＥＡなどと書かれていた）に自宅に踏みこまれて、ベッドから引きずり出されて、尋問のために警察署に連れてこられただけで、わたしはおびえきっていた。

だからわたしの強がりはしぼみ、思わずささやいていた。「お願いです、どうなっているのか教えてくれませんか？」

彼は教えてくれず、質問してきた。「そのことを後悔しましたか、ミス・オハラ？」

「なにをですか？」わたしは問い返した。

「夫から、訴訟費用しか受けとらなかったことです。後悔しましたか？」

わたしは首を振った。「いいえ、わたし……しません。後悔なんて。新しくはじめたかったんです。わたし――」

「なぜですか？」

わたしは目をぱちぱちして彼を見た。「なにが？」

「十年間結婚していて、何度も浮気され、彼には一億円を超える年収があり、いい暮らしをしていた。あなたは彼の全財産をとることもできたはずだ。でもあなたは犬だけ連れて家を出た。彼に貸しがあるとは感じなかったんですか？」

わたしはまた首を振った。「いいえ、新しくはじめたかったので。早く……終わらせたかったんです。なにか……なにかあったんですか、デミアンに？」

彼はわたしの質問に答えず、言った。「十年間は長い。人生の大きな一部を費やし、結婚までしていたのに、犬だけを連れて家を出た。なにも要求しなかったなんて変でしょう。結婚記念に買った食器セットでも。ダイニングのセットでも。あなたは車ももっていかなかった」

「車の代金を支払ったのはデミアンです」わたしは静かに言った。

「そしてあなたは、彼とは一切の縁を切ろうとした」彼は言った。「彼を思いださせるようなものは、なにひとつ望まず。合っていますか？」

わたしはうなずき、彼を見つめてその表情を読もうとしたが、なにもわからなかった。

「たいていの女性は、あなたのようには考えないでしょう。たいていの女性は、彼ほどの金持ちを夫にもち、贅沢に慣れていたら、ちがう考え方をするでしょう」彼は言った。

「わたしはたいていの女性とはちがいます」

「そのようですね。あなたはすべてを捨てて、犬だけを引きとった。それは別れるというより、逃げだしたようにも見えます。あなたは夫から逃げだしたんですか、ミス・オハラ?」

まるで百ポンドの重しを乗せられたように、胸が苦しくなった。

「いいえ」わたしはなんとか言った。彼が部屋に入ってきてから、初めてついた嘘だった。彼の目が鋭さを増し、わたしの顔を見つめる。

嘘だとわかっているのだ。

「警察のだれかが、あなたたちのランチの写真を撮りました。ランチはうまくいかなかった。それもわかっています。あなたはランチを最後まで食べなかった。動揺した様子で、急いで店を出ていった。まるで逃げだすように。なにか、逃げだしたくなるようなことを彼に言われたのですか?」

「逃げだしてなんていません」わたしは言った。ふたつ目の嘘だった。「わたしはただ……彼から、父親のことは口実だった、やり直したいと言われたけど、わたしにはそんな気はなかったので、それ以上長居しても無駄だと思ったんです」

彼は椅子の背にもたれて、腕を振りだした。「十年間結婚していて、たびたび浮気された、大変だったと思いますが、あなたは彼と結婚して十年間いっしょにいた。離婚してしばらく時間がたった。時が傷を癒した。父親のことを口実にしたのは感心しませんが、彼はあなたをとり戻そうと努力していた。食事のあいだ話を続けることはできなかったんですか？　昔話などして」

「なにがどうなっているのか、お願いだから教えてください」わたしは小さな声で頼んだ。

「わたしはあなたがなぜ夫と離婚したのか、そしてなぜランチの途中で席を立ったのか、その理由を知りたいのです」

「それはお話ししましたし、裁判記録にも書かれているはずです。彼が浮気したから。それにランチは、彼の目的を知って、食べる気がうせたんです」

彼は身を乗りだして、声を低めた。「そうじゃない」

ああどうしよう。

デミアンになにかあったんだ。

「デミアンになにかあったんですね」わたしが言うと、彼はほほえんだ。

わたしはそのほほえみが気に入らなかった。いい種類のほほえみではなかった。

「おや、なぜそう思うのですか？」

わたしは少しかっとして、両手を上にあげた。

「わかりません。なぜなら、こんな夜中に尋問室で彼のことについて訊かれているから？」

「あなたはデミアン・ヘラーに危害を加えたがっている人間を知っていますか？」

「いいえ」嘘じゃない。

「ほんとうに？」

わたしはうなずいた。「ほんとうに」

「なぜ新しくはじめたかったんですか、ミス・オハラ？」

「あの人が浮気して――」

「なぜ新しくはじめたかったんです？」

「言ったでしょう、あの人が浮気を――」

彼は手でテーブルをばんと叩き、ただでさえ緊張しておびえていたわたしはその突然の動きと大きな音にショックを受けてとびあがり、彼は怒気をあらわにして問いつめた。「なぜ新しくはじめたかったんだ？」

「それはあの人にレイプされたからです！」

そんなこと言うつもりはなかった。でも言葉が口から飛びだして、自分でもびっくりした。

初めてだれかに打ち明けた。

彼は目をしばたたかせてからだを引き、部屋のそとでなにか大きな音がして、わたしはそちらの壁に顔を向けた。

心臓は早鐘を打ち、呼吸が乱れて胸が膨らみ、わたしは鏡に映った自分の青ざめた顔を見つめた。

鏡のなかの蒼白な顔をじっと見つめた。

このところずっと鏡なんて見ていなかった。ほんとうには。何年間も。

わたしはこんな顔をしているの？

「ミス・オハラ」わたしを呼ぶその声はさっきとはちがい、静かで、奇妙なほど優しかったけど、わたしは鏡に映った自分の青白い顔を見つめつづけた。そこに映っているものにあまりにも愕然として。「テス」小声で呼ばれて、わたしは首をめぐらして彼の目を見た。「夫があなたをレイプしたということですか？」彼は穏やかに訊いた。

「変に聞こえるのはわかっています」わたしは唇を震わせて言った。「彼はわたしの夫だから。でもほんとうにそうだったんです」わたしは目をそらさなかった。「ほんとうに」

「変ではありませんよ」彼も小声で言った。「少しも」

わたしは彼の目を見て、なにも言わなかった。

「あなたは逃げだした」

「そうです」わたしは言った。

逃げだした。そう、逃げるしかできなかった。

「彼は以前にもあなたに危害を？」

わたしはうなずいた。「彼はどんどん変わっていきました。なにかがあったんです」

わたしはためらい、くり返した。「彼はどんどん変わっていきました」

「なにがあったんですか？」

わたしは首を振った。「わかりません。話し合おうとしたんです……ふたりで……喧嘩になりました。そうしたら彼が……」言葉を切る。「突然だったんです。そんなことそれまで一度もなかった。でも突然、喧嘩すると力ずくでされるようになって、だからわたしは話をするのをやめました」

「彼は離婚に反対した」

「デミアンは自分のものだと思っているものを手放すのが嫌いだから」

彼は声とおなじくらい優しい目でわたしを見つめた。

それから静かな声で言った。「でも彼は四年半、あなたを放っておいた」

「そうです。四年半」わたしは小声で言った。

「それなのに、復縁を迫ってきた」

「そうです」

「なぜいまになって連絡してきたのか、彼はそのわけを説明しましたか？」

わたしは首を振った。「彼は……彼が言うには……」深呼吸して、吐きだした。「わたしを愛しているから、わたしがいなくなってさみしかった。自分が悪かった、埋め合わせをさせてほしいと」

「そしてランチのあとは、定期的に連絡してきて復縁を迫った？」

「そうです」

彼はほんの少し頭をかしげた。「あれほどの仕打ちを受けたのに、電話をとったんですか？　ランチにも行って？」

そこで、だれにも話したことがないことを打ち明けるのだから、どうしても訊いておかなければいけない気がして、わたしは尋ねた。「あなたのお名前は？」

「失礼。カルホーン捜査官です」

「そう。カルホーン捜査官、あなたの質問への答えはイエスです。わたしは彼の電話をとったし、彼とランチにも行きました。それはデミアンがどんな人間か、よく知っているからです。彼に自宅に来てほしくなかったし、プレゼントや花を贈ってきてほしくなかったし、わたしに近づいてほしくなかった。彼は、離婚の手続きのあいだずっと、わたしが戻るはずだと思っていました。わたしにもそう言っていたし、戻るように働きかけてきました。そういうことをすべてやりつくしたあとでようやく、わたしを放っておいてくれたんです。だから今回も、なにを求めているのかは知らないけど、彼がまたすべてやりつくして、わたしが戻ることはないと納得するまで待てば、ふたたび放っておいてくれるだろうと思いました。だからわたしは、彼のやることにつきあっていたんです」

彼はふたたびわたしをまじまじと見つめ、言った。「かなりの勇気が必要だったでしょう」

「夫はわたしをレイプしたんです、カルホーン捜査官。殴ったけど、殺したわけではありません。わたしは生きて呼吸しているかぎり、闘志をなくしたりしません。さいわい、まだ生きています」

そのとき彼が、小さくささやいた。「あなたはたしかに、たいていの女性とはちがう」

「いいえ、ちがいません」わたしは言った。「わたしはたいていの女性とおなじです。表面はちがって見えるかもしれないけど、わたしのなかには、彼にも、あなたにも見せないものがあります。彼が残した混乱です。でもそれはわたしのものだし、だれにもふれさせません。あなたや彼が手に入れるものは、すべて見せかけです。わたしのような体験をした人間がすぐに心から学習するのは、いい女優になることです。有無をいわさず。あんな男にあんなことをされたら、選択の余地はありません。唯一の選択肢は、どんな役を演じるかということです。わたしは自分の役を選び、それは……それは、カルホーン捜査官、いまあなたが見ているわたしです」

彼は息をのんだけど、なにも言わなかった。

だからわたしから訊いてみた。「いいかげん、どうなっているのか教えてくれませんか？」

彼はわたしの目を見つめて、やっと答えた。

「今夜、われわれはあなたの元夫の全犯罪活動の一斉捜査を実施しました。彼はデンヴァーにおける最大の麻薬密売人であり、コロンビアとも直接つながりがあります」

わたしは目をぱちぱちした。

それから、言った。「え？」

「われわれが調べたところ、彼は長年、金持ち客――ほとんどは仕事仲間――を相手にする低レベルの密売人だったのですが、十年ほど前に商売を本格化し、じりじりとトップにのぼりつめました」

わたしは彼を見つめながら、自分が口をあんぐりあけるのを感じた。

彼は続けた。「あなたの名前は、彼のすべてのオフショア口座で共同名義人として登録されています。口座は四口あり、残高の合計は七千五百万ドルになります」

「嘘でしょ」わたしはつぶやいた。

「彼があなたとランチしたことでわれわれはあなたの存在を知り、彼の電話を監視しはじめました。ここ半年、あなたが彼と定期的に電話で話しているのはわかっていました。そしてあなたが口座の共同名義人になっていることも。しかし、あなたが彼の商売にかかわっているかどうかは、わからなかった。結婚生活の崩壊と離婚が、ちょうど彼が商売で出世した時期と重なっていたので、あなたは彼のしていることに気づいたのかと思いました。だが、ランチでのふるまいを見て、なぜ彼があなたとふたたび連絡をとったのかわからなかったんです」

「わたしは彼の商売になんのかかわりもありません」わたしは小声で答えた。

彼はジャケットの内ポケットに手を入れ、三つ折にした紙をとりだし、テーブルの上に置いた。「捜索令状です。われわれはあなたの自宅、車、店、コンピュータを捜索します。あなたの筆跡のサンプルも必要です。だれかがあなたの名前で署名してオフショア口座を開いているので。約半年前のことです」

わたしは彼を見つめていたが、目を閉じ、首を振りながら横を向いた。

デミアン。

一生、彼と縁を切ることは不可能だということなのだろうか。

「わたしは……そんな……」深く息を吸って、カルホーン捜査官に目を戻し、言った。「わたしは知りません」

「あなたが言ってることがほんとうなら、捜索でそれが裏付けられるはずです。とはいえ、捜索が終わるまではここにいてもらう必要があります。少し時間がかかるかもしれません、ミス・オハラ」彼は立ちあがりながら言った。「お待ちになるあいだ、コーヒーはいかがですか？」

わたしは頭をそらして彼を見あげた。いま聞いたことがあまりにショックでなにも言えなかった。

「テス」彼が静かな声で呼んだ。「コーヒーは？」

わたしは彼を見つめたまま、一度だけ鋭くうなずき、テーブルに目を落として、つぶやいた。「ええ、お願いします」

「すぐにだれかにコーヒーをもってこさせます」彼はうつむいたままのわたしにそう言った。

「ありがとう」わたしはテーブルに言った。

わたしは彼のほうを見なかった。しばらくはその気配が消えるのも感じなかった。それから彼がドアのほうへ歩いていく足音が聞こえた。ドアがしまり、わたしはテーブル、椅子、鏡——その向こうにだれがいるかしらないけど——だけの部屋で、ひとりきりになった。

わたしは身じろぎもせず、テーブルを見つめつづけた。

そしてさいわいにも、こらえきれなかった涙がひと粒こぼれたとき、それが流れたのは鏡とは反対側のほおだった。

2

わたしは長いことテーブルを見つめていた。だれかがコーヒーをもってきて、白い紙にわたしの名前を書くように指示したときも、ずっとテーブルを見つめていた。名前を書き、コーヒーを飲み、またひとりきりになってからも、ずっとテーブルを見つめつづけた。

でも、こんないろいろなことが起きているというのに、頭で考えられるのは鏡に映った自分の青ざめた顔のことだけだった。

まったく、ほんとうにあれがわたしなの？

部屋のドアがあいて、顔をあげると、カルホーン捜査官が立っていた。

「お帰りになってけっこうです、ミス・オハラ」彼は静かな声で言った。「あなたのコンピュータはもう少し調べる必要があります。また質問させていただくことがあるかもしれないので、市外には出ないようにお願いします。でももうご自宅に帰って結構です」

わたしは一瞬、彼を見つめて、立ちあがった。ひとつだけもってくることを許されたバッグを手にとって、彼のほうに歩いていったけど、彼が戸口からどこうとしなかったので、少し手前でとまった。

「コンピュータの調査が終わったら、ご連絡して、返却の日時を決めます。一日か二日以上はかからないと思います」さっきからずっと静かな声で話している彼に、わたしはうなずいた。「タクシーを呼びましょうか、それとも迎えにきてくれる友人がいますか？」

友だちに電話するなんてありえない。こんなことで。デミアン関係のことで。いろいろ訊かれるだろうし、訊かれたら答えないわけにはいかないし、そうしたら嘘をつかなければならない。

ありえない。

「自分でタクシーを呼びます」わたしは言った。「ありがとうございます、カルホーン捜査官」

彼は動かなかった。だからわたしも。

すると彼が言った。「今夜は長い夜だったと思います。二十分待っていてくれたら、わたしも帰れます。送っていきますよ」

わたしは彼を見た。あらためて、よくよく観察した。髪に少しだけ白髪が交じっているけど、それほど多くはない。長身。広い肩幅。お腹が少し出ている。目の横にいい感じのしわがあるのは、直射日光にあたるときにあまりサングラスをしていないということか、よく笑うということだろう。わたしよりも年上。たぶん五歳くらい。もしかしたらもう少し上で若く見えるのかもしれない。それか、もっと年が近くて、あまり見た目を気にしていない人なのか。結婚指輪はしていない。

こういう人がわたしにお似合いだ。こういう人なら、鏡に映った青ざめた女を引き受けて、大事にしてくれる。

ジェイク・ノックスではない。

けっしてジェイク・ノックスではない。

カルホーン捜査官は見るからに実直そうで、たぶんいい人で、安全な人なのだろう。なんといっても、わたしには安全だと感じさせてくれる人が必要だ。

でも、これは文句でもなんでもないけど、彼は夢の男性《ドリームマン》じゃない。

わたしは一度失敗した。見た目とは言わないけど、カリスマでわたしを魅了した男性に惹かれて。

あの夜の教訓はただひとつ、安全になりたかったら、安全第一で生きていくことが必要だということだ。

わたしのからだのなかに、きつくとぐろを巻いた、落ち着かないものが存在する。それはいまにもからだを伸ばしそうにもぞもぞ動いている。これまで何度もその経験をしてきて、もうごめんだとわかっていた。

でもきっとそうなる。それもわかっていた。

「だいじょうぶです」わたしはそっと言った。

彼が頭を少しかしげ、その目になにかがよぎった。ひょっとして失望？　それとも心配？

「ほんとうに？」そう訊いた彼に、わたしはうなずいた。

彼はドアを大きくあけて、わたしを通してくれた。

廊下に出て、バッグのなかの電話を探した。デンヴァー市民にはうれしいことに、市内のタクシーの車体の横には、憶えやすい電話番号が書かれている。

わたしはタクシーを呼んだことがなかった。

いままでは。

電話番号を打ちこみ、廊下を歩いた。電話を耳につけたまま、目の前のエレベーターの扉を見ながら歩いていくと、にぎやかな広い部屋に出た。たくさん人がいて、電話の音や、キーボードを叩く音や、低い声の会話でざわめいている。

わたしの目は、なにを見るということもなしに、部屋をさまよった。タクシー会社の係員の声が聞こえたとき、わたしは目をしばたたかせて、立ちどまった。

わたしの目は、区切られたあるオフィスのなかにいる、わたしが知っている男性の背中にくぎづけになった。

なんてこと。わたしはあの古びたTシャツも知っているし、色褪せたジーンズにつつまれたお尻は記憶に刻みこまれている。バイクに乗ってあの背中にしがみついた。わたしがあのTシャツを脱がせて、彼があのジーンズを脱いだあの夜、わたしはあの背中に手を滑らせた。あの夜も、それに過去四カ月間に何度も、濃い茶色の乱れた長髪に手を差しいれた。

彼がドアのほうを向き、顔は見えなかった。

嘘。

ベルトに輝くバッジが見えた。

いつも裸で眠るのか？

いいえ

それならきょうもやめておけ

まさか——

そんな——

ことが——

彼がオフィスを出て、わたしはバッジから目をあげて顔を見た。お腹に存在するあいつが大きく膨れていっぱいになり、喉をのぼってきていたので、彼の表情には気づかなかったし、彼の気分が部屋全体の空気を一変させたのも感じなかった。

ジェイク・ノックスのような男が、青白い顔をしたわたしのような女にふり向くはずがないのはわかっていた。

仕事でもなければ。

彼はわたしを見て、その場でとまった。

わたしもその場でとまっていたけど、彼に見つめられた瞬間、わたしは動きはじめた。

エレベーターに急ぎ、ボタンを押しながらあたりを見回した。

あった。

非常。

階段。

そのドアにとりつき、引きあけ、飛びこみ、駆けおりた。

階段に響く自分のヒールの音、そして彼のブーツの音が聞こえた。

踊り場まで駆けおりて折り返し、わたしはスピードをあげた。二階おりた。あと三階だ。

「テス」彼の呼ぶ声が聞こえたけど、ますますスピードをあげた。

「待てよ、テス」彼が鋭い口調で言ったけど、わたしはとまらなかった。

あとひとつ、これが最後の階段だ。わたしは駆けおりて、ドアに手をかけてあけたところで、手首をがっちりとつかまれ、引き戻された。ドアから引きはがされて壁に押しつけられた。ジェイクの長身に囲まれて。

わたしは横を向いた。

「離して」ささやく。

「あとで話すと約束しただろう」彼はうなった。

わたしは首を振り、目を合わせようとしなかった。「離して」さっきより強い口調で言った。

彼の声が優しくなって、手をわたしの首の横にあてた。「テス、ベイビー、約束し

――」

わたしが彼の目を見ると、そこになにを見たのか、彼は口をつぐんで、ぎくりとした。

「いいから……わたしを……離して」わたしは感情を押し殺して言った。

彼はわたしを離して、一歩さがった。

わたしはすぐにドアに向かい、引きあけた。

戸口でふり向くと、彼がわたしを見つめていた。その表情は読めなかったけど、あごがものすごくこわばっているのはわかった。

「あなたの名前はほんとにジェイクなの？」わたしは静かな声で言った。

彼の銀色を帯びた灰色の目は、熱っぽくも、優しくも、愛情がこもっているということもなく、きらりと光り、厳しくわたしの目を見つめた。

わたしが息を詰めていると、やがて彼は首を振った。

もうなにも言わず、ふり返ることもなく、わたしはドアのそとに出た。

3

三カ月後……

ドアがノックされる音がしたとき、わたしはキッチンにいた。

電子レンジの時計を見る。

なんなの。

マーサがこんなに早く来るなんて。早く来る必要はないのに。じっさい、三時半に来てもらわないと困るから、三時に来るようにとサバを読んでおいたのだ。マーサは自分では、少なくとも十五分は遅刻するスケジュールを組んでいて、平均すると三十分遅刻して来るし（わたしはマーサのことを昔から知っているから、それが普通だとわかっていて、三十分さばを読むことが可能だ。だからそうした）、四十五分とか一時間とか遅刻して、息を切らしながらあれこれ言い訳することも、なくはない。

いまは三時十分前で、ケーキはまだできていない。

もう。

可能性はふたつ。

男のトラブルか、服の不具合。

どちらも幸先がよくない。どちらのケースも、マーサが普段以上のマーサ的パニックにおちいっているということだから。普段のマーサ的パニックは、彼女の常軌を逸したためちゃくちゃな生活のたまものだけど、それだけでじゅうぶんやっかいなのに。

まったく。

「いまアイシングで手が離せないの!」玄関ドアのほうに大声で叫び、絞り袋をかまえてケーキの上にかがんだ。「入ってきて、鍵はあいているから!」白くてふわふわのバタークリーム・フロスティングでつくった星の三つごとに、淡い黄色のアイシングで点を載せていく。

ドアがあいて、わたしはまだ載せていない星を手前にするためにケーキを回した。アイランドキッチンのところで、ケーキに顔を近づけていたわたしは、マーサが部屋に入ってきて、ドアの前で立ちどまった気配を感じた。

「ちょっと遅れてるの」ケーキから顔を離さないまま説明した。「冷蔵庫から勝手に飲み物を出して飲んでて。あ、できればわたしにも。チェリーエイドがいいな。クラッシュアイスで」わたしは言いながら、ケーキの一番上の段の縁に並ぶ星に点を入れてから、下の段に移った。

マーサは動かなかった。

わたしはなにか言おうと顔をあげて、それがマーサではなくジェイク・ノックスだと気づいた瞬間、言葉も息も喉に詰まった。広い胸の前で腕を組み、片方の肩をドア枠にもたせて、引き締まった腰を横に突きだし、バイカー用ブーツをはいた足を足首で交差している。

わたしは彼を食いいるように見つめ、ぴくりともせず、ひと言も発しなかった。ぼろぼろの色褪せた黒いTシャツがジャストサイズで彼の上半身をつつんでいる。そのTシャツには、はがれかかったアメリカ国旗のプリントの上に、おなじくらいはがれかかった〈チャーリー・ダニエルズ・バンド〉という文字が書かれていた。襟元にミラータイプのサングラスがひっかかっている。あまりにも色褪せて独特のインディゴブルーになったジーンズは、ポケットのまわりが少しほつれて、股のところがすてきにすれて、彼の引き締まった腰と長い脚を、ちょうどいゆとりとしぼり具合でつつんでいる。くせっ毛の濃い茶色の髪はわたしが憶えているより二、三センチ伸びて耳にかかり、首の下でカールしている。高いほお骨からあごまでの輪郭が力強い線を描き、筋の目立つ喉までを覆う無精ひげは、わたしの経験では、少なくとも三日間は剃られていない。

銀色を帯びた灰色の目がわたしを見た。

なんなの。

わたしは背筋を伸ばし、絞り袋を両手でもって、彼を見つめた。

彼もわたしを見つめ返してきた。

彼のほうがうまい。

だからわたしはまばたきをして、なにか言うか、なにかするか、それよりも怒鳴るかしようとしたけど、彼のほうが早かった。

「もう話できるか？」

わたしはまた、まばたきした。

そして、つぶやいた。「いまなんて？」

「話だよ、テス」彼の深みのある声が、キッチンにいるわたしのところに届いた。「話をすると約束しただろう。もう話ができるかどうかと訊いているんだ」

わたしは絞り袋をもった手をカウンターの上におろして、彼を見つめつづけた。

そして尋ねた。「頭がおかしくなったの？」

彼はその質問を無視して、言った。「名前はブロック・ルーカスだ」

その名前を知って、わたしは目をつぶり、頭を垂れた。夜、眠れずに考えつづけた名前。わたしが偽物と恋に落ちたときには、知らされなかった名前だ。

「テス、ベイビー、目」彼がうなった。「いますぐ」

わたしは目をあけ、顔をあげて、背筋をまっすぐにした。

彼の険しい顔をじっと見ていると、驚きで麻痺していたわたしに、彼のぴりぴりした気分が伝わってきて、肌を刺激した。

「まさかでしょ」わたしはつぶやいた。「わたしに怒っているの？」

「ちがう」彼は鋭く言った。「前は怒っていた。おれは初めて自分の女を抱いて、まだ自分のものが彼女のなかにあるときに、あとで話そうと約束したのに、そのわずか数時間後に、彼女が約束を反故にしたからだ。おれがきょうここに来たのは、庭に『売家』のくそ看板が立っていたからで、入ってきてみたら、きみはのん気にこんなことをしているじゃないか。だから、ベイビー、おれは怒っていない。腹の底からムカついてる」

　ほんとに……？

　ほんと……？

　ほんとにこの人、わたしが聞いたとおりのことを言ったの？

「いまなんて？」わたしはまた言った。でもそれは、さっきとはまったくちがう意味だった。

彼は答えなかった。「眼鏡はどこだ？」

「え？」

「きみの眼鏡だ、テス。眼鏡をどこにやった？　ケーキのデコレーションをするときはいつもかけていただろう」

「コンタクトをしてるのよ」わたしは言った。

彼は少し頭をそらし、天井に向かって「なんてこった」とつぶやき、あごをこわばらせた。

いったい、いったいなぜ、わたしの眼鏡の話をしているの？

どうでもいい。ほんとに。まったく。

でもこっちはどうでもよくない。

「出ていって」わたしは命じた。彼はあごを引いてわたしと目を合わせた。

「いかない」

わたしは眉を吊りあげた。「いかない？」

「ああ、テス、いかない」

「やっぱり」わたしは言った。「やっぱり頭がおかしいわ」

彼はまたわたしを無視して、訊いた。「いったいなにを着ているんだ？」

「『なにを着ているんだ』？」

「ああ、ベイブ、いったいなにを着ているんだ？」

わたしは目をおろして、Tシャツとジーンズを見て、彼に目を戻した。

「Tシャツとジーンズだけど……」わたしはためらい、それから言った。「あのね、ブロック」

「だれもおれのことをブロックとは呼ばない。スリムだ」

わたしは目をしばたたき、そのせいで話の流れからちょっとはずれて、〝ぼんやりランド〟に迷いこんでしまった。「え？」

彼はドア枠からからだを起こして、説明した。「だれもおれのことはブロックとは呼ばない。母も、父も、弟も、姉も、妹も、友人も、おれが子供のころからスリムと呼んでいる」

「あなたはスリムじゃないじゃない」わたしは言った。

彼は細いけれど、スリムとはいえない。

「ああ、おれはスリムじゃないし赤ん坊のときもべつにスリムじゃなかった。生まれたときに四千五百グラム以上あったんだからな。スリムってのはジョークだよ。おれが大きな子供だったから。おれの家族はそんなふうにいかれてる」

「すごい。四千五百グラムもあったの？　巨大な赤ちゃん」

彼は長身で、百八十五、いえ百八十七センチはある。それに筋肉も。ぜんぜんスリムじゃない。彼のからだは引き締まった筋肉で覆われていて、かなりたくましいほうだけど、巨大というわけではない。

赤ちゃんは筋肉もりもりで生まれてくるわけじゃないから、彼は大きな赤ちゃんじゃなくて背の高い赤ちゃんだったのかもしれない。

そこではっとした。わたしが〝ぼんやりランド〟でとりとめのないことを考えているうちに、彼はアイランドキッチンを回って近づいてきた。わたしは彼が赤ちゃんのときの体重やいまの彼のサイズについて考えるのをやめて、うしろにさがり、話を戻した。

「わたしはあなたに、『出ていって』と言ったのよ」毅然と言った。

「ああ」彼は言ったけど、わたしにどんどん迫ってきて、わたしはサイドカウンターにぶつかってしまった。「それは聞いた、だが言っておくが、おれは出ていかない」

そして彼はわたしの目の前にいた。その体温が感じられて、わたしは靴をはいていないし、身長だって百八十五とか百八十七ではなく百六十五センチだから、彼の顔を見るのに頭をそらさなくてはならないほど近くに。

「お願いだから出ていって」わたしはほんの少しだけ毅然度を減らして言った。

彼が身をかがめて、わたしを閉じこめるようにして両手をカウンターについたので、わたしはふたりのあいだに、両手（と絞り袋）をはさんだ。

彼はまたわたしを無視した。「きみは電話をかけてこなかった」

わたしは彼の怒った目を見つめた。「わたしが電話をかけなかった？」

彼は怒りに燃える目でわたしをにらんだ。「そうだ、きみは電話をかけてこなかった」

「わたしが電話をかけなかった」わたしはつぶやいた。すでに速まっていた鼓動がますます速くなる。

「三カ月間」彼はそれしか言わなかった。

わたしは彼の輝く銀灰色の目を見つめた。

そして大事な自制を失った。

「なにそれ？」わたしはわめいた。

「テス――」

「ファッキュー！」わたしは叫び、絞り袋をもったままの手で彼を押しのけた。淡い黄色の細い糸がわたしたちのあいだの床と、彼の〈チャーリー・ダニエルズ・バンド〉のTシャツに飛び散った。

絞り袋がわたしの手からなくなり、彼は上体をひねってそれをアイランドキッチンの上のケーキの横に置いて、またわたしのほうを見た。

わたしは硬い壁のような彼の胸に手を置いて押しやり、ふたたび叫んだ。「ファッキュー！」

彼は少しうしろにさがったけど、すぐに戻った。わたしの顔に顔を近づけて、うなった。「いいから話を聞くんだ」

「まさか！」わたしは言った。「お断り。ぜ、っ、た、い、に、お断りよ。あなたはわたしを利用したのよ」

「仕事だったんだ」彼は歯を食いしばりながら言った。

「わたしがそれで納得するとでも？」わたしは訊いた。

「きみが少しは冷静になって、一分でもおれの話を聞けば、なぜおれが、きみは納得するはずだと考えるかわかるだろう」

「教えてあげるわ、ブロック・ルーカス、あなたがなにを言ったところで、わたしが納得する理由なんてわかるはずないから」わたしは言った。

「きみの元夫だ、テス。あいつは逮捕しなければいけなかった。あのろくでなしはとんでもなく危険なやつだ」

その言葉にわたしのからだは完全に固まり、彼の目を見つめたまま、唇から言葉がこぼれた。「知っているわ、ブロック。わたしは知ってる」

とたんに彼の目が溶けた水銀のような色になり、カウンターについていた両手をあげて手のひらでわたしの頭をつつみ、息がかかるほど顔を近づけた。

そしてかすれた、苦しげな声でささやいた。「ベイビー」その言葉はぎざ刃のナイフのように、わたしを切り裂いた。

そんな。

彼は知ってるんだ。

もちろん知っている。

もちろん、もちろん、もちろん。

わたしのお腹の底できつくとぐろを巻いているあれが、膨れあがり、喉をはいあがってきたけど、それが吐きだしたのは、いつもの恐怖や絶望でからだを麻痺させる毒ではなかった。ちがうものだった。

パニック。

離れようとしたけど、ブロックはわたしを放さなかった。片手でわたしの頭をおさえ、もう片方の手をわたしの背中に回すと、カウンターの向こう端に連れていって、わたしを隅に押しつけた。

逃げ道をふさがれたわたしはからだをこわばらせて、両手を彼の胸にあて、彼の喉をじっと見つめながら、言った。「離して、そして出ていって」

「あんなことがあったのを、自分だけでかかえていたんだろう？」彼はそっと訊いた。

「離して、そして出ていって」

「友だちにも言わなかった」

わたしは彼の喉から目を離さず、強い口調で言った。「ブロック、離して、そして出ていって」

「心の奥底にしまっていたのか」彼はつぶやいた。

わたしは目をあげて彼の目を見て、金切り声で言った。「離、し、て、そ、し、て、出、て、い、っ、て！」

わたしの背中に回された腕に力がこもり、彼はわたしの頭のうしろをかかえている手をずらして、親指でほお骨をさっとなでた。

「おれが最初だったんだろう、ベイビー?」

そんな。

「離して……そして出ていって」わたしは泣きそうな声で言った。

「テス」彼がささやく。

わたしは黙った。

「話してしまったほうがいい」彼がそう言って、わたしは目をそらし、彼の耳たぶを見つめた。「目」命じられて、わたしは目を戻した。

わたしはまだ黙っていた。

彼はわたしの目をじっと見つめた。

そしてそっと言った。「おれは待とうと思ってたんだ、テス。ヘラーの捜査が終わってきみが無関係だと証明されてから、おれたちふたりの関係を前に進めようと思っていた。だがきみのあの眼鏡と、キスするたびにまるでおれが奇跡を起こしたとでも思ってるようなあのかわいい顔——くそっ」わたしの後頭部の彼の手に力が入る。「ったく、ベイビー、おれはきみにのぼせあがって、我慢の限界だった」彼の親指がわたしのほお骨をなでる。彼の目が優しそうから熱っぽくなって、それから、まるで独り言のようにつぶやいたとき、声がいっそう深みを増した。「あの顔は、きみがいったあとのほうがずっとよかった」

「お願いだから離して、出ていって」わたしは小さな声で言った。

彼は首を振った。「仕事だったし、仕事のなかでもいやな部分だった。いいか、テス、もしやつがきみをレイプしたと知っていたら、おれはきみを利用しなかった。ぜったいに」彼の声はますます低くなって、顔はどんどん近づいてきた。「それは信じてくれないと、ベイブ。もし知っていたら、きみを利用したりしなかった」

「でも利用した」わたしは静かに言った。

後頭部にあてた彼の手が緊張した。「知らなかったんだ」

「利用したことに変わりはない」わたしはカウンターにもたれて、頭を引きはなした。「わたしはあなたを利用なんてしていない。なにひとつ駆け引きもしなかった。でもあなたは最初から最後までわたしを利用していた」

後頭部の彼の手がふたたびこわばり、その目が光った。「そうじゃない、テス、きみだってわかっているはずだ」

「あなたの言うとおりよ、ブロック、さっき言ってたことだけど。そのとおり。あなたが離婚後の最初の人だった。でもそれが起きたとき、わたしはあなたのほんとうの名前も知らなかった」

「あいつは逮捕しないといけなかったんだ」彼はうなるように言った。

「そうね、でもだからといって、とんでもなくひどい結婚生活のあとで、初めて自分の時間と気持ちを捧げた人が、完全に犯罪者の元夫と、犯罪者かもしれないわたしとのつながりを捜査するためにつきあっていたことをよろこぶ気にはなれない」

「たしかに、始まりはそうだったが、それは一時間くらいで終わった。そこに立っておれの目を見て、それがいつ終わったかわからないというなら、きみはとんでもない嘘つきだ」

彼の言うことは間違いではなかった。わたしにはわかっていた。その瞬間が。よくベッドに横になったまま、そのときのことを考えていた。

だから、なにも言わなかった。

彼は続けた。「おれには仕事があり、一斉手入れの予定だった。きみが逮捕されることはないとわかっていたが、それでも事情は聴かれるとわかっていた。だからおれは、あいつらがきみを署にひっぱって、きみが取り調べを受ける前に念を押しておく必要があった」

「つまりあなたは、ああいうことは、わたしを守るためにやったのだと言ってるの？」

「ちがう。おれが言ってるのは、おれは自分の仕事をしたということだ。きみはなにも悪いことはしていない、だから守る必要もない。それにもうひとつ言ってるのは、あの四カ月間、おれにとって仕事がとんでもなく愉しかったということだ」

それを聞いて、思わず息をのんだ。あまりのことに、言葉を失った。

ブロックはそんなことはなかった。「テス、きみはおれの名前は知らなかったが、あの四カ月ずっと、おれはきみのものだったし、きみもわかっているはずだ」

わたしは彼の喉を見つめた。

「ベイビー、目」彼がうなり、わたしは彼の目を見た。

「あなたがここに来たのはなんのためなの？」わたしが静かな声で尋ねると、彼はため息をついた。

そしていらだったように訊いた。「本気で訊いてるのか？」

「あなたはこの話し合いで、なにを求めているの？」

彼は首を振ったが、わたしを見る目が輝き、さっきまでのぴりぴりした空気は部屋から出てどこかに行ってしまい、彼がおかしがっているとき特有の空気の震えが部屋を満たした。

「女をカウンターに追いつめ、両腕で囲み、お気に入りのTシャツをアイシングだらけにしての話し合い。そんなこと、おれがいままでに何人の女性にしたと思う？」彼が訊いた。

そんな。

わたしはこの、セクシーでわたしのことをおかしがっているブロックから、わたしの人生には必要ないブロックに、気持ちを戻さなければいけなかった。だからがんばった。

「知らないわ。だって、わたしはあなたのことよく知らなかったみたいだし」

彼はわたしの目を見つめたまま、答えた。

「それなら教えてやろう。その答えはゼロだ。どっかのあばずれがおれに文句を言ったり、おれに面と向かって怒鳴ったり、おれのチャーリー・ダニエルズ・バンドのTシャツにアイシングをぶちまけたりして、そのあばずれがきみじゃなかったら、とっくの昔に出ていってる」

「わたしはあばずれって呼ばれるのは好きじゃないの」わたしはぴしゃりと言った。

彼の顔がおりてきて、その目はもう完全におかしそうに輝いている。「もうひとつ教えてやろう、ダーリン、きみはいま、抵抗するために抵抗していて、おれたちどちらもそれをわかっている」

もう。お見通しだ。

わたしは彼の目から目を離さなかった。

そして別の作戦を実行した。

「こういうの、いまは困るの。ケーキのデコレーションを終わらせないと。アイシングがついちゃったからシャツを着替えないといけないし。これから、もうすぐ赤ちゃんが産まれる友だちをみんなでお祝いするベイビーシャワーに行くことになっているの」わたしが説明すると、彼の唇の端があがり、後頭部をかかえていた彼の手が髪をとかしながらさがった。そして、両腕でわたしをしっかりと抱いた。

もう。これも恋しかった。彼は優しくもなれる。すごく。機嫌のいいときは最高に。そしてべたべたしてくる。すごく。よくわたしを抱きしめた。ぎゅっとだったり、ゆったりだったり。彼が笑いながらだったり、わたしが笑っているときだったり。キスするときだったり。ただ抱きしめたいからだったり。

これが恋しかった。

もう。

「いつ帰ってくる？」彼が訊いた。

「あとで」わたしは答えた。

「あとでのいつごろ?」

「あとでのあとで」わたしは言葉を濁した。

彼が腕にぎゅっと力をこめ、低い声で言った。「テス」

まったく。

「わからない。あとでよ。七時とか、八時とか?」

「九時にまた来る」彼が言った。

もう。

「どうして、どこかで待ち合わせてコーヒーではだめなの?」わたしは尋ねた。

「おれがばかじゃないからかな?」

もう!

わたしはコーヒーの待ち合わせをすっぽかすつもりで、彼はそれもお見通しなのだ。

彼は続けた。「だがとりあえず、なぜ家を売りに出しているのか教えてくれ」

「気分転換が必要だから」わたしは言った。

「ああ」彼はまた腕にぎゅっと力をこめた。「おれの見立てを言おうか。きみは五キロ痩せた。ちなみにその分は胸と尻についていたほうがよかった。きみはしゃれた服とハイヒールではなく、Tシャツとジーンズを着ている。眼鏡をやめてコンタクトにした。おれがいまのきみで好きなのは、髪の毛だけだ。伸びて軽くなって、すごくいい」

彼がわたしの髪を好きだって。

わたしはそれでドキドキなんてしないようにがんばったけど、結局は、ドキドキを感じていないふりをすることしかできなかった。

「ブロック、お願い。この話はまた今度にしてくれない？」

「どこに引っ越すんだ？」彼の質問で、この話をまた今度にする気がないのがわかった。

「まだ決めてないの」嘘だった。彼はすぐに眉をひそめ、おかしがっているときの空気の震えと上機嫌はどこかにいった。

「ほんとかよ、テス。三カ月間、傷を舐めているあいだに、おれたちがいっしょだった四カ月はなかったことになって、きみがおれをだませないってことを忘れちまったのか？」

わたしも眉をひそめて、言ってやった。「ひどい言い草ね」

「ちがう。ひどいのは、きみが三カ月間も傷を舐めてて、おれに来させたことだ。そのことについても、今夜、話すからな」

わたしは自分のからだがこわばるのを感じた。「そのためなら、べつに来てくれなくていいから」

「オーケー、そうじゃない」彼は低くうなるような声で言った。「今回の騒動できみが多少は強気になったのはわかった。おれのテスは、初めて会った瞬間から、おやすみのキスをしたあのときまでずっと、どこまでもスイートだった。その後あったことはたしかにひどかったし、それできみは混乱してしまったんだろう、だからいいよ。だが知っておいてほしいのは、おれたちがこのちょっとした障害を乗りこえたら、くどくどと何度も昔に戻るのはなしだ。障害を乗りこえたら、前に進む。おれが今夜九時にまた来るのは決まった。話し合わなきゃいけないことは話し合って、現状を整理する。だがいまは、どこに引っ越すのか教えるんだ」

「なにも決まってないわ。ブロック、あなたが九時にまた来ると言って、わ、わ、わたしはコーヒーの待ち合わせをしようと言ったのよ」

「心にもないことを。すっぽかすつもりなんだろ」

「そうよ!」わたしは声をあげた。「そろそろわかってくれてもいいんじゃない? わたしは前に進もうとしていて、その前というのは、ジェイク・ノックス、またの名をブロック・ルーカス抜きの未来だってことを」

大、大、大間違いだった。

彼は腕の片方に力をこめ、もう片方の腕をわたしの背中に滑らせて後頭部をつかみ、覆いかぶさるようにしてカウンターに押しつけ、顔と顔を近づけた。

「おれはずっと見守っていた」彼はうなるように言った。「カルホーンはきみを、ていねいに取り調べると言っていた。もしそのとおりにしなかったら、あいつの喉を引き裂いてやるつもりで、見守っていた。もしきみにひどい態度をとったら、すぐに出ていくつもりだった」

わたしのからだは凍りついた。例外は口と目で、わたしはあんぐり口をあけ、目を大きく見開いていた。

ブロックは話を続けた。

「幸い、やつはそんなことはしなかった。あいつが質問して、きみが打ち明けたことを、ベイブ、おれは知らなかったんだ。カルホーンも知らなかった。だれも知らなかったんだ。だがこれだけは言わせてくれ。あのときのきみの叫び――未来永劫、おれはあの言葉を忘れない。あの言葉はおれの奥底にある壁に打ちこまれて、二度とはずれない。おれがやつを襲いにいったり、きみのところに行ったりしないように、仲間はおれをあの部屋から引きずりださなければならなかった」

わたしはびっくりして、彼を見つめた。

「そしてきみはおれから離れていった。そうするのが必要なのだろうとわかってはいたが、きみが約束を破ったことにはムカついた。だがきみには必要だった。そしてきみは連絡もしてこなかった。そのあいだに壁を築いたみたいだが、おれは気にしない。あの夜、おれは自分の女がレイプされたのを知り、三カ月間、そのことを考えつづけてきた。そのことを考えるのも、夜中眠れずにきみがなにを考えているのだろうと思うのも、もうたくさんだ。だからテス、今夜九時にまた来るから、きょうこそ話し合って、これからのことを決めよう。きみはヘラーとは無関係だとわかった。きみはなにも知らなかった。捜査対象からはずれた。おれたちはもうなんの障害もなく今後を考えられる。だがいまは……いまはダーリン、きみがすごく気に入っていて、死ぬまでここに住みたいと言っていた家の庭に、なぜ『売家』の看板が出ているのか、説明してくれ」

「あの音」わたしはつぶやき、彼は目をしばたたかせた。

「なんだ?」彼が鋭く言った。

「あのとき……カルホーン捜査官に訊かれて……わたしが……」わたしは言葉を切り唇を舐めた。「取調室の隣の部屋で大きな音がした。あなただったのね」

「ああ、ベイブ、おれが椅子を壁に投げつけた音だ」

あれは彼が椅子を壁に投げつけた音だった。

あれは彼だった。

わたしは目を閉じ、彼の胸に顔をうずめて、その腕のなかでからだの力を抜いた。

あれはブロックが、わたしがレイプされたと聞いて、椅子を壁に投げつけた音だった。

そのことがまるで温かく清らかな水のようにわたしの全身にゆきわたり、何年もかけてたまったよごれを洗い流してくれたように感じた。

ああ。

「テス」彼がわたしの後頭部にあてた手と、わたしに回した腕に力をこめた。

わたしは目をあけて、Tシャツを見つめた。

「これはほんとにあなたのお気に入りのTシャツなの？」わたしは生地に顔をつけたまま、尋ねた。

一瞬、彼のからだが静止し、それから彼の喉がわたしの頭をなで、ほおひげが髪に軽くひっかかるのを感じた。

そして彼が、わたしの耳元でささやいた。「そうだ」

「古くてぼろぼろじゃない」わたしは言った。

「そうだよ」彼が言った。

わたしはまた目を閉じた。そしてほほえんだ。目をあけて頭をそらしたとき、ほほえみは消えていた。彼も頭をあげ、わたしはその水銀のような色の目を見つめた。

「ベイビーシャワーから帰ってくるとき、途中でバドワイザーを買ってきたほうがい い?」わたしがそっと訊くと、部屋の空気がまた変わった。温かく、濃く、情熱的で、甘やかに。

わたしのいちばんのお気に入りの彼の気分。文句なしに。

もう。これがなくてさみしかった。

「ああ、頼むよ」彼がそっと答えた。

「わかった」

彼は目をつぶり、すぐに目をあけて顔をさげ、キスした。

最初は軽くて優しいキスだったが、やがて温かく、濃く、情熱的で、甘やかになった。

つま先が、そして手の指がきゅうっとなって、彼のぼろぼろのTシャツの背中をつかんだ。

もう降参。ほんとに。

なによりも、これが恋しかった。

彼が頭をあげて、その手をわたしの首の横にあてた。髪をはさんだままで。親指でわたしのあごを支えて彼の顔を見つめさせた。

「どこに引っ越すんだ、ダーリン？」

「ケンタッキー」

彼はゆっくりと目をしばたたかせた。それから訊いた。「ケンタッキー？」

わたしは肩をすくめた。

彼がにやりと笑う。

それからそっと言った。「わかったよ、ベイビー、そのこともあとで話をしよう」

「わかった」わたしもそっと返した。

彼はわたしの顔をまじまじと見つめ、手を動かして親指でわたしのほおと唇をなでた。頭をさげて、一瞬、親指のふれたところに唇をつけて、からだを離した。

「あとでな、ベイブ」彼が言った。

「あとでね、スリム」

そう言ったわたしに、彼は真っ白な歯を見せてにっこり笑った。

またつま先がきゅうっとなった。
そして彼はいなくなった。

4

「こんなにきれいなケーキを切らなければいけないなんて！」エイダはそう言って、わたしが彼女のベイビーシャワー用につくってきた大きなケーキにナイフを入れた。

礼儀正しくほほえんだわたしのまわりで、彼女の友人たちが、テッサ・オハラ特製ケーキのご相伴にあずかれるという期待にくすくす笑った。自慢ではないけど、わたしのケーキとカップケーキは、見た目とおなじくらいおいしいと評判で、地元紙に掲載されたこともある。うちのお店は、開店から閉店までずっとお客さんがひきもきらない。年中無休で朝の十時から夜は七時までやっている。きょうのケーキは手作りの黄色いケーキにバタークリームのフロスティングをあしらったものだ。シンプルだけどすごく人気がある。自分でも、傑作だと思う。

しかし友人たちの笑い声は、エイダが、淡い青色のテディベアが大きく描かれた紙皿に、透けて見えそうなほど薄く切ったケーキをとり分けはじめるのを見て、やんだ。

またこれ。

いかにもエイダらしい。

わたしはあらかじめ彼女から参加者の人数を聞いておいて、みんなにたっぷりゆきわたるように、直径三十五センチの四段重ねのケーキを焼いてきた。でもエイダは、自分とヴィクがあとで食べるために、半分残しておくつもりなのだ。

わたしはため息をついて、自分はここでいったいなにをしているのだろうと考えた。エイダはヴィクに出会ったときに三十六歳で、彼女の出産可能年齢時計の針の音がガンガンに鳴りひびいていて、北米航空宇宙防衛司令部でもそれをトラッキングしていたほどだった。彼女はすぐに、ヴィクを自分の婚約者にする聖なるクエストに着手した。さらには自分の夫に。そして今度は生まれてくる子の父親に。そのあいだずっと、エイダとわたしのつきあいはなきに等しかった。

彼女がわたしに連絡してきたのは、婚約パーティーのケーキを焼いてほしいと言ったとき。さらにブライダルシャワーのケーキ、結婚式のケーキ、そして今度のこれ。彼女はそのうちのふたつ分しかお金を払わなかったし、そのふたつの代金も値引きを要求した（そしてわたしはお人好しにも、値引きしてあげた）。

それ以外、エイダは、結婚式のプランニング、新居探し、新居のインテリア、子づくりに邁進しながら、ヴィクを（必要とあれば、のみとハンマーで彫りだして）郊外に住む完璧な夫像に仕立てあげるのに集中していた。彼女が友人とつきあおうとするのは、わたしたちに彼女へのプレゼントを買わせて、彼女の人生の節目を祝わせるときだけだった。

たしか去年は、クリスマスカードさえ送ってこなかったはず。

それにわたしにも、考えるべき人生の節目がある。こんなところにいる場合じゃない。

まあ、節目ではないかもしれない。でもなんにしても、ものすごく重大なできごとには変わりない。キッチンでのブロック・〝スリム〟・ルーカスとのあのシーンは、ものすごく重大なできごと以外のなにものでもない。

そうよ。

わたしは細切れのケーキの載った皿を、淡い青色のフォークといっしょに配りながら、どうやって途中で抜けだそうかと考えていた。

隣に坐っていた女性にお皿とフォークを渡したとき、彼女がムカついた口調でつぶやいた。「せこ！」

当然、わたしはびっくりした。見ると、彼女は向こうが透けて見えそうなケーキを見つめていて、わたしの思ったとおり、見るからにムカついている。

彼女とはきょうが初対面だった。エルヴァイラという名前で、モカ色の肌、長めの前髪に金髪のハイライトを入れたおしゃれなショートカットで、すてきなタンジェリン色のトップからもっとすてきな胸の谷間をのぞかせて、すばらしいヒップを強調するぴったりとしたスカートをはいていた。ものすごくかっこいい十センチのスティレットヒールのサンダルをはいていなかったら、わたしよりも背が低かっただろう。彼女は、わたしがこれまでにエイダの人生の節目におこなわれる〝わたしを祝って〟パーティーで見かけたことがある美人集団といっしょにパーティーにやってきた。金髪美人のグエン、モデルのように長身でほっそりしていて、こちらも金髪のトレイシー、もうひとり、長身でしなやかなアフリカ系のカミーユ。

でもいままで、エルヴァイラとは会ったことがなかった。

「エイダとはどういう知り合い？」わたしが訊くと、彼女がこちらを見た。

「知らないわ。でも、パーティーでピーナッツ、それもハニーローストでも塩味でもなくただのピーナッツを皮つきのままボウルに入れたものと、コーンチップスを出すような女、知りたくもない。ケーキを配ったかと思えば、こんな薄切り。嘘でしょ。こんな。とんでもないわ！」答えた彼女の顔を、わたしはまじまじと見つめた。その理由はおもに、彼女の答えがとんでもなかったからだ。正直だけど、とんでもない。

それからわたしは訊いた。「知り合いでもないのに、ベイビーシャワーにもぐりこんだの？」

「ちがうわ。〝のっぽちゃん〟に連れてこられたのよ」そう言って、モデルのように長身でほっそりしたトレイシーをあごで示した。「ひとりで来るのがいやだからって。グエンとカムも来るのをいやがっていたから。いまなら、その理由がわかるわ。トレイシーは優しいけど、相手にいいようにあしらわれても気がつかないのよ。ひどい扱いをされても。彼女が従業員割引をえさにしたから、わたしたちも出席すると約束したの。あの子、〈ニーマン・マーカス〉で働いているから」

「ふーん」わたしはあいまいにうなずきながら、それならわかると思った。わたしにも、高給デパートの従業員割引をえさにされたら、ひどいベイビーシャワーに行ってしまうような時期があった。でもその時期はもう終わった。六歳のころから何度もしているように、わたしは人生の新しい局面に入った。この局面で重要なのは、クリスチャン・ルブタンではなく、ハーレーダビッドソンだ。

そんなことを考えていると、彼女がとつぜん不穏なことを言った。「もううんざり。カクテルにしましょう」

わたしがなにか言う前に、彼女はさっと立ちあがると、大きなバッグをつかみ、チャリチャリと音をたてたバッグを肩にかけて、わたしの手をとってソファーからひっぱりあげた。

わたしを立たせたエルヴァイラは、高らかに宣言した。「煙草休憩！」

みんなわたしたちに注目した。一部はショックを受けている。なにしろ最近では、マリファナ煙草に火を点けてもなんとも思われないけど、普通の煙草に火を点けたら、人々に石を投げて殺されても文句は言えないという風潮だから。でも大部分の人の目はうらやましそうで、それはたぶん、彼女たちが煙草を吸いたがっているからではなかった。たぶんわたしと、そしてエルヴァイラとおなじく、ここから抜けだしたいと思っているからだ。

「煙草休憩？」エイダがいかにも嫌そうな顔をして訊いた。

「そうよ、裏のデッキでいい？」エルヴァイラは尋ねたけど、答えを待つことはしなかった。わたしをひっぱって、エイダの完璧な郊外の一軒家の奥にある引き戸へと向かいながら、あごで仲間に合図した。

わたしはついていくしかなかったけど、なんとかマーサに目で合図した——席を立ってついてきてという、非言語的招待だ。

マーサとは小学校五年生以来のつきあいで、わたしがデンヴァーに越してきたのも彼女がいたからだった。デミアンと結婚する前は、マーサといっしょに住んでいた。だからマーサは当然わたしの非言語的招待を読みとって席を立った。

「氷」エルヴァイラが命令している。

トレイシーがうなずいて調達にいき、エルヴァイラはわたしをひっぱってドアのそとに出た。

わたしの手を放して、デッキに置かれている完璧なガーデン用の家具のほうにさっそうと進みながら、彼女はわたしのケーキを折りたたんでひと口にほおばった（もっとも、ケーキは折りたたむとひと口サイズだったから、それほど大変ではなかったはず）。あいた皿をテーブルに置いて、大きなバッグをどすんとおろすと、バッグがまたちゃりちゃりと音をたてた。わたしはあからさまな驚きの目で、マーサとグエンとカミーユとわたしがテーブルを囲んで集まるなか、エルヴァイラが大きなバッグのなかからコスモポリタンの材料（ステンレス製のカクテル・シェイカーまで）をとりだすのを見守った。

「まったく。全部トレイシーのせいよ。わたしはエイダのことなんて、ヴィクとつきあう前から好きじゃなかった。でもこのパーティーのひどさったら。もし元戦争捕虜の人がこのパーティーに来ていたら、ネズミを食べるくらい飢えていたころを懐かしく思いだしたはずよ」カミーユがつぶやいた。

「ヴィクを見た？」グエンがカミーユに訊くと、カミーユは首を振った。「まるで以前の彼の影のようだった。昔の彼はフットボールはブロンコス、バスケはナゲッツ、野球はロッキーズの大ファンで、愛車はヴィンテージカーのシボレー・シェベルだった。それがいまでは、ブロンコスの名選手エルウェーの背番号のついたスウェットではなく、ボタンダウンシャツを着て、ミニバンを運転してるのよ。まだ子供も生まれていないのに」

「かわいそうなヴィク」マーサがつぶやいた。

「なにがかわいそうなヴィクよ」エルヴァイラが、シェイカーにウォッカを注ぎながら言った。「男が毅然として、自分の女に責任をもたないと」彼女はカミーユとグエンのほうをちらりと見た。「あんたたちはわたしの言ってること、わかるでしょ？」

　ふたりが重々わかっているという感じにうなずいたのに興味を引かれた。なぜならわたしにはわからなかったから。でも質問する前に、引き戸があく音が聞こえた。ふり向いて見ると、ファッションモデルのようなトレイシーが、まるでここが完璧な裏庭のデッキではなくてキャットウォークであるかのような優雅な足取りで、大きなグラスふたつに氷を入れてもってくるところだった。

「オーケー、ここに来られてよかった。いったいどうなってるのか訊きたかったのよ」マーサがそう言って、わたしが彼女を見ると彼女はわたしを見ていて、つまりわたしに話しかけているのだ。

これはあまりよくない。

マーサはエルヴァイラとおなじくらいの身長で、つまりだいたい百六十センチくらい。マーサもいまはわたしより少し背が高いのは、わたしはベースが黒できらきらした銀色のストラップ付きのサンダルをはいているのに、彼女がヒールは十五センチ、厚底部分が五センチのパンプスをはいているからだ。ちょうどいいくらいの曲線美で、色白の肌と明るい青色の目に、カールした濃茶の髪がよく合っている。

それに彼女は、世界でいちばんわたしのことを（というか、わたしが表面に出していることを）知っている人間でもある。いつも遅刻して、いつもマーサ的パニックにおちいっている。その人生はいつもドラマに彩られている。でもわたしはマーサのことが大好きだし、マーサもわたしを大好きでいてくれて、それはなにがあっても、永遠に変わらない。いいときも悪いときも、ずっといっしょだった。そしていいことも悪いこともいっぱいあって、わたしは彼女といっしょに大波を乗りこえ、そのあいだずっと彼女の手を握っていた。彼女はそれに感謝していて、いつもそれを言葉で伝えてくれる。

それはさておき、ものすごく優しくて、洞察力があって、思いやり深くもなれるマーサだけど、言いたいことがあるときには、たとえそれが言いにくいことであっても、ずばりと口に出す。

どうやらいま、それをしようとしているらしい。

だからわたしは素知らぬふりをして訊いた。「なに?」

「なにって?」その眉が吊りあがり、彼女がわたしの素知らぬふりを一瞬たりとも信じていないのがわかった。「テス、わたしがあなたの家に入っていったときのあなたの顔……あの顔……」彼女は首を振った。「いったいどうしてあんな顔になったのか、それにまだその顔をしているし」

それから、わたしが顔がなんなのか知らないと思っているかのように、わたしの顔に指をつきつけ、続けた。

「わたしにわかっているのは、この三カ月間、あなたは悲惨な状態だった。だれもあなたをなぐさめることはできなかった。沈んだ顔をしていた。それがいまは、まるで夢の世界に住んでいるような顔をしてる」

もう。

マーサが自分の人生をつねにドラマティックに生きているからといって、彼女がまわりに注意を払っていないわけじゃないのを、肝に銘じておかないと。

「なんのことを言ってるのかわからないわ」嘘。

「わかってるでしょ」エルヴァイラが言いながら、カクテル・シェイカーに氷を入れた。

「え……」わたしはエルヴァイラにもごもご言いながら、ちょっと驚いていた。だって彼女とは一時間前に会ったばかりで、わたしのことをなにも——とくにこのことについては——知らないはずなのに。

「生まれつきの才能なのよ」エルヴァイラがわたしの無言の問いかけに答えて言った。「人の顔を読めるの」彼女はカクテル・シェイカーをもちあげ、しゃかしゃか振りはじめた。「あなたの顔には、親友がなにを言っているのかちゃんとわかってるって書いてある」

やだ。

わたしはみんなの視線を感じたけど、次に口を開いたのはマーサだった。

「聞いて、テス。わたしが一度引きさがったのは、わたしがあのジェイクって男を気に食わないってことをあなたもわかっていたからだった。でもその顔を見てしまったら、もう引きさがるつもりはないから」

いやだ。

この時点でマーサはテーブルを囲む美女軍団のほうを見て、説明しはじめた。「彼女がある男とつきあいはじめて……たしかにセクシーな男よ、つまりわたしがセクシーというのは――」彼女は自分の指を舐めて、「ジュッ」という焼ける擬音を出しながら指をさっと振って、続けた――「こっちが火傷するほどセクシーってこと。悪い知らせよ」

そもそもわたしはこの話をしたくなかったけど、ひどいもてなしのベイビーシャワーの最中に、エイダの完璧な裏庭のデッキでよく知らない女性たちとこっそりコスモポリタンを飲みながらこの話をするのは、もっとしたくなかった。それよりも、早く家に帰って、九時にブロックがやってきて話し合いをする準備をしておきたかった。

だからわたしは口を開いた。「マーサ――」

「いいえ、だめ」マーサがわたしの顔の前に手をあげて遮り、それを見ていたエルヴァイラがつぶやいた。「大変。これは深刻よ。親友にそんなふうに手をあげるなんて」

マーサは手をおろし、美女軍団のほうを見て続けた。「その男はなにもかもセクシーなの。歩き方、声、髪の毛、お尻。マジで。あの腕に手を滑らせるためなら、魂を売ってもいいと思うくらい」そして身を乗りだして、声をひそめた。「手の甲と前腕に血管が浮き出てて、もう垂涎ものよ」

なんてこと。

ものすごく注意を払っている。

「うん、わかる」エルヴァイラとトレイシーは相槌を打ってマーサに注目していた。グエンもマーサを見ていたけど、カミーユはわたしを見つめていた。

マーサは言った。「でも彼が、自分の家にテスを連れていったか？　いいえ。彼の勤務先をテスは知っているのか？　いいえ。テスは彼の友だちに会ったことがあるか？　いいえ。家族は？　ひとりも。いつも会うのは彼女の家かどっかのバーよ。いいレストランでの食事なんて一度もない。テスにおめかしさせてどこかに連れていったこともない。彼はテスの友だちには会ってる。テスのお店にも来たし。ひょっとしたら、遺産で食べている一匹狼なのかもしれないけど、わたしの聞いたかぎりでは、たいした遺産じゃないみたい。彼が電話してきて、テスが出る。彼女が出られないと、留守電にメッセージが残されていて、彼女はすぐにかけ直す。彼が会いたいと言ったら、テスはどこででも、何時でも、そのとおりにする」

「ないわ」グエンがつぶやいた。明らかにわたしが期待を裏切ったことに失望している。

「そうなのよ。ないでしょ」マーサが言った。「わたしがもっと駆け引きをするように言ったとき、テスは耳を貸したか？　いいえ。わたしが、四カ月もつきあっていたら、彼の家に行くのは当然だし、少なくともひとりは彼の友人に会うはずだって言ったとき、テスは耳を貸したか？　いいえ。そりゃそうよ。あの男に夢中なんだから。だって、メリッサ・エスリッジでもきっと夢中になる。女をとりこにするセクシーが、歩いて、話をして、呼吸してるようなものだもの。でも女は、多少の駆け引きをしないと。相手の言いなりになったらだめよ」

わたしはふたたび口をはさもうとした。「マーサ――」

彼女は明るい青い目でわたしを見た。「いいえ、テス。あなたは彼の言いなりだった。そしてこの三カ月間、ジェイク・ノックスの話はいっさいしなくなり、彼を見かけることもなかった。とつぜん彼が地上から消えてしまったかのようだった」彼女はわたしのほうに顔を近づけた。「わかってる」また椅子の背にもたれた。「別れたんだと。だってあなたは、一度決めたことはがむしゃらにやりとげる子だから」

マーサは美女たちのほうを見て、続けた。

「わたしが二十四年間ずっと勧めても聞く耳もたずだったのに、とつぜんコンタクトレンズを買ったのよ。いきなり週三回のキックボクシングのクラスにも通いはじめて。とうとつに、自分の店の経営拡大を目指して支店を出すことを検討しはじめると同時に、気に入っていた自宅を売りにだし、ケンタッキーに引っ越そうかと言いだすし。急に美容院を変えて、三百ドルもかけて新しい髪型にした。とつじょとして〈ノードストローム〉で買い物するのをやめて、〈バイカー・ベビザラス〉で服を買うようになった」

マーサは背筋を伸ばし、続けた。

「みんなも知っていると思うけど、ものすごくセクシーな男にふられた女には、ふたつの選択肢があるでしょ。〈ラマーズ・ドーナッツ&コーヒー〉に行って、在庫があるかぎり食べつづけて三十キロ太り、男なんてこりごりと思い決めて、そのうち彼女にべた惚れしてくれるビールっ腹の負け犬と出会うか。そうじゃなければ、新しい見た目を手に入れ、キックボクシングで引き締まったお尻になって、仕事に没頭する。それはつまり、彼に再会したときに、『自分がなにを捨てたのか、よーく見てみなさいよ、このくそ野郎』と言ってやる瞬間を目指して生きるということよ」

マーサの目がわたしに戻ってきた。

「そしていままで、あなたはそれをしていた」

そんなことはしていない。

そこまでは。

「ねえマーサ――」わたしは話そうとしたけど、また遮られた。

「でもきょう、あなたの目を見てわかった。なにかがあったのよ。そしてそのなにかは、わたしの推測では、あの男が戻ってきた。あなたはまた夢中になって、彼は自分の夢に見ていた理想の男性だという夢の世界に生きているけど、これまで彼がしてきたことを見れば、理想の男なんかでは……ぜったいに……ないから」

「率直に言ってもいいのよ」エルヴァイラがわたしに言った。

「あの……失礼なことを言うつもりはないんだけど……」わたしは女性たちを見渡した。「あなたたちのことをよく知らないから――」

エルヴァイラが遮った。「そうね、あなたはわたしたちを知らない。それはほんとだけど、言わせて。あなたの親友の話からして、これは介入を必要とする事態だし、わたしたちはみんな胸とお尻が出てるし――カミーユは例外でお尻だけだけど、運のいいことに神さまはとびきりのお尻を彼女にくれた――だからわたしたちシスターはみんなクラブの仲間で、もしメンバーのだれかが介入を必要とする事態におちいったら、たとえその子のことをよく知らなくても、介入するのが義務なのよ」エルヴァイラはそう断言すると、テーブルを囲むみんなの顔を見て、訊いた。「そうじゃない？」

わたしはエルヴァイラのことを見つめた。彼女が言ったことはまったくいかれているけど、女にかんするほとんどのことと同様に、正しかった。それには彼女の、カミーユは胸が控え目だけどお尻がそれを埋め合わせるほどすばらしいという観察も含まれている。

「あなたの言うとおりよ」トレイシーが同意した。

「わたしは――」カミーユがなにか言おうとしたけど、エルヴァイラがかぶせるように言った。

「白状しなさい」彼女は命じた。「そのジェイクって男が戻ってきたの？」

「多少」わたしがうっかりつぶやくと、エルヴァイラの眉がこわい感じでひそめられた。

「多少？　男が多少戻ってきたってどういうこと？」

「その……」わたしは口ごもり、マーサの視線を避けた。彼女の言うとおりだ。わたしは親友のマーサに、ブロックのことも、デミアンのことも、元夫の麻薬取引ビジネスをつぶそうとする複数の捜査機関の取り調べを受けたことも、なにも話さなかったけど、いま思えば、それは全部、話すべきことだった。

エルヴァイラはカクテル・シェイカーのふたをとると、テーブルの向かいに坐っているわたしにシェイカーを差しだした。「これを少し飲んで、言っちゃいなさい」

思わずシェイカーに手を伸ばしてしまった。そして、ちょっとこわい感じのエルヴァイラに言われたとおり、少し飲んだ。

このコスモすごくおいしい。

わたしはシェイカーを、隣に立っているトレイシーに回した。そして息を吸いこみ、話しはじめた。

「オーケー、あのね、わたしがあなたに話さなかったのは……」マーサのほうを見て言った。「じつは……その……混乱していたから」

「まあ」グエンがまた言った。

「続けて」マーサはわたしの顔を見つめたまま、静かな声で言った。彼女が身構えているのは、心配しているということだ。

もう。

「彼の名前はジェイク・ノックスではなかった。ほんとうはブロック・ルーカスというの」そう打ち明けると、なんとなくテーブルの緊張感が高まった気がしたけど、マーサがもっと心配そうになって目をぱちぱちさせたので、急いで言葉を継いだ。「彼は……わかった、全部話すわ。デミアンは麻薬取引の元締めで、九カ月前にわたしに連絡してきて、父親の具合が悪いと言ってだましたの。わたしが彼とランチに出かけたら、彼は復縁を求めてきた」

わたしがそこでいったん話を切ったのは、マーサが大声で叫んだからだった。「なんですって⁉」

わたしは彼女の腕に手を置いて、すばやく言った。「ハニー、あれは……なんでもなかったの」

「テス、あのくそ野郎があなたに電話してきたら、それはなんでもないことじゃないから！」彼女は言いきって、明るい青い目をきらりと光らせた。

マーサの言うとおりだ。彼女はデミアンの最悪の部分を知らないけど、もともと彼のことを気に入っていなかった。最初から悪い種だと言っていた。花嫁の付添人のドレスの試着をしながら、親友としていやいや義務を果たすのだと表明した。ずっとデミアンを嫌っていた。

だからわたしは、彼に殴られたことも、レイプされたことも、マーサに言わなかった。彼女はきっと逆上するだろうし、わたしは彼女には自由でいてほしかったから。殺人罪で服役させるわけにはいかなかった。

「あなたの言うとおりよ」わたしは言った。

「そうでしょ」彼女は言った。

わたしは大きく息を吸った。「とにかく、わたしは彼に、復縁する気はないと言った。でもデミアンのことは知ってるでしょ？」

マーサは首をふって、テーブルを囲んでいる女性たちに言った。「あきらめが悪い男なのよ。いったんその牙で食らいついたら、毒をすべて注入するまで離さない」

「大変。どうやら男を選ぶときにあまりいいレーダーをつかっていないみたいね」エルヴァイラがつぶやいた。

「そうよ、テスのレーダーはあまりよくないなんてものじゃないから。故障しているよりひどい。壊れているのよ」マーサが同意するのを見て、もしかしたらエルヴァイラとマーサはいいコンビになるかもしれない、とわたしは考えていた。デンヴァーは比較的平和な都市だ。いままで暴動や立てこもり、武力による土地の強奪などがあったという話は聞いたことがないけど、もしこのふたりが協力してデンヴァーの都市部の女性たちを集結させ、女性をくず男から守るために避難させようというデモを実施したら、そういうことが起きかねない。

「続けて」カミーユが静かな声で先をうながし、見ると、彼女とグエンとトレイシーが優しいまなざしでわたしを見つめていた。

わたしはうなずき、続けた。「それはまだ序の口なの」

「まあ」グエンがささやいた。

「まったく」マーサがつぶやいた。

「ほんとに？」エルヴァイラも言った。

わたしは話を続けた。「さっき言ったとおり、デミアンは麻薬取引の元締めで留置所に入っている、というか、入っていた。いまは保釈されて裁判を待っているはずよ」

マーサがわたしをぎろりとにらんだ。彼女もこのことは知っていた。新聞に載っていたから。でも一度しかその話を切りださなかった。わたしが彼女に、もう関係のない人だから興味がないと言って、彼女はそれについても引きさがった。

わたしは続けた。「でもデミアンはそれからたびたびわたしに電話をかけてきたから、彼を捜査している合同特捜部は、わたしが彼の商売にかかわっていると考えた」

「まあ」グエンがささやいた。

「まったく」マーサがつぶやいた。

「ほんとに?」エルヴァイラも言った。

わたしは言った。「だから彼らは……潜入捜査官を送りこんでわたしと接近させることにして、送りこまれてきた捜査官が、ジェイク、またの名をブロックだったの」

「なんてこと!」マーサが叫んだ。

「ハニー、落ち着いて」わたしは言いながら、緊張してきた。

マーサはテーブルに身を乗りだして、カミーユの手からカクテル・シェイカーを奪いとると、まるでクールエイドのようにごくごくと飲んで、シェイカーをおろすと、射るような目でわたしを見た。

わたしはそれを合図に話を再開した。

「まあ、そんなところよ、だいたい。彼らは一斉手入れをおこなって、わたしはそれに巻きこまれたということ。家も、車も、お店も捜索されて、コンピュータや家計の状態まで調べられた。警察署に連れていかれて、事情を聴かれ、そのときにジェイクが潜入捜査官だったと知った。そこで少し話をして、わたしは彼と別れることにした」

わたしが口を閉じると、マーサが口を開いた。

「言わせてもらうけど、テス、デミアンは悪い種だったのよ。新聞があいつのことを書いたときも、わたしは驚かなかった」

わたしはマーサの視線を受けとめ、「だから言ったじゃない」と言われるのを覚悟した。

予想は裏切られなかった。

「言わせてもらうけど、ジェイク、またの名をブロックだかだれだか知らないけど、あいつはなんかおかしいと、わたしにはわかっていた」

わたしは唇を引き結んだ。

「それにこれも言わせて。こういうこと全部、あなたがわたしに話さなかったなんて、い、い、い、信じられない」

わたしは下唇を噛んだ。

「わたしが知りたいのは、どうして彼は戻ってきたのかということ」

わたしは唇を離したけど、すぐに閉じてしまった。マーサは目をせばめた。

ようやく決意した。いままであまりにも多くのことを彼女に隠してきて、それはよくないことだった。だからいま、彼女の質問に答えるのが正しいことだ。

「彼がきょう、説明するためにうちに来たのよ」わたしは静かな声で言った。

「それで？　彼はなんて言ったの？」

「その……彼は……なんていうか……」

わたしの声はもごもごと細くなった。

「まあ」グエンがささやいた。

わたしが話しはじめたとき、マーサはまるで頭が爆発しそうという顔をしていた。

「彼はふたりで話し合って、これからのことを決めようって」

「これからのこと？」マーサがつぶやき、わたしは肩をすくめた。それがいちばんいい手だとは思わなかったけど。「それで、これからどうするつもり？」

「彼が夜九時に来ることになっているの」わたしが言うと、マーサはあきれたように目を天に向けた。

「まあ」グエンとカミーユが声を揃えた。

わたしはもう一度、深く息を吸った。

マーサがわたしに目を戻し、「やめなさい」と、穏やかに言った。

「マーサ――」

彼女は首を振った。「言わせて、テス、そんなことをしたらだめ」

「わたしは――」

マーサがわたしの腕をつかんだ。「聞いて。いい、真剣に、今度だけは耳を澄まして、わたしの言うことをちゃんと聞いて。その男はだめよ。だめ。たしかに、彼はわたしが思っていたような、とんでもないくそ野郎ではなかった。ところが彼は、警察官のようなもので、あなたをだました、とんでもないくそ野郎だった。彼が司法のこっち側にいるからといって――わたしにすれば、立派にあっち側だけど――彼があなたにとって、いい相手だとは限らない」

「マーサ――」

彼女はわたしの手をとって、首をふった。

「聞いて、テス」彼女は引きつった声で言った。「どうしてあなたが現実を見ないいま生きていこうとするのか、わたしにはわからない。でもわたしはあなたを愛しているし、それがあなたなら、そうすればいい。でもそんなあなただから、現実が見えていないときは、わたしが代わりに注意をしないと。そしていま、わたしはあなたの代わりに注意しているの」

彼女はわたしに近づき、その目に熱をこめ、言った。

「あなたはきれいよ。すごく優しいし。ハニー、優しすぎるくらい。あなたのそういうところも好きよ。みんなそう思っている。あなたは四十三歳で、くそ野郎の王さまとひどい結婚を経験して、そいつは本物のくそ野郎の王さまだとみずから証明した。あなたはまだ世間知らずで純情で、それはすごくかわいい。ほんとに。真面目な話。どんな男の人だってそう思うはず。でもそれは、だまそうとする男のいいカモだということでもあり、いままでなんとかそれを避けてこられたのは、あなたが過去の経験のせいで臆病になっていたからよ。ここにきてようやく勇気を出したかと思えば、相手はあなたにとってよくない男だった。現実がちゃんと見える女性なら、ひと目見て、遊ぶにはいいけど、すぐに次にいくべきだとわかるような男よ」

彼女は首を振って、わたしの腕に置いた手にぎゅっと力をこめた。

「あなたはちがう。あなたは白いフェンスの家を夢見ていて、彼が死ぬまで毎年贅沢なバースデーケーキを焼いてあげたいと思うような人よ。彼は捜査対象としてあなたとつきあいはじめた。彼がどうして戻ってきたのか、わたしにはわかる。なぜならあなたが世間知らずで純情で、それをかわいいと思ったからよ。でも彼はあなたを食いつぶしてしまう。食いつぶして、吐きだす。彼は一度それをしたのよ。ガール、あのね、あなたは今度こそ現実をしっかり見て、彼のありのままの姿を見て、きっとまたおなじことをする男だと知っておかないと」

「ふうむ」エルヴァイラがつぶやいた。

わたしは彼女のほうを見た。

そしてわたしは、この人たちにはばかみたいに聞こえるだろうことを言った。「あなたたちはみんな彼を知らない」

「それが……じつはね、知ってるのよ」グエンが穏やかに言ったので、わたしは驚いて彼女を見た。

「ほんとに？」

「うん、わたしは知っているわ。ずいぶん前になるけど……その……」彼女はエルヴァイラをちらっと見て、またわたしに目を戻した。「彼は……わたしの彼氏はある業界にいて、わたしがそれに巻きこまれた状況があったの。そのときルーカスも巻きこまれていたのよ。彼はそのときも潜入捜査官で、その……」グエンは言葉を切り、そっと息を吐いて、続きを話した。「ごめんなさいね、テス、彼はそのときも任務である女の子に接近していた。その子はダーラという名前で、どうしようもない、いやな女だった。とんでもなくいやな女。でも彼は、悪いやつを捕まえるために、彼女とつきあうふりをして、ほんとうに彼女とそういうことをしていた。そこまで仕事熱心なのはすごいと思う。でもブロック・ルーカスは——だれでも知っているけど——ほんとうに仕事に熱心だということ」

わたしはグエンをじっと見つめて、彼女が言わんとすることを理解した。

彼女がなにを言おうとしているのか。

わたしのお腹の底できつくとぐろを巻いているものがからだを伸ばし、シャーッと威嚇し、牙をむき出しにして、いまにも襲いかかろうとしていた。

いけない。

わたしは自分が窒息しないうちにその場を離れて、なんとか落ち着かなければならなかった。

「帰らないと」わたしはささやき、テーブルから一歩離れた。

腕に置かれたマーサの手に力がこもる。「だめよ、ハニー」

わたしは慎重に彼女の手をほどき、全員に注目されながら、また一歩さがった。

「帰らないと」もう一度言ってみた。

「それはいい考えに思えないわ、ハニー」エルヴァイラが優しい声で言った。

わたしはマーサを見て、小さな声で言った。「あとで電話する」

「テス――」彼女がなにか言いかけたけど、わたしはふり向き、急いでドアをくぐった。

エイダを見つけて、頭が痛いからおいとまするとを伝えた。

それからバッグをもち、車のところに行った。

エルヴァイラ、グエン、カミーユ、トレイシーのだれかが、マーサをうちまで車で送ってくれるはずだと思った。

そしてわたしは愚かにも――どうしようもなく愚かにも――途中で店に寄って、ブロックの好きなバドの瓶ビール六本パックを買い、家に帰った。

5

バスルームの鏡に映った自分をじっと見つめる。

最近はよくする。あの日警察署でマジックミラーに映った自分を見てしまってから、ずっと。生まれて初めて自分を見た……ううん、見たというより、生まれて初めて自分を査定した。

マーサの言ったことは少し正しいけど、ほとんどははずれていた。

この三カ月間、わたしがしていたのは、ジェイクまたの名をブロックに再会したときに、「わあ、なんだよ、こいつを使い捨てにしたのはしくじったな」と思わせるようなテッサ・オハラになることではなかった。

自分自身を見つけることだった。

いいえ、それでもない。

なりそうな自分にならないことだった。

元夫の犯罪行為にかんして複数の捜査機関の合同特捜部から事情聴取された翌日、鏡をじっと見て、自分を査定し、わたしは自分がどんな人間なのか、これからどうなるのか、どんな人生を送りたいのか、まったくわかっていないという不愉快な結論に達した。

あの日と、それからずっと鏡を見るたびに唯一わかっているのは、いまの自分ではいたくないということだった。

だから新しい自分をいろいろと試している。

査定について考えてみると、じつは自分がしばらく前から無意識にこれをやっていたのに気づいた。マーサの言葉によれば、現実を見ないようにして人生を漂うように生きていた期間にも。そのあいだもわたしは、淡々と新しい自分をいろいろ試していた。でもぜんぜん意識していなかったせいか、ほかの女性たちのように、二十代後半から三十代のどこかでぴったりくる自分を見つけることはなかった。

わたしはケーキのデコレーションをするのが好きだ。お客さんがそのケーキをきれいだと思って、おいしく食べてくれるのが最高にうれしい。お店もわたしの自慢だ。その外観も、感じのいい店内も、自分が好きなことを仕事にしてそこそこの生活ができるという事実も。

でもわたしにできたのは、そこまでだった。

わたしはどこかで道をはずれてしまった。三カ月間、鏡のなかの自分の顔、自分の髪、自分のからだ、自分の魂を査定して、そのどこかはデミアンに出会ったときだとわかった。

彼はぶさいくでもないけど、ハンサムでもなかった。

でも強烈なカリスマがあった。

狂信的なカルトの教祖にだってなれただろう。そういうのの信者たちは、自由に疲れ、強くて人を動かす力のある人物にしがみつき、日常の判断や、好悪にかかわらずその結果を受けとめるという苦労をみずから手放して、道を示してもらいたがっている。

わたしがそれを知っているのは、かつての自分もそうだったからだ。

デミアンは株式ブローカーで、まだ若かったけど成功していて、出世もしていたし、意欲的だった。わたしは彼のカリスマと豪放な性格といい車と高そうな服と贅沢な暮らしぶりに引きこまれた。でも現実を見ようとしなかったのはわたしだ。そのせいで、彼がひどく短気なこと、激しやすいこと、危険な出世欲をもってることに気づかなかった。彼はいちばんいい車、家、服でなければ気がすまなかったし、あらゆるやり方で――わたしで、ほかの女性との浮気で、ほかの男性を負かすことで――自分の男としての能力を証明したがった。

それでも初めのころ、わたしの肌を粟立《あわだ》たせたなにかは、わたしのお腹の底に集まり、まとまって、とぐろを巻いてそこに居座り、わたしが現実から目をそむけているあいだ、ずっと毒を吐きつづけた。彼が手の甲でわたしを殴って口論を終わらせ、わたしをレイプしたあの夜までずっと。あのとき、わたしがそんな気分ではないと断ったせいで、そのことについて口論になった。それが手に負えないほど激しくなり、とつぜん彼がおそろしいほど逆上して、自分の欲望を満たした。

それが起きたことだ。

あれは昔のことだ。

いまはちがう。

わたしはまた、おなじことをくり返そうとしているのだろうか？　目を閉じたまま、現実を見ないで、新しいことをはじめようとしている？　カリスマがあって、気分屋で、仕事熱心で、その魅力的だけど機能不全な渦のなかにわたしを引きこみ、彼というサイクロンに巻きこまれたわたしがどれほど傷ついても気にしないような男性に期待しつづけている？

そこまで考えたとき、ドアがノックされる音がした。

完璧なタイミングだ。

最後にもう一度、鏡のなかの自分を見た。それから、愚かな望みをいだいているのか、直観的に正しいのか、どちらかはわからないけど、警戒、不安、ためらいを感じながら、玄関ドアへと向かった。

つま先立ちをして小さな四角い窓から見ると、ブロックが立っていた。横を向いて、通りに目を向けている。ドアをあけて、彼がなにを見ていたのかわかった。

マーサとエルヴァイラが、とめた車の横に立っている。デンヴァー市の街灯の明かりだけでも、マーサがブロックをものすごい目つきでにらみ、エルヴァイラは彼を品定めしているのがわかった。ふたりはタイミングを計ってやってきたのにちがいない。まあ、いいニュースとしては、マーサを送ってくれる人がいたのはよかった。

「いらっしゃい」わたしが言うと、彼はこちらを見た。

彼は口元をぴくりとさせて、言った。「友だちに話したのか」

「うん……」わたしはあいまいに言った。

ぴくりとした口元がにやりという笑みに変わった。彼はわたしのお腹に手をあてて押しながら、入ってきた。

「またね！」わたしは失礼にならないように、ふたりに呼びかけた。

「賢くなりなさい！」マーサが叫びかえしてきた。失礼にならないようにとはまったく考えていないらしい。だって彼女の言葉が意味するところはひとつだ。ブロックはしっかりとドアをしめた。

さっきの会話はもう終わり。

彼を見上げる。まだ笑みを浮かべている。

もう。

「ビールは買ってきたか？」彼に訊かれて、うなずいた。

彼はわたしを玄関に置きざりにして居間を横切り、奥のキッチンに入っていった。

もう一度窓をのぞいてみると、マーサとエルヴァイラが何事か話し合っていた。

いいニュースは、もしふたりがネットで爆発物や雷管を買えたとしても、注文して届くまでに時間がかかるということだ。もうひとつのいいニュースは、犯罪者の裏社会のコネか、傭兵につてでもないかぎり、そういう品物は一般の市場では買えないということ。マーサにはそんなコネはない。エルヴァイラはどうかわからないけど。

悪いニュースは、マーサは自分の人生であまりにも多くのドラマを経験していて、つまり創意にあふれている。エルヴァイラもたぶんそうだろう。それはよくない。

「ベイブ、いっしょに飲むか?」ブロックの声が聞こえた。「いらない」わたしはそのまま、うちのそとで何事かたくらんでいるおそるべきふたりの観察を続けた。

しばらくそうしていたら、ブロックが冷えたビールのふたをあけてわたしのところに戻ってきて、とつぜんブラインドがおろされた。

わたしは目をぱちぱちさせてブラインドを見つめた。それから彼のほうを向いたが、そのときにはもう、彼がそばにいた。手を握って、ソファーまで連れていかれた。

彼が坐る。

そして前によくしていたことをした。わたしをひっぱって、彼にまたがるようにひざの上に坐らせる。

ブロックはこういう姿勢で話すのが好きだし、わたしも嫌いではない。じっさい、わたしも好きだった。とても親しい感じがするし、ふたりのつながりを感じるし、それに正直言って、気持ちよかった。

それにブロックはわたしにふれているのが好きだった。わたしはずっと、ちょっと変わっていると思っていた。こんなタフで、ラフで、ワイルドな男性がそんなふうにいつでも相手との接触を好むなんて。それで彼のことがよくわかったし、そういうところも全部よかった。

でもいまは、そうも言いきれない。

彼は両手をおろし、わたしの太ももの上に置いた。でもビールをもっていないほうの手は、ゆっくりとなだめるようにわたしの腰までなであげ、また太ももに戻って、それをくり返している（これも彼が前に好きだったことで、わたしも好きで、いまでもやっぱり好きなことだった）。

彼は言った。「おれのスイートなテスは頭のなかにくだらないことを詰めこんだらしい」

ふうむ。それについては彼が合っているのか間違っているのか、わからない。

「ブロック」わたしはささやいたけど、それ以外なにも言わなかった。

どうやらそれは問題なかったらしい。ブロックが話したがっていたから。

「おれには、女のことはよくわからない。いちばんわけがわからないのは、女友だちどうしで相手のくだらない話に耳を貸すことだ。女と男のあいだのことは、その女本人以外のだれにもわからないだろう。その友だちがわかっているのは、自分の男とのあいだのことだけだ。それが話に影響する。女が友だちの男についてなにか言うとき、その言葉は自分自身の状況にものすごく関係している」

「それが合っているのかどうか、わたしにはよくわからない」わたしは言った。

「マーサはわたしのいちばんの親友で、心からわたしのことを思ってくれている」

「彼女は、きみがヘラーと結婚したときも、友だちだったのか？」彼に訊かれて、わたしはうなずいた。「ベイブ、もしきみの親友が、心からきみのことを思っていたら、ヴァージンロードを歩くきみにタックルしてとめたはずだ」

「マーサはできるだけのことをしてくれた」わたしは説明した。「いやいや花嫁の付添人をするんだと言ってた。デミアンのことを嫌っていたから」

「おれのことはどう思っているんだ？」彼は訊いたけど、その答えはわかっているはずだ。なぜなら彼は何度かマーサと会ったことがあり、マーサは、ほんとうは友だちの彼を嫌っているのに好感をもっているふりをするような人じゃないから。彼女はどちらかというと、友だちの彼氏を敵意に満ちた目でにらみつけ、小声で、でもちゃんと聞こえるように、彼氏の悪口をつぶやき、彼氏がなにか失敗したら、待ってましたとばかりに批判し、標識灯のように目立たせる——そういうタイプの人だ。

デミアンは、マーサがデミアンを嫌っているのとおなじくらい、マーサのことを嫌っていた。

ブロックはなんでもよく気がつく人で、さっきもふくめて何度かマーサと会ったことがあるのだから、わかっているはず。だからわたしはなにも答えなかった。

彼は、なぜわたしがなにも答えないのかわかっているらしく、べつに気にした様子もなく、続けた。「つきあいはどれくらいになるんだ？」

「小学校五年生のときから」

「彼女は結婚指輪をしていない」

「結婚したことないから」

「きみと同い年で結婚したことがない。男についてのアドバイスを求めるのに最高の相手だ」

「ブロック」わたしはささやいた。すると彼が手をあげてわたしのうなじをつつみ、そのまま引きおろしてわたしの顔を自分の顔に近づけた。

「きみはおれときみのあいだでなにが起きているのか、わかっている。きみはおれがきみにキスするとどんなふうに感じるかわかっている。きみはいましているように坐ったとき、どんなふうに感じるかわかっている。きみはおれがきみをいかせてから、きみのなかで動くのを見て、どう感じるのかもわかっている。そしてきみは、六時間前にキッチンでなにを感じたかわかっている。彼女はそのどれも知らない」

「わたしは男の趣味がよくないから」言ってすぐに後悔した。じっさい、言葉を捕まえることができるなら、口のなかに押し戻したいと思った。うなじに置かれた彼の手に力が入り、彼の目が険しく光り、彼の怒りによる電流が部屋の空気をバチバチといわせた。

「おれはヘラーとはちがう」うなるように言った。

「わかってる」わたしはささやき、両手を彼の胸の上に置いた。

彼はわたしの目をのぞきこんだ。彼の目は燃えるようで、いい感じではなかった。

「でも」わたしはそっと言った。「あなたはデミアンではないけど、いまこの瞬間、わたしをこわがらせている」

「そうか?」彼は言った。「たったいまきみは、長年デンヴァーにヤクを供給し、大勢の人間の人生を台無しにして、さらにその周囲の人生も台無しにして、おまけにおれの女をレイプした男とおれをいっしょにしたんだぞ。こわがらせたのは悪かったが、あんな言い方はおれを不機嫌にするということをわかっておいたほうがいい」

まったく、わたしに起きたことをずっとだれも知らなかったのに、いまは……。いまは、わたしの目の前につきつけられている。何度もブロックに。

わたしは目を閉じて、顔をそむけた。

ブロックが続けた。

「なぜきみがおれを見ないのか、おれにはわかるよ、テス。だがあれはきみに起きたことだ。きみはその現実を見つめないと。それにおれたちの関係がうまくいくために、おれもきみとともに現実を見つめるべき人間のひとりなんだ」その言葉にわたしは目をあけ、彼を見つめた。

「つまり、あなたは犯罪捜査官で、かつレイプ被害への対処に詳しいデンヴァー在住の賢者だということ？　わたしはいま、あなたのそういう面を学んでいるところなの？」わたしは皮肉たっぷりに質問した。もう警戒、不安、ためらいは感じていなかった。代わりに完全に頭にきていた。

「ああ、なぜならおれの妹と元カノはレイプされて、どちらもレイプにありがちのひどい事件だったが、そのうちの片方は、信用してもいいと思った人間の犯行だった。だから、おれはレイプについて多少の知識はあると思う」彼がそう言い返し、わたしはショックを受けて目をしばたたいたが、すぐにこの思いがけない、でも重要な知識が染みこんできた。

わたしは小声で言った。「なんて言ったの？」

彼はくり返さなかった。

代わりに、詳しく説明した。「おれの妹はカウンセリングを受け、事件について話した。現実を見つめ、逃げなかった。いまでは結婚して三人の子供がいる。妹の人生はめちゃくちゃだが、それは車のシートにぶどうジャムの染みがついたとか、そういう種類のめちゃくちゃだ。いっぽう、おれの元カノはカウンセリングを受けなかった。事件について話そうとせず、心の奥に埋めて、そのせいで彼女の人生は台無しになった。たしかに犯人は彼女から望みのものを奪ったが、彼女は戦わなかったことで、残りまで犯人にくれてやったんだ」

なんてこと。

「ブロック――」

彼は遮って言った。「はっきり言う、ベイビー、おれはきみと行けるところまで行ってみたいと思っている。三カ月前おれたちが手に入れたのはいいものだった。なくなってみて、さみしかった。もう一度あれをとり戻したいと思っているし、おれたちのあいだに仕事が介在しなくなって、どんなふうに感じるのか知りたいと思っている。だからきょう、ここに来たんだ。きみもおなじように思っている。この話し合いは必要だった。なぜならおれがきみのベッドに入る、きみがおれのベッドに入る、そのときあのくそ野郎はそこにいない。言ってることわかるだろう?」

よくわかった。

それに彼が、ふたりのあいだになにも隠し事なく、わたしと行けるところまで行ってみたいと言ったことも、わたしと会わなかった時期にさみしかったと言ったのも、うれしかった。わたしも三カ月間まったくおなじように感じていたから、なおさらだった。

「わたしはもう前に進んだ」そう言うと、すぐに彼の怒りの電流は消えて、おかしがっているときの心地いい空気の震えに変わった。

「そうか。おれのスイートで、セクシーで、なにもわかっていないテス。眼鏡をかけてて、すてきな豊かな髪、すてきな胸をしていて、男たちがそのたまと引き替えにしても欲しがるほどうまいケーキを焼き、まるでおれが地球で唯一の男であるかのような目で見つめてくる。店に来る男の半分はきみ目当てで来ているのにまったくの無頓着で、六年間一度もデートしなかった。そのテスが前に進んだ。なるほど。そうか。わかったよ」

いま、いいことを言われた。

たくさん。

でもよくないことも。

まったくよくない。

だからわたしは言った。「わたしは〝なにもわかっていない〟わけじゃない」そう言って、うなじをつつむ彼の手をひっぱったけど、かえって力をこめて、近づけられただけだった。

「テス、ダーリン、きみのベーカリーに入ってくる男や、きみが人生で出会う男のなかで、ぜったいに相手にしてはいけなかったのは、きみにほほえみかけて『ビールでも飲みにいかないか』と誘う男だし、きみはそれにイエスと言うべきじゃなかった」

「それはあなたのことじゃない」わたしは辛辣に指摘した。

彼はにやりと笑った。「そうだよ。きみがなにもわかっていなくて、ラッキーだった唯一の男だ」

矛盾しているけど、さっきのブロックらしい褒め言葉に、からだの奥がじわっと温かくなると同時に、すごく腹が立ってきた。

腹立ちのほうが勝ったので、両手で彼の胸を押し戻して、言った。「ビールが欲しくなった。立つから離して」

彼はわたしの気分を無視した。どうしてそれがわかったかというと、彼がビールをもった手をわたしの背中に回して、ますます抱きよせたからだ。

「それに、きみがワイルドな道を歩きたがっていたことも、おれにとってはラッキーだった」彼はつぶやき、水銀のような色の目でわたしの唇を見た。

んん。わたしはその意味をわかってる。

それにもうひとつ、三カ月間、彼とのいちゃいちゃがすごく恋しかったということもわかっている。

そして最後に、いまはまだ、そういうことをする心の準備ができていないということもわかっている。

「ブロック」わたしは声を引きつらせて、ふたたび彼の胸を押した。

彼はそれを無視して、わたしの目を見つめ、低い声でささやいた。「これがどこに行きつくのか、おれには約束できない。だがきみにおれを与えること、ワイルドな道を歩くきみを命がけで守ること、そしてそれがきみにとって失敗にならないように必死に努力するということは約束できる」

彼の静かな語りに、わたしは押すのをやめた。さっきよりも心がじわっと温かくなって、彼をじっと見つめた。

ブロックは続けた。「おれが与えられるのはそれだけだよ、ベイブ、だがこれも言っておくが、おれはきみがよろこんで返してくれるものしか受けとらない。例外はあのくそ野郎がきみのなかに残したもので、きみがもう背負わなくてもいいように、それはおれに渡すんだ」

そんな。

訂正。やっぱり彼はレイプされた女性について少しはわかっているかも。

彼の腕のなかで少しからだの力を抜いたけど、正直に言った。「それをあなたに渡すのは不可能だと思う」

「可能だよ、テス」彼はそっと言った。「あいつはきみを深く傷つけた。そういう傷は醜い傷痕を残すものだ。だがおれのテスがなにもわからない状態で六年間男を断っていたのは、傷のせいじゃない。おれたちがつきあっていた四カ月間にきみは彼の話をしなかったから、そのときはわからなかった。だがいまはわかる。おれのテスがそんなことをしたのは、あいつがきみのなかになにか醜いものを残していったからで、きみはそれをおろさないといけない。それを手放すことで初めて、ほんとうのおれと、おれがきみをどう思っているかが見えてくるんだ。手放して、おれをきみのなかに入れてくれないと、それからベイビー」――彼はわたしのうなじに置いた手にぎゅっと力をこめた――「つまりこういうことだ、きみがおれをきみのなかに入れてくれたら、きみが感じるのは、きみのなかで動いているおれだけだし、きみが見るのは、それがすごく気に入っているおれだけにしたい」

「わたしはもうあなたを自分のなかに入れた」わたしが彼に思いださせると、彼の目に影がよぎった。

「ああ、ダーリン、そうだった。だがきみはいったあとで、世界でただひとりの男だと思っているような目でおれを見つめ、ジェイクと呼んだんだ」

「それがあなたの名前だと思っていたから」わたしが言うと、彼は一瞬ぎゅっとわたしを抱きしめた。

「わかっている。だがおれがきみのなかにいるときは、おれの名前を呼んでもらいたい。あのときは、おれたちのあいだにそういう障害物があった。おれにとっては。それはもうなくなったんだ。おれは、おれたちのあいだにある障害をとりのぞきたい。わかるか？」

そのときわたしの口がひとりでに動いて、言葉を発した。「ダーラってだれ？」

彼の温かい気分は一瞬にして消え、ぴりぴりした雰囲気が戻ってきた。

「なんだって？」彼はそっと問い返した。

「ダーラってだれなの？」

彼は目を細め、あごをこわばらせて、鋭く訊いた。「だれにダーラのことを聞いたんだ？」

わたしは彼を見つめた。その彼はあまりいい感じではなかった。

だからわたしは「そう」とささやき、また彼を押しのけようとした。それはうまくいかなかった。なぜなら彼が片手を離して、からだを斜めにしてビールをテーブルに置き、わたしをくるっと回してソファーにあおむけにして、彼はその上になり、それだけじゃなくてわたしの脚のあいだに腰を割りこませたから。

「もう一度訊く、テス」彼はうなった。「だれからダーラのことを教えられた？　エルヴァイラか？」

「ん……」わたしはもごもご言った。彼がますます目を細めたので、急いで言葉を継いだ。「エルヴァイラは女友だちといっしょにベイビーシャワーに来ていて、その女友だちのひとりがグエンという人だったの。グエンが教えてくれた」

彼は首をもたげ、わたしの頭頂部を見つめて、罵った。「ファック」

「ブロック――」わたしが言いかけると、彼はさっとわたしを見た。

「ダーラはだれかというと、ダーラはきみじゃない」彼は怒って言った。

「でも――」

「そうだ、テス、あの女はきみじゃない。おれは四カ月間自分の仕事が愉しかったと言ったが、それはきみといっしょにいたからだ。そしてあの女といっしょにいなければならなかったとき、仕事はまったく愉しくなかった」

「あなたがセクシーだから」わたしはそっと言った。

「は？」彼がぶっきらぼうに言った。

「あなたがセクシーだから」わたしはくり返した。「だからあなたを潜入させるんでしょ、そういう任務に――」

「いいや」彼は首を振り、わたしにからだを押しつけてきた。部屋の空気に漂う電流がぱちぱちと火花をあげる。「おれは麻薬取締局付きの男娼じゃない」うなるように言った。「ダーラとつきあう潜入捜査はおれが申しでたんだ。長期の仕事だった。おれはあえてその犠牲を払おうと決めた。だがあの潜入捜査で、もうこれを卒業しないとだめだとわかった。引きずりこまれそうになっていたんだ。息苦しかった。あのくそみたいな連中といっしょにいなけりゃならなくて。きれいな空気、まともな暮らし、善良な人々とまったく無縁の生活がおれを蝕んでいた。それでもおれは自由の女神を演じる必要があり、それをやってのけた。最悪なのは、おれがそれほどの犠牲を払ったのに、すべてが台無しになったってことだ。テス、おれはあのくず野郎どもが善良な男を撃ち、もう少しでその命を奪うところを黙って見ていなければならなかったんだ」

彼は顔を近づけてきて、話を続けた。

「きみはそれとはちがう。きみにかんするおれの任務は、軽い潜入捜査だった。接近する。それとなく情報を探る。ほかの捜査員がきみの財政状況やベーカリーを調べた結果、きみはやつの商売にかかわっている容疑者というより、やつが麻薬でラリっているところを見ている目撃者だろうと見られていた。だがひんぱんな通信と、口座の共同名義人になっているということがあったんで、はっきりさせておく必要があった。おれがそれをはっきりさせた。なぜならきみと初めて会って一時間で、きみが無実だとわかったし、捜査が終わったら自分がどうしたいか、はっきりわかったからだ。おれがこの事件の捜査に加わったのは遅かった。その前の事件の捜査からはずれたばかりだったからな。それで仕事を引き受けてみたら、きみはまるで暖かい晴れた日の太陽のようだったよ、テス。ダーラは冷たく暗い闇夜だった」彼の顔が近づいてきて、声が低くなった。「また太陽の光を浴びるのはすごく気分がよかった」

わたしは彼の輝く目を見つめた。

そしてささやいた。「とても厳しい仕事なのね、スリム」

彼はわたしの目をのぞきこんだ。空気のなかの火花は消え、温かさが忍びこんできた。彼が横に転がり、またソファーの背にもたれたが、そのときわたしもいっしょに起こした。両腕でかかえて、脚と脚を絡ませて。

「ああ、ベイビー、そうだよ。頭がおかしくなりそうになる。だから、いつも家がオーブンでケーキを焼いているようないい匂いがしていて、バイクのうしろに乗るときにはおれにしがみついて胸を押しつけ、おれがまるで世界をとろけさせることができるかのような目でおれを見つめ、おれしかいないという女を見つけたら、ぜったいに放したらだめだとわかっている」

そんな感動的で、心がじわっと温かくなるような告白をされて、思わず口走っていた。「わたしのお腹の底にいるの」

彼がゆっくりと目をしばたたかせて、訊いた。「え?」

「きつくとぐろを巻いている毒蛇が。すごく小さくなることもあるの。あまりに小さくなって、忘れてしまうくらいに。でもからだを伸ばすと、それは膨れあがって、わたしのなかでいっぱいになって、喉をのぼってくる。あまりにも上のほうまでのぼってくるから、ときどき窒息するんじゃないかと心配になるほど。そしてそれがからだを伸ばすときは、攻撃されるのがこわくなる」

彼の片手がわたしの髪のなかに差しいれられ、目元が柔らかくなり、彼が言った。

「やつが残していったものか?」

「そう」わたしは答えた。

髪のなかに差しこんだ手でわたしの頭をかかえるようにして、彼はわたしの顔を自分の喉元に引き寄せた。

ふたたび口を開いたとき、その声はくぐもっていた。それがどういうことかわたしにはわかったし、それがわたしにとってどういう意味があるかもわかったから、わたしは彼の長身でしなやかなからだに密着した。彼が訊いた。「それを退治する?」

「わたし……」頭をつつむ彼の手に力がこもり、わたしは彼のTシャツを握りしめて、答えた。「ええ」

「おれに手伝わせてくれるか?」

わたしは目を閉じた。

それからまたささやいた。「ええ」

彼の腕にぎゅっと抱きしめられ、わたしは彼にしがみついた。

「こわいのか、ベイビー?」

わたしはささやかなかった。ただうなずいた。

彼はもっときつくわたしを抱きしめ、さっきよりもくぐもった声で、唇をわたしの髪の毛につけて言った。「こわがるな。ひどいワイルドもあるが、ただワイルドなだけのワイルドもある。きみはいま、ちがう種類のワイルドに身を預けたんだ。テス、おれは誓うよ、ベイビー、誓う」——彼は腕に力をこめて続けた——「それが幸福で安全な場所だってことをきみに証明する」

わたしは深いため息をついた。彼の言うことを信じたから。

そしてささやいた。「わかった」

ブロックはなにも返事しなかった。ただぎゅっと抱きしめた。ずっと長いあいだ。わたしがその腕のなかでリラックスするまで、握りしめていた指を広げて彼の温かく硬い胸板の上に置くまで抱きしめていてくれた。心から善良でわたしのことを思ってくれている女友だちと、ひどいベイビーシャワーの裏庭のデッキで飲んだコスモポリタンは、いまこの瞬間、このソファーでわたしが経験していることについてなんのヒントにもならなかったと、わたしが理解するまで、ずっと。

どうなっているかわかっているのは、ブロックとわたしだけだ。

それからブロックは立ちあがり、ビールをとって、ひじ掛けのところに置いてあるクッションを枕にしてソファーにあおむけにねそべった。わたしを自分の上に重ね、ビールをもった手を胸の上に置いて。頭をあげて彼を見ると、水銀のような色の目がわたしを見つめていた。

それからつぶやいた。「じゃあ次は、ベイブ、ケンタッキーのことを話してくれ」

わたしは下唇を嚙んだ。

ブロックはにやりと笑った。

わたしは言った。「コンタクトレンズをはずして、眼鏡をとってくる」

彼の目が温かくなって、口元がほころび、わたしのからだに回された腕がゆるんで、彼も言った。「わかった、ダーリン、おれはここにいるよ」

それでわたしもにやりとした。

勢いよく立ちあがり、コンタクトレンズをはずして眼鏡をとりにいった。

6

「ファック」だれかがつぶやくのが聞こえて目をあけると、ブロックのTシャツが見えた。

わたしたちはソファーの上で絡みあっていた。どうも眠ってしまったようだ。早朝の朝日がブラインドのすき間から射しこんでいる。

なぜ朝だとわかるかというと、寝室からアラームにしているフィオナ・アップルの「ファースト・アズ・ユー・キャン」が流れてきたから。

「やだ」わたしはつぶやき、からだを動かし、ひざを立てて片手をクッションについて起きあがる準備をしていたら、とつぜん力強い腕二本で囲まれた。わたしの柔らかいからだが、ブロックの硬いからだにぶつかる。髪に差しいれられた彼の手がわたしをぐっと引き寄せ、唇を重ねた。

長くて、甘くて、深くて、濃厚なキス。

足のつま先がきゅっとなり、下腹部が熱くなってきて、とろけてしまいそうなからだを彼のからだに密着させると、両手を彼のうなじに回して毛先がカールしている髪に差しいれ、ぎゅっとつかまった。

彼が唇を離したとき、わたしはほんの少し顔をあげて、重たげにまぶたをあげ、フィオナ・アップルの声がすごく大きくなっているのに気づいた（けど気にならなかった）。

「ベイブ、きみは愉しいことをする前に寝てしまった」ブロックが、深くてセクシーで眠そうでかすれたささやき声で言った。

「そうだった？」

「ああ」彼の口元がほころぶ。「話している最中に船をこぎはじめて」

やだ。

ちょっと恥ずかしい。

わたしは彼のセクシーで、眠そうな目を見つめて、下唇を噛んだ。

ブロックの目がわたしの唇に落ちる。

次の瞬間、わたしはソファーにあおむけに寝ていて、ブロックが上に来て、彼はまた長くて、甘くて、深くて、濃厚なキスをしながら、すごくすてきな手の動きも追加した。

うん。こんなふうに目覚めるのはすてき。

フィオナが「ファースト・アズ・ユー・キャン」を歌いおわって、「ゲット・ゴーン」を歌いはじめた。わたしの頑固なアラーム時計はMP3を挿入すると好きな音楽で目覚められるという便利なやつだけど、とめないでいると、どんどん音が大きくなる。

もうだいぶ流したままにしているから、「ゲット・ゴーン」を歌うフィオナのテンポが優しくメロディアスなものから、不機嫌でやかましくなって家じゅうに鳴り響き、ブロックのキスがいくらすてきでも、もう知らんぷりはできなかった。

あきらかにわたしのキスも力不足だったらしく、ブロックも唇を離して、言った。

「ファック、ベイブ、悪いけどあの騒音をとめてくる」

「フィオナは騒音じゃない」わたしは言った。

彼は妙な目つきでわたしを見て、さっと立ちあがり、わたしの寝室に歩いていった。

彼のうしろ姿を見送りながら、あの目つきがフィオナを嫌いという意味だったらどうしようと考えていた。わたしはフィオナの大ファンだから。二十四時間フィオナを流しつづけているわけじゃないけど、テス・オハラの家ではフィオナの流れる時間はかなり多い。

とはいえ、考えていたのはそれだけじゃなかった。たしかにブロックとフィオナ・アップルのこともあったけど、それよりも、色褪せたジーンズにつつまれた彼のお尻はなんてすてきなんだろうと考えていた。

(彼の姿が見えなくなったあたりで)そのことを考えるのをやめて、わたしは眼鏡を探し、ブロックがはずしてテーブルの上に置いてくれた眼鏡を見つけてかけ、立ちあがって、キッチンに行った。

わたしが蛇口からコーヒーポットに水を入れていると、彼もキッチンにやってきた。超魅力的で、くしゃくしゃになった服、いつもセクシーなくせっ毛だけど、いまは(寝起きのせいとわたしが手を入れたせいで)いつも以上に乱れてセクシーになった髪、眠たげな目のブロック・ルーカスがキッチンに入ってきても、なんとかガラスポットを琺瑯の流しに落とさずにすんだ。

ブロックといっしょに目覚めたのは初めてだったけど、朝の彼を見るだけで、キスとおなじくらいうっとりした。

その反応をごまかすために、水をとめてコーヒーメーカーのところに行きながら訊いた。「フィオナ・アップルを好きじゃないの?」

彼は言った。「それはきみにとって決定的な条件か？」コーヒーメーカーのふたをあけて、水を注ぎながら彼のほうを見ると、冷蔵庫をあけようとしてる。

わたしは言った。「つまり好きじゃない」

彼は冷蔵庫の取っ手を握ったまま、背筋を伸ばしてまっすぐわたしを見た。「ベイブ、おれはが聴くのはＣＣＲ、イーグルス、サンタナ、スティーヴィー・レイ・ヴォーン、ジョージ・ソローグッドとか、カントリーは〝小娘〟が歌っているんでなければなんでもだ。その男がフィオナ・アップルを好きだと思うか？」

「いいえ」わたしは答えた。「その人はここ三十年間の音楽について短期集中コースをとったほうがいいかも。みんなヴェトナムから帰ってきたのよ、ブロック。新しいミレニアムにようこそ」

彼はにやりと笑って「生意気な口を」と言い、冷蔵庫をあけてのぞきこんだ。

その笑顔と、彼がうちの冷蔵庫に頭をつっこんでる光景に、からだの奥がじわっと温かくなった。そのときわたしの携帯が鳴った。

わたしはコーヒーポットをセットしてから、キッチンカウンターの上に置かれたバッグのところに行き、こんな朝早く、いったいだれが、なぜ電話をかけてくるんだろうと思った。電話をとりだし、ディスプレーを見て、マーサだとわかった。もう。

わたしは通話をクリックして、電話を耳にあてた。

「おはよう」わたしは言った。「どうしたの？」

「どうしたかというと、あいつのきたなくて、錆びだらけで、買い替え時期をとっくに過ぎている車があなたの家の前にまだとまっているからよ」マーサにいきなりそう言われて、わたしはドアの向こうの玄関横についている窓を見た。窓のブラインドはまだしまっている。

それから訊いた。「どうしてそれがわかったの？」

「仕事に行く前にあなたの家に寄って、あなたが超ホットな男にどれくらいいかれているかチェックしたのよ。そして目盛が振りきれるくらいいかれていると判明した」

「マーサ！」わたしはびっくりして言った。

「わたしが間違っている？　それともゆうべ彼は車のエンジンがかからなくて、ヒッチハイクで家に帰ったの？」

わたしは電子レンジ、そしてキッチンカウンターに視線を移した。「信じられない。あなたこそいかれてる。第一、あなたの出勤時間までまだ一時間もあるじゃない。それに、わたしの家はあなたの通勤路から三十分も寄り道になるのよ」

「わたしはなんとしても、あなたがまたひどい間違いをおかすのをやめさせるつもりよ」

冷蔵庫がしまる音がしたけど、それがなくても、ここにブロックがいて電話の話が全部聞こえているのはわかっていた。

「いまこの話はしないから」わたしはマーサに言った。「今夜仕事のあとでベーカリーに寄って。カップケーキを食べながら話しましょう」

「テス、わたしは独身で、親友のあなたは最近五キロ瘦せて三百ドルの美容院に行きはじめたのよ。あなたのカップケーキはぜったいに食べない。だってひとつ食べたら四つ食べることになって、ただでさえ気になるわたしのお尻に余計な肉がついて、あなたといっしょに出かけたら差が目立つでしょ。あなたのそのすばらしいおっぱいと、『すてきじゃない？　世界はまるでディズニーランドのよう！』と言わんばかりの笑顔の横にいるわたしのことなんて、そもそもだれも見ないけど。あなたのカップケーキを食べるとかならずお尻に肉がつくんだもの。そうしたらもう透明人間になっちゃう」

「そんなことない」わたしは言った。

「どこが?」彼女が鋭く言い返した。

「全部よ」わたしは即答した。

「ガール……寝言はやめて」

わたしはため息をついた。ブロックのほうを見ると、彼はカウンターに腰をつけて、ふたをあけた牛乳のジャグをもっていた。たぶんジャグから直接飲んだのだろう。

マイナスポイント。

彼がわたしににやりと笑うと、空気に心地よい震えが感じられた。彼が目を輝かせて口元をほころばせているのは、いまにも吹きだしそうなのをこらえているからだった。

訂正。マイナスポイントは取り消し。わたしのキッチンをすてきな震えで満たし、朝からこんなセクシーな姿でわたしにほほえみかけてくれるなら、牛乳のジャグから直接飲んでもオーケー。

「聞いてる?」耳元でマーサの鋭い声がして、わたしはブロックから目を離した。

「聞いてるってば」わたしは言った。

「ああもう、彼のせいで頭も働かなくなっちゃったの?」彼女がつぶやいた。

それは間違いじゃない。

しっかりしないと。

「マーサ、ハニー、あなたに話すことがあるの」

「ったく」彼女は言った。

「大事なことなの」わたしがそう言うと、ブロックのおかしがっているような震えが消えたのが感じられたけど、キッチンは温かい雰囲気のままだった。

マーサはわたしの口調の変化を感じとり、すぐに折れた。「わかった。でもベーカリーでカップケーキはなし。あなたがうちに来て。サラダをつくるから」

わたしはカウンターを見ながら目をぱちぱちさせた。「サラダをつくる?」

「サラダをつくるのよ」

「ハニー、このあいだあなたの家に行ったとき、セロリをフライにしていたじゃない」

部屋の温かい雰囲気はそのままに、おかしがっている震えが復活して、ブロックが大声で笑いだした。

わたしは目を大きく見開いて彼を見たけど、彼はわたしの目配せを無視して笑いつづけ、首まで振っていた。

「彼はおもしろがっているのね」マーサがいらだったように言った。

わたしはブロックから目を離して言った。「マーサ、あなたはセロリを揚げていた。だれだってそれはおもしろがるでしょ」

「わたしはいろんな料理を試してみるのが好きなの」マーサが言い返した。

たしかに。でもいつもうまくいくわけではなかった。

わたしはまたため息をついた。

そして言った。「あなたがうちに来て、わたしがサラダをつくるのはどう？」

「超魅力的な彼もいるの？」

「彼の名前はブロックよ」わたしは言った。

「超魅力的だけどあなたには有害なブロックもいるの？」彼女は言い直した。

「わからない」ほんとのことだ。「でもわたしの話は急ぐし、彼もそのことは知ってる。もし彼がいたらいたでいい。もしいなかったら、いなくても。わかった？」

沈黙。

そして「つまり、その話は彼のことじゃないの？」

「ちがう。あなたにもっと前に話しておくべきだったのに、話さなかったこと……」

ブロックのほうに目をやると、彼もわたしのほうを見ていて、こちらに近づいてきた。すぐそばに。両腕をわたしのお腹に回して、背中からつつむようにわたしにくっついた。彼の体温を感じる。そして彼がわたしの首筋に顔をうずめた。わたしは話を続けた。「もう終わりにしないといけない。だからあなたにも話しておく」

すぐにマーサは言った。「デミアンのことね」

それで彼女は知っていたんだとわかった。たしかに知っていたということではなくても、深刻な問題があると感じていて、でも引きさがってわたしがそれを解決するのを待っていた。そしてわたしが自分を守るために、絶望の淵に沈まないために元夫と別れたとき、マーサは黙ってわたしのそばにいてくれた。

「そう」わたしは言った。

ブロックがぎゅっと抱きしめた。

わたしは目を閉じた。

「わかったわ、ベイブ、七時に」

「マーサ？」わたしは呼びかけた。

「なによ、テス」彼女が言った。

「大好きよ、ハニー」

「わたしもよ」

「でもわたしを見張りつづけたら、その好きはなくなるから」わたしは冗談ぽく警告した。

「どうぞ」彼女は冗談だとわかっていてそう応え、電話を切った。ブロックがわたしをくるりと回して、わたしたちは彼の腕につつまれたまま向きあった。

「おれの大ファンってわけじゃない」彼はそう言ったけど、まったく気にしていないのがわかった。

「わたしといっしょにいたかったら、少しは努力して」わたしは提案した。

「そうか」彼はちょっと考えて言った。「いや、ベイブ、いま言っておく。彼女がおれを好きじゃなかったら、好きじゃないんだろう。おれにはどうでもいいことだ」

ふむ。これもマイナスポイント。

「マーサはわたしの親友よ」わたしは言った。

「もしそうなら、彼女はきみにとってなにがいいか気がついて、いずれ落ち着くだろう。もしちがう種類の女だったら、気がつかない。男たちは手のかかるドラマティック・タイプの女は好きじゃなく、近づくことはない。彼女がそういうところを直さないと、さみしい人生になるだろう。いっぽう彼女の親友は、男が牛乳のジャグから直接飲んでいるのを見て、その男は四十五歳で子供のころからずっとそうしてきたことを考え、自分がその癖を直せる可能性は低いと冷静に判断して、なにも言わず、すぐにほかのことを考える。ひどい癇癪を起こしてもなんにもならないし、エネルギーの無駄だし、ふたりともごみのような気分になるとわかっているからだ」

言われてみれば、それはたしかに興味深く、洞察に富んでおり、妙に分別があると思える。

でも。

「ちょうどいいわ、せっかくだから言うけど、牛乳のジャグから直接飲むのは非衛生的よ」

「ベイブ、おれは今朝、きみの口のなかに十分間舌を入れていたんだ。どこがちがう？」

わたしは頭をかしげて、その言い分を吟味した。

そして言った。「あなたの言うことにも一理ある」

彼は吹きだし、笑いながらわたしの首に顔を押しつけて、終わるとそこにキスした。

よかった。すごく。

そう言えば、前にもよくこうしていた。

それがなくなってさみしかった。

彼が頭をあげてわたしの目を見た。

「帰る前にシャワーをつかってもいいか？」

ブロックが裸でうちのシャワーを浴びているところやその他のすてきな想像を、これからいつでも頭のなかで引きだして愉しめるということ？

それは……

いいに決まっている。

「どうぞ」わたしは言った。

彼は唇の片方の角を吊りあげた。それもわたしの好きな表情だった。でもすぐにその笑みは消え、彼はわたしを抱いている腕に力をこめ、訊いた。「サラダディナーにおれもいたほうがいいか？」

「あなたはサラダディナーに来たいの？」

「おれは、きみがしてほしいことを言ってほしい」彼が言った。

だからわたしは考えてみた。

そしておずおずと言った。「いないほうがいいかも」

「そうか」彼は言った。

「そういうことじゃ――」わたしは弁明しようとしたけど、彼は腕にぎゅっと力を入れて遮り、顔を近づけた。

「ベイビー、いいんだ。きのうとおなじくらいの時間に来るよ。いいか？」

わたしはうなずいた。

「あしたは、女友だちとの約束はなしだ。あしたの夜はおれのだから」彼は言った。

わたしは心がじいんと温かくなるのを感じて、うなずいた。

彼はにやりと笑って、言った。「そうか」そして頭をさげ、一瞬、わたしの唇に唇をつけ、そのままつぶやいた。「シャワー」

背筋に震えが走った。

ブロックはわたしを放して、キッチンから出ていった。

わたしはコーヒーメーカーを見て、バスルームでシャワーの音がしはじめて、ほほえんだ。

それからコーヒーを淹れた。

★

一時間半後、車のなかに坐り、電話を手にもって、自分のベーカリーの横を眺めながら、迷っていた。

わたしはいままで、ブロックにたいして駆け引きをしたことはない。一度も。最初から。

初めて彼を見て、すごくすてきだと思って、彼がわたしに興味を示して、すぐにわたしも自分の気持ちを明らかにした。その方針は変わらない。

なぜわたしがそうするかというと、いままでに何度も観直している『マイ・ビッグ・ファット・ウェディング』のなかの一シーンで、イアンがトゥーラをデートに誘ったとき、トゥーラはなんの駆け引きもなんのごまかしもなく即答でイエスと答えて、自分がイアンに興味があり、彼とのデートにわくわくしていることを明らかにした。それがこのうえなくかわいかったからだ。

それにわたしの性格でもある。

だから、電話を手にもって車のなかに坐り、ブロックの言ったことは正しかったと考えていた。彼とわたしのあいだにあったものは台無しになり、そのせいで三カ月間、わたしの頭は混乱していた。

でも七カ月前、最初のデートの帰り、彼がピックアップトラックで送ってくれたときのキスは三十分間（冗談ではなく）続き、彼はようやく唇を離したとき、両腕でわたしをしっかりと抱き、顔をわたしの首に押しつけたまま、「ファック」とささやいた。そのとき、わたしたちのあいだにあるものは、本物だとわかった。それに、すてきな始まり方をして、これからもっとよくなっていくはずだと思った。トゥーラとイアンが、『マイ・ビッグ・ファット・ウェディング』でそうだったように。

きのうブロックがうちのキッチンで言ってたのは、このことだ。彼は、わたしが捜査対象でなくなり、もっと大事な相手になるかもしれないとわかった瞬間が、きみにはわかっているはずだと言った。こういうことだったんだ。

そしてじっさい、わたしにはわかっていた。

ゆうべ彼は、そのときわたしが感じたことが正しかったと証明した。

駆け引きをしていたら、ブロックは手に入らなかった。

駆け引きをしていたら、ブロックが戻ってくることもなかった。

わたしは、彼といっしょのときはありのままの自分でいた。ずっと。

だから電話の画面に指を滑らせ、お気に入りの短縮を開き、「スリム」（名前を変えた）をクリックした。

電話を耳にあてる。

呼び出し音二回で出た。「やあ、ベイブ」

「うん」

「どうかしたのか？」彼が訊いた。

「あなたに言いたいことがあって」わたしは言った。

一瞬間があり、それから「言ってくれ、テス」

わたしは下唇を嚙んだ。

それから、言った。「あなたが牛乳のジャグから直接飲んでもわたしがあまり気にならないのは、ジャグから直接飲む男性を女性が嫌う理由がくだらないと言えないこともないかもしれないからではないの。あなたがキッチンにいるのがうれしいから、なにをしても気にならないということ」

沈黙が返ってきた。

わたしは息をとめて待った。

さらに沈黙。

そのとき、なにもかも言ってしまうのはあまりよくないのかという気がしてきた。

でもブロックは言った。「くだらないと言えないこともないかもしれない？」

胸のなかでつのりつつあった緊張がほぐれて、わたしは唇に笑みを浮かべ、目をとじた。

目をあけて、言った。「ジャグから直接飲むだけならそれほど問題じゃないかもしれない。でもほかの場合も考えてみないと、たとえば、クッキーやケーキを食べていて、牛乳に逆流してしまう。それはきたないでしょ。だれだって、だれかの口から逆流したものを飲みたいとは思わない。それがクッキーとかケーキでも。それは議論の余地があると思う」

すてきな低い笑い声が、耳元で響き、「ベイブ」という言葉も聞こえた。

「言ってみただけ」わたしは言った。

「わかった」ブロックが言った。

「じゃあ、ケーキを焼かなくちゃいけないから」

「そうだな。それから、きみの親友はカップケーキを避けようとしているらしいが、きみの男はそんなことない。だから今夜、いくつか持ち帰りしてくれたら、感謝されずに終わることはない」

「食べるとき、牛乳をグラスに注いで飲むと約束する？」

またすてきな低い笑い声がして、「やってみよう」

「わかった」わたしは言った。

「張りきってケーキを焼いてこい」

「そうね、じゃああとで、ハニー」

「あとでな、ベイブ」

電話を切った。

そしてにっこり笑った。

車をおりて、ベーカリーに入り、ケーキを焼きはじめた。

7

わたしは玄関ドアの前に立ち、待っていた。

そして報われた。車に乗りこもうとしていたマーサは、ふと背を伸ばし、車の屋根越しに、うちの庭の急な斜面、うちの玄関の階段四段、アーチ型の玄関ドアの前に立つわたしを見た。

彼女は指を唇にあてて、わたしのほうに伸ばし、投げキスをした。

わたしは喉が詰まるように感じたけど、投げキスを返した。

マーサは車の運転席に乗りこみ、エンジンをかけて、帰っていった。

わたしは彼女の車のテールライトが見えなくなるまで――見えなくなってからもしばらく――見送っていた。

わたしの親友、マーサ・ショクリーは、わたしが元夫に殴られ、レイプされていたという話を平静に受けとめなかった。六年以上前のことにもかかわらず。わたしに怒ることはなかった。わたしのことを思って精神的に打ちのめされていた。話を聞いたとたん、マーサはぼろぼろと泣きだした。わたしのために傷ついて。彼女がこの話の重荷を背負うのを見て、なぜ彼女に打ち明けなかったのかを思いだした。

そしてマーサはわたしを抱きしめ、二度と――二度と――こういうことを隠さないように、わたしに約束させた。

「テス、あなたはいつもわたしを支えてくれた。わたしがあなたの支えになれないのかと思うと、たまらない」彼女は言った。「もう引きさがることはしないから。あなたが自分で気がつくだろうという様子見もしない。覚悟して。わたしはあなたのそばにいて、なにか悪いことが起きていると感じたら、有無を言わさずにあなたの支えになるから」

わたしもマーサを抱きしめて、約束した。

だって、ほかになにができる？

言うまでもないことだけど、サラダは深刻な打ち明け話には力不足で、けっきょくマーサはわたしがブロックのために持ち帰りしたカップケーキ十二個のうち、四個を食べた。

とはいえ、打ち明け話を聞いても、マーサはいつもと変わらず、ブロックがやってくると、まるで鷹のように彼を見張った。彼がなにかへまをしたらすぐに襲いかかろうと。ずっと目を細くしてにらんでいるから、頭が痛くなるんじゃないかと心配になったほどだ。

でもブロックは、いつもどおりの（わたしがジェイクと呼んでいたころとも変わらない）彼だった。ブロックのまま。

彼が最初のハードルで転んで、大馬鹿野郎の本性をあらわさないようだとわかると、マーサはついにあきらめて、帰っていった。

それがいま。

ドアをしめて、鍵をかけ、居間のほうを向いた。

この家にかんしてはついていた。四年前、ベーカリーが軌道に乗り、人生はそれほどこわくないのだと思えたころ、わたしは家を探しはじめて、二軒目に見たのがこの家だった。

前の持ち主のカップルは何年もかけてあちこち修繕して、自分たちの理想の家を完成させようとしていた。ところが修繕の最後の仕上げ――（すごくお金がかかっている）新しいキッチンの設置――をするほんの数週間前に、夫が転勤の辞令を受けた。

カップルは引っ越さなければならなくなって、がっくり肩を落としていた。

わたしは有頂天だった（おもてには出さなかったけど）。床は濃い目の色のフローリングにリフォームされていた。壁はスキムコートをやり直してあり、リフォームされたバスルームもすばらしかった。地下室は大きなファミリールームになっていて、わたしはそこにテレビを置いている。化粧室、洗濯室、専用バス付きの客用寝室もある。暖炉も交換済み。屋根のふき替えも終わっていた。造園も。それにスワンプクーラーまで設置されていた。

でも決め手はキッチンだった。キッチンは感動的だった。白いキャビネットがたくさん。壁付けのキャビネットは扉がガラス張りで、そのほかは、デッドスペースになりやすい角やすき間に設置されていた。床はスレート。シンクのはねよけは白黒のタイル張り。部屋の真ん中にアイランドキッチン。つるつるの大理石のカウンター。業務用レベルのステンレススチール製調理家電。それには幅は狭いけどすてきなワイン用冷蔵庫も含まれていた。造りつけの料理本ホルダー。ビルトインの電子レンジとオーブンが二台。そのうち一台はコンベクションオーブンだ。

ケーキを焼く人間の夢。

わたしの夢。

予算を五万ドル超過していたけど、その価値はあると思って、買うことに決めた。

それ以来、いろいろ大変だった一年目もふくめて、一度もその決断を後悔したことはない。

居間の隣には寝室ふたつとバスルームがひとつある。居間を横切って奥のキッチンに続く両開き戸に向かいながら、やっぱりこの家を買ってよかったと考えていた。

キッチンについて、ブロックが色褪せたジーンズにつつまれた腰をカウンターにもたせて、銀色の粉を散らした淡いライラック色のフロスティングにパステル色のキャンディーコンフェッティを飾ったカップケーキにかじりつき、半分を口に入れているのを見たとき、その場で決めた。書類を探しだして、自分がいつ、購入契約書の署名欄に名前を書いたのか日付を確かめて、毎年その日には盛大なパーティーを開いてお祝いしようと。

「彼女、帰った」わたしはアイランドキッチンの手前で立ちどまり、カウンターに手を置いて言った。

わたしは彼がカップケーキを食べるときに唇についたフロスティングを舐めとる様子にうっとりと見とれていたけど、彼が言った。「家までは何分かかるんだ?」

「二十分くらい」

彼はわたしと目を合わせて、静かな声で言った。「二十分たったら、電話したほうがいい」

わたしは彼と目を合わせたまま、自分の心がじいんと温まるのを感じた。彼はわかっている。マーサの様子を理解し、彼女が傷ついていることをわかっている。そしてわたしに、ちゃんと帰れたかどうか確認するようにと。

「そうする」わたしはそっと言った。

彼はわたしをじっと見つめた。わたしはそのまま見られていた。

そして彼が、やはり静かな声で、訊いた。「だいじょうぶか？」

「彼女に打ち明けるのは愉しいことじゃなかった」わたしは言った。

「それはわかるよ、テス」彼はなおも静かな声で言った。

わたしはうなずき、ひとつ息を吸った。それから言った。「打ち明けてよかった。もっと早く打ち明けていればよかった。でももう打ち明けたんだから、もう二度と打ち明けなくていいと思うとほっとする。いま言えるのはそれくらい」

「そうか」彼はそっと言った。

彼は残りのカップケーキを口に押しこみ、わたしは彼がもぐもぐとケーキを食べるのを見ていた。

それから彼に訊かれた。「なあ、これを聞いたら怒るか？　おれはいまごろになって、きのう自分がここにやってきたのは、おれのテスが恋しかったからなのか、それともきみのカップケーキが恋しかったからなのか、どちらだろうと考えてる」

わたしはにやりと彼に笑った。

そして答えた。「いいえ。だって、わたしとわたしのカップケーキはイコールだもの」

まさにそのとき、ほんとにそうだとわかった。見掛けは、Tシャツにジーンズにビーチサンダルになったり、タイトスカートにデザイナーブランドのブラウスにハイヒールのストラップつきサンダルになったりするし、わたしのことだから、なんでもありだ。でも中身は、繊細な色合いで、山のように渦を巻くフロスティングに覆われ、キャンディー・コンフェッティや食べられる妖精の粉がふりかけられた、コクのあるしっとりしたケーキ――それがわたしなのだ。

その理解はわたしの腑に落ち、心がじわっと熱くなった。

「おいで、ベイビー」ブロックが言った。

わたしは部屋と彼の表情の雰囲気を感じとり、すぐにアイランドキッチンを回って彼のところに行った。

近づいていくと、彼はわたしに腕を回して深く抱きよせた。それから顔をさげ、甘くて、おいしくて、長くて深い、カップケーキ・キスをくれた。

終わったとき、まだ唇を彼の唇につけたまま、わたしはささやいた。「あなたはおいしい味がする」

それにたいする彼の返事は、「知ってる」だ。

わたしは彼と唇をつけたままほほえみ、彼もおなじことをした。

それから彼がほんの少し顔をあげ、わたしを抱く腕に力をこめ、優しく言った。

「泊まっていきたい」

お腹がきゅっとして、脚のあいだにちいさな震えを感じた。

だからわたしは答えた。「いいわ」

彼のまぶたが重たげになり、腕をぎゅっと抱きしめて、わたしは彼にしがみつき、彼の頭がおりてきて、ふたたびキスされた。さっきよりも長く、深く、甘く、そしてもっとおいしかった。

そのキスはしばらく続いた。わたしが彼の髪に手を差しいれるくらい長く。ブロックが片手をわたしのTシャツの背中に、反対の手でわたしのお尻をぎゅっとつかむくらい長く。わたしの乳首がつんとして、脚のあいだが潤ってくるくらいに長く。寝室は遠い、あまりにも遠すぎる、でもキッチンの床にモップをかけておいてよかったと、わたしが考えるくらいに長く。だってそこでブロックに抱いてほしかったから。

でもあいにく、ふたりとも裸か半裸になって、引き返せないところまで行ってしまうほどは長くなかった。だからドアがノックされる音が聞こえたとき、わたしたちはまだ、キッチンで立ったまままいちゃいちゃしているところだった。

ブロックは低く、短く、不満げな声を洩らしながら顔をあげ、わたしの頭越しに玄関ドアを見た。わたしはこの不都合なできごとに目をぱちぱちとして、首をひねっておなじ方向を見た。

もう十時近い。訪問には遅すぎる。マーサがなにか忘れ物をしたというならわかるけど。じっさい、マーサはどこに行ってもなにかしら忘れ物をする人だった。たとえば財布、バッグ、クレジットカード、その他そういう大事な品物を。

ドアがふたたびノックされ、わたしはブロックの腕に力がこもるのを感じた。同時に彼の手がわたしのお尻にぎゅっと食いこみ、すごくよかった。あまりにもよかったから、だれかが玄関に来ているのを忘れてブロックを見上げ、わたしを見ていた彼と目が合った。

まあ。

彼もまだ興奮している。

ひとつ言えるのは、その表情がすごくすてきだったということ。

「そのままおれのことを考えてろ。それに、頼むから、その顔のままでいてくれ」ブロックはうなるようにそう言って、わたしを放した。わたしは少しふらついたけど、なんとか倒れずに、ふり返って、彼が大股でドアのほうへ向かうのを見ていた。数歩歩いてアイランドキッチンにたどりつき、そこに手をついたとき、彼が玄関ドアの鍵をはずした。わたしは視線を落とした。

アイランドキッチンのカウンターの上に、白い陶器製の高台つきケーキ台があり、ドーム型のガラスの蓋がかかっている。流れるような線を描くデザイン。シンプルだけどエレガントだ。ものすごく高かったけど、値段は問題じゃなかった。わたしはケーキを焼いている。当然すばらしいケーキ台が必要だ。現時点で、七つ所有している（自宅でということで、店にはもっとたくさんある）。どれもすてきで、ほとんどが高価な品物だった。そのうちのひとつが、わたしの気分によって、アイランドキッチンの上を飾る。

いま置かれているケーキ台のなかには、山のような渦を巻くフロスティングで覆われ、きらきらして、食べられる妖精の粉とパステル色のキャンディー・コンフェッティがかかったカップケーキが六個ある。そのうちふたつのフロスティングはミントグリーンで、別のふたつは淡いピンクで、残りのふたつは淡い青色だ。

つまりブロックは、わたしがマーサにお別れの挨拶をしてからキッチンに戻り、彼がカップケーキを食べているのを見つける前に、すでにひとつカップケーキを食べていたということになる。

わたしは自分がこのことも恋しかったのだと気づいて、思わず顔をほころばせた。ブロックはすばらしい肉体の持ち主だ。どんな年齢でも、とくに四十五歳では、運動によって鍛えなければあんなからだにはならない。彼は食べ物、ビール、バーボンを節制するようなことはしない。人生をおおいに愉しんで生きている。でもからだの手入れも怠らない。彼に電話して、いまジムにいるんだとか、ランニングから戻ったところだと言われたことが何度もあるから、わたしにはわかる。

そんな彼が、わたしのカップケーキには目がない。わたしの普通のケーキにも。そしてクッキーにも。じっさい、わたしのオーブンから出てくるものならなんでも大好きだということを、隠そうともしない。ほかのなによりも好きなのだ。そのことを彼は、わたしに歯の浮くようなお世辞を言うのではないやり方で示している。じつにおいしそうに食べることで。

この瞬間、わたしはそのことがものすごくうれしいと気づいた。

そう思ったとき、ブロックのうなり声が聞こえてきた。「嘘だと言えよ、このくそったれ」わたしはさっと顔をあげた。

「きみはだれだ？」

その質問をする聞き慣れた声に、わたしの手はカウンターの上をすべり、その縁にしがみついた。胸がものすごく圧迫されて、まるで押し潰されるように感じた。

デミアン。

「おれがだれかは重要じゃない。重要なのは、あんたがここにいないことだ。金輪際近づくな。この家にも、テスのベーカリーにも、テス本人にもだ。もしあんたが近づいたのをおれが目撃したり、だれかに聞いたりしたら、神に誓って、おれがあんたに対処する。あんたはおれがそうするのを望まないはずだ」ブロックはまだうなるように話していて、その言葉は物騒で、痛烈で、彼の不機嫌は居間を渡り、キッチンを越え、わたしにまで届いて、しっかりと感じられた。家全体を満たしている。彼がムカついたときに発するぴりぴりした信号よりもすさまじく、荒々しく、とげとげしくて、わたしの肌を傷つけた。

「なんだって？」デミアンが訊いた。

ああ、いけない。

デミアンはブロックより十センチくらい身長が低いし、体重はたぶん十キロ、もしかしたらそれ以上痩せている。デミアンはぜい肉はないけど、ただ痩せているだけで筋肉はなく、大柄でもない。彼は健康だけど、ブロックのように腕力がみなぎっているような体格ではない。取っ組みあいになったら、ブロックはデミアンを圧倒するだろう。簡単に。

でもそれを、デミアンはちっとも気にしていなかった。デミアンはいつも、とりとめのないことを話しつづける。脅しをしっかり受けとめることができない。まったく。

わたしはアイランドキッチンを回ってダメージコントロールに乗りだそうとした。ブロックの背中を見ると、彼は自分のからだをドアとドア枠のあいだに配置して、その大きな背中でわたしからデミアンを見えなくしていた。

わたしに背を向けているのに、彼はまるで背中に目でもあるかのように、わたしが近づこうとしたのを察知して、片方の腕をわたしのほうに伸ばし、吠えるように言った。「テス、いいから動くんじゃない」

わたしはアイランドキッチンの横で立ちどまった。

「テスがいるなら、ぼくはテスと話がしたい」デミアンが緊張した声で求めている。

「おれがくそ十秒前に言ったことを聞いてなかったのか?」ブロックが訊いた。

「きみはいったいだれなんだ?」デミアンが問いただした。

「おれがくそ十秒前に言ったことを聞いてなかったようだな」ブロックが言った。

「わかったよ、ていねいに言えばいいだろ。ぼくはテスと話をするから、どうか脇にどいてくれ」デミアンが頼んだ。

それにたいして、ブロックは言った。「あと五秒でこのドアをしめる。その六十秒後、もしおまえがキャデラックエスカレードに乗って車を走らせていなかったら、おれは警察に電話する。冗談じゃないぞ。即刻やれ。わかったか?」そう言うと、予告どおり、ドアの前から一歩ずれて、デミアンの目の前でドアをしめ、鍵をかけた。

わたしはさっきから動かず、アイランドキッチンの横に立っていた。

ブロックは窓際に行って、ブラインドの紐を乱暴にひっぱり、ガラスが見えるようにした。彼は腕組みをして、足を大きく広げ、力強く立っていた。

わたしは唇をなめた。

ブロックはぴくりとも動かない。

わたしはカウンターに手をついて、なんとかもちこたえた。

ブロックは身じろぎもしない。

わたしは十、それから二十、数えた。

ブロックがからだを傾け、紐をひっぱると、ブラインドが音を立ててしまった。彼はふり返り、片手を尻ポケットに入れながら、居間を悠然と横切ってわたしのほうへやってきた。わたしの前に立ったときには、電話をとりだしていた。

近くで彼の顔を見て、わたしは思わず息をのんだ。

「ハニー――」わたしは言いかけたが、彼が片手をさっとあげて、それを遮った。その手がわたしのほうに伸びてきたので一瞬緊張したけど、その指先がささやきのようにそっと、信じられないほど優しくわたしのほおをなでて髪のなかにもぐりこみ、彼は両手でわたしの頭をつつんで自分のほうに引き寄せた。

わたしが彼に寄っていったのは、ほかに選択肢がなかったからだし、自分でもそうしたかったからだ。近づいたとき、わたしは両手を彼の腹筋の上に置いた。

「ムードが台無しだ、スイートハート」彼がつぶやいた。「それにいくつか電話をかけないといけない。もし疲れたなら、寝る支度をしてろ。もし疲れていなかったら、マーサに電話をかけてやれ。おれはすぐに済むから、そうしたらいっしょに寝よう。それでいいか？」

「彼は行った？」わたしは訊いた。

「ああ」

わたしは息をのんだ。

彼はわたしをぎゅっと抱きしめ、その目に怒りが燃えあがった。

そして彼が尋ねた。「あいつはまた来る、そうなんだな?」

わたしはうなずいた。

彼の口元がこわばる。

でも次に彼は優しい声で言った。「すぐに電話を済ますから待っててくれ、ベイビー」

わたしはうなずいた。髪に差しいれた彼の手がわたしの頭をぎゅっとつつみ、髪のなかを滑って、いなくなった。

わたしは自分の部屋に行った。

九カ月前、わたしをレイプしたDV男の前夫が四年ぶりに連絡してきて、ようやくつくりあげた、彼の存在しない世界で自分は安全なのだという幻想を粉々にされたとき、まったくうれしくなかったということは、自信をもって言える。さらに、彼とのランチに行くことについて、長い時間悩んで決めたということも、自信をもって言える。

でもわたしはデミアンのお父さんが大好きだった。ドナルド・ヘラーはいい人だった。彼は手放しで嫁であるわたしをかわいがってくれた。だから自分の人生からデミアンを消去するために、彼に関係するものすべてと――彼の父親とも――縁を切らなければならなかったのは、とてもつらかった。ドナルドはわたしとのつきあいを続けようとしたが、わたしがそれに応じなかったので、やがてあきらめた。だから彼の具合が悪いという知らせを受けたとき、わたしはとても悲しく、うしろめたく感じて、デミアンの目論見どおり、のこのことランチに出かけていった。

結局、そのミスのせいでかなり大きな代償を支払うことになった。そして、自分がふたたび、デミアンにいいように操られてしまったのだという事実は、わたしの魂にしっかりと刻みこまれた。

わたしはデミアンにレイプされたあくる日に家を出た。犬といっしょに、一年半マーサのところに身を寄せ、正式に離婚が成立してから自分のアパートメントを借りた。その一年半、デミアンは〝わたしをとり戻す〟ためになんでもした。

もう一度あんな一年半なんて、まっぴらごめん。

あいにく、こんな気分では、ブロック・ルーカスと初めて過ごす一夜のために完璧な寝間着を探そうという気持ちになれなかった。いっしょに寝たことはある。二度。そのどちらも、うちのソファーでブロックといっしょに映画を観ながら、わたしが眠ってしまったのだ。いいえ、訂正。三度ある。きのうの夜を入れたら。

でも、昨夜以外、彼はいつもわたしが目覚める前にいなくなっていたし、ベッドでいっしょに眠ったことは一度もない。

つまり今夜は、わたしが精神的にも、そしてより重要なことにはファッション的にも、準備を整えなければならないきわめて重大な機会だということだ。でもいま、わたしにはその気力がなかった。

震える手で寝間着をしまってある抽斗をかき回していたら、さいわいわたしの内蔵の女子力が作動して、綿菓子のような紫がかったピンク色で、穴あき刺繡つき、ハイウエストのシルエットの寝間着に指がふれた。肩紐は細いストラップになっていて、裾と身ごろに小さなフリルがついている。かわいくて、女らしくて、着心地もいいから、ほかの寝間着とおなじく何気なく選んだようにも見えるけど、けっこう肌の露出度が高くて、脚のほとんどと谷間も少し見せるから、わたしが自分の男のためにがんばっているとはっきり示すことにもなる。

超完璧だ。

わたしはそれと眼鏡をつかみ、バスルームにもっていって、寝る支度をした。コンタクトをはずし、顔を洗って、歯を磨き、フロスをする。寝間着に着替え、眼鏡をかけて、バスルームを出た。

ブロックのうなり声が聞こえた。

彼はこう言っていた。「そんなことはわかってるよ、カルホーン」

その名前を聞いてわたしは唇を引き結び、すばやく寝室に入ると、脱いだ服を籠に入れて、またすばやく出てきた。

ブロックがわたしを守りたいと思っているのは知っているけど、わたしは四十三歳の大人だ。いま、まずい状況になっている。この状況は前の状況とはちがう。今度は、知っている人たちがいる。わたしのことを大事だと思っている人たち。わたしの背中を守り、わたしの前を守り、盾になろうとする人たちだ。

でもいい加減、わたしは現実を見つめないといけない。

気がついたら、わたしはレイプサバイバーになっていた。でもそれは純粋に幸運だったからだと思う。それが起きたのは、わたしがあまりにも長く現実から目をそむけて、最初から自分にとって害でしかないとわかっている夫といっしょにいたせいだった。わたしが自分からなにかしたわけではない。

しっかりしないと。

だからわたしはキッチンへの入口のところでとまり、ドア枠にもたれて、ウエストのあたりでこぶしを握りしめ、わたしに目を向けているブロック・ルーカスを見た。

そのとき、彼はすばらしいことをした。

わたしと、わたしが自分のなかで強めている力を信じて、話しつづけたのだ。

「地方検事に電話して言ってやれ。あのくそ野郎の弁護士に、やつがテスにハラスメントをするのをやめさせないと、あの野郎のただでさえ大量のやっかいごとは、くそ大量に膨れあがると伝えろって。あの野郎はすでに銀行の書類で彼女の署名を偽造している。それにおれたちはすでに、野郎が六カ月間、彼女につきまとっていたというテープ証言と電話の通話記録も手に入れた。だから、地方検事が野郎の弁護チームに話をするときには、ストーカー行為、暴行、性的暴行といった言葉をつかうべきなんだ」

わたしは息を吸いこむと同時に自分の胸が波打つのを感じた。ブロックはそれを見ても、やっぱりわたしを信じて、話しつづけた。

「その件にかんしての時効はまだ成立していない。ベーカリーを経営していて、ケーキにスプリンクルを散らしているテッサ・オハラが証言して、自分の悪夢を述べたのに、野郎が有罪にならないなんてありえない。物的証拠がなくてもどうでもいいんだ。彼女が証言すれば、どんな陪審員だって彼女の言いなりだよ。野郎の弁護士は思い知るだろう。いいか、カルホーン、おれが次にあの野郎の香水をかいだら、彼女は告発する。こんなのは今夜で終わらせるんだ。いいから地方検事に電話してくれ」彼は二秒ほど相手の話を聞き、不満げな声で言った。「ああ」そして電話を切った。

彼が電話をポケットに戻すのを待ってから、そっと訊いた。「あなたはだいじょうぶ？」

「だめだ」彼は荒々しく答えた。「自分の女の口に舌を入れて三カ月ぶりに彼女の尻を手でつつんだところだった。おれはきみの尻が好きなんだ。三カ月間、おれはかなりの時間を費やしてどうやったらまたその尻に手を置けるかを考えていた。おれがまったく考えていなかったのは、やっと念願の尻に手を置いたと思ったら、そのときだれかが玄関ドアをノックして、そいつがきみの下衆野郎の元亭主だったという筋書きだ」

やれやれ。

「きみはだいじょうぶか？」彼が訊いた。

「ケンタッキーがますます魅力的に思えてきた」

それから彼はわたしをじっと見た。

それからにやりと笑った。

彼の目がわたしの全身をさっと眺め、また目を合わせて、低い声で言った。「その寝間着はいいな、ベイビー」

「ありがとう」わたしはそう言って軽く小首をかしげ、雰囲気を変えるために、女性の連帯《シスターフッド》にばれたら、たぶんそこから蹴りだされてしまうような反則をあえておかした――つまりばか正直に彼に教えた。「もしあなたが今夜泊まっていくとわかっていたら、わたしは時間を工面してショッピングモールに出かけて、シルク製のセクシーな寝間着を買っていたわ。〝一大イベント!〟と大声で叫んでいるようなやつ」

そう言って、わたしは両手をあげて、揺らし、また手をおろして続けた。「でもそれは注意深く選ばれるから、あなたがそれを着たわたしを見ても、毎日そんな寝間着で寝ているんだと思うはず。ほんとはそんなことないけど。でもきょう、わたしは知らなかったから、間に合わせるしかなくて、これになったの」

そう言うと同時にわたしは綿菓子色の寝間着を手でちらりとめくった。

「おれの考えでは、きみはピンチをうまく切り抜けてる」彼は言った。

「よかった」わたしは笑顔で言った。

「それで、いつもはなにを着て寝ているんだ？」彼が訊いた。

「そうね……」わたしは少し考えて、答えた。「こういう感じの、いろいろなやつ。でもあまり期待を高めすぎないように言っておくけど、なかにはフリルがついていないのもあるから」

ブロックはそれを聞いて吹きだし、笑いながらわたしのほうにやってきた。すぐそばに来たときには、もう笑っていなかった。

わたしのほうに頭をさげて、彼は静かに言った。「マーサに電話しろ、スイートネス、そうしたらもう寝よう、な？」

わたしはうなずいたけど、訊いておきたいことがあった。「わたしたちのさっきの活動は後日に再開するようリスケジュールされたということ？」

彼は手をあげてわたしの首の横をつつみ、もっと頭をさげて顔を近づけた。

それから言った。「最悪だが、そうだ」彼は手をぐっと押しつけながら続けた。「きみの言うとおり、これは一大イベントだ。大事な機会を、あの野郎があらわれてぶち壊しにした。おれたちが次にそうするときには、きみとおれのふたりだけで、あいつが影を落とすことはない」

うれしかった。彼がわたしにそういうものを与えたいと思っていること。わたしたちが、わたしにとってとおなじくらい、彼にとっても、大きな意味で結ばれていること。そして彼が、それを特別なイベントにしたいと思っているとわかったこと。あまりにもうれしかったから、わたしは手をあげて首をつつむ彼の手首を握り、つま先立ちをして、彼にキスした。

頭をさげて、ささやく。「わかった。マーサに電話してくるから、ベッドで待っていて」

彼は少しだけ背をかがめて、額と額をくっつけ、それから背を起こして手を放した。わたしも彼の手首を放し、彼はわたしの脇を抜けて寝室に行った。

バッグのところに行って、電話をとりだした。そしてマーサに電話した。彼女は家にいた。彼女はだいじょうぶではなかったけど、酔うか、少なくとも眠れるようになるために、赤ワインのボトルをあけたところだった。彼女の声から震えが消えるまでおしゃべりした。それから電話を切った。

寝室に入っていくと、上半身裸のブロック・〝スリム〟・ルーカスがそこにいて、ベッドにあおむけに寝そべり、ウエストまでシーツをかけて、でも両手で顔をこすっていた。

部屋に入っていくと彼はその手をおろしたけど、わたしは彼がこの前このベッドにいたときのことを思いだしてしまった。あのときの彼は手のひらを自分の額に押しつけ、そのふるまいには葛藤があり、わたしに向けた表情にはさらにその証拠があらわれていた。

それでわたしのお腹の底で、不安のとぐろが身をよじった。

彼は転がって片方のひじをついて脇を下にして、わたしに声をかけた。「ベイブ、立ったまま寝るのか、それともベッドで寝るのか？」

わたしははっとして、ベッドに歩いていって、布団をめくり、そこであぐらをかいた。眼鏡をはずしてナイトテーブルに置き、保湿剤の容器をとって、顔に保湿剤を塗った。

それが済むと、勇気を出して訊いてみた。「わたしが入ってきたとき、なにを考えていたの？」

驚いたことに、彼はためらうことなく答えた。

「おれが考えていたのは、ヘラーの捜査を率いているのはカルホーンだということだ。カルホーンはいいやつだ。仕事熱心だし。彼とほかの捜査官たちは三年間かけてあの一斉手入れの準備をしてきた。あの日やつらは十二人を逮捕し、その十二人のうち十人はヘラーの組織の幹部だった。あの手入れは大きなことだった。精巧に計画されて実施され、それを支えた仕事量は測り知れない。どのケースでも盤石ということはないが、やつらが逮捕者について手に入れた証拠は、これまでおれが見てきたなかでもっともそれに近い。だがもしあのくそったれがきみにちょっかいを出したら、おれは今夜、あの野郎の顔を見て、あいつが夜の十時にきみの家の玄関にやってくる度胸があると知って感じたとてつもない衝動どおりの行動に出て、すべてを台無しにするだろう——そう考えていた」

わたしは話す彼の顔を見つめていた。

彼が口を閉じてから、訊いた。「どんな衝動?」

ブロックはわたしを見上げて目をしばたたかせた。

それから訊き返した。「どんな衝動かって?」

「そうよ、どんな衝動?」

彼は三秒間わたしを見つめてから、からだを寄せてきて、わたしの手から保湿剤の容器をとりあげ、もっとそばに寄り、容器を半ば投げるようにしてナイトテーブルの上に置いた。力強い腕でわたしのお腹と腰を絡めるようにして、わたしをベッドの自分の横に引きおろした。

わたしを落ち着かせると、彼は腕で抱きしめたまま、そっと言った。「おれは普通の男じゃないんだ、テス」

それはもうわかっている。

「そう」わたしはささやいた。

「長男だ。姉と妹、弟がいて、母親は離婚したとき、おれたち全員の親権をとった。親父はまともな男だが妻を苦しめなかったわけじゃない。苦しめた。それもひどく。ひどすぎるほどに。おれは親父とかろうじて折り合いをつけたけどな。親父が母親をあまりにも苦しめたから、それには時間が必要だった。親父がひどかったせいで、おれは一家の男として育った。いまのおれは、親父から男とはどんなものかを学んでこうなったわけじゃない。いまのおれをつくったものは、七歳のころからおれのなかにしっかり植えつけられている」

自分が彼の話をちゃんと理解しているか自信がなかったけど、すごい話だというのはたしかだし、自分のベッドで彼のからだに押しつけられて、その力強い腕に抱きしめられながら、彼の人生の物語を聞かされるのはすばらしかった。

「そうだったの」彼が続きを進めないので、小声で言ってみた。

「つまりおれが言おうとしているのは、おれにとって大事な女には、だれにもふざけたことはさせない。おれがそう言うとき、おれにとって大事な女には、だれにも、ぜったいにふざけたことはさせないということだ」

そんな。

わたしは理解した。

「デミアンを痛めつけたいという衝動だったのね」わたしは静かに言った。

「痛めつける？　ああ、野郎が残りの人生の毎日、その痛みを感じるようなやり方でな。おれが教える教訓をけっして忘れないようなやり方だ。野郎がきみのことを考えるときには――きみが貴重な頭の一部をつかってやつに出会わなければよかったと考えるのではなく――やつの頭の一部が、きみに手を出さなければよかったと思うようになるやり方だ」

わたしの心が命じる前に、からだが彼にくっついていった。でも、もしからだが心にお伺いを立てたとしても、心はとめなかったと思う。

彼の硬い胸板に手を滑らせ、筋張った首を経て、無精ひげの生えたあごでとめた。

彼の目の奥まで見つめながら、わたしは認めた。「なんて言ったらいいのか」

彼は腕に力をこめ、枕の上で顔を傾けて近づき、ささやいた。「テス、おれは早いうちにきみにかんするあることに気づいた。きみはおれの知るなかで唯一、言葉を必要としない女性だ。きみがすることがすべて、きみの言葉になっていて、その言葉はけっして嘘をつかない。きみがおれの上に手を置けば、それがなんでも話してくれる」

彼はわたしと目を合わせたままで、わたしは息をとめていた。なぜなら彼は、少しではなく、ものすごくそれが好きだと言っていたから。

彼は顔をあげて、つぶやいた。「明かりを消してくれ、ダーリン」

わたしはうなずいて転がった。明かりを消して、横向きに寝て丸くなり、肩まで布団をかけ、両手をほおの下にはさんで言った。「おやすみなさい」

その半秒後、わたしのからだはベッドの上を移動し、わたしのお尻は彼の腰のくびれに、彼のひざがわたしのひざの裏にきて、彼はわたしの背中に胸を密着させ、お腹に腕を回して髪の毛に口づけた。

そして初めて、つぶやいた。「おやすみ、テス」

ブロック・ルーカスはスプーンが重なるように女性を抱きしめて寝るんだ。

わたしはほほえみながら、眠りに落ちた。

8

フィオナ・アップルの「アイ・ノウ」の柔らかな旋律に起こされて目をあけると、部屋は早朝の光につつまれていた。彼女の低音、ピアノ、柔らかく爪弾かれるベース、ゆったりと穏やかに響くドラムに耳を澄ましていると、しばらくして音量があがってきた。ひじをついて起きあがり、手を伸ばして、毎朝しているようにボタンを押した。これで音量が固定されて、朝の音楽を聴きつづけられる。

布団をめくろうとしたとき、わたしのからだはベッドの奥にぐいっと引き戻され、なにかとても、とても硬くて、とても、とても温かいものにぶつかった。

まあ。

どうして忘れていたんだろう？

ブロックがいたんだ。

いるだけじゃない。彼の硬くて温かいからだがわたしのうしろに、その力強い腕がわたしの胴に回されている。首の肌に彼の唇が押しつけられる。

「ハニー」わたしはささやいた。唇が上に移動して、歯が耳たぶをそっと噛む。

震えがわたしの全身を伝わる。

そして眠そうで、かすれた、低い声。「おはよう、ベイビー」

まあ。

彼の唇がわたしの耳のうしろへと滑ると同時にお腹に置かれていた手が肋骨をあがってきて、その手がとまるまでわたしは息をひそめていた。そこでいったん息を吐きだしたけど、彼が指関節で羽のようにかすかに乳房の下側をなではじめて、また息をとめた。

まあ。

わたしがうしろ向きに彼にからだを押しつけていくと、彼もわたしにからだを押しつけ、舌で耳のうしろの肌にふれると同時に親指で、わたしの乳首のすぐ下をさっとこすった。

どくん、とからだが脈打つ。

「ブロック」わたしはあえぎ声で言った。

「早朝の緊急ケーキを焼く予定がないなら」耳元で彼がうなる。「おれたちの活動はいまから再開されるようにリスケジュールされた」

「ホワイトハウスはたっぷり余裕をもって注文してくれるのよ」わたしはあえぎながら冗談を言った。

「そいつはよかった」ブロックはつぶやき、わたしを転がして彼のほうを向かせ、髪のなかに手を差しいれ、優しくひねって、うしろに引いたけど、その必要はなかった。わたしは片腕を彼に回し、頭をそらして彼に唇を差しだした。

彼は唇を奪った。

ブロックがわたしのキッチンにやってきたときに言っていたことは、嘘じゃない。わたしたちが最初に愛を交わしたのは、計画外だった。誘惑でもなかった。普通に始まった。わたしたちはそれまでもいちゃついていたけど、その日まで彼はいつも自分を抑えていた。たいていわたし優先で、彼がわたしのからだにいろいろしたり、いかせてくれたり。でもそのとき、なにかが起きた。あとで考えてみたけど、それがなんだったのかは、いまだによくわからない。でもなんであれ、それが彼の自制を吹きとばし、彼はわたしをソファーから抱きあげて寝室に運び、わたしたちは一線を越えた。

今回はこのあいだと、最後のひとつ以外全部ちがった。

なぜならいまのブロックに計画はない。わたしが裸をさらしてしまったり、名前も知らない男性に多くを与えすぎてしまったりしないように、わたしを守る必要もない。ブロックが状況や自分の反応をコントロールする理由もない。

だから彼はしなかった。

彼の自制が吹きとんだ夜よりもずっと、彼が自分をコントロールする必要はなかった。わたしたちの舌が接触した瞬間、弱々しい早朝の陽光につつまれたベッドで、自制は爆発した。

そしていままでよりずっとよかったのは、今回は彼がわたしにいろいろしたり、わたしをいかせたりということではなかったという点だ。ふたりが互いにいろいろする。生まれて初めて、わたしは自分が与えられるのとおなじくらい与えてもいいのだと思えた。

だからそうした。

このセックスはワイルドだった。熱烈だった。エネルギッシュだった。転がったり、まさぐったり、舌と歯と指、あえぎ、うなり、訴え、ため息、息をのみながら、彼は奪い、わたしも奪い、彼は与え、わたしも与えた。

わたしが彼の股間に身をかがめて彼のものを深く口に含んでいたとき、彼ががばと起きあがった。両手をわたしの脇の下に入れて引きあげ、両脚ではさんだまま転がし、あおむけにした。わたしが両腕を彼の肩に回し、脚を広げると、彼の腰が押しつけられた。

目と目を合わせて、次の瞬間、彼は深く突きあげた。

わたしは首をそらし——彼に回した腕は痙攣して——ひざをあげて太ももで彼をしっかりとはさみつけた。

「テス、口」彼がうなる。

首をまっすぐに戻すと、彼はキスして、舌を挿しいれ、深く腰をつかった。すごい。こんな深くまで。硬い。ああ、すごく硬い。それにすごくスイート。ああ、信じられない、こんなにスイートだなんて。

快感が高まる。速く。熱く。そして想像もできないほどすごいはずだとわかる。

それに全身を圧倒される前、わたしは唇を引きはがして彼の首に顔を押しつけ、切ない声をあげた。「ブロック」

「ああ、わかってる、ベイビー、くそわかってるよ」彼がうなるように言って深く突きあげ、わたしは息をのみ、激しくいった。

そして戻ってくると、頭を枕に落とし、わたしのなかで動く彼を感じながらその顔を観察して、はっきりとわかった。ブロック・ルーカスはいまいる場所を気に入っている。

　すごく。

　いい、
ものすごく。

　彼は片腕でわたしのウエストを抱いて押さえつけ、反対の手の前腕をベッドについて体重を支えている。わたしは彼の腰に脚を巻きつけ、腰を浮かせた。これに彼は胸の奥から響く低い声を洩らした。彼の目がわたしの目をとらえる。わたしは片腕で彼の肩を抱き、反対の手を彼の顔に伸ばして、親指でそのほお、そして唇をなでた。

　次の瞬間、彼はわたしの首に顔をうずめ、「テス」とうなると、根本まで突きあげ、ひと声あげて、いった。

　わたしは彼の顔から髪に手を移し、首をかしげて顔を彼の首にくっつけ、唇を彼の熱い肌に押しつけて、そのあたりでカールしている長髪のちくちくする感触を愉しんだ。

　それから目をとじて、彼を三つの感覚で満喫した。彼の肌の匂いをかぎ、わたしを囲み、わたしのなかにいる彼の感触を味わい、彼の重い息遣いを聴いた。

　彼は二秒間ほどそうしてわたしに体重を預けていたが、すぐに両腕でわたしを囲むと、抱いたまま奇跡的にひざをついてからだを起こし、ふたりがつながったまま、からだをひねってあおむけになり、わたしを上にした。

ナイス。

「ナイス」わたしは彼の首にささやいた。

彼の低く魅力的な笑い声がして、枕の上で頭を動かす音が聞こえたかと思うと、彼の唇がわたしの髪にキスしていた。

まあ。

これもナイスだった。

彼の片腕はわたしの背中のくぼみに巻かれ、反対の手が背骨をなぞるように上にあがってきて髪をもてあそぶ。わたしは顔をあげて、彼を見下ろした。

彼はあごをあげて、その水銀色の目がわたしの目をつかまえて、にやりと笑った。

満たされ、よろこび、おもしろがっている。

その気分の発する、甘くて、なまめかしくて、温かな電気信号が部屋の空気に満ちて、至福のようにわたしの肌を覆い、彼がつぶやいた。「ワイルドな女だ」

わたしは目をしばたたかせた。

そして訊いた。「え？」

「ベイビー、ファック」――彼はわたしをぎゅっと抱きしめた――「きみはむちゃくちゃ激しかっただろう」

わたしはまた目をしばたたかせた。

そしてからだをこわばらせた。

いけない。

わたしはベッドでは従うほうで、リードするほうではなかった。注意深く、よく考えながら、耳と目をつかって、自分がしていることがよろこばれているのを確認し、相手の好きなことを見つけたら、それを続けて、またあとでやってあげられるように心にメモしていた。

自制を失ったことはなかった。自分を解放したことも。

つまりわたしがブロックとセックスした二回は、生まれてから最高のセックスだったということだ。ほかを大きく引き離して。どれくらい大きくかというと、太平洋くらい。相手がかなりの努力を注ぎこまないと（そしてたいていの人はそこまでしない）、わたしはセックスそのものでも、それに関連することでも、いくことはめったになかった。

でもさっきは、よく考えていなかったし、気をつけていなかった。あるゾーンに入って、本能で動いていた。からだが、その感覚と欲求によって、心を支配し、思考は完全にとまっていた。

完全に。

いけない。

わたしがからだを起こそうとすると、ブロックの手がわたしの頭をなでるように、髪をつかみながら滑りおりて、うなじをつつんだ。耳の下の首に、その手のひらのぬくもりを感じ、その親指がわたしの顔の生え際にあてられるのを感じる。

彼はそこで手をとめて、ささやいた。「どうした」わたしは目をそらして彼の頭の横の枕を見つめ、ふたたび少しからだを起こしたけど、彼は手に力をこめて、またおなじ言葉をくり返した。「どうした、テス」わたしは動きをとめたけど、視線は枕に集中していたら、彼がわたしの背中に回している腕にぎゅっと力をこめ、わたしを抱き寄せて、低い声で言った。「目、ベイビー」

わたしは彼と目を合わせた。

彼はわたしの目の奥をのぞきこんだ。

それから首に置いた手で、わたしの顔を自分の顔のものすごく近くまで引きおろし、ささやいた。「どうしたんだ、ベイビー？」

「わたし――」口を開いたけど、彼の目のなかに影が宿り、彼はわたしを遮った。

「まさか、おれはきみを傷つけてしまったのか？」

わたしはかすかに首を振り、言った。「ちがうの、ただ……」

それ以上言葉が続かなかったのは、それがなにかよくわからなかったからだ。

彼は親指でわたしのほおを、そっと、優しくかすめ、優しく言った。「ただ……なんだ？」

「よくわからない」わたしはささやいた。

彼はわたしのまなざしを受けとめたまま、なにも言わなかった。

それからわたしは、思わず口にしていた。「わたしは自制を失った」

彼はゆっくりとまばたきした。

それから訊いた。「それは悪いことか？」

「わからない」わたしは彼をじっと見つめて、ささやいた。「悪いの？」

彼はあからさまに信じられないという表情で目を大きく見開き、わたしを見つめた。

それから、間髪をいれずに両腕でわたしをぎゅうっと抱きしめ、頭を枕に沈めて、大声で笑いだした。

二秒間ほど笑ってから、彼はわたしたちを転がし、それでふたりのからだは離れてしまったけど、わたしの上に重なり、わたしの脚のあいだに腰をはさみいれた。彼の笑い声が、顔を押しつけているわたしの首の肌を震わせる。

「ブロック」わたしはあえぐように言った。「わたし……息が……」彼は頭をあげてわたしを見下ろし、片腕の前腕をベッドについてわたしにかかる体重を減らし、反対の手でわたしのあごのすぐ下の首をつつんだ。「できない」

彼は親指でわたしのあごをなで、ほほえみを浮かべてわたしを見下ろしながら、なにも言わなかった。

「あの……わたしそろそろ起きないと――」

「ああ、ベイブ、すぐに起きられる」彼はわたしを押しとどめた。「だがその前に、ひとつはっきりさせとこう、いいか？」

わたしは彼の視線を受けとめて、唇を嚙んだ。

彼はわたしの唇を見て、目をきらきら輝かせながら口を結んだ。

それから口を開いて、言った。「おれはこれからじっくり時間をかけて、いまふたりでしたことをくり返すつもりだ。体位や、場所など、ヴァリエーションを増やして、独創性を発揮して」

まあ。

わたしは子宮の壁がきゅっとなるのを感じた。

彼は続けた。「きみが今後」――彼は口元と目をほころばせて顔を近づけ――「セックスしているときにきみが自制にしがみつけたとしたら、こういうことだ。つまりおれは、ちゃんと役目を果たせていない」

まあ。

「ブロック――」わたしはささやいたが、彼の顔がもっとそばに来たので、口を閉じた。

「ベイビー、さっきのはものすごくよかった。きみがしたことはすべて、ひとつ残らず気に入った。その大部分はおおいに気に入った。憶えておいてくれ、スイートネス、おれはワイルドなのが好きだし、きみは……すごくワイルドで、おれは初めから終わりまでそれを満喫した。きみがいままで寝た男たちになにを言われたのかは知らないが、それがなんであれ、全部でたらめだ。その目のなかの亡霊を追いはらえ、テス、なぜってベイビー、きみはまさしく、生まれつきの天才だよ」

彼の言葉でもたらされたじわっというぬくもりが、からだのなかに染みこみ、わたしは手をあげ、彼の首から髪にもぐりこませて、頭を浮かせながら彼の顔を引きおろした。顔を斜めにして、彼も首をかしげ、わたしは彼に、濃厚で、願わくばスイートな、キスをした。彼はわたしに体重を預けて、両腕をわたしに回した。ふたたび転がってわたしを上にして、彼がキスをリードしはじめた。彼のキスは濃厚で、深くて、間違いなくスイートだった。

キスをやめても唇はつけたままだったので、彼がささやいたとき、わたしは唇でその動きを感じた。「完全に生まれつきの天才だ」

わたしは彼の唇と、その目にほほえみかけた。

ブロックもおなじほほえみを返してくれた。

それから彼が、「シャワー」とつぶやいた。その言葉に、わたしは彼の上で身震いした。

彼がそれを感じて、そのほほえみが気怠げになるのを、わたしは見守った。

彼は自分といっしょにわたしを起こし、ベッドから、そして部屋から出て、バスルームに、そしてシャワーに導いた。

そのあと、わたしは彼にコーヒーを淹れてトーストを焼き、そのあとは、朝の通勤時間のご近所の目もはばからずに、玄関前でいちゃいちゃした。わたしが彼の肩に腕を回し、からだを密着させて、舌を絡ませたキスをして。彼は両腕でわたしを抱きしめ、片手にはコーヒーを入れたマグボトルを、反対の手の指に半分食べかけのトーストをもっていた。

ブロックは頭をあげ、わたしの目を見て、ささやいた。「おれの住所をメールしておく。泊まりの用意をしてきてくれ。おれが夕食をつくるよ」

「わかった」わたしもささやいた。「でもデザートをつくるのはわたしよ」

彼は唇をぴくっとさせて、同意した。「いいだろう、スイートネス。じゃあおれが逮捕されるようなことをしないうちに放してくれ。たとえばきみを芝生に押し倒して、近所の人たちに官能ショーを提供するとか」

わたしは彼を放した。

彼は低い声で笑って、わたしに向かってあごをくいとあげ、うしろを向くと、トーストをかじりながら小走りでピックアップトラックに向かった。

わたしは彼の車が走り去るのを見送った。そんな未練いっぱいの素振りを見せず、さっさと家に入ってドアをしめるべきだなんて、これっぽっちも思わなかった。わたしはそこに立ちつくし、彼のトラックが見えなくなるまで見守っていた。

それから家に入った。

音楽をかけたけど、フィオナ・アップルではなかった。

わたしは機会均等主義の音楽ファンで、興味を引かれた音楽はたいていそのまま興味をもちつづける。「ザ・デヴィル・ウェント・ダウン・トゥ・ジョージア」も「イン・アメリカ」もカッコいいと思ったから、チャーリー・ダニエルズ・バンドの『スーパー・ヒットCD』をもっていた。

この日、一日をはじめるのにかけたのが、そのCDだった。

どの曲もわたし向きだとは言えないけど、わたしは「悪魔はジョージアへ」と「イン・アメリカ」を声を出して歌った。それに「ザ・サウス・ゴナ・ドゥー・イット」もそれほど悪くない。

着替えて、きょうもケーキを焼くぞ、という気分で車に乗りこみながら、わたしは考えていた。今朝はわたしのいままでの人生で……

最高に最高の……

朝だ。

9

わたしは車のなかに坐ったまま、アパートメントの建物を見上げて、ドアに書かれた番号をざっと見渡し、〈16〉を探した。

ブロックのアパートメント。

このアパートメントの——これがアパートメントと呼べるなら——状態について、思わず批判したくなる気持ちを必死に抑えていた。

その建物はスピアー大通りから一方通行のリンカーン通りに入ってすぐのところにあり、道路と垂直に建っていた。二階建てで奥行きのある横広の建物の前は、アスファルト舗装になっている。一階に八室、二階に八室。各戸のドアは外廊下に面している。建物の両端にある階段は鉄製で錆びていて、ちょっとこわいどころの騒ぎではない。駐車場のそばに南京錠がかけられた小屋がふたつあり、小さいほうには〈洗濯室〉、大きいほうには〈物置〉とステンシル文字で書かれているけど、大きいほうのはあまり上手とはいえなくて、ここの雰囲気になんの効果も与えていない。

どうやら、夏のあいだにこの状況をどうにかしようとした人がいたようだ。でもどうやら、途中で飽きてしまったらしい。空気の乾燥したデンヴァーで花を植えたら、世話をしてやる必要がある。その世話とは、要するに水をたっぷりやることだけど、雑草もむしってやったほうがいい。いまはまだ温かい十月中旬。リンカーン通りから建物への入口の両側に置かれた、樽を半分に切った植木鉢ふたつ、そして建物の両端にある階段の上と下を飾っている植木鉢四個には、元気いっぱいの雑草が青々と伸び放題だった。茶色の枯草もおなじくらいぼうぼうだった。それに、間延びしていくつか花をつけている弱々しいペチュニアは、果敢にも運命にあらがって戦っているけど、ひと思いに引き抜いてやるべきだ。その理由はロッキー山脈に秋が訪れたから、ということだけではない。

ああ、もう、そんなことはどうでもいい。彼は男なんだから。独身の。ハーレーのファットボーイと、ぼろぼろのピックアップトラックを所有している独身男。トラックはマーサの言うとおりで買い替えの必要があるし、その買い替えは十年くらい前に実行されるべきだったような車だ。だからこのアパートメントもびっくりするようなことじゃない。むしろ、彼が絵に描いたような完璧な郊外の一戸建てに住んでいたら、そっちのほうが心配だ。エイダの生霊がとり憑いているような家に。

それはいやだ。

わたしはからだをねじり、後部座席に置いてある小さな旅行鞄とハンドバッグと白い袋をとろうとした。白い袋には〈テッサのケーキ〉という文字が書かれていて、文字のまわりには緑色がかった明るい青色で、ハミングバードとハイビスカスの花のスタンプが押されている。そのとき電話が鳴りだした。

たぶんブロックだ。でもなぜそう思ったのかはわからない。ブロックには六時にアパートメントに来るようにと言われている。わたしは仕事を抜けだしてキックボクシングのクラスに行き、ついでにショッピングモールにも寄って休憩を延長し、さらにいったん家に帰って支度するために早めに店をあがった。店のスタッフたちは優秀だし、棚にも、ディスプレーにも、ケーキ台にもたっぷり在庫があるから品切れの心配はない。だからわたしがこういうふうに抜けてもだいじょうぶで、けっこうやっている。いまの時刻は六時二分前。遅れたわけじゃない。厳密にいえば、早いくらいだ。

ひょっとしたら、なにか予定変更があるのかもしれない。ブロックとつきあっていた四カ月間、そういうこともあった。いつもというわけじゃないけど。ブロックは普通、わたしと会うのを中止することはなかった。予定を変えなければならないときには、会うのをあとにずらしたり早めに切りあげたりして、約束自体をキャンセルすることはめったになかった。

じっさい、考えてみれば、そんなことは一度もなかった。

だからいったいどうしたのかと思って、携帯電話をひっぱりだすと、〈発信者不明〉と表示されていた。

眉をひそめながら画面にタッチし、電話を耳に当てる。「もしもし」

「ハーイ、ビッチ。エルヴァイラよ」

わたしはダッシュボードを見つめて、まばたきをした。

それから、口を開いた。「あ……どうも」

「こっちこそどうも。この番号はあなたの友だちが教えてくれたの。というのも、わたしが彼女に電話をかけたからで、というのも、わたしが昼休みを延長してグエンといっしょに〈チェリー・クリーク〉をぶらぶらしてたときに、〈ノードストローム〉のランジェリー売場にいるあなたを見かけたから、というわけ」

「ああ」わたしは返した。「そうなの」

「で？」彼女はそこで言葉を切り、先を言おうとしない。わたしはふたたび眉をひそめていた。

「『で?』って?」わたしは訊きかえした。

「で、どういうことなの?」

「『どういうことなの?』って?」

「そうよ、どういうことなの? ステップフォード郡のあの家で、あなたはコスモポリタンを飲みながら、わたしたちといっしょにあなたの〝悪い知らせの男〟について話をした。その二日後に〈ノードストローム〉のランジェリー売り場をうろついているのはいい前兆だと思えない」そうまくしたててから、エルヴァイラはきっぱり言った。「これは電話介入ってわけ」

「電話介入?」

「そう、電話介入。わたしはホーク・デルガドの下で働いてるの。ホークはグエンの男で――ちなみにそれが、わたしが昼休みを延長して会社のクレジットカード持参で〈ノードストローム〉のランジェリー売場に行ける理由なんだけど――それはまあいいわ。グエンがホークから聞きだしたのよ、あなたの悪い知らせの男について。わたしも。それで頭を突きあわせて話したの。ホークが言うには……あなたの彼氏は悪い知らせだって。まあ、それはもうわかっていたんだけど。でも、あのホークもそうだって言うんだから、これは間違いないわ」

最悪。

ひどいベビーシャワーで、親切だけれど詮索好きで余計なお世話をしてくれる、ちょっとこわい黒人女性に出会うなんて、わたししかやらないし、その女性に電話番号を教え、ついでにわたしの番号も教えるなんて、マーサしかやらない。

「エルヴァイラ……あの……わたしたちは知り合いってわけじゃないけど、心配してくれてありがとう。でも、だいじょうぶ。なにも問題はないわ」

「そう言うってことは、問題大ありってこと。グエンのところでコスモに決めたから。トレイシーとカム、それにマーサも来るって。今夜、八時。食事の心配はしなくていいわ、わたしにまかせて」

「無理よ。今夜はブロックと食事なの」

そう言うと、沈黙が一瞬流れて、「ああ、まったく」というつぶやきが返ってきた。

フロントガラス越しにアパートメントの上階を見上げたとき、それが視界に入った。〈16〉。建物の端、背が高くて茂り放題の松の木の隣。あれでは、部屋の側面に窓があっても、光はまったく入らないだろう。

わたしは軽く息を吸った。

それからダッシュボードに視線を移して、言った。「夫からレイプされた次の日に家を出たの」エルヴァイラが息を吸った。軽くではなく。「幸福とは言えない結婚生活を八年送り、夫に暴力をふるわれるようになって二年たったころだったわ。いつも殴られていたわけじゃないけど、殴るときはひどかった。このことを打ち明けたのは警察署で尋問を受けたときよ。様子を見ていたブロックは、わたしがレイプされたと聞いて椅子を投げたのよ。その音が聞こえたの。壊れる音が。椅子を投げたブロックは、わたしの尋問の邪魔をしないよう、引きずりだされていったんだって」

エルヴァイラは、めずらしく、なにも言わなかった。

わたしも、めずらしく、黙らなかった。

「ブロックの妹、それに彼が以前つきあっていた女性もレイプされた経験があるの。それに、彼の父親は母親を殴っていた。だからブロックは、七歳のときから自分が一家の男主人役を担ってきた。ある女性が自分にとって大切なら、その人を守る。彼はそう言って、わたしはそれを信じたの。彼はわたしを大切だと思っている。あなたがどんな噂を聞いたかわからないし、ホークって人のことは知らないけれど、わたしにとってブロックがどんな人なのかはわかってる。あなたたちといっしょにぜひコスモポリタンを飲みにいきたいわ。でもね、ブロックのことを悪く言われたら、それがだれであっても、黙って聞いていることはできない。彼はわたしにとっても大切な人だし、わたしとブロックの関係がどういうものなのか知っているのは、わたしとブロックだけ。それ以外のことは、エルヴァイラ、どうでもいいの」

エルヴァイラは、今度も、なにも言わなかった。

わたしも、今度も、黙らなかった。

「ねえ、この六年間で、わたしがあのことを話したのはあなたで三人目よ。マーサにはゆうべ話したばかり。ブロックはわたしが打ち明けるのを聞き、不幸にも彼自身おなじような不幸なできごとを間近で見てきた過去があった。だから、わたしが心の奥にしまいこんでいるのを知って、それを乗り越えるのを助けてくれている。信頼できない男性じゃない。ブロックはわたしをちゃんと守ってくれているし、大事にしてくれる。ほんとうよ」

「わかった」エルヴァイラが小さく答えた。

「それと、心配してくれてありがとう。もし相手がほかの男性で、こういういろいろなことがなかったら、きっとありがたかったと思う。でもわたしとブロックの関係は見かけとはちがう。まったくちがうものなの」

「了解」エルヴァイラが静かに答えた。

「ありがとう」わたしはささやいた。

「そんなつもりじゃなかったのよ、わたしたち――」エルヴァイラは言いかけたが、途中でやめた。

「ええ、もちろんわかってるわ」

「みんなには言わないでおくからね」エルヴァイラがそう言って、わたしは目を閉じた。

そして目をあけ、エルヴァイラに告げた。「秘密にしなくていいわ。長いこと秘密にしすぎてしまったから。なにもわたしが恥じることはないんだから、みんなに知られて困る理由はないわ」

「そうだけど。あなたが自分で話したほうがいいでしょ」

エルヴァイラは詮索好きで、余計なお世話を焼く、ちょっとこわい女性かもしれない。でも、心から優しい女性でもある。

「そうね」わたしは返事をした。

「グエンのところでコスモを飲みながらさ」

「いいわね」

「また別の日に」

「ええ」

それから沈黙が流れ、エルヴァイラがそっと言った。「椅子を投げたの?」ダッシュボードを見つめたまま、思わずほほえんだけど、そのほほえみは自分のためだった。わたしもおなじようにそっと声をひそめた。「そうよ、椅子を投げたの」

「それ、ホークは知らないんだと思う」エルヴァイラが答えた。

「それならあなたがホークに教えてあげて」

「ぜったいに教えるわ。ホークにひと泡吹かせられる。いままで一度もひと泡吹かせたことないのよ」

わたしは小さく笑った。

その笑い声を聞きながらエルヴァイラが言った。「ホットな彼氏と愉しんできて」

わたしはふたたびほほえんだ。これはエルヴァイラに向けたほほえみだ。彼女からは見えないけれども。わたしは答えた。「ええ、そうする」

「じゃあ、またね」

「ええ、また」

電話を耳元から離して通話を終わらせた。電話をバッグにしまい、荷物をまとめて、車にロックをかけたことを確かめ、覚悟を決めて、いまにも崩れそうな階段をのぼる。

〈16〉のドアの前に立ち、ドアをノックする。

二秒後、ドアが開き、長身でゴージャスで曲線豊かな女性があらわれた。黒髪で銀色の目をしていて、紅潮した顔にはあきらかな殺意がみなぎっている。

わたしは思わずあとずさりした。

その女性が顔をそらし、部屋に向かって金切り声を上げた。「ディラン！　またそれをお兄ちゃんにやったら、家に帰ってから〈反省の時間〉じゃ済まないからね！　代わりになにがあるかわからないけど、これだけはわかってる……とにかくひどい目に遭うから！」

ブロックにメールして、部屋の番号が（アパートメントの住所も）間違っていないか、確かめたくなった。その衝動を抑えていると、女性がふり返り、優しい笑みを浮かべて告げた。「いらっしゃい、あなたがテスね？」

わたしはまばたきをした。

女性は言った。「ローラよ。スリムの妹」

全身が固まって、発作を起こすんじゃないかと思ったとき、部屋の奥からブロックが出てくる物音が聞こえてきた。「ファック、ローラ、どうなってるんだ？」

ローラ（本当にブロックの妹！）は部屋のほうをふり返り、声の主に言い返した。「スリム、子供たちの前では、〝F〟言葉を使わないようにしてるのよ」

「それはけっこうだが、自分の家にいるときかリトルリーグのときだけにしてくれ。おまえのフーリガンたちがおれの家を組織的に破壊してるっていうのに、そんなの気にしてられるか」

次の瞬間、ローラの隣にブロックがあらわれた。にこりとほほえみかけ、腰を曲げて長い腕を伸ばし、手首をつかんでわたしを部屋に引きいれる。腕でしっかり抱きながら奥へ進み、気づくと、わたしたちは唇を重ねていた。ホットで、スイートで、深くて、でも短くて濃厚なキス。

「きしょいよ、スリムおじさん！」子供の大きな声が聞こえた。

「ほんと！　げえ！」もうひとりの子供が割って入る。

「きれいな靴ね」もうひとりは間違いなく女の子で、間違いなくいい趣味の持ち主が言った。

ブロックが唇を離して、顔をあげた。このとき、わたしの心に浮かんだことは三つ。ひとつは、家族が見ている前でも、そのうち何人かが子供であっても、ブロックはすごいキスができる。ふたつ目は、わたしはどうやらブロックの家族と会っていて、まったくなんの準備もしていない。三つ目は、いつものビーチサンダルではなく、セクシーなストラップ付きサンダルとすてきなジーンズ、凝ったデザインのブランド物のブラウスを選んでよかった。

　わたしが声を出すか、頭のなかを整理する前に、肩からハンドバッグと旅行かばんがはぎ取られた（両方ともブロックが床におろした）。白い紙袋には、わたしの店で評判のスニッカードゥードル、焼きたてのクッキーが入っている（これはコーヒーテーブルにぽんと置かれた）。ブロックがわたしを部屋のほうに向かせ、片腕をわたしの肩に回し、わたしの正面を自分の脇に抱きよせて家族たちを紹介した。

「テッサ、妹のローラだ。ローラのわんぱく坊主どもグレイディとディラン、おれのプリンセスのエリー、母さんのファーン。みんな、彼女がテスだ」

　母さんのファーン？

　ブロックはお母さんの前でわたしに舌を入れてキスしたの？

　部屋をざっと見回すと、頭にたくさんのものが飛びこんできた。あまりに多すぎて処理しきれず、心のシャッターが自然に閉ざされた。緊張しないようにするだけでせいいっぱいだ。

　その一、玄関のドアがしまっている。ドアのそばに立っているブロックのゴージャスな妹ローラが、正気を失ったのかと思うほどの満面の笑み浮かべている。

　その二、黒髪の男の子ふたりが床に坐っている。ふたりとも少年向けの小さなアメリカン・フットボールのユニフォーム姿で（肩パッドはなし）、どうやら長いあいだ、わたしの予想ではゆうに五時間以上も泥のなかで転げまわっているところを捕らえられてから、それほど時間がたっていないように見える。ふたり揃って、粉末ジュースのクーエイドを飲んだときにできるひげを口元に残している。

その三、小さくてとてもかわいらしい黒髪の女の子が、プリンセスのコスチュームを着ている。上半身はフェイクの繻子、スカートはチュール。このドレスに、幼児用のカタカタ鳴る、小さなプラスチック製ハイヒールが組み合わされている。そのプリンセスが長椅子に坐って脚をぴんと前に伸ばし、足をバタバタ弾ませながら、溶けかけの棒つきアイスキャンディーに果敢に挑戦しているけど、紫色の液体がドレスの上半身にぼたぼた垂れ落ちているように、かなり苦戦している。

その四、いかにも〝ばあば〟といった感じのオーバーオールを着た、豊かな銀髪と青い目をした年かさの女性が戸口に立ち、正気を失ったのかと思うほどの満面の笑みを浮かべてわたしを見ている。

そして最後に。ブロックの部屋の家具調度品は、一見したところ、このアパートメント全体の印象プラス約二・七五ポイント。でもまあ、この部屋は、きれいと言えないまでも清潔だ。ただしこの評価は、ブロックが独身男であること、マーサが言っていたとおりハーレーのファットボーイと十年くらい前に下取りに出すべきだったぼろぼろのピックアップトラックを所有している独身男であることを考慮したうえでの評価だ。

「あ……どうも」わたしは声を出して、挨拶した。

「びっくりしたでしょ、わたしたちがいて。子供たちのアメフトの練習帰りに、ちょっと寄っていこうと思ったの」ブロックのお母さん、ファーンがそう言って、部屋のなかに入ってきた。手にはふきんをもっている。「ケンタッキーフライドチキンを買ってきたのよ。子供たちに食べさせようと思ってね。スリムのところにお友だちが来るなんて知らなかったから」

「ああ……そうだったんですか」わたしは答え、ばかなことを口走ってしまった。「いいですね」

ファーンがわたしのところまで歩いてきて、手を差しだした。わたしがその手を取ると、ファーンが指をからめ、つながれたわたしたちの手をもう片方の手でつつみこんだ。握りながらわたしの目をのぞきこみ、母親目線でチェックしはじめる。わたしは少々、落ち着かない気分になった。ファーンの青い目は、わたしの魂に書かれている言葉すべてを読み取ってしまいそうだ。わたしが母についた嘘も見透かしてしまうにちがいない。たとえば十歳のときに、脚のむだ毛を剃ったりしていないと言ったことか(脚にできた小さな傷が嘘だと告げているのに)、高校二年のホームカミング・ダンスのとき、ジミー・モリアーティーが服に手を入れてきても許したこととか。ファーンがわたしのチェックを終えて手を離し、少しうしろにさがった。母親に嘘をついた悪い娘だと、部屋にいる人たちに宣言されなかったのは、幸運と言うべきだろう。

「みんなもう帰るところなんだ」ブロックが告げると、プリンセス・エリーが叫んだ。「まだ帰らないもん！『塔の上のラプンツェル』を見るんだから！」

それにディランが(もしくはグレイディ。どちらがディランでどちらがグレイディなのかはわからない)叫びかえした。「『塔の上のラプンツェル』はもういいだろ！今週だけで五回見たじゃないか」そしてローラのほうをふり返って泣きついた。「ママァ！ラプンツェルはもう飽きた！」

「わたしは『塔の上のラプンツェル』には飽きてないわ。いい映画よ」気づくとわたしは、(また)ばかなことをつぶやいていた。

「ほらね！」エリーが甲高く叫び、わたしのほうを身振りで示しながら棒つきアイスキャンディーを手放した。紫色のアイスキャンディーの塊がいくつか、毛足の長い

（そう、長い毛足の）じゅうたんにぽたっと落ち、そのそばにはブロックのバイクブーツが見えた。「スリムおじさんのガールフレンドが『塔の上のラプンツェル』を見たいって！」

わたしはそこまではっきり言っていない。でも、エリーは五歳くらいの女の子だ。自分の聞きたいように理解するのだろう。五歳どころか、五十歳の女性にだって、そういう人は大勢いるのだから。

ファーンがさっと床に落ちたアイスをふきんでぬぐい、ローラがしかりつける。

「エリー！　アイスを落とさないの」

「『塔の上のラプンツェル』を見なきゃだめ？　ねえ？　ねえ？」ディラン（あるいはグレイディ）がぐずる。

「ディラン、静かになさい。なにも見ないわ。家に帰りましょう。お風呂に入って寝る支度をするの」

「寝たくない！」今度はディランもエリーも口を揃えて叫んだ。

そのとき、玄関のドアが開いて、長身でビール腹の年かさの男性が入ってきた。黒髪には少なからず銀色のものが混じり、目の色は銀灰色。部屋に向かって歩きながら、大声で言い放った。「おいおい！　いったいなんの騒ぎだ？」

「おじいちゃん！」エリーとディランが歓声をあげ、エリーはアイスキャンディーを放りだした。アイスはブロックのソファーに落下し、エリーは急いでそのソファーから降り、ディランと競うように男性の脚に飛びついた。その勢いとパワーで男性が数歩よろめき、ふたりの子供が両脚にしがみついた。幸運にも、男性はもちこたえて転ばずにすんだ。

どこか枯れた魅力のあるこの男性が、ブロックの父親だと確固たる口調で告げたとき、わたしは根が生えたようにその場から動けなくなった。室内に見えない鞭が振りおろされたような冷たい空気が流れ、ブロックが「くそ」と小さく洩らすのが聞こえた。

この空気を発しているのはブロックじゃない。今度ばかりはちがう。流れてくる出所に向けてぎこちなく首を動かしてみると、そこにファーンがいた。

「嘘でしょ……あの人が……なんで……ここにいるの」ファーンが小さく吐きだした。

なんだか様子がおかしい。

「母さん――」ブロックが声をかける。

「スリム、嘘でしょ……あの人が……なんで……ここにいるの」ファーンはこわいぶつ切りで、おなじくらいこわいアクセントをつけながら、くり返した。

わたしに回されたブロックの腕に力がこもる。

ぼうっとしたまま顔をあげ、視線がぶつかった瞬間にブロックが言った。「だからおれは、めったに家にいないんだ」

これでひとつの疑問の答えがわかった。ブロックがめったにいないなら、すてきな家は必要ない。

「よお、ローリー、スリム、グレイディ」ブロックの父親が笑顔で挨拶した。

「こんばんは、おじいちゃん」グレイディが挨拶を返した。

「いらっしゃい、父さん」ローラがためらいがちに言った。用心深い口調だ。

ブロックの父親が警戒したように見えたのは、「やあ、ファーン」とつぶやいたときだった。

「コブ」ファーンは鋭い口調で言った。コブに飛びかかって目玉をくり抜いてやるのはよそうと決めたようだ。孫たちに一生残る傷を与えてしまうから。けれども、ぎりぎりのところでその自制を保っているのがわかる。

ブロックの父親の視線がわたしのところでとまった。彼は小首をかしげて息子とわたしを交互に見やり、視線を七回移してから、ようやく言った。「ああ……どうも、お嬢さん」

「父さん、テスだ」ブロックがわたしを紹介した。

「スリムおじさんのガールフレンドよ！」エリーが叫んだ。コブ・ルーカスのズボンに指を食いこませ、背中をありえない角度にそらし、グレープ味のアイスキャンディーの染みをつけた口を大きくあけて、祖父にほほえみかけている。

コブは孫娘を見下ろして大きな手を優しく頭にのせ、穏やかに訊ねた。「そうなのかい、エリー？」

「うん！」エリーが叫んだ。「テスはかわいい靴をはいてて、あたしといっしょにいまから『塔の上のラプンツェル』を見るんだって！」

コブがわたしを見た。好奇心をたたえた目で探っているけれど、ファーンを見るときのようにためらいが感じられる。

そこへファーンが刺々しく割って入った。「理由があってここに来たのよね、コブ？」

「ああ」コブの視線がファーンからブロック、わたしに移り、またファーンに戻った。「それはいい」

「ああ」

「そうでしょうとも」ファーンが刺すような口調で言った。

そのとき、ローラがブロックに必死で目配せをしているのに気づいたわたしは、行動を起こすことに決めた。

ブロックの腕からすり抜けて、かがみこみ、ファーンの手から用心深くふきんを抜きとる。長椅子まで歩いていって、スニッカードゥードルの袋をつかみながらアイスキャンディーをすくいあげて、こう宣言した。「さあ、おちびさんたち。焼きたてのスニッカードゥードルがあるわよ。おじさんのために、わたしの店でつくってきたの。キッチンで手と口をきれいに洗った子に一枚ずつあげる。わたしといっしょに来る子はだれ？」

ディランとエリーはすぐさま祖父の足元を離れて、キッチンへ駆けだした。エリーはカタカタ鳴る子供用のプラスチック製ハイヒールのせいで遅れをとり、二回、頭から転びそうになった。グレイディは紙袋と母親を見比べながら立ちあがった。クッキーを食べるか、それとも緊迫ムードの大人たちといっしょにいるか、考えているのがはっきりわかる。当然ながらクッキーを選び、弟と妹のあとから歩いてキッチンへ向かった。わたしは三人のあとに続いた。そのままふり返らず、ファーンが掃除したばかりらしいカウンターに立ち、うしろ手でスイングドアをしめる。

それから、スニッカードゥードル十二枚のうち九枚を隠して（ブロックの好物だから）、残りの三枚を並べながら、疲れて興奮気味の三人の子供たちが手と口をきちんと洗うよう見守った。

三人が洗いおえて、ブロックの傷がついた木のテーブルについてクッキーを食べながら、わたしが注いだ牛乳を飲んでいるあいだに、最年長と思しきグレイディ（予想ではエリーが四〜五歳、ディランが六〜七歳、グレイディが八〜九歳くらい）がわたしにいろいろと教えてくれた。「おばあちゃんはおじいちゃんが大好きってわけじゃないんだ」

さて。どう返事をしよう？

「そうね。大人はときどきこみいったことになるから」わたしはごまかすように言った。

グレイディがさらに教えてくれる。「父さんも大好きじゃないんだ。あの男はイヤなヤロウだって言ってる」

笑い声が洩れないよう、わたしは唇を引き結んだ。そして返事をした。「イヤなヤロウっていうのはいい言葉じゃないわね。でも、お父さんには意見を言う権利があるわ」

グレイディが先を続ける。「スリムおじさんはおじいちゃんのことを我慢してるけど、それはママとジルおばさんのためだと思う。ふたりともおじいちゃんのことが好きだから。でも、リーヴァイおじさんもおじいちゃんのことをイヤなヤロウだと思ってる。リーヴァイおじさんとスリムおじさんが話してるときに聞いちゃったんだ。おじいちゃんに対して冷静になれよって、スリムおじさんがリーヴァイおじさんをなだめてた。そうしないとジルおばさんが困るんだって。でも、リーヴァイおじさんが言ってたよ。おじいちゃんは子供のヨーリョクヒを払わなかったし、おばあちゃんのほかにもガールフレンドがたくさんいたんだから、リーヴァイおじさんもジルおばさんもおじいちゃんに恩を感じることはないんだって」

グレイディはスポンジのような精神の持ち主だけれど、物事を間違えて吸収するみたい。ヨーリョクヒはたぶん養育費のことだろう。それを支払わずママを裏切る父親をもつのがいいことではないことも、想像がつく。

「あたしはおじいちゃん好き！」エリーが声を張りあげた。

「そうよね」わたしはカウンターに寄りかかったまま、エリーに向かってほほえんだ。

「ぼくはスリムおじさんみたく、おじいちゃんのことを我慢してるんだ」グレイディがきっぱり言い切った。

「グレイディは大きくなったら、スリムおじさんになるんだよ」ディランがミルクの口ひげをたくわえながら、意見を述べた。

グレイディはディランの言うことを否定しなかった。それどころか、誇らし気に宣言した。「スリムおじさんはむかし一塁手で、ぼくも一塁手なんだ。スリムおじさんはむかしラインバッカーで、ぼくもラインバッカー。おじさんはこわい仕事をしてるってママが言ってるけど、それはぼくみたいな子供を守るためなんだ。だからぼくも、そうしようと思ってる。大きくなったら、ぼくも子供を守る」

心に温かいものが広がり、また感傷的な気分になってきた。

「立派な目標ね、グレイディ」わたしは静かに答えた。

「テスには子供がいるの？」ディランが訊ねてきた。

「いいえ。いないわ」

「よかった。スリムおじさんと結婚したら、レックスとジョエルのママになれるね」

グレイディがもたらした情報に、わたしは思わず目をしばたたかせた。

「ごめんなさい、ハニー、だあれ？」

「レックスとジョエル。スリムおじさんの子供だよ。ぼくたちのいとこ」グレイディが答え、わたしのからだは完全に固まった。心臓と肺も含めて。心に広がっていた温かい感傷が一瞬で消えうせた。グレイディが先を続ける。「むかしオリヴィアおばさんはスリムおじさんと結婚してたんだ。ぼくのママとパパ、おばあちゃんとおじいちゃん、ジルおばさん、フリッツおじさん、それにリーヴァイおじさんも、オリヴィアおばさんのことは大好きじゃないって。ママはオリヴィアおばさんのことをある言葉で呼んでるけど、ぼくがその言葉を使うのはだめなんだって。パパも。リーヴァイおじさんは、今度オリヴィアおばさんに会ったら首をへし折ってやるって言ってた」

わたしはまじまじとグレイディを見つめた。

「オリヴィアおばさんはなんかに怒ってるみたいなきっつい顔なの」エリーが会話に加わった。そのしわくちゃの表情は、エリーも大人たちとおなじ意見だとはっきり示している。

「家族の集まりに、スニッカードゥードルをもってきてくれることなんかないよね」ディランも割って入り、ふたたびミルクを飲んでから、深く考えこみながら言った。

「なんにも」

「スニッカードゥードルなんて思いもつかないよ、オリヴィアおばさんは。スニッカードゥードルなんか気にもかけない。あの人が気にかけるのは見た目のことだけだって、ママが言ってる。だからいつもマニキュアを塗ってるんだってさ」グレイディがディランに威厳を見せるように言った。

「爪はきれいなの」エリーが教えてくれた。「オリヴィアおばさんのマニュキュアは好き。いつも真っ赤だけど。ピンクも塗ってみればいいのに」

次々ともたらされる情報をとても処理しきれない。それでも、グレイディのおしゃべりはとまらない。「オリヴィアおばさんは毎年、家族の集まりにレックスとジョエルを連れてきて、泊まっていくんだ。ママが言うには、もう家族じゃないのにわざわざ泊まってくのは、高い服とかアクセサリー見せびらかして、まわりをしらけさせるためなんだって。リーヴァイおじさんもオリヴィアおばさんが泊まってく理由を言ってたけど、ぼくがそれを伝えるわけにはいかない。悪い言葉ばっかりだから」

どうやら、リーヴァイおじさんの口は兄そっくり、ということらしい。

そして、ブロック・ルーカスには前妻と息子ふたりがいる。不機嫌な顔でいつもマニキュアをしている、息子ふたりを産んだ前妻が。

わたしが知らなかった情報。共有されるべき情報。どう対処すべきか、わたしにはわからない情報。

公平を期して言えば、わたしがブロックとしてのブロックとつきあったのは、まだ三日間だ。

それでも。

「スリムおじさんとの結婚式では、あたしがフラワーガールをやってもいい？」エリーが訊ねてきた。

またしてもわたしの全身、肺、心臓がぴたりと静止した。肺と心臓がふたたび動きだしたとき、その動きは激しさを増していた。

もう！　どう答えたらいいの？

ここは正直に言おう。

「スリムおじさんとわたしはいまのところ、おつきあいしてるだけなのよ、エリー。でも、まじめなおつきあいになりそうになったら、かならず教えるわ」わたしが誓うと、エリーがきゃっきゃと笑い声をあげた。

そして、注文するのも忘れなかった。「うん、わかった。あたしのドレスはピンクにしてね」

「憶えておくわ」わたしが答えると、エリーは満面の笑みを返してくれた。

ディランとお揃いのミルクの口ひげをつけたまま。

わたしも満面の笑みを返した。

ドアが開き、キッチンに大人たちがなだれこんできた。先頭がローラ、最後がファーン、あいだに挟まれたのがブロック。ブロックはわたしの顔を見ながらそのまま近づいてきたが、わたしは視線をそらした。ファーンはテーブルに直行して、グラスを集めはじめた。ローラは子供たちに声をかけた。

「さあ、帰る時間よ」棚からタオルをつかみとりながら、ローラが子供たちに言った。「口についたミルクを拭いて、リビングに忘れ物がないか確かめてらっしゃい。五分以内に荷物をまとめて車に乗るわよ。さあ早く！」

グレイディがタオルをつかんで顔をぬぐい、ぼんやりした表情で母親のほうへぽんと投げ、小走りで出ていった。ディランは命令に従った。エリーは母親のところにスキップしていき、その姿は、いつもチューリップ畑をつま先で歩く世界にいる無垢な少女みたい。顔にタオルを一回こすりつけて、ミルクをだいたい全部拭きとり、タオルをたたまず、スキップしながらキッチンから出ていった。

「デートをだいなしにしてごめんなさいね、テス」ローラがタオルを棚に戻しながら、声をかけてきた。「車で通りかかって、スリムのトラックとバイクが停めてあるのが見えたから、寄ってみただけなのよ。スリムが家にいるなんてめったにないことだから。お邪魔しないうちに退散するわね」

「気にしないでください」わたしは笑顔で答えた。ブロックが腰をカウンターに預けて寄りかかり、わたしを横から見ているのはわかってる。それでもわたしは、テーブルのところにいるローラから目をそらさなかった。

ローラがほほえみを返しながら言った。「今度、あの子たちをあなたのお店に連れていかなくちゃね。きっと気に入るはずよ。わたしは何度か入らせてもらったけど、子供たちを連れていったことはないの。エリーはいつも、あなたの店のピンクのカップケーキのことをしゃべってるわ」

「そのときはあらかじめ電話してね。非常事態にそなえなくちゃ」わたしのちょっぴり皮肉めいた返事を聞き、ローラの笑みがさらに広がった。そしてわたしが話している最中に、ブロックが近づいてきた。近づいてきたっていうのは、つまり、うしろからわたしの胴に腕を回してくるっと回転させ、わたしが腰をカウンターにつけて、残り全身でブロックに寄りかかるということだ。

ローラが目線を落とし、ブロックの腕を見た。温かい表情を浮かべてふたたびわたしの顔を見たとき、ローラはまた、正気を失ったのかと思うような満面の笑みを浮かべていた。

そこへファーンが割って入り、なごやかになりかけた空気に水を差した。「スリム。こんなことはたいがいにしてほしいわ」

わたしは流し台のところにいるファーンを見た。ファーンはグラスをすすぎ、がたつく食器洗浄機に入れて、扉をしめた。よくわからないけれど、食器洗浄機が出回りはじめたころの年代物かもしれない。

「母さん、その話はあとでしよう」ブロックが警告するような調子をにじませて答えた。

ファーンがふり向き、頭を軽くそらして息子を見上げた。「しょっちゅう来るの？」

「あとで話そう？」ブロックが懇願するように答えた。

「簡単な質問でしょう、スリム」ファーンに問い詰められ、ブロックがため息をついた。

「父さんがよくここへ来るのかどうか知りたいんだな？　たびたび来るわけじゃない。でも、父さんがおれに会いに来ることはある。父さんがおれに金をせびってるのか知りたいんだろう？　それはない。もうなくなったよ」ブロックが答えた。

「もうなくなった？」ファーンが続きをうながし、ブロックがまた、ため息をついた。

「父さんはおれのトラックとバイクが停めてあるのを見たから来たんだ。母さんたちとおなじだよ」ブロックが静かに説明する。「父さんはもう歳だし、友だちはそう多く残ってない。父さんがひどい扱いをしなかった相手は少ないからな。父さんはここに立ち寄る。ふたりで坐ってビールを飲み、テレビでスポーツ中継を観る。たびたびそうしてるわけじゃないけど、そうすることはある」

ファーンは息子をじっと見つめている。そして、静かに言い返した。「むかしは父親のことを見ようともしなかったのに」

「ああ。大人になったんだよ。コブはおれの父親だ。父親が孤独でいるのはいい気分じゃない。ほかにどう説明すればいい？」ブロックは穏やかに答えた。

ファーンが息子を探るようにしげしげと見つめている。そして、視線をわたしに移した。ようやく、いまここにふさわしい話題でないことに気づいたみたいだ。今度は、ファーンがため息をついた。

ファーンが言った。「ごめんなさい、テス。おかしな一家だと思ったでしょうね」

「わたしの両親は離婚しましたし、母は父のことを嫌っていました。わたしが九歳のころから、父が亡くなる日までずっと。父の葬儀に行ってお墓につばを吐きかけたいと言い放ったくらいです。さいわい、その翌日に母は風邪を引いて、一週間、安静にしていなければならなくなりましたけど。そうでなかったら、ほんとうにつばを吐いたかもしれません」わたしはファーンに語り、ファーンがわたしを見つめ、わたしのからだに巻きついたブロックの腕の力が強くなった。最後にわたしはこう告げた。「つまり、なにが言いたいかっていうと、あなたのお気持ちはわかるってことです」

ファーンの目つきが温かくなり、口元が少しほころんだ。そして、こくりとうなずいた。

そして「ありがとう」と小さくささやいた。

「ママ！　ディランがぼくのジャージをひっぱる！」グレイディの叫び声がリビングで響いた。

「退散の合図ね」ローラがつぶやく。わたしはローラに視線を移した。「テス、また会えるわよね？」

「ええ、もちろん。お目にかかれてよかったわ」

「わたしもよ」ローラはそう答え、急いでキッチンから出ていった。

ブロックがわたしのからだを手前にそっと押し出し、わたしの背後からすり抜けて、母親のところに行った。腰をかがめて、ほおにキスする。

「愉しんでね」ファーンのささやく声がした。

「ああ」ブロックがつぶやき、ファーンが身を引いて、わたしに目を向けた。

「今夜は愉しんでいってちょうだいね、テス。お会いできてよかったわ」

「こちらこそ」

ファーンもキッチンから出ていった。ブロックがわたしの手をつかみ、そのままひっぱりながら、ファーンのあとについていった。居間に差しかかったところで、わたしたちは手を離した。子供たちがわたしに元気よくさよならを言い、ブロックの脚にしがみつこうと飛びかかる体勢になったからだ（おいたちは脚にしがみつくことを許されたけれど、めいはひょいともちあげられ、キスと熱烈な抱擁に襲われた。そして、首元にふーっと息を吹きかけられると、子供らしく身を投げだしてげらげら笑った。それを見ていたわたしは、心に押し寄せる温かい気持ちにあらがわなければならなかった）。なんの理由もないいつかのまの大騒ぎのあと、気づくとわたしはみすぼらしい居間に立ちつくし、ブロックが玄関のドアをしめていた。

鍵を三つ（ドアノブ、デッドボルト、チェーン）かけ、わたしのほうをふり返る。

「きみのお母さんは、お父さんの墓につばを吐こうとしたのか？」眉を吊りあげながら、ブロックが訊いてきた。

「悲痛な離婚においては、あなたの家族は先行逃げ切りをするようだけど、わたしの家族は大差で勝つのよ」

ブロックがにこりとほほえみかけてきた。

わたしは小首をかしげて訊いた。「レックスとジョエルって？」

ブロックの笑みが広がった。ブロックが近づいてきて、気づくとわたしは長椅子にあおむけに寝そべり、上にブロックが乗っていた。寝そべっているいまも、いつのまにこの体勢になったのかよくわからない。わかるのは、自分が長椅子の上にいることだけだ。

「レックスとジョエルは」ブロックがわたしの目をじっと見つめ、陽気な光をたたえながら言った。両手をわたしのからだの上でもぞもぞ動かしているけれど、それはリラックスさせるための動作でも、人生を共有する話し合いをする場にふさわしい動作でもなかった。「おれの息子たちだ。おれはふたりの母親と五年間結婚してたが、あれは人生でいちばんみじめな五年間だった。その後、離婚してからの五年間は、人生で二番目にみじめな時期だった。そして二年前、前妻は再婚した。いまは新しい夫の人生をみじめにしている。おれにとってラッキーなのは、あいつにはマルチタスクは無理だってことだ。レックスは十歳で、ジョエルは十二歳。ふたりともいい子だ。隔週の週末に面会している。それに、夏休みの二週間とオリヴィアがスパに行くときはいつでも。あいつの新しい犠牲者は金持ちだから、それはかなりの頻度になる。だがおれにとってはかえって好都合だ。息子たちは優先すべきだし、間違いなくおれの遺伝子を強く受け継いでる。母親とちがって、おれをうんざりさせない」

「つまり、友好的な離婚で前の奥さんとは友だち、といった関係ではないということかしら」わたしが思っていることを告げると、ブロックの目に浮かんだ陽気な光が居間とブロック自身のからだにも広がり、押し殺した笑いの振動がわたしのからだにも伝わってきた。

「ああ、ベイビー、もっとはっきり説明しなきゃいけなかったな」

「その人といっしょにいた時期は、人生でいちばんみじめだったのね？」

「ああ。だがいっしょにいなくなった時期もあいつはみじめにしてくれたが、あいつといっしょにいないことがみじめの原因ではなかった」

「それなら、どうして結婚したの？」

ブロックが軽く首をかしげ、表情に少しだけ真剣さが加わった。

少したってから答えが返ってきた。「おれが出会い、つきあい、恋に落ち、求婚したオリヴィアがいた。その後、おれといっしょにハネムーンへ行ったオリヴィアがいた。夜も昼も。暗いときも明るいときも。真面目な話、オリヴィアは別人みたいになってしまったんだよ。どうかしていた」

わたしはブロックを見つめた。ショックな話だけれども、興味をそそられる。

「ほんとに？」わたしは訊ねた。

「ほんとうだ」ブロックが答えた。

「それってなんだか……」わたしはためらいつつ言った。「こわいわ」

「まったくだ」ブロックがしみじみと言い、わたしはエイダとヴィクのことを思い浮かべた。エイダはヴィクの理想の女像を演じて、ヴィクが見たいと思っているものをすべて見せた。そして、結婚指輪を薬指にはめたとたん、ほんとうの姿をヴィクに見せ、今度はヴィクを自分の理想の男につくり変えようとした。

「どうしてそういうことをするのかしらね、女って」わたしは訊ねた。

「男にはわからない。きみがその答えを教えてくれると思ってたんだが」ブロックが言った。

「さっぱりわからないわ」わたしがそう答えると、ブロックの笑顔にまた陽気な光が戻り、彼のからだがわたしの上で小刻みに震えた。

少しの間を置いて、ブロックが訊ねてきた。「まだわからない？」

「なにが？」わたしは訊きかえした。

動いていたブロックの手がとまった。顔を近づけながら、片手でわたしのほおをつつむ。

ブロックがささやいた。「テッサ・オハラ。きみはなんの虚飾もない、ありのままの女だ。嘘をつかない。駆け引きをしない。仮面をかぶらない。偽らない。なにも。きみだけ。すべて本物。おれは四十五歳だが、上辺をとりつくろう女にはうんざりしている。きみはとりつくろうことなど考えもしない。仕掛け方すら知らない女性とつきあうのは、おれにとってこのうえなく新鮮だ」

まあ。

つい動揺して、わたしはうっかり口を滑らせてしまった。「エリーはピンク色のドレスがいいそうよ」

ブロックがわたしをぽかんと見つめた。次の瞬間に笑いだし、顔をわたしの首元に押しつけた。その姿勢で笑いつづけながらあおむけに転がり、わたしを自分の上に乗せる。わたしが顔をあげ、ブロックの笑い声が落ち着くまで待っているあいだに、ブロックの両手がわたしの髪をかきあげ、後頭部で束ねた。

ようやく笑いのおさまったブロックは、溶けた水銀の色の目に温かい表情を浮かべ、ひたとわたしを見据えて、静かにこう言った。「そういうところだよ。おれのテッサは仕掛け方すら知らない。嘘をつかない。駆け引きをしない。仮面をかぶらない。偽らない」

「ブロック」わたしはささやいた。

「子供たちを連れていってくれてありがとう。おかげでお袋と親父のことに集中できた」

「どういたしまして」わたしが柔らかな声で応じると、ブロックがわたしの顔を引き寄せて、唇を軽く触れ合わせた。少しだけ唇が離れたとき、わたしはブロックに告げた。「伝えておきたいことがあるの。グレイディはいろんなことを聞きすぎているわ。大人たちの会話に、わざわざ耳を傾けてるのかもしれないけど。そして、聞いたことをほとんど記憶してしまうの」

ブロックが深く息をついた。そして、わたしに打ち明けた。「おれたち家族はいま、意見がぶつかってるんだ。妹のローラと姉のジルは、父をまた家族の輪に迎えいれたいと思ってる。それに反対してるのが弟のリーヴァイと、ローラの夫オースティン、ジルのパートナーのフリッツ、そして間違いなく母。オースティンが反対なのは、ローラに対して過保護気味のきらいがあるからだ。ローラがレイプされた二年後、まだ傷は癒えていなかったが、彼はそんなあいつと出会って好きになり、優しく扱おうとした。それからずっと優しくしている。善良で家庭的な男だし、ローラを愛してる。おれたち一家の過去に嫌悪感をいだいていて、親父がふらりとあらわれて金をせびるのをいやがってる。フリッツは金が好きな男で、金のため懸命に働いている。だから、ふらりとやってきて金をくれというやつにいい印象をもつはずがない。弟のリーヴァイはまだつらい記憶を乗り越えられていないんだ。気が短く、ひどく父を恨んでいて、なによりも家族への忠誠を重んじている。隠れていた問題がいま、表面に出てきているんだ。話さなきゃならないことは、いろいろある。グレイディは賢く感受性の強い子で、母親を愛してる。いろいろ聞いて混乱してるんだよ」ブロックがいったん言葉をとめ、ふたたび口を開いた。「ローラと話してみる」

「どうしてこんなことになっているの？」わたしは訊ねた。「だって、みんな大人でしょう。父親をまた迎え入れたい人はそうすればいいし、それがいやな人は——」

その先をブロックがさえぎった。「親父はがんなんだよ、テス」

わたしはブロックの上に乗ったまま固まり、小さくささやいた。「まあ、そうだったの」

「ああ」ブロックも小さくささやき返した。「二度目なんだ、初めのときはすぐに克服した。だが、今回はもっと厳しいらしい。親父は償いたいと思ってる。家族をとり戻し、安らかに眠りにつきたいと思ってるんだ。なかには、親父の動機とタイミングを怪しんでる声もある。いっぽうで、親父はもう高齢で病気にかかっているんだから、という意見もある。親父は家族以外にも大勢の人たちにひどいことをしてきたせいで孤独になったが、もともと社交的な人間だ。そうでなかったとしても、病人がひとりでいるのはいいことじゃない。だからおれたちは揉めてる。埋もれていた過去が掘りかえされて、みんな感情が高ぶってるんだ」

わたしはブロックの首元に指をからめて、ささやいた。「胸が痛いわ」

「ああ、おれもだ。ほんとうに気が滅入る」

「ええ、ほんとうに」わたしはまたささやいた。ブロックが熱いまなざしで見つめている。

ブロックが静かに訊ねてきた。「お父さんが亡くなったのは?」

「C型肝炎よ」わたしは答えた。「どうして感染したのかわからないけど、父は若いころ救急救命士だったから、そのときになにかあったのかもしれないわ。感染したまま長いあいだ潜伏してたのね。瀕死の状態で肝臓移植を受けたけれど、移植した臓器も感染したの。それでもなんとか十二年もちこたえたわ」

「お母さんがお父さんを嫌っている理由は……?」

「父が救急救命士時代のパートナーを好きになったからよ。離婚して二週間後に、その同僚と再婚したの。母は屈辱だと感じたのね。その気持ちはわかるわ。でも、父はドナを心から愛していたのよ。真実の愛だったの。問題は、ドナと知り合ったのが母と出会った後だったこと。母は女性としても人としても常識的だけれど、父にとって運命の相手は母でなくドナだった。父は死ぬまで罪悪感をいだいていたけど、母は父を許さなかった。母はほかの人にはそんな人間じゃないのよ、でも不幸にも、母にとって運命の相手は父だったし、母は父を心から愛していた。真実の愛だったのよ。だから母は心から傷つき、その傷が癒えることはなかった」

「夫婦のいざこざは、きみには理解できないだろうな」ブロックがつぶやいた。たしかにそうだ。そう認めざるをえないことはたくさんある。

けれども、ブロックとつきあった四カ月間、そしてこの三日間はそうじゃなかった。

「前の奥さんの首を、あなたの弟がへし折ろうとしているのはなぜ？」わたしが訊ねると、ブロックは頭を振ったが、顔には笑顔が浮かんでいた。

「リーヴァイはおれを慕ってるんだ。そしてオリヴィアはおれに十年間みじめな思いをさせた。おれたち四人の兄弟姉妹は、強い絆で結ばれてる。ときどき、リーヴァイが人生で望んでいるのは、ジルとローラとおれの幸せだけなんじゃないかと思えるときがあるほどに。あいつは独身で、結婚したこともない。仕事と夏のソフトボールリーグとデンヴァー・ブロンコスのシーズンチケットに人生を捧げ、機会があるかぎり女と寝て、家族のために尽くしてる。ベビーシッターに、おいとめいの学校の緊急連絡先。感謝祭のディナーにそなえて、お袋のダイニングルームでテーブルの椅子に補強用の脚を取り付けるのを忘れないし、クリスマスには各家を一軒ずつまわってくたくたになってる」

「それはいいことなのかやりすぎなのか、よくわからないわ」わたしは言葉を選びながら、率直に言った。

「おれにもわからない。あいつが苦しみながらがんばってるのはわかる。おれだって、将来、自分が親父みたいな大人になって、善良な女を苦しめ家族をひどい目に遭わせるんじゃないかと思ってた時期があったから。親父が周囲の人間にひどいことをやりつづけた理由はだれにもわからないし、男としては、あの親父の種から自分がつくられたのなら、自分のなかにもおなじクズ男の種が眠ってるんじゃないかと思わざるをえない。だが、人は自分の人生を生きなきゃならないし、内に獣をかかえているなら、それを飼いならす努力をしないとだめだ」

彼はわたしの顔を少し引き寄せ、その銀色の目に熱を宿して続けた。

「けっきょく、おれのなかに獣はいないらしい。オリヴィアに腹を立てて、ほかに女をつくってやろうかと思ったことがないとは言わないが、そこまでする気にならなかった。みじめすぎて結婚生活に耐えられなくなったとき、おれには選択肢がふたつあった。人生が終わるまで耐え、そうすることが正しいと息子たちに教えるか——これは正しくなかった——あるいは、混乱から抜け出して大人になることが大事だと息子たちに示し、おれ自身が幸せになる道を探すか。おれは自分のため、そして息子たちのために選択をした。人生はある意味でつねにクソみたいなものだし、そこから逃げることはできない。リーヴァイが理解していないのはそこなんだ。あいつはとっくのむかしに終わった人生を生きてる。おれたちはもうお袋といっしょに暮らしていないし、キッチンのテーブルで宿題をやるわけじゃない。家族は変わり、あのころの生活はもう過去だ。リーヴァイは自分自身の人生と、自分自身の家族を築く必要がある」

「そのことを本人には伝えたの？」

「あいつに聞く耳をもたせるのは、オリヴィアと親父のことを許せと説得するのとおなじことだよ。不可能だ」

「わたしの姉はオーストラリア、母はフロリダに住んでいるの」わたしが話しだすと、ブロックが笑みを浮かべてわたしの髪をなでるのをやめ、からだに腕を回してきた。

「ようやく、おれのテスにラッキーなことがふたつ」

ブロックの腕のなかで、わたしはリラックスして、打ち明けた。「毎日、姉さんと母さんに会いたくてさみしく思ってるわ」

ブロックの視線がわたしの顔をさまよう。「そうか」

「感謝祭は最悪。フロリダに行って母さんとふたりきりで過ごすのは悪くないけど、大勢の子供たちとにぎやかにテーブルを囲むわけじゃないし、恋愛中の兄や弟がどんなガールフレンドをディナーに連れてくるか、想像する愉しみがないもの。それに、母さんがオーストラリアに行ってしまったときは、ディナーに招待してくれる友だちを見つけないといけないしね。こっちのほうがいやだわ」

ブロックが目元をゆるめながら、そっとつぶやいた。「かわいそうなテス」

わたしはブロックの首元に添えた指先に少しだけ力を入れて、ブロックに顔を近づけた。そして、静かに言った。「つまりわたしが言おうとしているのは、あなたの家族はひどい状況にあるように見えるけれど、ほんとはちがうということ。すべては愛と過去と忠誠心にもとづいているんだから、とても美しいものなのよ。だってそういうものがすべてなかったら、いまごろあなたはどうなっていた？」

ブロックは答えなかった。答えないかわりに、わたしの目をひたと見据えた。長いあいだ見つめた後に、わたしの髪にふれながらくるりとからだの位置を入れ替え、わたしはふたたび寝椅子であおむけになり、ブロックがその上に乗った。唇をふさぎ、激しく、深く、濃厚なキスをする。わたしは思わず息をのんだ。

ブロックが顔をあげたとき、わたしは息を求めてあえぎ、自制心を働かせてからだのある部分をコントロールしなければならなかった。「お腹がすいてるんじゃないか?」

「ええ」わたしは息をついた。お腹はぺこぺこだけれど、食事はあとまわしにしても、ちっともかまわない。あした、ランチを食べればいい。

ブロックがにこりと笑った。ハンサムな顔が間近にあり、硬いからだが全身に押しつけられていて、唇には(ほかの部分にも)まだキスの余韻が残っている。わたしはまたしても、からだのある部分をコントロールできなくなってしまった。

ブロックとブロックがここでしようとしている行為から注意をそらすため、わたしはぽつりと言った。「背中にアイスキャンディーの汁がついちゃったみたい」

「ドライクリーニング代を払うよ」

「だいじょうぶよ。石けんで落とすわ」

ブロックがまたにこりと笑った。

そしてわたしに訊ねた。「スニッカードゥードルを食べようか?」

目の表情からすると、スニッカードゥードルが彼の好物だとわたしが気づいていることを知っているらしい。

わたしは肩をすくめて答えた。「初めてつくったときは七個食べたわよね。とくにシナモンが好きみたいだった。心が読めなくたって、あなたはこれが好きなんだなとわかったわ」

頭を振りつつも、ブロックの顔はまだ笑っている。「駆け引きをしない。偽らない。嘘をつかない」とつぶやく。

どう返せばいい？ ぜんぶほんとうのことだし。

だから黙っていることにした。

かわりにブロックが口を開いた。「きみの腹を満たすとしようか」とつぶやく。

そしてわたしのからだから離れ、手をつかんで寝椅子からひっぱり起こし、キッチンまで連れていった。

そして、わたしのお腹を満たした。

そして、スニッカードゥードルを三つ食べた。

そして、わたしをベッドに誘った。

★

ああ、もう。ああ、もうだめ。

「ファック、テス」ブロックがうなった。わたしはからだを支えていられなくなり、前のめりに倒れてブロックの横に片手を突き、彼を深く受けいれるために腰を激しく回しつづけた。ブロックの片手に片方の腰を支えられ、逆の手の親指でいちばん感じやすい芯をこすられながら。

ぼうっとした目でブロックを見つめ、脚のあいだの快感が太もものつけ根にも伝わり、下腹部を熱くし、乳房にも達し、ふくらんだ胸の先端がシルクにこすれる感触が甘い責め苦となって襲ってきた。さらに上へとのぼってくる快感で、頭皮までぴりぴりしている。

ブロックのものにこすりつけていって、空いている手を彼の顔、喉、そしてもっと下へと滑らせて、なめらかで硬い胸板を探る。熱を帯びたブロックの水銀色の目を見つめてつぶやく。「なんて美しいの」

その言葉に反応するように、ブロックが腰を力強く突きあげ、わたしのからだは飛びあがりそうになった。上半身を起こした彼の腕で抱えられ、前後に激しく揺さぶられる。ブロックは突きあげながらなおもクリトリスから親指を離さず、焼けるように熱いキスで唇をふさぎ、最初のオーガズムが急激にこみあげてきたことをすすり泣く声で伝えても、わたしの唇を放そうとしない。ブロックの背中で揺れている片腕を解放してもらえず、わたしはもう片方の手を彼の髪に差しいれてぎゅっとつかみ、両足をマットレスについてヒップを突きあげた。そしてブロックの舌を迎えいれたまま鋭い叫び声をあげ、いった。

なおも続くオーガズムの最中にクリトリスから親指が消え、脚を高くもちあげられ、ブロックの腰に巻きつけられる。のしかかってくる重みを感じながらお尻を両手でつかまれて、さらに深く突かれる。ようやく離れたブロックの唇からうなり声が洩れ、彼がたてる音のひとつひとつが、わたしのなかの壁で脈打ち、引きそうになっていた波を高め、驚いたことにふたつがまた激しくぶつかりあいはじめた。

「ブロック」深いところから彼の名前が聞こえてきた。息を弾ませながら低い声を洩らしたわたしは、二度目のオーガズムの快感を迎えていた。ブロックの背中に爪を食いこませながら首をそらす。お尻をつかんでいた手が髪に差しいれられ、その瞬間のわたしの顔を見ようとするブロックに頭をしっかり支えられる。

ブロックの腰の動きが一定のリズムを失い、激しさを増しながらなおも深く突いている最中に、波がふたたび引いていく。わたしはブロックが頭をそらす姿を見ながら、彼が解放される音を聞いた。

ブロックの声がやみ、突きあげる動きがリズムをとり戻す。いままでよりゆっくりとした、優しいリズム。わたしは顔をあげ、唇をブロックの喉に押しつけた。

ブロックはされるがままだったが、わたしがふたたび頭をベッドにおろすと、顔をわたしの首にうずめて、腰をゆっくり揺すりながら、手でわたしの両脇のシルクをまさぐりはじめた。

片手と両脚でブロックをきつく抱きしめ、片手で豊かな髪を何度もなでているうちに、ふたりの心臓の鼓動がしだいにペースを落とし、息の乱れが落ち着いてきた。ようやくブロックは動くのをやめ、わたしのなかにとどまったまま、とまった。

しばらくして、わたしの肌をつつむシルクを脇からそっとひっぱりながら、ブロックが言った。「寝るときは、これをいつものパジャマに着替えないとだめだろう？」

わたしは柔らかく笑い、ブロックの髪をなでる手をとめて、肩を抱きしめた。

ディナーとスニッカードゥードルのあとで、ブロックはわたしを寝室へと導いた。わたしたちは彼のベッドでじゃれあい、服を脱ぎかけた状態でじゃれあい、すべて脱いでからは本格的にじゃれあいはじめた。ブロックは時間をかけ、わたしも時間をかけて、ようやく肌を重ねて激しくあえぎだすころには、あまりの激しさとエネルギーの大きさに、ささやくどころではなくなっていた。

これは、もちろん、キックボクシングをしながら思いついたプランをめちゃくちゃにしていた。でもわたしはめげずに、ことが終わったあと、バスルームに行ってコンタクトをはずして寝る支度をしたとき、ラベンダー色の寝間着に身を滑らせた。脇にスリットが入り、縁には繊細なレースがふんだんにあしらわれている。ペアの黒いレースのショーツと合わせるとけっこうしたけど、百パーセントシルク製でレースがとても凝っているので当然だ。

眼鏡をかけ、おふざけとも思える寝間着に身をつつんで寝室へ戻ったとき、ブロックはわたしの寝間着をおもしろいとは思わなかった。そのことにわたしが気づいたのは、ブロックがわたしに目をとめ、表情が物憂げになったときだった。部屋全体が暑く感じられ、その熱が肌にじっとり絡みつくようで、わたしがベッドに近づくや、ブロックがはじかれたように動いた。腕を伸ばして腰をつかみ、わたしをベッドに引き寄せて、わたしの眼鏡をはずしてナイトスタンドへほうり投げ、ふたたび交わりが始まった。今度は最初から最後まで激しくエネルギーにあふれていた。愉しい探索も、怠惰なキスもなし。熱く濃密な交わりに、わたしたちはどっぷり身を委ねた。

わたしはブロックの質問にこう答えた。「じっさい、肌触りがいいのよ」

ブロックが顔をあげてわたしを見下ろす。「そいつはよかった。おれも気に入ったよ」

わたしは笑みを浮かべて、ささやいた。「それは伝わってきたわ」

その言葉に、今度はブロックが笑みを浮かべた。その口がおりてきてわたしの唇に触れ、ほおに移り、首におりてゆっくりと心地よくけだるい愛撫をはじめた。ブロックが腰を軽く動かして、そっと引き抜いた。その柔らかな感触に息をのみ、彼が出ていったことをさみしく思ったわたしは、首をひねりながらブロックを抱きしめた。

そして耳元でささやいた。「シャワーを浴びてこなくちゃ」

ブロックが下から顔を近づけてきて、満ちたりた目でわたしを見ながらささやき返した。「わかったよ、ベイビー」

そしてわたしの喉に顔をうずめて唇で触れ、わたしの上から身を起こした。

わたしはブロックと反対側に転がり、ベッドから起きあがって、ショーツを拾いあげ、バスルームへと向かった。

よかったのは、ブロックの家のバスルームが清潔だったことだ。でも、新しいタオルが必要かもしれない。ここにあるのは、ピックアップトラックや家具とおなじ年に買ったタオルに間違いない。言うまでもなく、このバルスームが設置されたのは、『ゆかいなブレディー家』が再放送される前だったはずだ。

それでも、不快さは感じない。わたしはそのことを考えることにした。

シャワーを浴び、ショーツをはいて、洗面台の前でかがみこみ、鏡に映った自分を見た。

ぼさぼさの髪、紅潮した顔、はれた唇、シルクの下でまだつんと立っている乳首。じっと見つめているうちに、人生で初めてのことが起こった。鏡を見て、自分は美しいんじゃないかと感じたのだ。

わたしはにっこりほほえんで電気を消し、寝室に戻った。

ブロックがベッドの上で斜めになって、わたしが寝ていたほうのランプを消している。わたしがベッドにあがると、自分の位置に戻ってそちらのランプも消した。消し終わると腕を伸ばしてわたしを抱き、わたしの正面が自分のほうを向くよう引き寄せ、長い脚をわたしの脚にからませて、腕を背中に回し、手で髪に触れた。さらに抱きよせながら、わたしの顔を胸元に押しつける。

わたしは顔の向きを変えてその胸にほおを預け、片方の腕を腰に回した。

「ディナーをごちそうさま」わたしは彼の胸元でささやいた。

「デザートが最高だった」ブロックがささやき返し、わたしは笑みを浮かべた。

それから吐息をついた。

そしてブロックに告げた。「わたし、あなたの家族が好きよ」

わたしの髪に差しいれた指に、ぐっと力がこもる。ブロックが答えた。「よかった」

わたしはこのタイミングで、思っていることを正直に伝えた。それがわたしの知っているただひとつの方法だ。「えっと……参考までに伝えたいの。初めに言っておくけど、精神を病んだ女があなたの人生に侵入しようとしてるわけじゃないのよ。でも、手助けの一環として、新しいタオルをプレゼントしようと思ってるんだけど……新しいふきんも。最優先の任務として」

笑いを含んだ声が返ってきた。「手助けの一環？」

「キッチンにあるタオルをだれかが安楽死させてあげないと」

深い笑い声が短く聞こえ、その振動も伝わってきた。「スイートネス、おれは七年前に前妻にすっかりかんにされて、仕事でめったに家へ帰らない。本格的な覆面捜査が一年半、続くこともある。そのうち一年間は家族ともいっさい連絡を取らなかったよ、子供たちとさえも。おれの息子たちは、テレビが映ることや冷蔵庫に食べ物があることしか気にかけない年頃だ。まあ、男だから、何歳になろうとテレビと食料のことしか気にかけない可能性はある。男にとってタオルは優先事項じゃないし、まして、ふきんは優先事項ではありえない」

わたしは暗い部屋で影になっている、ブロックのあごを見上げた。「子供とも家族とも、一年間会わなかったの？」

ブロックがうつむき、わたしに視線が注がれるのを感じる。「そんなに長くかかるとは思っていなかったんだ。でもかかった。つまりおれがダーラにとりいる正義の芝居をしたことの、別の大きな理由があった」

「ああ」わたしはささやいた。これで完璧に説明がつく。いまになってようやくわかった。わかりすぎるくらいに。「そういうことはしょっちゅうあるの？」

「以前は覆面捜査をしなきゃならなかった。そうたびたびあるわけではなかったけれど、あるにはあった。オリヴィアがおれの人生をみじめにしたもうひとつの理由がそれだった」

なるほど。これでまた説明がつく。

「オリヴィアはあなたの仕事が気に入らなかったのね？」

「オリヴィアは自分のことを気にかけてほしがる女性だ。気にかけてもらえないと、それを埋め合わせるために別のものを欲しがる。大金のかかるものを。おれの稼ぎではまかなえないくらいの。それに、母親であることにさほど熱心なわけでもないから、息子ふたりの猛攻撃に耐えることは愉しい気晴らしではなかった。オリヴィアは子育てを気晴らしだと思っていたんだよ。子供がいるからアンフェタミンを飲まず、ご機嫌を取ってくれる男どもをはべらすこともない。おまけに、そういったことの埋め合わせになるようなものも彼女にはなかった」

まあ。それじゃあ、いい妻だったとは言えないかもしれない。どれひとつとってもそうだけれど、母親であることにさほど熱心なわけでもなかったところはとくに。

「でも、あなたは重要な仕事をしているわ」わたしはささやいた。

「ああ」ブロックは認めた。

「それに、危険な」そう言い加えると、ブロックの腕がわたしをぎゅっとつかんだ。

「ああ」おなじ返事をくり返した。

わたしは下を向いて、ふたたびブロックの胸にほおを押しあてた。ブロックは仕事で姿を消さなければならないこともある。わたしもオリヴィアみたいになるのだろうか。ブロックがいないことを不満に思い、感情をむきだしにするのだろうか。ブロックがいなくなったらさみしくなることがいままでの経験でわかっているから、もしかしたらそうなってしまうかもしれないと思うと落ち着かなかった。

「このアパートメントの賃貸契約が来月で終わるから、次のすみかを探してるところなんだ」思いをめぐらせている最中にブロックの声が割りこんできて、わたしはまた目をあげた。

「え？」

「ここはおれにとって居心地のいい場所じゃない。ヘラー事件の前の任務で、おれは職場を知られたくない連中と接触して、どこで働いているかを知られてしまった。そのせいで麻薬取締局での仕事に支障が出る。だからデスクワークに回されることになるが、おれは骨の髄から現場の人間で、デスクワークは死の宣告といっしょだ。だからデトロイト市警察の面接を受け、採用された。麻薬取締局は三週間前に辞職した。一週間以内に、デトロイト市警察殺人課で働きはじめる。いままでより生活が安定し、正体をさらすことになる。だが、不愉快な連中に尾行されても、おれの住んでいるところが治安のいい地域であれば、連中は詮索しにくいだろう。だから、新しい家を探している」

まばたきをして新たな情報を処理しようとしたけれど、なかなかのみこめない。

ようやく出てきた言葉は「ほんと？」だった。

返事はまたしても笑いを含んだ声だった。「ほんとうだ。つまりおれは片足をデンヴァーの暗部に突っこんで暮らした年月を終わらせ、安定した日々の生活をはじめる。そこにも暗部は染みこんでくるが、それは制御された形で、いままでのように、おれが二十四時間それを呼吸する必要はなくなる。おれの大事な女性がケンタッキーへ逃げだすのはよくない」

「ケンタッキーへ逃げだす計画については、ちょうど考え直していたところよ」そう告げると、ブロックの腕にきつく抱かれ、笑い声が返ってきた。仕上げにブロックはわたしの額にキスして、また元の姿勢に戻った。

「あした、タオルを安楽死させる前にきみが真っ先にする仕事は、不動産業者に電話して、自宅の前庭に出した看板を撤去させることだ」

「わかったわ」すぐに応じると、ふたたびブロックの腕にきつく抱かれ、笑い声が返ってきた。だけど、今度はキスはなし。

わたしはまたブロックの胸にほおを押しつけ、ピンクのフラワーガールドレスを着たエリーはかわいいだろうなと考えた。ばかげているとわかっていたけど、期待をまじえつつ、愉しい気分で。

「テス」眠りに落ちかけてうとうとしているところに、呼びかけられた。

「ん?」

わたしの頭に触れていたブロックの手が首に下り、シルクにつつまれた背筋まで滑り下りてきた。「こういう寝間着をほかにもってるのか?」

「ううん。もう一着買うには、カップケーキを百五十個は売らなきゃ」

「そんなにするのか」ブロックがつぶやく。

「その価値はあったわ」わたしもつぶやく。

「まったくもってそのとおりだ」ブロックもつぶやき返す。

わたしの口から笑い声が洩れた。

背中にあったブロックの手がそのまま滑りおち、ウエストを囲うようにして、マットレスと密着している腰の上でとまり、温かく硬いからだにわたしをきつく抱きよせた。

ブロックがつぶやいた。「もう寝よう、ベイビー」

「ええ。おやすみ」

「おやすみ、テス」

わたしは息を吸い込み、吐き出した。それから、ほおをぎゅっと押しつけてブロックにしがみついた。

そしてからだから力を抜き、眠りに落ちた。

10

一カ月後……

「ねえ……ぼくたち、どうせそれを食べちゃうんでしょ？」ジョエルが疑問を口にした。わたしは、彼とその弟のためにデコレーションしているシナモンキャロットケーキのクリームチーズ・アイシングのボーダーから目をあげ、父親の自宅のバーカウンターに腰掛けているふたりを見つめた。


アップデート：この一カ月はいろいろあった。

その一、ブロックの生活に変化がふたつ起きた。

ひとつ目は、麻薬取締局からデトロイト市警察への転職。

ふたつ目は、あのみすぼらしくてなんだかこわい、命がけで外階段をのぼらなきゃいけないアパートメントからの引っ越し。新しく借りたコンドミニアムはみすぼらしさのかけらもなく、こわくないし、外階段もない。こぢんまりして景観のいい閑静なコンドミニアムで、建物がL字型に配置されている。ただひとつの欠点は、ブロックが使う駐車スペースは二カ所で、来客用のスペースは全十二室で三つしかなく、その場所がブロックのところから見てLの折れ曲がったあたりにあること。つまり家族が訪ねてくると――ブロックが家にいるようになって、家族の結びつきが強く、まだ情緒不安定だということを考えればそれはかなり頻繁なはずで――駐車場が問題になるおそれがあった。

駐車場以外はすばらしいのひと言に尽きる。フェンスで囲われた前庭には陽射しが集まるので、十一月であっても、日が照っているとき（デンヴァーではそうであることが多い）に木の門をあけると、すぐ陽だまりに足を踏みいれることになる。玄関ドアを入ると大きな居間があり、そこは暖炉のある傾斜天井の二階建てになっている。右側の短い階段をのぼったところに、バスルーム付きの広々した主寝室。新しいキングサイズのベッドに、新しいシーツと厚い羽根布団。

このベッドはブロックが買い、わたしがシーツと羽根布団を選んだとき、ブロックはいっしょにいなかった。彼はシーツのために買い物へ行くことをきっぱり拒み、最初に目についたベッドを買った。それがすてきなベッドだったのは幸運だった。だからわたしは、エルヴァイラとグエンとマーサにつきあってもらった。エルヴァイラとグエンはおそろしいほど自由奔放にこの買い物に打ちこみ、そのうちブロックがクズ男の本性をあらわすといまでも思っているマーサは、あきらかに抵抗を見せつつも、わたしにつきあってくれた。

ブロックのコンドミニアムでは、上へ向かう階段の隣に下へ向かう階段があり、この階段の先にドアがあり、このドアがまた別の階段に続き、この階段から地下全体を占める洗濯室へ行くことができる。地下室より上にあるフロアの下側は小さめの部屋がふたつあり、浴槽とシャワーと洗面台とトイレが完備されたバスルームで仕切られている。上下の階段の奥には五段だけの短い階段があり、床面が高いキッチンにつながっている。キッチンの柵は居間と小さなダイニングエリアと向かいあって、バーカウンターが、コンパクトながらモダンで（賃貸にしては）豪奢なキッチンとの境目を区切っている。

脅したとおり、わたしはブロックのために新しいタオルとふきんを買い、引っ越しのときに、ブロックの息子たちがバスルームで使う分も買い足した。

ルーカス家の女性陣があのエルヴァイラよりおせっかいであれこれ口をはさんでくることを考慮しなければとわたしが思っていた矢先に、ファーンとローラとジルは、ファーンがブロックから預かっていた合鍵を使い、ブロックに内緒で、彼が長年愛用してきたみすぼらしい家具を勝手にどこかへ運び去ってしまった。それは麻薬取締局の元捜査官でさえ追跡不可能なほどひそかに実行された（ブロックは追跡しようとした）。その後、ブロックのコンドミニアムには、大きくておしゃれで男らしくて使い勝手のよい組み立て式の新しい四角いコーヒーテーブルと、縦長の美しい棚が運び入れられ、棚にはフラットスクリーンテレビとステレオ、DVDプレイヤー、PS4（これは息子たち用）とDVDが収納された。ほかにも、CDと本の棚と、新しいダイニングルームセットがブロックの部屋に加わった。

さらには、居間用のスタンドライト三個とコースターまであり、ランチョンマット、あまり見かけないけれど魅力的な錬鉄製のどっしりしたキャンドルホルダー（キャンドルの香りは「オーシャン」）までもが、ダイニングルームのテーブルに配置されたのだ。

不幸にも、ローラとジルがブロックの部屋の家具と装飾を変えてしまったことは違法ではないし、もっと不幸だったのは、ブロックが新居へ足を踏みいれたとき、わたしもいっしょだったことだ。ブロックは室内をひとめ見るやそれまでの優しい気持ちを失い、部屋には不穏な空気が漂いはじめた。

さらに不幸だったのは、当事者であるルーカス家の女性たちまでもが全員、自分たちが勝手に部屋に侵入したという空気が流れているのを感じとったことだった。ファーン、ローラ、ジルの女性三人はそれに反発した。ブロックが生まれたころから知っているので（五歳年下のローラ以外は）彼をおそれず、やられた分だけやり返すのだ。

こうして激しい口喧嘩が始まった。けたたましくて、なかなか終わらず、驚きつつも興味をそそられるけれど、ちょっとこわい。

このときわたしは気づいた。ブロックは男。骨の髄まで男なのだと。自分の家は自分の家、自分の悩みは自分の悩み。だから、自分の部屋へ無断で入られることは受けいれないし、三人組の女たちが四十五歳の男の世話を焼くための不法侵入も受けいれない。

わたしが気づいたのはそれだけだった。ブロックたちが大声でやりあっているあいだ、黙ってキッチンで時間をつぶしていたから（新しい家具はどれもすてきだったけど）。さすがに今回は三人がやりすぎだというブロックの意見に、わたしは賛成だった。

言い争いはしばらく続き、それは長いと呼んでも差しつかえない時間だった。

ルーカス家の人たちが口論している原因は、新しい家具と無断侵入だけではないような気がした。ここにいる全員がなかなかふれられずにいる、もっと深く根ざした問題がある。そのふれられない問題の核心にだれかがふれてしまったらどうしようと、わたしは不安になってきた。そんなことになったら、ブロックの新しいガールフレンドという立ち位置から、一歩踏みださなければならなくなる。本来なら、かかわるべきでも立ちいるべきでもない立場なのに。そんなふうに思いをめぐらせているときに、ファーンが奥の手をくり出した（おそらく感情的に揺さぶるために）。それはわたしの経験上、母親というものがいつもすることだった。

「スリム。コブのことからわたしたちがなにも学んでいないとしたら、それこそが大問題よ！」ファーンが叫んだ。ブロックは胸を突かれたようにびくっとし、固い表情を浮かべたまま顔を凍りつかせている。それを見ていたわたしは、なんだか絶望的な気分になってきた。「人生はとても短いわ。短すぎる。わたしはコブより一つ年下だから、次は自分の番だという思いがつねにある。だから決めたのよ。わたしが見ていられるうちに、息子たちと娘たちには、わたしとわたしが与えるものをとことん愉しませようとね。ジルとローラがちょっと割りこんできたけど、これはほとんどがわたしのやったことよ。つまりあなたたちは大きな遺産を受けとることはないということとだけれど、どのみちそんなものはないから。わたしは、孫息子たちがすてきな部屋で上質な家具に囲まれて、ゆったりリラックスしている姿を見たいの。それはあなたにとってたいしたことじゃないでしょうけど、わたしにとってはたいしたことなの。それがわたしの望んでいることなの。わたしが手に入れようとしていることなのよ」

ファーンはそこで言葉をとめた。だれも沈黙を破ろうとしないので、ファーンは先を続けた。声はさっきより静かだけれども、このときのファーンの言葉には、もっと凄みがあった。

「わたしの娘は悪夢のような目に遭った」ファーンが言い、わたしはからだに緊張が走るのを感じた。ブロックが妹にさっと視線を走らせ、わたしに向け、話しつづけている母親へ戻した。「スリム、妹をそんな目に遭わせた男に報いを受けさせるために、あなたがそれまでの貸しを総動員して、けっきょく大幅に借りを増やしたことは知ってる。わたしはあの事件がこの子になにをしたか、あなたと、ほかのきょうだいたちみんなの心を蝕んでいくのを見たのよ。でも、あの事件にたいしてなにかできる立場にあるのはあなただけで、あなたはそれを果たすまでひとときも休もうとしなかった。わたしは自分の息子が、悪夢に見舞われた妹にいくばくかの心の平安を与えるために、へとへとになるまで自分を追いこむのを見ているしかなかった。そのことについてローラとわたしがあなたにお礼がしたいと思っているとしたら、スリム、あなたはわたしたちにお礼をさせて、口を閉じていてくれてもいいでしょ」

遺憾ながら、ファーンの言葉はわたしの心に深く響いた。居間でルーカス家の人たちが喧嘩をしている最中に、わたしはブロックの過去を知ってしまった。

冷静さをとり戻そうとしたけれどすぐにだめだと気づき、平常心を失いはじめ、気づくとキッチンを飛びだし、唇を震わせて「ごめんなさい」とつぶやきながら短い階段を駆けおりていた。足早に次の階段へと向かい、そこをのぼり、ブロックの寝室へ駆けこみ、そのままバスルームへ飛びこんでドアをしめる。壁に寄りかかってずるずるとしゃがみこみ、膝に顔をうずめて泣きだしてしまった。

あとで知ったことだけれど、ブロックは、わたしの悪夢のような経験のことを家族には話していなかった。だからわたしのかなり劇的な反応を見て、ブロックはわたしのお尻がバスルームの床についたナノ秒後に来てくれたけれど、ブロックの母親と姉妹たちはあまりにも心配して、ブロックがわたしをなだめ、寝室のベッドに丸くなって寝かせてから居間に戻って事情を話し、きょうはもう帰るよう伝えるまで、帰ろうとしなかった。

さいわい、これで喧嘩は終わったけど、ブロックはあきらめなかった。怒鳴るのをやめただけだ。家具を探したけれど見つからず、そこでようやくあきらめ、降参した。おかしなことだけれども（あるいはおかしくないかも）、このできごとがきっかけで、新しいガールフレンドとしてのわたしの地位が上昇した。ブロックの家族たちは、数週間程度だと思っていたブロックのわたしとのつきあいがもっと長いことを知り、わたしたちの関係に真剣さを感じとったのだ。ブロック一家を襲ったような悲劇的な状況を、わたしも経験したということは、彼女たちの心を動かしたようだ。そうして、いったいどうやったのか、なぜこんなことになったのかは説明できないけど、わたしは家族の一員として心から温かく受けいれられた。

ブロックは、もともとほとんど（というかなにも）見逃さない人だから、このことを見逃したはずはないけど、まったくなんの反応もなく、自然と何気なくその状況になじんだ。

ブロックのことをすごく好きなのは間違いないけど、わたしは防御機構として、もう何年間も自分だけの空間にうずくまって過ごしてきたから、やかましくて、おせっかい焼きの大家族はちょっとこわかった。

そのことを自分の胸にしまっておいたのは、もしブロックとわたしが長いつきあいになれば、ほかに選択肢はないから、慣れるしかないと思ったからだ。

もうひとつ起きた大きなことは、レックスとジョエルに会ったことだった。じっさい、ブロックとわたしがよりを戻した金曜日は、彼と息子たちとの週末の直前だった。彼が息子たちの学校に迎えにいって、三時間後、わたしは〈ボー・ジョーズ〉で三人と会ってピザを食べた。

ブロックが言ったことは嘘じゃなかった。彼の遺伝子が優勢だった。わたしはオリヴィアの外見は知らないけど、息子はふたりともミニチュアのブロックそのものだった。ジョエルはファーンの青い目をもらっていた。レックスの鼻はだれに似ているのかわからなかったけど、でもそのほかの顔立ち、体型、なにもかもブロックに似ていて、気味が悪いほどだった。ひとりひとりちがうし、独特なのに、なぜかそっくり。

それにブロックが言ったほかのことも嘘じゃなかった。ふたりはいい子だった。礼儀正しくて、話し方が穏やかで、人の話をよく聞き、行儀がよかった。

もしかしたら、彼らの年齢にしては、いい子すぎるほどに。考えてみれば、グレイディとそれほど年齢が変わらないのに、ふたりには、いとこたちのような元気いっぱいの子供らしさがまるでなかった。

わたしは毎晩（したがって毎朝）ブロックと会っていて、ブロックが息子たちと面会するときが、わたしたちが長時間離れて過ごす唯一のときだった。彼はこれを、わたしをいきなり息子たちの目の前に押しだして、あまり知らない人間と無理やりいっしょに過ごさせるのではなく、わたしをゆっくりと彼らの生活に受けいれさせようということだと説明した。だから、最初の金曜日の夕食をいっしょにして、わたしが次にブロックに会ったのは子供たちが帰った日曜日の夜だった。そして二回目、ブロックは、金曜日の夜にわたしと息子たちを会わせて、日曜日にも会わせた。

で、今回は三回目で、わたしは彼の息子たちの行儀のよさの理由を理解した。なぜなら、そのときはピザを食べに〈ボー・ジョーズ〉に行かなかったからだ。わたしがカップケーキをもっていって、ブロックが古いアパートメントでスパゲッティをつくり、みんなで家で食事して映画を観た。でもこのときは、息子たちがブロックのアパートメントに到着したとき、わたしはすでにそこにいて、彼らがブロックのアパートメントの客間にあるシングルベッド二台へと引きあげるまで帰らなかった。

すでにふたりとより長い時間をいっしょに過ごしていたわたしは、到着したとき彼らが緊張している、それもとても緊張しているのに気づいた。びくびくして、気を遣いすぎていて、不安がっている。一度、レックスがじっさいにおびえているように見えたのは、彼がグラスに入れたソーダをコーヒーテーブルの上にこぼしてしまったときだった。恐怖に目を瞠り、父親のほうをさっと見た。ブロックは、わたしの目の前で見る見る青ざめ、そのからだは明らかにこわばっていた。

さらにブロックが口をきつく引き結んだのもわかった。こぼれたソーダのせいではなく、こぼした息子の反応のせいだ。彼はすぐに自分の反応をごまかし、慎重に、優しく、こぼれたソーダを始末しながら、レックスにこんなのたいしたことじゃないと安心させていた（レックスはつとめて安心させられようとしていたが、明らかにそれを信じていなかった）。

児童心理学者でなくてもわかる。もしレックスが母親の家でソーダをこぼしたら、母親の反応は、父親の反応とは似ても似つかないものだということだ。

わたしはいままで子持ちの男性とつきあったことは一度もなかったから、ブロックがそうしたいと思ったときにそのことを相談してくれるのを待つことにした。これは駆け引きではない。彼氏をそっとしておくということだ。わたしたちはまだ互いを知りはじめたところだし、わたしが彼と息子たちや前妻との関係について詮索したらよくないだろう。

だからわたしはなにも言わなかった。

でも今週末はこれまでとは変えるとブロックは決めた。彼はわたしにその話をして、それでかまわないかと尋ねた。わたしは（正直）そうは思えなくて、彼にそう言った。

でも、やってみるとも言った。

だから金曜日の夜は、ブロックと息子たち水入らずの時間だ。土曜日の日中も。でも土曜日の夜、わたしは彼の家に行って、(ブロックのリクエストで、前につくってあげたときに彼が四分の三を平らげた)特製メキシコ風トルティーヤ・キャセロールをつくった(もっとも、あきらかにブロックの大好物だから、分量は二倍にした)。デザートは、自家製のホットファッジ・ソースをかけたホットファッジ・サンデーで決まり。

そのあと、わたしはブロックのアパートメントに泊まった。

男の子たちが父親とおなじようにわたしの手料理をおいしそうに食べてくれたのはうれしかった。

そして彼らが、わたしが泊まることを気にしなかったのにほっとした。

そしていまは日曜日。子供たちは五時に母親が迎えにくることになっていて、ブロックによれば、オリヴィアはずっと前から、子供たちの食事と入浴を済ませてから帰すようにと求めていて、だからわたしたちはこれから、遅めのご馳走ランチをとり、そのあとで自家製のキャロットケーキを食べる予定だ。

それはつまり、わたしがいまデコレーションしているこのケーキのことだ。食べるのはわたしたちだけなのに。

でもしないではいられない。衝動強迫だ。どのケーキも美しく飾られる価値がある。たとえシンプルなデコレーションでもいいから。

これまで無数の焼き菓子のデコレーションをしてきたおかげで、ケーキのデコレーションをするのにも、普通の人が単純なフロスティングをするくらいの時間しかかからない。だからどうってことはない。

だからわたしはジョエルの青い目を見てにっこりほほえみ、彼の、「ねえ……ぼくたち、どうせそれを食べちゃうんでしょ?」という質問に答えた。「そうよ」

彼は弟のレックスを見た。レックスは兄を見た。そしてふたりはわたしを見た。

そこでレックスが質問した。「あなたはテレビの『ケーキボス』みたいにケーキをつくってるってこと?」

わたしは首を振って、パイピングの作業に戻りながら説明した。「わたしのお店は小さいの。ケーキを焼いてデコレーションするのを手伝ってくれる女の子はふたりだけ。わたしはああいった事業には向いていないし、わたしのケーキの使命は贅沢にすることではなく、自分が焼いたケーキはみんなかわいくしてあげたいって気持ちだけ」

「ケーキはかわいくなくていいんだよ。おいしければ」ジョエルが言うと、その父親のブロックが階段をのぼってきた。

わたしはブロックから彼の息子に視線を移し、秘密を明かした。「ケーキをデコレーションするには、甘くておいしいクリームのフロスティングがより多く必要なの。つまりケーキにはフロスティングがより多くかかることになり、食べる人はより多くのフロスティングを食べられるってこと。たしかにケーキはおいしければいいけど、デコレーションしたケーキはより多くのフロスティングで飾られているから、もっとおいしくなるのよ」

ブロックがジョエルの胸に腕を回して、ぐいっと乱暴に自分のからだに引き寄せ、つぶやいた。「それには反論できないだろ、ジョエル」

「うん」ジョエルは同意して、ケーキを見つめた。彼らの食べたそうな目つきを見て、わたしは自分の仕事がうまくいったことがわかった。彼の視野は明らかに広がった。

そのときドアがノックされた。ブロックを見ると、彼は眉根を寄せてドアの方向に顔を向け、息子を放して、ゆったりした足取りでドアへと向かった。わたしはパイピングの作業に戻った。

「キャロットケーキはぼくの好きなケーキだよ」レックスが言った。その声には彼の期待が感じられて、わたしは思わず笑顔になった。

やっぱりね。父親の好きなケーキでもあるもの。だからカウンターに自家製ケーキが鎮座しているのだ。

「よかった」わたしはつぶやいた。

「いったいなんだよ?」ブロックの不機嫌な声が聞こえてきた。

わたしは顔をあげ、男の子たちは首をひねってドアのほうを見た。

「ほんとに感じがいいわね」だれか女の人がそう言うのが聞こえて、さらに続いた。「早目に迎えにくる必要があったのよ。あの子たちの荷物をまとめてくれる? 車のなかで待っているから」

「いまなんて言った?」ブロックが訊いた。

「早く迎えにくる必要があったのよ」彼女はくり返した。「車のなかで待っているから。あの子たちに急ぐように言って」

「オリヴィア、面会は五時までの決まりだ」ブロックが言った。

ブロックの前妻がドア前まで来ていて、これまでブロック(とファーンとローラとジル)から聞いていたとおりの性悪女のような話し方をしているという情報を信じたくなくてすでに緊張していたけど、それがまぎれもない事実だと確認されて、わたしはますます緊張した。そのとき、スツールに坐っている男の子たちが、まるで石灰化されたように固まっているのに気づいた。

「それはわかってるわよ、スリム。でもきょうは早く帰らなきゃいけないの」

「早く迎えにくる必要があるときは、事前に早く迎えにくると知らせることになっている。そう話し合って計画を立てているんだ。おれの家にいきなりやってきて、荷物をまとめさせろなんて反則だろ」

「ああもう！」彼女はキレた。「たいしたことじゃないでしょ。どうしていつもたいしたことにしたがるわけ？　たった二時間早いだけじゃない。あの子たちに荷物をまとめさせてよ。車で待っているから」

「おい、おれは一カ月に四日間しか息子たちと会えないんだ。二時間削られるのはたいしたことだ」ブロックは危険なうなり声で言った。

「ほら、たいしたことにしてる」彼女が言い返す。

「あの子たちはまだ食事していない」ブロックが言った。

「あとでデイドがハンバーガーかなにか、食べに連れていくから」

「だめだ、そんなことはさせない。おれたちには計画があるんだ。二時間後にまた迎えに来るか、おれがあの子たちをおまえの家に送っていく。五時でも、おまえが息子の面倒を見るために家にいる時間、何時でも指定してくれ」

「その計画は次の面会でやったらいいでしょ。いまわたしが、わざわざ、あの子たちを迎えにきてやったんだし、こんな話をしている暇はないのよ」

「おまえが、わざわざ、あの子たちを迎えにきてやった？」

「いいかげんにしてよ、スリム、さっさと、あの子たちに荷物をまとめるように言って」

「わかった。おまえはおれの言うことを聞いていないみたいだが、よく聞け。おれたちには計画があるんだ。ケーキも焼けたし、あの子たちは食べるのを愉しみにしている。だからあの子たちはケーキを食べるし、決められた時間になったら、家に帰る」

「ケーキも焼けた？」

まずい。

ブロックはその質問には答えなかった。代わりに、言った。「帰ってくれ。七時におれが送り届けるよ」

「なんのケーキ？」彼女が訊いた。「あなたがケーキを焼いたの？」信じられない。

明らかに、レックスとジョエルは、わたしのことを母親に話したことがないらしい。

わたしは男の子たちを見ると、ふたりは揃ってゆっくりとわたしのほうに顔を向けた。

おびえている。

大変。

「オリヴィア、やめろ、立ち入るな」ブロックがうなる。

大変！

「なんのケーキよ、スリム？」彼女の声が高まり、近づいてきて、次に大声で言った。「なんのケ、ケ、ケ、ケーキ？」

一瞬の沈黙があり、そしてブロックの「ファック」というつぶやきが聞こえて、わたしが居間に目をやるとすぐに、女性がキッチンへの階段の下にあらわれた。

彼女をひと目見て、お腹を殴られたように感じた。

彼女はつま先からつむじまで、完璧な美の化身だった。

光輝く、健康的な、長く伸ばした金髪。すばらしい骨格。完璧に左右対称の顔立ち。そそる形のセクシーな目。死んでも手に入れたいようなほお骨。長身でとてもほっそりしたからだ。スリムでぴたりとしたおしゃれなセーター、二百ドルはするジーンズ、七百ドルのブーツ、千五百ドルのハンドバッグ。

おまけに、けたはずれに美しい手は完璧な深紅の爪に彩られている。

セレブ雑誌から抜けだしてきたような人だった。

そしてブロックの前妻。

彼女の美しく、怒りに満ちて、敵意を発している目がわたしを見た。「あなただれ？」

答えようと口を開いたけど、ブロックがわたしの視界に入ってきて、先に言った。

「こちらはテスだ、オリヴィア。それにマジで、こんなの勘弁してくれ」彼はとげとげしく言った。

「テス？」彼女はわたしを見つめながら訊き返し、それからおもむろにブロックのほうを見た。「テス？」

「頼むから、おれの息子たちと彼女の前で癇癪を爆発させる前に、おもてに行ってくれよ」

それはぜったい、ぜったい、ぜったいに言っちゃいけない言葉だった。

案の定、彼女は上擦った声で言った。「あなたの彼女？」

「ったく、オリヴィア、おもてに行こう、いいだろ？」ブロックが訊いた。

「いいわけないでしょ！」彼女は金切り声をあげた。

わたしはもう聞いていられなかった。

「オーケー、ふたりとも」わたしはそっと言いながら、絞り袋を置いた。「悪いけど、コートをとってきてくれる？　ちょっと散歩に行きましょう」

「わたしの息子たちをどこにも連れていくんじゃないわよ！」オリヴィアがつっかかってきた。腕をあげてわたしのほうに指を突きつけながら。

「連れていってくれ、テス」ブロックがうなるように言った。

「さあ、ふたりとも、行くわよ」わたしはスツールに固定されてしまったようなふたりにささやきかけた。

「わたしの息子たちをこの家から連れだしたら承知しないから！」オリヴィアが叫んだ。

「行け、テス」ブロックが怒鳴る。

「さあ」わたしはカウンターを回った。「立って、行くわよ」

「あの女がわたしの息子たちをこの家から連れだしたら、ただでは済まないわよ」オリヴィアがブロックを脅す。

「おまえがおれの家に入りこんだんだ、それだってただでは済まないからな、オリヴィア」ブロックが怒鳴り返した。

「いったいどうなってるんだ？」だれかの声がして、オリヴィアとブロックはふたりともドアのほうを見た。わたしはその声にどこか聞き覚えがある気がしたけど、ジョエルに言われるまでわからなかった。

「おじいちゃんだ」彼は小声で言った。

まったく、コブ・ルーカスは興味深いタイミングであらわれる人だ。

「コブ、どうなっているかというと、わたしが息子たちを迎えにきたのに、スリムが子供たちを引き渡そうとしないのよ」オリヴィアは元舅にそう説明しながら胸の前で腕組みをして、片方の腰をくいともちあげ、反対の足を一歩前に出した。

「そうか、こりゃ驚きだ」姿の見えないコブが返す。「おれは勘違いしてたようだ。子供たちの迎えの時間は五時だと思っていたよ。だから寄ってみたんだ、孫の顔が見たくてね。あと二時間はあると思ってたんだが？」

レックスが兄のほうを見た。ジョエルは彼に小さく笑って、ふたりはようやくスツールから飛びおりて階段を駆けおりていった。

「おじいちゃん！」ジョエルのうれしそうな声が聞こえた。

「じいじ！」レックスも続いて叫んだ。

「ジョエル、レックス、こっちに来てじいちゃんにハグをしておくれ」コブが言った。

オリヴィアはわたしには見えない展開を渋い顔で見つめている。ブロックは自分のブーツを見つめている。

「テスがケーキを焼いてくれたんだ！」レックスの興奮した声が聞こえてきた。「キャロットケーキだよ！　ぼくの大好きなケーキで、パパも大好きなんだ！」

「おれも大好きだ」コブが言った。「だれかの誕生日なのか？」

「ちがうよ」ジョエルが答えた。「テスはいっつもお菓子を焼いてるんだ。こないだの面会ではカップケーキを食べたんだよ。ケーキを焼くのがお仕事なんだって」

「ケーキを焼くのがお仕事なの」オリヴィアが軽蔑したように言った。

わたしは思わず背筋を伸ばしたが、ブロックがさっと顔をあげて首をめぐらし、とんでもなく憎々しげなまなざしを前妻に向けるのを見て、そのまなざしを受けたわけでもないわたしまで、少しおののいてしまった。

「テスがデコレーションするのを見たほうがいいよ、おじいちゃん」レックスが言った。「すごく速いんだから、手の動きが見えないくらいなんだ。まるでテレビに出ている人みたいだよ」

これで少し気分がよくなった。言い換えると、まさに鼻高々という気分だった。でもわたしが満足げな笑みを向けたのは自分の足元だった。

「そりゃ、見逃せないな」コブが言った。

「急がないと、もうすぐ完成しちゃうよ」レックスが言った。

「わかった、わかった。おれが孫たちといっしょにテスのデコレーションを見物しているあいだ、おまえたちふたりは駐車場に行って、そこで話を終わらせたらどうだ」コブが提案した。「いい案だろ？」

わたしが自分の足から居間に視線を戻すと、オリヴィアはコブをにらみつけていた。さらにブロックをにらみ、次にわたしを殺気をこめてねめつけた。

彼女はわたしの全身を眺め、ふたたび目を合わせて、尋ねた。「あなたがケーキを焼くと聞いても驚きじゃないのはなぜかしら？」

「もしかしたら、彼女が本物の女のからだつきだからじゃないかな。本物の男はそういうからだを」――ここで間を置き、強烈なショットをくり出した――「ものすごく愉しむものだし、ごつごつ尖っていたりあばらが浮いていたりするようなからだは――いいことを教えてやろう、オリヴィア――あんまり気持ちよくないんだよ」

ブロックがそう述べると、オリヴィアがさっと彼を見た。彼の顔を見てよくわかったのは、部屋の雰囲気に変わりはなく、彼にはまだ言うことがあって、黙る気はないということだった。

「おまえもテスがケーキをデコレーションするのを見たほうがいい。たぶん興味深いはずだ。なにかの才能があるなんて、おまえには無縁のことだろうからな」

彼はすでにぐさりと突き刺す言葉を放っていたが、そのナイフをさらに深く突き刺してねじっている。でもまだ終わりではなかった。

「ケーキを二切れつつんで、子供たちにもたせてやるよ。おまえはそれを味わって、人生は苦いものである必要はなく、甘くもなるんだということを学ぶかもしれない。デイドもそれを味わって、世の中には、骨の髄までしゃぶるように男のエネルギーを最後の一滴まで使い切るのではなく、男の世話のしかたをわかっている女がいるってことを、思いだすかもしれない」

「スリム」穏やかに言ったコブがわたしの視界に入ってきて、優しい、しかし明らかに、これ以上は言い過ぎだと告げるまなざしで息子を見つめた。そして階段をのぼってきた。そしてわたしと目が合うと、小さな声で言った。「やあ、テス。また会えてうれしいよ」

「こんにちは」わたしも小さな声で挨拶を返した。

「五時に子供たちをうちに戻して」オリヴィアが引きつった声でブロックに言った。

「七時に帰すよ。親父とゆっくりしてからな」

わたしはカウンターのなかに戻り、コブと子供たちはカウンターの前に集まってきた。オリヴィアは意地の悪い顔でブロックをにらみつけていた。

エリーの言ったとおりだ。彼女はたしかに、意地の悪い顔をしている。最初の衝撃を乗りこえて、その外見から彼女の言葉、態度、怒り、母親らしからぬふるまいを割り引いてみると、わたしが初めに思ったほどの美人ではまったくなかった。

「わかったわよ」彼女はくやしそうにそう言って、足音荒くドアへと向かった。

わたしは絞り袋をとりあげ、デコレーションを再開したが、じっと耳を澄ましていた。

だからブロックが低く重々しい声で言ったのが聞こえた。「落ち着いたら、よく考えてみろ、オリヴィア。もう一度こんなことをしたら——こんなことというのはつまり、決められた時間より二時間も早く子供たちを迎えにくるとか、子供たちとおれの彼女の前で癇癪をおこすとか、そのひとつでもだ——おれは行動に出る。警告したぞ」

「うるさい、スリム」というくやしまぎれの言葉が、彼女の返事だった。

「まったく」というのが、ブロックの言葉だった。

コブのほうを見ると、彼の唇は引き結ばれ、あごはこわばり、目はじっとカウンターを見つめている。視線を感じたのだろう、彼は顔をあげた。わたしと目が合い、彼は表情を取り繕って笑顔になったが、そのほほえみは、心配、それに怒りを浮かべた彼の目にまではいきつかなかった。彼は目をそらし、大きな手でレックスの頭をつつみ、孫を自分のほうへ引き寄せた。

「大きなケーキだな。こんなに大きいんだから、テスにお願いして、じいちゃんもひと切れもらおうかと思ってるんだ」コブはレックスに言った。

「それはどうかな。ぼくたち、ひとり四分の一ずつ食べようと思っていたんだ」レックスが言い、コブはそんな孫に笑顔を向けた。

ブロックがやってきて、カウンターの端に近づき、息子たちを見つめた。

「おまえたち、だいじょうぶか？」彼は訊いた。

ジョエルは肩をすくめただけでケーキから目を離さなかったから、わたしはデコレーションに戻ったけど、彼の答えになっていない答えは、じつは超特大級の〝ノー〟なのだとわかっていた。

「うん、パパ」レックスがもごもごと言った。

「そうか」ブロックはあまり納得していないような口調でささやいたが、それ以上追求しなかった。それから言った。「テス？」

「わたしは平気よ、ハニー」わたしはケーキに向かって答え、それから尋ねた。

「ビールをとってきましょうか？」

「おれがとってくる」一瞬の間。そして、「父さんは？」

「いいな、スリム」

「おまえたちは？」ブロックが声をかけた。

「ぼくたちもビールを飲んでいいの？」ジョエルが訊いた。

ジョエルを見ると、彼はわたしを通りこして冷蔵庫のそばに立っているブロックのほうを見て、ブロックがしてみせた顔にたいして、にやりと笑った。

それから言った。「ぼくは炭酸にしておくよ」

「ぼくも」レックスも同意した。

わたしはパイピングの作業に戻った。

「わお、テス、子供たちの言ったとおりだ。手の動きが速すぎて見えないよ」コブが言った。

「慣れです」わたしは小さな声でつぶやいた。

「なるほど」コブも小さな声で返した。

それから彼は、わたしのお腹をじわっと温かくして、絞りだしの途中で手をとめさせるようなことを言った。

「わたしの息子だからというのもあるが、長いこと男という生き物を見てきた。キッチンで裸足でいて、Tシャツ、眼鏡、化粧なし、おまけに髪をうしろにひっつめてポニーテールにしていてもきれいで、見るだけでよだれが出てきそうなケーキのデコレーションができる女性なら、そうだな……」わたしが彼を見ると、彼は優しくほほえんだ。「わたしが六十四年間で出会った男たち——生きているやつも死んでしまったやつもひっくるめて——そのなかで、自分のキッチンにその女性がいてほしいと思わない野郎はひとりもいないよ」

彼はべつに、オリヴィアと最初の不愉快な遭遇をしたわたしを安心させてくれなくてもよかった。

でもそれはとても優しい行為だった。

「ありがとう、コブ」わたしはそっと言った。

「ほんとうのことを言ってるやつに礼を言う必要はないよ、スイートハート」彼もそっと返した。

そのとき、わたしの背中にブロックのからだが密着し、コブのビールをカウンターに置きながら、彼がジョークを言った。「おれの彼女を口説くのはやめてくれ、父さん」

レックスとジョエルはそれを聞いて男の子っぽいくすくす笑いをし、コブはつぶやいた。「わかった、やめるよ、スリム。だが難しいな」

「まったく」ブロックは言って、わたしは背中で彼がビールを飲むのを感じた。

ふたたびパイピングを再開したけど、顔はほころんでしまった。

★

「はいどうぞ」わたしは言って、ブロックの父親にビールのお代わりを渡した。

夕食（とケーキ）をたいらげ、おじいちゃん（それとパパ）との面会が終わり、ブロックは子供たちをオリヴィアと夫のデイドの家に送っていったので、わたしは彼のアパートメントで彼のお父さんとくつろいでいた。

なぜまだコブがここにいるのか、よくわからなかった。わたしがまだここにいるのは、今夜もここに泊まるからだ。

わたしは組み合わせ式ソファーの彼が坐っている席の向かい側の席で丸くなり、ペパーミントティーを手に、ブロックが熾していった暖炉の火を見つめる彼を、あまりあからさまにならないように気をつけながら見つめていた。

沈黙が長引き、わたしたちはそれぞれの飲み物をちびちび飲んで、物思いに沈んでいたコブの表情が暗く変わったとき、わたしはささやいた。「あの」彼の目がわたしを見る。「だいじょうぶですか？」わたしは静かに訊いた。

コブはすぐに、なにを考えているのか教えてくれた。

「息子があの女とつきあっていたとき、わたしはうれしかった」コブが言い、わたしは彼の顔を見つめた。「息子とはとくに仲がよかったわけではないし、いまでもそうだが、つきあいはあった。あんな見た目で砂糖のようにスイートな子だと思った」彼はつぶやき、さらに続けた。「だがじつはサッカリンだった」

大変。

オリヴィアのことを話しているんだ。

コブは真剣なまなざしになり、慎重な口調で言った。「わたしにその資格はない、その資格は自分で失ったし、おまえさんも多分そのことは聞いていると思う。だがそれでも言うことは言うし、わたしが心から息子の幸せを願っているのをおまえさんはわかってるだろう。だが、オリヴィアとおなじで、おまえさんも別嬪だし、それにこいつもオリヴィアとおなじで、砂糖のようにスイートだ。テス、いま、ここで、わたしに約束してほしい。そのフロスティングの下にあるものが」――彼はあごをくいとあげてわたしを示した――「本物のスイートだと」

病気と痛みと迫る死を前にして、息子が人生で幸せを見つけたと知っておきたいと願っている男性からの質問に、わたしは心がとろけそうになって、小声で答えた。

「わたしは見た目どおりの女だと、約束します」

コブはわたしをじっと見て、うなずき、また暖炉の炎に目を戻した。

そして炎に向かって言った。「ジルから聞いたよ、おまえさんもレイプサバイバーだと」

予想外の爆弾発言にわたしは息をのみ、目を閉じ、顔をそむけた。コブがまた話しはじめたので目をあけると、彼はわたしを見つめていた。

「わたしは娘たちとはずっと仲がよかった。いつも男より女とのつきあいのほうが得意だった。ファーンは例外だ。だがそれは、おれが四十年以上ばかだったからだ。スリムがどんな考えかわからないが、ジルの考えでは、大切なのは家族で、おまえさんに知っておいてもらいたいんだが、わたしの考えでは、それはぜったいの真理だよ」

「わかりました」わたしはささやいた。

「男に傷つけられたのか？」彼が訊いた。

「ええ」わたしは答えた。

彼はわたしをじっと見つめた。長々と、真剣に。わたしが驚きと、ほかのもっと強い感情を覚えながら見守っていると、彼の目が明るくなった。

そして彼はくぐもった声で尋ねた。「なにがそいつをそうさせたんだ？」

「わかりません」わたしもくぐもった声で答えた。

「そいつは罰を受けたのか？」

わたしは首を振った。

それにたいして、彼はつぶやいた「スイートハート」

「サバイブする方法は何通りもあります、コブ」わたしは弁解した。

「そうか、ハニー。おまえさんはおまえさんのやり方でやればいい。批判はしない。わかったね？」

うなずく。

彼はそっと息を吸った。

そして言った。「リーヴァイもおまえさんのような女性を見つけるといいんだが。スリムがおまえさんを見るときのような目つきを、あいつにもさせてやりたい。スリムがいつでもおまえさんのそばにいるときはすぐ近くにいたいと思うような気持ちを、あいつにも経験させてやりたい。まるでいまにもライオンが部屋に飛びこんできて、ライオンの前に立ちはだかってきみを守るためには近くにいなけりゃいけないと思っているようだ。ローリーとジルはそんな男と所帯をもった。スリムもそんな気持ちになれる女を見つけた。夜、リーヴァイのベッドを温めるのがそんな気持ちだと知ってから、死んでいけたらと思うよ」

その言葉はわたしの心を温め、魂に落ち着き、わたしのお腹に棲んでいるきつくとぐろを巻いた毒蛇のことをほとんど忘れさせた。

「もしかしたらあなたはまだ死なないのかも」わたしは言った。

「人間、そういうことはわかるものだよ、テス」彼はあきらめたように言った。

「治療は痛むんですか？」わたしが尋ねると、彼は小さくほほえんだ。

「ああスイートハート、心配無用だ。わたしは威勢よく逝く」

「よかった」わたしも小さくほほえみを返した。

「ただ、わたしの願いは、病気と戦いながら家族と和解する力が自分に残っていることなんだ」

「わたしはあなたのご家族を少しずつ知っているところだし、あまり期待をもたせるようなことは言いたくないけど、いい兆候があるとは思います」

彼は真剣な目になって、わたしに訊いた。「スリムが？」

わたしは頭をかしげた。彼がそう訊くのには驚いた。

「ついさっき、あなたは彼と彼の息子たちといっしょに食事をしたでしょう」

「わたしをドアのなかに入れて、息子たちにじいちゃんと話ができるうちに話をさせてくれたことも。ただわたしをうちのなかに入れてくれたことも。わたしはファーンには悪いことをした。そのせいで子供たち全員にも悪いことをした。だがその影響をもろに受けたのはスリムだった」

「知っています」わたしがささやくと、彼の顔が苦痛に翳った。

「コブ」わたしが名前を呼ぶと、彼はふたたびわたしのほうを見た。そしてわたしは言った。「人生っておもしろいですね。なにがおもしろいかというと、ときどき悪いことからよいことが生じることがあるっていうこと。あなたが葛藤しているのを見たいわけではないけど、ブロックとファーンとほかの家族たちがあなたの選択のせいで苦しんできたと思うと、心がかき乱されます。でもその選択のおかげで、ブロックはいまのブロックになった。もし彼がいまのブロックでなかったら、正直言って、わたしはいまごろどうしていたかわかりません」

わたしは彼のほうに身を乗りだして続けたが、声は落としたままだった。

「なぜなら、部屋にはほんとうにライオンがいるから。そしてブロックはわたしを守るためにライオンの前に立ちはだかってくれているんです。もし彼がいなかったら、わたしはあとどれくらいサバイブできたかわかりません。あなたが、いいやり方ではなくて悪いやり方だったけど、そういう彼をつくりあげた。それはなかったことにはなりません。だれも間違いをなかったことにはできない。でもけっきょく、あなたのしたことが、彼らを固く結びつけた。とても仲がよくて。互いに深く愛しあっている。強烈なほど家族思いで。自分たち家族と家族にとって大事な人たちをお互いに守り合っている。あなたもそれに一役買った――だからといってあなたの行動が免責されるわけではないですけど。でもあなたがつくりあげた家族は、そうです、彼らもサバイバーなのだと知って、あなたの心にいくらかでも安らぎが訪れればいいとわたしは思います。たとえ、彼らがサバイブしなければならなかったのが、あなただったとしても」

「それはいままで聞いたなかで、いちばん奇想天外な考えだよ、スイートハート」彼は言った。わたしが肩をすくめると、彼は続けた。「だが、たまげたことに、あたっているよ」

それには笑ってしまった。

笑いがおさまってから、彼に言った。「ちなみに、わたしの考えを言うと、わたしのベーカリーでも自宅でも、いつあなたが来てくれても歓迎します。このことは知っておいてください。正直に、心から言います。もしなにか必要なものがあったら――それはいまでも困ったときでもいいです――いつでもわたしを頼ってくださってかまいません」

彼はわたしをじっと見つめ、そうしているうちに、その目がまた明るくなった。

そして小声で言った。「中心までフロスティングだな」

わたしはにっこり笑って、小声で返した。「いいえ、わたしの中心はしっとりしてコクのあるケーキになってるの。それでも、フロスティングの層は山のような渦になっているの」

「山のような渦？」

「そう、ラベンダー色の。ときにはピンク色の。淡いブルーやミントグリーンやわたしが考えつく色、何色でも。でもいつでもキャンディー・コンフェッティと食べられる妖精の粉がかかっている」

彼は顔をくしゃっとさせ、次の瞬間、笑いだした。

そのときブロックが玄関をくぐって入ってきた。

わたしたちふたりが見ていると、彼は組み合わせ式ソファーに坐っているこちらを眺め、革のジャケットを脱ぎ、それをソファーの背に放り投げた。

「なにかおもしろいことが?」ブロックは訊きながら、ソファーを回って一直線にわたしのところにやってきた。

彼が近づいてくるとき、わたしはコブの言葉のことを考えていた。

――スリムがおまえさんを見るときのような目つきを、あいつにもさせてやりたい。スリムがいつでもおまえさんのそばにいるときはすぐ近くにいたいと思うような気持ちを、あいつにも経験させてやりたい。まるでいまにもライオンが部屋に飛びこんできて、ライオンの前に立ちはだかってきみを守るためには近くにいなけりゃいけないと思っているようだ――

この人生を変えるような考えは、コブの言葉で中断された。

「テスは山のような渦のフロスティングにキャンディー・コンフェッティと食べられる妖精の粉がかかっているんだ」彼は息子にそう言った。ブロックは長身を折りたたむようにしてソファーのわたしの隣に坐り、肩に腕を回してわたしを引き寄せ、ブーツをコーヒーテーブルの上に乗せた。

「なんだって?」ブロックが尋ね、わたしはくすくす笑った。

「なんでもない、スリム。おまえはそこにいないとな」コブがつぶやき、わたしは頭をそらしてブロックを見つめた。

「ビールいる？」

「きみかおれがビールをとってくるということは、きみかおれが立ちあがって歩いていくということだ。おもては死ぬほど寒かった。おれのポンコツトラックは帰り道でとまり、きみは温かい。だからその質問への答えは……ノーだ」

「わかった」わたしは言うと同時に前かがみになってティーマグを彼のブーツの横にあるコースターの上に置き、またさがってもっと彼にくっついていった。お腹の上に腕を置いたら、彼のからだがほんとうに冷たかったので、ぎゅっと抱きしめた。

コブを見ると、彼はわたしがそういうことをするのを見ていた。何事か考えているような顔が、警戒するような表情に変わった。

「スリム」コブはおずおずと切りだした。「わたしにわかりきったことを指摘されて不愉快に思うだろうが、おまえの彼女は、ほおが落ちそうなケーキを焼き、すばらしくうまいビーフかつを揚げるような女性だ。その彼女にたいするお返しが、彼女がおまえのトラックに乗ったときに、凍えさせることでいいのかどうか」

ブロックのからだがこわばるのを感じ、わたしはなぜコブがおずおずと切りだしたのか、なぜ彼がブロックの考えはどうなのかと尋ねたのかを理解した。ブロックのからだがこわばったことで、はっきりした。彼は自分の息子たちが祖父を知るのはいいことだと思っている。家族のもめごとは好まない。自分の父親が病気で孤独でいるのは哀れだと思っている。それでも、コブに心を許したわけではまったくないのだと。

「父さん――」彼は警告するような口調ではじめた。「新しいトラックを買え、スリム」

コブはそれを遮り、穏やかに言った。

ピリピリした電気が部屋に侵入し、わたしは緊張した。

コブもそれを感じているはずだが、自分はもうすぐ死ぬと思っているから、失うものはなにもないと思っているのか、さらなる行動に出た。

「あの女をどうにかしたほうがいい」コブは言った。

ブロックのからだは固まった。「おれはこんな話をする気は――」

「いいから聞け」コブはまた遮った。「あの女は――正真正銘のあばずれだ。駐車場でずっと怒鳴っているのが聞こえてきた。わたしの息子に、わたしの孫の前で、『うるさい』だと？」彼は首を振り、きっぱりと言った。「ありえない」そしてビールを飲んだ。

「おれがなんとかする」ブロックがうなるように言った。

「いつだ、十年後か？」コブが言い返す。

まずい。

部屋のなかの電圧はレッドゾーンに突入し、ブロックはコーヒーテーブルの上から足をおろして、わたしも道連れにしてかすかに前のめりになり、低い声で言った。

「やめてくれ、父さん」

「わたしを見ろ、スリム。自分がいま感じていることを感じて、わたしを見るんだ。おまえにそれを感じさせている男を」コブは挑発し、ブロックのほうに身を乗りだした。「わたしはきょうすべきことをあしたに先延ばしにして生きてきてしまった。おまえはそれで」――彼はビール瓶をもった手で示した――「最悪を経験した。わたしを反面教師にしろ。自分の息子たちに、いまおまえが感じていることを感じさせるんじゃない。あの女の家がどうなっているのかはわからない。わかっているのは、七年前、あの子たちは子供らしく元気いっぱいだったのに、いまはつねにびくびくして、いまにも飛びあがりそうだってことだ。原因はあの女か、結婚した男かだろうが、なにかある。そしてそのなにかはおまえじゃない。おまえはあの仕事を辞めたんだろう。もう家族といっしょにいられる。生活は安定する。もう言い訳はなしだ」

「まさかあんたに、おれのソファーに坐って、おれに自分の子供の育て方を教授する度胸があるとはな」ブロックは歯を食いしばるようにして言った。

これにたいしてコブは、ビールをぐびりとひと口飲み、立ちあがった。背をかがめて瓶をテーブルにどんと置き、息子を見下ろした。

「ちがう。わたしにあるのは、おまえが父親のような失敗をせず、家族にとって正しいことをするのを見守るのには不十分な時間だけだ」

部屋の空気がとげとげしくなり、わたしの肌をひっかく。コブの目がわたしを見た。

「夕食うまかったよ、テス。ケーキも美しかった。わたしに話をしてくれて光栄に思っている。魂に誓ってほんとうだよ」その言葉に、硬くなっていたブロックのからだは岩のようになり、コブは彼を見た。「おまえがわたしに怒っているのはかまわない。そうされて当然だからだ。だが、スリム、その怒りがおさまったら、わたしは間違ったことを言っていないのがわかるだろう。わたしに言わなくていい。自分の問題に対処しろ」彼はあごをくいとあげて、ドアへと向かい、もごもごと言った。「送らなくていい」

そして帰っていった。

わたしはじっと動かず、無言で、激怒しているブロックにくっついたまま坐っていた。なぜそのままだったかというと、その怒りのバランスを傾けたくなかったからだ。離れるべきだった。

「『わたしに話をしてくれて光栄に思っている』って、いったいなにを話したんだ?」

わたしは身を引き、腕をはずし、頭をそらして彼を見た。「え?」

「『わたしに話をしてくれて光栄に思っている』って、いったいなにを話したんだと訊いている」

「ああ、それは……」わたしは慎重に話しはじめたが、ちょっと慎重すぎた。

「早く言え、テス。あの〝年間ベスト父親〟と、いったいなんの話をしたんだ?」

まずい。

ほんとうに、ルーカス家の人々はこういう問題をなんとかしたほうがいい。

「わたしがオリヴィアのように、あなたに見せたい部分だけしか見せていなくて、ひと皮むけば別人なのではないかと心配していた」わたしはそっと言い、ブロックはソファーの背にもたれた。

両手をあげて顔をこすり、その下から吐きだすように言った。「なんてことを」

「わたしは気にならなかったわ」そう言うと、彼は手をおろしてわたしを見た。

「そうか、ベイビー、そりゃよかったが、おれは気にする」

「ブロック――」

「それだけか?」

「うん……」

「テス」彼はうなった。

「彼はわたしにあったことを知っていた」わたしは小声で言った。

ブロックはものすごくこわい目つきでわたしをじっと見つめ、それから怒鳴った。

「くそったれ、くそったれ、くそったれの」立ちあがり、父親のビール瓶をさっとテーブルからもちあげ、サイドスローで部屋の向こうに投げ捨てた。瓶は壁にあたって粉々に割れ、そこらじゅうにビールが飛び散った。「どちくしょう！」

そんな行動を見て、わたしはソファーの端に避難し、腕で囲むようにしてひざをぎゅっと抱いた。ブロックが立ったまま、首を振り、手を髪に差しいれてうなじまでかきあげ、そのまま手をうなじにかけて、まだ首を振っている。

それから手をおろし、わたしを見た。

「どっちだ？」彼は問いただした。

「どっちって？」わたしは静かに訊き返した。

「どっちだ？　ジルか、それともローラか？」

「ブロック、わたしは平気だから」わたしは慎重に言った。

「そんなわけないだろ」彼が鋭く言い返し、わたしはそのとおりだと思った。そんなことない。「あいつにはきみにあったことを知る権利なんてない」

「あなたの家族は知っている」わたしは言った。

「そのとおりだ」彼は鋭く言った。「あいつは家族じゃない」

「ブロック」わたしはそっと言った。「あなたのお父さんなのよ」

「そうか？」彼は皮肉をこめて訊き返し、わたしはもう話さないほうがいいと判断した。

怒っていても、ブロックはなにも見逃さない。彼はわたしが閉じこもったのに気づき、新たなターゲットに目標を定め、尻ポケットから電話をとりだすと、どこかにかけ、耳にあてた。

部屋を行ったり来たりしはじめる。

それから言った。「ああ、ジル、おれだ。初めに言っておくが、おれはムカついている」

まずい。

推理したんだ。

彼は続けた。「なぜかって？　教えてやるよ。テスはレイプされたことを自分の親友にも言わなかったんだ、六年間もな。親友のマーサが知ったのは一カ月前のことだ。彼女の実の母親も姉も知らないのに、だれが知っていたと思う？　うちの親父だよ」

彼はたぶん相手の話を聞くために口を閉じたが、それも長くは続かなかった。

「どんな気持ちか、わかるようなふりをするのはやめろ。ローラはわかっている。だからあいつは口外しないんだ。姉さんには、親父にばらす権利はない。おれが子供たちを送っていくあいだ、親父とテスをふたりきりにしていったら、あいつは彼女にその話をもちだしたんだぞ。テスはほとんど知らないやつとふたりきりにされて、親父はああいうやつだから、息子であるおれの彼女と、彼女が暴行されたことについて、会話してもいいと思ったんだ」

また彼は口を閉じたが、今度も長くはなかった。

そして、「彼女がだいじょうぶかって？　いったいなにを言ってるんだ？　彼女はいま、くそソファーの端で丸く縮こまっている。なぜならおれが、頭のおかしい姉にものすごくムカついていて、そのことを知ったときに、ビール瓶を投げとばしたからだ。ジル、おれがこんなにもくそムカついている理由は、彼女はおれといっしょにいるときは、安心していられなければいけないからだ。それを、おれの実の姉が演出したシナリオによって、ほんの三十分おれが留守にしたあいだに、彼女はおれのくそソファーに坐っていながら、安心していられなかったんだぞ」

オーケー、奇妙なことだけど、ブロックが言ったことで、彼の乱暴で、激怒した、手に負えない行動がそれほどこわくなくなった。

そしてまた短い間。

それから、「ジル、おまえの父親はおれのとは別人らしい。あんたとローラには、おれとリーヴァイとは別の父親がいたんだろう。もう何年間も、おれはあんたの味方をしてきた。親父が病気になる前から。だがもう、しっかり目を覚ましてくれないと困る。だれも——あんな親父でも——孤独で、息子に捨てられたと思いながら死んでいい人間はいない。だがそれが限度だし、姉さんはそれを理解しなけりゃだめだ。そしておれがあんたの背中を守り、あんたはおれの背中を守るということを証明してみせてくれ。それに、もう正式に言っておく。あんたがおれを守るとき、それはテスを守ることでもある。これをどう考えてくれてもかまわないし、たぶん姉さんの考えは合っているよ。わかったか？」

大変。

ブロックはわたしが思ったとおりのことを言ってるのだろうか？

「なんだよ」ブロックは鋭く言った。「ああ……そうだ。寝ぼけたことを言うなよ、ジル。テスはおれの息子たちに会った。過去七年間におれがつきあった女のなかで、息子たちに会ったやつがいたか？　ついでに言えば、あんたにも？」

大変。

ブロックはわたしが思ったとおりのことを言ってるんだ。

わたしはお腹がぽっと温まり、じいんとしてきた。

「だめだ」彼は断固として言った。「テスはあんたにだいじょうぶだって言うに決まっている。なぜなら彼女は優しくて、姉さんにうしろめたさを感じさせまいとするからだ。この件についてあんたがテスと話すことはない。あんたが話を聞く相手は、あんたのしたことは間違っていたと言っているおれだよ。わかっているはずだ」――ここで彼の声が低くなった――「ジル、オースティンを見て、あんただってわかってるだろう、おれはこれを一生考えていかなきゃならないんだ。あの亡霊が彼女に影を落としている。ローラとおなじなんだ。おれはそれを肝に銘じておく必要がある。それにおれの家族にも、肝に銘じておいてもらう。だからこのことについて、おれたちがこのことについて話すのはこれが最後だが、話を終わりにする前に、教えてくれ。姉さんは肝に銘じたか？」

一生？

「そうか」彼は静かに言った。それから、「こっちも悪かったよ。もう済んだことだ。前に進もう。娘たちに、おれはこの地球上から消滅したわけじゃないと言っておいてくれ。ふたりとも車をもっているんだろう。いつでもおれのところに来ればいい。テスのカップケーキもある」そこで間があり、それから、「そうか」ふたたび間があり、静かな声で、「ジル、わかったって。これまでもずっと、おれたちは仲よくやってきた、そうだろ?」

一瞬間があり、彼は顔を天井に向けた。

それからうつむいて、目をブーツに落とし、優しい声で言ったので、なぜ彼が天井を仰いだのかわかった。「姉さん、泣かないでくれ」

そんな。

わたしは唇を引き結んだ。

そしてブロックが言った。「姉さんはへまをした。そのことでおれは電話をかけた。姉さんは話を聞いた。もう済んだし、おれたちは仲直りした。だから泣くのはやめてくれ」

わたしは生まれて初めて、男兄弟がいなくてよかったと思い、矛盾しているけど同時に、男兄弟がいないことを、いつも以上に悲しく感じていた。

そしてもうひとつ、久しぶりに姉にスカイプ電話をしよう、とも思っていた。

そこでブロックが言った。「わかった。おれも」間があり、それから、「ファック、そうだ。彼女に言っておくよ」また間があり、そして、「おれもだ、姉さん。またかけるよ」

そして電話を切り、わたしを見た。

発表。「おれに彼女ができたことに鑑みて、感謝祭のディナーに向けた任務が与えられた。それはおれが、男として、この七年間ほど避けてきたことだ。なぜならおれの母親も姉妹もおれの妻を嫌っていたから、一度も彼女にその名誉を与えることはなかった。だが明らかにきみはデザートを担当する。それはつまり、十六人分のデザートを用意するってことだ」

わたしの「オーケー」は、まるで首を絞められているような音になってしまったけど、それは笑いだしてしまわないように、必死だったからだ。

ブロックは笑っていなかった。彼は電話をコーヒーテーブルの上に放り投げた。がちゃんという音がしたけど、彼はそれを無視した。というのは、そのあいだずっと、彼の目はわたしを見つめていたから。

そのわけは、彼が次に話してくれたことでわかった。「おれはひどくムカつくこともあるし、そうなったとき、おれはそれをそとに向ける。おれが怒りを埋めると、よくないんだ。だからそとに向ける。だがテス、きみは、おれが感情を爆発させたときにどんなに近くにいても、おれをムカつかせたものの近くにいても、きみにはけっして危険はないから。おれはキレることもあるかもしれないが、きみを傷つけるようなキレ方はぜったいにしない。これは約束だ。まともな男は、たとえ怒りくるっていても、女や子供に手をあげるなんて、けっしてすることはない。おれはきみが出会うごく普通の男とはちがうが、それでも、おれは自分がまともな男だとわかっている」

「わたしもわかってるわ」ささやくように言った。

「それなら、なぜそんな端っこにいるんだ？」彼が訊く。

わたしをじっと見て、それからため息を洩らした。

そこで彼は、そっと言った。「これからは、スイートネス、できるだけ抑えるようにするよ」

わたしは彼を見つめた。

――過去七年間におれがつきあった女のなかで、息子たちに会ったやつがいたか？ついでに言えば、あんたにも？――

――おれはこれを一生考えていかなきゃならないんだ――

――これからは、スイートネス、できるだけ抑えるようにするよ――

彼は変わろうとしている……わたしのために。

わたしを息子たちに会わせてくれた。わたしにあったことを承知でわたしを選び、もしふたりがずっといっしょにいるなら、亡霊と戦うわたしを一生助けていくと言ってくれている。そんなことを考えて、わたしは思わずつぶやいていた。「あなたはわたしを好きなのね」

彼はぱっとわたしを見て、尋ねた。「なんだって？」

わたしはくり返さなかった。代わりに、こう言った。「わたしのために、あなたに変わってほしくない」

「テス――」彼は言いかけたが、わたしは首を振り、背筋を伸ばして坐り直し、言った。

「厚着をすればあなたのトラックでも寒くないし、あなたがムカついてビール瓶を投げてもだいじょうぶ。わたしのためにあなたに変わってほしくない」

彼は首を垂れてブーツを見た。その前に、ゆっくりと目をつぶったのが見えた。

「知ってる？」わたしは彼のつむじに向かって話しかけた。「一カ月前、あなたがわたしのキッチンにやってきたとき、わたしはあなたといっさい、かかわりたくなかった。でもあなたが、わたしにあったことを聞いて椅子を投げたと知って、わたしの心のどこかで、いままでどんな男性にも感じたことがなかった、この人だけはぜったいにわたしを傷つけないとわかったの。それが心のどこだったにせよ、それは深いところで、本物で、ほぼ十年間、一瞬たりとも自分は安全だと思えなかったわたしが、あのとき自分のキッチンで、ようやく安全だと思えた。だからいま」――わたしはソファーを示した――「わたしはここにいる。あなたがビール瓶を一本や二本を投げても、大声で怒鳴っても、わたしはだいじょうぶ」

彼はしばらくわたしの目をじっと見つめていたが、動きだすと長い脚でわずか一秒でそばにやってきた。わたしはソファーから引きおこされ、すぐにまた引きおろされ、ブロック・〝スリム〟・ルーカスの上に寝そべらされた。いままでで最高に激しくて、いままでで最高にスイートなキスをされたけど、あいにくそれは長く続かなかった。

彼が唇を離したとき、わたしは頭をあげて、息を継ぎながら、わたしの顔をまじまじと見つめる彼の溶けた水銀色の目を見た。

わたしは喘ぎながら言った。「それで、この感謝祭の任務は、伝統的なパンプキンパイ、アップルパイ、ペカンパイなのか、それとも、もっと独創性を発揮してもいいの？」

わたしの顔を眺めまわしていた彼の目がとまり、わたしの目をとらえて、彼はにやりと笑った。

そして言った。「好きなようにすればいい。連中はなんでも食べる」

「それなら両方ね」わたしは考えながらつぶやき、ブロックが笑いだし、そのからだがわたしの下で震えるのを感じた。

次の瞬間には、笑っているブロックのからだがわたしの上で震えるのを感じた。なぜなら彼がわたしを転がしてあおむけにし、上に重なっていたから。

そしてわたしの眼鏡が鼻の上からなくなり、コーヒーテーブルの上に移動して、わたしはブロックの笑いを唇で感じた。キスされながら。

それからブロックが与えてくれるいろいろなほかのことを感じたけど、そのいずれも、笑いとは無縁のことだった。

11

一週間半後……

「念のために確認しておきたいんだが、十七人に食べさせるデザートがなぜ、パイ七つとケーキふたつってことになるんだ？」ブロックが尋ねた。

レックスがジョエルに、ほらきたぞと言いたげな視線を向ける。わたしたちは車のトランクの前に立ち、ケーキの箱や複数収納できるパイ専用ケースを入れた袋をとりだし、ブロックが注意深く息子たちに渡しているところだった。ジョエルはレックスの視線に気づき、ふたりは見るからに笑いをこらえるのに必死のようだ。

わたしはブロックの問いに答えた。「ちゃんと計算したのよ」

ブロックはトランクから最後の袋を出し、ドアをしめてから腰を伸ばした。

彼はわたしの顔を見て言う。「計算したんだ」

「ええ」わたしは花束とバドワイザーの瓶六本パックと紙袋を手に答えた。袋のなかには〈クールホイップ〉というお手軽ホイップクリームと、まだホイップしていない本物のクリームと、バニラビーンズで香りをつけた高級アイスクリームの一ガロン容器が入っている。

ブロックは相変わらず動こうとせず、相変わらずわたしの顔をまじまじと見ている。なのでわたしは尋ねた。「それがどうかした?」

「ひとつのパイを何切れに切り分けるんだ?」彼は訊き返す。

「そういう問題じゃないのよ」わたしは説明した。

「どういう問題なんだ?」

「つまりね。きょうは感謝祭なの。みんなこの日を愉しみにしているし、それぞれに感謝祭に愉しみにしてることがあるわけ。たとえばあなたはパンプキンパイを愉しみにしているとするでしょ。そしてわたしがパンプキンパイをひとつしかつくってこなかったら、ひとつでは十七人にはとてもいきわたらない。まあ十七人全員がパンプキンパイを欲しがる可能性は低いかもしれないけど、ぜったいにないとも言いきれない。そしてあなたが、素早く動かなかったせいでパンプキンパイが手に入らなかったら、どれほどがっかりすると思う? そんなことにならないように、わたしは伝統的な感謝祭用のパイをふたつずつ——パンプキンパイをふたつと、ペカンパイをふたつ、アップルパイをふたつ――つくってきた。こうすればみんなが、期待しているものを確実に食べることができるのよ」

レックスとジョエルは引き続き笑いをこらえようとしているものの、あまり成功していないようで、くすくす笑う声が聞こえてくる。

ブロックは相変わらずわたしの顔をじっと見ているものの、いまやそのまなざしは、この女ちょっとおかしいんじゃないかと言いたげなものになっている。

わたしは説明を続けた。

「そして、万一、伝統的なものから一歩踏みだしたいと思っている人がいた場合に備えて、メープルバターミルクパイも用意したわ。伝統的なものではないけれども、とても秋めいているし、この行事にぴったり。さらに普通とはちょっとちがうけれども味わいとしては伝統的というものを求めている人のためにパンプキンチーズケーキをつくって、パイよりはケーキのほうがいいかなっていう気分の人のために、みんな大好きなチョコレートケーキにホイップクリーム・フロスティングをのせたのをつくったの」

ブロックは相変わらずわたしの顔をじっと見ている。そのまなざしはすでに、この女は完全にヤバいと確信したものに変わっていた。

「すごいよ、テス、これ全部つくるのにどれくらいかかったの？」ジョエルに訊かれて、わたしは彼のほうを見た。

「ジョエルったら、わたしはベーカリーをやってるのよ。これで食べてるの。自宅のキッチンでも、この程度のものは三時間もあればつくれるわ」

これはかならずしも真実ではない。じっさいには五時間といったところか。

「すごい！」レックスがつぶやいた。「ケーキ界のスーパーヒーローだ」

「パイの世界でもだよ」ジョエルがつけ加える。

わたしは子供たちにほほえみかけてからブロックに視線を戻し、言った。「そろそろなかに入ったほうがいいんじゃない？」

「ああ、おれもこいつらも、これ全部を運ぶのでヘルニアにでもならなきゃいいけど」ブロックがつぶやいた。

子供たちはおかしさとの戦いに敗れてわっと笑いだした。ブロックが子供たちに目を向けてあごをくいとあげ、母親の家を示すと、彼らは意気揚々と歩きだした。わたしがブロックと並んで子供たちのうしろを歩いていると、彼は声をひそめて言った。

「パイを〝秋めいた〟と形容するような女に出会えるとはな」

「だったらメープルバターミルクパイをほかにどう形容するの？」わたしは尋ねた。

「ベイブ、おれはメープルバターミルクパイは食べたことがないが、どんなパイでも三つの形容詞で事足りる。〝まずい〟、〝まあまあ〟、〝くそうまい〟だ」

「あなたが料理評論家じゃなくて法執行の世界にいて幸いだったってことね」わたしはぼそっと言った。

「ああ幸いだ」彼がつぶやく。その声には笑みが感じられた。

レックスは祖母の家へと続く通路を歩きながら、チョコレートケーキの箱の入った袋をからだからじゅうぶん離してもち、もういっぽうの手のチーズケーキの袋も反対側に遠ざけて、それらが足にぶつかって揺れたりしないように気をつけている。ジョエルに目をやると、彼もていねいにパックされた数段重ねのパイホルダーを二個ずつ収めた袋を左右の手にひとつずつもち、やはりからだにぶつからないように手を伸ばしている。続いてブロックの手に目を落としたとき、ていねいにパックされた三つのパイを収めた袋と、ワイン二本と二リットル入りスパークリングワインの容器が入った袋を手にしているのが見えた。

ここでふと、自分がちょっとやりすぎてしまったかもしれないという可能性に気づいた。

「ひょっとしたら、やりすぎちゃったかもしれない」玄関に近づいたところでつぶやいた。

「ベイビー、おれの計算では、十七人に対して、パイだけでも五十六切れある。ひとりにつき三切れ以上だ。それ以外にケーキもある。〝ひょっとしたら〟ってのをいまの文章からとったほうがいいんじゃないか。たとえきょうが感謝祭で、あと三時間もすれば、全員がご馳走による昏睡状態におちいるとしても」

ふたりとも手があいていないうえに、パイやケーキを運ぶ責任を最大限に受けとめているためだろう、ジョエルもレックスもドアをノックする危険はおかさず、ジョエルが大声で叫んだ。「おばあちゃん！　あけてー！」

ここでわたしは、ブロックの言うことは間違っていないと気がついた。

そして、思わずつぶやいていた。「失敗したくなかったの」

それに対してブロックが優しく言う。「おいおい」わたしは叫ぶジョエル（いまやレックスもいっしょになって叫んでる）から目を離し、ブロックを見上げた。彼はその目でわたしの表情を探ってから、わたしと目を合わせて、頭をさげ、唇を軽くふれ合わせた。そして三センチほど離れたところでささやいた。「おれはどうしたらいい？」

「たくさんパイを食べてくれたらいいわ。そうしたら山ほど残って、ばかみたいに見えずに済むから」わたしがささやき返すと、彼はにんまりした。

「ボーイスカウトの名誉にかけて。全面的に協力するよ、ダーリン」

わたしはほほえみを返して、ささやいた。「ありがと」

ドアが開き、ジルがあらわれた。

ブロックより一歳半年上のジルの髪は、すでに銀色に変わりはじめているが、彼女はそれを自然のままにしている。母親似の目と、両親譲りの長身（ここの兄弟はみんなそうだ）。ローラのように魅力的な曲線を誇っているわけではないが、がっしりと引き締まっている。ジルはフリッツというパートナーと二十年いっしょに暮らしている。結婚はしていないものの、ケイリーとケリーという十八歳と十六歳の娘がいる。

ジルにはこれまで三回ほど会ったことがある。ローラまたはファーンと、あるいはその両方といっしょに、わたしの店に来てくれたのだ。けれどフリッツやケイリーやケリーと会うのは今回が初めてだった。ついでに言えば、ローラの夫のオースティン、ブロックの弟のリーヴァイも、果てしなく広がっていくわたしのルーカス方面の人脈に、新たに加えられることになる。

言い換えれば、そのうちの何人かは知っているとはいえ、残りは初対面である以上、わたしとしては少なからず緊張することになり、それによってデザートをつくりすぎるという失態を演じたわけだ。

「みんないらっしゃい、狂気の館へようこそ」ジルが挨拶し、防風ドアをあけて支えていてくれた。ジョエルとレックスは伯母に挨拶をしながら、袋をぶつけないよう横向きになってドアを素早く抜け、家のなかへ消えた。

視線を弟のほうに向ける。「ロッキー山脈の悪い魔女をどうやって説得したの？家族が集まる祭日に、あの女が息子たちを譲り渡すなんて」

「説得なんかしてない。テスが玄関のほうで彼女の注意をそらしていてくれた。そのすきにおれは地下室の窓から家に入って、子供たちといっしょに裏口から出てきた。あいつのことだから、子供たちがいないことにもまだ気づいてないだろう」

ブロックはそう言いながら、ジルの横をすり抜けてわたしといっしょに家のなかに入った。わたしはブロックの冗談がおかしくて、思わず笑顔になっていた。

ジルはドアをしめ、わたしのほうを見て言った。「だったらいいんだけど」

ブロックがようやくほんとうのことを言った。「今度はおれの番だったんだよ、ジル」

「さっきのバージョンのほうがまだ良かった」ジルはわたしたちをキッチンに案内した。キッチンに着いたところで、わたしはここが狂気の館たる所以がわかった。

ファーンは内装が整えられた地下室付きの寝室ふたつのバンガローに住んでいる。場所はワシントンパークの外れのそのまた外れの外れ。言い換えれば、彼女はわたしとおなじ界隈に住んでいる。わたしは〈リバーのバー＆グリル〉の近くなので正式にその界隈と言えるけれど、ファーンがその界隈と言えるかどうかは、議論の余地がある。

ブロックから聞いた話によれば、彼の兄弟はこの家で育ったわけではなく、ハイランズに建つもっとずっと大きな家に住んでいたそうだ。そこはコブが家族を置いて出ていった家で、コブが家族を置いて出ていったのは、彼の妻がまだ看護助手で、大してお金を稼げないころだった。しかも彼女はモンタナの出身で、親類縁者は皆モンタナに住んでいた（今日に至るまで）。にもかかわらず彼は妻をその家に置き去りにし、つまりファーンは、近くに頼れる親類もいないままひとりで子供を育て、生活費を工面しなければならなかった。時間をさいて子育てに協力するでもなかった。生活費を援助するでもなければ、時間をさいて子育てに協力するでもなかった。

ファーンはX線技師になるための夜間講習に通いながら追加のシフトも引き受けたので、勢いブロックとジルは幼いころから親の責任を肩代わりし、人一倍早く成長しなければならなかった。ファーンは育ち盛りの大柄でたくましい少年ふたりを含む子供たちの食料を調達し、住む場所を確保するため、続いて放射線技師の講習に進んだ。かくしてふたりの親代わりの責任はなおも続いた。つまり、ファーンはつねに病院でフルタイムで働いていたので、ブロックとジルがその責任から解放されることはなかった。長男のブロックの肩には、おそらく姉以上に、責任が重くのしかかっていたことだろう。

しかしながらブロックの話によれば、ひとたび子供たちが家を出ていってしまうとファーンは寝室が四つあるその大きな家を売りに出した。(ブロック曰く)「ローラの足が玄関のそとに出てからわずか二秒で」小さな家への住み替えを実行したのだそうだ。

ファーンにとっては幸運なことに、何十年も住んだ家を売却しようとしたところでちょうど不動産ブームが訪れ、歴史の古いその界隈が再開発されていたことも重なり、彼女はひと儲けした。つまりこのお手入れ簡単なこぢんまりとした快適なバンガロー、規模としては小さくてもおばあちゃんの家といった外観や雰囲気を醸しだすことのできるこの物件を、即金で買うことができたのだ。

そして感謝祭の日に広いキッチンに集まった家族一同の図は、まさにおばあちゃんの家を絵に描いたようで、わたしたちはそこに足を踏みいれるが早いか取り囲まれた。

それを身をもって体験するのはとてもいいものだ。

と、最初の十分は思った。

ローラがすっと近づいてきて、兄のほおにキスをしてから、わたしに短いハグをし、わたしの手から花束とビールと紙袋をもぎとり、どこかにもっていった。いっぽう、ブロックの手にした荷物は、ジルが回収している。

ディランとエリー（きょうもまたお姫様ドレスに身をつつんでいるが、今回はスパンコールのついたピンクのベルト付きの靴をはき、黒髪の上には王冠も載せている。感謝祭は大切な行事なので当然のことながら王室風の髪飾りが必須ということなのだろう）はふたりとも甲高い声で叫びながらブロックの脚に突進し、グレイディだけが少し離れたところに立ち、クールな表情をキメて〝かっけー〟伯父さんに挨拶をする。わたしはブロックの大きな手がディランの首をギュッとつかむのを眺めていた。彼は続いてエリーを抱きあげその首にキスをしてから脇をくすぐった。あたりに小さな女の子のすっとんきょうな笑い声が響き渡った。ブロックがくすぐるのをやめると、エリーはわたしのほうを見た。

「『ラプンツェル』を観る、テスおばちゃん？」エリーが尋ねる。

ローラが二度目に子供たちをベーカリーに連れてきたとき、わたしは〝テスおばちゃん〞の称号をいただいた。

これもなかなか気に入っている。

「いいわね。お食事が済んだら観ましょうか」

「やったぁ！」エリーは甲高い声をあげてバンザイをし、ブロックがほほえみながら彼女を見下ろす。

「けっ、『ラプンツェル』かよ」ディランが吐き捨てるように言う。

「おれはフットボールを観るぞ」グレイディが宣言した。

「おれもだ」レックスも同調する。

「感謝祭っていうのはフットボールを観る日でアニメを観る日じゃないんだ。それくらいみんな知ってるよ」ジョエルがエリーに言い聞かせる。

「男の子たちは地下室でフットボールを観るといいわ。女の子はおばあちゃんの部屋で『ラプンツェル』を観て、女の子たちだけで愉しみましょう」ファーンが箱からわたしのチョコレートケーキをとりだしながら高らかに宣した。「はい、子供たちはあっちでＷｉｉでもしてなさい。庭でフットボールでもいいわ。とにかく、ここじゃないどこかで遊びなさい」

ふむ。十七人分の料理をつくるプレッシャーで、ファーンは少々いらだっているようだ。

「フットボールだ！」ジョエル、レックス、グレイディ、ディランの四人が一斉に叫びながら駆けだす。ブロックはとまどった表情のエリーをおろして床に立たせた。

彼女は男の子たちが出ていったドアのほうを眺めながら自身の置かれた苦境について考えていた。お姫様ごっこをしたいけれど、男ばかりの兄や従兄たちにこっちのほうがおもしろいと説得するにはどうしたらいいかわからないようだ。やがて彼女は勇敢にも男の子たちのあとを追って駆けだしていった。タックルされたとき、大事な王冠が壊れないことを祈るばかりだ。

「よお、スリム叔父さん」声がしたほうを見ると、チリチリに近い細かな黒いカーリーヘアーのとても美しい娘が立っていた。まるでたった今仮装パーティーから帰ってきたような六〇年代のヒッピー風衣装に身をつつんでいる（ヘッドバンドと派手なサングラスこそないもののそれ以外は全部揃っている）彼女は前に出てブロックにハグをした。

「青春真っ只中だな」ブロックがハグを返しながらからかう。わたしはキッチンを見渡した。

知った顔がいくつかあった。エルヴァイラがシンクの前に立ち、生まれたときから毎年感謝祭にはブロックのお母さんの家でそうしてきたのではないかと思えるほどこの場に馴染んだ感じでじゃがいもの皮をむいている。

そう、ほかでもないエルヴァイラだ。たしかに彼女を〝誘った〟(あくまでもこれは言葉のうえでのことで、じっさいには彼女はみずから押しかけてきている)のはわたしだけれど、なぜここにいるのか、わたしにはいまひとつわからない。エルヴァイラやあの女の子たちと、コスモポリタンを飲んで以来(それも二回)、彼女は臆することなくメールを送ってきたり電話してきたりして、思っていることを自由に(しかも頻繁に)伝えてくれるのだが、それでもわたしは、彼女という人をまだよく知らなかった。知っているのは、彼女はいま姉妹とドラマティックな状況にあってお互い口を利かないこと。さらには兄の新しい恋人である〝やりマン女〟が大嫌いで、両親が感謝祭にハワイのバカンスに出かけることを選んだのをいいことに、(少なくともわたしが思うに)賢くも仲違い中の兄弟を避けたのだろうということくらいだ。かくして、エルヴァイラは感謝祭のご馳走をどこで食べるかを考えなくてはならなかった。そして山ほどの友人がいるにもかかわらず、なぜかわたしを頼ってきたのだ。

これにはマーサが裏で一枚嚙んでいるのではないかと思ったが、感謝祭にひとりでいることのさみしさと、それをなんとしてでも避けたいばかりに思い切ったことをしてしまう気持ちはわたし自身もよくわかる。なので、わたしはエルヴァイラを好きなようにさせておいた。ファーンに尋ねると、彼女は大勢のほうがにぎやかで愉しいと言ってくれた。

ブロックはそうは感じていないようだった。そして非言語的にそのことを知らせてきた（またしてもこの女、頭がおかしいんじゃないかという目でわたしを見た）ものの、口ではひと言も言わなかった。

キッチンには薄い青色の目をした背の高い金髪の男性もいた。彼は頭がおかしくなったんじゃないかと思うほどのほほえみをわたしに向けてきた（オースティンに間違いない）。そしてずんぐりしたごま塩頭の男性。髪を短く刈ってはいるが縮れ毛だということはそれでもわかる（こちらもフリッツで確定）。そして十一月も終わりだというのに短いショートパンツで、キャミソールの上にドレープのある薄いTシャツという格好（その理由は彼女が若く、とても美しく、すばらしい美脚を備えているからかもしれない。わたしも大賛成。それをひけらかさない手はない）の背が高い黒髪の娘は、きっとケリー（ジルとフリッツの次女）で、さっきブロックをハグしていたほうが長女のケイリーだろう。

残るは、息をのむほどハンサムな男性。鍛えあげられ、引き締まった長身の体躯に、豊かな黒っぽい髪と、ほかのだれにも似ていないことからここでは少し奇異に見えるはしばみ色の目の彼は、きっとリーヴァイだ。

そして見るからに緊張した表情でリーヴァイのそばにいる若い女性（わたしは彼女が二十代後半ということもしっかり見抜いた）は、リーヴァイのいま現在の彼女にちがいない。スタイル抜群で、ブロンドの髪を美しい顔立ちに似合いのピクシーカットにし、いかにも好印象を与えたいけれど目立ちたくないという感じの、選び抜かれた服装をしている。

ジルがわたしにフリッツを紹介してくれた。いっぽうケリーは、叔父と抱きあっている（そして彼に「霞のごとく消えちまいそうだ」と非難された）。ローラがわたしをオースティンに紹介してくれ、彼はわたしに温かくほほえみながらおなじくらい温かい手で握手をした。エルヴァイラがわたしに、「よぉ、ビッチ」とつぶやく。それを聞いて、皆彼女とは初対面にもかかわらず、その場にいた全員がおかしそうに笑った。

ここでリーヴァイが彼女を連れて近づいてきて、わたしは彼を見た。

やれやれ。

あえて説明するなら、その顔を見れば、彼がわたしのことを、コブほどにも信用していないのが一目瞭然だった。

リーヴァイはあいているほうの手で兄の腕をつかみながら握手をした。それからわたしのほおにキスをし、一歩さがってこちらはレノーラだと紹介したあと、攻撃を開始した。

「テス、噂は色々と聞いていているよ」

「そうでしょうね」わたしは答えた。

「噂を色々聞いてる割には、なんでこれまでおれたちと会わなかったんだろうな」ブロックが横から口をはさみ、リーヴァイが兄のほうを見る。

「忙しかったからな」彼はぼそぼそと言った。

「それでもテスについての噂を聞く暇はあったんだよな」ブロックが言い、リーヴァイはこれにたいして無視を決めこみ、またわたしを見た。

「ずいぶんと素早くスリムをモノにしたんだな」

「リーヴァイ」ファーンがたしなめる。

「あーらら」エルヴァイラがじゃがいもに向かってつぶやく。

「そうでもない」ブロックが低く響く声で言い、リーヴァイが兄に目を戻す。

「ああ、それについても聞いてるよ」

わたしはブロックの隣で身をこわばらせた。彼はそれを感じたようで、わたしの肩に手を回してきた。

「きょうは感謝祭だ。息子たちがいる。家族がいる。自分の女がいる。おれにいらないのは、ムカつくことだ」ブロックが低くうなり、リーヴァイがにらみ返した。

客観的に見て、あまりよろしくない。リーヴァイは兄の選択に疑問を呈している。それは兄のことを心配しているからかもしれないが、ブロックはその手のことをよろこぶタイプではない。それに、わたしを守る意思を言葉でも行動でも示している。感謝祭の集まりに到着して十分も経たないうちに面と向かってわたしが攻撃され、試されたとあっては、リーヴァイが引きさがらないかぎり、収拾がつかなくなりそうだ。

ダメージを最小限にするべく行動を起こす必要があった。わたしはリーヴァイを心配ととまどいが混ざり合った表情で眺めてるレノーラのほうを向いた。

彼女の姿をざっと眺めてから言った。「レノーラ、そのブーツとてもすてきね」

レノーラはびくっとしてわたしに目を向けた。それから消え入りそうな声で言った。「あ……ありがとう。わたしも、その……」彼女はリーヴァイに視線を移してからまたわたしを見た。「あなたのブーツを見ておなじこと思ってたの。それにそのセーターもすごくいいわ」

「〈ニーマン・マーカス〉で働いてる友人がいるの」わたしはレノーラに言った。これはほんとうのことだ。エルヴァイラにはグエンとトレイシーとカムがついてくるし、トレイシーは気前よく社員割引を適用してくれる。このセーターの出費はかなりの痛手だったけれど、女なら自明の理だが、ブロックの家族との感謝祭のディナーに招かれるとなれば、完璧なセーターは必須だった。だからわたしは寝間着のときと同様大枚をはたいてしまった。そして不幸にもわたしが散財したのはこのセーターだけではない。

こうなったらもっとばんばんカップケーキを売らなくちゃ。

「社員割引よ」エルヴァイラがじゃがいもをむきながら言った。

レノーラは探るようなまなざしでリーヴァイを、そしてわたしを見て、言った。

「いいわね」

彼女を見ていて気づいた。

この娘はほんとうにリーヴァイが好きなのだ。

リーヴァイは家族に会いにやってきて、レノーラはたんに現在の彼女ということに過ぎない。

でもレノーラにとっては、これは大事な機会だった。恋人の家族に紹介されて、将来について希望がもてる機会になるはずだった。でもリーヴァイの彼女に対するふるまいはそうではなく、彼女はそれを感じとって、当然のことながらとまどっている。さらにリーヴァイのふるまいから判断すると、あまり遠くない未来に、レノーラは失恋することになりそうだ。

わたしがリーヴァイに目を戻すと、彼はなにか言おうと口をあけたところだったが、ファーンが機先を制した。

「男どもはそとに出て。じゃまよ。手伝う気もないんでしょうし、手伝おうとしたところでめちゃめちゃにするだけだから。どっかでテレビでも観ててちょうだい。そこのクラッカーとチーズボールの盛り合わせをもってくといいわ。ナッツのボウルもね。チップスとディップも」

エルヴァイラは肩越しにわたしのほうを見て、あごでキッチンのテーブルを示した。そこには感謝祭の目的自体を揺るがしかねない感謝祭正餐前のおつまみが、所狭しと置かれている。それからエルヴァイラはわたしに、これを是認することを表情で伝えた。ファーンはエイダとはちがうと言いたいのだろう。この明らかなプラス要素は、もっとも早い機会にマーサに報告されるはずだ。

「テス！　このパイの出来映えと言ったら、なんて美しいの！」ローラが声をあげ、わたしは彼女に目を向けた。

彼女の言うとおり、わたしのパイは見目麗しい。全力を尽くしたのだ。パンプキンパイの縁にはパイ生地から切り抜いた南瓜形の模様を張り、卵黄を塗ってある。さらには生地を転がして延ばし、小さな弦をつくって、南瓜の茎につなげた。アップルパイには、林檎形の切り抜きを配した縁がある。メープルバターミルクには楓の葉。ペカンパイには装飾的な縁取りを手間暇かけて形づくった。実験的な試みではあったけれど、出来栄えはすばらしい。

美しく飾ってもらうのは、ケーキだけの特権じゃない。

「まいったな、すっげーフラッシュバックだ」リーヴァイはつぶやき、母のキッチンのカウンター上のいまだ箱から出されていないパイに目を向けてから、ブロックを見た。「オリヴィアは昔、兄貴のためにシナモンナッツマフィンをつくってたよな。これほど見た目もよくなかったし味も大してうまくはなかったが、それでもつくったことに変わりない」

室内の空気に電流がみなぎり、ローラは「リーヴァイ！」と声をあげ、オースティンは小さく「みっともない」フリッツは「まいったなこりゃ」とつぶやき、エルヴァイラは「あーらら」とささやき、ケリーとケイリーは揃って声をひそめ、「うわー」と言った。ブロックは身をこわばらせ、ファーンはくるりと息子のほうをふり向いた。

「いま聞こえたのはわたしの空耳よね」彼女は厳しく問いただす。レノーラは、じっさいは彼女の男でもないのに、彼女の男を支えようとそばにすり寄った。

「おれの言ったことなにか間違ってるか？」リーヴァイが母親に訊き返した。

「なにが間違ってるか教えてあげましょうか。おれはもう大人だからなにを言っても母親に口をぴしゃりと叩かれるようなことはないと思ってるのが間違いなのよ」ファーンがやり返した。

「そとに出ろ」ブロックがうなり、全員の目が彼に集まったが、ブロック自身のまなざしは弟を見据えたまま微動もしなかった。

「マジか？」リーヴァイが訊く。

「早く」ブロックが凄みのある声で言い、またしても到着十分にしてダメージコントロールをしなければならなくなった。わたしはブロックに近づき、彼の腕をつかんでひっぱった。

「いいから、やめて」ささやくと、彼の水銀のような色の目がわたしを見下ろした。

「テス――」

わたしは首を横に振り、彼の腕を握る手に力をこめた。「可能性はふたつある。あなたのことをどうでもいいと思っている兄弟がいるか、あなたを大事に思ってる兄弟がいるか。いまは腹が立っていて気づかないかもしれないけど、このふたつのどちらかでいえば、あなたは幸運なほうなのよ」

ブロックがぐっとあごに力をこめ、わたしはリーヴァイのほうを見た。

「わかってる。あなたのお兄さんは過去に失敗した。あなたはお兄さんを大事に思っているから心配なのよね。気遣ってくれてありがとう」

リーヴァイは目をぱちくりさせてわたしを見た。

わたしはブロックを放し、ファーンのところへ行って尋ねた。「なにをお手伝いしましょうか?」

ファーンは末息子をにらみつけるのに忙しく、それには答えない。代わりにジルが言った。「テーブルに運ぶのを手伝って、テス」

わたしは家族間の緊張を無視して、ジルといっしょにテーブルの準備をした。

ダイニングテーブルからキッチンに戻る途中、フリッツにぶつかりそうになった。

わたしがほほえみかけると、彼はふいに手を握り、すぐそばに立った。

そしてささやいた。「いい対応だったよ、テス。ここの連中に心を開いてもらうのは難しい。二十年つきあって、娘をふたりもうけて、いっしょに時間も過ごしてきたが、正直なところ、いまだに自分がよそ者扱いされてるような気がするんだ。だけどぼくとオースティンはきみの味方だからね」

わたしが返す言葉も見つからないでいるうち、彼はわたしの手をぎゅっと握ってから地下室へ通じていると思われる戸口を出ていった。

フリッツが行ってしまってからもわたしは呆然と戸口を見つめていた。そしてそうしながら、すっかり明るい気分になっていた。

だがそれも十分間しかもたなかった。その十分で起きたいことといえば、ジルとわたしで複数のテーブル（ダイニングルームでは坐りきれないのでリビングルームに折りたたみテーブルをしつらえたため）をセッティングしたこと、男たちがテレビを見にいってしまったこと、ファーンがスイートポテト・キャセロールをオーブンに入れたこと、ローラとエルヴァイラがじゃがいもの山と戦い、見事火にかけることに成功したこと、ケイリーとケリーがわたしがつくりすぎたデザートをダイニングテーブルのサイドテーブルに並べて、それに続き今度はわたしがもってきた花束を花瓶に生けてくれていること、ファーンとジルとローラは明らかにリーヴァイが愛しては捨てるをくり返す女の子たちを相手にすることに慣れているらしく、これがおそらくレオノーラに会う最後になるということを承知のうえで、彼女を仲間に入れ、優しく接していることだ。

よくないこととしては、比較的和気あいあいとした十分間の後、エリーが甲高い声をあげながら飛びこんできたことだ。「おじいちゃんが来た！」

部屋にいた全員が凍りつき、あたりには重い空気が立ちこめた。エルヴァイラとレノーラはエリーの嬉々とした叫び声が、大決戦《ハルマゲドン》の先触れであることなど知る由もなかったので、ただまわりの波動を感じておなじように凍りついていた。

ここでエルヴァイラがこのあとの展開を予言するようにつぶやいた。「あらあら。ここからがドラマの佳境ってわけね」

「その……」ジルが口を開く。「ねえ、ママ、あらかじめ言っておけばよかったんだけど、その……ローラとわたしがパパを招待したの」

なんてこと！

「わたしたち、その……」ローラは言いよどんでいる。「こういう知らせはぎりぎりになって聞いたほうがまだいいんじゃないかと思ったの」

わたしははっとエルヴァイラに目をやった。彼女はじゃがいもの皮をディスポーザーに押しこむのに忙しくしつつも、わたしのほうを見て、生え際に届きそうなほど眉を吊りあげた。

ファーンは動かなかった。完全に凍りついていた。十五秒前には彼女自身、けっしていだくことがないであろうと思っていた考えをめぐらせている。それはその手で二件の殺人を犯し、彼女の娘たちが被害者になるということ。

「おじいちゃんが来た！　おじいちゃんが来た！　おじいちゃんが来たよぉ！」エリーは戸口から叫び、さらに駄目押しをした。「やったぁあ！」そしてまた叫びながら走りさる。「おじいちゃんが来た！」彼女はおそらくテレビのある部屋に向かっているのだろう。

続いてディランが戸口にあらわれ、その手はコブの手につながれていた。「見て！」彼は声をあげる。「おじいちゃんだよ！　サイコーじゃん？　おじいちゃんが感謝祭に来るなんて初めてだ！」

「お嬢さん方、こんにちは」コブは探るような調子でジルとローラと孫娘たちに言ってからわたしに目を向けた。「やあ、テス」彼は続いてレノーラとエルヴァイラのほうを見て、挨拶代わりに軽くうなずいた。

「こんにちは、パパ」ジルがおずおずとつぶやく。

そのとき、声があがった。「なんだ……このクソみてえな状況は？」

わたしは目を瞠り、唇を「え？」っと横に大きく開いてエルヴァイラのほうを見たあと、その場にいた全員とともに戸口に注目した。

「このクソみてえな状況はなんだって言ってんだよ！」今回その言葉は大きな叫びとなって響き、リーヴァイという人をよく知らないわたしでも、それが彼のものだとわかった。

「ディラン、いい子だから妹を連れてそとで遊んでらっしゃい」ローラが、とまどっているような、そして少しおびえているような息子にあわてて言う。ディランは頭をそらして廊下に立つだれかを見上げている。「さあ、いい子ね、子供たちはみんなそとで遊んでて」ディランが呆然とママを見やる。「さあ！　いい子だから」

ディランは祖父の手を離し、勢いよく飛びだしていった。

コブはジルとローラの顔に目を走らせ、状況がのみこめたのか、廊下のほうを向いた。

「リーヴァイ、いいか――」彼が話しかける。

「出てけって言ったんだよ、くそが」この場にいた全員がその声を聞いた。

「リーヴァイ――」ジルが戸口に向かいながら呼びかける。

「出ていけよ……くそったれ！」リーヴァイが猛然とうなった。

「息子よ――」コブがまた話しかけようとしたが、すぐにリーヴァイに遮られた。

「おれはあんたの息子なんかじゃねえ、このマザーファッカー野郎」

コブがひるんだ。

ああ。

「リーヴァイ!」ローラが声をあげ、姉に続いて戸口に向かったが、その必要はなかった。

リーヴァイが父親を押しのけるようにしてキッチンに入ってくる。そのあとにはオースティン、フリッツそしてブロックと続いたが、ブロックは戸口を一歩入ったところ、父親の近くにとどまった。

「リーヴァイ、とりあえず子供たちがそとに出るまで落ち着け」ブロックが低くうなる。

リーヴァイは顔をしかめて兄を眺めている。彼が頭のなかで数を数えているのが手にとるようにわかった。十……十五(わたしもいっしょになって数えていた)、そこでドアがしまる音がして、彼は怒りを解き放った。

彼は姉たちのほうを向き、嘲るように言った。「おまえらふたりとも、くそ信じられねえよ」

「言葉に気をつけろ」フリッツがうなる。

リーヴァイはフリッツのほうを向いて、高らかに宣した。「くそ食らえだ」

これはもうとことんやり合うしかなさそうだが、傍観者は必要ない。

そう思ったのはわたしなので、わたしが言った。「ケイリーとケリー、あと、レノーラとエルヴァイラも、いっしょにそとに行って、子供たちがなにをしてるか見てこない？」

「いい考えだ、テス。これは家族の危機だからな」リーヴァイがわたしに向かって歯を食いしばりながら言った。

まずい。

それはものすごくまずい発言だった。

案の定、ブロックは大股に二歩前に出て、弟と鼻を突きあわせんばかりの至近距離に立った。重苦しい雰囲気が、さらに息もできないほどになる。

「さっきはテスに免じて我慢してやったが、こうなると我慢しなきゃよかったと思うよ。おまえは少し頭を冷やせ。さもないと、いいかリーヴァイ、おれがその頭を冷やさせてやる」

「おれひとりを悪者にするなよ、スリム。兄貴だってあの男がここにいるのはおれとおなじくらいいやなんだろうが」リーヴァイが言い返し、勢いよく父親を指差した。

「おれがなにを望んでいるかなんて、おまえにはわからない」ブロックが答えると、リーヴァイはいぶかしげに目を細めた。

「ふざけんなよ。兄貴はこんな茶番を受けいれるってのか？　がんに内臓を食い尽くされようってときになって自分の過ちに気がつくなんて、あまりにも都合良すぎるだろうが」

わたしは口をむっと引き結んだ。ローラが苦悶のうめきを洩らす。ケイリーはケリーのそばに行き、ファーンはもうこれ以上我慢できないと決めた。なぜわかったかといえば、次の瞬間、彼女が口を開いたからだ。

ファーンはコブに目を向けた。

「ここはわたしの家だから、だれを招くかはわたしが決めます。きょうは感謝祭よ、コブ。あなたが来年の感謝祭を迎えられないかもしれないのは気の毒に思うわ。だから今年の感謝祭、あなたが家族とともにテーブルを囲んでくれたらわたしもうれしい。あなたが与えてくれたものはけっして多くはないけれど、それでもわたしの人生で一番大事な四つのものを与えてくれた。お礼に、あなたをこの席にお招きします」

そう来たか。わたしは前からファーンが好きだった。

そしていま、ますます大好きになった。

それから彼女はリーヴァイのほうを向いて、先を続けた。

「あなたのことは大好きよ、わたしの大事な息子。だけどあなたはその憎しみを、お腹のなかから追いださないと。さもないと、がんがお父さんを蝕んでいるように、それはあなたを内側から蝕んでしまう。あと」彼女はレノーラに目を向けてからリーヴァイに視線を戻した。「ついでに言うけど、そろそろ目を覚ましてもいいころじゃない？」

視線を感じてそちらを見ると、エルヴァイラがにやにやしてわたしを見ていた。

ファーンの話はここで終わりではなかった。

「それじゃあまだ料理の支度が残っているから、みんな出てって試合でも観てて。そうそう、これだけは言っておきますけど」彼女は視線をリーヴァイに据えた。「これはコブにとって家族と過ごす最後の感謝祭になるかもしれないけれど、家族にとっても彼と過ごす最後の感謝祭かもしれないの。だからみんなそれぞれせいいっぱい、いい思い出にするようにしましょう。そとで遊んでるわたしの孫たちにとって、ずっと忘れられない思い出にしてあげたいから」

だれもなにも言わず、動こうともしなかった。

だからファーンは先を続けた。「リーヴァイ、姉さんたちと、姪たち、甥たちのために、そうしてくれる？」

リーヴァイは答えない。母親をしばらくじっと見つめて、姉や妹を見遣ってから自分のブーツに目を落とし、部屋を出ていった。

ファーンはため息をついた。

コブが静かに言った。「ありがとう、ファーン」

ファーンは彼のほうを見てうなずいた。

そして孫娘たちに目を向け、優しく言った。「とてもきれいね。それをダイニングのテーブルの真ん中に置いてくれる？」

彼女はじゃがいも料理をチェックしにコンロのところへ行った。

わたしがブロックに目をやったとき、彼はちょうど父親に向かってあごをあげてから、その脇をすり抜けてリーヴァイが消えた方向に歩いていくところだった。オースティンとフリッツが、コブを廊下へと案内する。

エルヴァイラがわたしのところにやってきた。

「びっくりした。いい大人が、デカい図体して、あんなこと言う？　あなたのバッドボーイ彼氏の家族って、どうかしてるわ。あれと比べたら、うちの兄のガリガリどぶすのいかれたやりマン女やら、すてきなドレスを借りておきながら赤ワインの染みをつけて返してくるうちの姉のほうがまだましに思えてくる」

身内に〝やりマン女〟がいるのはあまりよろこばしくないことのように思えるのだが、たしかに、ブロックの家族の問題は、赤ワインの染みをつけたままドレスを返すことよりも深刻だ。

「そうね……」わたしは口ごもった。「ブロックの家族は、いろいろと問題を解決しているところなのよ」

「いろいろ?」エルヴァイラは少し身をそらしてから、また身を乗りだしてきて耳打ちした。「やっぱり。そんな予感がしたのよ。今朝目が覚めたとき、〝感謝祭はテスといっしょにいなさい〟というお告げがあった。テレビよりずっとおもしろいわ」

まあ、少なくともひとりは愉しんでくれている人がいるのは幸いだ。

「次はなにが起こるのか愉しみ」彼女はつぶやき、遠ざかっていった。その行く先は、カウンターに所狭しと並べられたワインボトルだ。

いや、けっして愉しみではない。なにか起きてくれなくてもいい。

やがてそれがじっさいに起きたとき、エルヴァイラの期待が裏切られることはなかった。

12

一時間半後、わたしは、デザートの必要量を計算するにあたって、底なしの胃袋をもつ子供たちのことや、エネルギー代謝がおそろしくよくて食道にどれほど食べ物を流しこもうが心配無用の男たちのことや、さらには年に六日だけのすべてを思いのままにしていい日(感謝祭以外には、クリスマスと、ニューイヤーと、イースターと、建国記念日と、それぞれの誕生日)を迎えている女たちのことを、考えに入れてなかったことに気づかされた。

ともあれ、ファーンがおいしい感謝祭のご馳走を山ほどつくったにもかかわらず、デザートもさほど残ることはなかった。

ディナーの席で、わたしはフリッツとオースティンにはさまれ、大きなテーブルを囲んでいた。ふたりは先ほどのリーヴァイの敵意の表明のあと、わたしを守る役割を自ら買って出てくれたようだ。ルーカス家の一員とつきあうことになってしまった者たちにとっては、〝みんなはひとりのために、ひとりはみんなのために〟の精神で助け合うことが大切なのだろう。

それはまたとてつもなくすてきで、言うまでもなくありがたいことでもあった。

ブロックはテーブルのいちばん奥に腰を据え、ファーンは一番手前に坐って、わたしたちの円卓の残りの席は、コブとジルとケイリーとローラとエルヴァイラが埋めていた。ブロックはレノーラも巻きこみつつ、家族の祝いの席に集うようになんとかリーヴァイを説得したようだが、コブが大きなテーブルにいるとあって、彼らは居間のなかにしつらえられたカードテーブルで、ケリーや彼女の小さな従弟妹たちとともに坐ることになった。

かなりの量のワインやビールが消費されたにもかかわらず、緊張した雰囲気はやわらぐことはなく、その点にかんして唯一気づいていないように見えるのはエルヴァイラだけだった。

そこでわたしはあえてエルヴァイラに話しかけた。経験から言って、エルヴァイラは、多少ショッキングで場合によっては不適切なことになる可能性はあるものの、なにかおもしろいことを口にしてくれて、雰囲気を明るくしてくれるかもしれないと思ったからだ。

それが功を奏した。

オースティンとフリッツは明らかに彼女を傑作だと思ったようで、コブも続いて興味を示し、すぐあとにジルとローラとケイリーも会話に加わり、最後にはファーンまで巻きこまれた。ブロックだけが、主にはエルヴァイラを対処方法がわからない未知の生物を見るような目で見ていたものの、家族が食事を愉しんでいる様子を見てよろこび、リラックスしはじめているのが伝わってきた。それがわかったのはブロックのその気分が部屋全体に広がったのが感じられたからだ。

さらに、その場の雰囲気を愉しげにしていたのは、リーヴァイ叔父さんが、キレやすい反面、実はとても愉快な叔父さんで、兄弟の子供たちにとても愛されているという事実だった。カードテーブルからの笑い声がこちらまで響いてきて、なかでもとくに、「リーヴァイ叔父ちゃん！」というエリーの嬌声やくすくす笑いが目立っていた。デザートまでさらなる修羅場もなく進んだので、わたしはリラックスしはじめ、まずいことに警戒を解いてしまった。

だからブロックの機嫌が急変し、不穏な空気を放ちはじめたとき、まったく心の準備ができていなかった。

はっとして彼のほうに目を向けると、ブロックは背筋を伸ばし、いまにも雷を落としそうな顔で窓のそとを見つめていた。

そしてカードテーブルのほうからは、「冗談もいい加減にしろよ、クソッ」

リーヴァイだ。

続いてあわただしく動きがあった。ブロックとリーヴァイが揃って椅子から立ちあがり、残りのわれわれは首を伸ばして窓のそとを見やった。

そこで目に飛びこんできたものにショックを受け、凍りついて目を丸くした。

ファーンとジルとローラは凍りついていなかった。

ファーンが腹立たしげにささやく。「やめてよ、ありえないでしょう」

ジルが声を荒らげる。「ったく、信じられない女ね」

ローラが吐き捨てるように言う。「これぞ感謝祭だわ」

彼女たちは急いで席を立ち、ブロックとリーヴァイのあとに続いた。コブも彼らのあとを追い、フリッツとオースティンはわたしの両脇を固めると同時に、フリッツが娘に言った。「ケイリー、ケリーといっしょに従弟妹たちを地下室に連れていってくれるかい？」

怒りの表情で窓のそとを眺めていたケイリーも（わたしがこれまで気づいたところによれば、ケイリーとケリーも幼い従弟妹たちと同じようにスリム叔父さんとともても親しい関係を保っていると同時に、すでにある程度の年齢であることから、オリヴィアとこれまでなんらかのやり取りがあって、しかもそのやり取りについてよく思っていないようだ)、すぐにリビングルームに行って言われたとおりにした。

わたしは動けなかった。

オリヴィアがそとにいたから。

どうしてまた?

「ねえ……あれだれ?」エルヴァイラが相変わらず窓のそとを見つめながら尋ねる。いまやオリヴィアは玄関前の通路に立ち、総結集したルーカス軍団と対峙している。

「ブロックの前の奥さん」わたしは小声で言った。

「あれまあ」エルヴァイラがささやき返す。

確かに〝あれまあ〟だ。

〇・五秒後、ローラの甲高い叫び声が聞こえた。「このあばずれ!」そして彼女がオリヴィアにつかみかかるのが見えた。

エルヴァイラはさっきより少し大きな声で「あれまあ」をくり返し、オースティンがわたしの隣で「まいったな」とつぶやき、椅子を押しやって走り出した。そとではブロックが妹の胸に手を当てて押しとどめ、コブが元嫁のウエストに腕を回して引き離そうとする。オリヴィアは特筆すべき美しさの両手をあげて顔を覆い、さめざめと泣く美女の体を成している。この地球上に生きるすべての女は、この涙がどんな男にでも——その男が息をしていてなおかつ視力を有しているかぎり——魔法のような威力を発揮することを知っている。

あーあ。

「わたしはその……洗い物をしようかな」レノーラが小声で言うのが聞こえた。

フリッツがつぶやく。「いい考えだね、レノーラ。エルヴァイラ？　それからテスも、手伝ってあげたらどうだい？　ぼくはちょっとそとに出てくる」

そとでは騒々しく言葉が交わされるなか、ブロックがまだすすり泣きを続けているオリヴィアの腰に手を当てて玄関前の通路を道路方向へと進んでいるところだ。わたしにはレノーラのアイディアがすばらしい考えに思えた。

そこでうなずき、腰をあげて、彼女を手伝いにいった。フリッツは外へ出ていく。

「わたしがついてるよ、シスター。ちゃんと目を光らせてるから」エルヴァイラがわたしに言ったけれど、それには答えずに、お皿を集めはじめた。

二回運んだあと、キッチンにいるとき、ルーカス軍団が家のなかに戻ってきたのが聞こえ、ジルの声もした。「ったく、あのビッチときたら、ほんとに信じられない」

「ジル、わかったから、大声を出しなさんな」コブがなだめる。

「ほんと、大したタマだわ！」これはローラだ。彼女もボリュームをさげようとはせず、声が響き渡った。

「ローリー、静かにしないと……テスが」驚いたことに、これはリーヴァイだった。

わたしは数秒待ったあと、廊下に出ていった。玄関のところに立っていた全員の目が、一斉にわたしに向けられる。

「だいじょうぶよ」近くまで行って、告げた。「前にも会ったことあるから、気にしないで」

それからテーブルに戻り、片付けを再開したものの、見まいとしていても、つい窓のそとに視線が泳いでしまうのを止めることができなかった。そとを見やると、道路の少し先のところで、ブロックとオリヴィアがシルバーのメルセデスのそばに立っているのが見えた。オリヴィアはあいかわらずしくしく泣いていて、しかもいまやそれをブロックの胸に顔を埋めながらやっていた。彼の腕はオリヴィアの身体に回されている。

なんなの？

なんなの！

エルヴァイラが近づいてきて、わたしは窓から視線を引きはがした。

「エリーを連れてって、いっしょに映画でも観たら？」

「だいじょうぶよ」わたしはささやいた。

「それがいいわ」ファーンが近くに立っていた。「いいから先に上に行ってなさい。エリーにDVDをもたせて行かせるから」

「ほんとうにだいじょうぶだから」嘘をついた。

ファーンがエルヴァイラに目をやる。わたしは皿を集め、キッチンに運んだ。

男たちの姿は消え、女たちは皆片付けモードに入っていた。テーブルがほぼ空になったので、ナプキンその他の細々したものを集めはじめたとき、ブロックが戻ってきた。

彼がわたしのほうを見る。わたしは一目見てわかった。怒ってもいなければ、いらだってもいないけれど、葛藤している目だ。

彼が葛藤する姿を前にも見たことがあるけれど、あまりいい記憶ではない。

「おかえり」わたしは近づきながらささやいた。

「ただいま」どこか心ここにあらずといった様子だ。

なんなの。

「だいじょうぶ？」尋ねてみた。

「あとで話そう」彼がぼそっと言う。「子供たちは？」

「地下室」

彼はうなずき、視線を廊下の先に向ける。そしてわたしの首に手をあて、ぼんやりとその手に力をこめてから、廊下を進んでいき、地下室へのドアに消えた。

わたしはそれを見送った。

見送りながら気づいていた。彼がジェイクとして潜入捜査中で、その手の嘘が山積みだったときでさえ、いままで一度たりとも、わたしの前であんなふうに心ここにあらずでぼんやりしていたことはなかった。彼はいつもわたしに集中してくれていた。いままでずっと。

その後、わたしはほかの女たちの皿洗いを手伝った。やがてエルヴァイラが一同にさようならとお礼を言い、わたしは彼女を車まで送っていった。

「あなたのバッドボーイはセクシーだから」運転席側のドアのところにわたしと並んで立ちながら、彼女にしてはめずらしいことを言う。

「え？」見送りに出ていても、頭のなかが混乱していて、ここでようやくエルヴァイラに注意を向けた。

「あなたのバッドボーイはセクシーだから」彼女はくり返す。「あの女、芝居してるのよ」

「どういうこと？」わたしは眉間に皺を寄せながら尋ねた。

「あの女にとっての元自分のバッドボーイ、元自分のセクシーガイが新しい相手と恋愛をはじめたのよ。彼は新たな女に夢中になってる。自分より上の女に乗り換えた。彼はその女が気に入ってる。しばらくはそれが続く。あの女はきっと、息子たちからそれを聞いて知ってるんだろうね。で、それが気に入らない。だから策を講じた。あの外見から考えても、大袈裟な策を巡らしそうな女じゃないの。とり戻そうとまでは思ってないかもしれないけど、ほかのだれかにとられるのは嫌。でなけりゃ、彼にとっては自分がすべてだと思ってたから、自分を忘れて先に進んだのを見て腹が立って、それではっと気がついたのかもしれない。自分のまわりを見回したら、ずいぶん失ったものが多いってことに。たしかになかなかいい芝居ではあったわね。ドラマティックで、涙まで流して、家族みんなが注目してくれた。でも、その本心がわかれば彼にもすぐに見えてくるはず。テス、あなたはただ、堂々としてればいいだけ」

わたしは、この話はほんとうだろうか、じっさいそんなことをする人間がいるのだろうかと思いながら彼女の顔を見ていた。

だから尋ねてみた。「じっさい、そこまでする人っているの?」

「うん……そりゃあね」彼女は答える。

「子供だっているのよ」わたしは言った。

「そうね、テス、だから堂々としてなさいって。いまとなっては、彼女がなにをたくらんでいようと、あの子たちはもう息子じゃなくて、勝負を操る駒になっちゃってるんだから」

なんてこと……。

「まさかそこまでは……」わたしはささやいた。

「憶えといて。あのビッチは、顔に大きく〝ビッチ〟って書いてある。なかなかの強敵よ。でも幸いなことに、あなたには仲間がいるし、彼の家族だってあなたの味方だから。あの大芝居のあと、みんな小声であなたのことを心配してた。彼のことは心配してなかった。ブロックならちゃんと真実を見抜くってわかってたから。でもあなたのことは心配してた。あの女がどういう人間かわかってるから。これはまだ一幕目で、いまごろ彼女が自分の書いた脚本とにらめっこして、二幕はどうしようかって考えてるところだっていうのを、みんなわかってるのよ。背筋を伸ばして堂々としてて。ブロックはすぐに彼女の芝居に気づく。そして次の作戦に備えて警戒するはず。あなたは彼に調子を合わせていればいいのよ」

しばらくぶりにまたケンタッキーに逃げたくなってきた。

そして今回は、ブロックとジョエルとレックスを荷物に入れて、いっしょに連れていきたい。

わたしはエルヴァイラにさよならを言い、家のなかに戻った。と、ドアを入ったとたん、カミナリ・エリーに打たれた。

「『ラプンツェル』！」エリーが甲高い声で言う。わたしは心配をひとまず棚上げにして、彼女にほほえみかけた。

「『ラプンツェル』ね」

かくしてわたしは、ファーンの寝室で、お姫様ドレスのエリーを胸に抱えてベッドの足のほうに寝そべることになった。

ケイリーとケリーもあがってきて、床に腰をすえた。ジルとファーンもやってきて、ベッドのわたしたちのうしろで横になった。レノーラとローラは男性諸氏とフットボールを観ている。

『塔の上のラプンツェル』が終わり、『美女と野獣』が始まった。アニメ版でもそれ以外でも、わたしのいちばん好きな映画だ。

とは言え、たったいま感謝祭のご馳走を食べたばかりで、感謝祭法には、当該の正餐を消費した直後には意識を失うべしと記載されている。それゆえわたしは映画の途中で眠りこけた。

かくしてエリーが声をひそめるふりをしてじっさいにはかなり大きくささやいたところで、わたしは目を覚ました。「スリムおじちゃん！　おばちゃん寝ちゃったよ！」自分がうとうとしていたことに驚き、目をしばたたいた。ブロックの背後では『ムーラン』が映っている。彼はベッドのそばにしゃがみ、わたしが目を開いたときには、その手がわたしの首を温かく包もうとしているところだった。

「そろそろ行こうか、お寝坊さん」彼は優しく言った。「子供たちを連れて帰らないと」

帰る先はオリヴィアの家。

わたしはうなずき、エリーをぎゅっと抱きしめてからベッドから身を起こした。その後、いくつものハグとさよならを交わしているあいだじゅうなんとか心を落ち着けようとし、気がつくと自分の車の助手席に坐っていた。運転席にはブロック。後部座席には子供たち。来たときと同じだ。

男たちはフットボールについて話していた。

わたしは窓のそとを見つめていた。

わたしたちはチェリー・ヒルズ・ヴィレッジの豪邸の優雅な車回しに乗りいれた。オリヴィアの新しい夫は金持ちだとブロックから聞いてはいたが、ほんとうに金持ちのようだ。

「またね、テス」ジョエルが言った。

「またね、ハニー」わたしは後部座席のほうをふり向いてジョエルに言った。

「またね、テス。ペカンパイとパンプキンパイとチーズケーキをありがとう。フットボール観ながら食べたよ」レックスがお礼を言ってくれる。

わたしは彼にほほえみかけた。

「ぼくもケーキ食いたいって気分だった。三つも食べたよ。ありがと」ジョエルが言ったので、彼にもほほえんだ。

「お安い御用よ」わたしは優しく言った。「またね」

ふたりは手を振りながら降りていった。

「すぐ戻るよ、ベイブ」ブロックが言い、わたしが彼のほうを向いてうなずくのを待ってから車を降りて、子供たちのあとを追っていった。

わたしは彼を見送った。

オリヴィアが玄関前の階段まで迎えに出た。

わたしは見守りつづけた。

ジョエルとレックスがパパにハグをし、家のなかに消えた。オリヴィアは車のほうなど見もせずに、ブロックと話しこんでいる。ブロックはこちらを向こうとするけれど、オリヴィアが彼の上腕をつかみ、近づいたので、わたしのほうに顔を向ける前に、彼女に視線を戻した。

わたしは見るのをやめた。

ブロックがまた乗りこんでくる音がしたとき、わたしはドアの窓からそとを眺めていた。彼はアイドリング状態にしていた車のギアを入れ、バックで車回しから出る。彼がわたしの家に向けて車を走らせはじめても、わたしはずっと窓のそとを見ていた。およそ十秒後、彼の指がわたしの指をつつんでひっぱっていき、彼の太ももに乗せた。彼は静かに尋ねた。「だいじょうぶか?」

「ちょっと疲れただけ」嘘をついた。「食べすぎちゃったし」

「そうだな」彼は言い、わたしの手をぎゅっと握った。それ以上言葉は発しなかったが、わたしの手を離そうともしなかった。

ブロックはわたしを家に送り届け、ふたりは車を降りた。家にたどり着き、わたしがドアをあけてふたりでなかに入ると、コートを脱いで廊下のクローゼットに入れた。ブロックも上着を脱ぎ、ソファーに投げだす。

彼は冷蔵庫にビールを取りにいった。

わたしはアイランドシンクのところに行き、彼を見た。

「フットボールが観たいなら、どうぞ」わたしが言うと、彼は冷蔵庫からふり向いてわたしを見た。「わたしはここでしばらく本を読んでるから」

ブロックはあけた冷蔵庫の前に立ち、わたしの目をじっと見つめる。

なぜ彼がそうしているのか、理由はわかっている。

彼が子供たちと過ごす以外の晩は、わたしたちはずっといっしょにいて、毎朝隣り合わせで目覚めるのが常だった。

そしてふたりでいるときには、文字どおりいっしょだった。いっしょにテレビを観て、いっしょに映画を観て、彼がスポーツを観るときもいっしょだった。ふたりいっしょに目覚め、ベッドに入るときにもいっしょに入った。

わたしが上で本を読んでいるあいだ、彼がひとりで下の階に行き、スポーツ観戦をするなんてことはなかった。

ひょっとしたらゆくゆくは、この状況が変わるのかもしれないけれど、いまはこのままでいたかった。わたしは彼とともに過ごすのが好き。魅力的で、感じやすくて、抱き合ったりそばにいたりすると、とても心地いい。

そして次に起きたことから考えるに、ブロックもまた、わたしたちの関係を次のまた別の段階へ移行させるつもりはないようだった。

それがわかったのは、彼が冷蔵庫をしめ、アイランドシンクを回って、こっちに来たから。ブロックはわたしの手をつかみ、リビングルームへとひっぱっていって、ソファーに腰かけ、わたしを彼と向かい合う格好で膝の上にまたがらせた。

わたしがその位置に落ち着くと、彼はわたしの腰を両手ではさんで言った。「いいだろう、ベイブ。なにがあったんだ？」

「なんでもないわ、ただ――」嘘をつこうとしたが、彼がわたしの腰をつかむ手に力をこめ、それをとめた。

「おれは新しい仕事と、新しい家と、新しい家具と、新しい女を手に入れた。その女にはろくでなしの元夫がいて、いまにも襲いかかってくるかもしれないから、それにたいする準備をしておかなきゃならない。おれの親父は重病で、もう長くないかもしれない。そのことで、うちの家族はバラバラになってる。子供たちの様子がどこか変で、それについてもちゃんと調べなきゃならない。おまけにきょう、あばずれの元妻が感謝祭の席にいきなりあらわれて、いまの夫に裏切られているようだと知らせてきた。だけど彼女にとってそれはどうでもよくて、結婚届にサインするときからこの結婚は間違いだとわかっていたそうだ。彼女はさらにこう言った。いまの夫のときもおれのときも失敗した。だから目が覚めた。成長期の子供たちに安定した家庭を与えられていないということを思うと、これ以上時間を無駄にするわけにはいかない。彼女の言葉を借りれば、だからいろいろと思い悩んではみたが、感謝祭の最中ではあるけれども、おれに一刻も早く知らせるのが賢明だと判断したんだそうだ。おれとよりを戻して、また家族になりたいんだと。以上のことを考えれば、おれが腹の探り合いをするような気分じゃないってことはわかってもらえると思う。きょう、おれがやりたいのは、おれの女とビールを一本飲み、フットボールを観て、彼女をベッドに連れていき、いつもどおり彼女に優しくファックしてもらって眠りに落ちることだけだ」

わたしは彼の顔を見下ろし、それだけじゃない、ほかにもたくさん、めちゃめちゃたくさんあるでしょうと思っていたが、ここはひとつだけに集中することにした。

そして尋ねた。「あなたとやり直したいって言われたの？」

「ああ、そんな馬鹿な話があるかってことだけどね」

わたしはじっと彼を見下ろしつづけた。

そして口を開いた。今度は疑問形ではなかったけれど、疑問であることには変わりない。「やり直したいって言われたんだ」

彼の指がまたわたしのヒップに食い込み、彼は言う。「ああ」

「感謝祭の日にあなたのお母さんの家にいきなりあらわれて、あなたとやり直したいって言ったのね」わたしは詳細をつけ加えてもう一度くり返した。

ブロックは答えない。ただわたしの顔をじっと見ているだけ。

「なんて言ったらいいのわからない」じっさいわからなかった。砂のなかに首を突っこんでやり過ごそうとしていると言えばそれまでだが、人というのは愚かな真似をするものだ。わたしをレイプした元夫がいい例だけど、これは愚かを通り越して狂気の沙汰だろう。

「なにも言う必要はない」ブロックは言った。

「あなたはやり直したい？」わたしが尋ねると、彼はゆっくりとまばたきをひとつした。

そして訊き返した。「なんだって？」

「あなたは彼女とやり直したい？」もう一度訊いた。

「おれが彼女とやり直したいかって？」

「そう、やり直したい？」

ブロックは眉根を寄せ、指をわたしのヒップにまた食いこませてから尋ねた。「頭がどうかしたのか？」

「いいえ」わたしは答えた。「彼女は美人だし、あなたの子供たちの母親でもある。一度は結婚するくらい愛した相手でしょう。あなたがそとで彼女を抱きしめているのを見たわ。そのあと、家のなかに戻ってきたとき、なんだか葛藤しているような顔だった。いらだっているんでも怒っているんでもなく、迷っている顔だったの。だからそう、ブロック、頭がおかしくなったんじゃありません」

彼はむっと唇を結んでから、低い声で言った。「ベイブ、おれが彼女を抱きしめていたのは、息子たちの母親が嘘泣きをしているとき、最善の策としては、その場では調子を合わせてやってから、できるかぎり早くそばを離れることだからだ。だからそうした。そして今回もそんなふうに彼女と顔を合わせるに及んで、うちの息子たちにはこんな母親が母親なんだと考えた。言葉を変えれば、彼女はいきなりおれの家に押しかけ、ほかの女がおれのキッチンにいるのを見て、自分の玩具をとられたみたいに大騒ぎするような女であり、あらかじめ筋書きを練って感謝祭におれの母親の家の前にあらわれ、ひと芝居打つような女でもあるが、同時に息子たちの母親だ。だから葛藤してた。そしておれが悩んでいたのは、きみにいま話したような山積みの問題がほかにあるなかで、弁護士でもなんでも、必要な手段を探して、うちの息子たちが彼らの人生の大部分をあの女が垂れ流す酸に浸されて過ごすことがないようにしなきゃいけないと考えたからだ。さらにもしあの女の言うことがほんとうだとして、息子たちにしてみれば、自分たちの母親がろくでなしの亭主に裏切られているのを目の当たりにしなきゃならないってことになってるんなら、ひと月に四日だけなんてのじゃなく、息子たちにもっといい環境を与えられないかと考えていたんだ。で、話のついでだからきみに訊くが、優先すべきはどれだと思う？　きみときみのろくでなしの元亭主か？　死にかけてる親父とお互いに牙を剝き合ってるうちの家族か？　それともあの蛇女の巣に囚われたうちの息子たちか？」

ふむ。いい質問だ。

わたしは、このセクシーな彼氏にたいして自分はあまりに情けない恋人なんじゃないかという気がして、落ち着かない気分になった。

そろそろ自分を立て直すときだ。

「蛇女の巣に囚われた息子たち」わたしは答えた。彼がまたゆっくりまばたきをひとつしたのを見て、わたしは説明した。「デミアンがなにかしたら、そのとき対策を考えればいい。あなたのご家族はみんな大人だから、自分たちでなんとかできるはず。でもあなたの息子たちはまだ力がないから、あなたがなんとかしてあげなくちゃ」

彼がこちらを見上げたので、さらに続けた。

「自分勝手な反応しかできなくてごめんなさい。あなたの立場も考えるべきだし、そうするように努力するけど、わたしはやっぱり女で、女っていうのは男の人生に自分よりきれいな女がいると思うと、気になっちゃうものなのよ」この言葉に、彼はもう一度ゆっくりまばたきをしながらわたしのヒップをぎゅっとつまんだ。それでもわたしはもう言いはじめてしまっていたから、それを無視してそのままつっぱしった。

「あなたはセクシーだから、彼女もきっと美人なんだろうと覚悟をしておくべきだったんだろうけど、じっさいにどれほど美人か目の当たりにして、驚いてしまったの。さっき言ったように、そのあたりも努力して、気にしないようにするつもりよ。だけど、言い訳させてもらえば、わたしの経験から言って、最後にはうまくいかなかったってことになるとしても、あれほどの美人にノーっていえる男の人って、そう多くはないと思うの。そもそも以前あなたは言えなかったうちのひとりだったわけだし」

「テス――」彼が言いかけてもわたしはかまわず話しつづけた。

「それと、あなたは弟さんを説得して家に戻らせることができたけど、たとえいまは手いっぱいでも、ほかの問題のいくつかが解決したら、なんとか時間をつくって、彼ともっと話し合うべきだわ。お父さんのこととか、わたしのこととかじゃなく。お父さんのことは彼が自分で気持ちを整理するべきだし、わたし自身もそのうちきっと彼とうまくやれるようになると思ってる。だから、もしあなたがそのことで心配しているんだったら、その必要はないわ。でもレノーラのこととなると話は別。彼女はリーヴァイに恋しているの。優しくていい娘よ。だからもし彼が本気じゃないとしたら、ちゃんと別れてあげて、彼自身ももっと自分を見つめなおすべきだと思うの。あんなふうにデンヴァーじゅうの女の子の心を傷つけて歩くなんて、ちっともクールじゃない」

わたしが口をつぐんだとき、ブロックはしばらく無言でわたしを見上げていた。

しばらく沈黙が続いたあと、彼は尋ねた。「終わった?」

「そうね。ええ」

そして彼は訊いてきた。「オリヴィアがきみより美人だと思ってるんだ?」

わたしは眉根を寄せ、もう一度くり返した。「そうね……ええ」

ブロックはまたしばらく黙ってわたしの顔をじっと見ていた。

「ブロック――」言いかけたけれど、彼に遮られた。

「まいったな。きみには経験ないんだろう？」

「なんの？」

「駆け引きをした経験が」

わたしは少し考えてから答えた。「ないけど」

彼はかぶりを振り、口元を歪めてほほえむと、両手でわたしのわき腹をなであげながら引き寄せた。近づいたところでわたしは彼の胸に手を当てた。ブロックの腕がわたしを抱きしめる。

そして彼は言った。その優しい声が甘い調べになって部屋を満たしているのにうっとりするいっぽうで、彼の目が愉快そうに笑っていることに気づいた。

「わかったよ、スイートネス、むかっ腹が立つが、しかたがないから教えてやろう」

え？

わたしは身をこわばらせ首をかしげて、おそるおそる尋ねてみた。「なんについて？」

「オリヴィアみたいな女がする競争についてだ。とくに、あいつはなぜそうやっておれの気を引こうとしてるかということ」

そういうこと？　べつにおそれるようなことじゃなかった。むしろちょっと興味がある。

わたしはリラックスして彼の胸に身を委ね、言った。「どうぞ」

彼はまた口の端をあげてほほえみ、解説をはじめた。「いいか、オリヴィアのような女は、おれの家に入ってきて、キッチンに自分より美人じゃない女がいるのを見ても、大騒ぎしたりしない。意地悪なことを言ったりもしない。なんの反応もしないだろうな。おれがその程度のもので手を打ったんだと考えて満足し、その晩はにやつきながら眠りにつくだろう。かわいそうにあの男、第二志望の女で我慢するしかないって思ったのねって」

ブロックが語を切ったところでわたしはうなずき、彼は先を続けた。

「だけどオリヴィアは、自分より美人だと思える女を見たら、ヒステリーを起こして怒りだす。その瞬間に競争がスタートする。だから癇癪を起こしたり、意地悪なことを言ったりして、家に帰る車のなかでも、なんとかとり戻してやるってことだけを考えるようになる。そしてあれこれ策を巡らして、その結果おれは、オリヴィアにどんなふうに翻弄されたのか嫌でも思いだすって寸法だ。きょうおふくろの家の前にいたのは、まさにそういうオリヴィアだ。そしておれが彼女と会ったのは、前回もおれにあることを求めてきて以来だった。おれをとり戻したくてやってるわけじゃない。きみよりも自分が上だっていうのを証明してほほえみながら眠りたいがためにやっているだけだ。きみを引きずりおろし、自分はまだまだおれのことを操れるって確認することで自分がてっぺんにいるのを確かめて、満足したいだけなんだよ」

わたしは彼の目をまじまじと見た。

そして口を開いた。「わたしにはとても――」

彼はわたしをぎゅっと抱きしめ、その言葉を遮る。「テス、嘘じゃない。オリヴィアはたしかに美人だが、きみより美しいなんてことはない。ありえない。きみはそう思っているかもしれないけど、リーヴァイはきみを一目見て、きみを試そうとしただろう？」

ふむ。興味深い指摘ではある。

「だけど――」言いかけると、またぎゅっと抱きしめられた。

「ベイブ、マジな話、おれは職務にたいして真剣だったし、ダーラにかんしてはいやな思いを山ほどした。彼女が鼻から入れたり注射で打ったり口から吸ったりしてるものはとくに腹立たしかったが、眺めているのは別につらくもなかった。容疑者または情報源候補としてのきみとかかわるには、いくつもの方法があった。だけどきみを見た瞬間、きみとどんなふうにかかわりたいか決めるのに、一秒もかからなかった」彼はまた腕でぎゅっと抱かれた。「このきみを見た瞬間ってのは、ファイルのきみの写真を見た瞬間ってことだ。実物のきみを見たときのことは、きみ自身で思いだしてみるといい。おれのビールの誘いにきみがイエスと言ってくれるまで、どれくらいかかった？」

思いだしてみるまでもなかった。ブロック／ジェイクと出会ったときのことは、わたしの脳裏に焼きついている。わたしは焼き立てのカップケーキをディスプレーに補充していた。ドアの上に付けたベルが鳴り、顔をあげると、彼がわたしを見ていた。そこで彼はほほえみ、まっすぐにわたしのほうへ近づいてきて、カウンターにいたふたりの女の子を無視し、半ダースのスニッカードゥードルを注文すると同時に、ビールでも飲みにいかないかと言ってきたのだ。わたしの店に入ってきてからデートに誘うまで、おそらくは三十秒くらいだったと思う。

それはわたし史上最もクールな誘いだった。冗談めかさず、粋で、自信に満ち、落ち着いていた。

わたしがこれまで見たなかでもっとも美しい男だったということは言うまでもない。だからわたしは五秒もかからずにイエスと返事をした（これにはカウンターの女の子たちも驚くと同時に大よろこびだった）。

わたしは彼をじっと見た。

そこではっと気づき、口走った。「わたしのほうがオリヴィアよりきれいだって思ってるの？」

「ベイブ」彼はつぶやき、にんまりして、わたしをぎゅっと抱きしめたが、それだけだった。

うわ。彼、わたしのことオリヴィアよりきれいだって思ってるんだ。

「もっと鏡の前に立って、自分をじっくり見てみなくちゃね」わたしが言うと、彼のからだは笑いとともに揺れた。彼の腕は分かれて、いっぽうは下に行き、もういっぽうは上に向かって、わたしの髪に指を差しいれ、顔を引き寄せた。

「鏡を見るのは、あと回しにしてくれないか」わたしの唇を見つめながら言う。

「あと回し？」わたしはささやいた。彼の視線がわたしの唇に落ちているということは、さっき起きたことのせいでもあるし、部屋に漲る波動が変わって温かく親密な雰囲気が生まれているからだ。わたしには彼がなにを考えているかがわかった。

「ああ」彼がわたしの目を見てから、その手でわたしの頭を引き寄せるけれど、予想に反して少し横にそれ、ブロックが耳元でささやく。「食事のときにメープルバターミルクパイを食べて、フットボールを観ているときにチョコレートケーキも食べたが、まだなにか甘いものが欲しい。いま欲しい甘いものは、おれのテスだ」

頭皮がぴりぴりとうずくのを感じる。全身の素肌も、それ以外の三カ所も。

「いいわ」わたしはささやき、両手をふたりのからだのあいだから出して彼の背中に回し、上半身をぴったり押しつけた。

彼の唇はわたしの首筋を伝いおりて、またあがってくる。わたしが彼の膝の上で思わず腰をくねらせると、彼がまた耳もとに唇を寄せてささやいた。「きみの下のほうに顔を埋めるのが大好きなんだ、ベイビー」

わたしは身を震わせた。わたしもそれが大好きだから。でもそれと同じくらい（完全には匹敵しないけど）すてきなのは、彼がこうして耳もとでうなること。

「ブロック」わたしはささやいた。

彼の腕が背中をあがってきてしっかりと支える。そしてもういっぽうの手の指が、羽のように軽く、わたしの乳房の脇をなでている。そして彼はまたささやく。「きみのあそこほど甘いものを舐めたことがないよ、テス。生まれてこの方、一度も」

わたしは喉の奥のほうで呻き声を洩らし、彼の首筋の髪がカールしているところに唇を押しつけながらまた彼の膝の上で腰をくねらせた。

「濡れてるのか？」ブロックがわたしの首に唇を寄せながら訊く。

そりゃあもう。

「ええ」わたしはささやいた。

「そうか、だったら準備はいいな」

彼は顔を寄せながらわたしの頭を引き寄せ、激しく唇を重ねた。そして舌で口のなかに押し入りつつ、わたしを抱いたままソファーから立ちあがった。

わたしは彼の腰に脚をからめ、腕を肩に回し、あいているほうの手の指を彼の髪に差しいれた。ブロックはキスを続けながらわたしを寝室へ運んでいく。

そしてわたしはブロックに、甘いものをあげた。

そして彼はわたしに、もっと甘いものをくれた。

それからわたしたちは、もっとずっと甘いものを与え合った。

それが済むと彼はTシャツとジーンズをまた着こんで、わたしは寝間着と温かいソックスを身に着け、いまではわたしの寝室の隅に定位置を定めた彼の破裂したバッグのなかに手を入れて、彼のフランネルシャツのうちの一枚をとりだした。わたしがコンタクトレンズをはずし、眼鏡に替えるあいだに、ブロックは冷蔵庫からビールをとりだし、わたしには赤ワインを注いでくれた。そしてわたしたちは地下室のソファーで丸くなり、フットボールを観戦した。

わたしは彼の太ももに頭を乗せ、彼に髪をなでられたままうとうとした。ブロックがわたしをベッドに寝かせたときにまた目を覚ましたものの、彼が大きな胸でわたしを包みこみ、脚を絡めてきたところでふたたび睡魔に屈した。

眠りに引きずりこまれる前、最後に頭に浮かんだ考え――感謝祭はブロックの家族にまつわるほかのすべてと同じように、控え目に言っておもしろいものだった。

それでも、ブロックとふたりで過ごした感謝祭の夜は、とてもすばらしかった。いまだかつてないほどすてきな感謝祭の夜だった。

13

ブロックは片手をわたしの背中に回し、反対の手でわたしのお尻を支え、いったん引き抜いてから、またなかに入ってきた。わたしは声を彼の首筋で抑えながら、彼の髪をぎゅっとつかみ、もういっぽうの手の爪を立てて、彼の背中を滑りおろした。

彼はわたしの耳もとでうなる。わたしの男は、背中に爪を立てられるのが好きなのだ。そして彼はまたいったん引き、また入ってくる。

それをくり返す。

さらにもう一度。

わたしは顔をあげつつ、髪をひっぱって彼の顔もあげさせ、その唇を自分のほうへ引き寄せた。彼に突きたてられながら、激しく口づける。

そして彼の背中に爪を食いこませ、その腰に痙攣する脚を絡めながらあごをあげて、鼻にかかった声を出した。「ああ、ハニー、わたし――」

言葉が途切れたまま目を閉じて天を仰ぐ。彼がさらに速く激しく突いてくる。わたしは息をあえがせ、彼にしがみつきながらいった。

「目」ブロックがうなるのを聞き、わたしは震えるまぶたをあけ、焦点の定まらない目で彼を見た。「いくときはきみの目を見ていたい」彼が命じる。

「わかったわ、ベイビー」わたしはささやき、彼の目をまっすぐに見つめた。片腕と両脚で彼にしがみつきながら、あいている手でそのからだをまさぐる。肌を滑らせ、背中をなであげ、脇から回して親指で彼の乳首を強くこすったあと胸からお腹へとおり、わたしたちが結ばれている濡れた場所へ分け入る。彼がわたしのなかに入っているのを、内側からだけじゃなく、外側からも感じる。「ああ、すごくすてき」

「テス」彼がうなる。

わたしは唇で彼の唇にふれ、見つめ合ったままささやく。「たまらなくすてきよ、ベイビー」

彼は首をかしげ、わたしに深く口づけながら彼のコックを深く埋め、わたしの喉の奥へと解放のうなりを放つ。

ええ、ほんとにすてき。

彼はそのまま唇を離さない。そして復活すると、またキスをしながら抜き差しをはじめる。深いけれど柔らかく、優しい感じ。わたしは彼を強く抱きしめ、キスを返す。それから彼はわたしの唇を解放し、奥まで深く突きたてながら、唇でわたしの首筋から耳へとたどった。彼はわたしをぎゅっと抱きしめ、腰を大きく突きあげながら耳もとでささやく。「こんなにスイートなここは初めてだ」

わたしは彼の腕のなかで身を震わせた。

それから彼は引き抜き、わたしを彼の部屋のバスルームの洗面台からおろした。ブロックはさっきわたしが歯磨きをしたあとに水道をとめる音を聞きつけて入ってくると、ドアをしめ、この家のなかで彼の息子たちがわたしたちの営みの声を聞くことができない唯一の場所（じっさいそうであることは祈るばかりだが）で最大限の肉体的接触を試みるべく誘ったのだ。かくしてわたしは洗面台に坐り、両腕と両脚でブロックにしがみつくという格好で、生まれて初めてバスルームでのオーガズムを経験するに至った。

崇高とも言えるほどのすばらしさで。

けれど床におろされてから、ブロックがそのまま今度はわたしを鏡のほうに向かせたので、わたしは驚いた。彼はわたしを前に倒して、洗面台に押しつけた。彼の手はゆっくりとわたしの肋骨を、お腹をなで、真ん中でクロスしてから、ヒップをなでおろす。驚きに目を瞠ったまま鏡に顔を向けると、彼の視線はすでに鏡のなかにあって、彼自身の手の動きを追っている。次の瞬間、わたしは自分の髪が乱れ、ほおは薔薇色に染まり、目は相変わらずぼんやりとしているのに気づいた。そして彼の手は依然として、わたしがまとったままファックをしたアメジスト色のシンプルなミニ丈のシルクの寝間着をなでている（これもまた〈ニーマン・マーカス〉で買ったものだ。最初に〈ノードストローム〉で買ったものほど贅沢ではないけれど、けっして安くはない）。

彼の表情を見れば、これを気に入っているのがわかる。

もっと言えば、昨晩彼が最初にこれを目にしたときの表情を（そして行動を）見れば、それはとっくにわかっていた。

ひと言で言えば、彼の息子たちが家にいるときにはセックスしないという掟を破ってしまうほどだった。昨晩はとても遅い時間で、子供たちが眠っているのは明らかだったが、それでもブロックはわたしの声を彼の口でふさいだり、彼の声をわたしの口やわたしの首筋で抑えたりする注意を怠らなかった。

そして今朝は、ここバスルーム。

「おれにこれを見せてくれるために、カップケーキをいくつ売らなきゃならないんだい、ダーリン？」ブロックが尋ね、わたしは視線を、鏡のなかでわたしをなでている彼の手から、彼の目へと移した。

「あなたの部屋で過ごした最初の晩にご馳走してあげた豪華なやつよりは少ないけど、綿菓子色のアイレットレースのやつよりは多いかしら」わたしは答えた。

彼はわたしを見てにんまりする。「綿菓子色のアイレットレースのやつ？」

「わたしたちが最初に過ごした晩に着ていたやつ」

「ピンクのか？」

彼は覚えていた。

驚いた。

彼ったら覚えている。

「綿菓子色よ」わたしは小さな声で正した。

彼のにんまりした笑いが優しいほほえみに変わり、なぜだかわからないけれど、そのほほえみはわたしのお腹にずっしりとどまった。

ブロックはわたしをおもしろいと思っている。美しいと思っている。いっしょにいるときはいつでもそばにくっついていようとする。ライオンが吠えればわたしとライオンのあいだに割って入ろうとする。わたしが亡霊と戦うのを助けてくれようとする。彼にはふたりのすばらしい息子がいて、ちょっと変わってるけど愛情あふれる家族がいる。彼はセクシーな肉体を有し、優しくふるまうことができて、しかも最初にわたしのベッドで過ごした晩にわたしが着ていた寝間着の色を覚えている。

わたしは鏡越しに、彼の温かくほほえむ水銀色の目を見つめたけれど、わたしのほうはほほえんでいなかった。

わたしは探していた。

でもそれはもうなかった。

「ないわ」わたしがささやくと、彼のほほえみは消え、眉間にしわが寄った。彼の腕はわたしの口調に刺激されたように、わたしをぎゅっと抱きしめる。

「なにがないんだい、ベイビー？」

わたしは鏡越しに彼と目を合わせながら、まだ彼の肉体を背中に感じている。ここでわたしは鏡に背を向け、彼に抱えあげられた。わたしは反射的に彼のからだに四肢を回し、ブロックはわたしを抱えたままバスルームを出る。寝室へ入り、彼はベッドに片膝を突くと、からだをひねる。頭を枕に預けて横たわったところに、わたしの男が覆いかぶさってくる。

ブロックはなにも言わないけれど、その目はわたしの表情を探っていて、わたしはおとなしくそうされていた。

わたしの探索のほうは、いくつもの感覚を使う。

指で彼の顔にふれ、その肌をなでる。ひげの伸びかけたあご、唇、こめかみ、濃い眉毛をかすめてから両手を滑らせ、肩口のところで首の両側を包むようにしてまた彼の目を覗き込んだ。

「わたしのワイルドな男」わたしはささやいた。「わたしの蛇使い」

彼は目を閉じ、顔をわたしの首筋に埋めてうなる。「ファック、テス」

わたしは首を巡らせ、唇を彼の耳に近づけた。嘘も、仮面も、ごまかしも、駆け引きもない。ただ心をささやきつづけるだけ。「愛してるわ、ブロック」

彼はわたしの肌に唇を寄せたままうなり、それから顔をあげた。そして両手をわたしの脇腹のシルクの上に滑らせ、脇の下をなでて両手を挙げさせる。彼の手はそのまますっと上までたどり、最後にわたしの手と指を組み合わせて、頭上の枕の上に押し付けた。

そして彼は尋ねた。「おれのスイートなテス、きみをいったいどうしたらいい？」

「あなたのものだから……好きにして」わたしは答える。

彼は指でわたしの指をぎゅっとつかみ、首をかしげてキスをした。深く激しく、甘く濡れていて、そしてなにより、信じられないくらい美しいキス。

わたしは背をそらし、彼はわたしの両手を離す。わたしは彼をあおむけに転がし、今度は彼が下に、わたしが上になり、彼の手がわたしのお尻をつつんだ状態で互いに愛撫し合った。

ちょうどそのとき、ありえないタイミングで、玄関に大きなノックが響いた。

わたしははっと顔をあげ、ブロックは指をわたしのお尻に食い込ませながら不機嫌になった。「ったく信じられん」

同感。

わたしたちは動きをとめ、待った。するとまたノックが響いた。

「くそっ」彼は言い、片手がわたしのお尻を離れ、髪に差し込まれる。ブロックがわたしの頭を引き寄せる。「だれかはわからんが、息子たちが起きてきたら困る。すぐ戻るよ」

わたしはうなずいた。彼は頭をあげ、唇をふれあわせてからわたしをゴロンと転がしてベッドからおりた。彼が床に落ちていたジーンズを拾いあげ、それをはいているとき、またノックが聞こえてきた。彼は床からTシャツを拾いあげ、大股にドアに向かいながらTシャツを頭からかぶる。ジーンズの前はまだあけたままだ。

ったく、わたしの男は、なんてセクシーなの。

寝室のドアがしまり、わたしは彼の枕を引き寄せて抱きしめ、匂いをかいだ。枕に彼の髪の匂いがした。コロンでもアフターシェーブでもない、純粋なブロックの匂い。

わたしはにんまりした。

そしてベッドからおり、バスルームに行って、からだを洗いながらきょう一日の予定を考えた。

いや、わたし自身がきょう一日をどれほど愉しみにしているかを考えた。

きょうは感謝祭のあとの土曜日。ブロックはきのう三時に子供たちを迎えにいってきた。木曜も金曜も学校は休みだったのに、なぜオリヴィアが息子たちを預けっぱなしにしてくれなかったのかは謎だ。ブロックに尋ねてみると、彼は質問で応えた。「あの女がなにかする理由がわかると思うか?」その質問にたいする回答が、わたしはまったく思い浮かばなかったし、彼の答え方から考えて、これ以上その問題を追及しないほうがよさそうだと判断した。

わたしたちが子供たちと丸一日いっしょに過ごせるのは日曜一日だけだったので、わたしは前夜から来て夕食をつくり、一晩泊まった。子供たちがいっしょに過ごすことをどう受けとめるのかを見極めるつもりだった。

そしてこの日はいっしょにクリスマスの飾りつけとツリーを買いにいき、ブロックの家のツリーと室内を飾ってから、もう一度ツリーを買いに出かけて、それをわたしの家へ運び、そこでも飾りつけをする予定だ。

子供たちといっしょに。

わたしはすでに、自宅のクリスマスの飾りを出して準備しておいた。

ふたつのクリスマス。

よろこびも二倍。

もう、愉しみで待ちきれない！

わたしは布巾を洗い、洗面台の縁に広げた。そしてそれを見つめた。

シーツと同じネイビーブルー。両方ともわたしが買ったものだ。

壁のホルダーに立てたわたし専用の歯ブラシに視線を向けた。それからシャワーに置かれたわたしのシャンプーとコンディショナーとバスウォッシュに目を移した。わたしはここでブロックの使うブランドを確認し、それを買ってわたしの家のシャワーに備えておいた。わたしの家には彼の歯ブラシもある。

身を乗りだし、洗面台の上のキャビネットをあけた。

わたしの洗顔料。わたしのボディローション。わたしの保湿液。わたしのコンタクトレンズ用液。わたしのデオドラント剤はブロックのものの隣に置かれている。

彼のデオドラント剤にかんして、わたしも自宅で同じようにしている。彼の好きなブランドを買い、わたしのキャビネットに納めてある。

すべてがいとも自然にこういう形になった。どちらが命じたわけでも相談したわけでもない。ブロックがわたしの家へ来て、彼が使っているものが備えてあると、それについてなにか言うでもなく、次回からはもってこなくなる。彼は服だけはもってくるけれど、しばらくはもつように一度に大量に運ぶ。わたしが彼の家へ来ると、洗面台にまだパッケージに入ったままの新しい歯ブラシが置いてある。これが意思表示。その次の回、彼のところへ来たとき、わたしはバスルームに自分のものをストックした。彼はなにも言わなかった。わたしがジム用の大きなバッグにいっぱいのワードローブを詰めてもってきたときも、彼はなにも言わなかった。彼がわたしの家でしているように、それを部屋の隅に置き、そのまま置きっぱなしにする。ローテーションで入れ替わるとき以外は。

わたしはまたにんまりした。

やっぱりいなくなってる。わたしのお腹のなかにいたあれが、すっかり消えている。

この、別の種類のワイルドが気に入った。ここならば安らいで落ち着けそうだ。

キャビネットの扉を閉じ、床に落ちた下着を探し、かすめ取って身に着けた。

そのあと寝室に戻り、ブロックが玄関に出てからずいぶん経つと考えていた。コーヒーでも淹れにいったのだろうか。それとも子供のどちらかが目を覚ましてしまったとか？

わたしはしばらくジレンマに襲われていた。やがてナイトスタンドに歩み寄ると、眼鏡をかけ、ブロックのクローゼットのところへ行って、彼のフランネルシャツのなかから一枚を選んだ。着古して柔らかくなったバーガンディ色のシャツ。袖を通すと、からだがすっぽり包まれた。

ガウンではないけれど、たいていのガウンよりはからだを隠してくれる。子供たちのどちらかに出くわしたら、急いで寝室にひっこみ、服に着替えればいい。

袖をめくりあげ、寝室を出て、踊り場に行った。

そこでブロックの険しい口調が耳に飛びこんできて、思わず足をとめた。

「いいか、彼女はすぐ隣の部屋にいるんだぞ」

それにたいして、声をひそめてはいるけれど怒りのこもった激しい言葉が返る。

「だったらなんだ？」そして「いいかげんにしろよ、スリム。これじゃブリーのときとおんなじじゃないか」

リーヴァイだ。

ブリーってだれ？

「口を出すな」ブロックがうなる。

「口を出さずにいられると思うのか？　兄貴がまた山ほど問題を抱えた女に出会って、そいつを解決してやるって思いながらずるずると引きずられて正気を失っていくのを、黙って見てろって言うのか？」

わたしは息をのみ、壁に手をついた。

「リーヴァイ」

「ごめんだね、スリム。ぜったいにお断りだ。もう一度思い出させてほしいのか？　だったら言ってやるよ。ブリーはレイプされた。それはしんどかったはずだ。おれだってわかる。ひどかった。残酷だった。くそっ。スリム、いっしょに彼女の病院に駆けつけたんだぞ。おれだって、兄貴とおなじように、彼女の姿を見た。彼女がめちゃめちゃになったところを見たんだ。あごはワイヤで固定され、歯は折れて、まぶたが腫れて目もあけられなかった」

その言葉にわたしは目をつぶったが、リーヴァイがさらに続けた次の言葉に動揺して、また目をあけた。

「それで兄貴はやっきになった。犯人のくそ野郎を捕まえるために、危うく職まで失いかけた。その気持ちもわかるよ。やがてブリーは自分の対処法を見つけた。針をつかうやつだ。彼女はヤクを多量に腕に打ちこんでほんとうに死んでしまうずっと前に、もう死んでいたんだ。元カノが過剰摂取で死んだら、どうする？　兄貴は警察を辞めて麻薬取締局の仕事に就き、家族はだれもあんたに会えなくなった。あんたは潜入捜査官になって、麻薬撲滅のためにクズみたいな連中のなかに身を置き、時間を巻き戻してブリーを生き返らせようとしていたんだ。言っとくけどそんなのは不可能なんだよ。命を失いかけたのはブリーじゃない。彼女はもう死んでる。兄貴が命を失いかけたんだ。母さんも、ジルも、ローラも、この際だからはっきり言うが、ついでにこのおれも、兄貴があの仕事をしているあいだは、夜もろくに眠れなかった。いつ悪い知らせが来るんじゃないか、気が気じゃなかったんだ」

「だったらもう寝不足になる心配はないよな、リーヴァイ」ブロックが低い声で言った。

「ああ、そうだな。スイートなテスと彼女がつくるケーキが兄貴の人生に入りこんできたんだから」

わたしは踊り場の壁のそばに行って、過呼吸にならないように努力した。

「言葉に気をつけろ」ブロックがうなる。

「気をつける?」リーヴァイが訊いた。「自分の妻のためにもしなかった。それはまあいいよ、おれだってあんなあばずれのためにはなにもする気にならないからな。だがあんたは自分の息子たちのためにも、あの仕事を辞めようとはしなかった。だが不安げなまなざしをしたテッサ・オハラとつきあいはじめたら、あんたはなにをした?」一瞬間があり、それから、「いやいい。あんたの答えはでたらめだからな、息の無駄だ。ローリーがあんたから聞いて、おれはローリーから聞いたんだが、兄貴はあの女とよりを戻せるかどうかまだわからないうちに、麻薬取締局を辞める方法を探っていたっていうじゃないか。彼女に集中して、オリヴィアにも、それに実質的には自分で自分を殺したようなブリーにも与えられなかったものを与えるために」

わたしの心臓は高鳴り、脚が震えはじめた。

リーヴァイは続けた。

「それだけじゃない。あんたはオリヴィアに金をむしりとられて以来ずっとあのアパートメントに住んでいた。ところがとつぜん」——また間があり、わたしの想像のなかでリーヴァイは腕を振りまわした——「〈テッサのケーキ〉のスイート・テスに気に入られるように、スイートなコンドミニアムにお引っ越しだ。いまや中流階級のコンドミニアムに住む殺人課刑事か。五カ月前、兄貴は死の願望をもつ麻薬取締局捜査官だったが、少なくともそのときは使命をもっていて、それはすべて彼女のためだった。ファック、おれは自分の兄が新しいディッシュタオルを手にして新しいアパートメントのキッチンに立っているのを見て、これはいったいだれなんだろうと思っている。なぜならその兄は、自分自身をすべてなくしているからだ。また女のために。今度は、すばらしいパイオツをもつ、不安げな目をしたはかなげな女に」

そのときわたしは動いた。なぜなら、自分でもなにかわからないものが急にこみあげてきたからだ。いままで感じたことがないものだった。なにも。でもたしかにそこにあって、わたしは自分の行動をコントロールできなかった。

だからただ動いた。

すばやく。

ルーカス兄弟のとげとげしい雰囲気のなかを進み、ブロックがなにか低い声で言い返しているあいだに、わたしは階段を駆けおり、大股の三歩でキッチンへの階段にたどりつき、駆けのぼった。

ブロックの目がわたしを見て、唇を結んだ。リーヴァイも兄の視線の先に顔を向けた。

わたしはリーヴァイを無視して、まくしたてた。

「信じられない、い、い」わたしはブロックに言った。

「テス――」

わたしは首を振り、彼のそばに行った。その胸に両手を置いて、どんと押す。彼は一歩うしろにさがり、驚いたように手をあげて、わたしの両手首をつかんだ。

わたしはもっとそばに行って、つま先立ちをして、顔を突きあわせて言った。

「言ったでしょ。わたしのために変わってほしくないって」

ブロックの顔が優しくなり、彼はささやいた。「ベイビー」

「いいえ」わたしはまた首を振り、手をひっぱって彼の手をふりほどこうとしたけど、うまくいかず、あきらめた。「わたしはあなたに、あなた自身でいてほしいだけなのに。だって、あなたを好きになったとき、わたしは……」わたしはもっと顔を近づけた。「あなたの……」もっと近くに。「名前も知らなかった」

彼はわたしの手首を放したけど、そうしたのは両腕でわたしをつつむためだった。今度はその腕をひっぱったけど、びくともしなくて、彼がささやいた。「テス、ダーリン――」

「いいえ、だめよ、ブロック。錆びてぼろぼろの階段を命懸けでのぼらなくてもいいようなアパートメントは、わたしには必要ない。わからないの？　わたしは火のなかだって歩いていく。その先にあなたがいたら」

「なに言ってるんだ」リーヴァイがあえぐように言い、ブロックは目をしばたたいていたけど、わたしは別のゾーンに入っていた。完全にムカついた陶酔境で、もう引き返せなかった。

「もしあなたが危険な仕事でわたしと離れることになったら、それは最低だし、正直言ってものすごくいやだけど——だってあなたと離れていた三カ月間でもうたくさんだと思ったから。でももしそれがあなたにとって大事なことなら、わたしはなにも言わない。対処する。なぜならあなたが信念をもってやっていることだとわかるし、最終的にはわたしのところに帰ってくる。それだけでわたしにはじゅうぶんよ」

彼の手に力がこもり、わたしをぎゅっと抱きしめた。その目はものすごく熱く、溶けた水銀色で、彼はささやいた。「ベイビー」

「あなたがブロックでもいい。ジェイクでもいい。エロール・ファッキン・フリンでもなんでもいい。なぜなら大事なのは、わたしにとってあなたはただひとりの男性なのよ。わたしは悪い男を経験した。最悪のやつを。だから見ればいい男はわかる。そしてその人が自分自身でいられるのが、わたしにとっては大事なことなの。わたしが望むような人間になるのではなく」

「テス――」

「いいえ、わたしは――」

「テス――」ブロックがうなるように言った。

「いいえ、まだ終わってないのよ――」

「テス」彼は鋭く言って、片手を動かしてわたしの口を覆い、顔と顔を近づけた。

「黙れ」

わたしはブロックをにらんだ。

彼はその視線を受けとめ、わたしをじっと見つめた。

それから目をきらきらさせ、訊いた。「エロール・ファッキン・フリン？」

「おもしろくない」彼の手で口を押さえられたまま言ったので、声がくぐもってしまった。

ブロックは吹きだし、わたしの口から手を放して、また両腕でわたしを抱きすくめ、笑いながらわたしの首に顔を押しつけた。

「ぜんぜんおもしろくないわ、ブロック」わたしは彼の背後の壁に向かって言い、両手で彼の肩をつかんで押しやろうとした（けどうまくいかなかった）。

彼は頭をあげて、まだくすくす笑いながら、わたしをぎゅっと抱きしめた。

そして訊いた。「二分間黙っておれの話を聞いてくれるか？」

「いいわ、でもその答えは、わたしをムカつかせるようなことは言わないほうがいいという警告つきよ。さもないとクリスマスをキャンセルするから」

彼はからだを前後に揺するようにして、その目を輝かせていたが、賢明にも、あきらかにおもしろがっているということは、言葉にしなかった。

「わかった」彼は言ったけど、喉をつまらせたような声だった。

「二分間よ」

「わかった」彼はにやりと笑ってわたしを見て、またもごもご「わかった」と言った。そして言った。「よしベイビー、駆け引きもなし。ごまかしもなし。嘘もなし。きみとよりを戻してから、おれはずっときみのルールでプレーしていた。言っただろう。麻薬取締局《DEA》での仕事でおれはまずい状況になり、デスクワークに回されそうだったと。あれは嘘じゃなかった。きみに言わなかったのは、ほかの選択肢があったということだ。上はおれをLAに転勤させようと考えていた」

その言葉にわたしのからだがこわばり、彼の腕にも力が入った。

「だが、おれの家族はデンヴァーにいる。子供もデンヴァーいる。それにそうだ、きい、みもデンヴァーにいる。息子たちは大きくなっている。いまのところ犯罪もそれほどひどい状況じゃない。おれは決断しなければならなかった。すべてを、息子たちも、それにきみも置き去りにして転勤するか、デンヴァー市警に就職して、おれの死体が路地で発見される可能性はあまりなくなる仕事に就くか。それともデンヴァーに残り、息子たちの世話をして、きみと関係を深めるか。嘘はつかない。選択肢を考えたとき、きみのことを考慮に入れたから、きみがおれの決心の理由の一部なのは間違いない。だがおれがその決心をしたのは、きみがそれを求めているからではなく、潮時だったからだ」

「それならいいわ」わたしが言うと、彼はにやりと笑った。

そして言った。「あのアパートメントを買ったのは、結婚していたとき、オリヴィアは医院の受付のパートをしていたからだ。あいつはあまり優秀じゃなかったし、あのブルドッグのような弁護士におれから金を巻きあげさせる以外、なんの技能もない。おれがあまり本気で争わなかったのは、子供たちがその巻き添えになるとわかっていたからだ。あいつらを両親の泥仕合に巻きこみたくなかった。それに、肝心なのは、オリヴィアはおれの息子たちを育てるのに金を必要としていたということだ。だからおれは、子供たちがましなところに住めるように自分はひどいところに住んだ。おれは自活し、オリヴィアは二年前男を見つけた。それからはあいつが要求してくる以外の金を渡すのをやめた。だがあのアパートメントを引っ越す時間も理由もなかった。じっさい、あそこに住んでいたことで潜入捜査のカバーを強化できたし、そのあいだに金を貯めることもできた。その仕事を辞めて、オリヴィアに搾取されなくなったら、あのアパートメントに住みつづける理由がなくなった。彼女を連れこむのにも、息子たちを泊めるのにも、いい部屋ってわけじゃなかった。それに正直言って、おれもあの部屋がいやだったんだ。これはチャンスだと思って、引っ越した。話はそれで終わりだ」

ふむ。

もしかしたらわたし、過剰反応してしまったのかも。

でもそれは口に出さなかった。ただ、ブロックの目を見つめた。

ふたたび彼の腕にぎゅっと抱きしめられ、その唇がぴくぴくしているのがわかった。

わたしが過剰反応してしまったかもと思っているのがわかっている。

まったく。

彼が訊いた。「なあ、あしたについての提案だ。おれと息子たちといっしょに新しいトラックを見にいこう。暖房は効かないし、タイヤ交換が必要だし、もうすぐ冬で、あのトラックに金をつかっても焼け石に水だ。もしおれが新車を買ったら、わめき散らすのか?」

「わたしはわめき散らしてなんていません」わたしは言った。

彼は頭をさげてわたしの頭につけた。「ベイビー、きみは階段を駆けのぼってきて、おれの肩に手を置き、正気を失った。だまらせるために口を手でふさがなければならなかった。もしあれが〝わめき散らす〟でなかったら、なにがわめき散らすかわからない」

ほんとだ。わたしにもわからない。わたしは彼を押しのけた。

よくない。

「わたし……」息をのんだ。「あれはよくなかった。自分がどうしてあんなことをしたのかわからない。あなたを突きとばすべきでもなかった」

彼のからだがふたたび揺れはじめて、わたしをどうしたらいいのかわからないという感じで、首を振った。でも幸いなことに、その首の振り方は、わたしのことをものすごくかわいいと思っているような振り方だった。

「ダーリン」彼は低い声で言った。「おれはきみのからだが好きだよ。どこもかしこも柔らかくて、曲線で、きみが腕力でおれに勝てるわけがない。たとえわめき散らしている最中だとしても。おれを押しのけたのは、おれを傷つけようとしたわけじゃない。そんなことはできないとわかっているはずだ。きみはムカついていて、おれの気を引きたかった。それはちがうことだ」

「それでもよくなかった」わたしは小声で言った。

「いつもやるようになったら困る。いつもやるのか？」

考えてみた。そして言った。「ええと……記憶によればそんなことないわ」

ブロックはまた吹きだした。

わたしはなにもおもしろいと思わなかったから、また彼をにらみつけた。

「あの……いいかな」リーヴァイが言った。

わたしのからだが緊張した。ブロックは笑うのをやめて、わたしの肩の向こうに目を遣った。

まったく。リーヴァイがいることを完全に忘れていた。

ブロックが口を開いたとき、その声にはまったく感情がこもっていなかった。「おれとおまえは話し合わないとな」

まずい。

わたしはブロックの腕のなかでからだをひねり、彼は片腕は放したけど、反対の腕でわたしを自分の脇に押しつけ、その姿勢のままリーヴァイと目を合わせた。リーヴァイは両手をあげて、思慮深そうなはしばみ色の目でわたしを見た。

そして兄のほうを見て、手をおろした。「おれの思いこみだったと思う」

「思う?」ブロックは皮肉な口調で訊いた。

「おれは――」

「おまえはいつもそうだ、リーヴァイ。よく考えずに思ったことを口にする。もしおまえが二分間おれにくれていたら、テスにしたのとおなじ説明をしていた」

リーヴァイは唇をぴくっとさせて、兄に言った。「あんたはその二分をもらう前に、彼女の口をふさがなくてはならなかったんだぞ、スリム」

「わかったよ、今度おまえが生意気な口をきいておれをムカつかせたら、おれが言い返せるようにおまえの口をふさぎたいという衝動のまま行動することにする。それでいいか?」

ふむ。リーヴァイが謝っても、ブロックは水に流す気はないらしい。

そろそろわたしがあいだに入ったほうがよさそうだ。この騒ぎの真っ只中にジョエルとレックスがあらわれなかったのはついていたけど、長引けば長引くだけその危険は増す。

それでわたしは言った。「レノーラはあなたに夢中よね」

リーヴァイは兄になにか言い返そうと口を開いたところだったが、ぎょっとして口を閉じ、わたしを見た。

わたしの背中に回されたブロックの腕に力がこもる。

「は？」とリーヴァイ。

「まったく、ファック」ブロックがつぶやく。

彼を見ると、天井を仰いでいた。

しかたがない。もう言ってしまったのだから。

わたしはリーヴァイを見た。

「レノーラはあなたに夢中なのよ」とくり返す。

彼はゆっくりと目をぱちぱちさせた。

いやだ。お兄さんそっくり。

彼が訊いた。「彼女がそう言ったのか？」

「女どうしならわかるのよ」わたしはリーヴァイに言った。

「女どうしならわかる」彼はオウム返しした。

わたしは肩をすくめた。

彼はわたしをじっと見ている。

まったく。もっとなにか言わないと。

「わかったわよ。たぶんあなたたちは気がついていないでしょうけど、彼女が感謝祭に着てきた服は……とてもよかった。よく似合っていた。それはいいことよ、もしあなたが」――わたしはいったん言葉を切り、意を決して続けた――「彼女に気があるのなら。彼女は若いけど自分を、自分に似合うものを知っている。女の子の多くは二十代、ともすれば三十代もそれで苦労する。彼女はもう自分のスタイルを見つけている。すごいことよ」

リーヴァイはふたたび目をぱちぱちさせた。

わたしはとまらなかった。

「とにかく、わたしが言いたいのは、彼女の服はよかったけど、よすぎではなかったということ。いい印象を与えたいけど、自分がどれほど美人か、どれほどナイスバディかということを、押しつけないように。ところで彼女は美人だと思うでしょ？」

リーヴァイは兄のほうを見て、わたしは話を続けた。

「もちろん思ってるわよね」

彼はわたしに目を戻した。

「連れてきたんだから」わたしは言った。「つまり、彼女はあなたの家族にいい印象を与えたかった。感謝祭はあなたとの関係を一歩進める機会だと思っていた。でもそれだけじゃない。あなたの一部になること、あなたを反映することもある。彼女はあなたの代表としてあなたの家族によく思われたいと思っていた。だからけばい服はなし。胸の谷間も。酔っ払うのも。きちんとして上品に。彼女はあなたを大事に思っていて、あなたが彼女を選んだということが、あなたについて物語っている」

リーヴァイはわたしをまじまじと見つめた。

そして訊いた。「そういうことすべて、服から知ったのか?」

「ええと……」わたしはためらった。「そうよ」

ブロックのからだがふたたび揺れはじめ、見ると彼は自分の裸足の足を見つめていたが、その顔はほほえんでいた。

「だからといって、彼女がおれを好きだということにはならないだろう、テス」リーヴァイが言ったので、わたしは彼に目を戻した。

「そうね」わたしは同意した。「彼女にとってあなたはなにかの意味があるということにはなる。わたしが彼女があなたに恋しているのだと思ったのは、あなたがわたしを詰問したときよ。家族全員があなたにムカついていたとき、彼女はあなたに近づいた」

リーヴァイのからだは目に見えて固まった。

わたしは静かに言葉を継いだ。「あれは無意識だった。あなたはムカついて、〝ルーカス大部隊〟と敵対した。そのとき彼女はあなたから距離を置いて、見捨てたりしなかった。あなたの怒りにおびえたりあきれたりすることもなかった。それにためらわなかった。彼女はあなたに寄り添って、あなたの背中を守ったのよ」

「そんな」リーヴァイはささやいた。わたしの顔を食いいるように見つめている。

「優しいし。思慮深くて。礼儀正しい。すばらしいスタイルをもってる。それにあなたに夢中よ」わたしはそっと言った。「もしあなたが彼女にたいしておなじように感じないなら――これはわたしが言うことじゃないし、あなたを怒らせるつもりはないけど、女どうしの連帯のために言うわね――彼女を手放してあげて。彼女があなたに夢中なように彼女に夢中になるだれかと出会えるように」

わたしはリーヴァイの視線を受けとめた。彼は目を閉じ、顔をそらした。

あーあ。

とは言え、せっかくはじめたんだから最後まで言ってしまおう。

「リーヴァイ」わたしは彼がこちらを見るまで待った。「これも、女どうしの連帯のために言うけど、もしあなたがその献身的な愛情と忠誠を女性に与えて、彼女が善良な女性だったら、残りの一生の毎日、最期の息を引きとるまで、けっしてそのことを後悔することはないでしょう」

ブロックの腕が痛いほどにきつくなり、彼のからだの前にわたしを張りつけるようにした。リーヴァイはわたしと目を合わせたまま、目をそらさなかった。

彼がなにも言わないので、わたしは小声で言った。「ごめんなさい。出過ぎたことを言ってしまって」

「いいんだ」リーヴァイがようやく口を開いた。「うちの家族はだれでも言いたいことを言う権利がある」

わたしは唇を開いた。お腹がじいんと温かくなり、わたしはとろけるようにブロックにくっついていった。

「リーヴァイ」ブロックが言い、リーヴァイは兄を見た。

大きく息を吸った。

そして言った。「兄貴がおせっかい焼きの彼女の機嫌を損ねなくてよかったよ。クリスマスをキャンセルされたら最悪だからな」

わたしはにやりと笑った。

「テスはしない。彼女がおれにムカついていられるのは最長で五分間だった。それはおれが麻薬取締局の仕事で彼女をだましていたと思ったときのことだった」ブロックは言った。

「よかったな、スリム」リーヴァイが言った。

「だろ」ブロックがつぶやく。

ああもう男って。

わたしは口をはさんで、リーヴァイに訊いた。「子供たちといっしょに朝食を食べていかない？」

彼はわたしを見た。「なにをつくるんだ？」

「フレンチトーストのキャラメル・シナモン・アップル添え」

リーヴァイはまたゆっくりと目をぱちぱちさせた。

「ブロックの好物なのよ」彼がなにも言わず、明らかに信じられないという感じで見つめてくるので、わたしは説明した。

「あ……そうだな、そりゃ好物だろう」リーヴァイは言って、ブロックのほうを見た。

「いつもそんな料理をつくっているのか？」

「おいおい、こいつはベーカリーをやってるんだぞ」ブロックが答えた。

リーヴァイはわたしを見た。「食べていくよ」

「よかった」わたしは言って、ブロックから離れ、命令した。「ハニー、子供たちを起こして。朝食をつくりはじめるから。クリスマスツリーはひとりでにうちまで歩いてこないのよ。早く行かないと。感謝祭のあとの週末はいつもすごい混雑だし、わたしたちにはいいツリーが二本必要なんだから」

「いつもこんなに偉そうなのか?」わたしがコーヒーポットのほうを向くと、リーヴァイが兄に訊いていた。

「いや、いつもはもっと優しいんだが、クリスマスは人々をおかしくしてしまう」

キッチンを出ていくブロックの声が聞こえた。

わたしはコーヒーポットをとって、リーヴァイのほうを向き、目を天井に向けた。

彼はそれを見て、兄とそっくりの、ほぼおなじくらい美しい声で、吹きだした。

14

ほぼ二週間後……

ブロックのぴかぴかの新車、大きな紺青色のGMCのうしろに車をとめ、エンジンを切って、車をおり、トランクのほうに回った。暖かい車内から出て北風にさらされ、すぐにからだが震えてきた。

デンヴァーの天気。十二月だというのに、あしたの気温は十五度まであがるかもしれない。でも夜は凍えるほど寒くて、空気に雪の匂いがする。予報でも大雪だと言っていた。

山とスキーリゾートにとってはなにより。でもテッサ・オハラにとってはあいにく。雪は好き。遊んだり、眺めたり、ホットココアをつくったり、そとで雪が降っているときに家で本を読んだり。

でも雪道の運転は……あまり。

わたしはトランクをあけて、奥に入っている大量の袋の取っ手をつかんだ。袋からクリスマス用ラッピングの筒がいくつも突きだしているので、慎重に袋を並べてしっかりともちあげる。

わたしはクリスマス用ラッピングに目がない。じっさい、蝶結びとリボンのついているラッピングはなんでも大好きだった。しばしばこの欲望に降伏しているので、うちのクローゼットのひとつは丸ごとラッピングペーパーとそれにつき物の飾り専用になっている。

冗談ではなく。

紙の筒でからだを突き刺さないように気をつけつつ、袋をなんとか調整して、ひじでトランクをしめてから、ブロックのアパートメントのパティオへと向かった。

その光景が見えてきたとき、わたしは眉をひそめた。

ゲートのそとにハーレーがとまっている。ブロックのではない。ダイナグライド。それに、ブロックはファットボーイに乗っていないときはいつでもパティオにとめて、特注の丈夫なカバーをかけている。

ふーむ。だれかが来ているということだ。

やはり袋をなんとか調整しながら、パティオの高い木製のゲート、防風ドア、玄関ドアを次々とくぐった。

わたしがただいまと言う前に、ブロックの声がした。「テス」

それはわたしに向けられた挨拶ではなかった。会話を中断する警報だ。

なんなの。

「ただいま!」わたしは声をあげ、ドアをしめて、右のほうを見ながら居間に入っていった。

そこで彼らが見えた。ヒスパニックの男性とネイティブアメリカンの男性が、ブロックのバーの前のスツールに坐っていて、ブロックはバーのなかにいた。

最初に思ったのは、わたしが女性だということもあり、こうした考えは通常ほかのなによりも優先されるから、この男たちがホットだということだった。平均的な言葉の意味でのホットではない。ブロック並みの言葉の意味でのホット、つまりよだれが出そうな、針が振りきれそうな、ホットだ。

次に思ったのは、この男たちの共通点はブロック並にホットなことだけじゃなくて、ふたりともそれぞれ独自にワイルドな男、危険な男のオーラを漂わせているということだった。

なぜかブロックは仲間をうちに連れてきて、部屋のなかには真剣な雰囲気がぴりぴりと漂っている。つまりその話はビールを飲みながらするような武勇伝でも、むかし尾行したことがある女についてのなつかしい思い出話でもない。

なにか別のことだ。

「おかえり、ベイブ」ブロックが低い声で言った。「ヘクター・チャベスと、ヴァンス・クロウだ。友だちだよ」

「こんにちは」わたしは挨拶した。

それにたいしてネイティブアメリカンのヴァンス・クロウからは、「よう」とひと言、ヒスパニックの男性はわたしのほうに、くいとあごをあげただけだった。

間違いなくブロックの友だちだ。

わたしは手にした袋をもちあげてソファーの背中を越えさせ、シートの上に置いて、ブロックのほうを見て、ニットキャップをはずし、帽子でついた癖をとるために、すぐに手で髪をとかした。「寝室でなにかしていたほうがいい?」

「いいや」彼は首を振って、そっと言った。「こっちにおいで」

まったく。

思ったとおり、なにかはわたしに関係することか、よくないニュースだということだ。

わたしは自分の男のキッチンにいるホットな男たちを見渡し、女性ならあまりしないような、興味深い反応をしている自分に気づいた。すなわち、コートを脱いで、自分の男のキッチンにいる、わたしがいままで見たなかでベスト3のハンサムな男たちの集まりに加わるより、この家から出て、車に乗りこみ、マーサとエルヴァイラを探しだして、いっしょにコスモを飲みたいと思っていたのだ。

にもかかわらず、わたしはうなずき、コートのボタンをはずして、脱いで、玄関のクローゼットにしまった。そのクローゼットは下の子供たちの部屋と、上のキッチンを隔てている。わたしはコートをかけると、キッチンへと向かった。

わたしがそばに行くとすぐに、ブロックはわたしのウエストに腕を回し、自分の脇に抱きよせて、自分のものだと示した。そのときわたしは、男の人たちは全員バドを飲んでいるのに気づいた。

「ビールは?」ブロックがわたしに訊き、わたしは彼のほうを見た。

「ホットココアをつくろうかと思っていたの」

彼はにやりと笑ったが、その笑顔は心からのものではなかった。なぜわかったかというと、その目は笑っていなかったし、部屋の空気も変わらなかったからだ。

またまた、まったく。

「なにがあったの?」わたしは静かに訊いた。

「きょう、まずいことがあった」彼が答えた。

もう。

「まずいことって？」わたしは尋ねた。

ブロックは仲間たちのほうを見て、それからわたしを見下ろした。「オリヴィアがおれの弁護士からの手紙を受けとった」

わけがわからなかった。

ブロックは弁護士を雇った。もっと言えば、この反応がわけがわからなかった。彼の転職を理由にしてオリヴィアに話し合いをもちかけ、共同親権のスケジュールで合意できるかどうか、その可能性を探ろうとしていた。つまり子供たちが一週間ブロックのところで過ごしたら、次の週はオリヴィアとデイドといっしょに過ごすというようなやり方だ。

わたしの予想では、オリヴィアのしそうな反応がふたつあった。ひとつは、一日のほとんどの時間を子供といっしょにいるという責任を逃れて、スパ通いやショッピングといったことを続けられると安堵する。もうひとつは、ただの意地悪で、腹をたてる。

ブロックはブロックだから、どちらの事態にたいしても準備しなければならなかった。

「それで？」わたしは促した。

「電話をかけてきた」

「そう」彼がそのあとを続けなかったので、わたしは言った。

「電話であいつは、会って、夕食をいっしょにとれるかと訊いた。デイドと別れそうになっていて、こわいのだと言った。二年以上働いていないし、鉄壁の婚前契約に署名してあり、自分の金はまったくない。ひとり立ちして子供たちを育てられるような状態じゃない。まして弁護士を雇っておれと話し合いができるような状態でもない。ついてはおれたちの状況、子供たちの状況、うちの家族の状況、復縁の可能性について話し合いたいと言われた」

わたしは自分の口元がこわばるのを感じた。そのときブロックが、わたしを抱く腕に力をこめた。

「断ったよ、ベイブ」ブロックは言った。「その見込みはないと言った。おれは前に進んだ。おまえと別れるという動きは永遠に変わらない。そしていまの時点では、弁護士を通して話をする必要があると言ってやった」

口元のこわばりがゆるんだ。

「そのあと、レックスから電話があった」彼が続けたので、わたしは目をしばたたかせた。「レックスはおびえていた。ママがふたりを学校に向かえにきたが、ひどい状態だったと言った。オリヴィアは泣きわめいて、おれがしようとしていることをふたりに教えたらしい。自分はデイドと別れるつもりだとも。ママはこわいんだと。おれがきみとつきあっていたら、おれたち家族はけっしてもとに戻れないとも言ったらしい。子供たちに、ママはどうしたらいいのかわからないとも言った。レックスは家についてからおれに電話してきたんだが、家に帰ってからもママが泣きわめいていると言っていた。じっさいに。電話でも、うしろでその声が聞こえた」

わたしの口元がふたたびこわばる。

こわばった唇を動かして、ささやいた。「嘘でしょ」

「ほんとだ」

「まったく」わたしはまださささやいていた。それから訊いた。「どうするの?」

「おれになにができた?」ブロックは訊き返した。わたしはそれを警告だと受けとめた。彼が腕をこわばらせ、少しだけこちらにからだを向けて、わたしの目を見たので、これから言われることに心の準備をした。「おれはあいつの家に行って、夕食の約束をして、落ち着かせてきた」

ファック! ファック! ファ、ファ、ファック!

わたしは唇を引き結んで、カウンターを見つめた。

「ベイビー」抱きしめられて、わたしは彼を見上げた。「これは地雷原だ。ゆっくりと慎重に進める必要がある。だからヘクターに来てもらった」

わたしはわけがわからずに彼を見つめて、わからないままヘクターのほうを見た。

ブロックがまた話しはじめたので、わたしは彼のほうを見た。

「ヘクターは麻薬取締局でおれといっしょに働いていた。いまは、リー・ナイチンゲールのところで働いている。リーは特殊任務、バウンティ・ハンター、警備、探偵などを請け負っている。おれはいま手いっぱいで、ヘクターには貸しがある。返してもらうチャンスだと思ってな」

「返してもらう?」

「ああ。おれはオリヴィアと夕食をとって、話し合う。だが今回のことで我慢の限界を越えた。子供たちを巻きこみ、泣きわめいてレックスをおびえさせたり、子供たちにきみについておかしなことを吹きこんだりするなんて。行ってみたら、ジョエルもおびえていた。オリヴィアはものすごい荒い運転をして、ふたりともこわくてしかたがなかったそうだ。それに家に帰ってからもひどい騒ぎだったらしい」

彼は口元をこわばらせて、首を振り、続けた。

「こういうのは許せない。断じて。もうたくさんなんだ。おれは共同親権を目指すのをやめた。単独親権の獲得を目指す。そのためには、それを実現させるための材料が必要になる。ヘクターがそれを探してくれる。デイドのなにかでも、オリヴィアのなにかでもいい」彼は息を吸って、言った。「すまない、スイートネス。だが当面は、オリヴィアのゲームに乗ってやる必要がある。あいつの不意を衝くためだ。それまで油断させておきたい。なにより、おれは自分の息子たちをとり戻したい。おれはそのためになんでもするつもりだし、きみにもいっしょに乗りきってほしい」

わたしはすぐにうなずいた。

彼はそれを見て、ほほえんだ。今度は心からの笑顔だった。

だがすぐにほほえみは消え、彼はそっと言った。「きょう、ほかのこともあった」

ファック！

「なにが？」

彼は口ごもり、わたしを見つめた。

「ブロック」わたしは急かした。「なんなの？」

「おれの直感ではヘラーが反撃に出ようとしていると言ったのを憶えているか？」

嘘。

「ええ」わたしは言った。

「あいつは反撃に出ようとしている」

「なんてこと」わたしはあえぐように言った。

「いいニュースは、おれが前働いていたところには、コネも、情報屋も、友人も、おれに借りのあるやつらもいるってことだ。そのひとりが電話をかけてきて、教えてくれた。ヘラーがおれについていろいろ聞きまわっているらしい。詳しく調べようとしている。だからいくつか電話をかけてみて、ヘラーがおれの仕事、財政、信用情報、職歴を調べたのを確認した」

わたしは眉をひそめた。「なぜそんなことをするの？」そしてさらに訊いた。「ど、どうやってそんなことを調べるの？　そういう情報は個人情報なんじゃないの？」

「なにかがどうしても欲しいとき、金さえあれば、手段はいくらでもある。手に入れられるだれかを見つけたり、話してもいいという人間を買収したり」

なるほど。

「オーケー、それなら、あの人はなぜ、そんなことをするの？」

「それはおれもわからない。だからヴァンスに来てもらった」わたしはヴァンスを、そしてさらに話を続けるブロックを見た。「彼もリーのところで働いているが、おれに借りはない。だからおれが彼に借りをつくることになる。彼に探ってもらって、ヘラーがなにを計画しているにせよ、心構えをしておく」

ここはわたしがムカついてもいいところだった。

でもそうならなかった。

わたしはこわくなった。

なぜこわくなったかというと、あの夜ブロックはデミアンを脅し、デミアンはブロックにやりかえすことにした。もうすぐ懲役刑を食らうかもしれないのに、彼はそんなことは気にしない。ブロックは彼を脅しただけではなく目の前でドアをしめ、居間の窓際に立ってデミアンが言われたとおりにするか見張っていた。そんなことをされてデミアンが黙っているはずがない。最後になったけど忘れてはならないのは、ブロックは、デミアンと彼の望みのあいだに立ちふさがっているということだ。

わたしは経験から、デミアンはその気になれば、狡猾で、卑劣で、きわめてきたない手口をつかう人間だということを知っている。ブロックのことを調べて、なにも出てこなかったとしても（出てこないに決まっている）、ブロックをひどい目に遭わせる方法を見つけるはずだ。そしてブロックをひどい目に遭わせるということは、わたしを、そしてただでさえ不安定な状況にいるジョエルとレックスをひどい目に遭わせるということでもあり、わたしにとって大切な存在になったブロックの家族もひどい目に遭わせるということだ。ブロックの家族はいま、たいへんな苦しみのなかにいるのに。

でも、いちばん大きいのは、デミアンがブロックをひどい目に遭わせるということだ。

そんなの許せない。

わたしは決心した。

「訴える」

「なんだって?」ブロックが訊いた。わたしは思わず彼のフランネルのシャツをつかんでいたが、自分では気づかなかった。

「あした」わたしは言った。「あなたといっしょに警察署に行って、デミアンを告訴する。暴行、殴打、レイプで」

一瞬にしてぴりぴりした信号が部屋に満ち、わたしの肌をぱちぱちと刺激した。

それはブロックが発しているものではなかった。

そのときわたしは、部屋にはわたしたちのほかにも人がいたことを思いだし、バーのところにいる男性たちを見た。

その顔を見て、はっとした。

まずい。

「スイート・テス」ブロックは言ったが、わたしはバーにいる男性たちの顔から目を離せなかった。「そのことは話してなかった。ふたりは知らなかったんだ」

わたしは目をぎゅっと閉じて、ふり向き、ブロックの胸を見つめて彼のシャツを握りしめた。

まったく、自分で行き当たりばったりに秘密をばらしてしまうなんて。

ブロックの温かくて大きな手が、シャツをつかんでいるわたしの手に強く重ねられて、しかたなくこぶしを解くと、彼はわたしの手を平らにして自分の胸に押しあて、言った。「おい」

わたしは唇を引き結び、目を閉じたままだった。

「ベイビー、おい」

彼が腕に力をこめる。

わたしは目をあけて、彼のほうを見上げた。

わたしの目を見たその目のなかに、影がよぎった。

「おれを見るんだ」彼は優しく言った。

「見ている」わたしはささやいた。

「いや、スイートネス、しっかり見るんだ。なにが見える?」

喉が詰まるように感じた。

「そっちに行くな。ここにおれといろ」そっと言う。わたしは息をのみ、彼は頭をさげて、わたしをもっと抱きしめた。「おれがとりのぞいた。きみはおれに渡したんだ。そこに行くな。あの重荷をまた背負うな。こっちを見ろ。おれを見るんだ。感じろ」優しくそう言って、さらに抱きすくめ、彼はわたしの手を自分の胸に強く押しあてた。

「どこにいる?」

「あなたといっしょにいる」わたしは静かに言った。

「ああ、テス、きみはおれといっしょにいる」

わたしは一瞬、彼の目を見つめて、それから目を閉じ、その胸に顔をうずめた。

わたしの手を握っている彼の手に力がこもる。

「金はいらない」うなり声が聞こえた。目をあけて声のしたほうをふり向くと、ヴァンスが激怒した目でブロックの目を見つめていた。「貸し借りもなしだ。これはあんたの彼女のためにやる」

わたしはショックでお腹がきゅっと締まるように感じた。ブロックのシャツを握りしめている手に思わず力が入る。

「その……」わたしは口を開きかけたが、ふたりとも席を立った。

「彼女と子供たちに気をつけてやれ」ヴァンスが言った。「おれたちは仕事にとりかかる」

そんな。

驚いた。

わたしはふたりのことをまったく知らない。ホットな男たちだということ以外は。でもいい人だとわかった。

「恩に着る」ブロックがつぶやくように言った。

ふたりはブロックから目を離して、わたしを見た。

「テス、次はもっと愉しいときに会えたらいいな」ヴァンスが言った。

わたしもそう思う。

「ありがとう」わたしはささやいた。

さっきまでわたしのことを知らなかったヘクターは、まだわたしのためにムカついていて、しかめっ面でわたしを見た。そしてブロックにたいしてあごをくいとあげ、ふたりは階段をおりていった。ブロックはわたしを放して、ふたりといっしょに行こうとした。

「その……」わたしは呼びかけた。三人は立ちどまり、ふり返ってこちらを見た。

「わたし……その……チェリー・クリークにある〈テッサのケーキ〉のオーナーなの」

ふたりはわたしを見ている。

「その、ええと、あなたたちはカップケーキを食べるタイプには見えないけど」――どちらかと言えばリブアイ・ステーキのブルーチーズ・ソースというタイプだ――「もし、万一、食べたくなったら、お店に来て。好きなものなんでも、お店のおごりだから。ずっと」

もしかしたらありがた迷惑かもしれないけど、わたしのカップケーキはほんとうにおいしいし。もしかしたら、ふたりはありがた迷惑だとは思わないかもしれない。

言ってみてよかった。ヴァンスのハンサムな顔がほころび、笑顔になった。ヘクターの黒い目がうれしそうになり、唇をぴくっとさせてから、きれいな白い歯を見せてにっこりと笑った。

ブロックがくすくすと笑った。

「それに……」わたしはさらに言った。「あなたたちのどちらかが乗ってきたバイクのことだけど、すごくかっこいい。でも気をつけてね。雪が降りそうだから」

「わかったよ、テス」ヴァンスが言った。

ふたりはわたしにもあごをくいとあげ、出ていった。

わたしも前に進まなきゃ！

冷蔵庫のところに行って、なにがあるか見ていると、ブロックがやってきたのを音と気配で感じた。

起きてしまったことは起きてしまったこと。ここからは意地悪で腹黒い前妻や、狂暴でたちが悪くて執念深い前夫のいない、普通のスケジュールの日常に戻そう——断固としてそうするつもりで、雰囲気をつくり、彼に言った。「夕食は三択よ。ステーキとポテトか、ポークチョップとライスか、ハンバーガー」

頭をあげて、冷蔵庫の扉をしめ、ブロックに向き直る。

彼はカウンターに腰をもたせて、両手を脇におろして、わたしを見つめていた。

それからわたしの意図を察して、答えた。「ポークチョップとライスだ」

うなずき、冷蔵庫をあけて、ポークチョップのトレーをとりだした。それをカウンターに置いて、食器棚をあけ、味付きライスの箱を引きだした。

「この袋はどうしたんだ？」ブロックが尋ねたとき、わたしは頭をさげて、ライスの箱に書かれているつくり方を読みはじめたところだった。

「クリスマスのプレゼントよ。男の子たちはあしたここにやってくるでしょ。ツリーの下がちょっとさみしいから。ツリースカートはさみしくてはいけないのよ。とくに十歳と十二歳の男の子がいるような家では。だから今夜ラッピングして、あしたふたりが来るころには、ツリーの下にプレゼントを置いておくつもり」

「ベイブ、いったいいくらつかったんだ？　ラッピングペーパーが二十本もある」

「いいこと教えてあげる」わたしはライスの箱に向かって言った。「わたしはラッピングペーパーに目がないの。それはクリスマス用だけではなく」

これは沈黙をもたらした。

と思ったら、「ベイブ、言い忘れていた」

わたしがライスの箱に書かれているつくり方から目をあげてブロックを見ると、彼はカウンターの上にからだを引きあげ、腰掛けていた。

「なにを？」わたしはためらいながら、訊いた。

「二週間ほど前、きみはものすごくかわいい寝間着を着て、おれがうれしくなるようなことを言った」

わたしは全身が固まるのを感じて、彼の目を見た。

「言い忘れていたが、おれもおなじ気持ちだ」彼がそう言って、わたしのなかはからっぽになった。

「え?」

「その箱を置いてこっちにおいで、ベイビー。きみを愛しているっていうときは、腕に抱いていたい」

わたしは動かなかった。彼を見つめた。からだのなかが虚ろなのに、それでも目に涙がこみあげてきて、すぐに静かにほおを流れた。

ブロックはそれを二秒ほど見つめていて、それからささやいた。「テス、ダーリン、おいで」

わたしは彼のところに行った。彼は太ももを開いて、手を伸ばしてわたしを迎えいれた。脚のあいだにわたしを引きこみ、片手で抱きしめ、反対の手で頭をつつみ、わたしの顔を自分の胸に押しつけていた。わたしは両腕で彼のウエストにしがみついた。

彼は頭をさげてわたしのつむじに唇をつけ、そっと言った。「愛しているよ、おれのスイート・テス」

喉の奥から柔らかな嗚咽がこみあげてくる。わたしはもっとぎゅっとしがみつき、もっとからだを押しつけていった。

「まったく、おれの彼女は、どこまでスイートなんだ」彼がわたしの髪にささやく。

ふたたび息が詰まるように感じて、わたしは頭をそらし、彼が頭をあげた。わたしはその首に両腕を巻きつけ、引きおろして、彼の唇を自分の唇で受けとめた。

そしてありったけの情熱をこめて彼にキスした。さっきの彼の言葉が、わたしにとってどんなに大きなことかを伝えるために。

たぶん伝わった。なぜなら彼は唇を離すと、こうささやいたからだ。「もしかしたらおれは、きみを愛していないのかもしれない。きみの唇を愛しているのかもしれない」

わたしはにやりと笑って彼を見上げた。

「それにきみのあそこも」彼は続けた。

わたしはますます笑顔になった。

「あときみのカップケーキ」

思わずくすくす笑いだし、彼もにっこりした。

そしてささやいた。「いや、やっぱりきみだけだ」

わたしは笑うのをやめて、彼の水銀色の目をのぞきこみ、あごを引いて、また彼の胸に顔をうずめた。

両腕でしっかりと抱きしめてくれた。頭を押さえていた手を髪のなかに差しいれ、くしけずっている。

しばらくして、わたしはため息をつき、顔の涙をぬぐって、こう言った。「放して、ベイビー。わたしの男に食べさせないといけないんだから」

彼はわたしの髪をとかしていた手をとめ、両腕でぎゅっとわたしを抱きしめた。

それから放した。

わたしは解放され、自分の男に食べさせるという仕事にとりかかった。

★

ホットココアの残っていたひと口を飲むと、手と足をついて床を移動しながら、ラッピングしたばかりのプレゼントの箱をツリーの下まで引きずっていった。それから紙くずを掃除して、はさみとテープを片付け、袋をまとめてたたんで保管し、クリスマス用ラッピングの筒とリボンと蝶結びを廊下のクローゼットにしまった。

そのあいだずっと、ブロックはソファーにあおむけに寝て、頭はクッションの上に乗せて、片手で後頭部を支えて、反対の手を肋骨のところに置き、テレビを観ていた。

わたしはソファーの背に近づいていって、腰掛け、脚を伸ばしながらくるっと回して、土壇場で「襲来！」と知らせた。それから彼の上に落ちた。

彼はうっと声をあげて、衝撃でからだを浮かせ、それから両腕でわたしをつつみこんだ。

「まったく、ベイブ」彼はつぶやいたが、その声にはおもしろがっている響きがあり、スイートな信号が部屋の空気を満たしている。

わたしは少しずれて、背中をソファーの背に、からだの前を彼のからだにくっつけるようにして横たわった。ほおを彼の胸の上に乗せ、両腕を彼の胴に巻きつけるようにして、リラックスする。

ブロックはふたたび片手を肋骨のところに置いたけど、反対の腕をわたしのウエストにかけ、腰に手を置いた。

わたしはぜんぜん興味のないフットボールの試合を観たけど、満ち足りていた。なぜならもう時間が遅かったし、疲れていて、頭を真っ白にしたかったし、わたしを愛している（そしてわたしも愛している）美しい男が、わたしの横でからだを伸ばしているから。

コマーシャルのとき、わたしはブロックが低い声でこう言うのを聞くと同時に感じた。「あいつらにはなにを買ったんだ？」

ふむ。明らかに彼の注意はすべて試合に向けられていたらしい。なぜなら、さっきまでの四十五分間、わたしは彼の目の前の床に坐って、プレゼントのラッピングをしていたのだから。

「〈ナーフ〉よ」わたしは答えた。

「〈ナーフ〉？　スポーツシューティング・トイのか？」

「このあいだの日曜日、あなたの面会交流だったとき、みんなでディーラーにトラックを見にいく前に、あなたは走りにいったでしょ。そのときふたりにサンタさんに手紙を書くようにすすめて、ふたりはちゃんと手紙を書いたのよ」

「ベイブ、こんなことは言いたくないが、あいつらは十歳と十二歳だ。サンタ・クロースなんていないと知ってる」

わたしは頭をあげて、彼を見下ろした。「ええ、それくらい知ってるわ。でもあの子たちはばかじゃない。わたしがクレジットカードをもっているのを知ってるから、話を合わせてくれたのよ」

ブロックが笑い、そのからだが震えるのをからだで感じて、わたしはほほえんだ。

それからまたリラックスした。

「姪っ子さんと甥っ子さんには、毎年どうしているの？」わたしはテレビ画面を見ながら訊いた。

「母親にひとりあたり五十ドル渡しておけば、カードにおれの名前を書いてくれる」

わたしはがばっと顔をあげ、さっと彼を見た。

それから信じられない思いで訊いた。「嘘でしょ？」

「五十ドルは高すぎると思うか？」彼が訊き返してきた。

「いいえ、わたしが思うのは、おじさんが自分で考えてプレゼントを買うべきだということよ」

「ダーリン、おれが前にショッピングモールに行ったのは、二代前の大統領のときだった」

わたしはショックを受けて彼を見つめた。

そして訊いた。「そんなことが可能なの？」

「おれは男で、独身だからな、可能だよ」

「それなら息子たちのプレゼントはどうしているの？」

「四つの選択肢がある。母さんか、ジルか、ローラか、全員に金を渡す」

ふたたび彼を見つめる。

それから訊いた。「服はどこで買っているの？」

「買ってない。そのための母親と姉妹だろう。服はクリスマスと誕生日にプレゼントにもらう」

「Tシャツは？」

「Tシャツはショッピングモールでは買わないよ、テス。くそモールではまともなTシャツは一枚も売っていない。いいTシャツは体験のなかで買うんだ」

たしかにそのとおりだ。数カ月前、わたしがTシャツとジーンズを着るようになったころ、どこのお店を探してもブロックのTシャツのようにカッコいいやつはなかった。

「ブーツは？」

「ハーレー・ストアだよ、ベイブ、それは数に入らない」

それもそのとおりだった。〈ハーレーダビッドソン〉ストアは、男性と女性がいっしょに行って、それぞれまったく別のやり方で満足できるというめずらしい体験だ。したがって、それは体験だから、そこでTシャツを買うことも許されている。

それにハーレーのTシャツはものすごくカッコいい。

「それに、テス」彼は続けた。「変なことを考える前に言っておくが……きみがおれの家族にプレゼントを買いたかったら、買ってもいい。だがおれのこういうところは変わらない」

ふむ。ディラン、グレイディ、エリーは問題ない。とくにエリーは楽勝だ。大人も、問題ないだろう。

残る問題はふたつだった。

「ケイリーとケリーのことはほとんど知らない」わたしは彼に言った。

「ケイリーは、フリンジ、ピースサイン、フェアトレードのロゴがついているならなんでもいい。ケリーについては、完全に十代の子供たちのあいだで流行っているという保証がないかぎり、ギフト券にしておいたほうが無難だ」というのがブロックの助言だった。

ふむ。彼は買い物はしないけれど、だからといって、よく考えていないわけではない。

ブロックは続けた。「レシートをとっておいて、カードにはおれときみを連名にしておいてくれ。そうしたらあとで返す」

「わたし――」言いかけたけど、彼にぎゅっと抱きしめられた。

「レシートだ。おれが払う」彼はうなるように言った。

このときわたしは、エルヴァイラが数週間前のエイダのパーティーでヴィクについて言ったことを理解した。

ヴィクは毅然としないと。

男のほうで越えてほしくないと思う一線があるなら、そのことについて彼女と話をするべきなのだ。はっきりと、正直に、自分のポイントを明らかにして。たったいまブロックがしたように。

グエンとカムの彼もそういう男の人のようだった。そしてわたしもその仲間入り。ブロックは、クリスマスのプレゼントを、わたしとの連名で贈りたいと思っている。わたしが買い物をしてラッピングするのはかまわないけど、彼がお金を払う。さっきの口調で、これはわたしが反対できないポイントなのだとわかった。どんな理由があるにせよ、これは彼にとって意味あることなのだ。だから、その理由がなんであれ、最終的にはお互いさまになるようなことで、ごちゃごちゃ言わず、彼のしたいようにさせるのが、わたしにとって意味あることになる。

「わかった」

彼はわたしの目を見た。それからテレビのほうを見て、口元をぴくっとさせていた。まあいい。

わたしはまたからだの力を抜いた。

二十分後、試合終了となり、ブロックが腕に力をこめて、わたしたちふたりとも転がした。腕を伸ばしてコーヒーテーブルの上にあったリモコンをつかむ。テレビが消え、彼はリモコンを置いて、またソファーに横になった。今度はわたしを自分の上に引きあげるようにして、顔と顔を近づけた。

うん、一日のなかのわたしのお気に入りの時間になったみたい。

「だいじょうぶか？」

「なにが？」

「さっきの、あれこれだ。だいじょうぶか？」

まったく。まだ一日のなかのわたしのお気に入りの時間にはならない。

「だいじょうぶよ」わたしは言った。

「オーケー、だいじょうぶじゃないんだな」彼は真剣な顔をして言った。「きみがなにもなかったようなふりをしたくなる理由はわかるから、さっきはなにも言わなかった。だがいま言っておく。おれはきみがどんなふりでもするのは気に入らない。オリヴィアはおれたちの人生に入りこんでくることになるが、おれはそれが気に入らないし、きみのためにもおおいに気に入らない。言うまでもないが、単独親権は共同親権とはまったくちがう。おれの希望どおりに進めば、きみはおれとふたりの息子を受けいれることになる。きみはそれでかまわないのか、知りたい」

「ブロック、かまわないわ」

「おれを納得させてみろ」彼が命じたので、わたしはまじまじとその顔を見た。またただ。これは重要なことだから（明らかに）彼はわたしに率直に話すように求める。駆け引きもなし。嘘もなし。ごまかしも、言い訳もなし。これは彼にとって意味のあることだから（明らかに）、わたしは率直に話すしかない。

だから打ち明けた。「わたしは子供が欲しかったの」

それを聞いて彼はわたしをじっと見つめた。

「わたしたちが子供をもつ準備ができたころ、デミアンはわたしを殴りはじめた」

ブロックは目をつぶった。

わたしは話を続けた。

「彼はわたしがもうピルをのんでいないと思っていた。でもわたしは彼に隠してのみつづけたの」

ブロックが目をあけた。

「あなたにはふたりのすばらしい息子たちがいる」わたしはそっと言った。「わたしは子供をもつチャンスを逸してしまった。だから母親にはなれない。しばらく前にそのことには折り合いをつけた。簡単ではなかったけど、しかたないもの。それもわたしがデミアンに奪うことを許してしまったことのひとつだった。でもいま、わたしはいいステップマザーになるチャンスを手にしている。それが一カ月に四日でも、隔週でも、かまわない」

わたしはもっと彼にからだを預けて、続けた。

「わたしにはすばらしいステップマザーがいるし。いいお手本があるのよ。ドナはすばらしいステップマザーだった。わたしの父が病気だったので、ふたりは子供をつくらなかったの。父は自分の病気がどうなるかわからなくて、ドナがひとりで子供を育てるような状況にしたくなかった。それに子供にもそんなことはしたくなかった。父はわたしと姉が助け合うのを見ていたから。だからドナは自分の子供のための愛情を姉とわたしにそそいでくれた。ドナはわたしの大切な人よ。いまでも親しくしている。わたしにとってかけがえのない人なの。だから、あなたといっしょの人生に子供たちがついてくるとしたら、わたしはあなたを愛しているし、あの子たちのことも大好きになりつつあるから、どんな形であれ、それはうれしいことよ」

彼はわたしの髪のなかに手を差しいれた。その目が優しくなり、ささやいた。「テス」

「納得した？」わたしは訊いた。

彼の唇の片端が少しあがる。「ああ」

「よかった」

わたしは彼のくつろいだ顔を見つめて、その柔らかな息遣いに耳を澄ました。

オーケー、せっかく真面目な話をしているのだから、もう少し続けて、ブロックとわたしがいままでふれてこなかったことも話してしまおう。

彼の胸の上に置いてあった手を首に滑らせ、つつむようにして、自分のからだを完全にリラックスさせてから、そっと訊いた。「ブリーのことについて話してくれる？」

わたしの腰に置かれていた彼の手がこわばり、彼は訊き返してきた。「どれくらい聞いている？」

「わからないけど、推測で？」彼はうなずいた。「ほとんど聞いていると思う」

彼はわたしをじっと見た。そして言った。「そうか」

「立ち聞きはよくないけど、ただ――」

「ベイブ、リーヴァイ、いやうちの家族のことだから、きみはいずれにしても聞いただろうし、おれといっしょにいたらいずれ知ることになるから、関係ない」

「もう立ち聞きはしない」わたしは約束して、彼がまた手に力をこめた。

「ダーリン、おれたちが互いになにか隠しごとをしはじめたら、それはまずい事態だ。

おれとオリヴィアの場合、彼女は買い物に行って、買ったものをクローゼットに隠していた。クレジットカードを限度額までつかい、おれはカード会社から連絡を受けるまで、彼女がチェリー・クリーク・モールを隅々まで記憶するミッションに打ちこんでいるとは知らなかった。そしてきみとあのくそ野郎の場合、きみは自分を守るためにピルをのむという大事なことを隠さなければならなかった。おれときみはちがう。立ち聞きは選択肢にはならない。なぜならおれたちはこの関係を本物に、極上のものにするために、互いにすべてをさらけだすからだ」

それ気に入った。ものすごく。

だからわたしはささやいた。「わかった」

「よし」ブロックは言って、続けた。「おれがブリーをデートに誘ったのは、彼女が高校に入学した日のことだった。おれは高校二年だった。彼女はイエスと答え、おれたちはその日からつきあいはじめた。彼女はおれとも、おれの家族とも仲がよかった」

わたしはうなずいた。

ブロックは続けた。

「おれは野球でアリゾナ州立大学への奨学金を受けた。彼女はおれを追ってきた。だが彼女はおれの家族とも自分の家族とも仲がよかったし、友だちはみんなデンヴァーにいた。ホームシックのようになり、アリゾナではあまりもたなかった。彼女は大学二年でコロラド州立大学に転学した。おれたちはそれでもだいじょうぶだと思っていた。おれがアリゾナ大学一年だったときは遠距離恋愛も経験していたしな。あと二年、やっていけると思っていた。だがだめだった。クリスマスには、おれは別のだれかと出会い、自分が人生のさまざまな味わいを経験しないでいるような人間ではないと悟った。それによって、おれがブリーにたいしていだいていた気持ちは、長いつきあいを維持する愛情というより、思い出と友情だったということに気がついた。おれはここに戻ってきて、ブリーと話をしたが、彼女はそんなふうには思っていなくて、いやがったが、どうしようもなかった。おれはもう終わっていたからな」

うわ。それは厳しい。

正直だけど、厳しい。

わたしは息をのんだけど、なにも言わず、ブロックは続けた。

「おれはクリスマス休暇が終わると大学に戻り、彼女も戻った。約一カ月後には、彼女もわかってくれた」彼はにやりと笑った。「おれは女の趣味がいい。彼女はほんとにきれいな子だった。デート可能年齢になって初めてフリーになって、彼女は男たちにちやほやされた。夏休みにおれたちがふたりとも帰郷したとき、ブリーはおれの言ったことに納得したと言った。ものすごくうれしかった。彼女はいい友だちで、離れているときはさみしかったからな。おれたちの関係は変わったが、それはいいほうに変わったということだった。さっきも言ったとおり、彼女はすばらしい友人で、いっしょにいて愉しい相手だったから。おれたちは愉しくつきあいつづけた。お互いの家族とのつきあいも、以前どおりだった。うまくいっていたんだ」

わたしはまたうなずいた。

ブロックは話を続けたが、その目が暗くなり、話がつらい部分にさしかかったのだとわたしにはわかった。

「彼女には年上の従兄がいた。年上っていうのは、彼女の父親とおなじくらいの年齢ってことで、従兄といっても、またいとこだった。おれの家族のように、彼女の家族も仲がよかった。おれはその全員を知っていたが、その従兄のことはなんとなく気に入らなかった。前からずっと。だがブリーはそんなふうには感じていなかった。彼女にとって家族は家族だった。それが変人だったり、頭がおかしかったり、ずれていたりしても。彼女にはそういう大らかなところがあった。だれでも無条件に受けいれていた」

ああ。

「おれは大学を卒業して、アカデミーに進み、デンヴァー市警察の警察官になって刑事を目指していた。彼女も卒業して、フルタイムで働きながら、夜学に通って修士号をとろうとしていた。ある夜、あいつがとつぜん訪ねてきたとき、彼女はあいつを家にあげた」

「ブロック」彼の目の闇が色濃くなり、その手がわたしの肌に食いこむのを感じて、わたしはささやいた。「つらかったら話さなくてもいい」

「聞いても平気そうか？」彼が訊いた。

「あなたが聞いてほしいなら」わたしは答えた。

「それはいい答えじゃない、スイートネス」

「それなら、イエス、聞いても平気よ」

彼はわたしの顔を観察した。そして手の力を抜いた。

そして続けた。「やつは彼女を壊してしまったんだ、テス。レイプはどれもひどいことだが、彼女のはとりわけひどかった。あの野郎は彼女をレイプしたうえに、めちゃくちゃに殴りつけた。レイプする前に彼女を叩きのめし、それも一度ではなかった。彼女はあまりにも滅多打ちにされていたから、やつがいなくなって、通報するため電話をするのに、三十分かけて電話のところまで這っていかなければならなかったんだ。二週間入院した。あいつは彼女をぶち壊した。麻薬でラリっていた。おれがやつを逮捕してＤＮＡを調べると、ブリーはやつの五人目の被害者だった。それは通報した人たちにかぎってはってことだが」

「なんてこと」わたしがつぶやくと、彼はうなずいた。

「衝動強迫」ブロックは言った。「それはコントロール不可能だ。やつがラリって家族を襲ったのはそれが理由だった。尋問でやつは白状したよ。ずっと前から彼女に目をつけていたが、それを抑えつけていたと。事件の夜、やつのなかの壊れたものがプツンと切れ、抑えきれなくなった」

「それで」わたしはおずおずと訊いた。「あなたが逮捕したの？」

彼はうなずいた。「おれの事件ではなかった。どんな事件も担当していなかったからな。おれはまだ制服警官だった。リーヴァイといっしょに彼女を見舞いにいった。時間はかかったが——彼女のあごはワイヤで固定されていたから——ようやく彼女からなにがあったのかを聞きだし、おれは休みをとった。なぜならやつは姿を隠し、警察はやつを見つけられずにいたからだ。やつは自分がまずいことになったのはわかっていた。だから身を隠し、逃げる準備をしていた。おれはやつを追いつめ、見つけたとき、警察の手続きどおりにはやらなかったとだけ言っておこう」

やっぱり。

「痛めつけたのね」わたしは言った。

「おれがヘラーをどうしてやりたいか、言ったことを憶えているか？」

わたしはうなずいた。

「おれはやつをそういう目に遭わせてやった。いまでもやつがおれを忘れられないようなやり方で。デンヴァー市警はそれを問題にした。おれは停職処分となり、内部捜査の対象となった。どうでもよかった。おれにとってはじゅうぶんそのかいはあったし、いまでも、じゅうぶん以上にそのかいがあったと思っている。当時もいまも、自分がへまをしたことはわかっているが」

「解雇はされなかったんでしょ」わたしは言った。

「ああ、なぜかはわからない。解雇になってもおかしくなかった。おれがしたことのせいで、訴追が難しくなった。おれがしたことのせいで、やつの事件が不起訴になるところだったんだ。複数のサンプルでＤＮＡが一致して、女性たちはやつを犯人だと特定して、鉄壁の証拠が揃っていたのに。おれがしたことのせいで、それらの事件も危うくなった。だが警察はおれを解雇することはなく、事件が不起訴になることもなかった。なぜなら裁判までいかなかったからだ。家族の圧力を受けて、やつは五件すべてについて自白した。その自白がおれに有利に働いて、事件がだめにならなかったから、警察はおれにかんして、情状酌量すべき状況だったと考えた。おれはそれまでいい成績を残していた。優秀な警官だったんだ。上司も、おれの将来に期待していたから、おれをかばってくれた。それに同僚警官たちの一部も」

彼は深く息を吸いこんだ。わたしは彼が息を吐いて先を続けるのを待った。

「みんな彼女がおれにとってどんな存在か、やつが彼女になにをしたかを知っていた。正しいか間違っているかではないが、みんな心のどこかでは、自分の大事な人間がそんな目に遭ったら、おれがしたのとおなじことをするか、することを考えるだろうとわかっていたんだ。それでも警察はおれをくそのような仕事に異動させて、デスクワークをさせた。そのときおれは、自分にはデスクワークはできないとわかった。苦労してデスクワークから抜けだし、現場に復帰した。そして刑事になった」

彼はそこであごをこわばらせた。わたしはまた、彼が話を再開するのを待った。

「そのあいだに、ブリーは道を踏みはずし、破滅した。ヘロイン。過剰摂取。おれを含めてだれもが、彼女をそこからひっぱりだそうとした。でもできなかった。彼女がその世界に堕ちていくのを見ているのは一種の拷問のようだった。ブリーを見ているだけでなく、彼女の両親や彼女の妹たちが彼女を立ちなおらせようと必死に努力して、うまくいかず、彼女を見ているしかない、そんな姿を見なければならなかった。何度も呼びだされたよ。彼女が待機房に入れられて、ラリって、ヤクでぼうっとなり、自分がどこにいるのかも、売春の一斉検挙でつかまったということもわからないようなときに。何度つかまっても、逮捕を避けることさえできないくらい、彼女は壊れていたんだ。ポン引きがくれる麻薬欲しさに、二十ドルで男のものをしゃぶっていた。生きている彼女に最後に会ったとき、ほとんど彼女だとわからなかった」

なんてこと。ひどい。

「ハニー」わたしは優しく言った。

「ひどかったよ、テス」

「ほんとね、ベイビー」わたしはささやいた。「だからあなたは、なんとかしたいと思って、麻薬取締局に移ったの？」わたしは慎重に訊いた。

彼は目を閉じ、すうっと息を吸った。

わたしは待った。

彼は目をあけた。

「彼女はおれの初めてだったんだ」静かな声には感情があふれ、わたしはさらに彼にくっついていった。「彼女がどうなっても愛していた。つきあいはじめたころとおなじではないが、彼女はおれの人生の大きな一部だった。人生でそういう人間をもてるのは大きなことだ。十五歳のときのことをいっしょに笑いあったり。その彼女をこんなふうに失うなんて」

彼の指がわたしの肌に食いこみ、その声はもっと深くなった。

「初めておれのものをしゃぶってくれたのも彼女だった。そんな彼女が麻薬を手に入れるために自分の美を切り売りしているのを見るのは、心が焼かれるようだった。初めておれのことを愛していると言ってくれたのも彼女だった。自分の夢を教えてくれたんだ、テス。将来なにがしたいのか。どこに行きたいのか。何人子供が欲しいのか。おれたちがそういうことを、ふたりで実現するつもりで語りあったときもあった。だから、そうだ、おれはそれをなんとかしたいと思った。リーヴァイの言ったことは間違いだ。あいつは待機房に入れられた彼女を見ていない。彼女がどうなったかを見ていない。おれには、彼女が亡くなる前に、もう彼女はいないとわかっていた。おれはその前に彼女を手放した。自分の心の平穏のために。なぜならおれは、彼女に起きたことにがんじがらめになって、賢明な判断をせず、仕事をクビになりかけて、やつの被害者のほかの四人のケースを台無しにするところだったからだ」

彼はわたしの髪のなかに差しこんだ指を優しくひねったが、その目のなかに暗雲を浮かべたまま、続けた。

「麻薬取締局に移ったのは、彼女をとり戻そうとしたわけじゃない。こんな目に遭っているのはブリーだけじゃないからだ。家族や友人に愛され、大事にされている女の子たちが、そういう人生に直面していて、だれかが彼女たちを助けなければいけないからだ。だからおれはそのだれかになろうと思った」

それを聞いて、わたしのなかでなにかがまたたく間に大きくこみあげてきて、思わず口走っていた。「あなたを愛してる」

「わかってる」

「ちがう」わたしは首を振り、もっと彼のそばに寄った。「わたしはあなたを愛している、いるのよ、ブロック・ルーカス」

彼の目の暗雲が晴れ、髪のなかにあった手が滑りおりてきて、首をつつんだ。

「ベイビー」

「あなたがしたことで、たくさんの女の子たちが救われた」きっぱりとささやいた。

「わかってる」

「すばらしいことよ」

「テス——」

「それはあなたの功績でもあり、彼女の功績でもある」わたしは言った。

彼はわたしを見つめた。

わたしは話しつづけた。

「あなたは彼女を大事に思っていたからこそ、ほかの人たちのためにもしたの。それはあなたがしたことよ、自分の身を危険にさらして。でもあなたにそうさせたのは、彼女への気持ちだった。彼女はそういうことをあなたに深く感じさせる人だった。だからその分は、彼女の功績なの。彼女が亡くなったのは悲しいことだけど、その死はほかの大勢の人たちの将来を大きく変えたのよ。すばらしいことだと思う」

「そんなふうに考えたことはなかった」彼は静かに言った。

「それなら、いまから考えて」わたしは命令した。

彼は一瞬わたしの目を見て、それからくすくす笑いはじめた。

「ったく、ベイビー、いつからそんなに偉そうになったんだ？」

「クリスマスからよ。クリスマスは人に変な効果があるの」わたしが答えると、彼はもっと笑った。

それから、訊いた。「心のさらけだしはこれで終わりか？」

「とりあえずはね」わたしが言うと、彼はにっこり笑った。

そのほほえみが消え、温かく官能的な雰囲気が部屋を満たし、彼はわたしの唇を見て、首をつつむ手に力をこめた。

そしてつぶやいた。「よし、それならベッドに行こう」

わたしはわたしの唇を見つめている水銀色の目をのぞきこんだ。わたしを愛している男の目。ワイルドで、荒っぽく、美しい男の目。ものごとを深く心に受けとめ、果てしないほどの忠誠を秘めた人だと――これまでもわたしは知っていたけど――あらためて証明してくれた。わたしに文句はなかった。

もともとそのつもりはなかった。

15

一カ月後……

きょうは土曜日で、ブロックは走りにいった。今週末は子供たちとの面会交流の週末だけど、子供たちは招待されたあるパーティーに出かけていったから、いまはいなかった。ブロックは戻ってきたらシャワーを浴び、それから子供たちを迎えにいって、そのあと彼が子供たちに、これからどうなるかについてすべての〝話〟(括弧つきなのは、これが重たい話になるはずだからだ)をするつもりで、わたしは土曜日の夜まで彼と会わない予定だった。

彼がいないあいだ、わたしはキッチンでのんびりしていた。

クリスマス前の二週間、〈テッサのケーキ〉は猫の手も借りたいほどの大繁盛だったから、丸一日の休みは久しぶりだった。

この二週間のいいニュースは、寝間着を買う金銭的余裕ができたことだ。

もうひとつのいいニュースは、毎朝ベッドから這いだし、夜遅く疲れきって帰宅する毎日が続いた結果、クリスマスに必要なもの（クリスマスカードとか、仕事場を飛びだして閉店間際のモールに駆けこみ、クリスマスの雰囲気ねとか言いながら買いこむプレゼントなど）を用意できず、それを心配したブロックが、彼の母親にその話をしたことだった。当然ながら、母親は娘たちにその話をする。それで、ジルがケイリーとケリーを連れてベーカリーにやってきて、そのふたりはどちらもアルバイト先を探していて（ケイリーはクリスマスプレゼントを買うためと大学のため、そして世界を救うという目的のためで、ケリーはクリスマスプレゼントを買うためと、二年生のクラスで一番のファッションリーダーにのぼりつめるため）、〈テッサのケーキ〉で働きたがっていた。

わたしはその場でふたりを雇った。

このところ店の混雑のピークは過ぎたものの、いまだに混むこともあり、ふたりは引き続き週に何日か夕方と週末に働いてくれている。ふたりとも時間厳守で、顧客サービスを心得、しかも働き者で暇なのが嫌い、さらに陽気な性格であることを考えれば、まさに天の恵み以外のなにものでもなかった。

言い換えると、わたしがやっと一日の休みをとることができたのは、ふたりのおかげだった。

この二週間の悪いニュースは、働きすぎてくたくたになったせいで、わたしのなかのクリスマス気分が消滅してしまったこと。言うまでもなく、まわりにも関心を向けられなかった。ブロックが過保護モードに突入して、なにも心配しなくていい、ベーカリーとクリスマスにだけ集中しろとわたしに言いつづけたこともあり、自分のまわりでなにが起こっているか、ほとんどわかっていなかった。

彼の言うとおりにするべきではなかったかもしれないけど、わたしはそうした。

休日がまったくないというのは、厳密に言えば真実ではない。クリスマスと元日は休んだ。でも活動量を考えれば、そのどちらも休暇にはほど遠かった。ひとつには、わたしの母が、オーストラリアの夏を愉しむために、わたしの姉の元に感謝祭から新年にかけて長期に滞在していて、ふたりのスカイプに出るために、真夜中のありえない時間に起きなければならなかったから。もうひとつには、ブロックが息子たちと過ごせるのは、クリスマスも元日もそれぞれ半日ずつだけで、そのうちの半分は、彼のお母さんの家のクリスマスのランチ／新年のディナーに参加する必要があったからだ。ふたりはその残りの時間を父親のアパートメントで過ごし、そのあとブロックがふたりをうちに送っていったから、その日は一日ばたばたしていた。それにわたしは子供たちのために、その日をできるだけ愉しくすごせるようにがんばった。なぜならオリヴィアが息子たちの頭のなかに、わたしにかんするくだらない悪口をさんざん吹きこんでいるからだ。子供たちは見るからにとまどい、この事態を心配し、父親のことを心配し、わたしとの関係と母親にたいする忠誠心をどうしたらいいのか苦しんでいた。

わたしはブロックによってそういったごたごたから守られてはいても、どこからか染みこんでくるのは防げず、わたしのなかでは、オリヴィアを〝とくに好きでない〟から、〝かなり嫌い〟になりつつあった。

最初の大騒ぎ以来、ブロックはオリヴィアと二回（そう、二回も。なんていやな女）食事をしていた。わたしにとってそれはべつにうれしいことではなかったから、疲れすぎていて、なんの感情も湧かなかったのは幸いだった。というのも、もし湧いていたら、愉快な気分ではなかったはずだが、その二回ともブロックはだれかの頭をひっこ抜きたいような形相で戻ってきて、わたしとしては、みずからの感情はひとまず置いて、わたしの男のお世話をする必要があったからだ。

言い方を変えると、エルヴァイラが警告したとおり、オリヴィアは手持ちのカードを全部つかってプレーし、ブロックが言うことにはまったく耳を貸さなかった。そしてその状況は依然として解消していなかった。

とは言え、第二回ディナーのあと、ブロックはだれかの頭をひっこ抜きたいような形相で戻ってきただけでなく、「終わりだ。もうたくさんだ」と宣言した。それはたぶん、第三回ディナーは地獄が凍結してもありえないという意味だろう。

そしてこれもまた、この週末に彼が息子たちと〝話〟をする理由の一部だった。デミアンがなにをしているかはわからなかったし、ブロックも教えてくれなかった。彼は、わたしが知る必要があることは知らせてくれるだけの誠実さを有していると信じていたから、わたしはなにも聞かずに彼に言われたことをして、自分がする必要があること、つまり無気力におちいらないようにすることだけに意識を集中した。

というわけで、いまここで、単なる習慣からキッチンに立ち、わたしは人生で初めて、ケーキを見たら泣きわめいてしまうのではないかと思っていた。

そしてわたしは、自分が一年以上長期休暇を取っていないことに気づいた。ブロックはいまの仕事についてまだそれほど日がたっていないから、彼が一週間ほど休暇をとるのは可能だろうかと考えた。そうしたらどこかのビーチに行くのに。

心がこの思いに滑りこんだとたん、海岸や海やソーダみたいな味のトロピカルドリンクのイメージが浮かんだ。それに海辺のファッションの常識に従えば、ブロックは大半の時間を水着のトランクスだけで過ごすだろうとも思った。

この考えに心地よく心を占領されたちょうどそのとき、ドアをノックする音がした。

心地よい思いは一瞬にして消滅し、ドアを見やって直感的に思ったのは、下に駆けおりて、客間に隠れるべきだということだった。

またノックがあり、マーサの叫び声が聞こえた。「テス！　いるってわかっているわよ。あなたの車と、彼の後部が超かっこいい新車のトラックが見えたからね！　あけて！」

ああ、どうしよう。

マーサが興奮している。

わたしは息を吸い、客間はやめて、裏口から逃げだすことを考えた。

でも、来ているのがマーサだったから、ドアのところに行った。

ドアをあけると、マーサだけでなくエルヴァイラもいて、そのほかに、黄褐色の目で、郵便番号の整理が必要かと思うほど膨大なアフロヘアの黒人の女性もいて、さらに、ちょっと見はドリー・パートンにしか見えない女性もついてきていた。目をしばたたいてからもう一度見ると、もっと若いとわかったが、それでも、輝くようなプラチナ色の豊かな髪とあふれんばかりの巨大な胸は同じで、肩からつま先まで体にぴったり張りついたストーンウォッシュ加工（ほんとにあげ底ブーツまでストーンウォッシュ）に包まれている。肩とジーンズジャケットの前身頃を飾る重たそうなラインストーンの列はもちろんのこと、そのほかも全身がきらめきの層に覆われている。

わお。

「いたのね」マーサが鋭い声で決めつけたので、わたしはドリーからマーサに視線を移した。

「ハイ」優しい声で言う。

あえて言うなら、人生がめちゃくちゃになっているいま、たまにメールをしたり、急ぎの電話をする以外にマーサに費やせる時間はない。

そして、さらに言えば、マーサはそうは思っていない。

うむを言わさずに押し入ってきて、彼女の仲間もいっしょに入ってきた。エルヴァイラがわたしに向かって大きく目をむいてみせた。その表情は多くを語っていて、その多くとは、マーサが興奮しているから覚悟する必要があるということ。

彼女が警告してくれる必要はなかった。マーサのことは長年知っている。ドアをあける前から、この状況は想定できていた。

最悪。

わたしは全員が入ったところでドアをしめ、ふり向いて彼女たちのあとについていった。マーサがわたしのキッチンにまっすぐ向かいながら、紹介する。「こちらはシャーリーンとデイジー、エルヴァイラとグエンの友だちよ。グエンがシャーリーンに、彼女のなんかで会って、シャーリーンがデイジーを連れてきて、グエンがエルヴァイラを連れてきて、エルヴァイラがわたしのところに来て、そしてみんなで来たの」

わたしはシャーリーンとデイジーのほうを見て挨拶した。「ハイ、皆さん」デイジーがにこやかにほほえんだ。彼女がデイジーだとわかったのは、「ハイ、わたしはデイジーよ」と言ったからだ。

「あなたはテッサね。〈テッサのケーキ〉の」（黒人女性の）シャーリーンが、まるで新事実をわたしに教えるかのように言った。

「ええ」わたしはうなずいた。

「よくお店に行くのよ。というか、行きすぎちゃってるの。黒人の女にとってお尻は命だけど、〈テッサのケーキ〉によるお尻はいただけない。少なくとも五キロはあなたの責任よ、言ってる意味わかるでしょ？」

「ええと……はい」そう答えたのは、意味がわかったからだが、彼女にはエルヴァイラと同じ種類の威圧感があったから、わかってもわからなくても同意しただろう。

「全世界で、あなたの、あのデイジーの飾りがついているシュガークッキーよりもいいものはふたつしかないわ。ソーセージ入りのパイと、立派なものをもつ男性よ。これは事実としてわたしが知っていることよ」この奇妙な褒め言葉にわたしは目をぱちぱちさせ、デイジーは鈴のような声でくすくす笑い、エルヴァイラはわたしに満面の笑みを向けたが、マーサだけは大声で叫んだ。

「なによこれ!?」

全員がマーサのほうを向くと、彼女は、わたしがカウンターの端に寄せておいた、なにも載っていない、装飾的なミントグリーン色のガラスのケーキ台（ローテーションした）をにらみつけていた。

「なにが？」わたしは訊ねた。

マーサがわたしのほうに目を向け、指でケーキ台をつついた。「これはなに？」

わたしはケーキ台を眺め、それから彼女を眺めた。

そして答えた。「これはわたしのもっている、緑色のガラス製のとてもすてきなケーキ台だけど」

「たしかにすてき」デイジーがケーキプレートをまじまじと見て同意した。「わたしもこんなの欲しい」

でも、マーサは目を細めた。それがなにを意味するかは知っていたから、わたしはデイジーにありがとうとも言わずに、マーサに意識を集中させた。

「からっぽだわ」彼女が指摘する。

わたしはケーキプレートを見て、それからマーサを見た。

「ええ」無意味とわかっていたが、いちおううなずく。

彼女がわたしをにらみつけた。

いったいなんなの？

「マーサ――」わたしは言いかけた。

マーサがわたしの言葉を遮った。「わたしたちはこれから買い物に、それから〈クラブ〉に行くのよ。あなたもいっしょに行くかなと思って寄ったんだけど」

絶対無理。彼女といっしょに過ごすことではなく、買い物にいくことだ。ブロックと彼の息子たちと彼の家族とわたしが個人的に贈るリストの全部にプレゼントを買うので、買い物の達人を自認するわたしでも残った力のすべてを費やしてへとへとになった。だから、三月まではモールに足を踏みいれないと誓った（そしてブロックにも言ったら、彼は賛成しただけでなく、聞いたとたんに笑い転げた）。

だから、彼のヴァレンタインのプレゼントのすてきな寝間着は、オンラインで見つけなければならない（モールには行かないという誓いには、オンラインショッピングは含まれないと思う)。

「モールには行かないという誓いを立てたの」そう言うと、マーサの目が大きく見開き、エルヴァイラとデイジーがはっと息をのむ音が聞こえた。「クリスマスで疲れきってしまったから。ベーカリーはものすごく混んだし、プレゼントを買うのも、ブロックと彼の子供たちと彼の家族、あなたでしょ、雇っている人たちとうちの母、姉、それから――」

「あなたの交友関係が広がったのは知ってるわ、テス、よ、よくわかってる」マーサがまた遮った。

ああ、どうしよう。

「マーサ――」

「もうひとつわたしが知っているのは、あなたがこれまで一度も、けっして、自分の家のケーキ台をからにしたことがないということよ。そして、わたしのテスは疲れきって倒れるまで買い物できるということも知っている。それが証拠に、あなたは旅行中もわたしといっしょに朝五時に起きて、有名デザイナーがフリーマーケットに出す店が開くのを四時間も列に並んで待って、入ったら入ったで、サイズが合う靴を、たとえ好きじゃなくても、箱に入っていなくて足にはいたところはすてきかもしれないからって、ひとつ残らず試したわ。そして、わたしのテスは、ベーカリーで忙しいときも、うまく時間を使ってランチに出てきたし、家で一杯飲もうとワインの瓶をあけてくれたから、わたしも気軽に立ち寄れた」

「その店に行ったことある」デイジーがシャーリーンにささやいた。「ブーツを三足買った。三足ってすごいでしょ」

「ふーん」シャーリーンはつぶやいて返事をしたが、視線は目の前の事態に釘づけだった。

わたしは話そうとした。「マーサ、ハニー――」

マーサが両手をあげた。「でも、ちがう。あなたはちがう。新しいテス。ブロックのテスはね。ブロックのテスは、メールを返す時間もない。だって、彼や彼の息子たちや家族と過ごすのに忙しいし、彼のすてきな新車のトラックが自分の車の前に……」

わたしはマーサの言葉を遮って尋ねた。「まだわたしをつけているの?」

「わたしは五年生からあなたの友だちのマーサ・ショクリーじゃないの?」マーサが逆に訊いてきた。

「マーサ、いろいろ忙しかったのよ」わたしは強い口調で言った。

「そうよね。バッドボーイの彼とのお愉しみに忙しかったのよね」彼女がカウンターにもたれた。「ものすごく。わたしに費やす時間はないけど、彼の家に行く時間はある。ここやベーカリーにあなたの車がない日から数えて、週に平均三日は行っている」

なんてこと、マーサったら、ほんとうにわたしをつけ回しているんだ。

「あらまあ」エルヴァイラがつぶやいた。

「ちゃんと話をしたほうがいいわ、シュガー」デイジーも合わせるように小さい声でつぶやいた。

わたしはマーサをにらんだ。

「彼とはつきあいはじめたばかりよ」彼女に言った。「新しい関係には、だれだってかかりきりになるわ」

「あなたは完全なお手上げ状態、それがいまのあなた」マーサにやり返され、わたしは思わずのけぞった。

「あらまあ」エルヴァイラがくり返す。

「ちゃんと話をしたほうがいいわ、シュガー」デイジーもくり返す。

「わたしがどういう状況か、あなたはわかっていないでしょう?」わたしはマーサに

「ええ、あなたの言うとおり、わたしはわかっていない」マーサが同意した。「なぜなら、あなたと会えないし、話も聞かせてもらっていないからよ」彼女は頭を振り、胸の前で腕組みして言った。「考えたこともなかった、テッサ・オハラ。憶えているかぎりずっと親友のあなたが、男のためにわたしを捨てるなんて。彼がどんなにホットでも関係ない」

「あれが大きいかどうかによるわよね」シャーリーンがデイジーにささやき、デイジーはくすくす笑いをのみこんだ。

わたしはマーサを見つめたまま、目をそらさなかった。

そしてゆっくり言った。「彼を愛しているの」

それを聞いて、今度はマーサがのけぞり、目をさらに大きく見開いた。ほかの女性たちは、足を踏みかえるような音をさせたが、なにも言わなかった。

わたしは話しつづけた。

「わたしはブロックにそう言って、彼もわたしのことを同じように感じていると言ってくれた」

「そんな」マーサが少しぞっとしているような声でささやいた.

「幸せなの」彼女に向かって言う。「これまでの人生でいちばん幸せ。だから、彼の前妻がいまだに駆け引きを続けていて、息子たちをその駒としてつかい、そのふたりの頭に、ブロックがわたしといるから家庭が崩壊したとかいうたわごとを吹きこんでいるのが、ほんとうにいやになる。彼女はそうやって彼をとり戻そうとしている。彼本人は、わたしと同じくらいか、それ以上に彼女のことを嫌っているのに」

「そんな」マーサがわたしを凝視し、ささやき声でもう一度言った。

「そして、それでもじゅうぶんではないかもしれないからつけ足しておくと、ブロックのお父さんはがんで、いつ亡くなるかわからない。過去にいざこざがあったから、もしも亡くなれば、長いあいだ埋没していた問題が浮上して、ブロックは彼の母親と姉妹と弟だけでなく、みんなの気持ちをうまくまとめなければならない」

「まあ、テス、わたしなにも知らなかった」マーサが声をひそめたまま言う。

「わたしは知ってたわ」エルヴァイラがデイジーとシャーリーンに向かってつぶやいた。「感謝祭でいっしょに過ごしたから。言えるのは、わたしが知るかぎり、彼の家族は『わが家は十一人』のウォルトン一家じゃないってこと。ウォルトン一家は、F爆弾をあんなにボンボン落とさないもの」

わたしはエルヴァイラの意見を無視して、マーサに言った。

「そうね。あなたの言うとおりよ。あなたが知らなかったのは、わたしがあなたに話す暇がなかったから。でもね、ベーカリーが忙しいときになにもかもがいっきに起きて、それだけでじゅうぶんではないかのように、ブロックがわたしの人生に入ってきたのと同時に、デミアンがデミアンにしか理解できない理由をこじつけてわたしに会いにきたのよ」

マーサの上半身がまた大きくのけぞったが、今回は息をのみ、目を大きく見開いた。

「彼女の元夫よ。くそ野郎の市場を独占しているようなやつ」エルヴァイラがシャーリーンとデイジーに小声で説明した。

「そういう手合いはたくさんいるわ」シャーリーンがうなずく。

「いいえ、ちがうの。わたしが言ってるのは、そいつはほんとに、くそ野郎の市場を独占しているということ」エルヴァイラが言い直すと、デイジーとシャーリーンはなるほどという顔でわたしを見た。

「でも、なぜいまごろ会いにきたの?」マーサがそっと尋ねた。

「わからない。ブロックが応対して、家のなかには入れなかったから。今後わたしのまわりで姿を見かけたら、ただではおかないと脅したわ。そして、彼の目の前でドアをしめた。そのあと、警察の同僚に電話し、地方検事と連絡を取って、デミアンが麻薬の罪以外に迷惑行為と暴行と婦女暴行の嫌疑もかけられていると地方検事からデミアンの弁護士に言うように頼んだの」

全員が完全に理解したしるしに、まわりでさらにたくさん息をのむ音がした。

「わたしたちが話しているそのデミアン・ヘラーが？」シャーリーンが訊き、わたしはうなずいた。「くそね」彼女がつぶやく。

「うーん、まあ」同意せざるをえない。

「テス、わたしなにも――」マーサが言いかけたので、わたしは彼女のほうを向いて言葉を遮った。

「あなたが知らなかったのはわかってる。わたしがあなたに言う時間がなかったんだから。でも、いまは、なぜ言う時間がなかったか理解してくれることを願っているわ。そういうことなの。デミアンがブロックのことを探りまわっていて、彼にいやな思いをさせている事実が耐えられない」

「最悪だわ」マーサがつぶやく。

「冗談じゃなく最悪なのよ」わたしはうなずいた。

「テス、ごめんなさい。最悪だったね」

「ええ、ほんとにそう。だって、彼はいい人なのよ、マーサ。最高の男性なの。どうしてあんな人が存在するかもわからないけれど、彼がわたしのものだと考えるだけで、幸せを通り越して、嬉しさに舞いあがってしまうくらい」

マーサがわたしの目をじっとのぞきこんだ。

それからそっとささやいた。「彼を愛しているのね」

「ええ」わたしは答えた。「彼はわたしがきれいだと思っていて、そう言ってくれる。いつも彼を笑わせるおもしろい人だと思っているの。ベッドでも最高で、愛し合うときに念入りにしてくれなかったことなど一度もないし、一度に二回っていうことも、全然めずらしいことじゃないわ」

「まあ、すごい。もうじゅうぶん、ごちそうさま」エルヴァイラがつぶやいた。

「わたしも」デイジーもつぶやいた。

「なんとまあ」マーサがつぶやいた。

「その人のこと、しっかりつかまえてなさい」シャーリーンがつぶやいた。

わたしは声を落として、マーサに説明を続けた。「わたしが近くにいるときは、かならずわたしのすぐそばにいてくれるの。彼の父親に言わせると、まるでライオンが部屋に飛びこんでくると思っていて、わたしを守るために近くにいたいと思っているようだって。しかも、彼がそう思うのも無理ないのよ、マーサ。デミアンが戻ってきたとわかって、あのライオンがすぐそとでうろついているとわかっているから、ブロックは……」涙で鼻がつんとして、わたしはつばを飲みこんだ。「ライオンをわたしのそばに絶対に近づけないように、いつも待機しているのよ」

「まあ、すごい」エルヴァイラがささやいた。

マーサはずっとわたしを見つめていた。彼女の目に涙が浮かんだ。

「あなたは彼を愛しているのね」またささやく。

「ええ」わたしはうなずいた。

「あなたは彼を愛している」マーサがもう一度言う。

わたしはほほえんだ。「ええ」

ふいにマーサが両手を上に伸ばして叫んだ。「わたしの親友がバッドボーイのホットガイを愛してるって！」

エルヴァイラがあきれたように目をくるりとまわした。シャーリーンは、頭がおかしくなったかといわんばかりにマーサを凝視した。デイジーはあのかわいい鈴のような声でくすくす笑った。

わたしはマーサにほほえみかけた。

そうよ、これでこそマーサだ。ひとつのドラマが次のドラマにつながり、すべて悪くない。わたしが安堵のため息をついたそのとき、ドアをノックする音がした。

やれやれ。ほっとしたのもつかの間だった。

わたしは戸口に目をやり、その向こうに汚染爆弾が置いてあるかのようにドアを凝視した。

「あなたたちふたりは仲直りしててちょうだい。わたしが出るわ」エルヴァイラが言ったので、わたしはとめようと口を開いたが、その瞬間、マーサに抱かれて、両腕がまわされるのを感じた。

五年生からの親友の両腕に抱きしめられたら、どうしたらいい？　当然、抱きしめ返す。

「あなたが幸せでほんとうにうれしい、ハニー」彼女がささやいた。

「わたしも」わたしはささやき返し、それからつけ加えた。「どちらか、それとも両方の元配偶者によるひどい脅しや、末期がんの病気の影さえなければ」

マーサはハグしたまま、少し身を離して優しく言った。「それも、そのうち過ぎ去るわ」

その言葉が正しいことを願うしかない。

「ねえ、テス」エルヴァイラが近づいてきたので、わたしはマーサから身を離して彼女を見た。それから、その向こうに目をやり、これまで会ったことがない、ハンサムだけどいくらか年輩の男性が戸口を入ったところに立っているのが見えた。「あなたにお客さま」エルヴァイラは見ればわかることをわたしに伝え、さらにつけ加えた。「デイド・マクマナスと名乗っているけれど」

わたしは目をしばたたかせ、もう一度、戸口を入ったところに立っている、これまで会ったことがない、ハンサムだけどいくらか年輩の男性を眺めた。

うわ。

オリヴィアの夫？

ハンサムだ、たしかに。それに、部屋のこちらから向こうまで離れていても、〈ニーマン・マーカス〉の得意客かと思うくらい上質な服を着ているとわかった。しかもその服を、いまなお、すらりと引き締まった体に着こなしている。スタイルがある。やや年配だけど。

それでも。

ブロックは間違っているのかもしれない。オリヴィアは、ほんとうに、バッドボーイでホットガイの前夫とよりを戻したいのかもしれない。

困る。

それに、こっちも困る。この人はいったいなにをしにきたの？

「ええと……」わたしは口ごもった。

「ほんの少しでいいんです、ミス・オハラ。ただこれは重要なことなんです」彼が礼儀正しく言った。

困るのに！

「だれなの？」マーサがわたしの横で伸びあがって彼を眺め、耳元でささやいた。

「ブロックの元妻の結婚相手」わたしはささやき返した。

「あらまあ」エルヴァイラがつぶやいた。

「ほんとね、シュガー」

「まさにそうね」シャーリーンがつぶやく。

「驚いた」マーサもつぶやく。

「ちょっとお持ちください……すぐ行きます」わたしが大きく声をかけると、彼は感じようなずき、造りつけの本棚に並んだ本を眺めはじめた。

いいわ、もう。わたしは両手を振って友人たちに集まるように合図し、即座に集合したみんなに声をひそめてささやいた。「オーケー、買い物は行かないけど、あとで〈クラブ〉で合流する」マーサのほうを向いて指示する。「メールして」そのあと、またみんなに言った。「買い物愉しんでね。もしも〝ハッピー・ヴァレンタイン〟にバッチリって感じのセクシーな寝間着を見つけたら、無料でカップケーキひとつ贈呈するから」

「懸賞をデイジーの飾りつきのシュガークッキーにしてくれたら、真剣に探してくる」シャーリーンが宣言したので、わたしはうなずいた。

「最高にホットだったら、クッキーふたつにする」

彼女はうなずき返し、その目に浮かぶ決然とした表情から、わたしはブロックが幸せなヴァレンタインデーを過ごすことになると確信した。

友人たちを戸口に向かって追いたて、さよならを言い、もう一度マーサをハグして、ようやくみんないなくなった。

そして、わたしはオリヴィアの夫とふたりきりになった。

「なにかお飲みになりますか？　コーヒー？　紅茶？　ココア？」わたしが声をかけると、彼はわたしの本棚調査からふり返った。

「けっこうです、ミス・オハラ、すぐに済みます」

「テスと」わたしがそっと言うと、彼はかすかに首をかしげた。「みんなそう呼びますから」

「テス」彼が言い直したので、わたしはほほえみかけ、身振りで椅子のほうを示した。彼はわたしのひじ掛け椅子に坐り、わたしはソファーに腰をおろした。

「どんなご用件でしょう、ミスター・マクマナス？」

「ぼくのことはデイドと」彼が静かな声で言い、わたしはうなずいた。それから彼は、一瞬吟味するようにわたしを眺め、気まずそうに坐り直し、そして言った。「じつは、なんと言えばいいのかわからない、というより、むしろなぜ自分がここにいるのかわからないと言うべきか」

ふたつの要素に分けられるいい質問だ。ふたつ目の要素というのは、彼がわたしの家をなぜ知っているか。

「聞いていいですか、その……つまり、わたしが住んでいるところをなぜ知っているんですか？」

「ジョエルに聞きました」それが答えだった。

なるほど。これは理解できる。子供たちはこの家に来たことがあるし、ジョエルが彼の父親と同じく観察力が鋭いことは明らかだから。

彼はわたしと目を合わせ、そして言った。「ただ言えばいいのかもしれない。あなたは知っておくべきだから」言葉を切り、それから一息に言った。「あなたの……あなたの恋人とぼくの妻が浮気していると信じるに足る根拠があります」

肺がぎゅっと収縮し、わたしは目をしばたたかせた。

「え？」ささやき声しか出ない。

「ぼくは……」彼はためらった。「じつは……」またためらう。「人を雇って彼女をつけさせた」ようやく白状する。「そして、彼女があなたの彼氏と夕食を二回共にしたという報告を受けました」

わたしは続きを待った。

続きはなかった。

それで、続きをうながした。「それで？」

彼が眉間にしわを寄せた。「それで？」

「ええ、それで？」

「それで、というのはどういう意味ですか？」

そんな。

遅ればせながら、ようやくわかった。彼は自分の妻が、養育権について話し合うためにブロックと食事していることを知らないのだ。つまり、彼女は夫に話していない。

そんな。

「デイド」わたしは優しく言った。「ブロックがオリヴィアと食事をしたことは知っています。それは、最近、ブロックが転職してスケジュールが規則的になったことに関係があります。感謝祭の二週間後、ブロックの弁護士からオリヴィアに、ブロックが共同親権についての交渉を求めているという連絡がいきました。オリヴィアのほうも……」今度ためらったのはわたしだった。「ブロックと、ええと……」やだもう！「この件を含めていろいろとブロックと話し合いたいことがあったようで、夕食をいっしょにしたいというのは彼女のほうからの申し出でした。ブロックがそれを断ると、彼女は不機嫌に……息子さんたちの前でも不機嫌になったので、ブロックは夕食を承諾したんです。でも、二回の会食を経ても解決に至らず、ブロックは今後はすべてを代理人を通すつもりだと言ってました」

彼の唇は、わたしがブロックの弁護士からオリヴィアに連絡がいったという話をしているあいだ固く結ばれていたが、話が終わったとき、その唇はもっとぴんと張りつめていた。

まずい。

それから、彼はわたしから目をそらして、横の窓を眺めた。

「彼女はそのことを、あなたに言わなかったのですね」わたしはそっと言った。

「ええ」彼の返事は短かった。

わたしは黙っていた。

それから訊ねた。「ほんとにコーヒーを召しあがりませんか？」

彼は視線をわたしに戻したが、返事はしなかった。

その代わりに別な質問をした。「不機嫌？」

わたしはまた黙っていた。

「つまり、妻が自分の思いどおりにするために、息子たちの前で癇癪を起こしたということですね」

わたしは唇を噛んだ。彼はその口元に視線を落とすと、また、口まわりの皮膚が破れるのではないかと思うくらいきつく口を結んだ。

「やっぱりコーヒーを淹れましょう」わたしがそっと言うと、彼ははっとしたようにわたしと目を合わせた。

「そして、あなたの恋人と会いたいと彼女が望んだ理由は、息子たちが父親にもっと会えるようにする件について話し合うことではなかった」

「ええ」わたしはささやいた。

彼はうなずき、また窓のほうに目をやった。

「コーヒーを淹れてきますね」わたしはささやき、立ちあがってキッチンに行った。

コーヒーメーカーをセットし、皿を一枚出して、いままで一度もしたことがないことをした。店で買ったクッキーをお客さんに出す。

冒瀆だ。

でも、わたしがクッキーを焼くあいだ、彼が待っているとは思えないから、しかたがなかった。

わたしは来客用のコーヒーポットと茶碗と受け皿を引っぱりだし、砂糖入れとクリーム入れを満たして、そのすべてをトレーに載せると、それをもって席に戻った。戻ったとき、彼はまだうちの裏庭の、わずかに積もった雪が陽光にきらめいている風景を眺めていた。でも、彼は陽光にきらめいている雪を見ているわけではなく、表情だけ見たら、まるで殺人の罪を逃れる方法を考えているかのようだった。

「ミルクとお砂糖は？」

「ミルクを少し」

彼はわたしに顔を向け、そう答えた。

言われたとおりにして、彼の前に茶碗を置くと、わたしはまたソファーに坐った。

まだ椅子の背もたれに背中が届くか届かないうちに、彼が急に話しだした。

「あの子たちはいい子だ」彼がきっぱり言う。

「レックスとジョエルのこと？」

「そうだ」彼は答えた。「すばらしい少年たちだ。ひじょうに賢い。成績もいい。必死に勉強する。必死にスポーツをする。必死に部屋の掃除もする。必死に母親を気遣う。つねに必死にがんばっている」

これは興味深いことだ。

わたしももちろん気づいていた。興味深いのは、彼も気づいていて、しかも、明らかにそれを問題だと感じていること。

わたしはコーヒーをすすり、彼に視線を返したが、でも口は閉じていた。

デイドはそうではなかった。

「テス。オリヴィア、彼女はあらゆることに……きわめて不機嫌になる」

やだ、どうしよう。

「デイド」わたしは小さな声で言った。

「彼らは母親をこわがっている」彼が言う。「あるいは、母親のためにこわがっている」

わたしは視線をそらし、目を閉じた。

それから、目を開いて、もう一度彼を見つめた。「あなたはブロックに話をするべきだと思います」

今回は彼のほうが口を閉じた。

わたしはカップと受け皿を自分の前でもったまま、両ひじをひざに置いて身を乗りだした。「もしもあなたが心配しているならば、子供たちの父親も知るべきです」

「心配はいまに始まったことではないんだ、テス。その心配が、人を雇って妻を見張らせた理由のひとつでもある。妻がテニスのコーチと寝て、次にパーソナルトレーナーと寝て、次にスパのマッサージ療法士と寝たという事実以外に。彼女は男をナンパするのが好きでね。ぼくの金を使う以外では、唯一の趣味といってもいい」

「そうした関係を、あなたは誤解されているかもしれません。彼女はただ、その……好意を示しているだけかも」いちおう言ってみる。

「証拠写真がある」

やばい。

「わかりました、降参です」

「彼女は、ぼくが求愛した女性とは別人になってしまった」

なんと、〝求愛〟という言葉をつかうなんて。

わたしはうなずいた。「同じことを、前にも聞いたことがあります」

「そうでしょう」

それにはなにも言うことがなかったので、なにも言わなかった。

「何十年も企業の重役として成功をおさめてきたあげく、〝彼らの《ゼア》〟と〝これらは《ゼア》〟と〝そこ《ゼア》〟のつかい分けもできない、四十四歳の染めたブロンド女にもてあそばれるとは」

「お気の毒に思います」わたしは静かに言った。

「ぼくもそう思う」彼が答えた。

わたしはコーヒーテーブルに茶碗を置き、クッキーの皿をとって彼に差しだした。

「これらは《ゼア》たまたま買ってあったものです。アポストロフィのついたほうの」わたしは冗談を試みて、目をぱちくりさせた彼にほほえみかけた。「こうして心を打ち明けることになるとわかっていたら、間違いなくチョコレートケーキをつくってお待ちしていたのに。ホイップしたチョコレートクリームをあいだにはさんで、上にガナッシュをかけた心癒やされるケーキ。あいにく知らなかったので、これしかないんです」

彼はわたしをじっと見つめ、それからふと表情をやわらげた。

そして静かな声で言った。「ありがたいが、遠慮しておこう。だが、そのうち、その心癒やされるケーキをひと切れ、子供たちにもたせてくれるかな？」

「かならずそうします」わたしは小さな声で言い、皿をテーブルに置いた。

「早いほうがいいかもしれない」彼がつけ足し、わたしはその言外の意味に気づき、同情をこめて彼にほほえみかけた。「お気の毒です、デイド」

「彼女からあなたのことを聞いたことがあります」彼が小さい声で答え、わたしは一瞬息をのんだ。「息子たちもぼくも。あなたが彼女の頭をいっぱいにしている。あることないこと勝手放題言っていました」彼は小さくほほえんだ。「これはアポストロフィのあるほうの〝あなたが《ユア》〟です」

わたしはほほえみを返し、ソファに深く坐り直した。「そんなことではないかと思っていました」

「彼女は簡単には諦めない、テス」彼の警告にわたしはまた息をのんだ。「妻が亡くなったあと、ぼくはもういいと自分に言い聞かせた。二度と結婚しないと。妻は親切で寛大でよくできた女性だった。望んでいなかった……」彼はためらった。「だが、オリヴィアが、彼女は熱心に押してきた。三年間。ぼくは自分が幸運な男だと考えていた。一生に二度も、美しく心優しい女性に出会えたのだからと」

わたしはまた唇を噛んだ。

デイドが締めくくる。「間違っていた」

わたしが頭をかしげ、もう一度お気の毒だと言おうとしたとき、玄関のドアがあいた。

まずい！

ふり返ると、濃い灰色でパイピングしてあるぴったりした黒い長袖のランニングシャツと対の（でもぴったりはしていない）トラックパンツを着た彼が見えた。

彼はひじ掛け椅子に坐っているデイドを見たとたん、脅威を感じるほど眉間を狭め、低い声でうなった。「いったいどういうことだ？」

わたしは急いで立ちあがり、彼に駆け寄った。

「だいじょうぶよ、ハニー。わたしの住んでいるところをジョエルから聞いて……デイド、彼は……つまり、あれやこれやを解決するために来たけど、そのあれやこれやは、オリヴィアがあなたに言ったかもしれないこととはちがっているから」わたしは説明を試み、それからつけ加えた。「あなたは必要だと思う……」

「なにをだ？」彼はデイドから目を離さずにわたしの言葉を遮り、ドアをばたんとしめ、わたしをそばに引き寄せたまま大股二歩で部屋に入り、言い放った。「どんな問題があっても、おれの女の家にもちこむことはないだろう」

デイドが椅子から立ちあがった。「ルーカス、ぼくは誤解していた――」

「おれがあんたの妻をファックしたと思ってたんだな」ブロックがデイドの言葉を引きついで締めくくった。「ああ、デイド、わかってるよ。あんたの私立探偵はへぼだ。オリヴィアとの一回目の悪夢のような食事が始まって五分後に、探偵に気づいた。だから当然、二回目の食事のときも五分で気づいた。あんたがわかっていないのは、健全な関係ならば、男は恋人になにも隠さないし、逆もまた真だということだ」

「ルーカス、ぼくは――」デイドが言いかけたが、ブロックがまた遮った。

いけない！

「なにか言いたいなら、おれに言え。テスの家まで押しかけてくるな」

「彼はちょっと過保護なんです」わたしはデイドにたいしてブロックの弁護をしてから、ブロックのほうを向いた。「ハニー、怒るのをやめて、坐って、あなたはデイドと話をしたほうがいいと思う」

ブロックはしかめっ面で元妻の夫をにらんだ。

それから訊いた。「おれの息子たちが、あんなにびくびくしている理由を教えてもらおうか」

「わかった」デイドは答えたが、その先を続けなかった。少なくともブロックが満足するほど早くは。

「それで？」ブロックがまた言う。「早く言えよ」

「彼女はか弱い」デイドが切りだした。

ブロックがまったくおもしろがっていない大きな笑い声を発し、それから断言した。

「おいおい、オリヴィアは石でできている。これは冷酷だっていう比喩だが、あんたも彼女をファックしたことがあるなら、文字どおり石のように不感症の女だとわかっているだろう」

いけない！

「ブロック、ハニー」わたしがささやくのと、デイドが唇を固く引き結ぶのが同時だった。

「そうじゃない、ルーカス」デイドが苦々しげに言う。「ぼくが言いたいのは、彼女が自分のことをそういうふうに息子たちに言っているということだ」

ブロックの全身がぴたりと動きをとめた。

それから、静かな声で訊ねた。「あいつ、子供たちをそうやって操っているのか？」

「つねに」デイドが答えた。

わたしはぞっとして、デイドを見つめた。

なんてこと。

「いったい全体、なんでそんなことを？」ブロックが訊ね、わたしもそれはいい質問だと思った。

「ぼくが思うに、きみはぼくよりも長く彼女のことを知っているのだから、彼女が強力な味方を得るのにきわめて熱心なのはわかっているだろう。そしてぼくが思うに、きみが彼女と離婚した理由は、少なくとも部分的には、今後のぼくの理由にもなるはずだ」この知らせを聞いて、ブロックは鋭く息を吸ったが、デイドはかまわずに言葉を継いだ。

「そして、彼女は単純にああいう人間なのだ。呼吸する空気のように、他人の注目を必要としている。だが、普通のやり方では手に入れることができない愛情を無理やり得るために、たとえば、ぼくや……」——彼の目はわたしを見て、それからブロックに戻った——「きみに喧嘩をふっかける」

「まったくいかれた女だ」ブロックが吐き捨てるようにつぶやき、視線をそらし、手をあげて濡れた髪をかきあげた。

「母親がしょっちゅう、しかも予想もつかないときにふいに癇癪を起こして涙にくれるから、子供たちは母親のそばでつねに気を張っている。なぜそういうことになるか、彼らにはまったくわからないから、あらゆることに気をつけているんだ」デイドはそう言いながら、わたしを見やった。「こちらの女性は、ぼくたちの前の結婚相手とはまったくちがう。少なくとも、ぼくが知っているかぎりでは」

「当ててみようか？」ブロックが言ったので、デイドは彼のほうに視線を戻した。

「いつからそうなったか。彼女が結婚証明書に署名した一時間後だろう？」

「ハネムーンから戻ってからだ」デイドが訂正した。

「すばらしい。少なくとも、あんたはハネムーンを愉しんだわけだ」ブロックが言うと、デイドは目を見開いた。

「まさか」小さい声で言う。

「ああ……そのまさかだったよ」ブロックが答える。

「なんてことだ」デイドがつぶやいた。

「それで、あんたは彼女と離婚するつもりなんだな？」

「そのつもりだ」

「くそっ、ファック、ファック」ブロックが床に向かって吐き捨てるように言った。

ブロックが床を罵倒する理由はいくつもあるだろう。そのひとつは、デイドがいなくなれば、オリヴィアはひとりになって、ブロックが干上がるまでお金を絞りとろうとするだろうということ。もうひとつは、暇になるから、ブロックの人生をみじめなものにすることにさらに打ちこむだろうということ。

最悪。

デイドがブロックを見つめた。それからわたしに目を向けた。

それからブロックに視線を戻し、静かに言った。「きみがなにをするつもりにしろ」

ブロックが顔をあげ、デイドと目を合わせた。「早くしてくれ。子供たちが屋根の下で馴染みあるものに囲まれた安定した状態でいられるために、数週間は遅らせてもいい。だが、数週間だけだ、ルーカス。それ以上は待てない」

わたしの心臓はどきどきし、わたしの横のブロックはまたじっと動かなくなった。

「そして」デイドがブロックをじっと見つめ、さらに言った。「そうなったとき、ぼくはできるかぎりきみを支援するつもりだ」一瞬言葉を切る。「ジョエルとレックスのために」

うわ。

さげすまれた女の怒りは激しいというけど、さげすまれた男の怒りも……かなり。

ブロックがひと言も言わずにデイドを凝視しつづけていたので、わたしは思わず口を出した。

「デイド、ご親切にありがとう。ほんとうにご親切に。子供たちが理解できないかもしれないけど、もし理解できたら感謝するはずだし、それに、その……」ブロックのほうを見ながら結論づけた。「わたしたちも感謝しています」

デイドはうなずき、また静かに言った。「心癒やされるケーキをつくってくれるなら、数週間のうちに頼むよ、テス」

「もし締め切りを過ぎてしまったら、丸々ひとつもっていって、玄関の前に置いておきますね」

「いやいや」彼がわたしたちのほうに歩いてきて、わたしの前で立ちどまった。「いつでもベルを鳴らしてくれ」首をまわしてブロックを見遣り、また静かに言った。「ぼくの最初の妻は善良な女性だった。きみは最後で運がいい」

わお。なんて優しいの。

それからわたしに向かってうなずき、つぶやいた。「ありがとう、テス。コーヒーをごちそうさま。おいとまする」

わたしがほほえみ返すと、彼はわたしとブロックの脇を通って、玄関から出ていった。

わたしはブロックのほうを向いた。

「お望みならば、あなたが叩き壊してもいい物を全部集めてきて、コーヒーテーブルに置くか、別な選択肢として、ビールの瓶を取ってくるけれど」

彼はわたしを見下ろした。それから、ひじ掛け椅子まで行って坐ると、ひざにひじをついて前かがみになり、両手で頭をかかえた。

わたしは急いで近寄り、彼のそばにしゃがんで彼の太ももをなでた。

「だいじょうぶ？　ブロック、怒りはそとに出してしまったほうがいいわ」

「くそったれ」彼がひざに向かってつぶやいた。

「ブロック……」

「子供たちを一年もあの女のもとに置いておくべきじゃないとわかっていたんだ。一年も」彼が吐き捨てるように言う。

「ハニー……」

「息子たちまで操って」相変わらずひざに向かって話している。

わたしは彼の太ももをぎゅっと握った。「ハニー……」

「つねにだと」

わたしはもう一度彼の太ももをぎゅっと握り、指を食いこませたが、なにも言わなかった。

「ファック!」彼は怒鳴り、身を起こして、椅子の背にばたんと寄りかかった。

わたしは立ちあがり、彼のひざによじのぼり、腰の両側にひざを立てて、彼にまたがった。前にかがんで両手を彼のランニングシャツのすぐ乾く布地にあて、彼の顔に顔をつけると、彼の両手がわたしのお尻をつつむのを感じた。

「なんとかなるわ」わたしはささやいた。

「ああ、ベイブ、だが、きのう、いや、二年前になんとかする必要があった」

「たしかにそうね。でも、時間は戻せないのよ、ハニー。まずは子供たちと話さなければ」

「そして、なんと言うんだ、テス? おまえたちのママは惨めで狡猾なあばずれで、パパは仕事を優先させて、あの嘘つきのもとにきみたちを置き去りにしたくそったれだと?」ブロックの声は怒りに震えていた。

「〝あ〟から始まる言葉はやめたほうがいいかも」わたしは小声でアドバイスし、両手を滑らせて彼の首にまわし、きつく抱きしめた。「そして、〝く〟から始まる言葉も」

彼は鼻で息を吸いこみ、わたしの背後を見やりながら、両手の指をわたしのお尻に食いこませた。

それからまた視線を戻して、わたしと目を合わせた。「今夜はずっときみを抱いていたい」

わたしは首を振り、彼の首をさらに抱きしめた。「あなたは子供たちと過ごすべきよ。さっきマーサが寄ってくれて、わたしはこれから〈クラブ〉で女の子たちと会うことになっているの」

「聞こえなかったのか、テス、今夜はここに泊まって、きみを抱いていたい」

「ブロック、子供たちは、パパとわたしがいっしょにいることにとまどっているわ。おそらくは心を引き裂かれるように感じ、もしかしたら、罪悪感も抱いているかもしれない」

「ベイブ、おれが息子たちと会うときにきみがいなくなる必要はない。おれがフルで親権を獲得したらそんなことはなくなる。そのうち、このいまの二軒の家っていうばからしいやり方はやめて、いっしょに住み、子供たちもおれたちといっしょに暮らすんだ」

このニュースに、彼の首にまわしているわたしの手の指先がかすかに震えた。彼は当然と思っているようだが、わたしにとっては初めて聞くニュースだ。

うれしいニュース。

彼の話は、このうれしいニュースでわたしが感じていた幸せに割りこんだ。

「子供たちも、おれたちと同じように、あの女の駆け引きを知る必要がある。そして、一日十二時間働いたあとで、あの子たちがいいクリスマスを過ごせるように骨を折り、疲れているのに明るくほほえむ女性のことで心を引き裂かれるように感じたり、その女性を好きになることをうしろめたく思ったりする必要はないと知る必要がある」

オーケー、たしかにそうかもしれない。

「わかった。でも今夜はマーサたちと出かける。寄ってくれたとき、わたしにぜんぜん会えないと大騒ぎだったのよ。彼女にも時間を割いてあげないと」

彼がわたしを見つめる目つきで、これでは納得してもらえないとわかった。

さらにぎゅっと彼を抱きしめた。「あなたは息子たちに話をして、いっしょに夕食を食べて、男の時間《ガイタイム》を過ごしてちょうだい。わたしは女の時間《ガールタイム》を過ごして、帰りは遅くなるから。そして、あしたは、朝ごはんになにかすてきなものをつくる」

「テス――」

「いいこともあるのよ、ブロック」わたしに言葉を遮られ、彼は顔をしかめた。

「いっしょにモールに行こうと誘われたけど、断った。その代わり、ヴァレンタインデーにバッドボーイのホットガイがよろこびそうな寝間着を見つけたら、ただで焼き菓子をあげるという取引をしたの。わたしは三月までモール断ちを誓ったでしょ？つまり、あなたが愉しいヴァレンタインデーを過ごせるかどうかは、彼女たちにかかっているということ」

彼はまた数秒間わたしを凝視し、それから口元を震わせ、首を振った。

「おれのスイート・テス」そうつぶやき、身をかがめてわたしの唇にキスをした。

彼が顔をあげると、わたしはささやいた。「なんとかなるわ」

「ああ」彼もささやき返した。

わたしはほほえみかけ、それから彼にきっぱり告げた。「あなたはシャワーを浴びる必要がある」

「きみもだ」彼が言う。

「わたしはけさ浴びたから」

「そうか、でももう一度浴びるんだ」

また震えが戻ってきた。

「わかった」わたしがささやき返すと、彼はにやりとした。

そしてわたしを抱いたまま立ちあがり、床に立たせて言った。「急ぐぞ、ベイブ。子供たちを迎えにいく時間がある」

急いだこともある。わたしは急がないほうが好きだけど。
でも、ピンチには急ぐのもありかも。

16

わたしは頭をうしろにそらし、ブロックは手でわたしの乳房を支えて乳首に吸いつき、反対の手でもうひとつの乳房をつつみ、親指で乳首を回していた。わたしは彼の髪のなかに指をもぐりこませ、腰を回すようにして彼に押しつけていた。

〈クラブ〉からブロックのアパートメントまで、デイジー（リムジンと運転手つきの、優しく、かつすごく愉しい、わたしの新しい親友）に送ってもらった。

そうしたのは、ほろ酔いどころではなかったからだ。

そしてこの寝室に入った瞬間、うとうとしていたホットでバッドボーイの彼氏に襲いかかった。そうしたのは、さっきも言ったけど、ほろ酔いどころではなかったからだ。

彼は、明らかに、ぜんぜん気にしていなかった。

わたしが声を洩らし、その声をブロックはこれまでに何度も聞いたことがあったので、その意味を読みちがえることはなかった。

彼は乳首を口からはずし、反対の乳首を回していた親指の動きをとめ、人差し指も加えて乳首をつまむと、うなるような声で命じた。「口」

そのときにはわたしは腰を回すのをやめて、振りはじめていて、切ない声を洩らしていた。脚のあいだの快感にあまりにも夢中になっていたせいで、すぐに反応できなかった。

「テス、口」ふたたび彼がうなった。

わたしは頭をさげ、彼の手がわたしの背骨を滑るように上に移動し、首を経て、指を髪のなかにもぐらせた。快感が、とんでもなく、たまらないほどに高まり、わたしの声はあえぎに変わった。彼はわたしの唇を引きおろして自分の口に押しつけ、わたしの声が彼の口のなかを満たした。わたしがいまにもいきそう、というところで、ドアがノックされる音がした。

わたしたちは一瞬で固まった。わたしが腰を沈めて、ブロックを完全におさめたあとで。

ふたりでドアのほうに顔を向けると、ジョエルの声が聞こえてきた。「パパ？　ママから電話。急ぎなんだって」

う・そ・でしょ。

「嘘だって言ってくれ」ブロックがひそめた声で言った。その声はものすごく低くて、怒りに震えていた。

嘘だと言いたかった。ほんとに、ほんとに、ほ、ん、と、う、に。でもじっさいに起きているのだから、嘘だとは言えなかった。

ブロックの向こうにある、ナイトテーブルの上の目覚まし時計を見ると、午前二時三十四分だった。

次の瞬間、ブロックは両手でわたしのウエストをつかむとすばやく自分の上からおろし、ひねって、わたしをベッドにあおむけに寝かせた。頭は枕の上に。

それからさっと身をかがめてわたしのお腹にキスをすると、ベッドから転がりでて、わたしに布団をかけながら言った。「いま行くよ、ジョエル」

わたしは首まで布団をひっぱりあげて、ブロックが床に落ちていたパジャマの下を拾い、それをはいて、ドアへ向かうのを見送った。彼は手をドアノブにかけ、大きく深呼吸して、ドアをあけると同時にしゃがみこんだ。

そのとき、わたしからは見えないジョエルが震える声で言うのが聞こえた。「ごめんなさい、パパ、でもママがこわがっているみたいだったから」

わたしは口を引き結んだ。ジョエルがつけた廊下の明かりのなかで、ブロックもおなじ表情をしているのが見えた。彼は手を伸ばした。

ブロックは携帯電話を耳に近づけ、わたしは眉をひそめた。

「オリヴィア？」ブロックがそう言うのを聞きながら、わたしは枕の下に手を入れて寝間着をとりだした。わたしは布団のなかで寝間着を着るのに苦労していた。「侵入者？」ブロックが尋ね、間があり、さらに、「警察には電話したのか？」ふたたび間があり、そして、「ああ、おれも警察官だが、オリヴィア、だがおれは二十四時間、個人的な呼び出しへの対応はしていない。警察に電話しろ」彼はまた口を閉じ、わたしは寝間着を着終わって転がり、床に手をついて、腕を伸ばし、パンティーをつかもうとした。「いいよ。おれがかける。オリヴィア、もし警察が近辺をパトロールしているなら、彼らの到着予定時刻《ETA》のほうが、おれよりよっぽど早い。待ってろ、通信指令センターに通報するから」

布団の下でパンティーをはくのに四苦八苦していると、ブロックが電話を切り、言った。「ここで待っていてくれ、ベイビー。すぐ戻る」

わたしがパンティーを引きあげていると、ブロックは硬い表情で寝室用のランプのほうへ歩いていった。彼は明かりをつけ、ナイトテーブルの上にあった自分の電話をつかみ、わたしはそこでベッドから出た。

そしてドアのほうへと向かった。

ドアを大きく開くと、おびえて青ざめた顔をしたジョエルが廊下にいた。悪いニュースは、ジョエルがこわがっていたこと。いいニュースは、ジョエルはたぶん父親が恋人とセックスしている物音を聞いてしまったけど精神的に傷ついているようには見えなかったこと。

わたしはすぐに彼の首に手を置いて、言った。「だいじょうぶよ、ジョエル。おいで」わたしは彼を部屋のなかに入れた。ブロックが話している。

「ああ、殺人課のルーカスだ。おれの前妻が電話をかけてきて、家に侵入者がいると言ってるんだ。パトロールを向かわせてくれるか……？」

彼は住所を告げ、わたしはジョエルをベッドのほうに連れてきて並んで腰掛けた。すぐそばに坐って、彼のウエストに腕を回して。

ジョエルは父親を凝視している。

「恩に着る」ブロックは言った。「おれにかけ直してくれるか？　状況を知らせるために？」うなずく。「ありがとう」

いったん電話を切り、ふたたびどこかにかけ、耳にあてた。

そして言った。「いま通信指令センターにかけた。警官がそっちに向かっている。じっとしていろ。五分くらいで到着予定だ」

それだけ言うと、返事を待たずに電話を切った。

ようやく、彼は息子のほうへ目を向けた。「だいじょうぶだ、ジョエル。警察が向かっている」

ジョエルはうなずいた。

「レックスは眠ってるのか？」ブロックが訊いた。

ジョエルは肩をすくめた。「たぶん」

「そうか、それなら起こさないでいいから、だが行って、あまり音をたてないであの子の携帯電話を探し、おれんところへもってきてくれ。できるか？」

ジョエルはふたたびうなずき、ベッドから飛びおりて、部屋を出ていった。

彼がいなくなった瞬間、部屋にはブロックのものすごくムカついた気分のとげとげしさが満ち満ちた。

「携帯電話？」わたしはおずおずと尋ねた。

「オリヴィアとの話で、彼女がきのう子供たちの携帯電話を買ったとわかった。年末セールだったらしい。その正体は夜中のステルス攻撃の準備だったたってわけだ」

わたしは唇を嚙んで、うなずいた。

ふたたびおずおずと訊いてみた。「でも……どうして彼女は警察に通報しなかったの？」

「もし侵入者でなければ、自分がばかのように見えるし、警察の時間を無駄にしてしまうからだと言っていた」

ふーむ。彼はブロックの時間を無駄にすることは気にしないのに。彼を夜中に起こすことも。それにジョエルを起こすことも。

またしてもおずおず、質問してみた。「彼女はほんとうに、あなたが夜中に起きて、彼女の家に行き、侵入者かどうか調べると思ったのかしら？」

彼はわたしに、例の目つきを寄越した。その目つきは、オリヴィアが離婚後、まだデイドと結婚していなかった数年間、ブロックの人生をどうやってみじめなものにしていたのかを伝えていた。

わたしはもう質問はやめておこうと決めた。

ブロックはジョエルの新しい電話を手にして、いくつかボタンを押した。たぶん電源を切ったのだと思う。それからナイトテーブルの抽斗をあけると、電話を放りこみ、かなり乱暴に抽斗を閉じたので、テーブルの上に載っているランプがぐらぐらと揺れた。

まあ。

「ハニー」わたしはささやいた。

「抑えているよ、ベイブ」彼は低い声で言って、わたしは口をつぐんだ。なぜなら彼は抑えていたけど、かろうじてだったから。

ジョエルが戻ってきた瞬間、部屋の空気が変わった。とげとげしさがなくなっただけだったけど。まだ火花や電気信号が部屋のなかを飛びかっていた。ジョエルは弟の電話を父親に渡すと、ブロックはふたたび電源を切って、抽斗にしまうという動作をくり返したが、今度はランプが揺れることはなく、ジョエルは父親がすることを見つめていた。

それから彼は目をあげて、父親の目を見た。

「パパ――」

「疑わしきは罰せずだ、ジョエル」ブロックが息子を遮って言った。「だろ?」

わたしには理解できなかったけど、ジョエルには理解できたようで、彼はうなずいた。彼はもぞもぞと足を踏みかえ、その目は父親の手のなかにある電話に釘づけになっていた。

そのときわたしはふと思った。うとうとしているバッドボーイの彼氏に襲いかかるのではなく、彼が息子たちとしたはずの大事な話し合いについて訊くべきだった。でも、襲いかかってしまった。

長い沈黙が続き、わたしは切りだした。「ジョエル、ハニー、ホットココアをつくってあげましょうか？」

ジョエルは父親の電話から目を離し、わたしを見た。

「ううん、いらないよ、ありがとう、テス」彼はもごもごと言った。

「こっちに来て、ここに坐ったら？」わたしは誘った。

「ぼく……」彼はためらい、父親を見たが、わたしのほうにやってきて、坐った。少し離れて。

わたしは軽く息を吸って、ブロックを見ると、彼は息子をじっと見つめていたが、そのあごはこわばり、ほおの筋肉がぴくぴくしていた。

それから部屋のなかを行ったり来たりしはじめた。

わたしは立ちあがって、バスルームに行き、遅ればせながらずっと入れっぱなしになっていたコンタクトレンズをはずした。バスルームを出ると、ブロックのフランネルシャツを一枚とって、寝間着の上にはおりながら、考えていた。ショッピングモールに行かないという誓いを破るか、オンラインショッピングで、ブロックのアパートメントに置いておくローブを買ったほうがいいということを。なぜなら、わたしの自宅にある唯一のローブは、もこもこで、温かくて、デミアンと出会う前からずっともっているから、すでにぼろぼろなので。

ブロックのアパートメント用ローブが要る。

わたしは階下に駆けおりて、バッグのなかから眼鏡を見つけて、かけ、階段をのぼって、ジョエルがさっき坐ったときよりも、彼の近くに腰掛け、彼が離れていこうとしなかったので、無言のため息をついた。

それからわたしたちは、ブロックが部屋を行ったり来たりして——というより、部屋のなかを猛獣のようにうろつき——部屋にムカつきのエネルギーを満たすあいだ、十年間ほど（ちょっと大げさ）待っていた。

ブロックの電話が鳴ったとき、ジョエルとわたしは飛びあがった。

彼はすぐに〈通話〉を押し、耳にあてた。

「ルーカスだ」彼は応えた。そして、「そうか」間があり、もう一度、「そうか」それからまたしばらく相手の話を聞いて、こわい声で、「やっぱりな。そんなことだろうと思ったよ」また間があり、そして、「ああ、がせだった。もうないよ」最後に、「ああ、ありがとう」そして電話を切った。

彼はジョエルのほうを見た。

「侵入者の痕跡はなかったよ、ジョエル。ママは完璧に安全だし、警察官によればデイドが玄関に出てきたそうだ。デイドによれば、彼の家には内外のアラームシステムが設置されており、しかもそのときもセットされていた。だれかが家のなかに一歩でも足を踏みいれれば――それは窓からの侵入もふくめて――家のなかで警報が鳴りひびき、同時に警備会社にも連絡が行くし、窓かドアが破られた場合は、直接警察の通信指令センターに通報が行くようになっているそうだ。おまえはそういうことを知ってたか？」

ジョエルは頭を少しあげて父親を見上げ、唇を震わせながら、ゆっくりと首を振った。

ったく、ったく、まったく！　わたしはオリヴィア・マクマナス・〝もうすぐなんてなるのか知らないけど〟が大嫌い。

「アラームは鳴らなかった」ブロックがジョエルに言った。

ジョエルはうなずいたが、まだ唇が震えてている。

ブロックは息子とまっすぐに目を合わせた。それから大きく息を吸った。

ようやく、彼は腕を伸ばして、優しく言った。「おいで、ジョエル。部屋に戻ろう」ジョエルはふたたびうなずき、立ちあがり、ぼそぼそと、「おやすみ、テス、ごめんなさい」とつぶやいて、わたしのほうを見ることなく、そそくさと部屋から出ていった。

ブロックもわたしのほうを見ることなく、息子を追っていった。

わたしは急いでベッドに入り、枕を並べて背中にあて、並べ直して、寄りかかり、あぐらをかいて、ウエストまで布団をひっぱりあげた。気づくと、〝女の子たちとの愉しいコスモポリタン・ナイト〟の気分はとっくの昔に消えうせ、わたしの〝ブロックとの愉しいセックス〟気分もどこかに行ってしまった。

やっぱり、わたしはオリヴィア・マクマナス・〝もうすぐなんてなるのか知らないけど〟が大嫌い。

しばらくしてブロックが戻ってきた。わたしは寄りかかっていたヘッドボードから離れて背筋を伸ばした。それまで、休暇になったらどこに行こうか、ブロック、ジョエル、レックスといっしょに逃げるならどこに行けばいいかと考えていた。彼はドアをしめた。部屋に入ってきた彼は、途中で立ちどまり、電話をもちあげ、なにかのボタンを押した。

それから耳にあて、待った。わたしは唇を嚙んで、覚悟した。

それはいい考えだった。

オリヴィアが出たのは、ブロックの低いうなり声でわかった。「おまえにしても、卑劣なやり方だな。教えておいてやる。電話をつかった攻撃はもう終わりだ。昼間は子供たちにもたせておくが、家に入ったらすぐに電源を切って、おれが預かることにする。おまえは二度とこの家に入れない。二度とだ。どんなことをしても。それに警告だ、オリヴィア。息子たちにお別れを言っておけ。つまりそれは、おれから搾りとる養育費にもお別れってことだ。もうおまえに息子たちは渡さない。金も。おまえはきょう、宣戦布告したんだ。憶えておけ、おれは勝つのに手段は選ばない。おまえは……すでに……終わっている」

彼は電話を切ったが、そこに立ったまま電話を見つめていた。それは、投げつけたいという衝動と戦っているからだと、わたしにはわかっていた。

「ベイビー」わたしがそっと呼びかけると、彼は顔をあげた。

「おれはさっき、十二歳の息子に、デイドと同居しはじめてから二年間以上たつ母親が、家に最高級のセキュリティーシステムがついているのを知らなかったはずはないと説明した。それからジョエルに言った。そんなに侵入者が心配なら、ほかのだれもが知っているように、911に通報するべきだったのだと。犬でさえ、訓練すれば911に電話くらいできるんだと」

まあ。

ブロックは話しつづけた。

「それからジョエルに言った。もしこわかったら、夫のところに行けばいいのだと。もし夫婦がうまくいってなくて、こわくなって、どうしたらいいのかわからなくなったら、おれに直接電話をかけてくればいいのだと。母親として、どんな状況でもぜったいにしてはいけないのが、くそ真夜中に、十二歳の子供の電話にかけて、死ぬほどおびえさせることだと。それからおれは、なぜあいつの母親がそんなことをしたのかを説明しなければならなかった。つまり、息子を死ぬほどおびえさせて、おれに嫌がらせをしようとしたのだと。それを聞いて、あいつは泣きだした」

やっぱり、大嫌い。

「ハニー、こっちに来て」わたしはささやいた。

彼はわたしと目を合わせた。でも、その目に葛藤を浮かべ、うつむき、自分の足に目を落として、片手をあげてうなじをなでるのを、わたしは絶望的な思いで見守った。

オーケー、わたしは間違っていた。

これまでわたしは彼女のことを、強烈に嫌っていた。

いま、わたしは彼女のことを、心の底から憎悪している。

「ブロック、ベイビー、こっちに来て」わたしは呼びかけた。

彼は手をおろして、頭をあげた。

「あの子たちをこんな目に遭わせておきたくない」彼がささやき、わたしは喉が詰まるように感じた。

「来て」わたしはかすれ声でくり返した。

「子供たちがこんな目に遭わないように、できることはなんでもしてきた」彼は続けた。「丸一年間ものあいだ、あいつらの人生から父親を消してしまうような潜入捜査を引き受けるべきじゃなかった」

わたしは説得をあきらめて、布団をめくり、彼のところに行った。近づいていって、両腕で彼を抱きしめ、ぐっとからだを押しつけた。

彼が腕に力をこめるのを感じて、わたしが頭をそらすと、彼と目が合った。

「彼女はああいう人間よ」わたしは静かに言った。「ああいう人だから、もしあなたがあの潜入捜査を引き受けなかったとしても、いずれあの子たちは母親がどういう人間かを学んだでしょう。なぜなら、彼女がああいう人だからよ。あなたは彼女の行動に責任はない。あなたは仕事していたのよ。その仕事は重要だし、犠牲を伴うものだった。女性でも男性でも、そういう犠牲を伴う仕事はたくさんあるわ。たとえば兵士。それに麻薬取締局の覆面捜査官」

「ああ、テス、だが――」

わたしは彼を遮った。「あなたは自分自身でいないと。もしあなたが重要だと思う仕事についていて、その価値を信じているなら、たとえ犠牲を伴っても、やらないと。あなたはそうすることで、子供たちもおなじことができるように教えているのよ」

「テス――」

今度は彼に巻きつけた腕にぎゅっと力をこめて、黙らせた。

「彼女は自分で自分の首を絞めている。あの子たちがいったいいつまで、母親の反応におびえて、母親の癇癪を心配して、気がつかないままだと思う?」それは質問形だったが、わたしは彼の答えを待たなかった。首を振り、ふたたび彼をぎゅっと抱きしめた。「まさか、ブロック。あなたの息子たちなのよ。けっしてばかじゃない」

彼は片手をあげてわたしのうなじをつつみ、ささやいた。「ベイビー」

「ふたりがいい男になるように教えるのはあなたの仕事。あなたはそれを、ろくでなしの父親ではなく、すばらしい母親から学んだ。あの子たちの場合はその逆なの。どちらにしても、ふたりに教えるのはあなたの義務だけど、この状況では、あの子たちにはあなたしかいない。逃げ道はないし、あの子たちが人生でどんなことに直面するにしても、あなたはやるしかない。いい男であることの一部は、強い男であること、自分の信じたことをやり通すこと、自分と愛する者のために立ちあがること、愛する者を危害から守ることが含まれている。そしてあなたは、ちゃんとそれをしている。自分が子供だったときのことを考えてみて。ファーンはあなたを守りたかったけど、できなかったはずよ。それがあなたの人生だった。あなたは〝こんな目〟からあの子たちを守ることはできない。なぜならこんな目もあの子たちの人生の一部だから。あなたにできることは、あの子たちがまわりでなにが起きているのか理解するのを手伝って、そのうえでどう対処したらいいのか教えてやること。たしかに、母親が元夫に嫌がらせをするために子供をわざとおびえさせたなんて、自分の息子に説明するのは最悪だわ。でもあなたは正しいことをした」

うなじに置かれた彼の手に力がこもり、その目に強い光が浮かんだ。

それから彼は手の力を抜き、うつむいて、わたしの唇に唇をつけた。

彼が頭をあげたとき、わたしはそっと言った。「あなたたちの話し合いについて聞かせて」

彼はうなずいたけど、言った。「今夜の騒ぎよりは多少つらくなかった」

あまりいいニュースではない。

わたしは唇をなめ、引き結んだ。

それから彼を優しくベッドのほうにひっぱっていって、ささやいた。「わかった。ベッドに入って、話して」

ブロックは一瞬わたしを見つめて、それからうなじをつかんでいた手を髪のなかに滑らせ、なでおろした。

わたしたちはベッドに入り、彼は話してくれた。

彼が明かりを消し、わたしを抱きしめて、わたしも彼を抱きしめて、腕のなかで彼が眠りに落ちるのを見ていたけど、自分は眠らなかった。

そのとき初めて、わたしは無言で、いらだちと無力感の涙を流した。

でもさいわい、それは数粒だった。

それから自分の男に身を寄せて、眠りに落ちた。

17

「すばらしい出来よ！」わたしは叫び、それはお世辞ではなかった。

ケリーはわたしのベーカリーの奥にあるステンレスのテーブル（魔法が起きるところ）の前に立ち、モカ味のフロスティングで山のような渦をつくり、チョコレート・カップケーキのデコレーションをしているところだった。彼女がすでに終わらせたトレー一枚分のカップケーキには、カカオパウダーを振りかけ、オレンジ味の砂糖とチョコレートのスプリンクルも散らしてあった。

そちらもすばらしい出来だった。

彼女は絞り袋から目を離してわたしを見た。

そして、口の端にずっと出ていた舌先がひっこみ、彼女が訊いた。「ほんとにそう思う？」

わたしはカップケーキを、そして彼女を見た。「え……もちろん」

彼女がにっこりと笑った。

きょうは忙しい日で、ケリーが学校帰りにやってきたときには在庫が少なくなっていたから、わたしは彼女にデコレーションを手伝ってもらっていたのだ。午後のお客さんたちの持ち帰りの買い物が増えると見込んで。わたしはクッキー（表面にフォークで刻み目をつけた、分厚くっておいしいピーナッツバター・クッキーと、ドライクランベリーとホワイトチョコチップ入りのオートミール・クッキー）の瓶に補充をして戻ってきたところだ。

ケリーがだれかに見守られたり、教えられたりしないでやった、初めてのデコレーションだった。そして見たところ、彼女はすごく上手だった。

わたしは近づいていって、横から彼女をハグし、つむじにキスして、そっと言った。

「ケリー、あなたには生まれつき才能がある」

「ってことは、〈テッサのケーキ〉級？」彼女が訊いた。

「もちろん」

「やった」彼女は言って、目を輝かせた。

わたしは彼女にほほえみかけた。そしてカップケーキをひとつとりあげた。

わたしは歩きながら茶色の包み紙をむいて、彼女に言った。「わたしは帰るわ。これが終わったら、店にもっていって、世界に放ってちょうだい」

「オーケー、テス。スリム叔父さんによろしく言っておいて」彼女が声をかけてきた。

「自分で言いなさい」わたしは事務室のドアの前で立ちどまり、彼女を見た。「最近叔父さんは、わたしのせいであなたがぜんぜん遊びにこないと文句を言ってるのよ」

「それなら叔父さんに言っておいて。叔父さんのところに行ってもアルバイト料を払ってくれるわけじゃないし、大きなボウルに入った自家製フロスティングはないでしょって」彼女が言い返した。

たしかに。

わたしは彼女ににやりと笑って、ちいさな事務室に入り、見た目とおなじくらいおいしい、ケリー特製のカップケーキにかぶりついた。

完全に〈テッサのケーキ〉級だ。

チョコレート・カップケーキとホイップされたモカ味のフロスティングによる、オーガズムに似た味覚の快感が落ち着いてから、わたしは自分の小さな事務室をあらためて眺めた。

わたしの人生は外的な争いのせいでめちゃくちゃだ。でも自宅はいつもきれいに保っている。つまりそれは、ブロックのうちも、きれいに保たれているということだった。

ひとつ欠点があるのを認めないわけにはいかない。ブロックとつきあうということは、二軒の家をきれいに保つということだ。

ブロックは掃除しない。じっさい、わたしが掃除をするのも彼はいやがる。

なぜかと訊いたら、彼の答えはこうだった。これまで彼の家がきれいに保たれていたのは、ほとんどいなかったからで、ほんとうにはきれいじゃなかった。家にいなかったから、埃がたまるのを見なかっただけだ。ときどき母親が立ち寄ると、部屋がきれいになった。つまりそれは、母親が四十五歳の息子の部屋の掃除をしていて、彼はそれを気にしていないということだ。しかしいっぽうでは、彼は部屋がきれいじゃなくても気にしないし、母親が自分の部屋の掃除に時間をつかうのも気にしない。

でもわたしがつかうのは気にする。いっしょにいるときは、もっとすべきことがあるというのだ。たとえば食べたり、ソファーでくっついてテレビでスポーツ観戦をしたり、たくさんセックスしたり。

このことについては、話し合ったこともある。喧嘩腰ではなく、穏やかに。何度か。

たいていはわたしが勝つ。

でもそこで、なぜ自分は彼の家をきれいにする権利のために戦っているのだろうという疑問がわいてくる。おもしろくない。でもわたしはあまりきれいじゃなくて、片付いていない家では暮らせないから、やらなければならないことだし、言っておかなければならないのは、ブロックとわたしは同居しているということだ。ただ、同居しているのが二軒の家で、そのどちらもきれいにする必要がある。

でもわたしの人生で片付いていない場所がひとつあるとすれば、それはわたしの事務室だった。最初は、ベーカリーの経営を軌道に乗せるのに必死で、手がつけられなくなり、その後も一度も手をつけなかった。現状は整理された無秩序という状態だった。一見、サイクロンの被害を受けた直後のように見えるけど、どこになにがあるか、わたしは正確に把握している。

わたしが従業員に課している規則はあまり多くない。衛生には細心の注意を払うこと、笑顔でいること、個性を発揮するのをおそれないこと――なぜなら個性こそ〈テッサのケーキ〉そのものだから――そしてけっして退屈そうな顔をしないこと。そして最後のひとつが、殺すと脅されても、わたしの事務室のものにさわらないこと（もし違反したら、閉店時の売れ残りのケーキを家に持ち帰ることを禁じる）。

わたしがバッグをつかんだとき、そのなかで電話が鳴りだした。横ポケットからとりだし、画面を見ると、〈スリム〉と書いてあった。

わたしは画面をクリックして、耳にあてた。「もしもし、ハニー」

「ダーリン、計画変更だ」

きょうはオリヴィアが土曜日の真夜中（というか、より正確には、日曜日の早朝）に電話をかけてきたあくる日の月曜日だ。子供たちはオリヴィアのもとに戻り、ブロックの弁護士とヘクターは、きょうの朝いちばんで、計画は変更されただけでなく、過熱状態になったと知らされた。わたしは日曜日に数時間ベーカリーに出勤しなければならなかったので、ブロックはいつもより長く、息子たちと水入らずで過ごした。

その夕方、わたしはブロックのアパートメントに行ったけど、ふたりともほとんど寝て過ごした。前夜、彼は四時間、わたしは二時間ほどしか眠れなかったから。

今夜は、わたしの家の番で、店を早退して帰り、夕食をつくるつもりだった。

「計画の変更って？」

「おれんところだ、きみんちじゃなく。試合がある」彼が答えた。

「なんの試合？」わたしは訊いた。

「ナゲッツだ」

ふーむ。興味深い。バスケットボールが月曜夜のフットボールに勝つなんて。

「だから？」

「おれのテレビのほうが、きみのよりいい」

「あなたのテレビのほうが、わたしのよりいいって？」

「ベイブ、きみのテレビは六年前に引退すべきだった」

「あのテレビは三年前に買ったのよ」

「オーケー、それならあのテレビは二年半前に引退すべきだった」

わたしは目をぱちぱちさせて机を見た。

そして訊いた。「なぜ？」

「毎年買い替えるものだ」

わたしはふたたび、目をぱちぱちさせて机を見た。

そして訊いた。「あなたのトラックは二十年ものだったのに、テレビは毎年買い替えているの？」

「ああ……そうだ」彼はまるで、〝なにを当たり前のことを訊いているんだ〟という口調だ。これは、牛乳のジャグ——詳しくいうと、ジャグから直接飲むことについての——論争のようになりつつあるとわかった。

だから、この話の方向性についてのわたしの決断は……どうでもいい、だった。

前に進もう。

「しばらくあなたの家の冷蔵庫の買い物をしていない」わたしは言ってみた。

ここでもうひとつ考慮すべきことは、ひとりの女が二軒の家を管理するということは、ひとりの女が二軒の家をきれいにして、二軒分の食料品ストックの買い物をするということだ。わたしはすでに学んでいた。ブロックは、きれい好きでも、片付け好きでもない。そしてもうひとつ学んだことは、ブロックはオリヴィア（彼によれば、料理の達人とはほど遠かったらしい）と離婚してからずっと、ピザ、中華料理、ファストフード、メキシカン料理のテイクアウトで生きてきたということだ。

それを考えれば、ブロックのあの肉体は、いくらランニングやジムで運動しているとはいえ、ささやかな奇跡だと思えてきた。

「ピザを頼もう」彼は言った。

それでもわたしはいい。

「いいわ」

「それから、いまちょっと立てこんでいるから、三十分、いや一時間くらい遅れると思う」彼は言った。「家に帰るときにメールするから、それからピザを注文してくれ」

「だれかが死んだということ？」わたしは訊いた。

彼は控え目におもしろがっているような声で答えた。「ああ、スイートネス。殺人課の仕事の一部は、だれかの死だよ」

わたしはふり返って、ドアの窓からベーカリーのほうを見遣り、ケーキの匂いをかいだ。わたしのベーカリーで電話が鳴ると、それはたいてい、誕生日ケーキの注文だ。ブロックの課で電話が鳴ると、それはたいてい、だれかがからだに弾丸を撃ちこまれたという通報だ。

わたしの仕事のほうが、ずっといい。

だから、二軒の家をきれいにすることも、ふたつの冷蔵庫の食料品の買い物をすることも、（あまり）気にしないことにした。

「わかったわ、ベイビー。メールして。そうしたらピザを注文する」わたしはそっと言った。

一瞬、間があり、それから彼は「おれのスイートなテス」と言って、電話を切った。

わたしはブロックに「おれのスイートなテス」と呼ばれるときめきが全身を駆けめぐるのをしばらく味わった。それからカップケーキの残りを口に詰めこみ、また別の種類のときめきを堪能した。

それから電話をバッグにしまって、コートをはおり、事務室を出た。

ベーカリーの店舗スペースに出ると、いつも感じるし、これからもずっと感じたいと思っているときめきを覚えた。

三方の壁は薄緑がかった青色に塗られ、そのひとつには、薄紫色のステンシルで、ハイビスカスの花のまわりに飛びかうハチドリたちの絵が大きく描かれていて、ディスプレーケースのうしろの壁は逆に、ステンシルとお揃いの薄紫色に塗られて、〈テッサのケーキ〉というロゴが飾り文字で、薄緑がかった青色で書かれ、そのまわりにハイビスカスとハチドリがあしらわれている。このロゴは、通りに面した大きなウインドウ越しに、そとを歩く人々からもよく見えるように、壁が天井と接する十センチくらい下に配置されていた。

つかったのが自分が好きな色だったという以外、いったいどこから自分がこのテーマのアイディアを得たのか、いまだによくわからない。花と鳥はべつに〝ベーカリー！〟という感じでもないし。でもこれらの色は温かみがあって美しく、花と鳥は繊細で印象的だった。デザインと、特注のステンシルには、とんでもない額を支払った。どうしても完璧にしたくて何度も変更を指示したせいで、うちのロゴを制作してくれたアーティストを発狂させそうになったけど、そのかいはあった。

じっさい、わたしはベーカリーの見た目や雰囲気には、惜しみなくとんでもない額を支払っている。

マーサといっしょにおびただしい量のワインを飲みながら、デミアン後の残りの人生を計画したとき、ふたりで決めたのは、なにかするなら、徹底的にやったほうがいいということだった。だから〈テッサのケーキ〉を開店したとき、わたしは細部まですべて計画して、採用する従業員は、時間を守るとか、レジが打てる以上の能力を求めて慎重に選び、わたし自身で全体のコンセプトを決めた。すなわち、見た目が美しくて、味も超最高においしいケーキを、無表情なんかじゃなく、個性的な店員から買える、また来たくなるような、しばらくここにいたくなるようなベーカリー。

床はフローリングで、美しいケーキ、カップケーキ、おいしそうなクッキーがたくさん並んでいる古風なディスプレーケースの枠も木製だ。その棚の上には、ミスマッチだけどすごくかっこいいケーキ台と、ガラスのクッキー瓶が並んでいる。ディスプレーケースの両側には、古びたカウンターがついていて、その上にもクッキー瓶とケーキ台が並んでいる。ケースとカウンターのうしろの壁にはさらに棚が設けてある。棚の両側の壁には大きな黒板がかかっていて、その日のスペシャル商品が、薄紫色と青色のチョークで美しく紹介されている。黒板の四隅を飾るのは、ハイビスカスの花とハチドリだ。

店のおもてにはテーブル席が四つあり、買ったお菓子をそこで食べられるようになっている。テーブルと椅子はすべて木製で、ミスマッチになっている。つまり、椅子はひとつひとつちがって、共通しているのは座面が広くて、丈夫で、坐り心地がいいということだけだった。各テーブルの上には小さなスチール製のバケツを置いて、ふんわりと小さな花を生けてある。カウンターの上にはもっと大きなバケツを置いて、おなじ花を大きく生けている。これらの花は地元の花屋さんが、一週間に二度、交換する。そのお店は、この花は彼らのアレンジだという小さな表示をつけるのを条件に、大幅に値引きしてくれた。

うちの店ではコーヒー、紅茶、さまざまな風味の牛乳を出しているが、エスプレッソの飲み物はない。なぜならここは、コーヒーではなく焼き菓子が主役のお店だから。それに五秒ごとにシューーッという音がしたり、大きくて無骨なエスプレッソマシンがあったりしたら、雰囲気を壊すと思うからだ。それに従業員たちには、ラッテをつくるのに時間をとられてほしくなかった。彼らにはケーキを売ってほしいのだから。

ブロックが死人に対処しているということは、わたしの考えでは、その精神的不愉快の名残を消し去るためにはケーキが必要だ。わたしは折りたたまれた箱（青色と薄紫色の箱が交互に重ねられていて、すべての箱の上には、〈テッサのケーキ〉のロゴがスタンプされている）の置かれたところに行った。カップケーキが六個入る箱をとり、広げて、ブロックへのおみやげを選んで入れて、蓋をしめ、ベーカリーの紐（これも二色で、薄紫色の箱――わたしが選んだのはこっちだった――には青い紐、青い箱には薄紫色の紐が用意されている）で結んだ。

わたしは紐で箱をもちあげ、みんなに挨拶して、店のおもてに出た。暖かい店内から一歩そとに出ると、北風が身を切るように感じられた。

今年は厳冬で、寒い日が多く、ときどき大雪が降っている。五時を過ぎているから、あたりは真っ暗で、空気はひんやりしていた。雪道の運転は好きじゃないから、わたしは毎朝、おそろしいほど熱心に天気予報をチェックしている（もっとも、自分ではおそろしいほどだと思ったことはなくて、これはブロックに言われて初めて気づいたのだが、さいわい、その話をしたときの彼はくすくす笑っていた）。

きょうの予報は、四十パーセントの確率で小雪がちらつくでしょう、というものだった。わたしのきわめて正確な雪メーターによれば、どちらかといえば百パーセントだと感じられた。

車に乗りこみ、箱とバッグを置いて、エンジンをかけながら、ブロックのアパートメントに行く前に、ちょこっとマーサのところでワインを飲んでいくのは可能かどうか、電話してみようとした。でもわたしが指をスライドしてスリープを解く前に、電話が鳴りだした。

〈コブ〉と表示された。

わたしは眉をひそめた。

コブとわたしは番号の交換はしたけど、いままで一度も彼がかけてきたことはなかった。わたしは、もちろん、彼とは何度か会っている。このあいだまでの休暇シーズンには、コブは何度か立ち寄って孫たちの顔を見たり、プレゼントを贈ったりしていた。

そしてわたしは彼に会うたびに、明らかなことに気づいた。つまり、見るからに具合がよくない。本格的ながん治療に入り、体重が驚くほどのペースで減少して、目は落ちくぼみ、顔色は蒼白になった。彼は弱音を吐くことはなく、いつもどおりにふるまっていたが、治療のからだへの影響は、目に見えて大きくなっていた。

わたしは心臓がどきっとした。電話に出て、耳にあてる。

「こんにちは、コブ」

「スイートハート」応えたのは、このあいだ会ったときの見た目より五倍は具合が悪そうな声だった。だからわたしの心臓はふたたびどきっとした。

「だいじょうぶですか？」わたしは訊いた。

「わたしは……」彼は口ごもった。

「コブ？」わたしは呼びかけた。「そこにいますか？」なにも返事がなかったので、わたしは訊いた。

「ハニー、じつは困っているんだ。ジルがうちまで送ってきてくれた。あの子とローリーが……」彼は言葉を切った。「ふたりにはもうじゅうぶんに迷惑をかけている。これ以上は――」

いけない。

わたしはすぐに彼を遮った。「住所を教えてください」

「ほんとうなら、頼んだりしないんだが。ただ――」

「コブ、住所は？」

彼はしばらくなにも言わず、わたしがもう一度質問をくり返そうとしたときに、ようやく答えた。

「まったくわたしらしい」彼は小声で言った。「そうだろう、テス。どこまでも情けない――」

「コブ」わたしは静かに口をはさんだ。「どこに住んでいるの？」

彼がためらいながら住所を告げ、わたしにはだいたいどの辺かわかった。

「十五分で行きます」わたしは約束した。

「ありがとう、スイートハート」彼は小声で言った。

「しっかり」わたしは言って、電話を切り、バッグの上に電話を放りなげて、車をバックさせて駐車場から出し、コブの家へと急いだ。

コブは市内のベイカー歴史地区に住んでいた。ブロックが以前住んでいたところからさほど遠くない。ベイカーはすばらしい〝居住地区で、家と個性が混じりあい、ほとんどの住民は家の手入れに熱心だ〟と言われている。

コブの家は小さくて、鎖のようなフェンスが張られ、家のそばに高い木がたくさん植えられていることからすると、夏のあいだはほとんど明かりが入らないだろう。そして家の外見は、彼ががん治療を受けていないあいだも、近所の人たちのように家の手入れに熱心ではなかったということを示していた。

玄関ドアをノックすると、「あいているよ」という彼のか細い声が聞こえたので、わたしは家に入った。

すぐに、吐瀉物のひどいにおいにおそわれた。

なんてこと。

コブはソファーに横になり、テレビがついていた。すぐに彼がさらに体重を減らしたのがわかった。目はいままで以上に落ちくぼみ、その肌は頭蓋骨に張りついているだけのようだった。横になっていても、着ている服はだぼだぼで、床には彼がうまくつかえなかった、嘔吐バケツが置かれていた。

彼がわたしの目を見た。

「どうしても……」彼は首を振った。「掃除する力がなかったんだ、スイートハート」消え入りそうな声でそう言った。

「それは無理もないわ」わたしも小声で返し、ドアをしめて、部屋の奥に進み、ブロックの以前の家具がインテリアデザイン雑誌に載るかと思わせるようなひじ掛け椅子に、バッグを置いた。「わたしがきれいにするから、どうか心配しないで」そっと言いながら、コートを脱ぎ、それもひじ掛け椅子に置いた。

「それに……」彼は唇を引き結んだ。「ベッドに寝ていたとき、トイレに行くのが間に合わなくて」

すばらしい。もっと吐瀉物。

わたしはうなずき、これからすべき仕事と家のなかに漂う悪臭への嫌悪を隠して、ほほえんだ。「わかりました」

そして掃除をはじめた。最初に彼のまわりのスペースをきれいにして、キッチンからもっと大きなボウルを探してきて、次の吐き気に備えた。それから寝室のじゅうたんのよごれをなんとかするのにとりかかった。そのとき、掃除をしても、においは消えないということに気づいた。

なんとかしないと。においでわたしまで気持ち悪くなってきた。化学療法を受けているわけでもないのに。

居間に行って、彼に言った。「オーケー、掃除は終わったけど、お店に行って、このにおいをなんとかするものを買ってきます。ほかになにか必要なものは？」

彼は首を振った。「ローリーとジルが食料品の買い物はしてくれている」

わたしはうなずいたけど、念のために言った。「ちょっと見てみます。それから、いまはあまりその気になれないでしょうけど、もし食べられるなら、夕食をとったほうがいいです。だからお店から帰ったら、なにか用意しましょう」

「ありがとう、スイートハート」彼は静かに言った。

わたしは一瞬彼を見つめて、それから優しく訊いた。「コブ、病院で吐き気を抑えるお薬は出してくれないの？」

彼は頑なに表情を見せまいとしたが、あまりに弱っていて、それさえもできなかった。

そして言った。「薬が多すぎる」

「そうでしょうけど、体力を維持しないと」わたしは言った。

「なんのために？」彼は訊いた。わたしの目を見つめたまま。

「戦うために」わたしは優しく答えた。

彼はしばらくわたしの目を見ていたが、やがてテレビに目を移した。

まったく。

わたしはあきらめて、キッチンに行って、ストックを点検し、紙切れを見つけて買い物リストをつくり、途中でコブのほおにキスしてから、家のそとに出た。

いいニュースは、小雪がちらつかなかったこと。だから車で五分の、アルバートソン通りの〈アラメダ〉まで行くとき、少し気分がよくなった。

悪いニュースは、自分がすることで頭がいっぱいだったから、レジの列に並んでいるときに電話が鳴り、画面にあらわれた〈スリム〉という文字を見るまで、彼に電話するのを忘れていたこと。

失敗。

わたしは電話に出て、耳にあて、言った。「ハニー」

「どこにいるんだ？」というのが、ブロックのぶっきらぼうな返事だった。

「おれはじぶんちの居間に立っているのに、きみはいないし、メールにも返事しなかった」

「わたし——」

吐瀉物を片付けるというお愉しみで、聞き逃したのだろう。

失敗第二弾。

「わたしは——」

彼はまたわたしを遮った。「電話もかけてこない」

「ブロック、ちょっと説明させて」わたしはそっと言いながら、ショッピングカートをコンベヤベルトのほうに押しだし、買うものを載せはじめた。

「なら、説明しろ」

「いま、アルバートソン通りの〈アラメダ〉にいるの」わたしはそう言ったが、ブロックがまた話しだした。

「ベイブ、ピザを頼むんだろ、忘れたのか？」彼はそう言って、わたしが答える暇を与えずにたたみかけた。「それになぜ、アルバートソン通りの〈アラメダ〉にいるんだ」

いい質問だった。わたしが彼の家かわたしの家の食料品の買い物をするときは、

〈ワイルドオーク〉か〈キングスーパーズ〉に行く。どちらもコロラド大通り沿いにある。

わたしは商品をカートからベルトの上に移しながら答えた。「ここにいるのは、あなたのお父さんから電話があったからよ。きょうは治療の日で、吐き気がしたときにバスルームに行くのに間に合わなくて、だれかの助けが必要だった。ジルとローラは治療の送り迎えをしているし、家計も援助している。きょうはジルがお父さんを家まで送ってきたから、それ以上頼めなかったのよ。わたしは前に、『なにかあったらいつでも電話してください』って言っておいたから、わたしに電話をくれたの」

この説明にたいして沈黙が続いた。

わたしはカートの品物をすべて出し、ハンドルを握ってカートを押しながらレジ係にほほえみかけ、袋詰め係の少年がわたしの買ったものを詰めるのを見守っていた。

彼がなにも言わなかったので、わたしが言った。

「だからお父さんの家に行って、掃除したんだけど、まだにおうの。このお店でそれをどうにかするものを買って、帰ったら彼に夕食を用意し、食べても吐かないかどうか確認して、それからそっちに行くから」いったん言葉を切り、続けた。「ひとりでピザを頼んで。わたしはコブといっしょに食べていく」

ふたたび沈黙。でも今度は長く続かなかった。

ブロックが沈黙を破って言った。「計画が変わったり、なにか起きたんなら、くそ電話をかけてこい」

そして電話を切った。

わたしは目をぱちぱちしてレジ袋を見つめた。

それからバッグの横ポケットに電話をしまった。ありとあらゆる感情が心のなかで戦っている。

ブロックはわたしに、あんなふうにいきなり電話を切ったことはなかった。

たしかに、わたしは電話しなかったし、彼は心配しているのだろうけど、わたしは別に、彼が前に連れていってくれたバイカーズ・バーで酔っぱらって、バーカウンターの上に立ち、バイカーたちにアクシー・ローズみたいに踊るにはどうしたらいいか教えていたわけじゃない（じつは、まだジェイクだったブロックとつきあっていたころ、やや酔っぱらっていたとき——それは数時間続いた——に、じっさいにやったことがあるけど、バーカウンターの上にはのぼったわけではなくて、バンドが『パラダイス・シティー』を演奏しているステージにのぼってやったのだ。ブロックはダンスフロアの端にいて、大笑いしていた）。

彼のお父さんのお世話をしていたのに。

気づくと、わたしのなかで、彼にいきなり電話を切られた驚きと、彼が怒っているのではないかという不安が、ちょっとムカついているという気持ちと、かなり自由に交じりあっていた。そしてムカつく気持ちが優勢になり、わたしは自分がますますムカついてくるのがわかった。やがて、ブロックが怒っているのではないかという不安や、彼がいきなり電話を切った驚きが消え、わたしはただ、彼が電話を切ったことにムカついていた。

支払いを済ませ、買ったものを車に積みこんで、コブの家に戻ったけど、ブロックに電話して叱りつけることはしなかった。買ったものを家のなかに運び、まずはエアフレッシュナーで、それからカーペットシャンプーで、においと格闘した。強烈なにおいの混じり合いでコブを刺激したくなかった。それはただの嘔吐臭よりもひどいから。でもなんとかうまくいって、吐瀉物のにおいは消え、エアフレッシュナーは蒸発し、シャンプーもおかしなにおいはしなかった。

わたしは〈アラメダ〉で買った穏やかな匂いのキャンドルに火を点し、寝室にもっていった。コブに氷入りのレモンライムを渡して、夕食の支度をはじめた。

チキンヌードル・スープをお鍋で温めながら、わたしはお皿の上にボウルを出し、くだいたソルトラッカーを回りにあしらい（姉やわたしが病気になったとき、母がいつも出してくれた食事だ）、コブにとってバターが濃厚すぎないといいんだけど、と考えていた。そのとき、玄関ドアがあく音がした。そしてコブの驚いたような挨拶。

「やあ、スリム」

わたしは息をのんだ。

それからブロックが言うのが聞こえた。「気分は？」

「よくなったよ」コブが答えた。「テスはキッチンだ」

「そうか」ブロックが言い、それから、「すぐ戻るよ、父さん」

「ああ」

わたしはお玉をつかみ、スープをかきまわしながら、心の準備をした。

彼が部屋に入ってくる前に、その気分が伝わってきた。それは火花を発していたり、ムカついたりしていなかった。とげとげしくも、怒ってもいなかった。いままでに感じたことのないものだった。なにか重いもの。重みのあるもの。柔らかいけど、温かくはない。そして彼を見たとき、そのまぶたは重たげで、その顔は柔らかかった。

彼はコンロの横に立ったけど、それほどそばには来なかった。

わたしの目を見て、言った。「来たよ」

「そう」わたしは応えた。

彼はわたしをまじまじと見つめた。

それから静かに言った。「ムカついているのか」

「いつだっていきなり電話を切られるのはいやだけど、嘔吐臭を消すためにカーペットクリーナーを買っているときに切られるのはとくにいやなの」わたしは静かに言った。

彼はまだわたしの目を見つめている。

それからひとつうなずき、つぶやいた。「そうか」

「わたしがいるんだから、あなたは来なくてもよかったのに」わたしはコブに聞こえないように、静かに言った。

「おれの父親だよ、テス」ブロックは言った。

わたしは首をかしげて、訊いた。「そうなの？」

彼の唇がこわばる。

そして低い声で警告した。「やめておけ、ベイブ」

わたしはコンロを消して、お鍋をつかみ、ボウルのほうへもっていった。

とり分けながら、小さな声で言った。「潮時よ、ブロック。フェンスの上から飛びおりて、どちらかに着地しないと。あなたはなにも見逃さない人だから、お父さんをひと目見れば、これからどうなるかわかるはず。目的地は決まっていないけどそこまでの道は明らかだし、苦しい道よ。あなたはもうフェンスに坐っている余裕はない。決断しないと」

わたしはお鍋をコンロに戻し、彼の目をまっすぐ見た。

「かかわるのか、かかわらないのか？　わたしが彼に食事をもっていく十秒間で決めて。あなたが出ていったら、それはあなたの決断で、わたしはそれを支持するけど、わたしの支持には、コブを助けるローラとジルに手を貸さないことは含まれていないから。もしあなたが出ていかないのなら、わたしはあなたの分もスープをよそって、お父さんが食べてもだいじょうぶかどうか確かめるまでここにいる」

わたしはお玉をとって、コブのボウルによそい、お皿ごと居間に運んだ。

キッチンに戻ると、ブロックは動いていなかった。コンロのそばに立ってもいなかった。キッチンの窓際に立ち、窓枠の高いところについた片手にほとんどの体重を預けていた。その目は、降りはじめた小雪を見つめている。彼の気分が部屋を満たしており、それはとても重たく、息苦しいほどだった。

歯を食いしばっている。

でもわたしには、彼が決断したのがわかった。

その決断で、わたしはますます彼を好きになった。

だからわたしは彼のウエストに腕を巻きつけ、背中にくっついていった。

しばらくそうして抱いてから、小声で言った。「雪が降りつづいたら、あなたの家までわたしを乗せていって、あしたの朝、車まで送ってくれる？　雪道で運転したくないの」

彼はしばらく答えなかった。

それから窓に向かって言った。「ああ、ベイブ」

わたしは彼の背中に額をつけた。

それから頭をあげたけど、からだをもっと押しつけて、言った。「お父さんは吐き気止めをのんでいないのよ。あなたから話してみて」

彼の肩越しにその横顔を見ると、あごの筋肉がぴくりとするのがわかった。言葉での返事はなかったけれど、彼が聞いているのはわかったし、きっと父親に話をするはずだ。

わたしはぎゅっと彼を抱きしめ、ささやいた。「お皿をもっていって、お父さんといっしょに食べて、ハニー。試合の中継がついている。わたしの分もよそったらすぐに行くから」

彼は窓に向かってうなずいた。

それから動いた。わたしは彼を放し、彼はボウルをとりにいった。それを見て、わたしのほうへ戻ってきた。それから両手をあげてわたしのあごをつつみ、顔をあげさせて、唇と唇を合わせた。

ブロックが頭をあげたとき、わたしは言った。「お父さんはあなたを愛しているのよ」

彼の目が優しくなり、重たかった部屋の空気が軽くなって、彼はささやいた。「わかっている」

「ふたりで乗りきりましょう」わたしは言った。

彼はわたしの言葉を信じたようには見えなかったし、もうなにも言わなかった。

「先に食べてて」わたしは言った。

彼は一瞬わたしの目を見て、それから手を放し、皿のほうへ戻った。

わたしは自分の分をよそって、居間に行き、ブロックと、彼のお父さんといっしょに、ナゲッツの試合を観戦した。

コブはスープと、クラッカーと、わたしが走って車からとってきた、彼の孫娘がつくったカップケーキをひとつ食べて、戻さなかった。
試合もナゲッツが勝った。

18

「父さんの家にこのテレビを届けて、それでおしまいだから」

わたしは電話を耳に押しつけながら――その相手はブロックだ――チキンをオーブンに滑りいれた。

きょうは木曜日で、ブロックは姉と妹に電話して、コブの介護ローテーションに自分とわたしを加えるようにと言った日だった。そしてブロックが、コブは一台しかテレビをもっていなくて、それは居間に置かれているということを知った日でもある。だからきょうは、お父さんがひどく気分が落ちこんでベッドから出たくないときでも気晴らしになるように、ブロックが〈ベストバイ〉に寄って、お父さんの寝室に置くテレビを買った日でもある。ブロックはさらにケーブルテレビ会社に電話して、テレビの一台追加を申しこみ、父親の病気のことをおおげさに話して、通常の七十二時間後ではなく二十四時間後に映るようにしてもらった。工事の人たちは明日やってくる予定で、とくに理由はないけど、二カ月間無料試聴のおまけまでつけてくれた。

ブロックはテレビやケーブルテレビにかんしては中途半端なことはしない。最大限の努力をして、結果を出す。

いまに始まったことじゃない。

「わかったわ、ハニー」わたしは言った。「夕食はあと一時間半でできるけど、あなたが帰ってくるまで温めておくから」

「そのころまでには帰るよ」ブロックは言い、それから、「あとでな、ベイブ」

「あとでね」

そして電話を切った。

わたしは通話終了をクリックし、マーサのメールに返事を打った。マーサは今週末に自宅でガールズ・お泊まり会《ナイトイン》を計画していて、ブロックが息子たちと面会する日にすれば――（うまくいけば）ブロックに気づかれることなく――彼と子供たちの水入らずの時間をつくってあげられるでしょう、と言ってきたのだ。

わたしは、例によって、マーサのガールズ・お泊まり会《ナイトイン》に違和感を覚えていた。マーサにかんするかぎりいつもそうなのだけど、いつも行ってみるまでなにがあるかわからない。完全に彼女の独創のレシピをいろいろと試そうという気分で、ぜんぶ失敗するんだけど、とにかくぜんぶ試してみないと気がすまないとか。ジャンクフードを山ほど買っておいて、ロマンティック・コメディー映画の一大コレクションをぜんぶ出してくるとか。

わたしは後者のほうがいい。

わたしがマーサにメールしたら、それをきっかけに、エルヴァイラ、グエン、カミーユ、トレイシー、それにシャーリーンまで加わって、メールが立て続けに飛び交うことになった。わたしはそれらのメールをさばきながら、夕食の支度の残りを続け、ついにエルヴァイラがしっかりとした口調で食べ物の用意を引き受け、マーサでさえ反論できないような口調で〝まかない〟をつくると宣言したときには、思わずほっとした。

わたしはエルヴァイラの〝まかない〟がなんなのかは知らないけど、それがなんであれ、セロリのフライよりはましなはずだ。

セロリはセロリなだけでまずいのに。セロリのフライは悪魔の所業だ。

メールの乱発はおさまり、わたしがチキンの仕上げにもう一度あぶりながらバターをかけていると、メールが届くと同時に家の電話が鳴った。

携帯の画面を見ると、ブロックから「帰る」というメールだったので、家の電話のところまで行って、受話器をつかみ、ボタンを押して、耳にあてた。
「もしもし」
無言。
「もしもし？」
また無言。
受話器を耳から離そうとしたとき、男の声が聞こえた。「テッサ・オハラか？」
背筋に震えが走った。どうしてかはわからないけど、どうしても。
しかもいい震えではなかった。
「え……」わたしは言った。
「ブロック・ルーカスとつきあっているテッサ・オハラか？」
血管に氷水が流れたように感じた。
「どなた？」わたしは訊いた。
「そうなんだな」声は小さくそう言って、電話は切れた。
ファック、ファック、ファック！
わたしは受話器を戻し、携帯のほうに戻り、すぐにブロックに電話をかけた。
呼び出し音が一回、そして、「ベイブ」

「いま、気味が悪い電話があった」

短いためらいのあとに、「気味が悪いって、どんな？」

「ものすごく気味が悪い。まずいタイプの気味の悪さ。家の電話にかかってきたの」

「電話帳に番号を載せているのか？」彼が訊いた。

まさか。載せていない。第一、わたしは独身女性だ。第二に、前夫はわたしをレイプした頭のおかしな男で、しかも麻薬取引の元締めだった。

ブロックにはそう答えなかった。

かわりに、言った。「いいえ」

「ファック」彼はつぶやき、「なんて言ってたんだ？」

わたしは息をのみ、そして教えた。「テス・オハラかと訊かれた。それから、ブロック・ルーカスとつきあっているかと訊かれた。わたしはどちらにも答えなかったけど、わたしがどなたかと尋ねたら、彼は『そうなんだな』って言ったわ。つまりわたしがだれかということ、あなたとつきあってることを確認して、それから電話を切った」

「ドアの鍵はかかっているか？」ブロックがすぐにそう訊いたので、わたしはまた震えを感じた。

「わたし……」少し考えて、「わからない」言いながら、裏口のドアへと向かった。

「戸締まりを確かめて、鍵をかけろ」

裏口の鍵をかけ、玄関ドアへと向かいながら、震える声で言った。「わかった」それから訊いた。「これはオリヴィアがするようなこと？　わたしをからかっているとか？」

「いままでここまでひどいのはなかったが、やりかねない」ブロックは答えた。

まったくすばらしい。

「あと十分でつく」彼がそっと言った。

「わかった」わたしは玄関ドアの鍵をかけながら、言った。「ぜんぶ鍵をかけた」

「よかった、ベイビー、すぐつくよ」

「わかった」

彼は電話を切って、わたしはキッチンに戻った。電子レンジが表示している現在時刻を見る。それから恐怖と、もしこれがオリヴィアの仕業だったらという怒りのミックスをコントロールしようとつとめながら、夕食の仕上げをした。

それが起きたのは八分後のことだった。なぜわかるかというと、十五回目に電子レンジの時刻をチェックしたところだったからだ。

なにが起きたかというと、家のそとで銃声が——六発——聞こえた。まるで家の目の前で起きているような音で、次々と。

わたしは窓からそとを見て、また銃声が聞こえたのでアイランドキッチンのうしろにしゃがみこみ、それが撃ちかえした銃声のように聞こえて、恐怖で凍りついたわたしの心に到達した。

銃撃音が続き、わたしはわれに返り、姿勢を低くしたまま家の電話のところまで行って、受話器をとり、911に電話した。

「9—1—1です。どうしました？」

「家のそとで銃声が」わたしはささやいた。

「ご住所はどちらですか？」

住所を言いはじめたとき、玄関ドアのほうで物音がして、わたしは恐怖による麻痺でなにも言えなくなり、ドアのほうを見た。

「奥さま」通信指令係が呼びかけた。「あなたの状態とご住所を教えてください」

「だれかが——」

ドアが開いて、ブロックが入ってきた。彼のコートの片側が雪にまみれている。ふり返り、勢いよくドアをしめて、鍵をかけ、わたしのほうへやってきた彼は、手に銃をもっていた。

わたしは、いつもしているように、仕事着を着ているブロックに見とれていたわけではなかった。きょうの仕事着は、すてきな厚手の黒いタートルネックのセーター（それはわたしが彼にクリスマスプレゼントに贈った一枚で、なぜ一枚というかというと、わたしは三枚贈ったからだ）。いつものジーンズほどには色褪せていないジーンズ。すばらしいバックルつきの黒いベルト。セーターはそのうしろに入れている（セーターを入れているのはここだけで、ブロックがわざとやっているのかどうかは知らないけど、どうしてか、なぜかかっこいいとわたしは思っていた）。そしてすばらしい仕立ての、黒いウールのコート（ちなみにこれは、ローラとジルが共同で彼にクリスマスプレゼントとして贈ったもので、彼が着ると超すてきだった）。

彼の仕事着は普段着とほんの少しし変わらないのに、彼は家に帰ると、わたしと少し話してから、すぐに仕事着を脱ぎ、ベルトなしの色褪せたジーンズと、いまは真冬だから、色褪せた長袖のTシャツか保温シャツに着替えるのだった。

彼が家のなかを一直線に横切り、わたしのほうにやってくるのを見ながら、わたしは仕事着の彼がなんてかっこいいんだろうと考えていたわけではなかった。考えていたのは、コートの片側だけが雪にまみれていることと、彼が銃をもっているということだった。

いったいどうしてあんなふうに雪がついたの？

「奥さま？」９１１の係の声が聞こえた。「まだいらっしゃいますか？」

「それは通信指令センターか？」やってきたブロックがうなるように訊いた。わたしはまだ、キッチンカウンターの横にしゃがみこんでいた。

わたしは反応しなかった。彼はかがんでわたしの手から受話器をとりあげ、耳につけた。

「殺人課のブロック・ルーカスだ。たったいま銃撃を受け、身元不明の男性と交戦した……」

彼は話しつづけたが、わたしの心では彼のある言葉だけがくり返し再生され、ほかはなにも聞こえなくなった。

たったいま銃撃を受け、身元不明の男性と交戦した……。

たったいま銃撃を受け、身元不明の男性と交戦した……。

たったいま銃撃を受け、身元不明の男性と交戦した……。

わたしが立ちあがったとき、彼はうなるような声で電話に話しつづけており、わたしを見つめていた。でもわたしの心は別の場所にあった。

彼のコートにあんなふうに雪がついたのは、わたしの家の前で、自分に向けられた銃弾をよけるために地面に身を投げだしたからだ。

わたしの男が、わたしの家の前で、くそったれの銃弾をよけるために、その美しいからだを雪の地面に投げだした。

彼が銃をもっているのは、交戦しなければならなかったからだ。

そしてわたしには、だれが身元不明の男性に命じてわたしの男を襲わせたのか、はっきりとわかっていた。

嘘。

嘘でしょ。

まさかそんなことを。

リーヴァイがブロックの家にいたときにキレたように、今度もわたしは考えなかった。

ただ動いた。

動いたというのは、カウンターに置いてあったキーをつかんで、家のそとに駆けだすということだった。

「テス！」ブロックの声が聞こえたが、わたしはとまらなかった。

車へ。

「なにをしているんだ、テス!」車のそとのどこかから、ブロックの怒鳴り声が聞こえた。

車のエンジンをかけ、わたしは彼のほうを見ることもせず、ペダルを床まで踏みこんだ。

自分もほかの人も殺すことなく、どうやってそこまでたどりついたのか、わからない。でもユニヴァーシティー通りに出ると、次に右に曲がり、それからイエール通りで左折、わたしは悪魔のように車をとばして、ドナルド・ヘラーの住む、大きな敷地つきのお屋敷が立ちならぶ高級住宅地へと向かった。あの見下げ果てた前夫とつきあいはじめてから離婚するまでの十二年間に、何度もこの道を通ったけど、この六年半は一度も来たことがなかった。

なぜそこに行ったのかというと、デミアンがどこに住んでいるのかはまったく知らなかったからだ。

でもぜったいに突きとめてやる。

ブレーキ音も荒く路肩に車をとめ、車から飛びだし、雪の積もった庭を駆けぬけて玄関ドアに向かった。そのとき、わたしを追ってきたトラックがわたしの車のうしろにとまり、ヘッドライトを消したのには気がつかなかった。

思いっきりドアをノックしながら、叫んだ。「ドナルド、このくそドアをあけて!」

背後から伸びてきた手に手首をつかまれて、叩くのを中断され、背中にぬくもりを感じたかと思うと、耳元でささやく声が聞こえた。「テス、まったく、ベイビー、落ち着け――」

ブロックが言いおえることはなかった。なぜならそのときドアが開いたから。戸口にはダンが立っていた。

彼の視線が前後に移動する。あらためてブロックとわたしを交互に見て、口元をぎこちなくほころばせたかと思うと、目を輝かせて、ささやいた。「テス、ハニー、わたしの――」

ドナルドが言いおえることはなかった。なぜならわたしが怒鳴ったから。「あいつはどこ?」

ドナルドは目をしばたたかせ、その視線は、わたしの手首をつかんで(自分の腕ごと)わたしの腕をお腹に巻きつけているブロックと、わたしを行き来して、訊いた。

「あいつって?」

「大ばかで、ろくでなしで、くそったれの、あなたの息子に決まってるでしょう!」

わたしは金切り声をあげた。

彼はまた目をしばたたかせた。そのとき、「テス？」という声が聞こえて、わたしがドナルドの向こうを見ると、くそ、大くそ、最大級のくそ野郎のデミアンが、父親の一メートルほどうしろに立っていた。

ここでまた、わたしはキレた。

ブロックの手をふりほどき、ドナルドをつきとばすようにして突進すると、腕をふりあげ、手を鉤のようにしてデミアンに飛びかかった。あの下衆男の目玉をえぐりだしてやるつもりで。

彼は身を守るように手をあげ、一歩さがったが、わたしはそこまで行けなかった。鋼のような腕がウエストを押さえたから。わたしは「うっ」という声をあげてブロックのほうに引き戻され、彼はそこでもう一本の鋼のような腕をわたしの胸の前に回した。

耳元で、彼がささやいた。「落ち着け、スイートネス」

「落ち着けるわけないでしょ！」わたしはわめき、彼の腕から抜けだそうと暴れた。同時に、引きさがろうとするブロックに抵抗して足を踏んばった。そのあいだずっと、わたしはデミアンをにらみつけていた。「どこまでクズなの！」

「いったい――？」ドナルドがわたしの横で、ショックを受けたような声で訊いたが、わたしはそれに押しかぶせるように大声で叫んだ。

「わたしを殴るだけじゃ、足りなかったの？」わたしはうしろでブロックが凍りつき、同時にドナルドもおなじ反応をしているのを感じた。「わたしをレイプするだけじゃ、足りなかったの？」わたしはたたみかけ、ドナルドが発した、まるで腹を殴られたような声も気にしなかった。「あんたはとつぜんわたしに電話をかけてきて、わたしに真っ赤な嘘をついた！　わたし以外の女とやってきて、何度も、何度も、何度も、数えきれないほど嘘をついたように！　あんたはお父さんが病気だという嘘をついて、わたしをおびきだした！」

「そんな」ドナルドが言ったが、わたしは叫びつづけた。

「それからあんたは、わたしに連絡してくるようになった。わたしが何度も、何度も、二度と電話してこないようにと言ったのに。そうすることで、麻薬取締局とＦＢＩと警察の捜査にわたしを巻きこんだ。そして今度は、わたしの家の前で、わたしの恋人を銃撃させるなんて！」

デミアンもわたしをずっと見つめていたが、わたしが怒鳴るのをやめると、彼は穏やかに話しかけた。「テス――」

「ファッキュー！」わたしは唾を吐いた。「ファッキュー、デミアン。いったいわたしがなにをしたの？　あなたを好きになった以外に？　いったいわたしがなにをして、ごみのように扱われなくてはならなかったの？　そして……そしてやっと……わたしが人生でなにかいいもの、美しいものを手に入れて、ようやく心から安全だと思えたところにやってきて、それを壊そうというわけ？」

「ハニー、ぼくは――」そう言いかけたデミアンを、わたしは許さなかった。

喉も張り裂けんばかりの、絹を切り裂くような絶叫で言ってやった。「よくもわたしをハニーって呼べるわね！」

デミアンはわたしの目を見つめていた。ブロックがわたしを抱きよせる。わたしはデミアンをにらみつけ、からだと頭の血管が沸騰して、まるで生きたまま焼かれているように感じた。

そしてデミアンは目をそらし、横を向くと、その顔に懸念を浮かべ、そっちに歩いていこうとした。「父さん」

「来るな」ドナルドが言い、わたしはデミアンから目を離してドナルドを見た。彼は玄関の壁に片手をついて、ようやく立っているようだった。その顔は蒼白で、息子を見るその目には苦痛が浮かんでいる。わたしが以前知っていたドナルドはユーモアがあって人生を愉しみ、いつも年齢より若く見えた。それがいまは、じっさいの七十二歳どころかゆうに九十歳を越えているように見える。

そんな彼を見て、わたしは大きな悲しみに襲われた。わたしは手でブロックの腕——片方はわたしの胸、もう片方はわたしのお腹を押さえている——にしがみつく。ブロックの腕に力がこもる。

「そういうことだったのか」ドナルドは息子に言った。

「父さん」とデミアン。

「だから、わたしたちはテスを失ったんだな」

目に涙がこみあげてくるのを感じた。

ドナルドはデミアンから目を離さず、苦しげな声で訊いた。「おまえは彼女をレイプしたのか？」

「ちがう——」デミアンが言いかけ、わたしは背筋を伸ばした。涙はとまり、わたしは彼を遮った。

「ちがわない」デミアンがさっとわたしを見た。

「テス」——彼は首を振り、片手をあげた——「ちょっと熱くなりすぎてしまっただけじゃないか」

なにを

ばかな

ことを。

ブロックが喉で低い音を発し、その腕でわたしをものすごくきつく抱きしめたけど、わたしはそんな警告のサインを見逃した。なぜなら、またキレたから。

「熱くなりすぎた？」わたしは金切り声をあげた。

「テス――」デミアンがまた呼びかけた。その目はわたしとブロックを交互に見て、信じられないことに、近づこうかどうか迷っているようだった。

「わたしに近づくんじゃないわよ、このうじ虫野郎！」わたしは言った。「それから、ニュース速報よ、デミアン。女性が死に物狂いで抵抗して、声を限りに『やめて！』と叫び、こらえきれずに泣きだして、お願いだからやめてと懇願しているのに、それでも彼女をファックしたら……それは……レイプなのよ。たとえ相手が、あんたの妻だったとしても」

わたしの長広舌のあいだ、ブロックの腕が二回ぴくっと動いたけど、わたしはデミアンしか見ていなかった。彼は顔をしかめた。

それから穏やかな声で言った。「テス、きみは次の日に家を出てしまった。ぼくに説明するチャンスをくれずに」

わたしは眉を吊りあげた。

「説明？」わたしは訊いた。「説明って？」と、くり返す。「ラリってるんじゃないわよ！」

「テス、ぼくは——」

「麻薬カルテルで出世しようとしていた」わたしは彼の代わりに言い、ブロックの腕ごと前のめりになって、ブロックも前にひきずりだした。「知ってるのよ」わたしは声を引きつらせ、背をそらした。「ストレスが大変なんでしょう？　あまりにストレスがたまっているから、あるときまともな人間でいる能力を失い、『どうしてそんなに疲れているの？』と質問する自分の妻にキレて、彼女を殴る。そして妻がセックスを断ったら、正気を失って彼女をレイプする。犯罪者の世界でトップにのぼりつめるとき、そういう大きなストレスに対処するのはさぞ大変だったんでしょうね、デミアン。お気の毒に。わたしとはちがうタイプの、あなたのためならどんなこともするような女と結婚すればよかったのに。不出来な妻でごめんなさいね」

「きみは不出来な妻なんかじゃなかった」彼は小声で言った。

「知ってるわ」わたしは鋭く言い返した。「皮肉を言ったのよ、まぬけ」

「ぼくはいくつか判断を間違い、感情に駆られてキレたこともある。それは認める」デミアンは言った。

「それは感心」わたしは言った。「でもね、間違った決断と感情が、人間の人生を壊すんじゃないのよ、デミアン。愛する人や、まったく知らない人にたいしてあなたがしてきたことが、人生を壊すの」

「ぼくは――」彼はなにか言おうとして、あごをこわばらせ、目をそらして、両手で髪をかきあげた。わたしは遅ればせながら、彼がすてきに見えるのに気づいた。

父親譲りで、デミアンはほとんど老けなかった。そしてくず野郎だから、もうすぐ収監されるというのに、動揺している様子もない。少なくともブロックより十センチは低い身長で、たぶん体重は十キロくらい軽い、ほっそりした体形。淡い茶色の髪。濃い茶色の目。ぴしっと折り目のついた紺色のズボン。水色のシャツは特注だ。いつも着る物に大金をつかっていた。よく磨かれた、濃茶色のイタリア製の革靴。

いまでさえ、彼は魅力的だった。いまでさえ、完全に気持ちが離れているのに、わたしは彼の磁力を感じた。彼は品のいい顔立ちで、高級服を着こなし、生まれもってのカリスマはけっしてなくなることはない。

危険なカリスマ。

毒。

彼は両手をおろして、まっすぐわたしの目を見た。

それから言った。「もしきみがあのランチからすぐに逃げだすのではなく、一分でもぼくに説明させてくれたら。ぼくがきみに連絡をとったのは、埋め合わせをするためだった」

埋め合わせ？

もしかしたらほんとにラリっているのかも。

彼は話しつづけた。

「きみをランチに誘ったのは、説明するためだった」――彼の目はブロックを、そしてわたしを見た――「お金のことについてだ。きみにも銀行の書類に目を通してもらうためだった。きみに遺そうと」――デミアンはまたブロックを見て、わたしを見た――「もしぼくに万一のことがあっても、きみがお金に困らないようにするために」

「わたしがお金に困らないように？」わたしの声には、嘲笑と驚きの入り交じったものがたっぷり浸みこんでいた。

「そうだ」彼はきっぱりと言った。

「なぜ？」

「なぜならきみはぼくの妻だったからだ。なぜならぼくはまだきみを愛しているからだ。なぜならぼくは失敗したから。なぜならぼくは、きみに埋め合わせをしたいと思っているから」

「あなたは……」わたしは口を開いたけど、そこでとまった。一瞬、話しつづけることが不可能になったが、すぐに続けた。「わたしの人生に入りこみ、不正に儲けたお金を背負わせることで、埋め合わせができると思った。そして、そのすばらしく気前のいい申し出にわたしがうんと言わずにさっさと帰ったら、あなたは書類に書くわたしの署名を偽造して、引き続きわたしの人生に入りこみつづけられるようにし、同時にわたしの人生をぶちこわしにした。タイムマシンをつくって、あなたとわたしに出会わないようにすること以外で、あなたにできる最善のことは、わたしを放っておいて……くれることだったのに」

彼は唇を引き結び、なにも言わなかった。

わたしはドナルドのほうを見た。

彼が打ちのめされている姿を見るのはつらかった。

でもしかたがない。ほんとうに。わたしには、ほかに守るべきものが山ほどある。

だからわたしは、はっきりと言った。

「あなたが大好きだった。きっとこれからもずっと。いつもあなたのことを思いだしているわ、ほんとにしょっちゅう……」わたしは息をのみ、その話はそこでやめることにした。とても続けられない。「でもあなたの息子はわたしから多くのものを奪った。そのたびにものすごくつらくて、もしわたしがその苦痛を説明しても、あなたは信じられないと思う。そしてあなたを失うことも、その苦痛の一部だった」

ドナルドの目に涙が浮かぶ。わたしはそれを見ながら、自分の目にもおなじことが起きているのを感じた。

「テス」彼はささやき、壁についていた手を離して、息子からわたしのほうに向いた。

「わたしはあなたが大好きだし、会えないのはとてもつらいことだけど、もうここには来ない。二度と。デミアンになにがあっても。わたしの人生に、彼にかかわることを残しておけないの。それは毒だから。わたしはいま、それを吐きだした。ふたたびそれをのみこむことはできない。もうその毒に侵されるわけにはいかない。二度と。彼はわたしの人生の十八年間を奪った。もうこれ以上はやれない」

ドナルドが息をのんだ。

「ドナルド、わたしをつかまえているこの人は、わたしの夢の男性《ドリームマン》なの」わたしは静かに言った。「今夜、だれかがこの人を銃撃した。シャーロック・ホームズでなくても、デミアンの仕業だとわかる。この人には家族がいるのよ。子供たちも。そしてわたしも。あなたから息子に言って。わたしの人生に立ち入るなと。わたしと、わたしが愛する人たちに手を出すなと。お願い。わたしのためにそうして」

彼は鼻をすすり、目に涙をためて、うなずいた。

わたしはデミアンを見て、決然とした、でもまだ震えている声で言った。「あなたには二度と会いたくない。今度こそわたしの言うことを聞いて。自分が聞きたいことではなく。わたしは二度と、二度と、金輪際、あなたに会いたくない。なにがあっても。あなたのお金なんていらない。あなたの反省も。あなたがわたしから奪ったものも、あなたの毒に侵されたわたしが失った年月も、埋め合わせなんてできない。電話してこないで。わたしのうちに近づかないで。わたしの人生にかかわらないで。わたしの大切な人たちに手を出さないで。わたしの前から消えて、二度とあらわれないで」

「テス」デミアンはささやき、彼の目のなかには、苦痛と後悔が見えた。

苦痛と後悔。

いまいましいくそ野郎。

「わたしの前から消えて。二度とあらわれないで」わたしは言った。

ドナルドのほうを見ないで、わたしはドアのほうへと向かおうとした。ブロックはわたしの動きを察知して、腕を放した。でも手をつないで、わたしをひっぱって庭を抜け、わたしの車のうしろにとめてあるトラックの助手席側へと導いた。彼が電子キーで車のロックをあけ、助手席のドアをあけたとき、わたしは彼の考えに気づいた。

わたしはとまって、彼を見上げ、そっと言った。「運転できるわ」

彼は首を振り、優しくわたしをシートのほうへ押しやった。「乗るんだ、ベイビー」

「車をここに残していきたくない」わたしは言った。

「乗れ。車のことは心配ない。おれがなんとかする」

「ブロック――」

彼がからだを寄せてきたので、わたしはもっと頭をそらさなければならなかった。

それほどに近かった。

「トラックに乗るんだ、テス」彼はそっと言った。

わたしは唇を噛んで、うなずいた。彼は離れ、わたしはトラックに乗りこんだ。

彼は車の前を回って、運転席に乗りこみ、エンジンをかけて、わたしたちは出発した。

イエール通りにたどりついたところで気づいた。わたしの男はたくさんのすばらしい能力をもっているけど、騎士道精神というのもそのひとつだと。昂っていたアドレナリンが急降下して、さまざまな感情が襲ってきた。わたしはふたたびプツンとキレてしまって、でも今度はからだを激しく振るわせ、どうしようもなく泣きじゃくった。あまりにも心がどこか遠くへ行ってしまっていたので、家についたのにも気づかなかった。どうやって家に入ったのかも憶えていない。どうしてベッドの上で丸くなっていたのかも。気がつくとそこにいて、ただ泣きつづけていた。

ぼんやりとブロックの声の断片が聞こえてきた。「ベッドに入ったよ、マーサ。おれは警察とのやり取りが残っている。彼女にはきみが必要だ。できるだけ早く来てくれ」そしてその数分後か、もっとあとにも。「テスは感情を出しきって、泣き寝入りしている。このままではおれが署には行けない。仲間が周囲の地域を捜査しているんだ。頼むから来てくれ」

憶えているのはそれだけで、次に気づいたときには、マーサがわたしといっしょにベッドに入っていて、うしろからつつむようにわたしを抱き、両腕を回してしっかり抱きしめていた。

居間で声がする。

「だれがいるの？」わたしは鼻をくすんといわせながら訊いた。

「警察官よ、ハニー」マーサはささやいた。「ブロックには、今夜の事件のことでまだしなければならないことがあるの」

それはそうだ。

わたしは目をぎゅっと閉じて、恐怖を追いはらった。お腹に置かれていたマーサの手をとって、胸のところまで引きあげ、かたく握りしめて自分の胸に押しあてた。

それから目をあけて、ささやいた。「きょう、ブロックが撃たれたの」

「わかってる」マーサは応えた。

わたしは彼女の手を、しがみつくようにして握った。新しい涙が目と鼻を襲う。

「わたしは彼を失うわけにはいかない」

「わかってるわ、ハニー」

「彼の息子たちだって」

「わかってる」

「彼の家族だって――」

「しーっ、テス」

わたしは切れ切れに息を吸った。

それから震えはじめた。「デミアンが憎い」

マーサはわたしをぎゅっと抱きしめ、手をひねってわたしの手と組み合わせた。

「わたしもよ」

わたしは黙った。マーサも。

それからわたしはふたたび切れ切れの息を吸い、彼女に言った。「オーブンにチキンが入っている」

「わかってる。しまっておいた」彼女は言った。「お腹減ってる？　なにかもってこようか？」

「いいえ、でもブロックは――」

「大人よ、ハニー。自分の面倒は自分で見られる」

「わかってる、だけど――」

「テス、ハニー、わたしを信じて」わたしの手をぎゅっと握って言った。「いま現在は、彼は空腹ではない。いま彼は、同僚の警察官を相手に供述調書をつくるのに集中して、あなたの居間をめちゃくちゃにしないように自分を抑えている。彼がすることを済ませて、最初に考えるのは夕食のことじゃないと思う」

わたしはうなずき、言った。「彼のところに行かないと」

「いいえ」マーサはわたしをもっとしっかりと抱きしめた。「彼は、あなたはここにわたしといっしょにいてほしいと思っている。自分がすべきことを終えるまではね、その邪魔はしないで。あなたは彼があなたに必要だと思っていることをして、心を落ち着けたほうがいい」

マーサは正しい。

だからわたしはうなずき、落ち着いた。

マーサはずっとわたしを抱きしめていた。居間の声が静かになった。ブロックは部屋に入ってこなかった。

そこでマーサは、わたしの心が落ち着いたと判断した（そして正しかった）。彼女はわたしを一度ぎゅっと抱きしめてから、言った。「チキンは焦げていたから、代わりになにか用意する。そろそろなにか食べないとね」

マーサがからだを起こし、わたしはあおむけに寝て、彼女を見た。

彼女はコートも脱いでいなかった。

まっすぐにわたしのところに来て、コートさえ脱がなかったんだ。

新しい涙が目にこみあげてきたけど、なんとかこらえて、言った。「でもやっぱり――」

「わたしがつくるわけじゃない。〈リヴィエラ〉でなにか買ってくるわ」

それはひと安心。

「チリ・レエノスがいい」わたしがリクエストすると、彼女はにっこりと笑った。

つまり、にやりと笑って、こう言った。「わたしが知らないとでも思っているの」

そしてベッドから転がり出ると、回ってきて、もう一度わたしににっこりと笑いかけ、出ていった。

いままで彼女と向かいあって、だいたい七百二十二皿分のチリ・レエノスを食べてきたことを考えれば、彼女がわたしがそれを好きだと知っていて当たり前だ。

わたしはしばらくしてから起きあがり、バスルームに行って、コンタクトレンズをはずし、顔を洗い、寝室に眼鏡を探しにいった。

わたしが居間に出ていくと、ブロックが玄関のすぐ入ったところに立っていて、リーヴァイとレノーラと話していた。

興味深い。

情報アップデート。休みのあいだ、レノーラは遠出しなかった。ルーカス一家のクリスマスの日のランチと新年のディナーに参加した。そのことについてわたしがブロックに尋ねたとき、彼はわけがわからないと答え、わたしが詳しい話を聞きだしてきてと言ったら、彼は弟にその恋愛関係について尋問する気はないと言われた。断固とした調子で。だからわたしは、しぶしぶあきらめた。

でもわたしは、うまくいくといいなと思っていた。

「やあ、テス」リーヴァイが言って、はしばみ色の目で優しくわたしを見た。なんだか馴染み深い感じがしたのは、彼の兄がよくそういう目でわたしを見るからだ。

「こんばんは、リーヴァイ」わたしはレノーラを見た。「こんばんは、レノーラ」

「こんばんは、テス」彼女はそっと言った。

わたしがそばに行くと、ブロックはわたしの肩に腕を回して、自分の脇にくっつくように抱きよせた。

頭をそらして彼を見ると、彼が言った。「ふたりがきみの車をとってきてくれた。もうだいじょうぶだ」

だいじょうぶじゃない。まだしばらくのあいだは、だいじょうぶにはならない。

でもとりあえずは、いいことだった。

わたしはリーヴァイとレノーラのほうを見た。「ありがとう」

「お安い御用だよ」リーヴァイが低い声で言った。

「メキシコ料理を食べていく？」わたしは訊いた。

「いや、もう食べてきたんだよ、テス。もう帰らないと。だがありがとう」リーヴァイが言った。

わたしはうなずいた。

レノーラがわたしにほほえみかけた。

リーヴァイは兄のほうを見て、あごをくいとあげた。

「見送るよ」ブロックは言って、わたしを見下ろした。「ここで待っていてくれ、いいな？」

わたしはうなずいた。ほおへのキス、ハグ、そしてさらに感謝の言葉を交わしてから、ブロックは弟と彼女といっしょに玄関を出ていった。

わたしはドアをしめたけど、小さな窓からそとをのぞいていた。とてつもない恐怖、アドレナリンの乱高下、癇癪、号泣に翻弄された夜に疲れはててはいたが、リーヴァイとレノーラがどうなっているのか詮索できないほど疲れてはいなかった。

うまくいくといいなと思っていたわたしの思ったとおりだった。うちの私道を歩いていきながら、リーヴァイがレノーラの肩に腕を回し、レノーラは両腕で彼のウエストに抱きついている。さらに、ブロックと話をするために自分のSUVのそばに立ったリーヴァイはレノーラを放そうとせず、レノーラが頭を彼の肩に載せると、もっと彼女を抱きよせたように見えた。

すばらしい。

詮索欲を満足させて、わたしはキッチンに行った。ブロックが戻ってきたときには冷たいビールを二本、蓋をあけて、自分のをごくごく飲んでいた。

ブロックはわたしにつっこんできた。とまらなかった。「だいじょうぶか？」

「すっきりしたと思う」わたしは彼の胸に向かって言いながら、両腕で彼の胴を囲んだ。

「よかった」彼はわたしの髪の毛に言った。

「でもまだお酒に酔う必要があるの」わたしが言うと、彼は笑った。「へべれけに」わたしが自分の目指す酔い具合を変更すると、ブロックはまだ笑っていた。そしてわたしはまた、酔い具合の目標を変更した。「いいえ、ぐでんぐでんに。とことんまで」

彼はわたしをぎゅっと抱きしめ、片手を放した。見上げると、彼はわたしの首にそっと手をあてて、親指であごをなでた。

「いいよ、スイートネス」彼は静かに言った。

わたしは息をのんだ。

そして訊いた。「あなたはだいじょうぶ？」

「ああ」彼はすぐに答えた。

「ブロック——」わたしは警告するように言いかけたが、彼が首を振ったので口をとじた。彼の親指はとまり、指に力がこもる。

「おれが間違っているかもしれないが、きみが言ったことは伝わった。あの男が今夜のきみの家の前の銃撃事件の黒幕かどうかはわからないが、もしそうだったら、もう二度と起きないはずだ。きみはあいつを傷つけた。いや、叩きのめした。あの男の頭のなかに、きみにつきまとう動機となるどんな妄想があったとしても、それは霧散したし、あいつはきみの話をちゃんと聞いていたから、わかったはずだ。もしおれのこの推測が間違っていて、あいつが今後もきみにちょっかいを出そうとしたら、やつの父親がなんとしても息子をとめようとするだろう」

「そう、それはいいニュースだわ」——ほんとだった——「でもわたしはあなたが撃たれたことについて話していたのよ」

それにたいして、彼は何気なく肩をすくめて、言った。「おれのお気に入りの娯楽じゃない。トップ百五十にも入らない。だがそういうこともあるし、そうしたら対処するまでだ」

オーケー、それなら。

いけない！

わたしはなんとか落ち着いたところだが、もうすでに今夜の分、そして今後しばらくの分の騒動を経験していた。わたしの男が銃撃を受ける仕事についているという事実については、あとで考えよう。

そう、来世くらいに。

前に進まないと。

「あなたはもしデミアンだったらと言ったけど、そうじゃないと思っているの？」

「あいつが最重要容疑者だ。というか、きみがあいつに会いにいくまで、そうだった。警官への銃撃を命じたと認めるのはあまり賢いことじゃない。とくにその銃撃のターゲットになった警官の前ではな。だがきみがあの野郎に食ってかかったとき、あいつは純粋に驚いて、否定しはじめた。だがきみが叫びつづけていたから、最後までは言わなかったが」

「言ってやらなければ気がすまなかったのよ」わたしが言うと、彼はにやりと笑って、首に置いた手と背中に回した腕の両方に力をこめて、わたしを抱きしめた。

そして頭をさげ、唇と唇を合わせたけど、すぐに顔をあげてささやいた。「ああ、言ってやれてよかった。聞きごたえがあったよ、スイートネス。最高だった」

　彼がそう思ってくれたのはいいことだ。

　でも……。

「またキレちゃった。自分を失ってしまって」わたしはささやき、彼にくっついていった。

「いや、きみは自分をとり戻したんだ」彼が矛盾することを言った。

「え？」

「ベイブ、あいつはきみの力を奪った。今夜、きみはそれをとり戻したんだ。そしてそれは」――彼は腕に力をこめた――「とんでもなく」――彼が自分の額とわたしの額を合わせる――「美しかった」

　わたしは目を閉じて、深く息を吸った。

　そして目をあけて、言った。「あなたはわたしの背中を守ってくれた」

「おれはいつでもきみの背中を守るよ」

　じいんというぬくもりが体内を駆けめぐる。わたしはブロックの背中に置いていた手の片方を動かし、彼の胸を滑らせて、首を経て、そのほおをつつんだ。

「ありがとう」わたしはささやいた。

「お安い御用だ、テス」彼もささやき返した。

そして顔をあげて、親指でわたしのあごをさっとなで、わたしは手を彼のほおから髪のなかに滑らせた。

そこで彼はのたまった。「今夜起きたことは、頭から追いだしてしまえ」

わたしは目をぱちぱちさせた。

そして訊いた。「え？」

「事件が起きて、通報して、その前にあった電話については捜査中だ。きみは自分の人生を生きる。ケーキを焼く。友人たちといっしょに過ごす。きみはすでに、どこにいるかとか、どこに行くかという情報をおれに伝えているが、それをもっと綿密にするように。きみのベーカリーのセキュリティーシステムがどうなっているか、だれか人を遣って点検させる。それにこの家にも、セキュリティーの導入を考える」

「ブロック――」

「ヴァンスはそういうのが得意なんだ。いいぞ。あいつに相談してみる」

「ブロック――」

「パトロールが定期的に家の前を巡回し、気をつけることになっている。それにきみのベーカリーもこれで、レーダーに載った」

「ハニ――」

「薬莢が見つかったんだ。指紋がとれるかもしれない。犯人はスキーマスクをつけていたが、おれはやつの体格、車のメーカーと車種、ナンバープレートの一部はわかっている。それにやつは手袋をしていなかったから、つまり白人だということだ」

「ちょっといい――？」

彼の親指がわたしのあごをなでるのをやめ、首に置かれた指に力がこもった。

「きみは油断せず、警戒を続けろ。だがきみの背中はおれが守るよ、テス。いつも。きみは心配する必要はない」

わたしは彼をじっと見つめた。もしかしたらブロックもラリっているのかもしれないと考えながら。

わたしは言った。「あなたは今夜、銃撃されたのよ」

「ああ、ベイブ、だがべつに初めてというわけでもない。またあってほしいとも思わないが、おれの仕事ではつねにその可能性はある。おれはそれに対処し、おれの女であるきみも対処するんだ」

「でも――」

彼は手をずらし、親指で唇をふさいだ。

「もうこれがきみの仕事なんだ、テス。おれとつきあう女は、こういうことにも対処する。そしてきみはおれとつきあっている。それに、おれが今夜見た、自分に暴行したモンスターにたいして金切り声で食ってかかっていた女性は、それくらい軽くこなす。手を出してこようとするくそ野郎どもへの唯一の対処法は、相手に勝たせないことだ。だから対処しろ」

まったく。彼の言うことがもっともなのは気に入らない。

「いいな？」わたしがなにも言わなかったので、彼が促した。

わたしは答えなかった。代わりに、訊いた。「マーサはあなたに〈リヴィエラ〉のリクエストを訊いていった？」

「ああ、訊いていったよ。それで、いいな？」

それに彼をごませないということも、気に入らない。

わたしは目を天井に向けた。

それから言った。「いいわ」

彼はにやりと笑った。それから頭をさげて、ふたたび唇を重ねた。顔をあげるとアイランドキッチンのカウンターを見た。

そしてわたしを見た。「それはおれの分か、それともきみが両手にもって飲む？」

「あなたのよ」そう答えたけど、両手にもって飲むのにもそそられた。片手にフォークをもって、チリ・レエノスを食べるまで、ということだけど。

ブロックは片手を放して、ビール瓶をつかんだ。わたしは彼の髪のなかに差しいれていた手をウエストのところに動かし、ビール瓶をもちあげてもうひと口飲んだ。

それから言った。「明るい兆しは、有毒な元夫と元妻、もうすぐいくってところですばらしいセックスをじゃまする真夜中の電話、玄関前の銃撃……わたしたちの人生は退屈ではないわね」

ブロックは瓶をもった手をおろして、同意した。「そうだな」

「それはそれとして、わたしは休暇の行先を探しているの。ぜったいの条件は、目の前がビーチのホテル、必然的にビーチ、ソフトドリンクみたいな味のするカクテルを出すバー、それくらい。もしあなたが有給休暇をとれなかったら、わたしはカップケーキの街頭販売をして、あなたが無給の休暇をとれるようにお金を稼ぐから。そしてわたしたちはジョエルとレックスを誘拐する。なぜならわたしは二カ月先の春休みまでなんて待てないから。もし裁判所から呼びだされたら、帰ってきてから対処する」

彼はわたしを見下ろした。

「そのかいはぜったいあるから。保証する」わたしは請け合った。

彼はまだわたしを見下ろしている。

「ジョエルとレックスには別の部屋をとるのよ。ドアで行き来できる、コネクティング・ルーム。わたしたちの部屋のほうに鍵がかかるやつ」

彼は目をそらして、「名案だ」とつぶやき、またビールを飲んだ。

わたしもにやりと笑って、ビールを飲んだ。

玄関ドアがノックされる音。

マーサとメキシコ料理だ。

訂正。たいへんな騒ぎのとき、なにもかも放りだして駆けつけてくれた親友のマーサと、ほっぺたが落ちるほどおいしいメキシコ料理のご帰還だ。

そして人生は続く。でもとりあえずいまは、その人生は上向きだ。

だからわたしは人生を愉しむことにした。

明らかにブロックもそう思ったようで、わたしに回していた手を放し、玄関へと向かった。

あるいは、ただたんにお腹が減っていたのかも。

どちらにしても、人生は上向きだ。なぜわかるかというと、わたしは自分のすばらしいキッチンにビールを手にして立って、わたしの男が、わたしの親友と、ほっぺたが落ちるほどおいしいメキシコ料理を出迎えに玄関に向かうのを見ながら、彼のお尻を鑑賞していたから。

文句なしに上向き。

決まり。

19

「テス！　あなたのホットガイが来たわよ！」うちの従業員のひとりであるノーラが、ベーカリーの店先から叫んだ。「ミニ・ホットガイたちもいっしょよ」

わたしはデコレーションしていた誕生日ケーキから顔をあげ、ベーカリーの製作スペースとベーカリーの店舗スペースを隔てる腰高のスイングドアのほうを見た。すぐにおかしそうな顔をしたブロックと、にやにや笑っている息子たちが入ってきた。明らかに〝ミニ・ホットガイ〟と呼ばれて――しかも若くて快活な美人のお姉さんに呼ばれて――よろこんでいる。

三人が来てくれたのはうれしいけど、びっくりした。

デミアンの騒動から一週間以上過ぎた。きょうは土曜日で店はまだ混雑している。わたしは朝七時から店に出ているけど、それは正午までにデコレーションしなければならない誕生日ケーキが六つあって、三時までにデコレーションしなければならない記念日ケーキがひとつあるからだ。それに、もうすぐ花嫁になるお客さんとのウェディングケーキについての打ち合わせが二件入っている。

まだ午前十一時で、例によって（ほとんどの）従業員はそれぞれ仕事に忙しかった。ケイリーはノーラとスニといっしょに、販売を担当している。ケリーは、わたしと、焼き係兼優秀なデコレーション係のふたりといっしょに奥で作業中で、店全体がにぎわっていた。

「こんちは、スリムおじさん！」ケリーが、スニッカードゥードルの丸い生地をシナモンシュガーのなかで転がしながら挨拶した。「ジョエルとレックスも」

「こんにちは、ケリー」ジョエルが言った。

「こんちは」レックスはうわの空で言った。まわりで起きている魔法の様子や匂いに目を丸くしている。彼の顔にまさにそう書いてあった——魔法だ！

わたしはそんなレックスにくすくす笑って、ブロックのほうを見た。彼は姪に言葉で挨拶を返し、まっすぐわたしのほうにやってきて、すぐ横に立ち、首にキスするというからだの挨拶をした。

そして唇をわたしの耳元にずらし、ささやいた。「スイートネス」

わたしはぞくっと震えてふり向き、彼と目が合った。

「ハニー」わたしもささやき返した。彼の目がきらきら輝いて、わたしはまた震えて、それから子供たちを見た。「ジョエルとレックスも」

「こんにちは、テス」ジョエルが言った。

「こんちは」レックスは、わたしの前に置かれた大きなケーキを見つめながら、もごもごと言った。

「ポピーシードとラズベリーとクリームの詰め物に、バニラビーンズのフロスティングをかけたのよ」わたしは説明した。

彼は目をぱちぱちさせてケーキを見つめ、それからわたしの目を見て、やはり目をぱちぱちさせ、またケーキに目を落として、唇をなめた。

わたしはまたくすくす笑った。

それからスイングドアの向こうに大きな声で呼びかけた。「みんな！　この子たちが欲しいものは、ぜんぶお店のつけだから！」

「了解、テス！」スニが大きな声で返事した。

ジョエルがつぶやいた。「すごい」そしてダッシュで店舗スペースのほうに行った。

レックスはすでにいなかった。

わたしはまたくすくす笑った。

そしてブロックを見て、訊いた。「どういう風の吹きまわし？」

なぜそう訊いたかというと、きょうの計画は決まっていたからだ。わたしの仕事が詰まっていて、しかも今夜はガールズナイトだし、そしてブロックは面会日だということを考慮して、わたしは一日お店で働いたら、直接マーサの家に行く。わたしの酔い具合と、ガールズナイトのお開きの時間次第で、わたしがブロックのアパートメントに帰るか、万一泥酔した場合は彼に電話して迎えにきてもらうか、マーサのところに泊まるかする予定だった。

ベーカリーへの訪問は予定外だったので、うれしい驚きだった。

「ちょっといいか？」ブロックが言って、わたしはそのとき、この訪問はほんとうにうれしい驚きなのだろうかと考えた。

わたしはもうほとんど仕上がっているケーキを見下ろした。ケーキは全部、前の日に焼いておいたから、あとはデコレーションをするだけでいい。いま目の前にあるのが、誕生日ケーキの最後のひとつで、次は記念日ケーキだ。その引き渡しは三時。だから時間はある。

わたしはうなずき、絞り袋を置いて、言った。「わたしの事務室に行きましょう」

ふたりで事務室に入り、ドアをしめたとき、ブロックが驚きを隠そうともせずあたりを見回しているのに気づいた。そういえば、彼はいままで一度もこの部屋に入ったことがなかった。彼がジェイクだったときも、わたしたちがよりを戻し、彼がわたしの男になったあとも。

ブロックは室内の無秩序を見て、ぜんぶ把握している」わたしは弁解がましく言った。

「どこになにがあるかは、ぜんぶ把握している」わたしは弁解がましく言った。

彼はふたたび室内を見回し、それからわたしを見た。「それは不可能だろ」

「いいえ、ほんとに」

ブロックはにやりと笑った。

そして頭をドアのほうにかしげ、胸の前で腕を組み、言った。「てんやわんやだな」

わたしはうなずいた。「従業員を増やさないと。奥でデコレーションする係と、店舗の販売スタッフと。平日もお客さんは減らないし、特別注文が手に負えないほど増えているの。だからわたしには、店舗の在庫商品をストックしておく時間がなくて」

「新しい店を出すことを考えるべきだ」ブロックが言ったので、わたしは目をぱちぱちして彼を見た。「この店がてんやわんやなのは、デンヴァー市内できみのケーキを買えるのはこの店だけだから、お客が大挙してこの店にやってくるんだよ。ローワー・ダウンタウンや、パーク・メドウズのショッピングモールに支店を出せば、徒歩で買いにいけて地元客は便利になるし、きみは儲けられる」

もちろん、わたしだって、そのことは考えたことがあった。ブロックがジェイクではないと知った直後の三カ月間、わたしたちは会わなかったから、わたしは自分が彼にだまされたこと――というより、彼を失ったこと――から気をそらすために（ちなみにこの試みは失敗した）、できることはなんでもした。

支店を出すならどこがいいかと調べることまでした。デンヴァーではＬｏＤｏと呼ばれているローワー・ダウンタウンの店舗も含めて。でも、その計画は、自宅を売ってケンタッキーに移住するという中途半端な計画といっしょに頓挫していたので、その後はちゃんと調べていなかった。

ちゃんと調べなかったのにはもうひとつ理由があって、それはいまのお店の成功によって、すでに自分の余暇が削られていたからだった。会計と給与計算はアウトソーシングしているけど、それだけだ。新規の採用、従業員たちのシフトの調整、注文、在庫管理、自分のスケジュール管理、その他すべて自分でやっている。それに加えて新しい店をひとつか（もっとまずいのは）ふたつ出店するというのには、気が乗らなかった。

「デンヴァーの〝ケーキ・グル〟になりたいかどうか、自分でもよくわからない。わたしはケーキ帝国を築きたくてたまらないというわけじゃないもの」

彼はにやりと笑い、もう離れている時間は終わりだと決めた。そもそもわたしの事務所は小さくて、離れているとはいってもほんの五十センチくらいだから、それほど離れているというわけではないけど、気に入らなかったようだ。腕組みをほどき、片方の腕を伸ばしてきた。その手に手を握られて、ぐいとひっぱられ、わたしは大きく一歩踏みだし、彼のからだにぶつかった。そこで彼の両手に抱きすくめられ、わたしは頭をそらして彼を見上げながら、そのウエストに腕を回した。

わたしはこの物理的な状況の変化にたいして、コメントも、反応も、するひまを与えられなかった。彼は何事もなかったかのように会話を続けた。まるで、会話の途中でわたしを自分の腕のなかにひっぱりこむことが、完全に普通のことであるかのように。

わたしはそのナノ秒で気づいた。ブロックにとってはそうなのだ。

「それなら、本支店にかんして自分がやりたくないことを任せられるマネージャーを雇い、ケーキを焼くのとデコレーションをするのに集中すればいい」彼が言った。

そのアイディアには一理あるけど、わたしはやはり首を振って、説明した。「商売を広げると、いろいろと手に負えないことが出てくることもあるでしょ。品質が落ちたり。個性がなくなったり。心ではなく、お金の話になってしまう。わたしはここのお店の雰囲気をつくりだすのにすごく努力したし、ケーキにはわたしの名前が書いてあるのよ」わたしは彼のウエストに回した腕をぎゅっとつかんで、静かに言った。「わたしにとっては、ただのケーキじゃないの。わたしのヴィジョンであり、わたし自身でもある。それを大事にしたいと思っている」

それは間違いなくわたしのヴィジョンだし、わたし自身なのだ。自分は何者なのか、自分のなかにはなにがあるのか、そういうことを理解したのはそれほど前のことじゃなかった。そしてそれは、山のような渦を描くフロスティングで飾られた、濃厚でしっとりしたケーキだけではなかった。薄緑がかった青色、薄紫色、ハイビスカスの花、ハチドリ、笑顔の店員、さっきのレックスのような顔をしてお店に入ってくる子供たち、そしてだれでも笑顔で店を出ていくお客さん——そういうものをもすべてひっくるめて、わたしのヴィジョン、そしてわたし自身なのだ。

「わかったよ、ダーリン」ブロックがそっと言い、わたしは彼の顔を見た。「あの夜は大変だったから、聞いていなかったかもしれないが、メキシコ料理を食べながら、きみの親友は……長々と……仕事について……愚痴ってた。いまの職場も、仕事もいやだと。何カ月も転職先を探しているが、なにも見つからないと言っていた。きみはおれに、クリスマスの売り上げが四倍になり、その後も減る様子はないと言っただろう。いま、きみには資金も、信用できる人間もいる。きみだけでなく、きみのヴィジョンのこともよくわかっていて、それがきみにとってどれだけ大事なことか、ちゃんと理解している人物だ。マーサと話してごらん。もしかしたら彼女は、新しい仕事を考えてみようと思うかもしれない。もしきみが、いま考えているように、商売を広げないと決めても、きみのここでの仕事の一部を肩代わりしてくれる人間がいたほうがいい。きみがもっとそとに出て、やりたいことをできるように」

これも一理あるアイディアで、こっちのほうが有望だった。ずっと。二倍くらい。

「すごくいいアイディアだわ」わたしは言った。

「身勝手なアイディアだよ、ベイビー」彼は言った。「儲かれば儲かるほど、きみのセクシーな寝間着が増えるし、人が増えれば、疲れきっているのにそれを隠そうとしている以外のきみにも会えるかもしれない」

ほらね？　ブロックをごまかすことなんて、完全に不可能だ。

「今夜マーサと話してみる」わたしは言った。

「よかった」彼は言って、わたしを抱く腕にぎゅっと力をこめた。

「それで」──わたしは頭をかしげた──「きょうはわたしのベーカリーの将来につ

いてアドバイスしに来たの？」

彼は首を振って、答えた。「ちがうよ。仕事なんだ。母さんは友だちと映画を観にいく予定が入っている。ローラの家には、エリーがゆうべパジャマパーティーを開催したから、女の子たちの集団がいる。ジルとフリッツはスノーシューをするために山に行った。父さんには無理だ。リーヴァイは電話に出ないし、ケイリーとケリーはここにいる。だからきみに頼むしかないんだ。子供たちを見ていてほしい。リーヴァイに電話がつながったら、電話する。あいつに店まで子供たちを迎えにこさせるよ」

そのときわたしは初めて、彼が保温シャツと革のジャケットと色褪せたジーンズではなく、紺色のタートルネック（これもわたしがクリスマスに彼に贈ったものだ）、いいジーンズ、黒いコートを着ているのに気がついた。

仕事着だ。

「だれかが尻に銃弾を撃ちこまれたの？」わたしは訊いた。

彼はにやりと笑い、わたしのことをかわいいと思っているときによくする（そしてわたしが気に入っている）やり方で首を振った。「ああ、そしてそのだれかは、先週おれのデスクに回ってきた事件で殺されたただれかと、まったくおなじ殺され方をしている。犯行現場に行って、〝ガイシャ〟を見てこないとな」

あまり愉しそうじゃない。

「わかった」わたしがすぐに承知すると、彼はぎゅっと腕に力をこめた。

「あいつらはおとなしくしてるよ」彼は言った。

「わかってる」

「もし手伝いたいと言いだしたら、やらせてみてくれ」彼が提案する。

「雑用係に任命するわ」わたしは言った。

彼はまたほほえんだ。それから頭をさげ、唇をわたしの唇に合わせた。

そして頭をあげ、言った。「ありがとう、ベイビー」

「いつでも歓迎よ」わたしはもごもごと言ったけど、それは本気だったし、彼もそれをわかっていた。

だから彼はほほえみ、でもそのほほえみが消えたときにその目によぎった影で、わたしにはわかった。ほんとうは息子たちと過ごすはずの土曜日を犯行現場に行って〝ガイシャ〟を見るなんて、歯科医で歯を抜くのとおなじくらい、したくないことなのだと。

ブロックは言った。「行かないと」

わたしは彼にからだを押しつけて、ささやいた。「いってらっしゃい」

彼はもう一度わたしを抱きしめ、キスを（こんどはわたしの額に）して、わたしを放し、手であごをつかんでささやいた。「あとでな」

そしていなくなった。

わたしは彼に続いて部屋を出て、お店の入口から奥まで歩いて、ふたりの新人ヘルパーが来てくれたと告げ、キャロットケーキをひと切れ（レックス）と、赤いヴェルヴェット・カップケーキ（ジョエル）をほとんどたいらげていたふたりのテーブルに行って、自分たちの食べた分を働いて返すためになにをしたらいいのかを教えた。それを聞いて、ふたりとも目を輝かせた。

ベーカリーのテーブルを片付けたり、コーヒーカップやお皿やフォークを洗ったりするのがおもしろいと思うのは子供だけだ。

もしかしたら、ブロックの子供だけかもしれない。

でもそれはわたしにとってはラッキーだった。だって、猫の手も借りたいほど忙しかったから。

★

「テスおばさん！」だれかが叫んだ。

わたしはちょうど奥の棚のケーキ台にカップケーキを補充したところで、ふり向くと、エリーがお店のなかを駆けだし、カウンターの端のあいている場所を回ってくるのが見えた。

さいわい、彼女のスピードはオリンピック選手並みで、毎日熱心にトレーニングして二十四時間運動選手の生活を送っているけど、なんとか彼女がわたしの脚に飛びついてぎゅっとする前に、心の準備をすることができた。

カップケーキの載っているトレーをもっていないほうの手を彼女の頭に置いたけど、彼女がわたしの脚にしがみついたまま、ありえない角度に頭をそらしてにっこり笑ったので、手をおろした。

「ママがわたしたちにカップケーキを買ってくれるの！」彼女は叫び、飛びあがって、手を叩いた。「早く食べたい！」

わたしはエリーにほほえみ、彼女がこのあいだまで着ていたプリンセスの服ではなくマーメイドの服を着ているのに気がついて驚いた。今度のは虹のように色が変化する緑色の尾びれと、身ごろには平らな薄紫色の貝がらがついている。でもこの装いは、冬物のコートと、ふわふわでかわいらしいウール製の帽子によって台無しになっていた。そのどちらも、あんまり『リトル・マーメイド』っぽくなかったからだ。

「エリー、いますぐカウンターのなかから出ていらっしゃい」カウンターの端に立っているローラが厳しく言った。「テスおばさんが働いているときはどうするって教えた？　おばさんが働いているときは、カウンターのなかには入らないのよ」

それはほんとうではなかった。エリーは〈テッサのケーキ〉にやってくると、いつも、カウンターのなかに入ってくる。つまり、テスおばさんがいたらいつでも、カウンターのなかに入ってきて、さっきのようにする。

「おばさんはだめって言わないもの」エリーが言い返し、それはほんとうだけど、ローラは瞬時に〝母親の顔〟になり、言葉をつかわずに、口答えは許さないと伝えていた。

エリーは母親の表情を読んで、しかめっつらになり、わたしを見て、しかめっつらをほどくと、歯の目立つ笑顔になり、スキップでカウンターのなかから出ていった。

「行って、お友だちといっしょに坐っていなさい」ローラが命じた。「すぐにカップケーキとミルクをもっていくから。でもお行儀よくしなかったら、カップケーキもミルクもなしよ」

エリーの表情で、真剣に受けとめているのがわかった。すぐにカウンターのそとに出ていって、やはりマーメイドの格好をした友だち三人（どうやらこのパジャマパーティーにはテーマがあったみたい）をまとめて窓際の席に連れていくという次の行動からも、それがわかった。

スニがわたしのパンケーキのトレーを受けとってくれた。わたしは彼女にありがとうとほほえんで、ローラのところに行くと、彼女はすぐに声をひそめて愚痴りはじめた。

「またわたしがやろうとしたら、ぜったい、ぜったいにやるなと言ってちょうだい。わかってる。前にもやったことがあるもの。でも、出産とおなじで、ほとぼりがさめるとそれがどんなに大変か忘れちゃって、もう一度やれると思っちゃうのよね。それにエリーはいつもパジャマパーティーに招かれているから、今度はうちの番だったの。でも断ればよかった。番でもなんでも。心の平安のほうが大事よ。ちいさな女の子たちの甲高い叫び声による聴力障害にならないことのほうが大事。正気でいることも。もし彼女たちのママがあのエネルギーと騒音レベルを受けいれられるなら、それはすごいし、すばらしいことだと思うけど……わたしは……だめだわ」

わたしはわかるわ、という感じでうなずき（ほんとうはわかっていなかったけど）、なにか慰めの言葉をかけようとして口を開いたけど、彼女の愚痴はまだ続いた。

「それにオースティンは逃げてしまって。ゆうべ彼は四時間女の子たちといっしょに過ごして、今朝いちばんに出ていったの。わたしに書置きを残して」

それは。オースティン、あまりよくない動きだ。オースティンはまずい状況になっている気がする。

ローラはさらに続けた。

「たしかに、彼は男の子たちを朝食に連れだして、そのあと映画に連れていくということだったけど、グレイディとディランは、四歳の女の子四人にくらべたら楽勝よ。エリーが友だちにあなたとカップケーキのことを話してからずっと、あの子たちが話すのはそのことだけだった。でも言っておくけど、テス、わたしはあの四人にスプーン一杯の砂糖でさえ与えることがどうなのか、心配だわ。見てよ、いまは壁にどんどんぶつかっている。あれで砂糖を摂取したら、超人ハルクのように爆発してマーメイドの衣裳をびりびりに破きかねない」

わたしは唇を嚙み、彼女がさらに愚痴を吐きだしきってしまうのを待ったが、彼女はそれ以上は言わなかった。その目はふいに黒板の上にとまったけど、そのぼんやりした目を見れば、書かれていることを読んでいないのは明らかだった。心のなかでどこか遠くの島に行き、強いマイタイとロマンス小説をもっているのだろう。

わたしは彼女がそのファンタジーを愉しめるように、一瞬待ってから、片手をあげてその顔の前で振ろうと思ったけど、そうするまでもなかった。

「ローリーおばさん」レックスが言いながら、スイングドアから出てきた。ジョエルもあとから続いて。

ローラはびくっとして、口元にほほえみを浮かべ、言った。「あら、ふたりとも」レックスを腰にしがみつかせてハグされながら、彼女は髪をかきあげ、ジョエルを見て、言った。「こんちは、ジョエル」

「こんにちは、ローリーおばさん」ジョエルは言った。彼は弟より二歳年上で、その二年のあいだに、おばさんの腰にしがみついてハグすることを卒業していた。

男の子たちがやってきたので、わたしは事態を収拾することにした。

「いい、あなたたち、重要な仕事よ。ローラおばさんには息抜きが必要なの。だからあなたたちがエリーのテーブルに行って、女の子たちから、カップケーキと、フレーバー・ミルクをどれにするかの注文をとり、カップケーキをお皿に載せて、ミルクを注ぐ。ケイリーにはおばさんにコーヒーを出すように伝えて。それと、おばさんはどのお菓子を食べたいか訊いて、それも用意して。それから女の子たちといっしょのテーブルにつき、あの子たちがいい子にしているように見張っていて。できる？」

「もちろん」ジョエルは言った。

「ぼくも」レックスが言って、それから訊いた。「つまり、ぼくたちはウエイターってこと？」

わたしは彼にほほえんだ。「そうよ、がんばって」

「すごい」レックスは目を輝かせた。

まったく、子供って。

「おまえは女の子たちの係をやれ、ぼくはローリーおばさんの係をするから」ジョエルが兄貴風を吹かせて命じた。

兄貴風を吹かされることに慣れているレックスはうなずき、すぐに女の子のほうへ行った。

ジョエルはケイリーのところに行った。

わたしはローラを見た。「わたしの事務所で休憩して正気をとり戻す？　それとも、ジョエルとレックスとわたしで女の子たちを見ているから、コーヒーをテイクアウトにして、もっと長い休憩にして、〈チェリー・クリーク〉内のお店でも見てくる？　ジョエルとレックスに加えてケイリーとケリーもいるから、女の子たちはだいじょうぶだと思う。三十分か四十五分くらいは、あなたがいなくても平気よ」

ローラはにっこり笑った。「スリムがあなたを大好きなわけが、これでよくわかったわ。いままでは、あなたの……恵まれた部分のせいかと思っていた」そう言って、わたしの胸に目を落とし、説明した。「自分の兄のことだから、あまり気持ちいいものじゃないけど、そういうことって気がついちゃうのよね。あの人は完全におっぱいマンよ」

わたしは吹きださないように、そしてそれはちがうと言いたくなるのを抑えるために唇を引き結んだ。

たしかに、ブロックは胸が好きだし、それもかなり好きなほうだけど、胸とお尻のどちらが好きかと訊かれたら、たぶんコインを投げて決めることになる。それくらい、両方に平等に関心を示している。でも考えてみれば、彼が関心を示しているもっといい場所もあるし、やっぱりどこがいちばんかはわからない。わたしにわかっているのは、こういうことぜんぶを、彼の妹に話すつもりはないということだけだ。

もしあったとしても、そのチャンスはなかった。ローラがさらに話しつづけたから。「オリヴィアもおっぱいが大きかったのよ。でもスリムをしっかりつかまえてから、必要もないのに十キロも痩せたでしょ、スリムはそれを気に入ってなかったけど。でも彼のほかの元カノたちも」――彼女はにやりと笑った――「全員。でもいまならよくわかる。このお店はこんなに混雑しているのに、それでもあなたは、精神衰弱一歩手前のわたしに、心の平穏のための息抜きを提案してくれる。すごく優しい」

「そんな……ありがとう、と言うべきかしら」わたしは言った。

「どういたしまして」ローラは言い、そのとき、なぜかはわからないけど、わたしはローラから正面のウインドウへと目を移し、そこに見えた光景に、背筋に冷たいものが走った。なぜなら自分にはスーパー・ケーキ焼きパワーだけでなく、スーパーヒーロー・パワーの一種もあるのだと判明したから。

すなわち、あばずれレーダー。

なぜそれがわかったかというと、ウインドウの前にオリヴィアが立っていて、その手に〈チェリー・クリーク・ノース〉ショッピングセンターのつやつやの紙袋をいくつもさげ、かしましいマーメイドの女の子たちから注文をとりおわったレックスが、テーブルから離れてわたしとローラのほうにやってくるのを見守っていたからだ。

彼女の視線は、レックスから、店の奥へと移動し、わたしを見た。その瞬間、彼女の顔全体がこわばり、彼女はドアのほうへと歩いていった。

「やばいわ」わたしはつぶやいた。彼女はドアのすぐそばまで来ている。わたしの全身は破壊的厄災の不吉な予感に震えた。ローラもオリヴィアに気がついたのは、彼女が「ああ、なんてことなの」とつぶやいたのでわかった。

オリヴィアは店のドアをあけて、大股で二歩進み、また店内を見渡して、ジョエルを見つけると眉をひそめて彼を見つめ、それから、信じられないことに、部屋じゅうに響き渡る声で、ぴしゃりと言った。「スリムはどこ？」

さっと男の子たちを見ると、わたしのそばにいたふたりはその場に凍りつき、自分たちの母親を見つめていた。

「わたしがなんとかする」ローラが言い、わたしはパニックに襲われた。なぜなら彼女が〝なんとかする〟のが心配だったし、ローラがこの前オリヴィアに会ったとき、彼女は爪を剥いてオリヴィアに飛びかかっていったという事実を考えれば、その〝なんとかする〟やり方はあまりよくないのではないかと思ったからだ。でもわたしがとめる間もなく、ローラはオリヴィアに向かっていった。

「こっちに来るんじゃないわよ」オリヴィアはまた声をはばかることなく言って、手をあげ、ローラに指を突きつけた。店内のお客さんたち――たくさんいた――も、何事かと注目しはじめた。そしてオリヴィアはわたしと目を合わせた。「スリムはどこ？」

「兄は仕事に行ってるのよ、あなたは帰りなさい」ローラが言った。

「ジョエル、レックス」わたしは静かに呼びかけた。「奥に行っててくれる？」

「だめよ！」オリヴィアが激怒して、さっきよりも大声を出し、前に出た。ローラをよけて、ジョエルとレックスとわたしのいるほうへやってくる。そして、信じられないことに、彼女は言った。「ふたりとも、いらっしゃい。うちに帰るわよ」

わたしはショックで目をしばたたかせた。

そして訊いた。「え？」

そのときオリヴィアを追ってきたローラが、（大声で）言った。「なに言ってるの？」

オリヴィアはわたしたちを無視して、息子たちに言った。「コートをもっていらっしゃい、行くわよ」

まったく！　どうしたらいいの？

ジョエルとレックスはふたりとも母親を見上げている。レックスは口をあんぐりあけて、ジョエルはミニ・ホットガイの顔にありありと迷いを浮かべて。

オーケー、わたしはどうすればいいのかはわからないけど、自分がなにかしなければならないのはわかった。そしてそのなにかをするのは、子供たちの前や、お客さんたちの前というわけにはいかない。

「オリヴィア」彼女のほうに一歩出て、言った。「奥に来てくれるかしら？　話しましょう」

彼女は完全にわたしを無視して、息子たちに厳しく言った。「ママはなんて言ったの？」

「今週末はスリムの面会交流よ」ローラがそう言ってオリヴィアの横に移動すると、オリヴィアは元義妹のほうをきっとふり向いた。

「そうなの？　それなら彼はどこ？」

「言ったでしょ、仕事だって」ローラが答えた。

「そう、彼が仕事なら仕事で、それは彼の問題だけど、わたしの息子たちをこんなところに置いておくわけにはいかないわ。その」――彼女はわたしを指さした――「あばずれのところに」この言葉に、何人もが息をのむ音があがった。

オーケー、ちょっと待って。

わたしはあばずれではないし、そんなふうに呼ばれて黙っているわけにはいかない。ジョエルと、レックスと、わたしの従業員と、わたしのお客さんたちの前ではなおさらだ。

「信じられない」ローラは声を引きつらせた。彼女のいらだちが怒りに変わり、わたしたちのまわりの注目が好奇心に変わる。

「これはイタいわ」ケイリーがカウンターの向こうから言った。

「はんぱなくイタいわね」ノーラも同意した。

「振りきれたイタさって感じ」スニも意見を述べた。

「事務室で話しましょうよ」わたしはふたたび提案しながら、癇癪を起こさないように必死で自分を抑えていた。「もしそれがいやなら、おもてでも」

オリヴィアの怒りに燃えた目がわたしをさっと見て、言った。「あなたは存在しない」

わたしはそのばかばかしいコメントを無視して、言った。「オリヴィア、ジョエルとレックスのためにお願い、どこかよそで話しましょう」

彼女はまたわたしを無視して、息子たちを見た。「さあ。ママはなんて言ったの？早くして！」そしてドアのほうへと向かった。

「ケイリー、電話をとってきて、おじさんに電話して」ローラが命じた。「レックスとジョエルはそこにいなさい」

オリヴィアは立ちどまり、ローラのほうをふり返った。「わたしの息子たちに指図しないで」

「わたしは自分のしたいようにするわ。みっともないことはやめなさいよ」ローラはとげとげしく言った。「ここはテスの職場なのよ」

「わたしが気にすると思う？」オリヴィアが言い返す。

「思わない、でもわたしも、スリムおじさんも、ほかのみんなも気にする」ケイリーが参戦した。

「いったいなにが起きているの？」ケリーがわたしのうしろから訊いた。わたしがふり向くと、彼女はオリヴィアを見て、顔をしかめ、つぶやいた。「ああ、こういうこと」

「ママ、どうしたの？」エリーが震える声で訊いた。彼女と、ほかのマーメイドの友だち全員の目は、この騒ぎに釘づけになっている。それもあまりいい感じではなく。

「だいじょうぶよ」ローラが言った。「ママはオリヴィアおばさんと話をしているだけ」

「お願い、お願いだから」わたしは状況が悪化しているのを察知してあいだに入り、絶望的な気分で、オリヴィアのほうを見て言った。「奥で話してくれない？」

オリヴィアはまたわたしを無視して、その顔を石のようにこわばらせて、氷のように冷たい声で、大声で叫んだ。「ジョエル！　レックス！　早く！」

わたしは彼女のほうに近づいて（とはいえ、あまり近づきすぎないようにした。彼女は長い爪をしているし、それをつかってくることも考えられる）穏やかに言った。「もう一度お願いするわ、オリヴィア、ジョエルとレックスとエリーとお友だちがこわがっているから、奥で話してくれないかしら？　奥に行ったら、ブロックに電話するから、あなたは彼と話せばいい」

「ブロックなんてくそ食らえよ、あんたもくそ食らえ！」彼女はとつぜん絶叫した。

わたしはまるで殴られたように、うしろにさがった。ローラのムカついたエネルギーが空気のなかで火花を発した。カウンターの向こうでなにか動きがあり、ケイリーとケリーがいまにも動こうとしているのがわかったから、わたしはとめようと口を開いたけど、だれかに先を越された。

そのだれかとは、ジョエルだった。

「だめだよ」彼は小声で言った。声が震えている。わたしが横にずれて見ると、その顔は青ざめ、両脇におろした手を固く握りしめている。「テスのことをそんなふうに言うなんて。テスはいい人なんだから。だれにでもいい人なんだよ。そんなふうに言うのはよくない」

ジョエルを見て、その言葉を聞いて、わたしの彼の母親への憎悪は新記録を更新した。

「ジョエル、レックスを連れて奥に行きなさい」わたしは静かな声で命じた。

でもわたしが言いおえる前に、オリヴィアがすばやく動いた。

ジョエルに近づき、その肩に爪を食いこませて、ぐいっと引きながら、言った。

「ママがなにかしなさいと言ったら、すぐにしなさい！」

わたしも含めて、さっきより大勢の人が息をのむ音がして、ローラとわたしがオリヴィアのほうに寄ると、レックスはちぢこまった。

そのときジョエルが肩をつかんだ母親の手を振りほどき、うしろにさがった。そして足をぐっと踏んばったので、わたしもローラも立ちどまった。

「今週末はパパの面会交流だよ」彼はきっぱりと言った。

「パパの面会交流なら、パパはどこにいるのよ？」オリヴィアが言った。

「パパは仕事なんだよ、ママ。働いているんだ。だれかになにかが起きて、パパはその犯人を見つけなきゃいけない。パパとテスはふたりでひとつなんだから、パパが仕事ならぼくたちはテスといっしょにいるんだ。ここで愉しんでいたんだよ。ここが好きなんだ。だからあした帰るから」

「あなたたちはいますぐ、わたしといっしょに来るのよ。あとであなたたちの父親と、子供たちをだれに会わせていいか、話し合うから」オリヴィアは言った。

ジョエルは母親をじっと見た。彼が内心葛藤しているのがわたしにはわかった。わたしは彼がかわいそうでたまらなかったけど、どうしたらいいのか、まったくわからなかった。こんなときには父親が必要なのに、その父親は仕事でいない。わたしの電話は奥に置いてあって、子供たちをオリヴィアといっしょに置いてとりにいくわけにはいかない。それにもしわたしがブロックに電話してなにが起きているかを話したら、彼はきっとキレる。

さいわいかどうかわからなかったけど、ローラはバッグのなかに電話をもっていて、彼女はごそごそと電話をさがしはじめた。

ジョエルがまた言った。静かで、穏やかな、おびえているけど、決然とした声で。

「ぼくたちはいまママと帰りたくない」

まずい。

「かまわないわ。わたしがあなたのママなんだから、言うことを聞きなさい」

「ぼくたちは愉しんでいたんだよ」ジョエルが言った。

「それもかまわない」オリヴィアが返した。

「そうだと思った」ジョエルはささやいた。わたしは心臓が締めつけられるようで、もう限界だった。

それでも、自分が心からしたいことをするわけにはいかなかった。それは、恥ずかしながら、彼女をびんたで殴ることだった。それはあまりよくない。気持ちはいいだろうけど。だから代わりに、冷静に対処しなければならなかった。ジョエルと、レックスと、ブロックのために。

「お願い」わたしは穏やかに頼んだ。「奥で話しましょう」

ジョエルはわたしを無視して、母親に言った。「ママは帰って」

オリヴィアは目をしばたたかせ、明らかにショックを受けた様子で、訊いた。

「え?」

彼は答えなかった。弟のほうを見て、言った。「ケイリーとケリーといっしょに、奥に行ってろ」

レックスはずっと目を丸くして騒ぎを見守っていたから、行きたくなかったけど、ほかに選択肢はなかった。ケイリーが前に出てきて、かがんで彼の手をつかみ、優しくひっぱって、スイングドアの向こうに消えた。ケリーもそのあとに続いた。

オーケー、ひとりはもうだいじょうぶ。あとひとり。

「ジョエル、あなたも奥に行っててくれる?」わたしは言った。

ジョエルはわたしのほうを見て、首を振り、口をへの字にしている母親のほうを見て、くり返した。「ママは帰って」

「もう一度言うわよ、ジョエル。弟を連れてきなさい。コートをとってきて、いっしょに帰るのよ」

「いやだ」ジョエルが即答した。

「スリム？」ローラが電話に言って、全員の目が彼女に向けられた。「ごめんなさい、忙しいのはわかってるけど、オリヴィアがテスのベーカリーに来てて、騒ぎを起こしているのよ。それにジョエルをつかんでひっぱったの」

そんな。

言ってはいけないことだった。それが事実ではないというわけでも、ほかに言っていいことがなにかあるというわけでもないけど、それは言ったらだめなことだった。

ローラは話しつづけた。「ジョエルは帰らないって言ったの。テスのお客さんたち五百人が見ている前で親子対決になって。ジョエルが帰ってくれって言ったのに、オリヴィアは帰らないし、テスが奥で話そうと提案しているのに、それもしないの。テスは何度も頼んだのよ。ごめんなさいね、スリム、でもここは兄さんがなんとかしないと」

驚いたことに、オリヴィアは尊大な態度でローラのほうに手を突きだし、要求した。

「わたしが話すわ」

　でもローラは電話を切り、オリヴィアに言った。「手おくれよ。スリムは怒ってた。いきなり電話を切って。わたしの推測では、いまごろこっちに向かってるわね」

　いけない！

　非常事態発生。ムカついたブロックがやってきて、わたしの魔法のような幸せなお店の空気をムカつき信号で満たしたら困る。それにオリヴィアとの対決に参戦されるのも。だって彼はF言葉を――それを言うならC言葉も、M言葉も、A言葉も、その他さまざまな罵詈雑言も――つかうのを控えることはないのだから。たしかに、お店は頭がおかしくなりそうなほど忙しいけど、お客さんたちが、戦闘的で口汚く、見る者をはらはらさせるような家庭内騒動に遭遇するのではないかと心配して〈テッサのケーキ〉を避けるようなことにはなってほしくなかった。じっさい、いま起きていることは、それよりもひどいけど。

「ねえ」わたしは静かな声で言った。「ブロックがやってきたときにあなたはここにいないほうがいいと思うわ」

「ねえ、わたしに指図するのはやめたほうがいいと思うわ」

　わたしは彼女をまじまじと見つめた。心臓がどきどきしてきた。

そのときわかった。彼女はどうしても修羅場を演じるつもりだと。とくにいま、喉から手が出るほど欲しいブロックの気を引いているのだから。

だからわたしは肩をすくめた。

お客さんたちには対処してもらうしかない。怒りの爆発に備えて、わたしと、ジョエルとレックス、エリーとマーメイドたち、従業員たち全員を事務室に避難させてもいい、とわたしは思った。

そして言った。「勝手にしなさいよ」

わたしはジョエルのほうを見て、優しく命じた。「エリーとお友だちの注文を出してあげて。わかった？　それが終わったら弟といっしょに奥でパパを待ちなさい。それでいい？」

彼はわたしを見上げて、うなずき、母親をさっと見て、レックスから注文を聞くために奥へと飛びこんでいった。

わたしはローラのほうを見て、オリヴィアを無視した。彼女は足元に買い物袋を落とし、胸の前で腕組みをして、片足を前に出して反対の腰を吊りあげるような構えをとり、その顔は激怒していた。

思ったとおり。ねばるつもりなんだ。

どうでもいい。勝手にすれば。

だからわたしはローラに言った。「あなたのコーヒーをもってくる。ミルクとお砂糖はどうする？　ケーキもいっしょにいかが？」

ローラも〝オリヴィアを無視する作戦〟に乗ってきて、わたしに注文してから、娘とその友だちのテーブルに行った。

わたしは彼女のコーヒーを用意して、ピーナッツバターのチップ入りの大きなチョコレート・クッキーを添えた。女の子たちの注文はジョエルが出して、それが済むと、彼は奥にひっこんだ。そのあいだずっと、オリヴィアは構えを崩さず、そこに立ったまま、わたしたちをにらんでいた。

わたしがローラの注文を彼女のところに運んでいこうとしたとき、制服警官がふたり、店に入ってきた。

オリヴィアは緊張した。ローラはにやりと笑い、わたしは目を瞠った。

「業務妨害の通報があったのですが？」警官のひとりがだれにともなく問いかけ、オリヴィアに目をとめた。「金髪。四十代後半？」

「四十代後半だって。傑作だわ」ローラが愉しそうにつぶやいた。

「その人よ」わたしがなにか言う前に、お客さんのひとりがオリヴィアを指さした。

「お店に入ってきて騒いだり嫌がらせをしたり、きたない言葉をつかって、何度も——七千回くらい——出ていくようにと言われたのに、居座っているのよ」

「そうよ、その人よ」別のお客さんが不必要な加勢をした。「それも小さな子供たちの目の前で」それから彼女はさらに不必要な情報を提供した。「マーメイドの格好をした子供たちよ」

「それにその女性は、子供のひとりをつかんでいた」別のお客さんが言った。「話によればその子は息子だということだったが、それでもちょっと。あれはよくない」彼はさらに言った。「だが、あの子はマーメイドの衣裳は着ていなかった」

「おいしいクッキーか、スプリンクルを振った紫色のカップケーキでも買おうと思ってベーカリーに来たら」別のお客さんが口を出した。「とつぜん、横柄な女が店に入ってきてF言葉とかB言葉とかを連発するのよ。いったいどうなっているの?」

どうやらそれで証拠はじゅうぶんらしかった。それらの供述を得ると、警官のひとりが正面入口のドアをあけて、オリヴィアに言った。「奥さん、ご同行願えますか?」

彼女はあごをこわばらせ、顔をあげ、にらむように目を細くしただけで、動かなかった。これは彼女が、腹が黒くて意地が悪いだけでなく、頑固でばかなんだという驚くべき証拠だった。

わたしは警察のお世話になったことはない。生まれてから一度も。もちろん、デミアンの商売に引きずりこまれたということはあったけど、それだって罪のない巻き添えだった。だからわたしは警察官への対応についての経験は皆無だった。でも、警察官になにか頼まれたとき、それがていねいでも、ていねいでなくても、たぶん言うとおりにするべきだということがわかるくらいの知能はある。

わたしが間違っていないということは、すぐにわかった。警察官がさらに説明したからだ。

「もしルーカス捜査官を待っているなら、残念ですが彼は仕事です。あなたにこの店の業務妨害をさせておくわけにはいきません。つまりあなたにはふたつ選択肢があります。おもてに出てわたしたちと話すか、わたしたちがあなたをパトカーに乗せて署に連行し、そこで話をするかです。念のため言っておきますが、後者の選択肢の場合、あなたは手錠をかけられます。それは逮捕だからという理由です。どちらにしますか？」

オリヴィアが息をのむ音が聞こえた。

それから背をかがめ、〈チェリー・クリーク・ノース〉ショッピングセンターのつやつやの買い物袋を拾って、足音荒くドアから出ていった。

彼女の足がお店の敷居をまたいだ瞬間、ベーカリーの店内全体が大きな歓声に包まれた。

わたしは唇を嚙みしめて笑顔にならないようにして、正気を失ったのかと思うような満面の笑みを浮かべているローラのほうを見た。そのとき彼女の電話が鳴りだし、警官のひとりがオリヴィアについてそとに出て、もうひとりがわたしのところにやってきた。

「ペトリ巡査です」彼は言った。

「テス・オハラです」わたしも言った。「わたしは、その」——腕を振って大きなロゴを示し、次に言うことのだめ押しをした——「この店のオーナーです」

彼はうなずき、唇をぴくりとさせて、言った。「知っています。スリムのこともよく知っているので、あなたのことも知っています。うかがいたいのは、あなたがどうしたいかということです、ミス・オハラ」

わたしは口をあけて、オリヴィアがいなくなればそれでいいと言おうとしたけど、とつぜんローラが横に来て、電話をもった手を突きだした。

ローラのほうを見ると、彼女は言った。「スリムよ」

最高。

わたしはうなずき、ペトリ巡査には〝ちょっと待ってください〟という感じにほほえみかけ、電話を受けとって、ひとつ深呼吸をしてから、耳にあててそっと言った。

「もしもし」

「告訴するんだ」彼はうなるように言った。同時に、この場にいないのにもかかわらず、雰囲気をとげとげしくするという新しい離れ業をやってのけた。

「ハニー」わたしは静かに言った。

「告訴をするんだ、テス。これを記録に残しておきたい」

そうか。それなら。なにかの役に立つかもしれない。

「わかった」わたしは言った。

「あまりにもムカついていて、いまは話せない。あとで話そう」

やった。ぜんぜん愉しみじゃない。

「わかった」わたしは言った。

「あとでな、ベイブ」それだけ言うと、電話はもう切れていた。つまり彼はムカついている。すごく。でもそれは確認するまでもなかった。二十秒間、彼と電話で話しただけで、耳の肌が一枚、はぎとられているはずだから。

わたしは通話を終わらせ、ローラに返して、ペトリ巡査に言った。「告訴します」

「よかった」ローラは小さな声でうれしそうに言った。

「お客さんの一部に話をしてもいいですか？」ペトリ巡査に訊かれたけど、それはよくなかった。それはいやだったけど、お客さんたちはオリヴィアがオリヴィアであるところを目撃してしまったし、どうやら発言するのはかまわないみたいだし、その証言によってブロックが息子たちの親権を獲得して、あの子たちが悪夢を見ないでもよくなるかもしれない。

だから、わたしは言った。「どうぞ」

彼はうなずき、そして言った。「最後にあなたの話を聞きます。まずはお客さんに話を聞かないと、帰ってしまいますから」

わたしはうなずいた。

彼は話を聞きにいった。

ローラを見る。

「よかった」彼女は愉快そうに言った。「あのあばずれがようやく当然の報いを受けるのよ」

たしかに。

「ジョエルとレックスの様子を見にいってくる」わたしはローラに言った。

彼女の目がさっとスイングドアをとらえ、次にわたしに戻ってきたときには、もうその目は愉しそうではなかった。

「そうね」彼女は言った。「ケイリーとケリーを呼んで、あの子たちがうちの子たちを見ててくれたら、わたしも協力する」

わたしはうなずき、言った。「ありがとう」そして奥に入った。

奥の部屋に入ると、ジョエルとレックスは泣いてはいなかったが、おびえていた。さいわい、ここはベーカリーで、ケーキを焼く道具に囲まれている。

そして焼き菓子は、ずたずたになった心を癒してくれる。

バンドエイドのような応急処置。

でもピンチのときには役に立つ。

★

警察官たちは帰った。ローラと女の子たちも。そしてジョエルとレックスは雑用係に復帰したけど、さっきまでの熱心さはなかった。頭のなかが母親のふるまいのことでいっぱいになっているせいだ。それに、テーブルを拭いたりお皿を洗ったりする最初の物めずらしさがなくなったせいということもある（それは年齢にかかわらず、かならず起きることだ）。わたしが奥の部屋でシュガークッキーにアイシングのデコレーションをしていると、ステンレススチールのテーブルの上に置いてあった携帯電話が鳴った。

画面には〈スリム〉の文字が。

わたしは息を吸いこみ、ジョエルかレックスがいないか、いたらその心の状態を目視検査しようとスイングドアのほうをちらっと見てから、電話に手を伸ばした。〈通話〉を押して、耳にあてた。ふたりの姿は見えなかった。

「もしもし」

「あいつらはだいじょうぶか？」いきなり彼が訊いた。

「雑用係の魅力は色褪せてしまったみたい」

「そうか」彼は言った。わたしが言いたかったことをちゃんとわかっている。そして言った。「おれがリーヴァイに電話したとき、あいつジムにいたんだ。ようやく連絡がついたから、あいつとレノーラがあと三十分くらいでそっちに着く。子供たちを映画に連れていって、なにか食べさせてくれることになっている。そのころにはおれの仕事も終わるはずだから、おれが迎えにいける」

またレノーラだ。ふーむ。

「レノーラ？」わたしは好奇心もあらわに訊いた。

「ベイブ」ブロックはそう答えて、乗ってこなかった。

「わかったわ」わたしはつぶやき、あきらめた。

「ローラが電話してきて、詳しいことを教えてくれた」彼は言った。わたしは思わず息をとめた。「弁護士の自宅に電話して、話をしておいた。あいつはジョエルをつかんだ。弁護士はそのことを問題にして、手続きを早めてくれそうな裁判官がいないか調べてみると言っていた。あいつはきょう、へまをしたんだ。二週間前、侵入者をでっちあげたときもへまをして、警察を巻きこんだ。そういうのは、精神的に安定していて、ふたりの息子の面倒を見られる女のすることじゃない」

きょうの騒ぎを経験して、わたしもおなじことを考えていた。きょうのふるまいは、ただ意地が悪いとか腹が黒いとかでは済まない。あまりにも常軌を逸していて、こわかった。

それは言わなかったけど。

代わりに、わたしは静かに言った。「ベイビー、あなたにジョエルを見せたかった。彼はわたしのために、そして自分のために、母親に立ち向かったのよ。弟の面倒もちゃんと見ていた。すごく勇気のいることだった。あなたは誇りに思っていい」

一瞬沈黙があり、それから、「ああ、ローラに聞いた」

「偉かった」

「あいつが偉かったのはよかったが、偉くならなきゃいけない状況じゃなければよかったと思うよ」

これは、あいにくだけど、ほんとうだった。

「最低よね。でも明るい兆しよ、ブロック。あの子はそういう状況にいて、偉かった。引きさがらなかったし、弟の面倒も見た。そのことを考えないと。なぜならそれは、彼がパパとパパの家族たちとおなじように、強く、賢く、忠実だということだから」

また一瞬、沈黙があった。

そして穏やかな声。「ああ」

わたしは彼に言った。「彼女はジョエルの肩をつかんだし、それはよくなかったけど、彼を傷つけるつもりはなかったと思う」

「きみのお母さんはムカついたり、癇癪を起こしたときに、子供をつかんだか？」彼が訊いた。

「いいえ」わたしは小声で答えた。

「うちもだ。だからわからないけど、やられたほうはいい気持ちではないだろう」

それも、あいにくだけど、ほんとうだった。

「そうね」わたしはまだ声をひそめていた。

「そうだ」ブロックもちいさな声で言った。

わたしたちはしばらく、そのあまり愉快ではない考えにふけっていたが、やがてブロックが沈黙を破った。

「どんなに酔っ払って、どんなに遅くなっても、今夜はおれのベッドにきみがいてほしい」

「ブロック、わたし――」

彼はわたしを遮った。「おれのベッドにきみがいてほしいのは、おれがベッドにきみが欲しいからだが、もうひとつの理由は、あしたの朝、子供たちの朝食をきみにつくってほしいからだ。あいつらにはうまい朝食が必要だし、あいつらを笑わせて安心させてくれる女性といっしょにいることが必要だ。面会交流はあしたまでだ。短いし、子供たちはあいつのところに戻らなきゃならない。だからできるかぎり、いい思いをさせてやりたい。手伝ってくれるか？」

「いいわ」わたしは即答した。

また一瞬の沈黙があり、そして、「ああ、そう言ってくれると思ってた」彼は静かに言った。ため息が聞こえて、わたしは言った。「もう切らないと」

「わかった。子供たちにはおれから、リーヴァイとレノーラがもうすぐ行くと言っておくよ」

「そうして。じゃああとでね」

「あとでな、ハニー」

そして電話は切れた。

★

二十分後、ジョエルがスイングドアをあけて手で押さえ、わたしの目を見て、言った。「リーヴァイおじさんが来た」

「そう、すぐに行くわ」わたしは言った。

ジョエルはいなくなり、わたしはカップケーキの山のような渦のフロスティングにパイピングするのを中断して、ペーパータオルで手を拭き、部屋を出た。

やっぱり。ディスプレーケースの前に、ゴージャスな映画スターのように立っているのは、わたしの男のゴージャスな弟と、おなじくらいゴージャスな彼女だった（彼女だといいなというのはわたしの希望だけど）。

「こんにちは」

「驚いたわ、テス、このお店に来たのは初めてなの」レノーラがにこにこしながら言った。「なにもかもすてき。それにロゴのハイビスカスとハチドリがすごくいいわ。きれいね」

これで彼女のことがあらためて大好きになった。

「ありがとう、レノーラ」わたしは言い、彼女を軽くハグして、ほおをふれあわせた。おかしそうな顔をしているリーヴァイにも、おなじことをした。そして一歩さがり、そばにいるレックスとジョエルのほうを見た。「ふたりとも、コートをとってきなさい。映画と外食の時間よ」ふたりはダッシュでとりにいった。どうやら雑用係はもうたくさんだということらしい。

ふたりがいなくなると、リーヴァイの目からほほえみが消え、その表情は真剣になった。

「一から十の目盛であらわすとしたら、あのあばずれの今回の騒動はいくつだった?」彼が低い声で訊いてきたので、すでにローラかブロック、もしくはその両方、あるいはニュースが広まるのにじゅうぶんな時間があったことを考えれば、ブロック一家全員から詳しいことを聞いているのだとわかった。

「そうね……わたしはいままでに彼女に会ったのは一度だけで、それも不愉快ではあったけど、いろいろ聞いた話によればそれは五くらいだったようだから、今度のは十五かな」

リーヴァイは口元をこわばらせた。

それを見て、気を楽にしてあげようと、わたしはすばやく言った。「ふたりともあなたと……それにレノーラおばさんといっしょに出かけられるのを愉しみにしてる」

レノーラは〝おばさん〟の称号にびっくりしていたけど、うれしそうに唇の両端を吊りあげ、それから控え目に首をかしげたから、リーヴァイがわたしに目配せして首を振ったのは見ていなかった。

「ふたりとも、レノーラおばさんが大好きだから」わたしがたたみかけると、リーヴァイは目を天井に向けた。「ものすごく」わたしは言った。レノーラはわたしの目を見て、リーヴァイも目をこちらに戻した。わたしはレノーラの目を見て、告げた。

「わたしが少し先行しているのは、ベーカリーがあるから。でもきょう、あの子たちに四時間もテーブルを拭かせたり皿洗いをさせたりしたから、そのリードは帳消しね。あなたはフットボールが好きだし、弟さんはノートルダム大のチームでプレーしている。あしたからは、きっとあなたがいちばんお気に入りのおばさんだわ」

レノーラはにっこり笑って言った。「あなたのカップケーキと競争できるかわからないし、聞くところによれば、あなたのつくる朝食はものすごくおいしいって」

「それはどうかな」わたしは言った。「ふたりとも父親とおんなじでフットボールが大好きだし、わたしはフットボールの試合観戦につきあわされるとからだが緊張するってことを隠してないし」

彼女はおかしそうに笑って、リーヴァイを見た。

「へーえ」わたしは抑揚をつけて言った。「彼女と甥っ子たちといっしょに映画を観て夕食だなんて。なんて家庭的なんでしょ」

彼はまた首を振ったが、その目はきらきらと輝き、レノーラのウエストに腕を回した。そこにジョエルとレックスが戻ってきた。

リーヴァイは認めた。「そうだろ」レノーラは彼の脇にからだをくっつけていって、うっとりと彼を見た。彼女がからだをくっつけていくと、リーヴァイはその重みを受けとめるだけでなく、その手にしっかり力をこめた。

やった、そうこなくちゃ。

わたしにはなにが起きているのかわかった。だれかさんがようやく目を覚まして、かわいくて、きれいで、おしゃれな女性に目を向けたのだ。その女性は彼の人生に入って、彼を敬愛して、彼の背中を守る。

「そうね」わたしはささやき、彼にほほえみかけた。彼のために（そしてレノーラのために）うれしかったから。それから彼を短い（でも当然の）拷問から解放して、ブロックの息子たちのほうに背をかがめて、それぞれのつむじにキスをしてから（ふたりは足をもじもじさせてそれを我慢していた）、命令した。「愉しんでらっしゃい」

「わかったよ、テス」レックスが言った。

「そうする」ジョエルも言った。

「よかった」わたしはささやいた。それから、衝動的に（といってもその衝動を抑えようとはしなかった）手をあげてジョエルのほおを軽くつつみ、くり返した。「よかった」

彼の目のなかに影がよぎるのが見えて胸が痛んだけど、すぐに彼の父親の目のなかにわたしがよく見つけるような温かいものがそこに浮かんで、わたしの心は、即、回復した。

ジョエルを放し、リーヴァイとレノーラのほうを見て、言った。「オーケー、ふたりを正式に任務から解放します」

「よし、行こう。三十分で映画が始まる。モール内の映画館だが、ポップコーンとかを買わないといけないからな」リーヴァイが言って、レノーラのウエストに腕を絡ませたまま彼女と子供たちをドアのほうへと導いた。わたしはついていった。

「今度夕食でもいっしょにしましょう。あなたたちと、ブロックとわたしで。近いうちに」わたしは彼らの背中に言った。

レノーラは肩越しにふり向いて、輝くばかりのほほえみを返してくれた。リーヴァイは困ったようなまなざしを向けてきた。

「ぜひ！」レノーラが言った。

「いっしょに計画しましょう」わたしは彼女に言った。

リーヴァイはすぐに前を見たが、そのため息はしっかりと聞こえた。わたしはひとりほくそ笑んで、そとに出てみんなを見送った。子供たちは叔父さんのSUVのほうへ駆けていった。レノーラはわたしを短くハグして、彼らを追いかけていった。

リーヴァイもわたしの前に来ておなじことをしたけど、そのときわたしの耳元でささやいた。「あんたはケーキの匂いがするけど、やっぱりおせっかいだよ、自分でもわかってるんだろ？」

「わたしには男兄弟がいなかったの」わたしも言った。「四十三年間ずっと姉に抑えつけられてきたのよ。だから気をつけなさい」

「最高だ」彼はつぶやき、からだを引いた。わたしがその目を見ると、彼はにやりと笑った。

首を振っているけど、その唇はほころんでいる。

それから彼は車のほうを向いて、電子錠でSUVのロックをあけた。レノーラがドアをあける。レックスも。ジョエルも。リーヴァイは運転席に回った。レノーラ、リーヴァイ、レックスは乗りこんだが、ジョエルはためらっていた。

次の瞬間、彼はこちらを向いて、走ってきたかと思うと、わたしのウエストにぎゅっと短いハグをして、車に駆け戻り、乗りこんで、ドアをしめた。そしてすぐに、シートベルトを締めるという複雑な作業にとりかかった。

わたしがSUVのフロントガラスを見ると、なかでレノーラが満面の笑みを浮かべ、〝だから言ったでしょ〟と、声に出さないで言っていた。それからわたしはリーヴァイを見て、その表情に、すでに鼻と目の奥をつんとさせていた涙がこみあげてくるのを感じた。

あえて言葉にすれば、その表情はこう言っていた。リーヴァイ叔父さんは甥っ子たちを愛していて、兄がまともな女性――彼の十二歳の甥っ子が、自分の評判を傷つける危険をおかしてハグをしにくるような女性——を手に入れたことをよろこんでいる、と。

わたしは手を振り、急いでベーカリーに戻った。

さいわい、最初の涙がこぼれる前に、事務室にたどりついた。それからわたしは、涙が流れるに任せた。

しばらくすると、顔を拭いて、仕事に戻った。

★

「デイジー・スプリンクルを振ったシュガークッキーをあしたのメニューに入れるの？」シャーリーンがわたしの耳元で尋ねた。

午後七時半。すでにお店はしめた。みんなは帰っていった。わたしは十二時間半働きづめで疲れはて、今夜のガールズナイトにどれくらい行きたいかというと、だれかにドリルで頭に穴をあけられたいのとおなじくらい、と言うしかなかった。よっぽどキャンセルしようかと思ったけど、そんなことをしたら、マーサのことだから、州兵を動員してわたしを縛りあげて招集しかねない。

「そうね……」わたしは電話に話しかけ、店舗正面の照明を消した。「入れてもいいけど」

「よかった。だって今夜、わたしは寝間着を三枚もっていくつもりだから。そのいずれも〝バッドボーイとのお愉しみの時間〟とは言ってないけど。大声で叫んでいるのよ」

わたしはシャーリーンのことはよく知らない。彼女はだれかにわたしの携帯電話の番号を聞いて、わたしたちはいろんな――たいていはシュガークッキーのことや、寝間着の条件のことや、来るべきガールズナイトのことなどについての――メールをやり取りしていたけど。それはすてきなことかもしれない。いっぽうで、こわいことかもしれない。でもシャーリーンを相手に、わたしは反論できる立場ではなかった。

だから、わたしは彼女に言った。「わかったわ。それなら入れることにする」

「やった。じゃああなたは三つのうち好きなやつを選んでいいわ。全部でも。そうしたらわたしはあした、ベーカリーで貸しを回収するからね」

「了解」

「あとでね」

「うん、あとで」

「じゃあ」

彼女は電話を切った。

わたしはバッグに電話をしまって、注意しはじめた。もう一週間以上、だれも撃たれていない。それはいいことだし、この幸運が続くことを願っているけど、だからと言って、警戒しろというブロックの命令をおろそかにするつもりはなかった。

おもての暗闇をさっと見渡す。わたしの車は街灯の下にとまっている。あやしい人間は見当たらなかったので、車のキーをとりだして、手にもったまま、店のアラームをセットして、そとに出た。すばやく鍵を締めて、小走りに車に近寄りながら、電子錠で開錠した。

車のドアに手をかけたとき、警戒が足りなかったのがわかった。

すぐうしろでデミアンの声がしたからだ。「テス」

わたしは目をつぶり、お腹が締めつけられるのを感じた。

目をあけて、自分の車のてっぺんに向かって言った。「嘘でしょ」

それからオリヴィアのやり方を採用することに決めて、彼を無視した。でもドアをあけて乗りこもうとしたとき、彼に腕をつかまれて、そっと引き戻され、そのやり方もうまくいかなかったのがわかった。車のドアはわたしの目の前でしめられた。

でも彼がそうしたとき、わたしは大きくふり向いた。つかまれた腕をひねって彼の手を振りほどき、一歩さがって、片手をあげた。手のひらを見せて。

「さわらないで」

彼もなだめるように片手をあげた。手のひらを見せて。「聞いてくれ、テス、お願いだ」

「なぜわたしがそんなことをしなくちゃいけないの？　あなたがここにいるということが、わたしの言うことを聞かないという証明なのに」わたしは言って、手をおろした。

彼がなにか言う前に、影から声が聞こえてきた。

その声は、「うせろ、ヘラー」というものだった。

声のしたほうを見ると、ブロックの友人で〈ホットガイ・クラブ〉のメンバーでもあるヴァンス・クロウが、暗闇から姿をあらわした。

ハレルヤ。

「あんたはだれだ？」デミアンが尋ねた。

「テスの友人だ」ヴァンスは答えた。「彼女の車から離れて、うせろ」

デミアンはヴァンスを見つめた。それからわたしを見た。

そしておもむろに告げた。「彼は危険な人間だ」

「だれ？　ヴァンスのこと？」わたしは信じられないという思いで尋ねた。ヴァンスがその気になれば危険になれないというわけではない。ただ本能的に、ヴァンスがわたしにたいして危険になることはありえないとわかっていた。

「ちがう」デミアンは鋭く言った。「ルーカスだ」

からだがこわばった。彼の言うことを信じたからではない。とてもひどくて長い一日の終わりに、この男がわたしのベーカリーにやってきて、わたしの彼の悪口を言っているということが、信じられなかったからだ。

「おい、最後の警告だ」ヴァンスが言いながら、デミアンに近づいた。「彼女の車から離れろ」

デミアンはヴァンスがそう言っているあいだは彼のほうを見ていたが、またわたしのほうを見て、言った。「お願いだ、テス、話を聞いてくれ。ぼくはべつに、騒ぎを起こすつもりはない。もちろん、きみを傷つけるつもりもない。きみとよりを戻そうとしているわけでもない。きみを助けたいだけなんだ。きみが重大な間違いをおかさないように」

わたしを助ける。そう。

ろくでなし。

わたしはため息をついて、言った。「もう行って、デミアン」

「きみはわかっていない」デミアンは言って、わたしのほうに身を乗りだした。わたしはうしろにさがり、ヴァンスがわたしと彼のあいだに立ちふさがった。

「いい加減にしろ、ヘラー。うせろ」ヴァンスがうなるように言った。見るからに、それに聞こえるからに忍耐の限界に近づきつつある彼は、すごくこわかった。

「彼女に大事な話があるんだ」デミアンはきっぱりと言い、ヴァンスのこわさを無視した。

「それはわかるが、彼女はおまえと話したがっていない」ヴァンスは指摘した。「さあ、おれだって力ずくでとめたいわけじゃないが、やむをえない場合はそうする。これは冗談じゃない。だからうせろ」

　デミアンはヴァンスをにらんだけど、どこまでもデミアンだから、そのまなざしはヴァンスを飛び越して、そのうしろにいるわたしを見つめた。

「あいつはある男性を病院送りにした」彼は言った。「そのせいで、もう少しで警察から永久追放になるところだった。男性を叩きのめして。あいつはそういう――」

　わたしは彼の言葉を遮った。「知ってるわ、デミアン。ブロックがわたしにその話をしないと思った？」

デミアンは目をしばたたかせた。「知ってるのか？」

「ええ……そうよ。そいつは彼の元カノをめちゃくちゃに殴って何度もレイプした男だった。彼女は二週間も入院しなくてはならなかったのよ。ブロックはそれを許せなかった。わたしは彼を責められない」

ヴァンスがくすくす笑い、さきのこわさは（だいぶ）消えて、デミアンは眉をひそめた。

デミアンはさらに言った。「あいつは捜査対象の女と性交していた」

「それも知っているわ。わたしもそのひとりだったから」わたしは言った。

ヴァンスがまたくすくす笑い、デミアンは眉をひそめるだけでなく、顔をしかめた。

そしてうなるように言った。「きみだけじゃなかった」

「ええ、彼女の名前はダーラといって、彼にはそうすべき理由があったのよ。彼はその理由をわたしに教えてくれたけど、わたしがあなたにそれを教えることはしない。わたしがこれからするのは、ホットガイのヴァンスのうしろで、警察に電話して、あなたがまたわたしにハラスメント行為をしていると通報することよ。それがいやだったら、もう行って」

デミアンはわたしを無視して、言った。「あいつはいい男じゃない、テス」

思わずはげしく吹きだしてしまった。あまりにも笑いすぎて脇腹が痛み、からだをふたつに折って両腕をお腹に回した。

しばらくたって、笑いがおさまってから背筋を伸ばし、冷えたほおから涙を拭いて、ヴァンスとデミアンを見た。ふたりとも、わたしのことをかなり頭がおかしいと思っているような目で見ていた。

わたしはデミアンに目をとめ、きっぱりと言った。「いまのは傑作だった」

「ぼくは笑わせようとしたわけじゃない」彼はつぶやいた。

「たとえ逆立ちしても、あなたにいい男の見分けがつくわけがないでしょう」わたしはとつぜん真剣になって言った。「ブロック・ルーカスはワイルドで、気分屋で、猪突猛進タイプだけど、優しくて愛情深く、信じられないほど忠実な人よ。彼はわたしを大事にしてくれる。わたしを安心させてくれる。彼はとことんいい男よ。あなたが彼の悪口を言うのを聞くのはこれが最後だから。あなたとは二度と会いたくもないし、話したくもない。これからこの件について警察に通報するし、今後もそうするつもりよ。わたしはもう、あなたとは縁を切ったの。あなたはわたしの言うことなんて聞いてくれないけど、デンヴァー市警の言うことは聞くかもしれないわね」

そして電話をとりだし、911にかけて、電話を耳にあてた。

ヴァンスはわたしのそばにいて、デミアンはわたしをにらんでいた。

「911です。なにがありましたか?」

「わたしはテッサ・オハラといいます。いま、チェリー・クリーク北通りの〈テッサのケーキ〉の前に立っています。わたしの前夫がハラスメント行為をしてくるので、わたしは車に乗りこめなくて。だれか派遣していただけますか?」

「ぼくはきみを助けようとしているんだよ、テス。あいつといっしょにいたら、きみが危ない」デミアンが言った。911のオペレーターは、こちらに警察官を向かわせると言ってくれた。

わたしはデミアンのばかさ加減を無視して、言った。「こちらに人を向かわせるって」

彼はわたしを見つめた。それからヴァンス・クロウを見た。彼はわたしのそばに立ち、腕組みをして、おもしろそうにほほえんでいる。

デミアンは最後にもう一度わたしを見て、歩きだし、暗闇のなかに消えた。

ヴァンスは腕をほどき、ジーンズの尻ポケットから電話をとりだして、言った。

「きみの電話は911のオペレーターとつないだままにしておけ。おれがスリムに電話する」

わたしはうなずいた。それからオペレーターに、前夫はいなくなったけど、被害届を出したいと伝えた。ヴァンスはブロックになにがあったのかを説明して、ブロックはヴァンスに、こっちに向かうと言った。

オペレーターはわたしに、安全なところで待機するようにと言って、電話を切った。わたしはマーサに電話してガールズナイトをキャンセルした。その口実ができたのはありがたかったけど、その口実がなにかを考えると、ありがたいと思えなかった。マーサは、意外にも、デミアンがあらわれたとあっては、自宅でブロックと息子たちとゆっくりしたほうがいいと言ってくれた。でもマーサは、シャーリーンがいくつか確認するまで、電話を切らせてもらえなかった。つまりわたしがあしたベーカリーにいること、彼女の寝間着の選択肢をよく見ること、彼女が貸しを回収することだ。

わたしはマーサを介してそれらを確認した。それからヴァンスといっしょに、警察の到着を待った。

「いいニュースは、これであいつはスリムを探りまわるのをやめるということだ」ヴァンスが暗闇に向かってそう言い、わたしは彼の横顔を見上げた。「もうやめるだろう。なんとか見つけだしたことを、さっききみの前に並べてみせたんだが、そっちはこれで行き止まりになった」

わたしは前を見て、やはり暗闇に向かって言った。「それはいいニュースだわ」

ほんとに。

「だが悪いニュースは、あいつはきみに手を出そうとするのはやめないだろう」

わたしはため息をついた。

「わかってる」小さな声で言った。

「おれからのアドバイスだ」ヴァンスが穏やかな口調で言ったので、わたしが彼を見上げると、彼はわたしと目を合わせた。「もう話はするな。やつの姿を見たら、すぐに電話をとりだして911にかけるんだ。彼がそばに来ただけできみに話しかけてこなかった場合も、その日時を憶えておいて、きみのケースを担当している警官のカードをいつも手元に置いておき、電話して被害届を出すんだ。いいか？」

これはいいアドバイスに思えたし、ヴァンス・クロウは自分の話していることをよくわかっているような人間に見えたから、わたしはうなずいた。

「もっといいニュースが欲しくないか？」彼が訊いた。

「え……そうね、いいニュースはいくらあってもいいわ」

彼はうなずいた。

そして言った。「あいつの罪は裁判で裁かれる。巷間の噂では、証拠はかなり堅いらしい。もうひとつの噂は、やつは焦っているらしい。つまりやつの選択肢は、自分より高位のやつらを裏切るか——そんなことをすればやつは賞金首となり、これまでやってきたことを考えれば、組織はやつを裁判まで生かしておくことはないだろう——もうひとつは、懲役刑を受けて服役する。かなりの年数になるはずだ。もう少しの我慢だよ、テス。どんな形にせよ、もうすぐ方がつく。ただその方のつき方がどれほど長続きするかどうかという問題だ」

ふむ。

「あなたは彼がどっちに傾いていると思う？」わたしは訊いてみた。

「あれだけの速さで出世したやつだ。けっしてばかじゃない。裏切るほどまぬけなはずがない」

矛盾したニュース。

わたしはいくら前夫にひどいことをされたとしても、彼に死んでほしいと思うような人間ではない。でも、この暗い寒空に、自分のベーカリーの前で警察の到着を待ちながら、わたしはくたくたに疲れきっていた。しかもこれは、きょう二回目の被害届なのだ。普通の人々は一生に一度もそんなことをする必要がないのに。

たしかに、隣にはものすごいホットガイが立っているけど、彼はわたしのじゃない。

わたしの男はもうすぐやってくるけど、たぶんムカついているだろう。

つまりわたしは、デミアンが死んでほしいとまでは言わないけど、この方がつくときには、永久的に長続きする形で方がついてほしかった。

「きみの顔にあらわれている葛藤だが」ヴァンスが静かな声で言ったので、わたしは彼を見つめた。「だれでも、心のなかにそういうものがある。ヘラーがどうなるにしても、それは自業自得だ。それはあいつの責任で、きみの手に負えたことじゃない。おれがきみに言いたいのは、もうすぐこれは、きみにとってもスリムにとっても片がつく。それをしっかり憶えておいて、賢く考え、気持ちをしっかりもっていろ」

わたしはまたうなずいた。

そのとき彼の左手に、幅広できらきらと光る結婚指輪がはまっているのに気づいた。

わたしは彼の目を見つめた。「結婚しているの？」

「ああ」彼は言った。

「幸運な女性ね」わたしがささやくと、彼は例の満面の笑みを浮かべた。

「いいや、テス、幸運なのはおれのほうだよ」

なんてすばらしい返しなの。超すばらしい。わたしは自分の顔がほころび、笑顔になっているのを感じた。「でも彼女はそう思っていない」

　これにたいして彼も顔をほころばせ、言った。「ああ、じつはそうなんだ。それもおれが幸運な男だっていう理由のひとつだよ」

　サイレンの音が聞こえてきた。ヴァンスは忙しい人だから、きっと長居しないで行ってしまうだろうから、お礼のカップケーキをもたせる時間はないだろう。

　だから、すばやく言った。「きょうは助けてくれてありがとう」

「スリムがきみをレーダーに載せるといったら、きみはレーダーに載っている。たいていだれかがきみを見守っているが、とくにひとりで店じまいをするときは、かならずだれかが見張っている。スリムが電話してきて、きみは今夜ひとりで店じまいをするはずだと教えた」

　それは知らなかったけど、うれしかった。

「ありがとう」

　ヴァンスはあごをくいとあげた。それからにっこり笑った。わたしも笑顔を返した。そのときパトカーが見えた。

　その十分後、ブロックがやってきて、やっぱりわたしの思ったとおりだった。トラックの後部座席に坐っているジョエルとレックスはおびえた様子で、ブロックはムカついていた。もうひとつ、やっぱり思ったとおりだった。ヴァンスは供述を済ませると、警察官に名刺を渡して、帰った。

その十分後、ブロックと息子たちの車がわたしの車のあとに続き、わたしたちは彼の家に帰った。

　家に入って十秒後、わたしはバスタブにお湯をためていた。

★

「ベイブ」声がしたけど、わたしは動かなかった。「テス」もっと近くで声がしたけど、今度も動かなかった。

　でも唇から「うん？」という音が洩れた。

「あとどれくらい浸かっているんだ？」ブロックが尋ねたけど、彼の姿は見えなかった。それはわたしが目の上に濡れたミニタオルを載せていたから。でもその声で、彼がバスタブのすぐ横にしゃがみこんでいるのだとわかった。

「永遠に」わたしはつぶやいた。

　笑い声が聞こえて、水をはたく音がして、ブロックが言った。「もう冷めているじゃないか」

「じっとしていたら」わたしはタオルを載せたままで言った。「まだ温かいふりをしていられるのよ」

「テス、ダーリン、もう出ろ。夕食をとらないと。もう九時になる」

「疲れすぎてて食欲がないの」

「食べないと」

「このバスタブから出たら、わたしは現実世界に戻ってしまう。ここにはデミアンは存在しないの。オリヴィアも」わたしはしぶしぶ手をあげ、顔の上のタオルをとって、彼の銀色の目を見つめた。「ここに移住しましょう。小型冷蔵庫と小型電子レンジとキャンプ用ストーヴを買えば、準備完了よ」

彼はにやりと笑った。「おれが思うに、さすがのきみでもキャンプ用ストーヴでキャロットケーキを焼くのは難しいだろう」

「そうね」わたしはつぶやき、タブの反対端に突きでている自分のつま先を見た。

「それはマイナス点かも」

彼は手でわたしのあごをつつみ、彼のほうを向かせた。見ると、その目は溶けた水銀色になっていた。

「おれのスイート・テスにとって、きょうはひどい日だった」彼はつぶやいた。

「そうよ、彼氏の前妻について被害届を出したら、それは公式にひどい日として認定されるの。そして、自分の前夫について被害届を出したら、それはものすごくひどい日として認定される」

彼はわたしの目を見つめたまま手を動かし、その指先をわたしの首に滑りおろしながら、言った。「タブから出ておいで。なにか食べて、そうしたらおれがそんな日を忘れさせてやる」

彼の指先はまだ動いていた。いまやわたしの胸のところにあり、さらに動いている。お湯のなかに沈み、わたしの胸のあいだを滑って、さらにおりて、わたしは心臓が高鳴りだすのを感じた。

「そんな日を忘れさせてくれるの？」わたしはあえぎながら訊いた。

「ああ」彼はささやき、彼の手は水中を滑るようにわたしのお腹、そしてもっと下へと進んで、わたしは思わず、彼が自由に動けるように、脚を動かしていた。

彼はにやりと笑い、その手をぐっとさげた。

わたしはゆっくりと目をつぶり、唇を開いた。

「ひどい日を忘れたいんだろう、ベイビー？」彼は静かな声で訊いた。その指は魔法のように動いている。

「ええ」わたしはささやいた。

とつぜん彼の手がなくなり、わたしは彼に両手でバスタブから引きだされて、水がそこらじゅうに飛び散った。彼はわたしを自分の前に立たせて、両腕で抱きしめて、濡れたからだを自分のからだに抱きよせた。

「ブロック！」わたしは彼の二の腕にしがみついた。

「食事、休憩、子供たちが寝るまでだらだらする。そのあとで、おれがひどい日を忘れさせてやる」

「わかったわよ。でもバスルームがこんなに水浸しになっちゃった」わたしは言った。

「乾いた服はほかにもあるし、この床はタイル張りだ。なんの問題もない。問題なのは、きみがバスルームに閉じこもって、プルーンのようにふやけてしわくちゃになっているあいだは、おれがきみと、きみの精神状態に目を配りながら、子供たちを見ていることができないってことだ」

「わたしはだいじょうぶよ」

「ひどい日だったんだろ」

「そうよ、でもなんとか生きのびる」

彼は首を振った。「おれの仕事はきみをなんとか生きのびさせることじゃないよ、テス。おれの仕事はきみがうちに来たら、安心して幸せだと感じられるようにすることだ。おれの女は、たとえおれの前妻がたちの悪い女で、きみの前夫がくそ野郎でも、腹をすかせたまま寝るようなことはさせない。ちゃんと食事をとる。おれの横に丸まってくつろぐ。おれの息子たちにだいじょうぶだと示す。それからふたりでベッドに行って、おれはきみのひどい日を忘れさせる。それでいいか？」

それはいい案に思えた。じっさい、すばらしい案だった。じっさい、自分で思いつくべきだった。

だからもちろん、わたしは同意した。「ええ」

ブロックはにっこりと笑い、頭をさげてわたしの唇に軽くキスした。

そして言った。「すぐに下におりておいで」

彼がバスルームのドアをくぐろうとしたとき、わたしはタオルをからだの前にあてて、彼の名前を呼んだ。彼はふり返った。

「ヴァンスが言ってた。彼が来てくれたのはあなたに聞いたからだって」

「ああそうだ」

「そんなこと言われていなかったから──」わたしは言いかけたが、彼は眉をひそめてわたしを遮った。

「言ったよ、テス。ベーカリーもレーダーに載せると」

わたしは彼を見つめた。

そして言った。「警察に言うということだと思ったの」

「警察もだ。リーのところのやつらも。あろうことかホーク・〝ファッキン〟・デルガドにまで電話して、耳を地面につけて動向に注意してくれと頼んだ」

その言葉に、わたしは目をぱちくりさせた。それはブロックが、（グエンの男だけど）未確認人物であるホーク・デルガドのお気に入りではないと知っていたからだ。それにブロックも、ホークは自分のお気に入りではないと言っていたからだ。それはホークがダーラのケースをじゃましたからだった。ふたりともそのときのことについて気持ちの整理が――ぜんぜん――ついていない。わたしはどちらの話も聞いて、無理もないと思っていた。

「ほんとに？」わたしは小声で訊いた。

彼は腕組みをして、言った。「ベイブ、おれのことを、四十五歳で自分の夢の女性を見つけて、その女性になにか起きるのを許すような男だと思っているなら、考え直したほうがいい。自分の望む女性を見つけるのに、長すぎるほどの年月だった。おれは待った。そして見つけた。それを守るためには、ありとあらゆる努力をする。それにきみもおれのことをおなじように思っているのを知っているから、自分を守るためにおなじ努力をしている。だから、答えは、ほんとうだ。デルガドに電話した。やつと和解して、頼みごとをした。あいつの彼女はきみの友だちで、もしやつが断ってきみになにかあったら、それかおれになにかあったら、彼女はハッピーじゃなくなる。それにホークはばかじゃない。あいつは貸しはきっちり回収する男だし、あいつの商売では貸しをとりたてる必要がよくある。だからホークも耳を地面につけ、目を見開いて、動向に気をつけている。つまりもしきみの家やベーカリーのそばを警察がパトロールしていなかったとしても、リーのところのやつらかホークのコマンドーのだれかが、目を光らせている。賢い人間なら、自分が手を出そうと思う人間のまわりをだれが巡回しているかには気をつけている。リー・ナイチンゲールのところのやつら、ホーク・デルガドのとんでもない野郎どもがいれば、そういうやつらは手を出さない――それがおれの希望だ。だから、これでわかっただろう。おれがきみをレーダーに載せると言った、それはつまりこういうことだ」

わたしはすべて聞いていた。ほんとうに。

でもわたしの頭は、彼がわたしのことを夢の女性だといったところで、とまっていた。

わたしのなかがじいんと、ものすごく温かくなって、ほぼ行動能力を失っていた。だからわたしにできたのは、無理をして「わかった」という言葉を絞りだすことだけだった。

「よし」彼は言った。

そしてわたしは無理をして続けた。「すぐ下に行く」

彼はくいとあごをあげた。

そしてバスルームを出ていった。

ドアを見つめる。ブロックが寝室で濡れた服を脱ぐ音が聞こえてきて、もうしばらくドアを見つめていた。それからわたしはタオルでからだを拭いて、ウエストが紐になっているゆる目のスウェットパンツとキャミソールと薄手のパーカーを着て、一階におりていった。

ブロックはわたしにグリルド・チーズ・サンドウィッチと、すりおろしたじゃがいもを焼いたテイタートトッツをつくってくれた。どちらもおいしかった。ブロックのグリルド・サンドウィッチはものすごくおいしくて、テイタートトッツはそとがカリッとして、なかは柔らかくローストされていて、完璧だった。

わたしはテレビの前でブロックの隣でくつろぎ、十時になると彼が子供たちに寝るようにと言った。それからわたしはしばらく、ブロックの横で丸くなって坐っていた。ようやくブロックはわたしをベッドに連れていって、わたしのひどい日を忘れさせるためにじゅうぶん以上力を尽くしてくれた。

彼は見事に成功した。そして彼がその努力をしつくしてから両腕をわたしに回してつつみこんだ瞬間、わたしは安らかな眠りに落ち、ほんとうに、ほ、ん、と、う、にすてきな夢を見た。

20

「はっきり言って、完璧だと思う」わたしの横に乗っているマーサが宣言した。彼女の言うとおりだった。完璧。おそろしいほどに。

わたしたちはデンヴァー市内のローワー・ダウンタウンの〈ライター・スクエア・ショッピングセンター〉の物件を見てきたところだった。すばらしくきれいで、歩行者の交通量も多く、十六番通りのモールとラリマー広場にはさまれていて、十五番通りからもラリマー通りからも見えるし、歩道に座席を出せる可能性まであった。

でもテナント料はばか高い。

やっと最初のお店を出すときに借りたビジネスローンをあと六カ月で完済するところまできたわたしには、ベーカリーをつくるのにどれくらいお金がかかるのか、よくわかっていた。いい立地と開店の費用は、ものすごい金額になる。

その一足す一は、数千にもなるのだ。

ブロックがマーサに仕事を手伝ってもらったらどうかとわたしに提案したのは、三週間ほど前のことだった。あくる日わたしはマーサに電話をして、その話をしてみた。彼女はなんのためらいもなく、飛びついてきた。ものすごくよろこんでいた。どうしてそれがわかったかというと、わたしがその話をしたとき、彼女がわたしの耳元で「いいに決まってるでしょーっ!」と絶叫したからだ。

彼女はいい仕事に就いていていい給料をもらっていた。わたしが同額を出すのは不可能だった。でもマーサは、心の平安と、わたしのケーキのそばで働けるという機会のためなら、給料がさがってもかまわないと言った。わたしは、二軒目の店が開店して、軌道に乗り、利益をあげはじめたら昇給すると約束した。

それに、もちろん、ケーキは無料だ。

その話をした翌日、マーサは職場に退職願いを出し、会計のクラスをとった。わたしは給与計算のソフトウェアを買った。アウトソーシングしていたその費用を節約するためだ。もともとうちの店の経営は超健全だし。したがって、彼女の給料を出すめどはすぐに立った。言うまでもなく、それによってわたしがケーキを焼く時間はもっと増えた。

それに、店が超健全経営だったおかげで、新しい融資を受けなくても新規出店が可能だった。もちろん、融資を受けようと思ったら、受けられないことはなかった。うちのメインバンクは月平均一・七回ほど電話をかけてきて、追加融資は必要ないかと訊いてくるのだから。でも考えてみれば、わたしの融資担当者には、夫と四人の子供と、六人の弟妹、その子供たちがいて、その全員にわたしは誕生日ケーキを贈っているのだから、彼女がわたしを〝今後も持続可能なリスク〟だと思っていても、不思議ではなかった。

でもわたしはやっぱり、ブロックと子供たちといっしょに旅行に行きたかった。すべてこみこみの五つ星ホテルに決めた。理由は、わたしたちにはそれがふさわしいから。それにわたしが費用を出すことも決めた。理由は、ブロックは警察官の給料で弁護士費用を払わなければならないから。そして残念なことに、ブロックと子供たちふたりの誕生日は、おなじ月のおなじ週に集中していたから。そしてその月は今月だった。二月。これは彼らの名前を誕生日プレゼントを送る人リストに登録している人々全員にとって、残酷な運命のいたずらだった。同時にこれは、（うまくいけば）ブロックがマッチョ感情を爆発させることなく、わたしが全員を休暇旅行に連れていける完璧な口実でもあった。

「わたしもはっきり言うけど、どうかしら、マーサ。テナント料はすごく高い」わたしは（ふたたび）彼女に言って、チェリー・クリーク北通りをうちの店方面に進んだ。〈ザ・モール〉とか、〈マイ・ブラザーズ・バー〉のあたりのローワー・ダウンタウンも見てみるべきかも」

「あなたの立場もわかるけど、あの場所は〈テッサのケーキ〉そのものよ」マーサは言った。「あなたはすでにチェリー・クリークに店を構えていて、そこはスラム街というわけじゃないわ」

それはほんとうだった。いまの店のテナント料もばか高い。

マーサは続けた。「〈ザ・モール〉はないわ。おしゃれなところだけど、〈テッサのケーキ〉とはちがう。それに、ローワー・ダウンタウンの南側もすてきだけど、そのすてきは〈ライター・スクエア〉のように評判が確立した〝すてき〟じゃない。〈ブラザーズ〉と〈パリス・オン・ザ・プレート〉は例外だけど、それらの店の評判が確立しているのは、大昔からやってるからよ。言うまでもなく、歩行者の交通量もぐっと減る。それにたいして〈ライター・スクエア〉の店は評判が確立しているうえに、何年も続いている店揃いよ。それにあそこには華やぎがある。あなたのお店はぴったりよ」

それもほんとうだった。すべて。

もう！

「テス」マーサは続けて、その声から彼女がわたしを見ているのがわかった。そしてこれもその声から、彼女が〝聴きなさい、真剣な話よ〟モードに突入したのもわかった。「あなたのケーキは、十六番通りのモールでも、ローワー・ダウンタウンの南側でもない。ラリマー広場はぴったりだけど、テナント料が高いからそこはやめたんでしょ。次善の場所はライター・スクエアよ。完璧だわ。あなたそのものだもの」

またしてもほんとうだった。ぜんぶ。

もう！

もしかしたら、わたしのことをよく知っていて、わたしのヴィジョンをわかっている人間を雇うのはいい考えではなかったのかもしれない。もしかしたら、こわいことだったのかも。

まったく。

とにかく。寝間着と正気の運命がこの決断にかかっている。わたしはマーサを、給与計算とかシフトのスケジュールづくりのために雇ったわけじゃない。お店の拡大を手伝ってもらうため、そして拡大後はわたしのヴィジョンを守ってもらうために雇ったのだ。

進むしかない。

「わかった。電話して、契約したいと伝えて」

「やったーっ！」彼女は金切り声をあげた。

まったく。

わたしはベーカリー横の駐車場に車を入れ、〈テッサ専用。ここに駐車した人にはケーキはなし〉と書かれたスペースにとめた。エンジンを切ったとき、電話が鳴りだした。

わたしのバッグをひざの上に載せていたマーサが、がさごそと探して電話をとりだし、詮索好きを発揮して画面を確認し、「バッドボーイのホットガイからよ」と言って、電話をわたしに寄越して、車をおりながら、「いまから家主に電話しておくから」と言った。

そしていなくなった。

わたしはブロックの電話に出た。

「もしもし」

「で？」

彼はわたしが物件を見にいったのを知っている。

「すごくよかった」わたしは彼の、ほとんど省略された質問にたいして答えた。

「それで？」

わたしはダッシュボードを見ながらにっこり笑った。

「わたしの推測では、あなたからの電話がまだ鳴っているのに大急ぎで車から出ていったマーサが、いまごろ事務室で、契約すると家主に電話しているはずよ」

沈黙、そして、「やったな、ベイビー」

「こわくてたまらないのよ、ブロック」わたしは本心を言った。

「こわくなかったらばかだよ、テス」彼がそう言って、わたしは息をのんだ。「これはリスクだが、とるかいのあるリスクだ。しかも仕事も大変になるが、その仕事はするかいのある仕事だ。きっとうまくいくよ。すぐに。そうしたら寝間着のことだけ考えればいい」

わたしは小さく笑って、それがおさまってから、静かな声でそっと言った。「そうね」

「今夜はそとでお祝いだ」

ほら、やっぱり。すでにこの決断は正しかったという気がしてきた。

「いいわね」

「〈リンカーンズ・ロード・ハウス〉のミートローフ・サンドウィッチでお祝いじゃない。セクシーなハイヒールとミニスカートでお祝いだ」彼がそう説明したので、わたしはダッシュボードを見ながら目をぱちくりさせた。いままでブロックと、セクシーなハイヒールやミニスカートをつけたお出かけをしたことは一度もない。ビールを飲んで、ビリヤードテーブルがあって、壁にはネオンサインがたくさんかかっているようなところへのお出かけはあるけど。ハイヒールとミニスカートは初めてだ。

だから訊いてみた。「ほんとに？」

彼は答えた。「もちろん」

「わかった」わたしはささやいた。

「予約してから時間を電話する」

「わかった」

「あとでな、スイートネス」

「ええ、ハニー」

電話はそこで切れた。わたしは電話をバッグにしまって、どのハイヒールをどのミニスカートに合わせようかと考えながら、さっきとは百八十度反対に、ブロックの助言を聞いてほんとうによかったと考えていた。なぜなら、マーサが月曜日に仕事をはじめてから、すでにわたしの時間に余裕が生まれていたからだ。シフトのスケジュールをつくらなくてもいい。在庫管理もしなくてもいい。電話もとらなくてもいい。さらに彼女はベーカリーの店舗スペースの助っ人も買ってでて、そのおかげでお店が混雑してきても、わたしが奥から飛びだしていかなくてもよくなった。

つまりわたしは早退して、おめかしに集中できる。

わたしはなにを着ていくかを決定し、ひとりでにやにやした。ドレスと、一年前に買ってから一度もはいたことがないハイヒールのストラップ・サンダル。ぜったいに買うべきだとマーサに力説されて買ったサンダルだったけど、なぜあのとき説得されてしまったのかはわからない。なぜならそれはものすごくセクシーで、それゆえに（当時は）つかい道のないものだったから。

いま、そのつかい道ができた。

わたしは笑みを浮かべたままお店の正面入口をくぐり、カウンターの向こうにいたスニとトビーに笑顔を向けた。

ふたりは大勢のお客さん越しに笑顔を返してくれて、トビーが言った。「テス、あなたに会いたいという人が。そこの席で待っていただいてる」

トビーがあごで示したテーブルのほうを見て、わたしのほほえみは凍りついた。

デイド・マクマナスが窓際の席に坐って、目の前のお皿のお菓子を食べていた。反対の手は、これも目の前に置かれているマグカップの持ち手にかかっていた。そしてもうひとつ、大きなマニラ封筒が彼の目の前に置かれていた。

わたしはなんとか心からほほえもうとした。彼はいい人だから。

でもうまくいかなかったかもしれない。たしかに彼はいい人だけど、なぜここにいるのか、わたしにはまったく見当がつかなかったから。

それでも、笑顔で彼の席に近づいていった。

「こんにちは、デイド」わたしが挨拶すると、紳士のデイドは立ちあがり、背をかがめてわたしのほおに唇をつけた。

そして頭をあげ、わたしの目を見て、「こんにちは、テス」と言った。

「うれしい驚きだわ」嘘だった。

彼はかすかに頭をかしげ、「それがほんとうならよかったんだが」と、優しくわたしの嘘をたしなめたとき、そのほほえみは小さく、真面目な感じだった。

わたしは息をのんだ。

彼は自分の向かいの席を示して、「どうか。少しわたしに時間をくれないか？」と訊いた。

わたしはうなずいた。彼はわたしが坐るのを待ってから坐った。

彼のお皿を見て、何年もの経験から、お皿から彼に目を移して、尋ねた。「デヴィルズ・フード・ケーキと、ダークチョコレート・バタークリーム?」

彼は驚いたように眉を吊りあげ、答えた。「すごいな。当たりだよ」

「経験よ」わたしは説明した。

彼はうなずき、言った。「おいしかったよ」わたしが褒め言葉に感謝のほほえみを返すと、彼が訊いた。「きみにもケーキとコーヒーをご馳走しようか?」

「ハニー」わたしはすばやく言って、少し身を乗りだした。「わたしがオーナーなのよ。ご馳走していただく必要はないわ」

「一セントでも大事だよ、テス、それにわたしがご馳走したいんだ」

わたしは椅子の背にもたれながら、オリヴィアはなんてばかなんだろうと考えていた。最初に、彼女はブロックと結婚して台無しにした。そしてデイドと再婚してまた台無しにしている。

どうしようもないばか女だ。

「それはご親切に。でもいいの」わたしが言うと、彼はまたうなずいた。

そして言った。「ぼくがこれから話す話題は愉快なものではないが、ぼくがきみと話そうと思った理由はそうではない。きみはこのおしゃべりをどう考えていいのか心配しているようだが、安心してほしい。ぼくが帰るころには、きみはぼくが来たのをうれしく思うはずだ」彼はいったん言葉を切って、そして言った。「たぶん」

「つまりわたしはポーカーをプレーするべきではないということね」わたしの冗談に、彼はほほえんだ。

「そのとおりだ」

「いいわ、それなら、がつんとやって」

彼はゆったりと坐り、お皿の横に置かれている謎のマニラ封筒の上に手を置いた。わたしがその封筒と彼を交互に見ると、彼は話しはじめた。

「ぼくは弁護士に連絡した。彼らは離婚申し立ての準備をはじめており、来週には申し立てる予定だ。申し立てをしたら、オリヴィアには二週間以内に新しい住居を見つけるように言う」

大変。時間切れだ。ブロックの弁護士はオリヴィアに圧力をかけ、親権についてできるだけ早くなんとかできるように裁判所に働きかけていたが、手続きはゆっくりとしか進まなかった。ブロックの弁護士は、二日前に、オリヴィアが弁護士を依頼したと聞くやいなや、手続きを進めようとした。すぐに。親権者についての交渉だ。オリヴィアは話し合いなんてする気がなかった。できるだけ長引かせるつもりだ。予想どおりではある。彼女は意地が悪く、子供たちのことなどこれっぽっちも考えていないから。意地が悪く、子供たちのことなどこれっぽっちも考えていないなんて最低だった。

デイドは話を続けた。「ぼくはオリヴィアと結婚前の取り決めを結んでいた。もしぼくたちが不貞以外の理由で離婚する場合、彼女はとても裕福な離婚ができるはずだった。残念ながらぼくたちは不貞をはじめとするさまざまな理由で離婚する。取り決めでは、彼女が不貞を働いた場合、いっさい財産分与はないと決まっている。弁護士によればこれは鉄壁らしい。つまり彼女は無一文で離婚する」

それはよかった。

どちらかと言えば。

「そうなの」デイドが先を続けなかったので、わたしは言った。

彼はわたしを、そして窓のそとを見てから、テーブルの上のマニラフォルダと封筒に目を移し、ため息を洩らした。

ふたたびわたしを見て、静かに言った。「ぼくは四年前からジョエルとレックスを知っている」

わたしの心臓がどきどきしはじめる。

「それで？」

「いい子たちだ」

「ええ」わたしは言った。「いい子たちです」

「数週間前にこの店で起きた事件のあと、きみと男の子たちがそんな目に遭わなければならなかったのは気の毒だった。わたしはオリヴィアから聞いたんだが、なにが起きたのかはだいたい見当がついたし、愉快なことではなかったと思う」

「愉快ではないというのは、ひとつの言い方ね」わたしは言った。

彼は独特の真面目な感じのほほえみを浮かべ、続けた。「とにかく、その後、彼女はきみについて、ルーカスについて、大げさに非難していた。そして子供たちにもそれを聞かせていた」

「知っています」わたしは言った。「子供たちが父親に話したので」

少なくともジョエルは話していた。オリヴィアが彼に買ってやった携帯電話はいま、ものすごく働いている。あの事件以来、ジョエルは不安になったり、うんざりしたりすると、ブロックに電話をかけてくるようになった。意外なことに、ブロックは冷静に彼の話を聞いているが、考えてみれば、そうする以外選択肢はない。ジョエルに必要なのは激しい感情的な反応ではなく、忍耐と、理解と、話を聞いてくれる相手だった。

ブロックが息子との電話を切ってから、肌にざらざらするような雰囲気をなんとかするのはわたしの役目だった。作戦はビールだったり、バーボンだったり、口ですることだったり。

さいわい、どれもすごく効果的だ。

これまでは。

デイドはひとつうなずいて、言った。「ぼくはふたりの近い将来は明るくないと懸念している」

「わたしもです」

「あの子たちをそんな目に遭わせたくない」

わたしは息を詰めて、うなずいた。

彼は身を乗りだして、同時にマニラ封筒とフォルダーをわたしのほうに滑らせた。そして椅子に深く腰掛け、封筒とフォルダーはわたしの目の前にやってきた。

「ぼくの雇った私立探偵の報告書と写真だ」彼は言った。わたしは目をぱちぱちとさせて、大きく息を吐き、重たい息を吸った。「もちろんコピーだが」

「デイド」わたしはささやいた。

「それに、婚姻中の彼女の行動について、とくに息子たちにかかわる行動について、きみとルーカスのつきあいがわかったあと、それがエスカレートしたことについて、宣誓供述書を作成した。封筒に入っているのはそれだ」

そんな。

「デイド」わたしはふたたびささやいた。

「彼女はさまざまな理由で母親としてふさわしくない。これらの書類がその説明になっているはずだ。ぼくの弁護士からルーカスの弁護士に連絡して、もし宣誓供述書で不十分な場合、裁判になったらぼくが証人になってもいいと伝えてもらう」

わたしはひと言も言わず、彼を見つめた。

「思うに、いま渡したものでじゅうぶんで、裁判まではいかずにすむだろう。しかし、ジョエルとレックスのために、今回の親権変更の手続きができるだけ早く完了するように、ぼくはできるだけのことをするつもりだ。ジョエルは、見たところ、自分と弟のために立ち向かうことを学びつつある。それを見るのはつらいことだ。そのことで彼をどんなに誇らしく思ったとしても。ぼくは心から彼を誇らしく思っているし、ふたりきりの時間を見つけて、彼にそのことを伝えた。だがそういうことはオリヴィアがいやがるので難しいんだ。それが今後も続くし、エスカレートしていくだろう。なんとかしなければならない。ぼくには……」彼はためらった。「つてがある」

彼がそれ以上言わなかったので、わたしから訊いた。「つて?」

「友人だ」彼は答えた。

「友人?」わたしはまだわからなかった。

「友人だよ、テス、法衣を着て、小槌を叩くような」

そんな――

まさか――

でしょ。

デイドは話を続けた。「この店を出たら、電話をかけるつもりだ」

目に涙がこみあげてくるのを感じる。そしてふたたびわたしはささやいた。「デイド」

「ルーカスがこの情報を弁護士に渡し、オリヴィアの弁護士が彼に単独親権を与える方向で動こうとしなかったら、ぼくはその手続きを早めるためになにができるか考えよう。ジョエルとレックスのために」

わたしは目をぱちぱちしてこみあげてくる涙を押し戻し、一瞬、なにも言えなくなった。その一瞬はすぐに終わったけど、その後もなんと言ったらいいのか、わからなかった。

「わたし……」首を振ってやり直す。「なんて言ったらいいのかわからなくて」

「なにも言うことはないよ、テス。こういうのは関係者全員にとっていやなことだし、引き延ばせばなんの罪もない子供たちが巻きこまれる。それにきみはわかっていると思うが、オリヴィアはできるだけ引き延ばそうとするだろう。あの子たちのことを考えているぼくたちが、できるだけのことをしなくては」彼は身を乗りだして、穏やかに言った。「それにぼくは心からあの子たちのことを大切に思っている。だからぼくにできることはする」

彼は椅子の背にもたれて、わたしの目を見た。だから自分に言える唯一のことを言った。「一生うちのケーキはただだから」

一瞬で彼は笑顔になり、そのほほえみは真面目そうではなく、とても若く見えた。彼は普通にしていてもすてきだけど、笑うとものすごくハンサムだ。

だからわたしは言った。「あなたの笑顔はすごくすてき」

「ありがとう、テス。これからはそうすることが増えるといいと思っているんだ」

わたしはうなずいた。「わたしも」静かに言った。「いまあなたに起きていることを残念に思います」

彼はいつもの小さなほほえみを浮かべ、わたしの言葉をつかって返事した。「ぼくときみ、両方に起きている」

わたしは言った。「このままいけば、わたしはあの子たちの人生に今後長くかかわっていくことになるでしょう。もしそうなったら、あの子たちの人生にあなたがとどまれるように、協力してその方法を探したいと思っています」

彼の目の光が消え、別の光が灯った。

彼は息をのみ、感情をコントロールしていたが、口を開いたときその声はかすれていた。「ありがとう」

「ブロックに話をしてみます」わたしは言い、手を伸ばして彼の手に重ねた。

彼は手をひっくり返して、わたしの手を握った。

そして手を放すと、席を立ち、わたしもいっしょに立ちあがった。

「からだに気をつけて、テス」彼は言い、わたしはそのそばに行って、肩に手を置き、ほおをふれあわせた。

そのとき、彼の耳元でささやいた。「あなたも、デイド。なにかわたしにできることがあったら、いつでもここにいらして」

彼はわたしの二の腕をぎゅっと握り、わたしは一歩さがった。彼も手を放し、真面目そうなほほえみを浮かべて、店から出ていった。

わたしはフォルダーと封筒をつかみ、事務室にもっていくと(そこはいま、じつはマーサのオフィスになっている)、マーサがコンピュータに向かっていた。

「ちょっとはずしてくれる?」わたしは訊いた。「ブロックに電話しなければいけないの。プライベートなことで。いいニュースよ。あとですぐに話すから。でもまずは彼に教えないと」

マーサはわたしの顔を見て、うなずき、すぐに出ていった。

わたしは電話をとりだし、ブロックにかけて、電話を耳にあてながらバッグをそのへんに置き、フォルダーと封筒を机の上に置いた。

「ベイブ」彼が電話に出て、わたしはフォルダーを開いた。

「きょう、お店に意外な人が訪ねてきたの」わたしは言ったけど、彼を待たせることはしなかった。「デイドが来た」

「くそっ」

「いいえ」わたしはあわてて言って、書類をめくり、オリヴィアが少なくとも彼女より二十歳は年下の筋肉男と後背位で交わる写真を見て言葉を失った。この写真で、ブロックが何度もつかっていた形容詞が決定的事実であるということが証明された。彼女は美人かもしれないけど、〝痩せこけている〟。

骨みたい。

「テス？」ブロックが緊張した声で言った。

わたしはフォルダーをぴしゃりと閉じて、うめいた。「おえ」

「ベイブ、どうしたんだ？」

「うん……傷ついたわたしの網膜が回復するまでちょっと待って」

「テス」ブロックがうなった。

まったく。しっかりしないと。

「ハニー、デイドは私立探偵の報告書と写真のコピー、それに婚姻中のオリヴィアの子供たちに関連する行動についての彼の宣誓供述書をもってきてくれたのよ。あなたの弁護士に連絡をとって、彼女が親としてふさわしくないという証人として出廷する準備があると伝えると言っていた。それに、たったいまわたしが見たものによって、彼女の弁護士があなたの要求を全面的にのまなかったら、この悪夢をできるだけ早く解決するために、〝法衣を着て小槌を叩いている〟──彼の言葉だけど──友人に話をするって」

ブロックはなにも言わなかった。

それから、「たったいまなにを見たんだ?」

「とりあえず、わたしが見たもののせいで、あなたはしばらく好みの体位をできなくなるということだけ言っておくわ。彼女が若い愛人とバックでやっているイメージは酸のようにわたしの脳裡を焼いて、それから立ち直るのに一生かかるかもしれない」

ふたたび沈黙。「マジか?」

「わたしがこんな冗談を言うと思う?」わたしは問いかけ、彼が答える前に自分で答えた。「マジよ」

「くそっ」彼はつぶやいた。ショックを受けているようだが、同時によろこんでいる。

わたしは息をのんだ。

そして彼に言った。「デイドはジョエルとレックスのことを大切に思っているのよ」

一瞬間があり、そして「ああ。子供たちもあいつをすごく気に入っている」

それはいい。

「これを署に届けてほしい? それともあなたの弁護士のオフィスに届けたほうがいい?」

「もし時間があるならスミスのところにもっていってほしい。なければ、おれが抜けだして自分でもっていく」

「わたしが時間をつくるわ」

また間があり、そして「ありがとう、スイートネス」

「どういたしまして」わたしは心から言った。そして訊いた。「あなたはシャンパンを飲むの？」

「やむをえない場合は」彼がそう言ったので、わたしは笑いだした。

笑いながら、彼に言った。「そう、今夜はやむをえないわよ。お祝いなんだから、ベイビー」

「やっとだ」

「そうね」わたしは言った。

それから彼は、世界を揺さぶるようなことを言った。

「きみはいま、やることも考えることもたくさんあると思うが、マクマナスがきょうきみに渡したものは、もう時間を無駄にできないということを意味している。マクマナスの離婚にともなって息子たちが引っ越しするなら、永住できる家に転居させてやりたい。二軒の家ではなく。おれの課の同僚が妻と別居したんだ。いまは兄夫婦のところに転がりこんでいる。兄嫁とはあまり仲がよくないし、兄ともそれほど親しくない。だからやつは住むところを探していて、おれのアパートメントをまた貸《サブレット》しすると言えば、きっと借りると思う。そうしたらおれたちには二軒分の家のものを整理する時間ができる。二軒の家を行き来しているこの状況をなんとかする潮時だよ、ベイブ。いつかはするんだから、いまでもいい」

胸のなかで心臓が高鳴り、わたしはささやいた。「いま？」

「いまだ」彼はきっぱりと言った。

わたしは机を見た。

「テス？」

わたしは机をじっと見ていた。

「ベイブ、聞こえてるか？」

わたしはなおも机をじっと見つづけた。

「テス、ベイビー、なにか言ってくれ」

うれし泣きの嗚咽が喉から洩れ、わたしは言った。「今夜はシャンパンを飲まないとだめよ」

ブロックは一瞬黙りこんだが、すぐに優しく言った。「おれがきみの家に転がりこんでもいいということだな」

「いいに決まってるでしょ！」わたしは叫び、また幸せな涙がこみあげてきてしゃくりあげた。

ブロックはうれしそうに、深みのある声で笑った。

わたしは濡れたほおを拭いて言った。「電話でなければあなたにキスできたのに」

「今夜キスしてもいい」

「思いっきり」わたしは言った。

「思いっきり」彼はまた低い声で笑った。

わたしは落ち着こうと息を吸った。そしてささやいた。「愛してる」

「ああ、スイートネス、おれもだ」

「これは弁護士のところに届けておく」

「ありがとう」

「じゃあ今夜」

「ああ」

「あとでね、ハニー」

「あとでな、ベイブ」

わたしは封筒とフォルダーを見た。

それから電話を机の上に置いて、ドアのほうを見て、叫んだ。「マーサ！」

★

「ブロック」わたしがあえぐと、彼の口がどこかにいった。

抗議の声をあげたけれど、腰をつかまれて、腹ばいにさせられた。それから彼に腰を吊りあげられ、ひざをつく姿勢になった。

そして彼がうしろに。舌ではなく、彼のもので突きあげられる。

わたしは頭をそらし、手をついて上体を起こした。どこかのゾーンに入りこみ、すごく気持ちよくて、オリヴィアのことなんてこれっぽちも考えなかった。

彼はくり返し突きあげながら、その手を腰からウエスト、肋骨の上、そして胸へと移動させ、乳首をつまんだ。すごく、ものすごく気持ちがよくて、わたしは切ない声を洩らしてしまう。

「かわいい乳首だ」彼が深く、激しく突きあげながら、うなる。

「ベイビー」わたしはささやいた。

彼の手が戻ってきて腰をつかみ、突きあげるリズムに合わせて吊りあげる。

「ここもいい」彼がうなるように言った。

「ああ、いい」わたしは息をのんだ。

「急げ、スイートネス」彼がくぐもった声で命じる。

「ええ」わたしは泣きそうな声で応える。

突きあげるリズムが速く、激しくなる。彼の手がそれに合わせて腰を揺する。

「急げ、ベイビー」彼がまたかすれ声で言ったけど、その必要はなかった。わたしは全速力でのぼりつめ、もう目の前だった。

「ブロック」わたしはあえぎ、思わず息をのみ、声をあげながら背中をそらしてベッドにつっぷし、お尻を高くあげた。全身を稲妻が駆けぬけるように、いった。

「そうだ」彼はうなるようにそう言って、さらに深く、激しく、速く動いて、わたしに追いつき、達した。

じょじょに戻ってくる余韻のなか、彼は無言で優しく動きつづけ、わたしは無言で満ち足りて、その動きのすべてを愉しんだ。

しばらくして、彼が引き抜いた。彼はわたしの脇の下に手を差しいれ、起こすようにして自分の前によりかからせた。わたしはひざ立ちになって、背中を彼の胸に密着させる姿勢になった。彼が、わたしのウエストのところにかたまっている、ミニでぴったりしたセクシーなドレスをつかんで引きあげた。ブロックはこのドレスを気に入っている。すごく。わたしは両腕をあげた。彼はドレスを脱がせて、ベッドの横の床に落とした。

わたしの首に顔を押しあてながら両手でからだじゅうをなでまわす。「愛している、ベイビー」

わたしは手をあげて彼の髪をかきあげた。「わたしも愛してるわ、ブロック」

彼はそっとわたしをふり向かせて、ベッドにあおむけに寝かせて、わたしがまだはいているハイヒールのストラップサンダルに注目した。片方ずつそのバックルをはずして脱がせ、サンダルは床のドレスの仲間入りをした。片足脱がすたびに、彼は足首の内側にキスをしてくれた。

それが終わると、彼はわたしの上にやってきて、わたしは脚を開いて彼を迎え、片脚を彼の腰、反対の脚を彼の太ももにかけて、両腕で彼をぎゅっと抱きしめた。

ブロックは片方の前腕に体重の一部をかけていたが、反対の手をわたしの顔にやり、指先で顔の造作をなぞっていった。わたしは視線でおなじことをした。

「知ってる？」わたしがささくと、彼の銀色がかった灰色の目がわたしの目を見た。

「最初にセックスしたとき、あなたがわたしをいかせたあと、わたしはあなたを見て、なんて美しいんだろうと思った」

彼の指の動きがとまり、彼は目を閉じて、額と額をふれあわせて、うめくような声で言った。「テス」その言葉は彼のからだの奥から出たのだとわかった。わたしのからだの奥でそれを感じた。

わたしは彼の髪のなかに指を滑りこませて、彼のほおに唇をつけた。頭をもたげながら唇を彼の耳元までずらし、ささやいた。

「そしてあなたがわたしを見る目つきで、あなたはわたしのものだと、からだで理解した」

「きみは正しかった」彼が顔をあげた。わたしは頭を枕に戻し、両腕で彼をぎゅっと抱きしめた。

「いっしょにシャンパンを飲んでくれてありがとう」

「シャンパンを一杯だけにしてビールに移らせてくれてありがとう」

わたしは彼にほほえみ、彼の目がわたしの唇に落ちた。

そしてわたしの目を見つめた。その目のなかに見えたものに、わたしの全身は固まった。

それから彼は、わたしが彼の目のなかに見たものを言葉にした。

「おれの父親はいやなやつだった。おれは早く大人になった。ブリーをあんなふうに失って、ふたりの思い出もすべて失った。それからオリヴィアと出会ったが、あいつはおれの人生をくそに変えた。そしておれは仕事を変え、きみが信じられないようなひどいことを見て、ひどいことをしてきた。だがそういうことすべて、そのかいがあった。そのおかげできみを手に入れられたんだから」

「黙って」わたしはささやいた。どうしてかはわからない。思わずそう口にしていた。彼が言ったことはものすごく大きな意味があって、わたしのなかを満たし、わたしはいまにも爆発してしまいそうだったから。

美しい痛み。

でも彼は黙らなかった。

続けた。「マクマナスがおれに、『ぼくの最初の妻は善良な女性だった。きみは最後で運がいい』と言っていたが、あいつは間違ってなかった」

わたしは両手でブロックの顔をつつむようにして、頼んだ。「お願い、ブロック、黙って」

「いや、黙らない」彼はささやくように言った。「きょう、おれはマクマナスとやつが亡くした善良な妻のことを考えていた。だからおれは、自分が見つけた善良な妻に、彼女がおれにとってどんなに大事なのか、どうしても理解させないわけにはいかない」

こみあげてきた涙が目の端から流れ落ちるのを感じた。わたしは両手の親指で彼のほおをなでながら言った。「そう。わたしも運がよかったわ。しばらくは不幸せだったけど、そのあとあなたに出会った」

彼は首を振り、わたしの手をつかんだ。顔をひねってわたしの手のひらに唇をつけ、キスをして、それからわたしの手を握ってそのまま自分の肩に置いた。

「それはおなじじゃない。きみは砂糖でできているんだ、テス。きみのような人間はいずれ幸せになると決まっている。なぜならきみのように、中心までスイートな人間は幸せにふさわしいからだ。おれが言いたいのは、おれがきみに幸せを与えられる人間になれてよかったということだ」

ああどうしよう。わたしはこの男を愛してる。

「あなたもスイートよ」

彼は笑顔になった。

そして言った。「ほら、こんなにいっしょにいても、きみはまだおれのことを知らない」

わたしは笑わなかった。彼の顔にふれている手と、彼の手に握られている手、両方がこわばった。

「あなたは男らしくて、マッチョで、荒々しくて、ワイルドなホットガイのスイートだけど、やっぱりスイートよ。わたしは渦を描く山のようなフロスティングで飾った、しっとりしてコクのあるケーキだけど、あなたは滑らかで味のいいダークチョコレートで、舌にふれた瞬間においしいと感じて、それがとろけたらすぐにもっと欲しくなる」

彼はますます笑った。「おいおい、テス。そんなこと言われたらまた固くなってくる」

わたしは自分の手と彼の顔を見て、その肩をぴしゃりとぶった。「真剣に話しているのに」

すぐに彼は真顔になって、その水銀色の目がわたしの目を見つめた。

それから彼はささやいた。「わかってる」

わたしは彼の目を見つめ、そのとき、ヴァンスに言われたことの真実が純粋にふいに腑に落ちてきた。まるで虹にさわったようだった。

ヴァンスは愛する妻を手に入れて自分が幸運だと思っている。彼がそう思う理由のひとつが、妻が自分は幸運だと思っていると彼が知っているからだった。

わたしも幸運で、ブロックもそうなのだ。

「ヴェガスに行く」わたしは宣言した。「こんなにつきまくっているんだから」

彼は眉をひそめた。「ベイブ、きみは気づいていないのかもしれないが、おれたちのまわりで起きていることは、〝つきまくっている〟とは呼べないだろう」

「裸のバッドボーイ／ホットガイがわたしのベッドにいて、わたしの上に乗っているのが証拠よ」

それを聞いて、彼は眉を開き、ほほえんだ。

わたしは言った。「あなたと子供たちの誕生日は来週でしょ。三人全員の誕生日に、春休みの五つ星オールインクルーシブホテルでの休暇をプレゼントするから。反論はいっさい受けつけないし、わたしたちのまわりでなにが起きていても関係ない。なにがあっても行くのよ」

彼は笑顔のままで言った。「あとで話そう」

「話はしない。もう決めたの」

そこで彼のほほえみが消えた。「ベイブ、おれと息子たちの休暇旅行をきみに出させるわけにはいかない」

「ブロック、わたしには休暇が必要だし、あなたにも必要だし、まして子供たちはもっと休暇が必要なのよ。ものすごく必要だから、それはとことんいい休暇にしないといけない。わたしがせっせとケーキを焼いているのは、いい人生を生きて、自分の愛する人たちにもいい人生を与えるためなのよ。だからわたしは自分の愛する人たちに与える」

「新しいベーカリーを開店させるんだろう」

「休暇をとってからね」

彼はわたしの目を見つめ、わたしも彼の目をじっと見た。

そして彼は宣言した。「飛行機のチケットはおれが買う」

「ブロック――」わたしは反論しかけたけど、彼はそれを遮った。

「テス……おれが、飛行機のチケットを、買うんだ」

彼は断固として言いきり、その口調で彼は自分の女の面倒を見ようとしているのだとわかった。つまり、その〝断固〟は譲れない。

「それでいいわ」わたしが折れると、彼はまた笑顔になった。

頭をさげて、わたしの耳元に唇を寄せた。「それじゃ、おれがチョコレートで、きみの口のなかで溶けるって話に戻ろう」

「そういう意味ではなかったのよ」わたしは言った。彼は両腕でわたしを抱きすくめて、そのままあおむけになった。

そしてわたしの髪に手を差しこみ、優しく髪を握って、顔をあげさせた。

「よかった。きみが口のなかにおれを入れたとき、溶けることはぜったいにないからな」

ふむ。

それはほんとうだ。

「そうね」

そしてまた、彼は笑顔になった。

そして、言っておくと、わたしは自分の男が笑顔になるとうれしくなる。

彼はわたしの口を引きおろして、自分の口に重ねた。そして激しくキスした。わたしはもっと激しく応えた。

それからわたしは、彼のほかの部分にじっくりキスした。

そうしたとき、そういう部分は溶けることはなかった。

21

「ありがとう」パークメドウズ・モールの〈ディラーズ〉の店員から袋を受けとりながら、わたしは声に出さずに口の動きでそう言った。袋のなかには、男児用の水泳パンツが二枚入っている。わたしがなぜこの買い物をしているかというと、あと二日で、ブロック、ジョエル、レックスとわたしはアルーバ行きの飛行機に乗るというのに、子供たちに水着をもっているかと尋ね、ふたりともどんどん大きくなっているからどの水着も小さくなっているとわかったからだ。

店員はわたしにほほえみ、わたしはほほえみを返してふり向いた。わたしは電話を耳にあてていて、電話の相手はラウルという男性だった。

「もう一週間かかります」ラウルは言った。

「そう……」わたしは言いながら、店内を横切り、すでにブロックがムカついているのを感じていた。彼はここにいないのに。じっさい、彼はここにいないし、うちの地下室を寝室に改装するために雇った業者の工事がさらに遅れるということをまだ知らないのに。

でも、二月の最終週にラウルと契約して以来、これが三度目の遅れで、いまは三月の最終週だった。ブロックは最初の遅れに不機嫌になった。二度目の遅れではかなり不機嫌になった。今度の三度目の遅れでは不機嫌の度合が大幅に悪化するのではないかとわたしは思っていた。

この工事が必要になったのは、オリヴィアが降参したからだ。というか、そうするように弁護士が彼女を説得した。デイドが去って、彼女が負けるに決まっている裁判を戦うために多額の弁護士費用をかけたとしても、それを支払う人間がいなくなったからだ。

デイドがブロックに提供した証拠も役に立ったが、もしそれがなかったとしても、ヘクターが彼女に不利な材料を山のように集めてきたから、ブロックは勝っただろう。ヘクターの調べでは、子供たちは学校に遅刻することが多く、帰りもオリヴィアの迎えが遅いので、いつまでも学校に居残っていた。

オリヴィアはママ友のあいだでもあまり友だちがいなかったので、ママたちはホットガイのヘクターとよろこんでおしゃべりして、オリヴィアが子供フットボールチームの練習や試合に遅刻して子供を連れてきては、試合中にママのだれかに電話して子供を預かってほしいと頼むことなどを教えてくれた。子供たちはしばしば、オリヴィアが迎えにくる前に、預かってくれた家で眠りこんでしまったらしい。つまりオリヴィアは、何時間も子供を預けっぱなしにしたということだ。

そうやって子供をほったらかしにしているあいだ、スープキッチンの炊き出しで善意のボランティアをしていたわけではなかった。買い物したり、若い愛人とセックスしたり。

それについて、ヘクターも写真を撮影した。

さいわい、わたしはヘクターが撮った証拠を見ることはなかった。あいにくヘクターは、彼が写真を撮ったということもあり、見なくてはならなかった。そして彼がその証拠を、(思っていたより前妻が母親失格だったことがわかってますます不機嫌になっていた)ブロックに手渡したときの表情からして、彼もバッドボーイ・クラブの仲間と同様に、〝痩せこけている〟のは美人ではないという意見の持ち主なのだとわかった。

そして書類が用意され、全員が署名して、裁判官が承認印を押し、子供たちの親権はブロックに変更された。オリヴィアは二週間おきに、週末に子供たちと面会交流をおこなう。それ以外はブロックとわたしが子供たちを育てる。だから彼は、子供たちを恒久的な子供部屋に落ち着かせてやりたいと考えた。

改装工事の最初の遅れは、ふたりが引っ越してきたときに、レックスは、二階にあるわたしの書斎を寝室に代用した部屋を、ジョエルは一階の客用寝室をつかうことになるということだった。

ブロックがこれに不機嫌になったのは、それではレックスに「ここがおまえの家で、これがおまえの部屋だ」と言ってやれないからだ。それにレックスが、わたしたちのすぐ隣の部屋で寝ることになるのも気になった。壁は薄いわけではないけど、完全防音でもなく、ブロックが気にする理由は明らかだった。でもいまレックスは、わたしたちとバスルームと廊下をはさんだ反対側の部屋で寝ている。

オリヴィアも引っ越したが、もっと早く落ち着いているはずだった。もし彼女が……彼女じゃなかったら。デイドは彼女のために、寝室がふたつある家具付きアパートメントの家賃を六カ月分先払いしてやった。オリヴィアが出ていった数日後にわたしのベーカリーにやってきたデイドは、ジョエルとレックスのためにしたことだと説明した。わたしはそれはほんとうだろうと思った。でもいっぽうでは、それは彼がとことんいい人だからだということもわかっていた。もし彼がオリヴィアを無一文で追いだすようなことをしたら（彼女はそうされてもしかたない人間だけど）、たぶんその瞬間にからだが燃えあがってしまったりするのだろう。

でも彼はオリヴィアにお金は渡さなかった。

「彼女は〈ジョン・アテンシオ〉が大好きだった」デイドは、わたしのミルクチョコレート・バタークリームのアイシングでつつんだ、サワーチョコレートケーキ（ものすごくおいしい）にフォークを刺しながら言った。オリヴィアが出ていってから〈テッサのケーキ〉の常連になったデイドは、チョコレートケーキ好きだった。「あの店に通ったことが、役に立っていると思う」

〈ジョン・アテンシオ〉はすばらしい高級宝石店で、デイドが言わんとしているのは、オリヴィアはこれから、質屋通いをしたり、オンラインのオークションのやり方を学ぶことになるだろうということだ。

言うまでもないことだが、ブロックと子供たちにとってうれしい展開になり、子供たちが意外にも（さらにはわたしとブロック両方にとってうれしいことに）わたしのうちにすぐに慣れて、引っ越しから数日間で（というより数時間で——なぜならわたしがレックスにはキャロットケーキ、ジョエルにはチョコレートケーキを焼いておいたら、十一歳と十三歳の子供はそれを「おかえり!」という意味に受けとめたから)自分の家のようにくつろいでいたとしても、悪夢が終わったということにはならない。

いいえ。

ぜんぜん。

オリヴィアは意地悪女だから、そして意地悪女は仕掛けた駆け引きがうまくいかないと、がむしゃらになるから。

というわけで、彼女は警察署の常連になった。それだけでなく、あまりにも頻繁にブロックの携帯電話に電話をかけてくるので、画面に彼女の名前が刻みこまれないのが不思議なほどだった。

彼女がブロックの職場にやってきたり電話をかけてきたりするのは、子供たちについて話すためではなかった。棚をとりつけてほしい。デイドが送ってきた法的書類に目を通してほしい。水漏れするシンクを見てほしい(メンテナンスサービスつきのアパートメントに住んでいるのに)。メルセデス(デイドが彼女に所有するのを許した)を売るから助けてほしい。新しい車を買うからディーラーにだまされないようについてきてほしい。

オリヴィアがブロックに(そしてブロックがわたしに)言ったことによれば、彼女は子供たちの母親としてブロックに助けを求めているらしい。

それに、これもブロックの話では、サッカリンのように甘ったるくなっているらしい。

「おれのケツの穴奥深くに鼻をつっこんできて、喉元まであいつがいるような気がする」わたしたちがベッドに横になっているときに、ブロックは、(あいにく)そんな胸くその悪くなるような描写でその様子を説明した。彼は枕に頭を載せ、両手で顔をごしごしこすり、その声にはいらだちがにじみ、部屋の空気は重たくなった。

ブロックも善良な人間だけど、デイドとは別の種類の善良さだ。ひょっとしたら、彼のほうがオリヴィアと長いつきあいがあるせいかもしれない。だから彼女の頼みを断った。次も。その次も。そして画面に彼女の名前があらわれると、電話をとらなくなった。そして彼女が別の電話からかけてくると、なにも言わずに電話を切って、サイレントモードにした。そしてさいわい、ブロックの同僚たちはオリヴィアが署にやってくると、彼に教えてくれるようになった。彼女がブロックの机にやってくる前に、彼は姿を消し、同僚の刑事たちが彼はいないと告げる。

ブロックは二度と彼女とかかわる気はなかった。棚をとりつけるのも、法的書類に目を通すのも、車を買うのを手伝うのも。

問題は、もう数週間たつのに、オリヴィアがあきらめないことだった。

彼のいらだちが満ちた部屋で、ベッドに並んで横たわり、わたしは彼にからだをくっつけてささやいた。「いつかはあきらめていなくなるわよ」

ブロックは両手を髪に差しいれて、手のひらで額を押さえたまま、銀色の目だけを動かしてわたしのほうに向けた。でもその目は物語っていた。これは彼女がまだデイドと出会う前の五年間、ブロックの人生をみじめなものにしたやり方の一例なのだと。そしていま、デイドは彼女の人生から出ていった。ブロックはこれから五年どころではない年月を苦しめられるかもしれない。そして彼はその可能性にいらだっていた。

そのときはベッドで気持ちよくリラックスしていたから、ビールやバーボンをとりにいくのはしたくなかった。だから口ですることにした。

例によって、効果的だった。

「ブロックがなんて言うか」わたしはラウルに言った。

いったいどうしてこうなっているのか、わたしにはわからなかった。基本的に壁とドアをつけるだけなのに。それがそんなに大変なの？

「あと一週間だけですから」ラウルが言った。

「わたしたちが休暇旅行から戻るころには完成しているだろうと期待していたんですけど」

「それは無理です」ラウルが言った。

もう。

「あなたからブロックに話してくれませんか？」

「いえ」彼があわてて言ったので、わたしはむっとして深呼吸した。そもそも彼がまずわたしに電話してきたのは、ブロックの怒りを避けるためだとわかっていた。いままでは一度もわたしに電話してきたことなんてなかった。これはブロックの担当だから。最初に彼が、〝乾式壁やツーバイフォーや金槌や作業ベルトをつけた男たちにかんすることはおれの担当だ〟的な、断固としたマッチョ口調ではっきりさせたので、わたしはそれを受けいれた。というのも、わたしには、乾式壁やツーバイフォーや金槌や作業ベルトをつけた男たちを担当したいという願望はなかったからだ。ただでさえ自分のベーカリーのことで手いっぱいなのだから。「そういうわけで、彼にはあなたから伝えていただけますか？　ご旅行からお戻りになったら、かならずそちらの工事をスケジュールに入れます」

「ほんとうに、あなたからブロックに話してもらわないと」わたしは言った。

「いろいろと遅れていまして。ご旅行中にそれらをなんとか解消して、お帰りになった翌週に工事します」

「ラウル、あなたからブロックに言ってください」わたしはくり返した。

彼は無視した。「お約束します、テス」

わたしは〈ディラーズ〉から出てショッピングモールに入ったが、人々の流れをさまたげないように通路の端に移動して、そこでとまった。

そして言った。「わかりました。わたしからブロックに言います。でもうちの工事をスケジュールに入れてもらう必要はありません。なぜなら、わたしがブロックにまた遅れるという話をしたら、彼はあなたに電話して契約を解除するでしょうから。確実に。わたしたちはこの工事を何週間も前に終わらせるつもりで、あなたはそれが可能だと約束した。デンヴァーの工事業者はあなたのところだけじゃありません。あなたがわたしたちが旅行中の月曜日から工事をはじめないのなら、彼はほかの業者に頼むでしょう。わたしから彼に、また遅れるという話をするのはいいけれど、それはあなたが自分は仕事ができないと言っているのも同然なんですよ。選択肢はふたつです。契約を解除するか、あなたが月曜日から工事をはじめる方法を見つけるか。もし後者を選ぶなら、約束はちゃんと守ったほうがいいですよ。わかっていると思うけど、ブロックを怒らせたら大変ですよ。それをわかっているから、あなたはブロックではなくわたしに電話してきたのでしょうけど。そのとおりです。ブロックを怒らせないほうがいい。彼が息子の部屋を早く用意したいと思ったら、早く用意しないと。六月ではなく。おわかりですか？」

「あなたのおっしゃることはわかります、テス。もし可能ならわたしもそうしますし、別の業者に変えてもらってもかまいません。でもその業者ではわたしのような品質保証はありませんよ」ラウルは言った。わたしはまたむかつきを抑えるために深呼吸した。旅行の直前にブロックに新たないらだちの元を与えたくなかったのに。

だめだ。

もう。

「もういいです」わたしは言った。「契約解除の覚悟をしてくださいね、ラウル」わたしは電話を切って、電話帳のブロックのページを開き、〈ミセス・フィールズのクッキー〉へと向かった。それはミセス・フィールズがすばらしくおいしいクッキーを焼くからで、ブロックと話して擦り傷のついた心を癒すのにはクッキーが必要だと思ったからだ。

電話の呼び出し音を聞きながら、注文した。ブロックは二度目の呼び出し音で電話に出た。

「ベイブ」

「ハニー、近くにクッキーはある？」

沈黙、そして「くそっ、オリヴィアか、ラウルか、テス2か？」

彼は、わたしが近くにクッキーはあるかと訊くようないらだちの元のうち、今度はどれかと言っているのだ。

テス2というのはわたしの新しいベーカリーで、いらだちの元というよりはものすごい時間食いだった。マーサはまだ仕事に慣れているところで、彼女はわたしのことも、わたしのヴィジョンも知っているし、〈テッサのケーキ〉で長時間過ごしていたし、わたしが店のコンセプトを考えたときもいっしょにいたけど、彼女はわたしのことを愛しているから、失敗したくないと強く考えていた。だから〝テッサ2〟にかんするありとあらゆることにわたしを巻きこんだ。わたしは彼女の意見には基本的にすべて賛成なのに、それでも確認を求めているのだ。

それにマーサは午後五時で仕事をあがることはなかった。午後七時でも。彼女はローワー・ダウンタウンの〈テッサのケーキ〉をなんとしても軌道に乗せるという使命に燃えていて、必要とあればどんな時間でも電話してきた。一度など（一度だけだったけど）夜の十一時半に電話してきたことがあった。子供たちはもう寝ていて、ブロックとわたしが取り込み中だったときに。

それが一度だけだったのは、ブロックが電話をひっつかんで、画面を見て、タッチし、「遅い。何時だと思っているんだ。きみが死にそうか、だれかを殺したというのでもなければ、遠慮してくれ。もうベッドに入っていたんだ。おれたちがベッドにいるときは、おれとテス以外だれもベッドには入れない。だれもだ。それで、きみは死にそうなのか、それともだれかを殺したのか？」そして間があり、「そうか」

ブロックは画面をタッチして、サイレントモードにセットし、電話をナイトテーブルの上に放りだして、わたしのところに戻ってきた。詳細を訊かないほうが賢明なのはわかっていたけど、だれからの電話かはわかっていた。でもわたしのところに戻ってきたブロックが、さっきまでわたしがものすごく愉しんでいた活動をすぐに再開した。だからわたしは、その活動に没頭して、マーサにはあくる日に話をすることに決めた。

だからそうした（もっとも彼女はそんなことだろうと思っていた）。

彼女は二度と夜遅く電話してこなかったし、腹を立てることもなかった。彼女はわたしがブロックを愛していること、ブロックもわたしを愛してることを知って、ブロックを完全に見直し、いまでは彼のことをものすごくホットだと思っている（わたしにもそう言った）。

　そしてマーサはブロックの息子たちをかわいがっている。

「ラウルよ」わたしはブロックの質問に答えた。

「くそっ」彼はつぶやいた。

「彼はまた一週間工事を遅らせると言ってきた。わたしは彼に、これで事実上クビだと言ったけど、彼はあなたからの通告を待っていると思う」わたしは続けた。「いまわたしはショッピングモールにいて、あなたは殺人を解決している。あなたがラウルに電話しなくてもいいように、わたしが電話しておきましょうか？」

「ダーリン、きみが電話したら、あいつに新しいケツの穴をあけてやる機会をおれから奪うことになる。だから答えはノーだ。きみが電話しなくてもいい」

　ふむ。ちょっとラウルが気の毒になってきた。

「わかった」わたしは言いながら店員さんからクッキーを受けとり、〈ディラーズ〉の袋を足元に置いて、バッグをごそごそして財布を探した。「うちに帰ったら、新しい工事業者を探しておきましょうか？」

「島から戻ったらおれがやるよ」彼がそう言ったのでわたしは驚いた。「レックスはとりあえず落ち着いている。文句も言っていない。いまなんとかなっているんだから、焦る必要はない」

「わかった」わたしはそっと言った。「そう言えば、いま〈ミセス・フィールズ〉にいるのよ。いまあなたのところにクッキーがないのなら、今後の医療目的にいくつか買っていきましょうか？」

「〈ミセス・フィールズ〉はうまいが、きみのスイーツに勝るものはないよ、ベイビー」

それはすごく、すごくうれしい褒め言葉だったけど、彼がうちのベーカリーのクッキーのことを言っているのか、それともわたしが医療目的で彼に提供する別の種類のスイーツのことを言っているのか、わからなかった。

わたしは念のためベーカリーに寄って帰ることにした。万全の備えをするために。

「わかった」

わたしはクッキーの代金を支払って、店員さんにほほえみかけ、バッグに財布をしまって、バッグをもって歩きだした。

「準備はできたか？」ブロックが訊いた。

「ええ。子供たちは水泳パンツのコレクションのなかから選べるわよ。これからモールを出て、学校に迎えにいく。うちについたら、パッキングを監督するわ」

「ベイブ、まだ二日もあるんだぞ」

「あしたになったら、もう一日しかないのよ。あわてるのはいやなの。あわてると忘れ物をするから。用意しておかないと。四人分のパッキングだし、子供たちがちゃんとできるか見守らないと。それにわたしのパッキングにはひと晩かかるし。言うまでもないけど、傷みやすいものを残していかないように、きょうは冷蔵庫にあるもので夕食をつくるから」

「テス、おれたちはアルーバ島に行くんだぞ。パラグアイのジャングルではなく。忘れ物をしたら現地で買えばいい。うちに帰ってきてなにか腐っていたら、捨てればいいだろう」

ふむ。それはほんとうだ。〝捨てればいい〟という部分以外は。ブロック、ジョエル、レックスはうちに帰ったら、間違いなくいつもどおりに冷蔵庫をつかうだろう。つまりそれは、冷蔵庫のドアを大きくあけっぱなしにして、じっとのぞきこめば、自分の欲しいものが（なかにない場合）魔法であらわれると思っているようになかを見るということだ。そして三人とも、腐ってかびが生えたものは無視する。つまり〝捨てる〟のは彼らではなくて、わたしなのだ。

わたしがそう言う前に、ブロックが続けた。「おれの考えでは、もっていくのは機内持ち込み手荷物だけでじゅうぶんだ。きみに必要なのはビキニだけだからな」

わたしはほかの買い物客にぶつからないように歩きながら、ショッピングモールの出口へと向かいつつ、ブロックに説明した。「ブロック、言っておくけど、第一、わたしはビキニは着ないから。第二に、一週間もいるんだから水着は一着では足りないのよ。少なくとも三着は必要だけど、念のため四着もっていくつもり。先週末、マーサ、エルヴァイラ、その他の女の子たちといっしょに買い物に行ったときに四着買ってきたし」

そう言えば、わたしのショッピングモールには足を踏みいれないという誓いは終了した。そしてわたしは、来年のクリスマスでどれほど激しく買い物をしたとしても、クリスマス後、ショッピングモール立ち入り禁止の誓いは次の年の二月までにするという新しい誓いをたてた。なぜなら、二カ月ぶりにショッピングモールに行ったとき、頭がおかしくなったように買いまくったからだ。休暇旅行用の着替えをすべて新調してしまった。そのうちの何着かはセクシーで、そのうちの全部はすごくすてきで、そのうちのどれひとつとして、わたしには（あまり）必要なものじゃなかった。四人分の五つ星ホテル宿泊料を支払い、新しいお店を開店させたあとでは、なおさらだった。

「第三に」わたしはブロックと話しながら歩きつづけた。「リゾートではリラックスするつもりだけど、買い物もするつもりだし、水着で買い物するわけにはいかないのよ。そして最後に、夜になったら水着以外のものを着なくちゃいけないし、なにがあるかわからないでしょ？　いいレストランに行くかもしれないし、地元のレストランに行くかもしれないし、ファミリーレストランに行くかもしれない。アルーバに行くのは初めてなのよ。わたしたちはそういうレストラン全種類に行くかもしれないし、それぞれ求められる服装がちがうかもしれないでしょ。それがわたしだけじゃなくて、わたしたち全員なのよ。つまり、わたしたち全員、ちゃんと準備していかないと」

この長く複合的な視点の説明にたいして、ブロックが質問した。「ビキニを着ないって？」

わたしは目を天井に向けて、出口のドアに近づいた。このそとに車をとめてある。

「そうよ」

「どうして？」

わたしはドアを押しあけながら、尋ねた。「説明しなくちゃいけないの？」

彼はそれに答えなかった。代わりに新しい質問をした。「ビキニをもっているのか？」

わたしは答えた。「もってない」

「ベイブ、いまモールにいるんだろ」彼はわたしが知っていることを言った。

「じっさいは、もうそとに出て車に向かっている」

「回れ右してビキニを一組買ってこい」――しばらく間があり――「四組でも」

「ブロック」

「スイートネス」彼は声をひそめた。「きみのからだはダイナマイトボディだ。ものすごくきれいだよ。きみにこの旅行の話を聞いてから、おれはずっとビキニを着てビーチにいるきみを想像しているんだ。それにビキニを着てほかの場所にいるきみもな。それにきみがビキニを脱ぐところも。四週間、ずっとその想像をしてきた。あと二日待つだけだと思ってたんだ。それをおれから奪わないでくれ」

ふむ。それはうれしい。そういうこと全部。あまりにうれしかったから、自分でも想像してみた。

想像に気をとられていたので、わたしはある車のうしろで立ちどまり、自分のハイヒールのブーツのつま先を見つめていた。

そのとき別のことに気づいて、ブロックに訊いてみた。「男の子たちの前でビキニを着てもいいと思う？」

ブロックが眉をひそめるのが見えるようだった。彼はもごもごと言った。「そうだな……いいと思うが」それから、「なぜ？」

「どうかしら」わたしは言った。

一瞬、沈黙があり、それから彼がそっと言った。「ベイビー、きみは子供たちのステップマザーになった。だからといって、ジューン・クリーヴァーのような理想のママになる必要はない」そこでいったん言葉を切り、「聖人にも。少なくともおれはそうならないことを望む」と締めくくった。

ちょっと考えてみた。

そして言った。「ドナはビキニを着たことなかったわ」

「ドナはきみのようなダイナマイトボディだったのか？」

「ドナは身長百六十センチで、レックスよりもキャロットケーキが好きだったし、ジョエルよりもずっとチョコレートケーキが好きだった。わたしがだれにケーキのつくり方を教わったと思ってたの？」

わたしの男はくすくす笑って、言った。「回れ右してビキニを買ってこい」

「もう寝間着を三枚も買ったのに」

また沈黙があり、そして低い声で「ファック。おれの今年いちばんの愉しみのために、回れ右してビキニを買ってくれ」

わたしはにやりと笑った。

彼は続けた。「おれが仕事を抜けだして子供たちを迎えにいき、署に連れてきておく。買い物が終わったら署に迎えにこられるか？」

その問いかけと、それが当たり前のことのような彼の言い方に、わたしの心はじいんと温まるようだった。

これも新しい生活でわたしが気に入っていることのひとつだった。マーサが働きはじめてからわたしの仕事量は減ったけど、ブロックの仕事量は変わらない。朝はブロックが子供たちを（始業時間に間にあうように）学校まで送っていって、午後、わたしがベーカリーから子供たちを迎えにいく。そのあとはたいていいつも、ふたりはわたしといっしょにベーカリーで過ごす。ふたりを始まったばかりの野球の練習に連れていくこともある。そして練習を見ながら、そこで待っている。ときどきはベーカリーを早退して、三人でうちで過ごすこともある。

そういうのが気に入っていた。そのすべてが。学校への送迎のときにほかのママやパパと（一瞬）会ったり、子供たちの友人やその親たちと知りあったり、子供たちからどんな一日だったのかの話を聞いたり。こういうものが自分の手に入るなんて、思っていなかった。愛する子供たちに、宿題はもう終わったのかと訊いたり、わたしが運転する車のなかで兄弟がおしゃべりするのに耳を澄ましたり、二階にいて、ふたりがテレビの前でチャンネル権を争っている声が階段をのぼって聞こえてくるのを耳にしたり、スーパーマーケットに行って、自分の分だけでも、自分と恋人の分だけでもなく、家族全員の分の買い物をしたり。

わたしはブロックといっしょにいるのが気に入っていた。彼はわたしを安全だと感じさせてくれる。自分はきれいだと思わせてくれる。愛されていると感じさせてくれる。わたしは彼が与えてくれるものすべてを愛している。言葉では言いあらわせないほどに。

でもなによりもうれしかったのは、彼がわたしに家族を与えてくれたことだ。彼がわたしに家族を与えてくれたのだから、わたしは彼にビキニ姿くらい与えてあげないと。

だからわたしは回れ右してモールに戻りながら、言った。「いいわ」

「買い物が終わったらメールしてくれ」

「わかった」

「あとでな、ベイブ」

「ええ、あとでね、ブロック。愛してるわ」

「おれもだよ、ダーリン」

わたしは幸せなため息をついた。

彼が電話を切った。

携帯電話をバッグにしまう。

そのとき、目の前の視界に男性の胴体があらわれた。わたしは「失礼」と言ってその人をよけようとしたけど、〝失礼〟と言うところまでいかなかった。なぜならその男性の胴体はわたしがよけたほうに移動したから。

わたしは顔をあげて、その人の顔を見た。

「すみません」わたしは小さくほほえんで、反対側によけようとした。

彼はふたたびわたしがよけたほうに移動した。

なんなの。

「あの……」わたしは言いかけた。

「ミスター・ヘラーがあなたにお会いしたいそうです」

ったく！

わたしは彼の向こうにあるモールの入口を見た。車の長さ四台分と通路分離れている。わたしはハイヒールのブーツをはいている。この人は大きくて筋骨たくましい。ひょっとしたら、足はそれほど速くないかもしれない。

黒いセダンがわたしたちのいるレーンでのろのろと走っていた。それにわたしのうしろからも車の音が聞こえる。

わたしは第三者がいることに安堵のため息をついて、ふたたび彼の脇を通りぬけようとした。「わたしはミスター・ヘラーと話したいと思いません」

「あいにくその選択肢はありません」彼が言った。

最高。

デミアン。

ああもう、心の底から大嫌い。さっきまでビキニと家族とブロックに愛されていることを考えていたのに、これ！　デミアンがその醜い頭をもたげて用心棒を寄越したせいで、わたしの幸せな気分はどこかに吹きとんでしまった。

わたしは急いで歩いた。黒いセダンがとまり、後部座席のドアが開いた。

デミアンが乗っていた。

ファック！

大きくて筋骨たくましい人に前を、黒いセダンにうしろをふさがれて、わたしは立ちどまるしかなかった。しかたなく、わたしはバッグから電話をとりだそうとした。911にかけてデミアンがふたたびわたしにハラスメントをしていると通報するために。

「テス、車に乗るんだ」デミアンが言った。「緊急事態なんだ」

わたしはなにも言わなかった。ヴァンスに話をしないほうがいいと言われたから、話すつもりはなかった。911に通報する。わたしは大きくて筋骨たくましい彼を押しのけようとしたけど、大きくて筋骨たくましい彼はわたしの腕をつかんで制止した。その手をふりほどこうとからだをひねりながら、電話を起動しようとした。

「テス、ほんとに時間がないんだ」デミアンの声が聞こえた。「頼むから、きみの安全のために、車に乗ってくれ」

意外なことに、大きくて筋骨たくましい彼はわたしの電話をとりあげようとはしなかった。わたしは911にかけ（こんなに何度もかけるならスピードダイヤルに登録してもいいかもしれない）、電話を耳にあてた。

「テス、頼むから」デミアンがまるでほんとうに緊急事態であるかのような口調で懇願した（いやなやつ）けど、わたしは歩道を見つめていた。

大きくて筋骨たくましい彼が、妙に優しく、わたしを車のほうへと導こうとしたとき、911のオペレーターの声が聞こえた。「911です。なにがありました——?」

そのときだった。

銃声。

すぐそばで。

すぐそばで銃声がした。

とんでもなく大きな音だった。信じられないほどの轟音。耳がジンジンする。

大きくて筋骨たくましい彼の手がわたしの腕を放した。それは彼が、地面に倒れたからだった。胸から血を流して。

わたしは恐怖で頭がぼうっとして、大きくて筋骨たくましい彼を見つめた。胸から血がどんどん流れて、彼はぜいぜい息をしている。

なんてこと!

ショックでぼう然としたわたしは左を見て、いままで一度も見たことのない年配の男が近づいてくるのに気づいた。その手に煙の出ている銃をもっている。

「テス!」わたしがなにも——たとえば逃げるとか——できないでいるうちに、デミアンが車から飛びおりてきた。「車に乗れ!」

彼がわたしをつかんで車のほうにひっぱると、もっと銃声が聞こえた。デミアンのからだががくんと揺れ、彼は苦痛のうめき声をあげたが、それでもわたしを車に押しこみ、続いて自分も乗りこんで、ドアをしめた。

「行け！」彼は叫んだ。年配の男は車を狙って撃ってきて、銃弾が金属に食いこむ音がした。デミアンの運転手が思いっきりアクセルを踏みこんで車は急発進し、年配の頭のいかれた銃乱射男にまっすぐに向かっていった。

銃弾がフロントガラスに命中し、車は右に急カーブを描いてとまっていた車列につっこみ、デミアンとわたしは横に振られた。車は車にぶつかりながらスリップして、とまった。運転手は右側に傾いて倒れている。

車はわたしの側のドアがほかの車に当たっている状態でとまった。逃げるにはデミアンを越えていくしかない。

でもあっという間に次の展開になり、そのチャンスさえなかった。心臓が鼓動する間も、まばたきする間もなかった。

デミアンが上着から銃をとりだすと同時にドアが引きあけられ、年配で頭のおかしい銃乱射男が上半身をつっこむようにしてデミアンに狙いをつけ、彼の顔を撃った。

彼の

顔の

ど真ん中を！

デミアンがわたしの上に倒れてきて、床に転がり、わたしは純粋な恐怖に悲鳴をあげた。

叫ぶのをやめると、年配で頭のおかしい銃乱射男はわたしに狙いをつけていた。心臓と肺がとまったけど、血液が全身を駆けめぐっている。からだじゅう熱かった。頭皮がぴりぴりして、手のひらが汗ばみ、ひざががくがくして、わたしは彼とその銃を見つめた。

「テッサ・オハラ」彼が言った。わたしは動かず、なにも言わず、まばたきもしなかった。頭になにも入ってこなかった。彼がわたしの名前を知っているということも、血も、殺人も、〈パークメドウズ〉モールの駐車場での銃撃事件も。頭に入ったのは、彼とその銃のことだけだった。「ブロック・ルーカスとつきあっているテッサ・オハラだな」彼は低い声でそう言って、そのときわたしは、この人がだれなのかわかった。ずっと前にうちに電話してきた人だ。だれかがブロックを撃ったあの夜に。

わたしはなにも言わなかった。ただ見ていた。

「死にたくなかったら、おとなしくいっしょに来るんだ」

死にたくない。

だから、死んだ男ふたりといっしょに、自分の携帯電話バッグ、〈ミセス・フィールズ〉のクッキー、うちの息子たちの水泳パンツが入っている〈ディラーズ〉の袋を車に残して、おとなしくついていった。

★

ブロック

「警部がオフィスで呼んでいる」ブロック・ルーカスはその声に、息子たちを迎えにいく前に電源を落としていたコンピュータ画面から目を離して、自分の背後に立っている同僚を見た。

いや、同僚たちというべきか。

ハンク・ナイチンゲール、エディー・チャベス、ジミー・マーカー。ハンクとエディーは長く風紀取締課にいたので、前から知っている。麻薬取締局にいたブロックの最後から二番目の仕事は失敗だったが、その際ブロックが女を誘惑して利用したやり方にふたりは批判的で、それ以来ブロックとふたりとの関係は緊張をはらんだものだった。だがハンクはリー・ナイチンゲールの弟で、チャベスはリーの親友であり、ブロックはリーのところのヘクターとヴァンスといっしょに働いた。それに彼が麻薬取締局からデンヴァー市警に転職して同僚になったということもあって、彼とハンクとチャベスの関係は、ぎこちない緊張緩和《デタント》を迎えた。日が週になり、週が月になって、彼らは互いの経歴や性格や職業倫理を知って、関係は改善していった。ブロックはふたりを親友とは呼べないが、ふたりのことは尊敬していた。

ジミー・マーカーはベテラン刑事で、何度も表彰され、ひじょうに仕事熱心で、もうすぐ定年を迎える。ブロックもふくめて署内の人間で、彼を尊敬していない者はひとりもいなかった。

口を切ったのはジミーだった。

「なにがあったんだ?」ブロックは訊いた。

「警部のオフィスに行けばわかる」ジミーが言った。

そのとき、ブロックにはわかった。

なにかまずいことが起きた。とてつもなくまずいことだ。そしてそのなにかは、とてつもなく大きいと同時にまずいことだ。

ファック。

彼はなにも言わず、椅子から立ちあがって、警部のオフィスに向かった。ジミー、エディー、ハンクもついてきた。

オフィスが見えてくると、警部はオフィスの窓のそとを眺めていた。待っているということだ。

ファック。

彼がオフィスに入っていくと、男たちも入った。ドアはすぐにしまった。

「坐ってくれ、ルーカス」警部が言った。その目はブロックを見つめている。

ブロックは動かず、警部を見据えた。

「言ってくれ」

警部は彼の目を見た。

そして言った。「ジョサイア・バーケットが四カ月前に仮釈放になったのは知っているだろう」

ブロックの喉に苦いものがこみあげてくる。

ジョサイア・バーケットはブリーをレイプした従兄だ。ブロックはジョサイア・バーケットに注意して、あのいまいましい怪物野郎がいつ釈放になったかも知っていた。そしてやつが保護観察官との面接の約束を律儀に守っていることも知っていた。あいつが入所している社会復帰施設も知っていた。まだ施設は出ていないが、六番街にある自動車部品工場の製造ラインで働くということも知っていた。

彼が知らなかったのは、なぜ警部がバーケットの話をもちだしたのかということだ。幸先が悪い。

「ええ」ブロックは答えた。

警部は彼の目を見た。

「なんなんですか、警部、いいから――」ブロックがうなり、警部がそれを遮った。

警部は口早に言った。「二十分前、911に通報があった。通報者はなにがあったのか説明する暇はなかった。電話の向こうで銃声が聞こえた。一分もしないうちに、〈パークメドウズ〉モールから複数件の通報があった……」

その場所、テスが二十分前までいた場所の名前――なんで知っているかというと、ブロックが二十分前に彼女と話をしていた店――を聞いて、ブロックのからだのすべての細胞が動くのをやめた。

警部は話しつづけた。「……初老の男が黒いセダンを銃撃したという通報もあった。パトロールが現場についたときには、銃を撃った犯人は消え、車のそとで倒れていた男はまだ生きていた。車のなかには男が二名死んでいた。デミアン・ヘラーと他一名だ」

ブロックは動かず、なにも言わず、まばたきもしなかった。

「テッサ・オハラの電話とバッグがその黒いセダンのなかで見つかった」

ブロックは目をとじた。

「目撃者の話によれば、彼女は初老の男に銃をつきつけられて、どこかに連れていかれたそうだ」

ブロックは目をあけた。

警部は静かな声で締めくくった。「犯人の人相はジョサイア・バーケットと一致している」

それを聞くやいなや、ブロックは踵を返してドアへと向かった。

ドアの前にナイチンゲールとチャベスがいて待ちかまえていた。ブロックの脳内に、スイート・テスが頭のいかれた病んだ野郎に捕まったということ、彼がこの復讐を導いてしまったこと、つまり彼がテスを危険にさらしてしまったのだということ以外、なにかが入る余地があったら、なぜこのふたりが選ばれたのか理解できただろう。ブロックをとめられる男は多くない。ブロックを部屋にとじこめておける男は多くない。だがこのふたりなら可能だ。

「ルーカス、落ち着いて話を聞け」警部があわてて言った。

ブロックはナイチンゲールとチャベスの前でとまった。

「そこをどけ」彼はうなり、ふたりと目を合わせた。

ふたりはぴくりとも動かなかった。もしブロックの心のなかが腐敗した考えで占められていなかったら、彼らの目のなかの理解に気がつけただろう。

だが彼の心のなかは、テスが変態野郎ジョサイア・バーケットの歪んだ手に落ちたということで占められていた。

「ルーカス」警部が言った。「いいから、落ち着いてわたしの話を聞け。聞かないのなら、この部屋から出さない。それは不本意だろう。そんな必要もない。いまはそんなことをしている場合ではないのはおまえもわかっているはずだ。よく考えて、戻ってきて話を聞け」

ブロックは肩越しにふり向いた。「こいつらをどかしてください」

「彼女はかならず見つける」警部は言った。

「いつ？」ブロックはふり返りながら言った。「野郎が彼女をぶちのめしたあとで？野郎が彼女に病んだゲームをプレーしたあとで？　そんなの待ってられるか！」

「気持ちはわかる、だが話を――」

ブロックは警部に背を向けてナイチンゲールの顔に指を突きつけた。「あんたの兄貴の力を借りたい、いますぐに」

「兄はもうとりかかっている、スリム、おれが電話した」ハンクが静かに言った。

「兄のところの連中が総出で捜索にあたっている」

「デルガドもだ」ブロックはチャベスに目を移して言った。「やつも動かせ」

「すでに電話してある」エディー・チャベスは言った。「あいつもチームを動員している」

ブロックはふたりをにらみつけた。苦いものが喉を焼きつくそうとしている。入院していたブリーの姿が目に浮かんで離れなかった。彼女がテスに変わる。あごをワイヤで固定され、歯は欠けて、目は腫れあがって開かず、首にどす黒いあざが。

ファック。

ファ、ファ、ファック！

彼は警部のほうに向き直った。「おれは息子たちを学校に迎えにいかないと。電話を何本かかける必要もある」

「ここでかけろ」

ブロックは首を振った。「行かないと。おれはやつの隠れ場所を知っている。やつが行きそうな場所も」

「その情報はジミー、ハンク、エディーに教えろ。彼らが調べる」

「彼女はおれの女なんだ、警部」ブロックは言った。

「わたしたちでかならず見つける」警部は言った。

喉の苦いものが膨れあがり、息ができなかった。「彼女を安全にしておくのはおれの仕事だ」苦いもののすき間から絞りだした声はくぐもっていた。

「かならず見つける」警部はくり返し、その目に殺気をみなぎらせた。「おまえのような男には気に入らないかもしれない。だがおまえにできるもっとも賢明なことは、坐って、ジミー、ハンク、エディーと情報を共有し、彼らが捜索にとりかかれるようにすることだ。それから息子たちの面倒をだれかに頼め。しっかりしろ、ブロック。よく考えて、わたしたちに彼女を捜させるんだ」

警部が言いおわると、ブロック・〝スリム〟・ルーカスは時間を無駄にしなかった。警部の机の前の椅子のところに行って腰掛け、隣に坐ったジミー・マーカーを見た。それからジョサイア・バーケットについて憶えていること、つまりやつについて知っていることをすべて話した。なぜなら彼はなにひとつ忘れていなかったから。なにひとつ。

エディー・チャベスが情報を広めるために部屋を出ていった。

次にハンク・ナイチンゲールが。

ジミー・マーカーが最後に出ていった。

ブロックは母親に電話をかけて息子たちの迎えを頼んだ。

そのあとは警部のオフィスの窓際に立ち、そとを眺めながらなにも見ていなかった。本能は喉をいっぱいにした苦いもので呼吸が難しく、頭のなかで自分を責めていた。何年も前動けと命じ、手がうずうずした。歯を食いしばった。このオフィスにいて、あのときにやったことをくり返さないでいるのには、ありったけの自制が必要だった。何年も前きしたことは、ワイルドで愚かでいかれていた。そしていまそれが（彼に知るすべはなかったが）テスを危険にさらしている。そして、何年かぶりに、ブロックは祈った。

わたしのワイルドな男。頭のなかで、テスの優しい声が聞こえる。わたしの蛇使い。

ブロック・ルーカスは目をぎゅっとつぶって、心から祈った。

22

「あいつがわたしになにをしたのか、知ってるのか？」

「あなたがブリーを襲ったのね」

「あ、い、つがわ、た、し、に、な、に、を、し、た、の、か、知、っ、て、る、の、か？」

彼が叫びはじめたので、わたしは口を閉じた。

銃をもっていて、わたしを見ている。こんなの間違っている。ものすごく。そして間違っているものはすべて、彼の目のなかにあった。

ブロックなら言うだろう。こいつはいかれている、と。狂気がその目から放たれている。明らかに。その目からまっすぐに。

どうしてブリーはわからなかったんだろう？

もしかしたら彼は、彼女には隠していたのかもしれない。

でもわたしには隠していない。

それが気絶しそうなほどこわかった。

気絶しそうでも注意できないほどではない。ここがどこかに気づかないほどでもない。イングルウッドの、大きな敷地に立つ小さな小屋。地面は融けた雪でぬかるみ、枯れた雑草と大きな木がたくさんあった。わたしを連れてくる場所としては奇妙だった。ここは住宅地でほかの人々もいるし、午後になればもっと人が多くなるだろう。

わたしが叫べばだれかに聞こえる。

でも叫んだのはわたしじゃない。

彼だ。

やっぱりいかれている。

この人がデミアンを殺した。顔に銃弾を撃ちこんで。ほかのふたりも撃った。そのうちひとりは死んで、もうひとりも死んでしまったかもしれない。この人はブロックを恨んでいる。

だからわたしも撃つだろう。

でもまずはわたしをもてあそぶ。わたしにはわかっていた。なぜならそれによってブロックを死ぬまで苦しめたいから。そのあとわたしを生かしておくかもしれないし、生かしておかないかもしれない。

でも長いあいだもてあそぶことはないだろう。それもわかっていた。ひとつには、老人だから。もうそんな元気はないだろう。それに、捕まるのを気にしていない。〈パークメドウズ〉・モールの駐車場で三人を撃ったのだ。それを見たり聞いたりしていた人々がいる。つまりこの人は、ブロックに復讐するために自分のやるべきことをする。時間を無駄にすることはない。

わたしが答えなかったので、彼は声を穏やかにして、命じた。「服を脱げ」

わたしは凍りついた。

やっぱり、時間を無駄にするつもりはないのだ。

またこんなことが起きるなんて。信じられない。こんなの嘘だ。自分がもう一度サバイブできるかどうかわからない。これが済んで、わたしが生かされたとして、ブロックがわたしの背中を守ってくれたとしても、無理かもしれない。わ、た、し、た、ちがサバイブできるかどうかもわからなかった。ブロックの忠誠と愛情を考えれば、自分がこれをわたしに招いてしまったということから立ち直れないだろう。彼は打ちのめされる。だからわたしがもしサバイブできても、彼はサバイブできない。

「さっさと……そのくそ服を……脱げ」くり返した彼を、わたしは見つめた。

彼は銃を数センチ横にずらし、引き金にかけた指に力をこめた。

部屋のなかで銃声が響き、わたしは叫んで飛びあがった。銃弾はわたしの背後の壁に当たった。

神さま、どうか、だれかがいまの銃声を聞いていますように。

「服を脱げ」彼はふたたび命じた。

わたしは首を振った。

「いいえ」わたしが小声で言うと、彼は目をしばたたかせた。

「なんだと？」

そのときわかった。わたしには耐えられない。ブロックにも。

わたしがこれをとめなくては。

それで傷つくなら、しかたない。

でも、もう二度とあんなふうに傷つけられるのはぜったいにいや。もう二度と。それにブロックを傷つけることも許さない。

もう二度と。

わたしたちはもうじゅうぶん苦しんだ。い、い、い、もうたくさんだ。

「あなたは当然の報いを受けた」わたしが静かな声で言うと、彼はわたしをじっと見た。「いいえ、ちがう」わたしはふたたび首を振った。「そうじゃない。あなたは当然の報いを受けていない。もし当然の報いを受けていたら、いまごろ生きていないもの」

彼はわたしに銃を構えてにじり寄ってきたが、わたしは彼の目をまっすぐ見据えたまま、うしろにさがった。

「あなたは彼女を傷つけた。彼女を壊した」言いながら、近づく彼と距離を保つようにうしろにさがる。彼は正気を失った目でわたしを凝視している。「あなたは彼女を殺した。彼女が死んであなたが生きているなんて、この世は間違っている」

わたしは壁につきあたってとまり、彼もとまった。

「服を脱げ」彼はまた言った。

「いいえ。ぜったいに脱がない。あなたにわたしをさわらせない。ぜったいに」

「服を脱げ」

「撃てばいい。どうぞ。あなたのきたない手でさわられるより死んだほうがましよ」

「服を……脱げ」

わたしは首を振り、彼を見つめつづけた。

そして言った。「いいえ」

そして動いた。

からだを折って、彼に飛びかかっていった。同時に二発目の銃声が響いたが、弾がどこに飛んだのかはわからなかった。自分のからだに当たらなかったことだけはわかった。

わたしは頭のてっぺんから彼の腹につっこんだ。

賢明な動きではなかった。ブロックたちに無理やりつきあわされたフットボールのテレビ中継をもっと真面目に観ておけばよかった。肩から彼にぶつかっていくべきだった。頭のてっぺんから突っこんだせいで首が圧迫され、首から背筋に痛みが走った。

でもわたしは押しつづけて、彼をあとじさりさせた。彼の手がわたしの上着をつかむのを感じて、わたしは銃をとろうと手を伸ばした。また銃が発射されたが、わたしが彼の腕を押していたので弾は大きくそれた。彼の背中が壁にあたり、わたしは首と背筋にふたたび痛みを感じた。彼はまた引き金を引いたが、その手首をわたしがつかんでいたので、狙いはそれていた。

わたしは上体を起こして銃を奪いにかかった。

最悪。彼は老人だけど、それでも腕力はわたしと互角だった。もう！　もっとキックボクシングをやっておけばよかった。

もみあっているうちにまた一発発射された。わたしたちが腕をあげていたので銃口は天井を向いていた。わたしは全力で彼を壁に張りつけたまま、銃口をそむけておくのに必死だった。

そのとき気づいた。わたしは大声をあげていない。

すぐに大声で叫び、怒鳴り、金切り声をあげはじめた。自分がなにを叫んでいるかも定かではなかった。言葉でさえなかったかもしれない。ただの騒音だったかもしれないけど、そこにこめられた恐怖は聞き間違えようがない。だれでもわかる。だれかが聞いたら警察に通報するはず。

きっと。

「黙れ」彼が言った。

「ファッキュー‼」わたしは金切り声で叫んだ。

「黙れ！」彼が怒鳴り、わたしは自分が彼の右手だけでなく左手にも注意しておくべきだったとわかった。その左手であごを殴られたからだ。

あごから頭蓋骨に痛みが広がり、わたしの頭とからだは傾いたけど、さいわい彼の銃をもつ手はつかんだままだった。

それからわたしはまた叫びはじめたけど、さっきとおなじ失敗はしなかった。彼はまた殴ってきたが、わたしは背をかがめてよけた。空振りした彼はその勢いで横によろめき、わたしはすかさず前に出て、彼の両腕が横に突きだした不自然な姿勢で壁に押しつけた。

「このあばずれ！　ファッキン・ビッチ！」彼は怒鳴り、からだを起こそうともがいた。

わたしは全体重で彼を押さえつけていたけど、彼を横向きにしておくのは大変で、まだ声を限りに叫びつづけていた。手をおろして銃のほうに伸ばし、彼の手の上からかぶせるように銃を握って、引き金に指をかけた。

「このあばずれ！　ファッキン・ビッチ！」彼はますますはげしくもがいている。

もうすぐ押さえつけていられなくなる。

わたしは引き金を引いた。

パン！

パン！

パン！

何度も何度も彼を壁に押しつけ、彼は押し戻してきたが、ついに挿弾子《クリップ》がからになった。もう銃弾はない。

やった。

わたしは彼を放し、くるっとふり向いて、駆けだした。

でも髪をつかまれて、引き戻された。痛い。頭皮がはがれそうな激痛が走る。首がねじれて、わたしは苦痛の叫びをあげた。

近づいてきた彼が脚でわたしの両脚を払い、わたしは尻もちをついた。

そして彼がのしかかってきた。

わたしはまた悲鳴をあげた。悲鳴をあげながら、手を振り、足を蹴りだし、爪をたてて、はげしく抵抗した。わたしは彼の顔を深々とひっかき、その三本の傷から血がにじんだ。彼は反射的にうしろにさがり、わたしは勢いよく上体を起こした。蹴りを食らわせて彼をあおむけに倒す。

たぶん、ここで立ちあがって逃げるべきだった。

でもわたしはそうしなかった。

倒れた彼にまたがり、力いっぱい殴りつけた。こぶしを丸めて、顔を殴った。

彼は殴られた衝撃で頭を横に向け、痛そうにうめき声をあげた。

彼が頭をもとに戻す前に、わたしはふたたび殴った。

もう一発。

もう一発。

もう一発。

もう一発。

そして両手を彼の首に回し、力をこめた。

「くそ野郎」わたしは小さな声で言って、首を絞めた。彼はわたしの手首をつかんで引きはがそうとした。わたしは全体重を両腕にかけた。わたしのなかにあるすべての力を指にこめて……締めあげた……力いっぱい。「くそったれの、くそったれの、くそ野郎」彼はからだを跳ねあげ、足をばたつかせてわたしをどけようとしたが、わたしは自分の両手に集中して、姿勢を保ち、締めつづけた。「あなたはブリーからすばらしい将来を奪った。わたしからはぜったいに奪わせない」

締めつづけた。

彼が息を詰まらせる。

締めつづけた。

わたしは彼の顔が紫色に変わり、口をぱくぱくさせるのを見ていた。彼のからだは動くのをやめて、痙攣しはじめた。

締めつづけた。

玄関ドアが破られた音も聞こえなかった。男たちのブーツが床板を踏み鳴らす音も聞こえなかった。

ただ、締めつづけた。

気づくと、もう彼にまたがっていなかった。立って、だれか男性のからだに背中を押しつけていた。手首をつかまれて腕をからだに巻きつけられ、耳に唇を押しつけられながら、わたしを襲った男が手を喉にやって、息を吹きかえすのを見た。長身で濃い茶色の髪の、腰にバッジをつけた男性が彼に銃口を向けている。

「もうだいじょうぶだ」わたしの耳元に押しつけられた唇がささやいた。「おれはホーク。グエンの男だ。もうだいじょうぶだよ、テス」

緊張して昂っていたわたしのからだは、しばらくそのままだった。でもやがて彼の腕のなかでぐったりとなった。脚の力が抜けたが、ホークがわたしを支えてくれた。その温かなからだにわたしのからだをしっかりと押しつけて。

「もうだいじょうぶだ、テス」彼がふたたび耳元でささやいた。

わたしは無言でうなずき、わたしを襲った男の腹にブーツで蹴りを食らわせている黒髪の男性を見つめた。彼はしゃがんで、片ひざで男の背中を押さえつけ、ジーンズのベルトのホルダーから手錠を引きだし、男の背中に両手をまとめて、手錠をかけた。

わたしは震えはじめた。

ホーク（グエンの男）の腕に力がこもる。

濃茶色の髪の男性は厳しい口調で床の男に言った。「ぴくりとも動くな」そして立ちあがり、うしろポケットから電話をとりだしてどこかにかけ、耳にあてた。それから、温かい、でも真剣で鋭い濃茶色の目でわたしを見た。あたまのてっぺんからつま先まで、全身をさっと見る。そしてホークを見て、またわたしを見た。それから電話に言った。「ああ、ローソンだ。彼女を保護した。彼女は無事だ。スリムにそう伝えてくれ」

彼女を保護した。彼女は無事だ。スリムにそう伝えてくれ。

それを聞いて、わたしは泣きだした。

エピローグ

アラームが鳴りだした。

音楽だ。ティム・マグロウ。眠そうなテスがつぶやくのが聞こえた。「いったい？」

ブロックは目をあける前ににやりとしていた。

テスは彼から離れていこうとしたが、彼女が音楽をとめるボタンを押す前に、ブロックがそのウエストに腕を回して引き戻した。

彼女はブロックの腕のなかで向きを変え、緑色の目で彼を見上げた。金髪が交じった淡い茶色の髪は寝乱れて、一部が顔にかかっている。

「あれはだれ？」目にかかった柔らかなほつれ毛を手で払いながら、彼女が訊いた。

「ティム・マグロウだ」質問の意味を理解して答えたが、彼女がティム・マグロウなんてまったく知らないことはわかっていた。一年以上かけて彼女に自分の好みの音楽を紹介してきたが、彼女は一年以上かけてその努力を無視してきた。

音楽の音量があがる。

テスは目を細くしたが、それは彼女が眼鏡をかけていないからではなかった。

「どうしてそれがわたしのプレーヤーに入っているの？」

「おれが入れた」

「あなたが――」彼女は言いかけたが、ブロックは転がって彼女の柔らかくスイートなからだの上になって、頭をさげて顔を近づけた。

「ベイビー」彼はささやいた。「きょうはおれの誕生日だ。フィオナ・アップルで目覚めるわけにはいかない」

「フィオナはスケジュールされたミックスに入ってないわ」彼女は言った。

「トリ・エイモスも」

「彼女も入ってない」

「サラ・マクラクランも」

「彼女も」

「ポーラ・コールも」

テスは口を閉じた。

ほら、やっぱり。ポーラ・ファッキン・コールはおれの誕生日のミックスに入れるわけにはいかない。

自分のからだが震えるのを感じた。ティム・マグロウの声がますます大きくなる。

彼は笑いをこらえて、顔を近づけ、もう一度彼女に言った。「きょうはおれの誕生日だ」

「音楽をとめないと」

「ああ、おれの誕生日を正しくはじめたら、とめてもいい」

「音が大きくなってる」

彼女の言うとおりだった。音は大きくなっている。

「テス」彼はうなり、彼女のからだにからだを押しつけた。彼女が唇を噛み、そのときドアがあいた。

ブロックがさっとうしろをふり向くと、ジョエルとレックスが入ってきた。一年前、きょうから二日後のレックスの誕生日に、彼と自分とジョエルの三人で、ケーキをもってレックスの部屋に入っていったのとおなじだ。そしてその四日後には、彼とテスとレックスが、ジョエルにもまったくおなじことをした。

ジョエルが美しくデコレーションされた誕生日ケーキ——間違いなく彼の好物のキャロットケーキだろう——を運んできた。ケーキには細長い青いキャンドルがたくさん突きさっていて、すべて火が点っている。

ふたりはティム・マグロウの声をかき消すような大声で『ハッピー・バースデー・トゥ・ユー』を歌い、ばかみたいににこにこしている。

テスを見下ろすと、彼女もにこと彼を見上げていたが、ばかみたいではなかった。その目は温かく、その顔は優しげで、そのほほえみはスイートだ。

いつものテス。

彼もほほえみ、頭をさげて唇を重ね、それから妻の上からおりて、ベッドに上腕をついた。テスがアラームのほうに転がってティム・マグロウをとめたのとほぼ同時に、ジョエルとレックスがベッドの横にやってきて、「ハッピーバースデー、パーパ!!」とそこだけゆっくりと歌い、テスもベッドに腰掛けて最後の一節をいっしょに歌った。

ジョエルがケーキを差しだし、言った。「さあ、願いごとをしながらキャンドルを吹き消して」

ブロック・〝スリム〟・ルーカスは長男を見て、それから次男を見て、そして妻を見た。

彼女の輝く目を見た瞬間に、願いごとなんてないとわかった。ひとつも。なにも欲しいものはない。

欲しいものはすべてここにある。

ひとつをのぞいて。

だから彼はテスのほうに身を寄せ、無言で願いごとをして、キャンドルを吹き消した。

彼女は歓声をあげて、手を叩いた。

レックスが言った。「超クール！　去年とおなじだ！　一週間に三日も朝食がケーキなんて！」

ジョエルは去年一年間ですごく背が伸びて、いまではテスよりも背が高く、一週間もしないうちに十四歳の誕生日を控え、子供と大人の中間という感じだった。彼は裸足をめぐらせて、ドアのほうへと向かった。「ぼくがお皿をもってくる」

レックスも兄ほどではないが背が伸び、テスの背を追い越した。もうすぐ十二歳で、まだ男の子だが、それも長いことではないだろう。兄を追いかけていった。「ぼくがミルクをもってくる」

テスは掛布団をめくって、言った。「わたしはコーヒーを淹れるわ」

ブロックはテスの足が床についてから、ふたたび彼女のウエストに腕を回した。引き戻してベッドに寝かせて上になった。

彼女がなにか言う前に、彼は誕生日のキスをした。長く、激しく、濃厚に。

頭をあげたとき、彼女の目は少しぼうっとしていたが幸せそうで、きらめいていて、彼の願いがかなった。

★

ブロックがその前に立つ前に、ドアが開いた。彼は年配の男性にあごをくいとあげた。男性はあごを引いて、横にずれた。

ブロックはなかに入った。

男性はドアをしめ、彼のほうに向き直った。

「コーヒーはいかがかね？」彼はいつものように、尋ねた。

ブロックはいつものように首を振り、コートのなかに手を入れ、内ポケットから封筒をとりだして、男性に手渡した。

ドナルド・ヘラーはそれを受けとった。よろこびを隠そうともせず、すぐに封筒の折り返しをめくって、写真をとりだした。

彼はいままで一度も、よろこびを隠そうとしたことはなかった。

彼は背をかがめて、クリスマスに撮影したテスとジョエル、レックス、ブロックの家族たちとのスナップ写真をじっと見つめた。テスが新しいベーカリーの奥でケーキのデコレーションをしているところ。テスが自宅のキッチンで、電話を耳につけ、エルヴァイラが言ったなにかに吹きだしているところ。テスがしゃがみこんで、エリーのウエストに腕を回し、エリーが彼女の耳元でささやくことを聞きとろうと頭をさげているところ。テスのからだは、エリーのピンク色のフラワーガール用ドレスでほとんど隠れている。

ドナルドは最後の写真を手にとり、長いあいだ見つめていた。

テスがそのふっくらしたからだをつつむような古典的デザインの、ひざ丈の象牙色のドレスを着て、ブロックの隣に立っている写真だった。彼女の髪はひねって頭のうしろでしゃれた形にまとめられていた。足元はハイヒールのセクシーな靴をはいて、片手で鮮やかなオレンジとピンクの薔薇でつくったブーケをもち、片手を彼の背中に回している。レックスが彼女のうしろの左側、エリーは彼女の前の左側にいた。ジョエルはブロックのうしろの右側、リーヴァイがブロックの隣にいて、彼の前にディランとグレイディが立っている。マーサはレックスとテスの隣にいた。そんな前列を囲むように、家族と友人たちが押し合うようにうしろに並んでいる。

この写真のいちばんいいところは——ブロックの考えでは——テスの左手の薬指に

はめられたダイアモンドの指輪だった。彼女はその手で、象牙色のリボンが巻かれたブーケの長い柄を握っている。でかいダイアモンドが幅広のきらめく金色の指輪に載っている。このほんの数分前にブロックが彼女の指にはめた。あの日テスが彼の指に滑らせ、いまも彼がつけているより幅広の金色の結婚指輪とお揃いだ。

そしてもちろん、次にいいところは、あのセクシーなハイヒールだった。この写真が撮れておよそ五時間後、彼はこの靴を招待状として受けとった。

そして最後に、彼女の笑顔が心からうれしそうで、そのきれいな白い歯を見せ、その目をきらきらさせていることだ。

ドナルド・ヘラーは、その写真を長いあいだ見ていた。

そして、頭をさげて写真を見つめながら、ささやいた。「幸せそうだ」

「幸せだよ」ブロックは言い、ヘラーは頭をあげた。

ブロックはしょっちゅうここに来るわけではないが、定期的に訪れていた。なぜそうするかというと、目の前にいる男がテスを愛してるから。そして目の前の男の息子はくそったれだったが、その息子がこの世で最後にしたのが、ブロックのテスを守ろうとしたことだったからだ。

デミアン・ヘラーはブロック・ルーカスの身辺を調べつくして、ジョサイア・バーケットのことを知った。そしてデミアン・ヘラーにはバーケットを常時監視する手段があった。彼はバーケットが復讐を計画しているのに気づいていた。やつはそのことをブロックか、そうでなければ警察に教えるべきだった。だがもし教えたら、彼はテスを助ける〝白馬の騎士〟にはなれない。

それでも、ヘラーはテスを守ろうとして死んだ。くそ野郎だし、その方法は愚かで、テスを守ろうとして危害をもたらしていたかもしれないが、ブロックはヘラーが死んだのは無駄だったとは思わなかった。

ブロックはテスに、いま自分の目の前にいる男と、彼がテスにはかかえていてほしくないが避けがたい幽霊たちを彼女の人生にふたたび迎え入れろとは言えない。彼は苦労してテスの人生から悪霊をなくしてきた。一年近くその努力をしてきて、なんとかうまくいっている。今後もそれが続くように、なんでもするつもりだった。

でも彼は、ドナルド・ヘラーにたいして、これらの写真の中身を説明するくらいの恩がある。

「ヴェガスかね？」

「そうだ」ブロックは答えた。

「いつ？」

「先月だ」

彼はまた目を落として写真を見つめ、そして目をあげてブロックを見た。

「彼女のお母さんとお姉さんも来たのか」

「みんな来た」ブロックは答えた。

みんな来てくれた。二日間のワイルドなお祭り騒ぎだった。昼間は家族で愉しみ、夜はケイリーとケリーとジョエルとレックスが小さい子供たちの面倒を見て、大人は二晩、飲めや歌えの大騒ぎだった。そして結婚式の日となり、披露宴ではみんなおおいに飲み、食い、踊り、気持ちが悪くなるほど笑いまくって、あくる朝、みんな帰っていった。ブロックの母親がジョエルとレックスを連れ帰って面倒を見てくれて、ブロックとテスはヴェガスに四日間延泊して、ふたりだけで愉しんだ。最初の二日間は、ホテルの部屋から一歩も出なかった。

完全にワイルド。完全にお祭り騒ぎだった。

完璧だった。

ドナルド・ヘラーはまた写真に目を落とし、またブロックを見た。

「きみの息子たちはハンサムだな」

ブロックは、自分が知っていることを言われて礼を言うことはなかった。

代わりに、言った。「ふたりとも彼女を愛している」

「テスを愛さないでいるのは難しい」

それは正真正銘、ほんとうだった。

そしてヘラーは、恒例の最後の質問をした。「もらってもいいのかな？」

そしてブロックは、恒例の答えを返した。

「ああ」

彼はうなずいた。

ブロックもうなずいた。

ブロックはあけてもらったドアをくぐり、「じゃあ、また」とつぶやいたドナルド・ヘラーのほうをふり向いた。

彼はあごをくいとあげて、自分のトラックに歩いていった。

★

ブロックは濡れた草地にひざまずいた。今年は比較的暖冬だった。雪は二回ほど降ったが、長く残ることはなく、積もったとしてもすぐに溶けて消えた。

テスはよろこんだ。

息子たちはがっかりした。

ブロックはどうでもよかった。

彼はコートの内ポケットに手を入れて、ドナルド・ヘラーがずっと見つめていたのとおなじ写真をとりだした。この写真を引き延ばして額に入れたものが、彼らの家の棚のいちばんいい場所に飾られている。

彼は手を伸ばして、写真を墓石の土台に置いた。

「あんたもここにいるべきだったよ、父さん」彼は光沢のある大理石に向かってささやいた。

大理石はなにも返事しなかった。

★

「まずい」ミッチ・ローソンの声にブロックは頭をあげ、向かいの席に坐っているパートナーを見遣った。

二年前、おまえはミッチ・ローソンとパートナーになるだろうと言われたら、ブロックは吹きだすか、うなるか、どちらかをしていただろう。

ローソンは以前、ホーク・デルガドと、いまや彼の妻であるグエンをめぐる状況にかかわった。当時のローソンはグエンに好意をもっていた。いまは別の女性に好意をもっている。こっちの彼女のほうがずっと彼には合っているが、口説き落とすのに苦労している。だが考えてみれば、手に入れる価値のあるものは、苦労する価値のあるものでもある。じつはローソンも、ブロックがホークとグエンとかかわりをもった一件でしたことについてはよく思っていなかったらしい。

だが、警察官ならだれでもそうだが、彼はブロックの女が、彼に復讐をもくろむ病んだ危険な男に捕まったと聞いて、なにもかも放りだして、彼女の捜索に加わった。

頭が切れる（パートナーにはそういう資質をもっていてほしい）ローソンは、デルガドに連絡をとった。デンヴァー市警よりも金も手段もあるが、あまり統制はきつくない組織をもっている男だ。そしてふたりで捜索した。ブロックが明らかにした情報によって、ふたりは彼女がつかまっている場所を見つけだした。

バーケットはばかではなかった。やつがテスを連れこんだのは、以前ブリーを襲ったあとに隠れていてブロックに見つけられた隠れ場所ではなかった。家族の所有だが、なんらかの理由でつかわれていなかった家だった。ブリーの大叔母の家、バーケットの母親の家で、彼はその家で育った。

運がよかったのか、それとも本能に導かれたのか、それはどちらでもかまわないが、デルガドとローソンはブロックが明らかにした情報を得ると、最初にその家に向かった。つまりふたりは短時間でテスを見つけた。つまり彼女がいかれた野郎にとらわれていた時間は、一時間足らずだった。

彼女が保護されてから、ローソンはブロックに、テスはふたりが到着する前に自分で男に立ち向かっていたと教えた。バーケットは老人だったが、ブロックは驚いた。それ以上に、心配になった。なぜならバーケットは銃をもっていて、それをつかうのに躊躇しなかったし、テスの目の前でつかってみせたからだ。それでも、テスはやつに立ち向かい、あごを殴られたこと（数日間痛みが続き、腫れあがって小さなあざにもなった）以外は、奇跡的に無事だった。

言い換えれば、あの日、ブロック・ルーカスは祈りの力を知った。いまだにしょっちゅう祈っているわけではないが、だからといって、以前のように神が彼の祈りをめったに耳にしないというわけではない。

だが近ごろの幸福な日々では、彼のメッセージは前とはかなりちがっている。

そしてテスは、デルガドとローソンが優しかったと言った。ふたりが到着してすぐに安全だと感じられた、とテスは言った。そしてもっと大きかったのは、ふたりは到着してすぐにブロックに彼女は無事だと伝えてくれたことだ。

テスにとっては、それがなによりもありがたかった。十五分後、ブロックがテスのもとに駆けつけると、彼女は自分自身のことよりも彼の精神状態を心配していた。ブロックが到着したとき、彼女はデルガドの腕のなかで泣きじゃくっていた。デルガドはすぐにテスをブロックに渡し、彼女は数分もしないうちに落ち着いて、彼をじっと見つめた。

彼女は三人の男が撃たれるのを目撃し、そのうちふたりは即死だったが、そのことで苦しむことはなかった。まったく。その晩彼女はブロックの腕に抱かれてすやすやと眠った。一度も目覚めることはなかった。なぜわかるかというと、彼は一睡もしなかったからだ。そして彼らは計画どおりにアルーバ島へと旅立ち、彼女は休暇を満喫した。ブロックの息子たちも。

ブロックは数日間彼女の様子を注意深く見守り、彼女がなにも心に埋めてなくて、ほんとうにだいじょうぶ、事件を忘れて前に進んでいるのだと確信できてから、ようやく彼も休暇を愉しんだ。

それは彼女が安全だと感じているからだと、ブロックは気づいた。ひどい事件が起きたが、彼女はサバイブし、安全だと感じた。そう感じさせたのはブロックではなかったが、彼とかかわりのある男たちが彼女にそう感じさせてくれた。彼女自身も立ち向かったということも大きかった。テスにとって、あの事件はささいなことだった。

あくる朝、彼女は毎朝しているように、子供たちの朝食をつくり、コーヒーを飲んで、彼に生意気な口をきき、子供たちを笑わせた。

だがデルガドとローソンは彼女に強い印象を残した。ふたりは彼女を安全だと感じさせて、彼女を優しく扱った。

だからブロックもふたりには借りができた。

それに彼はローソンのパートナーになるのに異存はなかった。ローソンはブロックよりも若いが、頭がよく勤勉ないい警官で、いまではいい友人でもあり、それはパートナーだからという理由ではなかった。

いまそのローソンが、まるで世界がいますぐ終わると知ったような絶望を顔に浮かべ、ブロックの頭越しになにかを見ている。

ブロックは肩越しにふり向いて、ローソンが見ているものがなにかを知った。

くそ最高だ。

しかも彼の誕生日に。

オリヴィア。

「こんにちは、スリム」彼女はブロックの机の横にやってきて言った。その目はローソンに移り、そしてブロックに戻った。

「オリヴィア、勘弁しろよ、きょうはおれの誕生日なんだぞ」

「そうね、それは一部の人間にとってはべつに特別な日ではないのよ。一部の人間にとっては、いつもと変わらない一日なの」

ブロックはなにも言わなかった。椅子に深く坐って彼女を見上げ、なんでもいいから終わるのを待った。

この一年間で、オリヴィアはさっさと新しい男を捕まえた。したがって、彼女はサッカリンのように甘ったるい態度をとるのはやめて、本来の姿に戻った。すなわち、完全なビッチに。

だが、いいニュースは、別の男を鉤爪でがっちりとつかまえたので、ブロックを困らせることはなくなった。

彼がなにも言わないでいると、オリヴィアは発表した。「ジョーダンがメイン州のポートランドに転勤するのよ」

マジか。

ブロックは心が軽くなるのを感じた。

「で？」

「わたしにいっしょに来てほしいって」

マジか！

彼は心がますます軽くなるのを感じた。

「で？」

「ついていくことにした」

ブロックはなにも言わなかったが、それはなぜかというと、笑顔にならないために多大なエネルギーを費やしていたからだった。

オリヴィアは反応を待っている。

ブロックはやはりなにも言わなかった。

彼女はため息をついて、言った。「子供たちは、夏休みの二週間をわたしのところで、クリスマスは隔年でこちらに来させるようにしてちょうだい」

ブロックはまた笑顔になりそうになって、なんとかこらえた。

隔年でクリスマスに子供たちがいなくなるのは最低だ。だがそれ以外のほぼ全部の時間を確保し、オリヴィアが千五百キロ離れたところに移住するのは、最高だ。

「おまえの弁護士からおれの弁護士に連絡するように言ってくれ」

「いいえ、あなたの弁護士がわたしの弁護士に連絡して」

なんでもいい。

「わかった」彼が言うと、オリヴィアは目をぱちくりさせた。

そして言った。「あの子たちに言っておいてくれる?」

嘘だろ、なに言ってるんだ、このビッチは。

「だめだ」ブロックは答えた。

「スリム——」彼女は言いかけた。

ブロックは背筋を伸ばしたが立ちあがらなかった。ただ彼女の目をじっと見つめて、言った。「オリヴィア、ほんとにやめてくれ。なにを言われても、おまえの尻ぬぐいをする気はない。あいつらはおまえの子供でもある。あの子たちから遠く離れた場所に引っ越すんだろう。おまえの決断なんだから、結果もおまえが受けとめるべきだ。おれの言うことをちゃんと聞くんだ。ほんとうに、一生に一度でいいから、おれの言うことを聞けよ。おれはおまえの尻ぬぐいは二度としない。おまえの問題にも、おまえにも、二度とかかわることはない。おまえはおれの息子たちの母親だが、それだけだ。もう頼みは聞かない。子供のことでなにかする必要がある場合をのぞいて、おまえはおれの人生に存在しない。ほんとに頼むから、おれたちのみじめな歴史にひとつだけでもいい思い出を残して、いま言ったことをその頭で理解してくれ」

オリヴィアはローソンに目を移して、言った。「ほんとに優しいでしょ」ローソンは吹きだしそうになって必死にこらえていた。なぜならローソンは、オリヴィアが新しい男を捕まえてブロックにつきまとわなくなる前から、オリヴィアのことを知っていたからだ。頭が切れるローソンは、オリヴィアのことをあまりよく——つまり、まったくよく——思っていなかった。ミッチ・ローソンはいいやつだが、オリヴィアにたいしてあまり優しくしないほうがいい——つまりまったく優しくしないほうがいい——とパートナーに(何度も)アドバイスしないほどいいやつではなかった。

ブロックはため息をついた。

オリヴィアは彼を見た。「いいわよ」彼女は言った。「自分で言うわ」まるでそれが、ブロックへの親切であるかのような言い方だった。

ブロックはなにも言わなかった。

彼女は胸の前で腕組みをして彼を見つめた。

ブロックは無言だった。

彼女は足をとんとんと床に打ちつけた。

ようやくブロックは言った。「終わりか?」

「なにか言うことはないの？」彼女は片手を前に出して言った。

「たとえば？」

「知らないわよ」彼女は言った。「なんでも。わたしはメイン州に引っ越すって言ってるのよ」

「だから？」

「だから？」彼女は訊き返した。

ブロックはふたたびため息をついた。

「スリム、わたしたちは結婚していたし、十年以上前から知っているのよ。そのわたしが引っ越すって言ってるのに、なにも言うことはないの？」

「よい旅を」ブロックはもごもご言った。

ローソンはまた吹きだすのを抑えようとして失敗し、あわてて席を立つと、廊下に出ていった。

オリヴィアの顔が真っ赤になった。

「ほんとに感じがいいわね」彼女は上擦った声でそう言うと、しばらく彼をにらみつけて、踵を返し、出ていった。

ブロックは見ていなかった。

机に向かうと、すぐに電話をつかみ、画面を見ることなく電話をかけた。

二回目の呼び出し音で彼女が出た。

「スイートネス」彼はテスの挨拶が済むとすぐに言った。「たったいま、おれがどんなサプライズの誕生日プレゼントをもらったか、言ってもきっと信じないよ」

★

「ブロック?」裏口からキッチンに入ったブロックの耳元で、テスの声が聞こえた。

やっとレックスの部屋が完成してから、ブロックは裏庭にあった一台用のガレージをなんとかした。そのガレージは古くて、リモコンでガレージの扉をあける装置もついていなかったから、テスはそれをつかわず、通りに車をとめていた。ブロックが〝なんとかした〟というのは、古いガレージを取り壊して、そこに二台用のガレージを建てたということだった。

まずひとつには、車のフロントガラスについた霜をとるのが面倒だったから。

そしてもうひとつの理由は、テスにやらせるのがいやで、彼女の車の霜もとってやっていたが、そもそも自分の車の霜をとるのが面倒だったのに彼女の車も増えてますます面倒だと思ったからだ。

そして最後に、テスがガレージに車を入れるほうが通りにとめるよりはるかに安全だからだ。ガレージ奥の扉をあければフェンスで囲まれた裏庭だ。そのドアを出ると、モーションセンサー・ライトが、ガレージと家の両方で点灯するようになっている。それもブロックが設置した。

新しいガレージは裏庭のほとんどを占めている。

テスはなにも言わなかった。どういうわけか、彼女はブロックにとってそれが大事なことだと察知すると、けっして口出しをしない。いままでずっとそうだ。

ブロックは彼女のそういうところが好きだった。それに彼（と彼の息子たち）が牛乳のジャグから直接飲むとかそういうくだらないことでうるさく言わないところも好きだった。もし彼女にとって大事なことなら、彼女は彼（または息子たち）と、静かに話し合いをする。静かな話し合いをするまでもなく、彼女がなんとかできる場合は、彼女はそうする。たとえば、ひとりにひとつずつ牛乳を買ってくるとか。彼女は買ってきた四つの牛乳のジャグにマジックマーカーでそれぞれの名前を書いて、それから冷蔵庫に入れる。

そうすることで、彼女は彼（と息子たち）に、いつでも優しくできる。

そして彼女はいつも優しい。

それが人生を美しいものにする。

彼にとって。

息子たちにとっても。

「ベイブ、おれはもう家のなかだ。電話する必要ないだろう」ブロックは電話に言いながらほほえんだ。彼女も家のなかのどこかにいる。これから彼女と息子たちを連れて、彼の家族といっしょに〈スパゲッティ・ファクトリー〉で外食の予定だった。

「あのね……その、わたしうちにいないのよ。病院にいるの」

ブロックはいきなり立ちどまり、カウンターの端に置かれている贅沢すぎるケーキ台に目を遣った。そのなかには、その日の朝、彼と息子たちがほとんど食べつくした誕生日ケーキの残りが入っている。

テスはあわてて続けた。「わたしはなんでもない。子供たちもなんでもない。レノーラなの。彼女は……」彼女はいったん言葉を切った。「なんでもなくないの。三時間前にお産が始まって。リーヴァイが彼女を病院に連れてきたんだけど、母子ともに危険な状態だからって、分娩室から出されてしまって」

ファック。

ファック、ファック、ファック！

ブロックは頭のなかで計算して、おそろしい結果になった。レノーラは三週間前にブロックの義妹となった。妊娠したからではなく、リーヴァイが彼女を愛しているからだ。だからおめでたは、もうひとつのいいニュースだった。でもレノーラはまだ妊娠七カ月だ。

「どこの病院だ?」

「セント・ジョーズよ」テスが答えた。

「すぐに行く」ブロックは言って、裏口へと向かった。「子供たちもいっしょか?」

「いいえ、デイドに電話した。彼が学校に迎えにいって、あの子たちは彼の家でグレイディ、ディラン、エリーの面倒を見ている」

人が聞いたら変だと思うだろうが、デイド・マクマナスはごく自然に子供たちの生活に戻ってきた。それはテスが実現させたことだ。それはいいことだった。マクマナスはいい人間だったから。彼はブロックの息子たちを愛していて、テスを敬愛している。ブロックも彼に好意をもち、尊敬するようになった。そして逆にマクマナスもブロックを。それがうまくいっていた。いったいどうしてそんなことが可能なのかはわからない。だがうまくいっておりそれがうれしかった。ブロックの考えでは、彼の息子たちを愛していて、彼の妻を敬愛している人間はだれでも歓迎だった。だからマクマナスも歓迎した。そしていま、そうしてよかったとあらためて思った。

「そうか」ブロックは裏口をくぐり、ドアに鍵をかけた。

「ベイビー」耳元でテスがささやいた。

「なんだ?」

「急いで」

ファック。

★

ブロックがセント・ジョーズ病院の待合室に着くと、リーヴァイはひざにひじをついて、身をふたつに折り、頭のうしろで手を組みあわせていた。

ブロックは弟のそばに行く途中で、妻、姉と妹、母親、そして義理の兄弟の顔をざっと眺めた。

だれも誕生日おめでとうという顔はしていなかった。

ブロックは弟の前にしゃがみこんだ。

「リーヴァイ」彼は言った。リーヴァイは両手をほどき、頭をあげた。

「スリム」リーヴァイが小声で言った。「ファック、スリム」

ブロックは手を伸ばして、弟の後頭部を手でつつむようにした。

「しっかりしろ」

「あいつにひどいことをした。あいつとは三年間くらいついたり離れたりだった、あのときまで――」

「考えるな」

「ちゃんとしなかった。将来の約束もしてやらなかった。あの年に感謝祭にやってきたのは、ローテーションであいつの番だったからだ。イースターには別の女、建国記念日にはまた別の女といっしょだったから、次はあいつの番だった」彼はそこで言葉を切り、自分を責めるように絞りだした。「次の……番……」

ブロックは弟のうなじに置いた手に力をこめた。「リーヴァイ、いまそんなことを考えるな」

リーヴァイは兄の目をじっと見た。

そしてささやいた。「すぐ目の前にいたのに。すぐ近くにいたのに。あいつのことを見ていなかった。感じてもいなかった。おれになにを与えてくれているのか。テスがそれを指摘して、おれの目を開かせてくれるまでは」

「リーヴァイ、しっかりしろ」

ふたたび、リーヴァイは兄の目を見つめた。

ブロックも弟の目を受けとめ、手はうなじに置いたままだった。

そして言った。「あいつはなかに、おれはここにいる。なにもしてやれない」リーヴァイは息をのみ、尋ねた。「テスがさらわれたとき、兄貴もこんな気持ちだったのか？」

ブロックはリーヴァイに事件のことを話し、自分がキレて愚かなことをしないように、閉じこめられなければならなかった話をした。リーヴァイもこればかりは、兄の話をちゃんと憶えていたらしい。ジョサイア・バーケットの恨みをかったせいで彼が払うことになった代償のことを知っているのは、リーヴァイのほかではブロックの同僚たちだけだった。

「そうだな……そうだった」ブロックは答えた。

「兄さん」リーヴァイは小さな声で言った。その言葉には百倍の重みがあった。

ブロックはなにも言わなかった。

リーヴァイは息をのんだ。

そして背筋を伸ばした。ブロックは彼のうなじから手を放し、自分も立ちあがった。

そしてテスを見た。彼女の目は明るく輝き、端に涙が浮かんでいた。唇を吸いこんで、放し、震えながらほほえみを浮かべた。

ブロックは妻にあごをくいとあげて、リーヴァイの隣に坐った。

三十分後、白衣をはおった女性が待合室に入ってきた。

「リーヴァイ・ルーカスさんはいらっしゃいますか？」彼女が呼んだときには、リーヴァイはすでに立ちあがって、狭い部屋を横切って彼女のところに向かっていた。ブロックがそのうしろに続き、そのほかの家族も集まった。

「妻は？」

「奥さんは元気です。赤ちゃんも。しばらくは安静にする必要があることについてあとでお話ししますが、いま現在は、どちらも無事で元気です」

「よかった」ファーンがささやき、ジルは震える息を吐いて、ローラは喉が詰まったような音をたてた。

「会えますか？」リーヴァイが訊いた。

「お連れします」

リーヴァイは家族をふり返ることもなく、部屋を出ていった。

ブロックは弟を見送り、脇の下にテスが入りこんできたのを感じた。

彼は妻の肩に腕を回し、その目を見下ろした。

テスは一瞬ブロックと目を合わせてから、彼の胸に顔をうずめ、両腕で彼を抱きしめ、寄りかかってきた。

ブロックは彼女を抱きしめた。

そして息を吸いこんだ。

一時間半後、ブロックはトラックを運転し、テスは自分の車を運転して、ふたりは息子たちを迎えにデイドのところへ向かっていた。ブロックは車のなかから、誕生日のディナーに〈フェイマス〉ピザを一枚オーダーした。

★

彼の顔を指先でなぞりながら、テスはくすくす笑いはじめた。

これはめずらしかった。ブロックがいって、まだ彼女のなかで動いているときに、テスが彼の顔を指先でなぞることではない。テスはよくそうしたし、ブロックはさせておいた。なぜなら、テスが彼の顔の造作を眺めているとき、その目の奥に浮かぶ表情を見るのが好きだったからだ。ものすごく。

だがその最中にくすくす笑う、それはめずらしかった。

「なにがおかしいんだ?」ブロックは、ますますはげしく笑う彼女の笑いの合間に尋ねた。

「マ……マ……マーサが」テスはつっかえて、顔をあげて彼の首に押しつけ、両手を彼の肩にかけたので、いまやブロックは彼女の四肢で笑いの震えを感じた。

「マーサが？」

テスは息をのんで、頭を枕におろし、彼の目を見てうなずいた。

マーサにはおかしいことがいっぱいある。あの女はほんと傑作だ。彼女はあいかわらずドラマクイーンで、年齢を考えたらたぶん一生そうなんだろう。だがマーサはテスを愛しているし、ブロックが悪影響のないかぎりテスの人生に彼女のドラマを受けいれたということを評価している。そしてマーサは、悪影響を及ぼさないように気をつけている。それに彼女はブロックの息子たちをものすごくかわいがっていて、それを隠そうともしない。子供たちもマーサをすごくおもしろいおばさんだと思っている。だから、彼女のドラマがおかしくて迷惑にならないかぎり、ブロックは彼女に好意をいだいているし、彼女のほうもブロックに好意をいだいているのを認めている。そしてブロックはそれがうれしかった。

妻のとつぜんの笑いの発作はたぶん、五カ月前にカルホーンがテスのベーカリーにやってきたことと関係があるのだろう。そのときテスはすぐに縁結びモードになって、彼にマーサを紹介した。カルホーンはそれにひっかかり、いまだにひっかかったままだ。マーサはカルホーンに、ドラマティックな性格をつつみ隠さず見せて、ブロックにとっては意外なことに、カルホーンはそれをおおいに愉しんでいる。なんでもいい。蓼食う虫も、だ。

とにかく、麻薬取締局のカルホーン捜査官とマーサ・ショクリーのラブラブな関係は、テスがブロックに話をするとき、くすくす笑う理由をごまんと提供している。そしてブロックはそれもうれしかった。

テスが彼に巻きつけていた脚をほどき、ベッドに足をついて、少し腰をもちあげるようにして、自分の望みを伝えた。

ブロックはその望みをかなえた。そっと引き抜き、彼女の唇が開いて、その目が柔らかくなるのを見守った。快感と、彼を失った失望が同時にあらわれているそのとびきりセクシーな表情は、テスとのセックスの二番目（あるいは三番目、四番目、五番目）にいいことだった。そしてブロックは、妻の望みである、ふたりのからだを転がして彼があおむけになり、彼女が上という姿勢になった。

テスは上腕を彼の胸の上について、反対の手をあごの下にやって首をつつみ、ふいに真面目な表情になった。

「どうした？」ブロックは訊いた。テスは視線を彼の喉元に置いた自分の手から彼の目に移し、少し首をかしげて、彼にもっと体重をかけ、柔らかいからだを押しつけてきた。

「あなたが戻ってきたとき」彼女は穏やかな声で話しはじめた。「あなたと捜査のことが明らかになって、デミアンが……」彼女の声が小さくなり、また話しはじめた。「そのあとであなたが戻ってきたとき、わたしはシャワーに入って、マーサになにもかも打ち明けた。知ってるでしょ、そのころ彼女はあなたの大ファンじゃなかったってことは」

彼は妻の腰に置いていた両手を滑らせ、お尻をつつんだ。

「知ってるよ」

彼女の唇の両端があがり、笑顔になった。「それで、マーサはわたしが砂に頭をつっこんでいるって言ったの。ほとんどの女はあなたをひと目見て、遊ぶのにはいいけど、長期的な関係には向かないとわかるって。でもわたしは、あなたをひと目見て、白いフェンスと、死ぬまで毎年あなたの誕生日ケーキを焼くことを考えているって」

テスは息をのみ、その顔からはほほえみが消えた。そして目を輝かせた。

ブロックは息をとめて、彼女のお尻をぎゅっとつかみ、待った。

「マーサは間違っていた」テスはささやいた。「わたしが正しかった」そして大きく息を吸って、顔をさげて、彼の首をつつんでいる手に力をこめ、言った。「うちには白いフェンスはないけど、わたしは死ぬまで毎年あなたの誕生日ケーキを焼くから」

ブロックはとめていた息を吐きだし、肺が焼けるような感覚がはらわたに浸みこむのを感じた。

彼は両手を妻の背中に滑らせ、片腕を巻きつけ、反対の手は彼女の背筋、そして首へとあげていって、髪のなかに差しいれ、ささやいた。「スイートネス」

「あなたの誕生日ケーキを焼くのがわたしでよかった」

テスがよろこんでいるのはうれしかったが、彼女が自分のケーキを焼いてくれて、自分のほうがずっとよろこんでいるということに気づいた。それは彼女のケーキが、いままで食べたなかでいちばんうまいからではなかった。

ブロックは目をつぶって、顔を彼女の首に押しつけ、彼女をあおむけに転がし、言った。「テス」

「わたしのブロック」彼女はささやいた。唇を彼の耳につけ、両手両脚で彼を抱きしめる。「それほどワイルドじゃなかった」

ブロックは頭をもたげて、顔を近づけ、彼女と目を合わせた。

「そうじゃないよ、テス。おれのなかにはワイルドなものがある。だが二度とそれを暴れさせたりしない。おれのワイルドなものはきみにとって安全な場所にあり、これからもずっとそうだというだけだ」

テスの目が優しくなって、彼女は片手を彼の背中から滑らせて彼のほおをつつみ、うなずいた。

そして親指で彼の唇をなぞりながら、尋ねた。「いい誕生日だった、スリム？」

彼は彼女の親指に唇をつけたままにっこりと笑い、答えた。「かわいい寝間着を着たきみといっしょのベッドから始まったんだ。だから答えは、イエスだよ。病院で肝を冷やしたこと以外は、最高の誕生日だったよ、テス」

彼女も笑顔になって、訊いた。「じゃあ、誕生日プレゼントは気に入った？」

ブロックはエメラルドグリーン色のシルクにつつまれた彼女の脇をなでて、顔をおろして彼女に口づけ、応えた。「最高に気に入った」

テスは彼のほおから指を滑らせて髪に差しいれ、つぶやいた。「よかった」

もうおしゃべりの時間は終わりだった。ブロックはそれを、首を傾けて妻に伝えた。

テスはすぐにそれを理解して、自分も首を傾けた。彼が唇を押しつけて彼女が唇を開き、彼が舌を差しいれ、彼女はよろこんで迎えた。

そして、それから、彼のスイート・テスは、すばらしい誕生日をもっといいものにしてくれた。

訳者あとがき

お待たせいたしました。超人気作家クリスティン・アシュリー（KA）のコンテンポラリーロマンス、『ふたりの愛をたしかめて（原題 *Wild Man*）』をお届けします。コロラド州デンヴァーを舞台に、つぎつぎと〝夢の男性《ドリームマン》〟がヒーローとして登場する〈ドリームマン・シリーズ〉、『恋の予感に身を焦がして』と『愛の夜明けを二人で』に続いて三番目のご紹介になりましたが、アメリカでの刊行順でいくとシリーズ二作目にあたります。ご紹介の順番は前後しましたが、本書も先の二作とおなじくらいホットではらはらどきどきのジェットコースター・ロマンスになっています。

本書のヒーロー、ブロック・ルーカスは、『恋の予感に身を焦がして』に登場した麻薬取締局の潜入捜査官でした。登場した場面はけっして多くなかったものの、その任務への献身ぶりと荒々しい言動で、読者に強烈な印象を残しました。

ヒロインのテッサ・オハラは、デンヴァーで大人気のベイカリー、〈テッサのベイカリー〉を経営するビジネスウーマンです。数カ月前、そのベイカリーに、銀灰色の目をしたワイルドな見た目の男性が来店しました。テッサはバツ一で、不幸な結婚生活によって心の奥底に傷をかかえて、何年間もひとりで生きてきました。でも、彼に見つめられて、声をかけられ、すぐに彼とつきあいはじめます。そのワイルドな外見や荒っぽい言動にもかかわらず、本質的なところではとても優しい彼に、テッサは夢中になります。

ところが、そんな彼と初めて結ばれた日、天国から地獄へといっきに突き落とされるような経験をして、テッサは思い知ります――「もう彼とは終わりだ」。

本書のヒーローとヒロインはアラフォーで、ロマンス小説ジャンルではわりとめずらしく年齢が高めの主人公たちです。そのため、バツ一の心の傷、キャリア上の転機、家族の問題など、投げだすことのできない人生の荷物をかかえていたりします。最悪な元配偶者まであらわれて、ふたりのロマンスは波乱含みです。でも本書では、ふたりがどこまでも相手を信じているのがすごく伝わってきて、思わず応援したくなります。とくにテスは、こんな〝大人かわいい〟ヒロインはほかにはいないのでは、と思えてしまうほど魅力的です（ブロックが惚れる理由がよくわかります）。若くまっさらなふたりの初々しいロマンスもいいのですが、こんな大人のロマンスもすてきです。〈ドリームマン・シリーズ〉恒例のコスモ女子会も、もちろんあります！　今回はヒロイン、テッサの親友マーサや、エルヴァイラの個性豊かな友だちも加わって、シスターフッドがますますパワーアップしているのも見どころのひとつです。シリーズ他作品のヒーローたちのカメオ出演もちゃんとあります。

本シリーズに登場した〝ドリームマン〟のアルファメールたち、残るはバイカーグループ〈カオス〉を率いるタックだけとなりました。満を持して彼がヒーローとなる『*Motorcycle Man*』はシリーズ四冊のなかでも熱烈な評価を集めている作品です。こちらも近いうちにみなさまにお届けできたらと思っています。

クリスティン・アシュリーはインディアナ州生まれ。小さな農場で、音楽と愛情たっぷりの大家族の家庭に育ちました。コロラド州デンヴァーやイギリスで暮らしたこともあります。彼女の作品はドイツ、フランス、イタリア、ブラジル、ブルガリア、ポーランドなどたくさんの国で翻訳出版され、そのアルファヒーローたちは世界中のロマンスファンをうっとりさせています。

ザ・ミステリ・コレクション

ふたりの愛《あい》をたしかめて

著者　クリスティン・アシュリー
訳者　高里《たかさと》ひろ

発行所　株式会社 二見書房
東京都千代田区神田三崎町2-18-11
電話　03(3515)2311［営業］
　　　03(3515)2313［編集］
振替　00170-4-2639

印刷　株式会社 堀内印刷所
製本　株式会社 村上製本所

落丁・乱丁本はお取り替えいたします。
定価は、カバーに表示してあります。

ISBN978-4-576-19022-8
https://www.futami.co.jp/

二見文庫 ロマンス・コレクション

恋の予感に身を焦がして
クリスティン・アシュリー
高里ひろ［訳］
〔ドリームマン シリーズ〕

グエンが出会った〝運命の男〟は謎に満ちていて…。読み出したら止まらないジェットコースターロマンス！ 超人気作家による〈ドリームマン〉シリーズ第1弾

愛の夜明けを二人で
クリスティン・アシュリー
高里ひろ［訳］
〔ドリームマン シリーズ〕

マーラは隣人のローソン刑事に片思いしている。でもマーラの自己評価が2.5なのに対して、彼は10点満点で…。〝アルファメールの女王〟によるシリーズ第2弾

始まりはあの夜
リサ・レネー・ジョーンズ
石原まどか［訳］

2015年ロマンティックサスペンス大賞受賞作。過去の事件から身を隠し、正体不明の味方が書いたらしきメモの指図通り行動するエイミーを待ち受けるのは

危険な夜をかさねて
リサ・レネー・ジョーンズ
石原まどか［訳］

何者かに命を狙われ続けるエイミーに近づいてきたリアム。互いに惹かれ、結ばれたものの、ある会話をきっかけに疑惑が深まり…。ノンストップ・サスペンス第二弾！

危ない夜に抱かれて
レイチエル・グラント
水野涼子［訳］

貴重な化石を発見した考古学者モーガンは命を狙われはじめる。陸軍曹長パックスが護衛役となるが、死と隣り合わせの状況で恋に落ち……。ノンストッププロ・ロマサス！

悲しみは夜明けまで
メリンダ・リー
水野涼子［訳］

夫を亡くし故郷に戻った元地方検事補モーガンはある殺人事件に遭遇する。やっと手に入れた職をなげうって元恋人のランスと独自の捜査に乗り出すが、町の秘密が…

あなたを守れるなら
K・A・タッカー
寺尾まち子［訳］

警察署長だったノアの母親が自殺し、かつての同僚の娘グレースに大金が遺された。これはいったい何の金なのか？ 調べはじめたふたりの前に、恐ろしい事実が……